고백의
이유

서은수 장편소설

고백의 이유

ⓒ서은수 2018

1판 1쇄 인쇄	2018년 3월 30일
개정판 2쇄 발행	2024년 6월 10일

지은이   서은수

펴낸이   박대일
교정   박준용
편집   이문영 · 임유리 · 이지영 · 김하랑 · 임지원
마케팅   임유미

디자인   이매진
조판   송새연

펴낸곳   파란미디어
출판등록   2004년 9월 14일 제313-2004-00214호

주소   03992 서울시 마포구 동교로23길 14 국제빌딩 6층
전화   02.3141.5589 영업부 070.4616.2012 편집부
팩스   02.3141.5590
전자우편   paranbook@gmail.com
카페   http://cafe.naver.com/paranmedia
인스타그램   @paranmedia

ISBN   979-11-93185-18-6(03810)

고백의
이유

서은수 장편소설

파란

차 례

외전

1. 여름빛

　때 이른 더위가 초여름의 산하를 뒤덮어 짙은 초록빛으로
물을 들였다. 정원의 나뭇가지마다 신록이 우거지고 귀퉁이의
조그만 텃밭에는 정성으로 키워 낸 갖가지 채소가 풍성히 자라
났다.

　6월, 싱그러운 잎사귀 사이로 담벼락의 덩굴장미가 화려하
게 개화하는 시기. 수완은 텃밭 한편에 마련된 수돗가에 앉아
막 따 온 쌈채소와 벌써 30분 넘게 씨름하는 중이다. 상추를 기
본으로 치커리, 쌈추, 코스타마리, 쌈케일 등 어느새 이름까지
줄줄 외우는 채소를 흐르는 물에 꼼꼼히 다듬고 씻어 냈다.

　찬물에서 유영하는 여린 손끝에 쪼글쪼글 가는 주름이 잡혔
다. 쨍한 햇볕, 무더운 공기, 시린 손끝, 잔머리 사이로 맺혀
오르는 땀방울. 끝없는 노동에 허리가 끊어질 듯 아팠다. 수완
이 팔꿈치를 들어 땀을 스윽 훔쳐 내는데 여름날의 아지랑이

너머로 새하얀 형상이 넘실거렸다. 흘끗 그쪽을 바라보다 시선이 멈췄다.

언제부터였을까.

수직으로 내리쬐는 뙤약볕 아래 키 큰 남학생 하나가 이쪽을 바라보고 있었다. 갑작스레 눈이 마주쳐 동요할 만도 하건만 그는 당황하는 기색조차 없었다. 팔뚝 위까지 대충 말아 올린, 구김 하나 없는 셔츠가 푸르른 여름빛을 바탕으로 하얗게 빛나 눈이 부셨다. 후줄근한 반바지에 집안일을 돕느라 블라우스가 잔뜩 구겨진 자신과는 완연히 대조되는 모습이었다.

"진하야! 서진하!"

때마침 이동재의 목소리가 들려왔다. 수완은 조용히 고개를 바로 해 다시 상추의 주름진 뒷면을 깨끗이 헹구는 데 집중했다.

서진하.

조금 전 눈이 마주친 저 남학생이 문제의 그 서진하일 거라고 대충 짐작했다. 어제부터 지금 이 시각까지 엄마를 부엌에서 헤어나지 못하게 만들고 있는 장본인. 우리 집의…… 아니, 할머니와 이동재의 귀중한 손님.

"여기서 뭐 해? 다들 찾고 있어. 들어가자."

"누구야?"

"어?"

"동생?"

순진한 그 물음에 이동재의 입매가 한껏 비틀리고 있는 것을 수완은 보지 않아도 알 수 있었다. 그다음에 들려올 몽니 섞인 대답까지도.

"동생은 무슨…… 그냥 개싸가지."

귀에 익은 다채로운 험담이 연이어 들려왔다. 성질이 더럽고 재수가 없는 데다 겉과 속이 달라 음흉한 애니까 상대하지 말라는 식의 빈정거림이었다.

어느 정도 면역이 되었다고 생각했는데 코앞에서 터지는 오색찬란한 욕설은 열일곱 사춘기 소녀의 감성을 짓밟았다. 수완은 수도꼭지를 돌려 물의 수압을 최고치로 높였다. 콸콸 흐르는 경쾌한 물소리가 귓가를 긁어 대는 이동재의 조잘거림을 단번에 삼켜 낼 수 있도록.

잔치나 제사 때 외에도 할머니가 모임을 여는 날이면, 이동재가 친구를 데려오는 날이면, 둘 중 아무나 거창한 음식이 먹고 싶은 날이면 엄마는 온종일 부엌에서 벗어나질 못했다. 시모와 의붓아들의 미각을 만족시키기 위해 고등학생 딸의 도움을 받아 온갖 음식을 해다가 날랐다.

그중에서도 오늘은 특히 정도가 심했다. 열 가지에 달하는 요리를 만들라고 주문했던 할머니는 돌연 바비큐까지 준비하라고 통보하셨다. 날씨가 화창해 밖에서 먹으면 좋을 것 같고, 고3 아이들이라 음식이 푸짐해야 한다는 게 이유였다. 덕분에 엄마는 장보기와 음식 준비로 그제부터 발을 동동기리며 부엌일에 매진했다. 소쿠리에 깨끗한 쌈채소를 담아 부엌으로 들어온 수완과 눈도 마주칠 여유가 없었다.

"고마워, 우리 딸."

"반반?"

"응. 아이고, 이런 거에 익숙해지면 안 되는데."

알아서 다음 일을 찾아 하는 큰딸의 대답에 엄마는 기특해하면서도 미안해하셨다. 수완은 샐러드를 버무릴 유리볼과 쌈채소를 세팅할 사각 접시를 착착 꺼냈다. 아침부터 안절부절못했던 아버지도 기어이 부엌에 발을 들여놓았다.

"수저라도 놓을까?"

"당신은 왜 들어와!"

아버지의 돌발 행동에 엄마는 기겁하여 바깥부터 살폈다.

"이 정도는 괜찮아."

"골프 약속 있다며. 가서 준비나 해."

"천천히 가도 돼. 애들 먹이는데 난리도 아니다."

"빨리 나가라니까!"

"수완이도 힘들고…… 도우미 아줌마 불러야겠어."

아마도 17년이 넘도록 반복되었을 그 말. 수완도, 엄마도, 그리고 말을 꺼낸 아버지까지도 마지막의 그 말은 실현 가능성이 없음을 잘 알고 있었다.

고르고 골라 맞이한 며느리가 거하게 바람을 피워 2년도 안 돼 이혼한 아들. 그런 아들이 재혼 상대라며 데려온 여자는 본인이 결사반대하여 갈라놓았던 아들의 첫사랑이었다. 눈에 흙이 들어가도 허락할 수 없다며 펄펄 뛰었지만, 여자의 배 속에는 이미 아이가 있었고 그때만큼은 아들도 물러서지 않았다.

할 수 없이 아들의 재혼을 지켜봐야 했던 할머니는 입덧으로 신혼여행도 가지 못한 며느리 앞에서 제일 먼저 도우미 아주머니를 해고했다.

"아범, 주말인데 쉬지 않고 여기서 뭐 하는가?"

그리고 아버지가 부엌에서 조금이라도 엄마를 도울라치면 득달같이 달려와 정색하셨다. 할머니의 핀잔에도 아버지는 어색하게 웃으며 수저통을 집었고, 엄마는 벌게진 얼굴로 어쩔 줄을 몰라 했다.

철이 들면서 인지하기 시작해 오늘에 이르기까지 질리도록 봐야 했던 숨 막히는 풍경. 표정 없는 얼굴의 수완은 어른들이 안 보이는 반대쪽으로 자연스럽게 돌아섰다. 아무것도 보고 싶지 않을 때면 벽을 치듯 수완이 무심코 하는 행동이었다.

바비큐는 일부 취소되었다.

할머니는 날이 덥다며 손자와 그 친구들을 에어컨이 돌아가는 실내에 머물게 하셨다. 그렇다고 일하는 사람의 할 일이 줄어든 것은 아니었다. 땡볕 아래서 고기를 굽는 것은 엄마 몫, 익은 고기를 접시에 담아 안으로 나르는 건 수완의 몫이 되었다. 불 앞에 나란히 마주 선 모녀는 후덥지근한 날씨와 숯의 열기로 양쪽 볼이 발갛게 달아올라 있었다.

"더운데 들어가 있어. 다 익으면 엄마가 부를게."

땀을 비 오듯 흘리며 엄마는 고기를 뒤집는 데 여념이 없었다. 그 모습이 보기 싫어 수완은 괜히 다른 곳을 보았다. 정원엔 집에 오는 손님마다 탄복한다는, 한창 예쁠 시기인 장미가 풍성하게 피어 있었다. 누군가에겐 감탄할 정도로 그림 같은 풍경이겠지만 수완의 두 눈엔 어떠한 감흥도 서리지 않았다.

할머니가 자랑스럽게 여기는 이 집의 정원이 엄마에겐 고된 노동을 의미한다는 걸 이미 오래전에 깨달았다. 아름다움 이면에 보상받지 못한 땀과 노력이 있기에 수완은 이 푸르른 정원을 마냥 좋아할 수 없었다.

엄마는 손녀를 둘이나 낳아 줬는데, 결혼에 실패한 아버지에게 시집와 친딸보다 의붓아들을 더 정성껏 키우고 있는데, 최고의 대학을 졸업한 엘리트일 뿐 아니라 조용한 음악을 듣고 산문시집을 읽는, 그야말로 할머니가 좋아할 만한 고상한 취미를 다 가지고 있는데 왜 할머니는 엄마를 미워하실까?

학교에 다니며 싹이 튼 의문은 초등학교 4학년이 되던 해 이동재 덕분에 몰랐던 사정을 속속들이 파악하게 되었다.

'우리 엄마는 사장님 딸이야. 외할아버지가 직원이 몇백 명이나 되는 회사를 갖고 있거든. 너희 엄마는 이불집 딸이라며? 시장에서 이불이나 파는 찢어지게 가난한 과부의 딸.'

친모를 만나러 갔다가 기분이 상해서 돌아온 어느 날 이동재는 부모님 몰래 수완을 구석으로 몰아넣고 사정없이 비웃었다. 너희 엄마가 미움받는 결정적 이유는 외가의 경제력이 적정 수준에 미치지 못하기 때문인 거라고. 우아하신 줄로만 알았던 할머니가 실은 교양인이 아닌 소위 속물에 지나지 않았음을 수완은 그날에서야 비로소 알게 되었다.

'쯧쯧, 홀어미 밑에서 본데없이 커 가지고…….'

'아빠도 할머니가 혼자서 키우신 거잖아요!'

할머니에 대한 실망감은 앙칼진 반항으로 표출되었다. 무서운 줄 모르고 똑같이 쏘아 대는 손녀딸의 저항에 할머니는 엄마에게 모든 탓을 돌리며 몸져눕기 일쑤였다. 그때마다 엄마는 할머니 앞에서 무릎을 꿇었다. 한바탕 난리가 지나간 후에는 정원으로 나가 텃밭을 가꾸며 남몰래 눈물을 훔치셨다. 그런 엄마를 숨어서 지켜봐야 했던 수완도 귀퉁이에 쪼그리고 앉아 똑같이 눈물을 쏟았다.

찰나의 희열을 가져다준 반항은 반드시 부메랑이 되어 엄마에게 돌아간다. 몇 번의 소란 끝에 역효과를 인지한 수완은 자신이 어리석었음을 인정하며 씁쓸히 반항을 멈췄다. 대신에 엄마를 도와 집안일을 시작했고, 무엇이든 혼자서 삭이는 법을 배워 갔다.

"와, 무슨 잔칫집에 온 것 같다."

"육전 노릇노릇한 것 봐. 나 육전 진짜 좋아하는데."

에어컨이 가동되는 실내는 쾌적하고 시원했다. 쟁반을 들고 안으로 들어선 수완은 빨갛게 익은 두 뺨에 서늘한 공기가 와닿자 절로 큰 숨을 내쉬었다. 바깥에서의 열기로 꽉 막혀 있던 숨통이 시원하게 뚫리는 느낌이었다.

식탁에는 동재를 포함한 다섯 명의 덩치 큰 남학생이 음식을 앞에 두고 잔뜩 흥분해 있었다. 올해 중학생이 된 수민도 오빠들 사이에 자리를 잡고 큼직한 전복을 흐뭇하게 주시했다.

"수완이도 얼른 앉아라."

할머니가 고기를 건네받자 뒤에서 나타난 아버지가 수완을 다짜고짜 식탁 앞으로 이끌었다. 더위로 녹초가 된 수완이 얼결에 가까운 자리로 떠밀리듯 앉자 불편한 얼굴이 시야를 메웠다. 어찌할 틈도 없이 맞은편의 서진하와 두 눈이 마주쳤다.

함부로 욕을 먹는, 누구에게도 보이고 싶지 않았던 모습을 코앞에서 지켜본 시선이었다. 구겨진 블라우스와 땀에 절어 엉망인 몰골도 괜스레 창피하게 느껴졌다. 평소 그런 것을 무심히 넘겨 왔던 수완에게 새삼 초라함이란 감정을 느끼게 하였던 시선. 수완은 몇 초간 무뚝뚝하게 그와 마주 보다 거북한 마음에 눈길을 내렸다. 할머니의 타박도 이어졌다.

"나중에 먹으라면 될 것을."

"애들 먹을 때 같이 먹어야지요."

"고기는 누가 나르고?"

"제가 하면 돼요."

"아범!"

"참, 동재는 과외 하나 더 하기로 했다는데, 수완이 너도 받아 볼래?"

할머니의 음색에 날이 서자 아버지는 자연스럽게 화제를 돌렸다. 하필이면 그것이 손자의 자존심과 관련된 문제라 할머니는 얼굴을 굳혔다.

상황은 안 봐도 뻔했다. 오늘 집에 온 손님들로부터 대치동의 유명 강사를 소개받았을 것이다. 그렇다면 그를 위해 집에 오는 강사가 총 네 명. 영역별로 강사를 한 명씩 두는 셈이다.

그러면 뭐 하나, 성적은 언제나 바닥을 기는 것을.

아무리 족집게 강사를 모셔다 과외를 받아도 동재의 성적은 늘 초라했다. 공부하는 시늉만 했지 실제로는 수업에 집중하지 않은 결과였다. 과외 한번 받지 않고 전교에서 손꼽히는 성적인 수완과 자연히 비교될 수밖에 없었다.

그럴 때면 할머니는 언제나 엉뚱한 사람을 탓했다. 계모 때문에 기가 죽어서, 수완이가 신경을 건드려서, 수민이가 시끄럽게 종알거려서 동재가 공부에 집중할 수 없는 거라고. 혼자 하는 공부가 어려워 애를 먹어도 그래서 수완은 이 부분에 언제나 오기를 부렸다.

"아니요, 저는 괜찮아요. 그냥 혼자 할게요."

집안일에 바쁜 이수완과 과외 선생을 줄줄이 끼고 있는 이동재의 성적 차이가 더 또렷이 구분될 수 있도록. 이동재의 성적이 저조한 이유는 남의 탓이 아닌 스스로가 노력하지 않은 탓임을 그렇게라도 명확히 보여 주고 싶어서.

"힘들지 않겠어? 학년 올라가면 더 어려워질 텐데."

"아직은 괜찮아요."

아버지는 무리하지 말라고 당부하면서도 수완을 기특해했다. 동재의 친구들에게 우리 큰딸이 혼자서 공부를 곧잘 한다며 자랑도 하셨다. 동재는 불쾌감에 귓가가 붉게 물들었고, 할머니는 노여움에 얼굴을 일그러뜨렸다. 그런 두 사람을 지켜보며 수완은 비틀린 쾌감을 느꼈다.

다른 때 같으면 언짢은 기색을 드러내셨겠지만, 오늘만큼은 할머니도 어쩌지를 못했다.

"어머니, 우리는 나가 있어요. 애들한텐 그게 편해요."

어른들이 있어 식사를 시작하지 못하는 서진하를 보며 아버지가 한마디 하자 할머니는 경직된 얼굴로 억지 미소를 지으며 자리를 비켜 주었다. 직접 나서서 귀하게 모신 손님이었으니 분위기를 조금도 망치고 싶지 않으셨을 것이다.

그도 그럴 것이 네 명의 남학생 중 이동재의 진짜 친구는 한 명밖에 없었다. 나머지 둘은 서진하가 데려온 그의 친구였고, 서진하 본인은 그의 조모인 전 여사를 통해 할머니가 초대한 말 그대로 '손님'이었다.

대성그룹 의료법인에서 부원장으로 재직 중인 아버지는 실력이 뛰어나 일찌감치 서 회장 일가의 주치의로 발탁되었다. 서진하의 부친이 뇌종양으로 세상을 뜨기 전까지 무려 세 차례의 수술을 성공적으로 집도하기도 했었다.

할머니는 동재가 아버지의 뒤를 이어 대성그룹 의료 재단에 자리를 잡고 서 회장 일가와 긴밀한 관계를 유지하길 바랐다. 그러나 최고 대학의 의대를 가기엔 손자의 성적이 턱없이 부족했다. 같은 학교에 다닌다는 서 회장의 손자도 동재에게는 관심이 없었다. 친구는커녕 알고 지내는 사이도 아니었다.

하다못해 친분이라도 쌓게 해 주기 위해 아들을 닦달해 봤으나 아버지가 아이들 교우 문제에 공적인 관계를 이용할 리 없었다. 마음이 급해진 할머니는 모임에서 우연히 전 여사를 만나며 꼿꼿했던 자존심을 굽혔다. 할머니는 손자에게 배경 좋은 친구를 만들어 주고 싶었을 테지만 전 여사는 주치의의 모친 부탁을 차마 거절하지 못했을 것이다.

"너희 원래 이렇게 푸짐하게 먹어?"

어른들이 나가자 본격적인 식사가 시작되었다. 해물찜에서 걷어 낸 긴 낙지 다리를 우적우적 씹으며 시형이란 친구가 감탄을 연발했다.

"왜 있잖아, 밥그릇 놓을 데 없을 정도로 반찬하고 요리 꽉꽉 채워서 먹는 집. 우리 외할머니도 상다리 부러지도록 차려 주시는 편인데 이 정도는 아니거든. 젓가락을 어디부터 대야할지 모르겠다."

"설마 매일같이 이렇게 먹겠냐. 우리 왔으니까 어머니가 특별히 신경 써 주신 거지. 안 그래, 중학생?"

또 다른 친구 찬혁이 옆자리에 앉은 수민을 팔꿈치로 툭 치며 확인을 구했다. 야무지게 갈비를 뜯고 있던 수민이 고기를 씹느라 정신이 없자 동재가 대답을 대신했다.

"할머니가 먹는 거에 신경 쓰시는 편이야. 웬만한 음식은 집에서 직접 만들어서 먹어. 먹고 싶은 거 있으면 놀러 와. 밖에서 먹는 것보다 훨씬 맛있을 거야."

"진짜? 진짜 그래도 돼? 이야, 우리 일주일에 한 번씩 동재네 놀러 와야겠다. 어머니 음식 솜씨가 완전 내 취향이야."

시형이 꼬치전을 손에 쥐고 행복하게 웃었다.

수완은 그런 시형을 물끄러미 보다가 힘없이 고개를 돌렸다. 일주일에 한 번이라니, 못 들은 것으로 하고 싶었다. 이틀 내내 뼛골 빠지게 집안일을 도와야 했던 입장에선 듣기만 해도 삭신이 쑤시는 것 같았다. 암담한 기분에 수완은 자포자기 심정으로 아무도 건들지 않는 상추에 손을 뻗었다.

쌈을 드시지도 않으면서 할머니는 고기를 먹을 때 항상 쌈 채소를 종류별로 내놓게 하셨다. 싱싱하지 않거나 모양이 좋지 않으면 쓴소리를 하시기에 텃밭에서 바로 따 깨끗이 씻고 보기 좋게 연출하는 데 시간이 걸렸다. 그래 놓고 우아하게 샐러드만 가져다 드시면 남은 채소는 이삼일에 걸쳐 세 모녀가 갖가지 방법으로 먹어 치웠다.

오늘도 다를 건 없었다. 요리의 가짓수가 많다 보니 누구도 고기를 상추에 싸 먹지 않았다. 남아도는 쌈채소는 이번에도 고스란히 엄마와 자매의 몫으로 돌아올 판이었다. 시든 상추를 먹지 않으려면 이 자리에서 최대한 많이 없애는 수밖에 없었다.

수완은 상추 위에 깻잎과 잡곡밥을 올리고 그 위에 밖에서 구워 온 고기를 얹어 입 안에 한가득 물었다. 견과류와 꿀, 참기름, 다진 쇠고기 등 온갖 재료가 들어간 쌈장이 우울한 기분과 별개로 입맛을 자극했다. 다른 음식은 쳐다볼 겨를이 없었다. 수완은 오로지 쌈채소만을 공략했고, 그럼에도 줄지 않는 접시 위 채소를 보며 밥을 더 먹어야 하나 고민했다. 그런데 어디선가 커다란 손 하나가 나타났다.

'어!'

그대로 손을 따라가 보니 서진하가 엄마의 특제 쌈장을 상추에 척척 발라 입 안에 한가득 물었다. 빵빵해진 볼을 우물거리며 그는 또 상추 쪽으로 손을 뻗었다. 이번에는 쌈추 위에 깻잎과 치커리까지 얹어 한꺼번에 입 속으로 욱여넣었다. 그렇게 두 번 더 반복되었을 때 시형이 관심을 보였다.

"그게 그렇게 맛있냐?"

"응."

서진하가 대답하는 데 걸린 시간은 느낌상 딱 0.1초. 시형이 뜯고 있던 갈비를 내려놓게 하기에 충분한 반응이었다.

"그럼 또 내가 먹어 봐야지. 나는 진하가 뭐만 먹으면 그렇게 맛있어 보이더라."

"별게 다 맛있어 보인다. 쌈이 거기서 거기지."

시형에게 면박을 주면서도 찬혁 역시 슬그머니 상추 쪽으로 손을 뻗었다.

"으음, 쌈장이 예술이네! 이 맛있는 걸 지 혼자 꾸역꾸역. 좋은 거 있으면 좀 권해 봐라, 자식아."

미어터질 것 같은 입을 우물거리며 시형은 쌈채소를 아예 한 움큼 집어다 밥그릇 옆으로 가져갔다. 그러자 평소 쌈을 쳐다보지도 않던 동재와 있는 줄도 몰랐던 그의 친구가 덩달아 쌈채소를 흘끔거렸다.

"왜? 너희도 줄까? 손이 안 닿아?"

"어? ⋯⋯어."

일단은 그냥 보았을 뿐인데 진하가 득달같이 눈을 맞추고 진지하게 물었다. 두 사람은 무심결에 고개를 끄덕였다. 진하는 남아 있는 채소를 탈탈 털어 두 사람의 밥그릇 옆에 공평하게 나눠 주었다.

"거리가 멀어서 못 먹고 있었단 말이지? 미안하네. 그것도 모르고 나 혼자 다 먹을 뻔했잖아."

"뭘 이렇게 다⋯⋯."

"여태 못 먹었으니까 남은 건 너희가 먹어야지. 집에서 직접 가꿔서 그런가, 상추가 달고 쌈장도 맛있더라. 싱싱할 때 빨리 먹어."

"어⋯⋯ 고마워."

동재는 어딘지 떨떠름해 보였고, 막내 수민은 바닥을 드러 낸, 쌈채소가 수북했던 접시를 보며 혼자서 키득거렸다. 자리로 돌아온 진하는 접시 위에 덩그러니 남아 있던 치커리 한 줄기까지 입으로 가져가 생으로 씹었다. 입 안에서 채소의 아삭거림이 사라질 때쯤 묵묵히 나머지 식사를 이어 갔다.

멍하니 그 모습을 바라보던 수완은 시선을 당겨 제 앞에 놓인 밥그릇을 확인했다. 남아 있는 밥의 양은 대략 3분의 1 정도. 다른 요리를 조금씩 맛보기에 충분한 양이었다. 수완은 수저를 든 이후 처음으로 쌈과 고기가 아닌 다른 음식에 눈길을 돌렸다.

윤기가 흐르는 전복버터구이가 맛있어 보인다. 젓가락을 가져가야 하는데 쌈을 연달아 입 속에 욱여넣던 서진하의 얼굴이 자꾸만 눈앞에 아른거렸다. 아삭아삭, 마지막으로 치커리를 씹었던 소리가 뒤늦게 메아리쳐 귓가를 울렸다.

이상한 일이다.

두 뺨이 터지도록 쌈 싸 먹는 사람이 예뻐 보인 건 동생 수민이 이후로 처음이었다.

❧

"과외를 또 안 하기로 했다고?"

"응."

"저번에 안 한다고 했던 거 말고, 또?"

"어."

불볕더위가 계속되고 있는 8월, 대낮에 버젓이 잠옷 차림으로 수완을 맞았던 태은이 침대에서 몸을 벌떡 일으켜 앉았다. 정석대로 교복을 갖춰 입고 소파에 몸을 기댄 수완과 확연히 구분되는 모습이었다.

"이번엔 한다고 하지. 봐주는 사람 있으면 훨씬 편하잖아."

"그냥 버텨 보려고."

"그 고생을 누가 알아준다고. 하여간 고집은."

"너야말로 언제까지 이렇게 꾀병 부릴 거야? 너희 담임이 심각한 얼굴로 우리 반까지 쫓아왔었단 말이야."

"뭐?"

수완의 전언에 태은은 까르르 넘어가 침대 위를 뒹굴었다. 무더위가 절정에 달한 한낮, 환한 빛이 들어오는 방 안에서 에어컨을 빵빵하게 틀어 놓고 빈둥대는 모습이 딱 신선놀음이었다. 태은에게선 그 어디에도 고등학생 특유의 피로감이 보이지 않았다.

수완은 못 말리겠다는 듯 고개를 절레절레 젓고는 잘게 부순 얼음 위로 허브를 띄운 에이드를 꿀꺽꿀꺽 마셨다. 라임과 애플민트 특유의 상쾌함이 입 안에 청량한 기운을 퍼트렸다.

"담임 웃긴다. 나 병 재발한 줄 알고 겁먹었나?"

"보충 기간 끝나도록 한 번도 안 나오니까 그렇지."

"방학 땐 놀아야지 무슨 보충이야."

"방학이 아니어도 결석을 밥 먹듯이 하잖아."

"출석 일수는 채울 거야. 그래야 내년에 너랑 같이 학교 다니지."

핀잔을 주던 수완이 놀라서 두 눈을 깜박였다. 물방울이 송골송골 맺혀 있는 유리잔을 내려놓고 심각한 얼굴로 태은을 보았다.

"혹시 너희 엄마, 교장실에 찾아가신 건 아니지?"

"찾아가신 거 맞아. 내가 가 보라고 그랬어. 그래야 같은 반이 되지. 너랑 붙어 있으려고 학교 다니는데 반이 다르면 의미가 없잖아."

보통의 학생이라면 생각도 할 수 없는 말을 던져 놓고 태은은 해맑게 웃었다. 수완은 기가 막혀 대꾸할 말도 떠오르지 않앗다. 누군가에게 인생이란 저리도 쉽고 단순한가 싶었다. 하긴, 애초에 태은이 학교에 다니게 된 것도 부모님 앞에서 무심코 던진, '수완이랑 같이 학교 다니고 싶다'는 혼잣말 때문이었다.

늦둥이로 태어난 태은은 초등학교 진학을 앞두고 소아암 진단을 받았다. 입학식은커녕 출석도 제대로 하지 못했고 결국엔 학업을 홈스쿨링으로 전환해야 했다. 한창 관심받고 뛰어놀아야 할 나이에 고용인들에게만 둘러싸여 거의 혼자 지내다시피 하였다.

미래의 대권을 꿈꾸는 아버지, 그런 남편을 내조하느라 바쁜 어머니, 미국에서 학교를 다니는 터울이 많이 지는 언니와 오빠. 그 상태로 병원에서 우연히 만난 수완은 태은에게 유일한 친구요, 가족보다 더 가까운 존재가 되었다.

방과 후엔 집안일을 돕느라, 남는 시간엔 악착같이 공부하느라 수완 역시 친구가 없었던 건 마찬가지였다. 급성충수염으로 입원해 병원에서 휴식 아닌 휴식을 취했던 며칠, 유난히 살갑게 다가왔던 태은을 거부하지 못했다. 두 사람은 서로에게 자연스럽게 끌렸고 이수완은 한태은에게, 한태은은 이수완에게 유일한 친구가 되었다. 완치 판정을 받은 태은이 제일 먼저 학교에 가고 싶다는 말을 했을 정도로.

"중학교 때 내내 붙어 다녔으면 됐지, 고등학교 와서도 그래야겠어?"

"어, 그래야겠어. 그리고 정확히 말해. 나 중학교도 1년밖에 못 다녔거든?"

친구의 억지 주장에 수완은 그저 헛웃음으로 반응했다. 태은도 수완을 따라 아이처럼 배시시 웃었다. 그러고는 뜻밖의 얘기를 꺼냈다.

"참, 서진하가 요즘 너희 집에 들락거린다며? 걔 이동재랑 친해?"

갑자기 튀어나온 익숙한 이름에 수완은 저도 모르게 가슴이 쿵 하고 뛰었다. 별다른 얘기를 한 것도 아닌데, 그와 그녀 사이에 특별한 일이 있었던 것도 아닌데 유난스러운 신체 반응이 당혹스러울 정도였다.

"너 서진하 알아?"

"알고 말고 할 게 뭐 있어, 이 바닥이 거기서 거기지. 그 집 언니도 예쁘기로 유명하고. 유하 언니."

"유하 언니?"

"서진하 누나. 암튼 엄마가 그러더라. 서 회장 댁 손자가 요즘 이 원장네 자주 간다는 소리가 들린다고. 수완이네 오빠 어떤 애냐고. 객관적으로 봤을 때 서진하가 이동재하고 어울릴 타입은 아니지만 일단 얼버무렸어."

어울릴 타입이 아니다.

태은의 그 말은 정확했다. 서진하는 이제껏 이동재가 데려왔던 그의 수많은 친구와 성향부터가 달랐다. 두 사람은 한자리에 앉아서도 물과 기름처럼 서로 어울리지 못했다. 마음이 맞고 정이 쌓여 친구로 발전하는 것인데 어른들이 억지로 엮으려 했으니 잘될 리가 없었다.

할머니의 노력은 점심 한 끼의 성찬으로 끝나겠구나.

다시는 우리 집에 오지 않을 테니 진심으로 엄마한테 다행이다.

두 달 전 서진하가 처음으로 집에 초대되었을 때 수완은 그런 생각을 했었다. 하지만 예상은 보기 좋게 빗나갔다. 이후로도 그는 줄기차게 친구들을 데리고 동재를 보러 왔다. 주말에도, 공휴일에도, 여름방학이 시작된 뒤에는 더욱 자주, 친구들과 몰려와 2층을 전부 차지하고 공부에 매진했다.

할머니는 동재가 서진하와 어울려 공부하는 모습에 기뻐하셨다. 솔직히 수완은 이해할 수 없었다. 도대체 이동재의 어떤 면이 그렇게 마음에 들었는지.

"내 말 듣고 있어? 두 사람 정말로 친하냐고!"

"글쎄. 단둘이 있는 걸 못 봐서."

"그럼?"

"처음 왔을 때 같이 온 친구들이 있거든. 항상 같이 몰려다니니까."

"그래? 어떤 친구? 잘생겼어?"

세상의 모든 여자를 예쁜 여자와 못생긴 여자로만 구분하는 남자는 야만인이라고 열변을 토할 때는 언제고. 태은은 너무도 당연하게 남자를 잘생긴 남자와 못생긴 남자로만 구분했다.

"말해 봐. 여럿이라면 그중에 군계일학 하나 정도는 있을 거 아니야. 설마 거기서 거기야? 여운을 주는 스타일 없어?"

쯧쯧, 유유상종이라더니. 혀까지 차며 마음대로 결론짓는 태은의 말에 수완은 옅은 미소를 띠었다. 싱싱한 쌈채소, 자극적인 배달 음식, 톡톡 터지는 탄산수, 살짝 때가 탄 끈 풀린 운동화 한 켤레. 웃고 있는 이 순간 몇몇 이미지가 차례차례 떠올라 머릿속을 스쳤지만, 굳이 그런 것까지 말할 필요는 없을 것 같았다.

동재를 앞세워 서진하가 다시 나타난 건 처음 집에 다녀가고 딱 엿새만의 일이었다. 일전에 같이 왔던 친구들과 문제집을 한가득 싸 들고서 공부나 같이 하러 왔다며 할머니께 예의 바르게 인사했다.

할머니는 좋아서 어쩔 줄을 몰라 했고, 엄마는 냉장고부터 뒤적거렸다. 여름 김치를 담그느라 부엌에서 엄마를 돕고 있던 수완은 반가움보다 막막함이 더 컸다. 일찍부터 시작된 부엌일이 거의 끝나 가던 차였다. 이후엔 방으로 돌아가 허리를 펴고 싶었는데 할머니가 또 이것저것 주문하실 것을 생각하니 명치 끝이 막혔다.

물이 잔뜩 튀어 축축해진 앞치마를 만지작거리며 부담스러운 눈길로 그들을 보았다. 괜히 원망스럽고, 저절로 노려보게 되고, 그러다가 눈이 마주쳐 이런 마음을 들켜 버릴까, 바보같이 고개를 숙였다.

"공부도 먹어 가면서 해야지. 아직 점심 전이지?"

"어, 할머니. 우리 농구 한 판 뛰고 왔더니 배고파."

상황은 예상대로 흘러갔다. 할머니는 먹을 것부터 챙겼고, 이기적인 이동재는 제 뱃속부터 챙겼다. 집에서 여름 김치를 종류별로 담그고 있다는 걸 뻔히 알고 있으면서도.

"시원하게 국수나 말려고 했는데 안 되겠다. 에미야!"

"네, 어머니."

"갈비 재워 놓은 거랑 조기 좀 꺼내라. 수완이는 나가서 샐러드거리 좀 따 오고……."

가슴속의 서러움이 뭉쳐 목구멍을 뜨겁게 타고 올랐다.

나도 주말에는 쉬고 싶단 말이에요.

쏟아 내고 싶은 말이 혀끝을 맴돌다 부질없이 사라졌다. 수완은 눈물이 핑 돌아 고개를 드는데 바쁘게 움직이던 엄마가 걸음을 멈추고 서진하를 주시했다. 주문을 늘어놓던 할머니도 못 들은 말이 있었는지 그를 향해 고개를 길게 내민 채였다.

"뭐? 뭐가 먹고 싶다고?"

"피자요. 할머니, 저희 피자 먹고 싶습니다."

"피자?"

서진하의 말에 할머니가 자꾸 돌림노래를 하셨다. 중간에서 두 사람을 번갈아 보던 동재는 정리를 한답시고 함부로 나섰다.

"저번에 구웠던 거 맛있더라. 반죽 금방 되지? 그때처럼 해 줘."

"아니, 그런 거 말고."

습관처럼 집에서 건강식으로 만들어 내라는 동재의 말에 서진하는 또다시 제동을 걸었다. 그리고 누군가 입을 열기 전 특정 브랜드의 새로 출시된 피자 이름을 정확하게 읊었다. 친절하고 공손한 태도로 할머니께 권해 보는 것 또한 잊지 않았다.

"할머니도 한번 드셔 보세요. 저희 할머니도 누나랑 같이 시켜 드셨는데 좋아하시더라고요."

"그래?"

눈높이에 맞춰 호기심을 유발하는 서진하의 언변은 마법과 같았다. 대성재단의 이사장도 주문해 먹었다는 피자를 할머니라고 못 드실 리 없었다. 어떤 건지 한번 맛이나 보자며 할머니는 평소 드시지도 않던 주문 피자로 당신의 점심 메뉴를 바꾸셨다. 덕분에 수완은 그 후로 정확히 30분 만에 침대에 누워 허리를 펼 수 있었다.

첫 방문부터 기특한 짓을 했던 그는 두 번째에서도 세 번째에서도 그리고 그다음 방문에서도 초지일관 같은 자세를 유지했다. 어느 날은 음식을 바리바리 싸 들고 와 종일토록 그것만 먹다가 돌아갔다. 어느 날은 저희끼리 농구 경기로 내기를 해 지는 쪽에서 배달 요리를 계산하기로 했다며 할머니 앞에서 태연히 중국집에 전화했다.

그러다 보니 엄마와 수완이 하는 거라곤 과일을 깎아서 내놓거나 주문대로 탄산수에 얼음과 레몬을 넣어서 가져다주는 것뿐이었다. 이제 푸짐하게 한 상 차려 대접할 때도 되지 않았나, 어느 날은 수완이 먼저 그런 생각을 하기도 했다. 하지만 서진하는 배달 요리 위주의 확고한 음식 취향을 고수했고 농구 경기의 벌칙을 칼같이 지켰다. 배달 음식은 몸에 좋지 않다고 할머니가 말려도 소용없었다.

"집에서는 매일같이 건강식으로 먹어요. 어쩌다 한 번은 이런 재미도 있어야죠."

또렷하게 제 생각을 밝히며 태도의 일관성을 유지했다.

그럴수록 서진하의 방문은 부담이 아닌 기대가 되어 다가왔다. 가사에서 해방되고 싶은 날이면, 밀린 과제가 많아 부엌일에서 벗어나고 싶은 날이면 수완은 서진하가 집에 와 남이 해준 음식으로 한두 끼를 때울 수 있게 되길 고대했다. 그의 한결같은 태도는, 기복 없는 고집은, 단호하게 제 의견을 피력하는 성격은 세상 그 누구보다 든든하고 믿음직스러웠다.

그래서 그랬을까.

수완은 저도 모르는 새 그에 관한 사소한 부분을 기억했다. 여름방학식을 끝내고 집으로 돌아왔던 어느 날, 현관에 놓인 그의 운동화를 발견하고 얼마나 한참 동안 그것을 들여다보았는지. 서진하의 것을 단번에 알아봤다는 사실이 새삼스러워 멍한 기분이 들었다.

저런 것을 얼마나 눈여겨보았다고.

같이 오는 친구들의 신발은 어느 게 누구의 것인지 아무리 살펴봐도 구분이 안 되는데.

이상하다 생각하면서도 수완은 그날 살짝 때가 탄 운동화 앞에 쪼그리고 앉았다. 이동재의 운동화였다면 그대로 지나쳤을 테지만 끈이 풀려 있는 서진하의 운동화는 그럴 수 없었다. 너무 빡빡하거나 헐겁지 않게, 수완은 세기를 조절해 운동화 끈을 조인 뒤 꼼꼼히 매듭지어 주었다.

저녁까지 먹고 가라는 태은을 간신히 뿌리치고 수완은 서둘러 집으로 돌아왔다. 오늘은 지겨웠던 보충수업이 끝나고 일주일간의 진짜 방학이 시작되는 날이었다. 평소 같으면 태은네서 해가 지도록 버텼을 테지만, 할머니가 모임에 나가시고 이동재도 늦게 들어오는 날이라 마음이 급했다. 아주 드물게, 기분 좋은 여유와 심신의 안정을 집에서도 만끽할 수 있는 날. 이런 날이면 수완은 흐르는 시간이 아까워 1분 1초라도 더 집에서 보내고 싶었다.

"다녀왔습니다!"

"수완이 왔니?"

"네."

현관문을 열고 한 톤 높은 목소리로 씩씩하게 외쳤다. 그런 다음 수순대로 신발을 벗다가 두 눈이 휘둥그렇게 되었다. 눈에 익은 운동화가 시선을 사로잡았다. 평소대로라면 언제나 같이 놓여 있어야 할 다른 운동화들은 보이지 않았다. 심지어 이동재의 운동화마저도.

분명 자습까지 다 해야 한다고 들었는데. 고개를 갸웃하며 부엌으로 가 보았다.

"고생했어. 밖에 무지 덥지?"

"어."

"태은이는 어때?"

"여전해. 아픈 건 아니고. 집에 누구 왔어?"

운동화가 누구의 것인지 뻔히 알면서 모르는 척하는 게 상당히 민망했다. 다행히 엄마는 에이드를 타느라 정신이 없었다. 애플민트를 위에 올리고 스트로를 꽂아 과일과 함께 작은 쟁반에 올려 수완에게 내밀었다.

"위에 진하 와 있어. 올라가는 김에 이것 좀 가져다줘."

설마 혼자 와 있는 거야? 이동재 오늘 늦는다고 하지 않았어?

궁금한 게 많았으나 혹시라도 관심이 과도해 보일까, 수완은 말없이 쟁반을 건네받았다.

"가방 내려놓고 내려와. 네 거도 한 잔 시원하게 타 놓을게."

엄마를 뒤로하고 조심조심 계단을 올라갔다. 당연히 이동재 방에 있을 줄 알았건만 서진하는 2층 거실의 소파를 제집처럼 차지하고 있었다. 이미 한 차례 간식을 먹었는지 테이블 위로 내용물을 알 수 없는 빈 접시와 유리컵이 보였다. 책장을 넘기던 그가 인기척에 고개를 들었다.

"에이드예요."

첫 만남에서의 민망한 상황 때문인지 서진하와 눈을 맞추는 게 불편했다. 그와 가까워질수록 내쉬는 숨소리마저 강하게 의식하게 되는 것도 꺼려지는 이유였다. 내가 내가 아닌 것 같은 부자연스러움. 타인 때문에 행동 하나하나에 힘이 들어가는 게 거북스러워 수완은 테이블에 쟁반을 내려놓고 쌩하니 돌아섰다. 도망치듯 재빨리 걸음을 옮기는데 느긋하게 흘러온 목소리가 등 뒤로 날아왔다.

"칼릴 지브란."

흠칫 멈춰 선 수완이 뒤를 돌아보았다. 서진하가 들고 있던 책을 앞으로 내밀어 표지를 내보였다. 그가 이 집에 드나들기 시작한 지 어언 두 달, 오늘처럼 직접 말을 걸어온 건 처음이었다.

"이거 네 거지. 너 이런 책 좋아해?"

"내 거 아니에요."

고리타분한 취미를 갖고 있다고 오해할까 봐 대뜸 진실부터 밝혔다. 그래 놓고 너무 과하게 정색했나 싶어 머쓱해하는데 어쨌거나 그는 안 믿는 눈치였다. 듣는 둥 마는 둥 책을 좌라락 넘기며 반박했다.

"네 거 맞잖아. 이 책 읽는 거 내가 봤어, 여러 번."

"아니라니까요."

"반쯤 졸고 있던데? 관심도 없으면서 왜 그렇게 붙잡고 있었던 거야? 학교 과제야?"

놀리는 듯한 어감은 조금도 없었다. 누가 봐도 순수하게 궁금해하는 표정이었다. 수완은 그래서 더욱 얼굴이 화끈거렸다.

"엄마 거예요. 뭔가 하고 궁금해서 읽어 본 거고요."

"어쩐지…… 주옥같은 글을 너무 홀대하더라. 그래도 너 끈기 있다. 그렇게 안 맞으면 덮는 게 보통인데 두 달 내내 매달려서 읽고 또 읽고, 던졌다가 또 찾아 읽고. 이 얇은 책을 말이지."

수완은 얼굴 전체가 불이 붙은 듯 따끔거렸다.

"음미하며 읽어도 한두 시간이면 될 텐데……."

그가 덧붙여 중얼거리는 소리엔 쥐구멍에라도 머리를 틀어박고 싶었다. 그런 게 아니라고, 다 읽고 또 보는 거라고 반박하고 싶었지만, 그러려면 자세한 사정까지 주절주절 떠들어야 하므로 입을 열지 못했다. 어쩌다가 그런 모습을 보였을까, 스스로가 원망스러웠다.

그렇다고 계속 입을 다물고만 있을 수는 없었다. 수완은 화제도 돌릴 겸 가장 만만한 이동재를 들먹였다.

"오빠는 오늘 늦을 거예요. ……오래 기다려야 한다고요."

"그러니까 그냥 가라고?"

"한참 더 기다려야 한다고 말해 주는 거예요."

"상관없어. 지나다가 얼굴이나 보려고 들른 거니까."

"네?"

"앞으로 못 올 거 같아서 얼굴이나 보러 왔다고."

그냥 입을 다물고 방으로 들어갔어야 했나?

서진하와 말을 이어 갈수록 수완은 수렁에 빠지는 기분이었다. 이쪽을 빤히 보면서 저런 말을 하면 어쩌라는 건지.

꼭 나한테 하는 말 같잖아.

그런 게 아니라는 것을 잘 알면서도 그가 뚫어지게 쳐다보고 있으니 가슴이 울렁거렸다. 이런 상태를 들키지 않을까 공연히 퉁명스러운 말도 흘러나왔다.

"학교에서 보면 될 텐데 뭐 굳이 이렇게까지. 3학년은 원래 자습까지 다 하고 끝나는 거 아니었어요?"

"반이 다르니까."

"혹시 어디 가세요?"

"나도 정신 차리고 공부해야지."

도무지 그가 하는 말의 요점을 파악할 수 없었다. 놀러 와서 두 달 내내 공부만 해 놓고 새삼스레 이제 와서 정신을 차려야 한다니. 가만 보면 하는 말마다 생뚱맞았다.

수완이 그가 했던 말들을 머릿속으로 차근차근 정리해 보는데 서진하가 에이드를 손에 쥐고 높이 들어 보였다.

"네가 만든 거야?"

"엄마가요."

당연한 질문을 해 놓고 그는 아무러면 어떠냐는 듯 반 컵 정도를 시원하게 벌컥벌컥 들이켰다. 이어서 컵을 내려놓고 바닥에 팽개쳐 두었던 가방을 들었다.

"간다. 과일은 너 먹어라."

"오빠 안 기다려요?"

"학교에서 보라며. 그래도 될 거 같아서."

그는 건성으로 답하고 계단을 내려갔다. 오랫동안 기다린 것 같은데 포기도 빨랐다.

수완은 그의 뒷모습을 망연히 바라보다 소파로 걸어가 책을 집어 들었다. 표지 위로 미약하게 남아 있던 그의 온기가 손바닥을 통해 고스란히 그녀에게 전달되었다. 그것은 자연히 그를 의식케 하였고 수완은 물색없이 저릿저릿, 손끝이 간질거렸다.

순종만 하는 엄마를 이해할 수 없었다. 차라리 이 집을 나가 다시 약국 일이나 하며 자유롭게 사시지, 왜 모든 것을 포기하고 저렇게 고생만 하실까. 왜 아빠는 중간에서 할머니를 말리지 못하고 엄마가 일방적으로 당하는 걸 무력하게 보고만 있을까. 납득할 수 없는 상황에 할머니가 싫었고, 아빠가 원망스러웠고, 이동재가 얄미웠다. 모든 게 답답했다.

가장 암담한 건 변화가 없다는 사실이었다. 아무리 혼자서 속을 끓여도 엄마는 묵묵히 집안일에 충실했고, 할머니는 여전히 꼿꼿했으며, 일상은 언제나 똑같이 흘러갔다. 하여 수완은 마지막 탈출구로 엄마가 즐겨 읽는 산문시집을 읽었다. 얼마나 참된 구원과 진리의 말씀이 있기에 속상하실 때마다 이런 것을 들여다보실까, 조금이라도 엄마를 이해해 보고 싶었다.

결국 공감을 느끼는 데도 깨달음을 얻는 데도 실패했지만 그렇다고 포기할 수는 없었다. 수완은 화가 날 때마다 욱하는 마음에 산문시집을 던져 버렸다.

이딴 게 다 뭐라고!

하지만 이내 주섬주섬 다시 주워 들고 교과서를 읽듯 반복해서 읽어 보고 있었다.

마지막으로 이 책을 던져 놓은 게 벌써 일주일 전이었다. 제자리에 꽂아 놔야지 하면서도 수완은 책장이 아닌 창가로 다가갔다. 눈을 뜨기도 부담스러운 쨍쨍한 8월의 불볕 아래 정원을 가로지르는 서진하의 뒷모습을 지켜보았다. 앞으로 못 올 것 같다고 말하긴 했지만, 가끔 한 번은 놀러 오겠지.

막연히 그리 여기며 끝까지 그를 배웅했다. 그가 얼마나 빈틈없는 사람인지 알지 못하고.

나중에 보니 서진하는 결코 빈말하는 사람이 아니었다. 정원에서 보여 준 이날의 뒷모습을 끝으로 그는 진짜로 이 집에 완전히 발길을 끊었다. 할머니가 아무리 밥 한 끼 같이 먹자고 초대해도 고3이라는 이유를 들어 정중히 거절했다. 무심히 흐르는 시간 속에 서진하의 소식은 이동재의 입을 통해서만 간간이 전해졌다.

"학교에서 오다가다 종종 봐. 간단히 아는 체하고 지나는 거지, 뭐. 가끔 할머니 안부도 묻고 그래. ……어떻게 놀러 오라고 해! 걔는 S대 수시 준비한단 말이야. 나중에 입시 끝나면 그때 할머니가 이사장님께 연락해서 밥 먹으러 오라고 하든지."

현관에 들어서면 눈에 익은 큼지막한 운동화가 놓여 있고, 부엌에서 종종거리는 주말이면 그가 큰소리로 인사하며 들어와 배달 요리를 시켜 먹어야 할 것 같은데, 여름이 끝나고 가을이 지나고 추운 바람이 불어오기 시작해도 이따금 숨길을 뚫어주던 그의 등장은 두 번 다시 재연되지 않았다.

수완이 진하와 재회한 건 이듬해 2월, 대입에 실패한 이동재가 집에서 한창 흙탕물을 일으키고 있을 때였다.

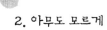

2. 아무도 모르게

대학 진학에 실패한 이동재는 아버지 앞에서 급격히 쪼그라들었다. 목소리가 낮아지고 밥을 먹는 것도 건성건성, 아버지가 집에 계시는 주말이면 무엇을 하는지 온종일 제 방에 틀어박혀 꼼짝을 안 했다. 우등생이었던 아버지의 아들로 태어나 열등감을 숨겨 오다가 대입이라는 현실적인 문턱에서 만천하에 실력이 들통나 자존심이 상한 듯 보였다.

할머니는 손자가 풀 죽어 있는 게 불쌍하다며 선물 공세를 펼쳤다. 사실 그것은 말도 안 되는 소리였다.

이동재 그 인간이 풀이 죽어 있다니.

그는 위축되어 빌빌거리다가도 아침에 아버지가 출근하시면 얼굴을 바꾸고 딴사람이 되었다. 대한민국 모든 고3 학생이 졸업을 앞두고 휴식을 취하는 2월, 이제 와 공부한답시고 책상에 앉아 온갖 위세와 신경질을 부렸다. 조금만 거슬리는 소리가 들려도 당장에 달려와 방방 뛰었다. 있는 대로 짜증을 퍼붓다 이러니 내가 공부에 집중할 수 있었겠냐며 자신의 실패를 무고한 엄마와 두 동생 탓으로 돌렸다.

무슨 소리야? 네가 대학에 떨어진 건 집이 시끄러워서가 아니었잖아!

난리가 날 때면 목구멍을 치고 올라오는 무수한 말들을 수완은 참고 참았다. 엄마와 가정의 평화를 위해 쏟아 내기보다 어금니와 입 안쪽 살을 번갈아 꽉꽉 깨무는 걸 선택했다. 하지만 그때마다 한 꺼풀씩 깨어져 나가는 인내심은 어쩔 수가 없었다. 어느 날부턴가 울화의 덩어리가 울뚝불뚝 한계선을 치고 올라오는 게 느껴질 만큼 인내의 샘물은 말라 가고 있었다.

"도미가 살이 단단한 게 아주 맛있겠어. 세 마리나 샀던데 다 뭐 하려고?"

"굽고, 조리고, 탕수도미도 만들려고요. 작은어머님 탕수도미 좋아하시잖아요."

"세상에, 나까지 챙겨 주는 거야? 동재 챙기느라 정신없을 텐데. 내가 수완 엄마 덕에 호강하네."

대구에서 올라오신 작은할머니가 눈가에 주름을 곱게 접으며 웃으셨다.

친정에 행사가 있어 잠깐 서울에 오셨다던 작은할머니는 인사차 한남동에 들렀다 그대로 붙잡혔다. 오랜만에 왔으니 말동무나 해 주다 쉬엄쉬엄 가라는 할머니의 권유를 차마 뿌리치지 못했다.

이틀 정도 아랫목에 앉아 회포를 풀던 작은할머니는 끼니때마다 조카며느리가 해다 바치는 요리에 감탄하셨다. 어쩜 이렇게 솜씨가 좋으냐는 칭찬 뒤엔 애잔한 미소를 띠셨다. 틈틈이 주방을 들여다보시며 도리도리 고개를 내젓기를 몇 번. 오늘은 아침부터 부엌 주변을 기웃거리시다 슬그머니 안으로 들기까지 하셨다.

"우리 형님 여전하시네."

작게 혀를 차며 엄마에게 측은한 눈길을 보내던 작은할머니는 부엌에 쌓인 일감을 쭉 둘러보시더니 식탁에 앉아 마늘을 까고 있던 수완의 맞은편에 자리를 잡았다. 수북이 산을 이루는 마늘에 자연스레 손을 대시며 음식 재료를 준비 중인 엄마와 이런저런 대화를 이어 갔다.

작년까진 수험생인 이동재의 몸보신을 위해서, 올겨울엔 논술을 준비하던 이동재의 집중력 향상을 위해서 엄마는 매일같이 영양식을 만들었다. 입시가 끝나고 이동재의 재수가 결정되자 할머니는 요즘 그의 원기 회복을 위해 보양식을 만들라고 엄마를 들볶았다.

벌써 몇 시간째 이동재를 위해 마늘을 까야 했던 수완은 마지막 한 알을 끝내고 자리에서 일어났다. 커다란 플라스틱 소쿠리에 마늘을 옮겨 담고 개수대로 가져가 척척 씻었다. 그사이 작은할머니는 손을 씻어 마늘 냄새를 없애고 느타리버섯을 가져다 쭉쭉 찢었다. 할머니가 부엌에 나타난 건 정확히 그 시점이었다.

"부엌에서 뭐 하고 있는 겐가? 그런 건 어멈하고 수완이한테 맡기고 자네는 이리 나오시게."

"놔두세요, 형님. 심심해서 손이나 놀리려고 들어온 거예요."

"손이 심심하면 나와서 군밤이나 까 드시든지."

"수완 엄마하고 오랜만에 수다 떠는 것도 재미있고요."

작은할머니는 조금이라도 돕고 싶은 마음에 그러셨을 테지만 그건 오판이었다. 할머니의 못마땅한 시선은 득달같이 엄마에게로 비껴갔다.

흘끗 살펴본 곁눈에 할머니의 고개가 엄마 쪽으로 향하는 게 포착되었다. 수완은 긴장으로 목덜미가 뻣뻣하게 굳어 와 서둘러 마늘 분쇄기를 꺼냈다.

"너는 뭐 하는 사람이냐?"

"아우, 형님 왜 그러세요!"

다급히 케이블을 풀어 콘센트에 플러그를 꽂았다. 그러고는 마늘 적당량을 손으로 대충 쓸어 담고 뚜껑을 닫은 뒤 버튼을 힘껏 눌렀다.

"집에 자주 오시는 손님도 아니고 내가 특별히 붙잡은 사람인데……."

위이이잉.

할머니의 잔소리는 분쇄기가 자아내는 소음 속에 속수무책 파묻혔다. 등 뒤로 가시 같은 시선이 날아와 꽂히는 게 느껴졌지만 가볍게 무시했다. 불뚝불뚝 화기가 치솟아 수완은 분쇄기의 강도를 점점 높였다.

"수완아!"

엄마의 경고도 못 들은 척하였다. 버튼을 껐다 켰다 하며 반항하듯 위잉, 위잉, 위이잉 다양한 소음을 만들었다. 조금만 건드려도 참고 참았던 게 속에서 폭발할 것 같았다. 설상가상 간당간당 남아 있던 짧은 도화선에 이동재가 불을 붙였다.

"할머니이!"

언제 내려왔는지 그는 벌겋게 상기된 얼굴로 부엌 입구에서 발을 쾅쾅 구르며 소리쳤다. 버튼을 누르며 분풀이를 하던 수완이 손가락을 멈추고 천천히 돌아보았다.

"시끄러워, 시끄럽다고오! 하루 이틀도 아니고 걸핏하면 부엌에서 툭탁툭탁. 못 먹어서 죽은 귀신이 붙었나, 뭔 놈의 집안이 밥해 먹는 소리 때문에 하루도 조용할 날이 없어, 그냥!"

할머니를 부르고 냅다 소리치고 있지만, 그것은 분명 엄마를 향한 비난이었다. 수완을 향한 질책이었다. 1년 열두 달 그를 위해 종일토록 부엌에서 일하는 엄마인데, 감사의 인사는커녕 지랄 같은 제 성질까지 받아 내라고 요구하는 것이다.

"이러면서 무슨 공부를 하래? 어떻게 좋은 성적을 받아 오래? 책만 펴면 아래층에서 별별 잡소리가 다 들리는데 어떻게 내가 다른 애들처럼 똑같이 집중해서 공부할 수 있었겠냐고!"

"웃기지 마."

급격히 흥분한 고함을 끝으로 수완의 냉조가 과열된 분위기를 싸하게 식히며 울렸다. 모두의 시선이 순식간에 수완에게로 이동했다.

이동재의 외침엔 정당성이 없었다. 그가 내뱉는 원망은 간신히 숨겨 온 열등함을 온 천하에 들켜 버린 데에 대한 화풀이, 히스테리, 잘못 떠넘기기에 불과했다.

가소롭고 비겁한 저 행동을 가족이라는 이름으로 무조건 인내해야 하는 것일까.

가까울수록 예의가 필요한 법이다. 차려 놓으면 누구보다 꾸역꾸역 잘도 처먹으면서 기분에 따라 엄마의 노력과 정성을 폄하하는 저런 말 따위, 가만히 듣고 있어야 할 이유가 없었다.

"오빠가 공부 못하는 게 왜 주변 탓이야?"

"수완아!"

기겁하는 엄마의 만류에도 수완은 목소리에 힘을 실었다. 모두가 알지만 차마 입 밖으로 꺼낼 수 없었던, 있는 그대로의 사실을 똑똑히 되새겨 주었다.

"선생님이 그러셨어, 원래 공부 못하는 애들이 이 핑계 저 핑계 말이 많은 거라고. 오빠가 시험 못 봐 놓고 왜 엉뚱한 데 와서 남의 탓을 하는 건데! 집이 시끄러워서 집중을 못 하겠다고? 그래서 성적이 나빴던 거라고? 핑계 대지 마. 나는 할아버지 제사 때문에 시험 전날 온종일 부엌에서 전 부쳤는데도 성적 올랐어. 다 자기 평소 실력대로 나오는 거야!"

다른 것보다 '공부 못하는 애들'이라는 공격에 동재는 폭발한 것 같았다. 붉으락푸르락, 얼굴빛이 변하여 거친 숨을 씩씩거리다 수완이 다다닥 내지른 마지막 말에 때릴 듯이 덤벼들었다. 다행히 작은할머니가 중간에서 그를 붙잡았기에 망정이지

하마터면 그대로 얻어맞을 뻔했다.

"저, 저 못돼 먹은 년 같으니라고. 그깟 성적 조금 잘 나왔다고 지 오빠를 아주 우습게 알지! 하긴 이 할미도 우습게 아는 년인데 누구라고 안 우스울까! ……에미 너 잘하는 짓이다. 집에서 하는 일 없이 돈만 쓰면서 딸자식 교육 하나 제대로 안 시키고 뭐 하고 있었던 게야!"

집 안은 순식간에 난장판이 되었다. 이동재는 팔다리를 휘저으며 부엌을 뛰쳐나가는 수완에게 위협을 가했다. 할머니는 고래고래 고함을 지르며 손녀와 며느리를 하나로 싸잡아 닥치는 대로 비난했다.

수완은 방으로 올라가 제일 처음 눈에 들어온 코트에 팔을 꿰었다. 끊이지 않고 들려오는 악쓰는 소리에 정이 뚝뚝 끊어져 나갔다. 한시라도 빨리 이곳에서 벗어나고 싶었다. 책상에 놓인 지갑과 문제집, 프린트물을 잡히는 대로 가슴에 쓸어안고 수완은 현관을 뛰쳐나갔다.

쾅!

대문을 거세게 닫았다. 발바닥이 아프도록 발을 땅에 세차게 디디며 거의 뛰듯이 걸음을 옮겼다. 집에서 하는 일 없이 돈만 쓴다는, 엄마를 향한 할머니의 비난이 분하고 억울해 눈물이 줄줄 흘렀다.

그건 이동재하고 할머니시잖아요! 매일같이 이거 해라 저거 해라. 시키고 먹는 거 말고 무슨 일을 하시는데요!

아까 미처 반박하지 못했던 말들이 뒤늦게 떠올라 속에서 치받쳐 올랐다. 끝내 엄마를 욕먹게 했다는 죄책감도 분노에 타올라 까맣게 사라졌다. 이왕 내지른 거 다 들이받아 버릴걸. 참고 참았던 말 시원하게 터트려 곤죽이 되도록 밟아 놓을걸. 오히려 후회가 막심했다. 무조건 참는 게 능사는 아니었다. 건드려도 상대가 미련스럽게 참으니까 그래도 되는 줄 알고 계속 건드리는 게 저들의 습성이었다.

가슴이 갈기갈기 찢겨서 너덜거렸다. 집이 아닌 지옥, 가족이 아닌 무거운 짐. 차라리 세 모녀만 따로 나가 살고 싶다는 생각이 간절했다.

수완은 빨갛게 얼어붙은 손으로 눈물을 훔쳤다. 안 그래도 속상한데 정면에서 몰아치는 겨울바람은 억세고 매서웠다. 집에서 신는 타이츠에 허벅지까지 내려오는 니트, 가벼운 운동화, 거기에 잡히는 대로 걸치고 나온 코트 한 장은 한풍을 막기에 역부족이었다.

거칠게 들이치는 찬바람에 목도리 하나 감지 못한 가는 목이 움츠러들었다. 이제 어디로 가야 하나, 코를 훌쩍이며 전방을 살피던 수완은 움찔 놀라서 걸음을 멈췄다. 잘못 본 게 아닐까, 눈물을 훔쳐 시야를 맑게 한 뒤 다시 정면을 확인했다.

저 앞, 무채색의 겨울 풍경을 배경으로 특유의 빛깔을 발하며 서 있는 사람이 있었다. 이목구비를 들여다보기엔 거리상 여의치 않았으나 세세한 얼굴 윤곽이 코앞에서 보고 있는 듯 단번에 그려지는 남자였다. 외까풀의 길고 이지적인 눈매에 짙고 풍성한 눈썹. 정중앙에 자리해 오뚝하게 뻗은 코와 양 끝이 자연스레 위쪽으로 향해 있는 입술선. 아무리 봐도 저 얼굴은 작년 여름을 끝으로 한 번도 만나지 못했던 서진하였다.

온다고 했었나? 아니다. 그가 집에 올 거라는 소식은 들은 적이 없다. 만약 그랬다면 할머니와 이동재가 호들갑을 떠느라 조금 전과 같은 난리가 일어날 틈도 없었을 것이다.

그 또한 수완을 알아봤는지 언뜻 놀란 눈으로 이쪽을 바라보았다. 그제야 수완은 자신의 몰골이 엉망임을 깨달았다. 흐트러진 옷차림과 붉게 짓무른 두 눈, 추위와 눈물로 빨갛게 달아오른 코끝. 민망하고 창피해 고개를 숙였다. 그와 마주하게 될 때는 왜 이토록 초라한 몰골이어야 하는지.

어느새 걸음을 뗀 그가 가까이 오고 있다. 동시에 수완도 걸음을 옮겼다. 서진하를 알아보지 못한 척, 이수완이 아닌 척 어깨까지 내려오는 머리로 얼굴을 가렸다. 그를 피해 멀찍이 빙돌아서 가는데 덥석 손목이 잡혔다. 따스하고, 묵직하고, 심장을 내려앉게 하는 커다란 손이 느껴졌다.

당황한 수완이 고개를 들자 소리도 없이 쫓아온 그가 물끄러미 그녀를 보고 있다. 머리부터 발끝까지 눈으로 그녀를 빠르게 훑어 내리고 기껏 한다는 소리가 엉뚱했다.

"밥 먹으러 갈래?"

"⋯⋯."

"나 지금 엄청 배고프거든. 그런데 같이 밥 먹으러 갈 사람이 없네."

밥이라니. 나 지금 심각한 거 안 보여요? 물만 마셔도 체할 것 같은 얼굴이잖아요!

"저는 입맛이 없어서."

꽉 잠긴 목에서 간신히 뱉어 낸 목소리가 흉측했다. 그의 앞에서 한시라도 빨리 이 추한 몰골을 치우고 싶었다. 수완은 커다란 그의 손을 힘껏 뿌리쳐 봤으나 어림도 없었다. 서진하는 놓아줄 생각이 없는지 손에 더욱 힘을 주고 태연하게 물었다.

"어디 가는데?"

"이것 좀 놔주실래요?"

"옷차림이 너무 얇다는 생각은 안 들어?"

그러니까 어디라도 들어가게 손 좀 놔 달라고요!

수완은 추위에 몸을 미약하게 떨면서 어떻게든 손목을 빼보려고 애썼다. 뜻하지 않게 실랑이가 벌어진 그 순간 느닷없이 서진하의 손목 위로 또 다른 손 하나가 척 올려졌다. 갑자기 끼어든 제삼자의 낯선 손에 수완과 진하의 고개가 동시에 옆으로 돌아갔다.

두툼한 패딩 위로 목도리를 칭칭 둘러 추위에 완벽히 무장한 남학생 하나가 있었다. 아침에 갓 배달 온 우유를 바로 뜯었을 때 훅 끼쳐 오는 신선한 비린내를 연상케 하는 아이였다. 정의감에 타오르는 눈빛을 이글거리며 서진하를 노려보는 모습이 제법 귀여웠다.

누구? ……어!

남학생의 등장에 고개를 갸웃하던 수완이 뒤늦게 그를 알아

보고 의아한 빛을 띠었다.

"너⋯⋯."

"현우. 박현우."

한 대 쳐 버릴 듯 진하를 노려보던 남학생은 수완이 자신을 알아보자 순한 강아지처럼 이름부터 밝혔다. 얼굴은 알아도 제 이름은 모를 거라고 확신하는 듯했다. 남학생은 진하의 손목을 더욱 힘주어 잡고서 수완을 향해 무겁고 진지하게 말했다.

"근처 지나던 길이었어. 네가 도움이 필요한 거 같아서."

서진하가 가해자라면 당장에라도 해치울 수 있다는 비장한 어조였다. 그러나 현실은 언제나 냉정하기 마련. 말이 끝나기가 무섭게 현우의 손이 툭 떨어져 나갔다. 힘을 주고 있던 게 무색할 만큼 서진하가 손쉽게 그의 손을 쳐 냈다.

서로 물리고 물렸던 세 사람의 손이 동시에 자유롭게 풀어졌다. 현우는 황당해하며 제 손을 들여다보았고 진하는 아무 일도 없었던 듯 수완을 보았다.

"아는 애야?"

"⋯⋯네."

"쟤 도움 필요해?"

그럴 리가. 초라한 행색이 창피해 피하려고 한 건데 괜한 오해를 일으킨 것 같아 부끄러웠다.

수완의 침묵을 알아서 해석한 진하가 이번에는 현우를 보았다.

"넌?"

"네?"

진하를 치한처럼 쳐다봤던 현우는 상대의 지나치게 당당한 모습에 절로 공손해져 있었다.

"너도 수완이한테 볼일 있냐고."

"그러니까 그게……."

"있어도 다음에 해."

기껏 물어 놓고 저쪽에서 답을 하려 하자 진하는 아무렇지 않게 잘라 말했다.

"내가 먼저 왔고, 수완이는 지금 나랑 갈 데가 있으니까."

그러고는 곧바로 수완을 이끌었다. 문제집과 프린트물을 빼앗듯이 가져간 뒤 이번에는 팔목이 아닌 손을 잡고 무작정 끌고 갔다.

그의 커다란 손에, 강한 악력에, 따뜻한 온기에 수완은 속수무책으로 따라갔다. 알고 보면 서진하가 징글맞은 이동재의 친구라는 사실도, 어디선가 불쑥 나타난 박현우라는 존재도 머릿속에서 하얗게 지워졌다. 그가 자신의 이름을 정확히 알고 있었다는 사실 하나만이, 지금 이 순간 수완이 떠올릴 수 있는 생각의 전부였다.

마침 지나던 택시를 잡아탔다. 10분 넘게 달려서 내린 곳은 이태원에서도 아는 사람만 안다는, 가정집을 레스토랑으로 개조한 '부엌'이라는 상호의 맛집이었다.

자리에 앉자마자 진하는 클램차우더, 스테이크덮밥, 가지파

스타를 주문했다. 서빙을 하는 분에게 볼펜도 하나 얻었다. 그런 다음 택시에서부터 관심을 보였던 수완의 프린트물을 펼쳤다. 태은이 사촌에게서 공수받은 어느 대치동 학원의 모의 수능 시험지였다. 문제만 풀어 두고 채점하지 않았던 것인데 그는 수완에게 묻지도 않고 멋대로 정답을 맞혀 보기 시작했다.

본디 어이가 없으면 말문이 먼저 막힌다 하였던가. 수완은 할 말을 잃었다. 하도 기가 차 진하가 하는 양을 보고만 있는데 주문한 음식이 줄지어 나왔다. 식전빵에 샐러드, 앞접시까지 세팅되자 널찍했던 테이블이 가득 채워졌다.

"먹어."

진하는 김이 모락모락 오르는 클램차우더를 수완의 앞으로 밀어 주고 다시 채점에 열중했다. 동작 하나하나가 느긋하고 자연스러운 게 다른 사람이 본다면 전부터 종종 이렇게 만나 온 사이로 착각할 것 같았다.

"지금 뭐 하는 거예요?"

"따뜻할 때 먹어 봐. 추위가 가실 거야."

수완은 뾰족한데 진하는 태평했다. 상대가 아무리 예민하게 반응해도 그러든 말든 시험지에서 눈을 떼지 않았다.

"입맛이 없다니까요. 그냥 하는 소리 아니었어요."

"너 지금 입술 파래. 괜히 고집 피우다 감기로 고생하면 너만 손해야."

가뜩이나 손에서 마늘 냄새가 진동해 신경 쓰여 죽겠는데 추레한 꼴을 지적받으니 얼굴이 화끈 타올랐다. 며칠 내내 마지막 한파가 기승을 부렸다. 이런 날씨에 벌게진 눈으로 옷도 제대로 챙기지 못하고 거리를 헤매고 있었으니 전후 사정은 듣지 않아도 뻔했을 것이다.

하필 그 순간 시험지 위로 작대기 두 개가 연속해서 쫙쫙 그어졌다. 상처받은 자존심에 확인 사살까지 가해지는 기분이었다. 계속 방치했다간 자존감마저 떨어질 것 같았다.

"그만하고 이리 주세요."

수완은 시험지를 빼앗으려 팔을 뻗었다. 몸까지 일으켜 봤으나 소용없었다. 손이 닿기도 전에 그가 테이블 아래로 시험지를 내려 단단히 사수했다.

"채점은 원래 남이 해 주는 거야."

"됐다니까요!"

"기다려. 채점 다 하고 틀린 거 설명해 줄게."

"필요 없어요."

"너 아직도 과외 안 해?"

"이 시점에 그게 뭐가 중요한데요!"

공부도 애매하게 하면서 왜 이상한 데 집착하냐고 묻는 것 같아 수완은 속이 뜨끔했다.

"집에서 공부하다 막히면 어떻게 하는데?"

"오빠한테 물어보면 돼요."

과외 얘기를 끝내기 위해 내지른 말이지만 입을 열면서도 남세스러웠다. 수완은 끝까지 당당하지 못하고 자신감 없는 목소리로 얼버무렸다.

동생이 오빠한테 모르는 걸 묻는 것은 당연하다. 하지만 오빠가 이동재라면 얘기는 달라진다. 그와는 남매이기 이전에 앙숙이요, 수완이 모르는 걸 그가 알고 있을 가능성도 전무했다. 충동적으로 한 번은 내질렀지만 두 번은 할 수 없는 말. 다시는 그런 말을 입에 담기도 싫은데 서진하가 도와주지 않았다. 방금 뭔가 잘못 들은 것 같다는 얼굴로 다시 대답을 요구했다.

"뭐?"

"오빠한테 물어보면 된다고요."

오기가 나서 이번에는 또박또박 답했다. 그가 피식 실소를 흘렸다.

"왜? 대학 가기 싫어?"

"……."

"너 진짜 몰라? 너희 오빠 공부 못해. 책상에 앉아서 딴짓하잖아, 걔. 너도 그거 알고 있고."

서진하의 예리한 지적에 수완은 입술이 살짝 벌어졌다. 내가 알고 있는 것을 똑같이 알고 있는 사람이 있었다는 것에 대해 뿌듯함도 차올랐다. 혹시라도 웃음이 나올까 봐 수완은 입술을 가만히 깨물었다.

서진하는 말도 안 되는 소리 작작 하고 수프나 먹으라며 핀잔을 주었다. 감추고 있던 시험지도 당당하게 원위치로 돌려놓고 채점을 계속했다.

"오빠랑 친구 아니었어요?"

"나는 객관적 사실을 말했을 뿐이야."

서진하는 한 점 찔리는 기색 없이 떳떳했다. 그 표정, 그 말투가 묵혀 있던 체증의 한 귀퉁이를 뻥 뚫어 주었다. 할머니가 지극정성으로 구애하는 상대가 이동재를 객관적으로 평가하고 있다니 왠지 고소했다. 불티처럼 사방으로 튀던 울화가 속에서 스르르 진정되었다.

돌연 맛있는 냄새가 후각을 자극했다. 엉뚱한 계기로 화가 풀리자 말라 있던 입 안에 침이 돌았다. 음식도 하나둘 눈에 들어오기 시작했다. 수완은 숟가락을 들어 걸쭉한 수프를 빙빙 젓다가 적당량을 덜어 입으로 가져갔다. 은은한 바다 향이 입 안에 퍼지며 쫄깃하게 씹히는 조갯살이 일품이었다. 차고 허하게 비어 있던 속이 따뜻하게 데워지는 느낌이었다.

"걔 누구야?"

한참을 먹었다. 안 먹겠다고 버텼던 게 민망할 만큼 수완은 수프에 빵까지 찍어 가며 적극적으로 식사를 마쳤다. 추운 게 가시고 속이 든든해 기분도 한결 풀어져 있는데 서진하의 목소리가 툭 치고 들어왔다. 여전히 채점을 이어 가며 지나는 말처럼 현우에 관해 물었다.

"박현우라고 그랬나? 어떻게 아는 사이야?"

"같은 미술 학원에 다녔어요. 그냥 얼굴만 아는 정도고요."

"너 미술 해?"

"지금은 안 해요. 이제 공부만 하려고요."

그림 그리는 걸 좋아했다. 천부적인 재능을 타고난 건 아니지만 그림을 그릴 때만큼은 내가 좋아하는 것에만 온전히 집중하는 것 같아 그 시간이 소중했다. 그렇게 좋으면 계속 그림을 그리라고 부모님도 적극 찬성했다.

그러나 수완은 1학년이 끝나 갈 무렵 미술을 취미로만 이어 가기로 결정했다. 기준은 하나, '어떤 직업을 가져야 집에서 빨리 독립할 수 있을까'였고 미대는 그 기준에 부합되지 않았다.

취미를 업으로 삼는 건 아니라고 그랬어. 취미가 업이 되는 순간 즐거움은 현실적인 압박에 무너져 고통이 되는 거라고. 즐거움은 즐거움으로 놔두자. 선택의 마지막 순간 슬그머니 머리를 내미는 미련을 수완은 그렇게 짓밟았다.

미술 학원은 지난달까지만 다녔다. 박현우와 인사를 하거나 대화를 나눈 적도 없었다. 오다가다 몇 번 마주친 게 전부였다. 더구나 수완은 취미반에 등록해 주중 한 번만 나갔던 터라 그가 길에서 자신을 알아봤다는 게 도리어 신기했다.

근데 걔가 우리 동네에 살았나?

고개를 살짝 기울이던 수완은 그대로 서진하를 보았다.

"그러고 보니, 혹시 우리 집에 오려던 거였어요?"

"근처에 볼일이 있었어. 나도 한남동 주민이잖아."

진하는 건성으로 답하고 마지막이었던 외국어 영역까지 채점을 끝냈다.

수완은 거의 자포자기 상태였다. 내일 아침 눈을 뜨면 이런 식으로 학업 수준을 공개한 걸 뼈저리게 후회할 터였다. 두 눈 멀쩡히 뜨고 왜 가만히 있었냐고 머리를 쥐어뜯을 게 분명했다. 그래도 지금은 맥이 빠져 실랑이를 벌이기도 귀찮았다. 그저 웬만큼은 풀었기를, 모든 것을 운과 하늘에 맡기고 멍청하게 보고만 있었다.

"제법인데."

시험지를 쭉 훑은 진하가 만족감을 드러냈다.

"이 정도면 남은 2년 들입다 공부만 한다는 가정하에 S대도 가능하겠어."

"S대요?"

뭘 잘못 들었나 싶었다. 기가 막혀 반문하는 어조에 헛웃음이 실렸다.

"목표란 원래 높게 잡는 거랬어."

"터무니없는 목표는 애초에 세우는 게 아니라고 그랬어요."

"터무니가 있는지 없는지 그걸 네가 어떻게 알아."

"나는 분수와 주제를 아는 사람이에요."

"나는 S대에 합격한 사람이야."

농담인 줄 알았다. 추운 날씨에 목도리 하나 없이 길에 나와 울고 있는 아이, 따뜻한 밥 한 끼 사 주고 기분까지 풀어 주려 우스갯소리를 하는 거라고. 그런데 저 사람, 눈빛이 진지하다.

"들어가는 방법은 내가 잘 알아. 기본기 탄탄해서 해 볼 만하겠어. 2년 바짝 공부하면 가능할 것 같아."

너무나 진지해 저도 모르는 새 내가 정말 S대에 들어간다면 할머니랑 이동재가 어떤 표정을 지을까, 그런 생각이 들었을 정도다.

채점을 끝낸 시험지를 한데 묶어 깔끔히 정리하는 그의 손이 눈길을 끌었다. 깨끗한 손톱과 유난히 길쭉한 손가락이 이리저리 무심히 움직일 때마다 시선을 압도했다. 그에게 잡혔던 손과 손목이 새삼 뜨끈뜨끈 달아오르는데 각을 세우고 앉은 진하가 단도직입적으로 말했다.

"과외하자."

장난기라곤 찾아볼 수 없는 말끔한 얼굴을 하고서.

"나한테 과외받으라고."

"……."

"내가 너, 내 후배 만들어 줄게."

언제부터 그랬을까. 아침부터 부엌에 들어가 허리가 휘도록 나오지 못하는 주말이면 수완은 때때로 현관 쪽을 바라보았다. 갑작스레 중문이 열리고 서진하가 나타나 뻔뻔하게 중국집에 전화하는 상상을 해 보곤 했었다. 더위가 가시고, 찬바람이 불어오고, 몇 번의 계절이 바뀌어도 부엌에서 헤어나지 못하는 날이면 문득문득 시선은 현관 쪽으로 향했다.

그러다가 점차 헷갈리기 시작했다. 자꾸 그쪽을 바라보는 이유가 편리한 배달 음식으로 지겨운 가사 노동에서 해방되고 싶어서인지, 아니면 서진하가 저 문을 열고 들어오는 것 자체가 보고 싶어서인지.

후배.

서진하의 후배.

긍정도 부정도 그 어떠한 대답도 할 수 없었다. 그 여름 이후 굳게 닫혀 있던 현관의 중문이 열리고 그가 다시 안으로 들어오고 있는 것 같은 착각에 수완은 숨을 죽였다.

진하는 택시를 잡아 수완을 대성병원까지 데려다주었다. 자신의 제안을 잘 생각해 보라고 말한 뒤 따로 내리지 않고 그대로 문을 닫아 택시를 출발시켰다. 어느 날 홀연히 사라져 몇 달 만에 뜬금없이 눈앞에 나타났던 것처럼 용건만 말하고 돌아설 때에도 망설임이 없었다.

병원 로비에는 미리 전화를 받은 아버지가 마중 나와 있었다. 집에서 일었던 한바탕 난리에 대해서도 이미 알고 계셨다. 소란이 벌어지는 동안 제 방에 숨어 있던 동생 수민이 아버지께 문자로 실시간 중계를 하였던 모양이다.

수완은 변명하지 않았고 아버지는 아무것도 묻지 않으셨다. 그저 미안한 얼굴로 마침 퇴근할 때가 되어 가니 잠깐만 기다리라고 말씀하셨다. 자판기에서 따뜻한 율무차도 뽑아 주셨다.

정리를 끝내고 돌아온 아버지는 수완을 데리고 백화점으로 향했다. 봄옷에 밀려 구석으로 물러난 패딩과 목도리를 고르고, 신발 코너로 내려가 디자인이 잘 빠진 운동화를 안겨 주셨다. 이제 봄이라 필요 없다고 말해도 겨울은 다시 돌아온다며 아버지는 기어코 카드를 빼 들었다.

백화점을 나와 저녁을 먹자고 하시기에 수완은 고개를 내저었다. 할머니께 지청구를 듣고 있을 엄마가 생각나 한시라도 빨리 아버지를 집으로 들여보내고 싶었다. 그런 마음을 느꼈는지 아버지는 알았다며 고개를 끄덕였다.

하지만 어둠이 내려앉은 도로를 달려 차가 멈춘 곳은 뜻밖에도 태은의 집이었다. 수완이 놀라자 아버지는 용돈을 두둑이 챙겨 주며 말했다.

"엄마가 아줌마랑 통화했어. 이유는 적당히 둘러댔으니까 머리도 식힐 겸 태은이네서 하룻밤 자고 와. 아빠가 내일 퇴근하면서 데리러 올게."

수완의 공식적인 외박에 가장 기뻐한 사람은 태은이었다. 이렇게 같이 자는 게 얼마 만의 일이냐며 캠핑이라도 온 듯 싱글거렸다. 입욕 후 머리를 말리고 나온 수완에게 이렇게 오게 된 진짜 이유가 뭐냐고 캐묻기도 하였다. 친척이 몰려와 번잡해서라는 건 사실이 아님을 알고 있다고. 그리하여 듣게 된 오늘의 수난기에 태은은 흥분했다.

"으이구, 바보야. 그럴 땐 택시를 잡아타고 곧장 우리 집으로 왔어야지!"

야식으로 올려 받은 고구마말랭이를 씹으며 훈수를 두는 것도 잊지 않았다.

"다음부턴 돌아보지 말고 우리 집으로 와. 돈 없으면 내가 택시비 들고 뛰어나갈 테니까."

"그래. 고맙다."

수완은 널찍한 침대에 몸을 누이며 힘없이 답했다. 곡절 많은 하루를 보내고 뜨거운 물에 몸을 푹 담갔다 나왔더니 사지가 노곤하게 풀어졌다.

"그나마 거기서 서진하라도 만났으니 다행이지, 추운데 고생할 뻔했잖아."

"그래서 민망해."

"뭐가?"

"밥도 공짜로 얻어먹고 택시도 그냥 얻어 타고. 그때는 정신이 없어서 몰랐는데 욕조에 앉아서 가만 생각해 보니까 뻔뻔하게 받기만 했더라고."

"별걱정을 다 한다."

소파에 편하게 널브러진 태은이 코웃음을 날렸다.

"우리 집이랑 너희 집 재산 다 합해도 서진하가 가진 거에 비하면 새 발의 피야. 다 여건이 돼서 그러는 거니까 앞으로도 그쪽에서 뭔가 해 주겠다고 하면 빼지 말고 그냥 받아. 그 집이 원래 전통, 윤리 막 그런 거 내세우면서 여기저기 후원도 많이 하고 있으니까."

태은의 말대로 대성그룹 서 회장 일가는 재산뿐 아니라 집안 자체로도 굉장히 유명했다. 훌륭한 족보와 막강한 재력을 고루 갖춘 경성 제일의 유지 가문 중 하나였다고 전해진다. 나라가 기울어졌던 시절, 가문이 나서 조직적으로 자금을 몰래 후원했다는 과거는 익히 알려진 사실이었다.

서 회장의 조부와 부친은 소신에 따라 전 재산을 바쳤고 밑바닥에서부터 다시 시작해 오늘의 대성을 일구었다. 어려서부터 과거의 이력을 전해 듣고 또 일부는 체험하며 성장한 서 회장은 그리하여 집안과 회사를 향한 자부심이 남다르다고 들었다.

실제로 집안 대대로 내려오는 도덕적 잣대를 기업과 사원들에게도 엄격히 도입해 규범에 어긋난 일에는 무관용 원칙을 적용했다. 서 회장 일가의 그러한 이력과 기업의 사풍은 매우 긍정적 반향을 일으켰다. 오늘날까지 대성이 대중적 호감을 얻고 신망받는 윤리경영 기업 이미지를 지키게 해 주는 결정적 요인이 되고 있다.

"내 말 듣고 있어?"

"어. 듣고 있어."

"서진하가 뭐 해 준다고 하면 미안해하지 말고 그냥 받으라고."

"……."

수완은 대답 대신 다른 말을 하려다가 이내 입을 다물었다. 심란함, 두근거림, 의구심, 기대감, 망설임, 조심스러움. 형용할 수 없는 오만 가지 감정이 한꺼번에 북받쳐 태은에게 서진하의 제안을 어떻게 얘기해야 할지 몰랐기 때문이다.

수완은 복잡한 마음에 몸을 뒤척였다. 베개를 끌어안고 애벌레처럼 몸을 꿈틀거리다 협탁 위에서 다이어리 하나를 발견했다. 산뜻한 베이비블루 바탕에 청색과 보라색의 수국이 탐스럽게 그려진, 싱그러운 여름을 떠올리게 하는 표지였다. 창밖으로 겨울바람 소리가 요란한데 벌써 여름을 엿보는 기분이라 수완은 저도 모르게 손을 가져갔다.

"이거 뭐야?"

"일기장."

"일기장? 너 일기도 써?"

"내킬 때 써 보려고."

눈이 휘둥그레졌던 수완은 시큰둥하게 돌아오는 대답에 그러면 그렇지, 어찌 된 사정인지 훤히 알겠다며 고개를 끄덕였다. 태은은 공부라면 질색을 하면서도 예쁜 문구류만 보면 사족을 못 썼다. 쓰든 안 쓰든 마음에 드는 표지나 디자인을 발견하는 즉시 종류를 가리지 않고 닥치는 대로 사 모았다. 그렇게 쌓아 두고 사용하지 않는 것은 또 얼마나 많은지.

다이어리 안쪽을 살펴보니 역시나 한 장도 넘긴 흔적 없이 새것 그대로의 상태였다. 그래도 일기를 쓰겠다는 말은 처음이라 갑자기 웬일이냐고 물었더니 태은은 고구마말랭이를 질겅질겅 씹으며 거만하게 말했다.

"네가 삶과 죽음에 대해 뭘 알겠니. 원래 죽음의 문턱에서 살아 돌아온 사람은 작은 거 하나에도 인생의 의미를 두며 문학인 되고 그러는 거야."

허세 가득, 터무니없이 진지한 그 말에 수완은 웃음이 터졌다. 집안일 때문에 최근 크게 웃을 일이 없었는데 사랑스러운 친구의 한마디에 우울감이 가시는 것 같았다.

"어느 날 갑자기 일기가 쓰고 싶다, 그럼 저 예쁜 걸 펼쳐서 무조건 쓰는 거지. 인생 뭐 별거 있냐. 그냥 내킬 때 하고 싶은 거 하면서 살면 되는 거야. 일기 쓰는 게 어려운 것도 아니고."

"그러네. ……정말 그러네."

수완은 태은의 시원시원한 생각에 동조하며 침대에 등을 붙이고 천장을 응시했다. 문득 동조하고픈 또 다른 말이 떠올랐다.

'과외하자.'

'내가 너, 내 후배 만들어 줄게.'

마치 고백이라도 받은 듯 그 말을 듣는 순간 가슴이 철렁하여 손가락 하나 까딱하지 못했다. 왜인지는 정확히 알 수 없으나 그와 나란히 붙어 앉아 함께 공부하는 상상만으로도 숨이 가쁘고 배 속이 요동쳤다.

수완은 거칠게 뛰고 있는 심장의 헐떡임을 느꼈다. 불현듯 떠오른 오후의 기억에, 그 당시 느꼈던 생경한 감정에 두 눈이 감길 듯 흐리멍덩하게 풀어졌다. 눈가와 두 뺨에 선홍색 열망이 옅은 빛으로 수줍게 피어났다.

서진하, 후배, 과외, S대생, 할머니, 이동재, 엄마.

치열하게 대립했던 마음이 서서히 한쪽으로 치우쳤다.

해 보고 싶다. 서진하가 내민 그 손을 미친 척 잡아 보고 싶다. 정해진 시각, 정해진 장소에서 그와 규칙적으로 만나 함께 공부하는 그것.

원할 때 일기를 쓰는 게 어려운 것이 아니듯 과외를 시켜 준다는 사람한테 '고맙습니다. 그럼 잘 부탁드리겠습니다.'하고 뻔뻔하게 답해 버리는 것 역시 어려운 일이 아닐 수 있었다. 모든 것은 단지 마음먹기에 달린 일.

균형이 무너지고 한쪽의 추가 무거워지기 시작하자 실은 처음부터 받아들이고 싶었던 듯 마음속 저울은 급속도로 기울었다.

3월, 아무도 모르게 둘만의 과외가 시작되었다.

일주일에 두 번, 수완과 진하는 근처 도서관에서 만나 차근차근 체계를 잡아 갔다. 수완은 진하의 요구에 따라 1학년 때 성적을 숨김없이 공개하고 학교에서 시험을 보는 족족 시험지를 그에게 가져다 바쳤다. 그러면 진하는 취약점을 파악해 보충 설명을 해 주고 완벽히 이해하였는지 가늠하기 위해 응용문제를 만들어 과제로 내줬다.

진하의 풀이와 설명은 국·영·수를 막론하고 논리적이었으며 이해하기 쉬웠다. 단순히 문제 풀이에만 집중하지도 않았다. 잘못된 학습 태도를 바로잡아 주었고, 공부의 질과 양을 점검해 효율성을 높여 주었다. 시험을 앞두곤 횟수에 상관없이 쫓아와 수완이 어려워하는 부분을 끈질기게 붙잡고 이해시켰다.

성적은 급등했다. 전교에서 20등 언저리였던 석차가 한 자리 숫자로 낮아지고 전국 단위의 등수 또한 수직으로 상승했다. 2학기 모의 수능 결과가 나왔을 땐 담임이 놀라서 엄마랑 따로 통화까지 했었다고.

수완 역시 성적표를 받을 때마다 깜짝깜짝 놀랐다. 쾌감은 노도처럼 밀려와 전신을 덮쳤고 앞으로도 계속 잘하고 싶다는 욕심을 갖게 했다. 눈부신 성적표를 받아 오는 날이면 떫은 감 씹은 얼굴로 바들바들 떨고 있는 이동재를 보는 것도 통쾌했다. 진하가 돕고 있다는 사실을 아무도 몰랐기에 비싼 재수학원에 여러 명의 개인 강사까지 두고 있는 이동재와 극명한 대비를 이루었다.

중요한 걸 숨기고 있다는 약간의 죄책감. 생전 받아 보지 못한 성적표를 확인했을 때의 성취감. 서진하와의 일을 할머니가 아시게 될지도 모른다는 불안감. 여러 가지 감정이 아슬아슬 사슬처럼 뒤얽혀 묘한 스릴과 흥분을 선사했다.

그럴수록 수완은 비밀을 공유한 진하를 해바라기처럼 바라봤다. 겉으로는 평소와 다름없이 행동해도 과외 초반, 보이지 않게 쌓아 두었던 경계의 벽을 허물고 그에게 전적으로 의지했다. 가끔은 그의 무심함이 서운하게 느껴지기도 했을 만큼.

그는 언제나 같았다. 반년이 넘도록 그렇게 머리를 맞대고 공부했음에도 사적으로 친하게 구는 법이 없었다. 공부할 때 외에는 연락도 하지 않았다. 그나마 친근감을 느낄 수 있는 건 세심하게 먹거리를 챙겨 주었을 때. 그는 수시로 음료를 사 줬고, 간식을 사 왔으며, 때때로 맛집에도 데려가 주었다. 매일 얻어먹는 게 미안해 수완이 먼저 계산을 하려 하면 철없는 막내를 바라보듯 혀를 끌끌 차며 미간을 찌푸렸다.

"오늘은 내가 낼게요."

"까불지 말고 비켜."

"하루 이틀도 아니고 미안하잖아요."

수완이 시선을 내리깔고 쭈뼛거려도 양보하지 않았다.

"전에 말했지. 쓸데없는 데 신경 쓰지 말고 너는 공부나 하라고."

"일방적으로 받기만 하는데 어떻게 신경을 안 써요."

"내가 일방적으로 주고 싶은가 보지."

아무렇지 않게 가슴속에 성큼 들어왔다가 언제 그랬냐는 듯 곧바로 이웃사촌 서진하로 돌아갔다.

"고등학생한테 밥값 내게 했다가 집에서 아시면 나 쫓겨나. 우리 할아버지, 사람들 이목 굉장히 중요하게 여기는 분이시거든. 밥값 얼마나 한다고 애한테 그런 거 내게 했냐고 노발대발하실 거다."

이상한 말로 마음을 죄다 휘저어 놓고 태연히 동네 아는 동생 취급하는 그가 수완은 섭섭했다. 왜 이렇게까지 배려해 줄까, 늘 마음 한구석에 자리 잡고 있던 궁금증도 그때마다 강하게 고개를 내밀었다.

수고비를 받는 것도 아니고, 누구의 부탁을 받은 것도 아니고. 그런데도 진하는 수완의 과외에 최선을 다했다. 혹시 나를……, 이라는 추측에 달콤한 상상을 안 해 본 건 아니었다. 하지만 먹을 때를 제외하고 철저히 선을 긋는 그를 보며 착각을 길게 끌고 가진 않았다.

선뜻 그 이유를 묻지도 못했다. 진하가 정해진 선을 깍듯하게 지키듯 수완 역시 주어진 자리에서 움직이지 않았다. 계절이 바뀌고, 방학을 맞이하고, 고3을 코앞에 두고도 두 사람의 패턴엔 변함이 없었다. 어느 쪽도 먼저 그만두겠다는 말 없이 언제나 정해진 시각, 정해진 장소에 나타나 공부에 열중했다. 어느 날 그가 미처 생각지 못했던 소식을 알려 주기 전까진.

"나 입대해."

샤브샤브집에서 고기를 건져 먹다 그가 덤덤하게 말했다. 마치 밥 먹으러 가자고 말하는 것처럼 일상적인 어조였다.

수완은 수저질을 멈추고 그를 보았다. 모자를 쓰고 와 공부하는 내내 벗지 않기에 웬일인가 싶었다. 모자로 미처 가리지 못한 부분이 심하게 짧아져 겨울인데 춥지 않겠느냐 물으려다 그만두었다. 괜히 간섭하는 거 같아서.

"언제요?"

"내일."

"……그런데 여기 있어도 돼요?"

"다른 볼일은 다 봤어. 너도 이제 혼자 공부할 수 있지? 지금처럼 예습 복습 철저히 하고 정해진 시간에 엉덩이 붙이고 앉아서 공부하면 돼. 휴가 때 점검하러 올 테니까 게으름 피우지 말고. 특히 성적 떨어트리지 마라."

"……."

"대답 안 해?"

"네."

수완의 대답에 그는 빙긋 웃더니 많이 먹으라며 고기를 추가했다. 할머니가 심란해하셔서 오늘은 밥 먹고 집에 일찍 들어가 보겠다는 말도 덧붙였다.

초등학교 때 아버지가 돌아가시고 현대 미술가인 어머니가 뉴욕을 무대로 활동하시며 진하와 그의 누나는 조부와 조모 밑에서 자랐다고 들었다. 아들 같은 손자가 군대에 간다니 할머니가 걱정스러워하시는 건 당연한 일. 수완은 고개를 끄덕였다.

잘 다녀오세요, 조심해서 다녀오세요, 건강하세요. 이중 뭐라도 말해야 할 것 같은데 목이 잠겨 도저히 입을 열 수 없었다. 어떤 말을 해도 바보 같고 어색할 것 같았다.

웃풍이 새어 들어 주변의 공기를 얼려 버린 듯 으스스 몸에 한기가 들었다. 왜 나한테 이렇게 성실하냐고, 왜 대가도 없는 일에 공을 들이는 거냐고 차마 묻지 못했던 이유를 수완은 그제야 알 것 같았다.

앞으로는 못 올 것 같아.

혹시라도 그런 소리를 들을까 봐 무서웠다.

그러게. 충동적으로 내뱉은 말을 안 지킬 수도 없고, 어찌어찌하다 보니 여기까지 왔네. 그래도 꽤 길게 했다. 앞으로는 혼자 할 수 있겠지?

같은 시각, 같은 자리에 그가 나오지 않으면 어떡하나. 서진하와 마주하기 전까지 도서관 앞에서 손바닥에 땀이 나도록 신경을 곤두세웠다. 말실수 한 번이 가져올 엄청난 파장을 우려해 살얼음 위를 걷듯 조심조심, 그의 앞에선 입 한 번 여는 것도 쉽지 않았다. 어떤 식으로든, 이렇게 끝은 오고야 마는 것을.

3. 그럼에도 나는

이른 봄, 이동재가 재수 끝에 수도권에 있는 4년제 대학에 합격했다.

원서를 넣은 대학에 줄줄이 낙방하고 딱 한 군데 대기자 명단에 이름을 올린 것이 유종의 미를 거두었다. 거의 입학 날짜가 임박해 들려온 소식이라 수민은 오빠가 마지막에 문 닫고 들어간 거 같다고 킥킥거렸다.

들인 돈과 시간에 비하면 마냥 좋아할 일은 아니었다. 하지만 삼수를 한다고 해도 더 나은 결과를 얻으리란 데에 회의적이었기에 어른들은 그나마 다행이라고 여기는 눈치였다. 수민은 이동재가 삼수를 해도 결과는 마찬가지일 거라며, 이번에 붙은 것도 천운이라고 대놓고 밀했다가 엄마한테 꾸중을 들었다.

한여름, 광고계에 서유하 돌풍이 불었다.

가끔 엄마 차를 타고 청담사거리를 지날 때면 옥외 전광판에 여신처럼 등장하는 그녀를 수완은 넋을 잃고 바라봤다. 빼어난 외모와 광고의 몽환적인 분위기에 끌린 것도 있지만 이목구비를 세세히 뜯어보며 서진하와 얼마나 닮았나, 비교해 보는 것이 대부분이었다.

"……니. 언니!"

"어?"

어느 오후, 광고에서 눈을 떼지 못하던 수완이 귀를 찌르는 소리에 퍼뜩 정신을 차렸다. 힐끔 돌아보자 차가 신호에 걸려 대기 중인 상황에서 운전대를 잡은 엄마와 뒷좌석에 앉은 수민이 자신을 바라보고 있었다.

"집중해. 점심 메뉴 고르는 게 어디 보통 일이야? 간만에 맛있는 거 먹고 싶은데 어디에 그렇게 한눈팔고 있는 거야."

"아, 미안. 서유하…… 새 광고 나왔나 봐."

수완의 대답에 엄마와 수민의 시선이 바깥쪽으로 움직였다. 동시에 '와.' 탄성을 터트렸다.

광고의 배경은 셰익스피어의 낭만 희곡《한여름 밤의 꿈》을 연상케 하는 신비의 숲이었다. 청초하면서도 강단 있는 헤르미아로 분한 서유하, 그녀는 실제 아테네의 높은 귀족인 양 아름답고 고고했다.

그녀가 모델로 데뷔한 계기도 저 꿈 같은 광고처럼 비현실적이었다. 대학 졸업을 앞두고 모친을 보기 위해 떠났던 뉴욕 여행. 그곳에서 서유하는 어머니를 따라 칵테일파티에 참석했다가 서글서글한 인상의 젊은 남자로부터 명함 한 장을 받았다. 그가 바로 명품 브랜드 M사에 새로 임명된 수석 디자이너 필버트 로웰이었다고.

결코 평범하지 않은 그녀의 프로필에 수민은 진지하게 사견을 드러냈다.

"저 집은 진짜 대단해. 유전자도 우수한데 자손들까지 대대손손 미다스의 손을 하사받았나 봐. 손대는 것마다 금맥을 터트리는 게 심상치가 않다니까."

세상에 통달한 듯 어른 말투를 흉내 내는 열여섯 어린 동생의 논평이 우스웠다. 수완이 '풋.' 웃음을 흘리자 그 의미를 오해한 수민은 발끈하여 언성을 높였다.

"맞잖아! 재미로 화보 한번 찍었다가 글로벌 명품 회사 메인 모델 되는 게 어디 흔한 일이야? 얼굴 예뻐, 머리 좋아, 세계적인 명성까지 얻었는데 알고 보니 대성그룹 손녀딸이래. 다 가진 거지. 사람들이 부러워서 죽을 만도 해."

어린 동생의 어조가 재미있긴 했으나 조목조목 따지는 말들은 일리가 있었다.

작년 가을, M사는 서유하를 새로운 뮤즈로 소개하며 아시아 전역에 그녀를 담은 화보와 광고를 배포했다. 광고 속 여인이 한국인이라는 사실이 알려지며 국내 동종 업계에서 잠시 화제가 되기도 했었다. 뷰티 분야에서 신선한 마스크를 원했던 광고주들이 그녀가 누구인지 궁금해하는 정도의 수준이었다.

일이 커진 건 연초, 그녀가 대성그룹 서 회장의 친손녀라는 사실이 알려지면서부터였다. 언론은 삼대독자였던 아버지의 요절과 실력으로 뉴욕에서 우뚝 선 어머니, 그로 인해 조부와 조모를 부모처럼 따르며 자라야 했던 서유하의 어린 시절을 대서특필하였다.

반응은 폭발적이었다. 신비로운 외모에 재벌가 자녀라는 특수한 배경이 최고급 명품 브랜드 이미지와 맞물려 대중의 호기심을 제대로 자극했다. 오직 특정 브랜드의 광고에서만 볼 수 있는 희소성, 타고난 아름다움, 고급스러운 이미지. 아시아 전역을 커버하는 M사의 얼굴이자 대성그룹의 일원인 서유하는 단숨에 선망의 대상이 되었다.

"어, 엄마, 신호 바뀌었다."

대기 신호가 풀리고 차들이 움직이기 시작했다. 자매가 주고받는 대화를 말없이 듣고 있던 엄마도 싱긋 웃으며 차를 출발했다. 수민의 관심은 다시 점심 메뉴로 돌아갔고 수완은 멀어지는 서유하의 광고를 한 번 더 돌아보았다. 정확히는 그녀와 닮은 다른 누군가가 보고 싶은 것이었지만.

가을, 수능이 코앞으로 다가왔다.

수완이 바짝 긴장한 데 반해 태은은 마냥 태평했다. 뉴욕에 있는 디자인스쿨에 입학할 계획으로 태은은 현재 그쪽 입시에 맞게 포트폴리오를 준비 중이었다. 나름대로 스트레스를 받는 것 같았지만 해 보고 안 되면 다음에 또 도전할 거라며 정신 승리의 정석을 보여 줬다.

수완과 태은은 끝내 같은 반이 되지 못했다. 꼼수를 써 보려던 태은의 노력은 대권을 위해 티끌만큼의 허물도 허용치 않겠다는 한 의원의 결정에 따라 수포로 돌아갔다.

대신에 태은은 지난 2년, 쉬는 시간과 점심시간을 이용해 부지런히 수완을 쫓아다녔다. 느낌상 거의 같은 반이라는 생각이 들 지경이었다. 수능이 가까워지며 수완이 손에서 문제 풀이를 놓지 못하는데도 개의치 않았다. 상대가 적극적인 호응을 보내주든 말든 태은은 저 홀로 꿋꿋했다.

"금방 보내 줄게. 수업 끝나고 간단히 밥만 먹고 헤어지자. 우리 밥 먹으면서 수다 떤 지 오래됐단 말이야."

"조금만 참아. 수능 얼마 안 남았어."

"그러니까!"

다른 때는 혼자서 잘만 떠들어 대더니, 오늘따라 태은은 입을 삐죽 내밀고 고집을 피웠다.

"시험 잘 보라고 몸보신시켜 주고 싶단 말이야. 합격 기원 찹쌀떡도 사 줄게."

"마음만 받을게. 나 저번 주에도 정해진 진도 다 못 채웠어. 만회하려면 이번 주에 열심히 해야 돼."

"너희 할머니 주말에 또 사람 불러 모았니?"

"무슨 바자회에 음식 제공하신다고. 몇 분이 나눠서 해 가기로 하셨다나 봐."

황당함을 금치 못하는 태은의 표정에 수완은 씁쓸히 웃었다. 몇십 인분이나 되는 음식을 엄마랑 어린 수민이 쩔쩔매며

하고 있는데 도저히 모르는 척 지나칠 수 없었다. 너는 가서 공부나 하라는 엄마에게 이 정도는 괜찮다며 스스로 팔을 걷어붙였다.

"그냥 맞추면 되는 것을. 어른한테 이런 말 하긴 뭐하지만, 너희 할머니 진짜 고약하셔. 웬 바자회? 그렇게 너그러우시면 가족한테나 좀 잘하시지."

"그러니까 넘어가 줘. 다음에 내가 맛있는 거 사 줄게."

태은은 더 조르지 못하고 입을 다물었다. 시무룩하게 시선을 떨구는 모습이 안쓰러웠다. 3학년이 되면서 예전처럼 태은에게 신경 쓰지 못한다는 것을 알고 있었다. 그래도 수완은 미안한 마음을 다음으로 미루었다. 서진하가 대가 없이 자신에게 공을 들였던 만큼 기필코 그 기대에 부응하고 싶다는 마음이 더 컸다.

진하의 입대로 끝이라고 생각했던 관계는 지난 늦봄, 자대 배치를 받고 휴가를 나온 그가 수완을 찾아오며 기적같이 이어졌다. 마을버스에서 내려 도서관으로 걸어가던 중 느닷없이 그를 맞닥트려 얼마나 놀라고 무릎이 후들거렸는지. 오후의 볕을 등지고 '오랜만이야.' 씨익 웃으며 인사를 건네던 그는 이른 아침, 물기를 머금은 신록처럼 활기차 보였다.

적당히 그을린 피부, 건강한 미소, 밝은 목소리. 그만의 생기 가득한 에너지를 접하는 순간 수완은 머릿속이 깜박 암전되었다 속에서 무언가가 왈칵 치밀어 오르는 걸 느꼈다. 간신히 눌러두었던, 누구에게도 들키고 싶지 않았던 그를 향한 마

음이, 첫사랑의 감성이 끝이 아니었다는 안도감과 함께 주체할
수 없을 만큼 분출되었다.

"언제 왔어요?"

"방금."

떨림을 감추고 간신히 꺼낸 한마디에 그는 스스럼없이 답했
다. 그제도 보았고 어제도 만났던 것처럼.

"가자."

"어디요?"

"도서관."

새삼 뭘 묻느냐는 어조에 수완은 그에게 하고 싶었던 무수
한 말들을 삼키고 그대로 걸음을 떼었다. 기쁘기도 하고, 꿈을
꾸는 것 같기도 하고, 이렇게 아무렇지 않은 척 그와 똑같이 행
동해도 되는 것인지 혼란스럽기도 하였다.

어쩔 줄을 몰라 하는 수완과 달리 진하는 여느 때와 다름없
이 행동했다. 도서관으로 가 자리를 잡고, 입대하기 전까지 그
랬었던 것처럼 실력을 체크했다. 실수하는 부분을 짚어 주었
고, 예습과 복습 상황을 점검해 주었다. 그리고 헤어지기 전 스
케줄표 한 장을 내밀었다. 남은 기간, 여기에 적힌 대로 꾸준히
실행하면 입시에 실패할 일은 절대로 없을 거라며.

누군가 나의 인생에 이토록 참견하고 영향력을 행사하려 했
을 때 순순히 받아들인 적이 있던가.

누구보다 고집 세고 자아가 강한 수완이었지만 그에게서 스
케줄표를 건네받았을 땐 가슴이 뭉클했을 정도로 기뻤다. 그가

없어도 그의 통제 아래서 그에게 의지하고 있는 듯한 기분이 들었다.

수완은 그가 정해 준 스케줄표에 따라 공부의 분량을 정확하게 지켰다. 어쩌다 집안일이 겹쳐 목표량을 채우지 못했을 경우 이후에 시간을 배분해 반드시 부족한 양만큼 채워 넣었다. 결단코 그를 실망시키고 싶지 않았다. 가까이서 지냈을 땐 통제되었던 감정이 멀리 떨어지고 나서야 단단히 여물어 속수무책으로 그에게 미쳐 갔다.

"있잖아, 요즘 우리 집 난리도 아니다. 오빠랑 새언니가 별거하다가 아빠한테 걸렸어. 하긴, 좋아 죽겠다는 사람들도 만났다가 헤어지는 판에 이해관계에 따라 결혼까지 하는 건 처음부터 무리였지. 무슨 조선 시대도 아니고 말이야."

세세한 사정을 알지 못하는 태은은 수완의 말을 액면 그대로 받아들였다. '우리 수완이 공부 열심히 하네.' 하면서 집에서 벌어지고 있는 사적인 얘기를 주절주절 털어놓았다.

미국에서 MBA 중인 오빠 부부 때문에 집안에 비상이 걸렸다고. 전형적인 정·재계의 만남으로 정략이긴 했지만 실은 새언니가 오빠를 좋아하고 있는 데다 이권이 서로 얽혀 있어 부모님이 골머리를 앓고 있다고. 얼마나 심각한지 자세히는 모르겠으나 사실 오빠도 새언니의 조건을 보고 결혼한 거라 이혼까지 할 거라곤 생각지 않는다고. 그런데 재계끼리 만나면 잘살지만 정·재계가 결합하면 이혼하는 커플이 많은 거 알고 있냐며, 말의 요지를 벗어나 계속 다른 소리를 이어 갔다.

수완은 태은의 종알거림을 들으며 수학 문제를 풀었다. 서늘한 바람이 불어오는 계절, 무르익은 가을이 이울고 있었다.

그리고 다시 봄, 수완은 서진하의 후배가 되었다.

병원 일에 바쁜 아버지, 할머니 수발에 정신이 없던 엄마. 가족을 대신해 진하는 수완에게 가족 그 이상의 의미로 자리를 잡았다. 군대에서 휴가를 받고 나올 때면 예고도 없이 찾아와 밥을 사 주고, 공부를 봐주었다. 수험번호를 챙겨 가 당사자보다 먼저 합격 소식을 알아내 전화로 축하해 주었고, 감격에 겨워 말문이 막힌 수완에게 대학 가서 연애할 생각 말고 열심히 공부하라는 조언도 잊지 않았다.

그런 식의 오롯한 관심은 난생처음 받아 보는 것이었다.

야무진 장녀 이수완.

어릴 때부터 부모님은 수완을 당차고 빈틈없는 아이라고 치켜세웠다. 그것은 칭찬이기도 했지만, 한편으로는 외면할 수 없는 족쇄가 되어 무엇이든 혼자서 잘하는 아이로 자라야 했다.

고부간의 갈등, 의붓아들의 사춘기, 아내를 향한 미안함, 그럼에도 뚜렷한 해결책이 없다는 것에 대한 스트레스. 수완은 부모님이 힘들어하실 때마다 한 번씩 돌아보며 미소 지을 수 있는 위안 같은 존재였다. 관심의 대상이 아닌 한 발짝 물러나 든든한 조력자로서 서 있어야 하는 역할. 그렇기에 때때로 지치고 외롭더라도 수완은 안 그런 척 기댈 곳 없이 혼자서 버텨야 했다.

그러다 한계에 부딪혔다. 아무도 모르게 수완은 지쳐 가고 있었다. 쨍한 햇볕 아래 물 한 모금 마시지 못하고 차렷 자세로 버티고 버티다 천천히 무너져 내리는 기분이었다. 그런 수완을 붙잡아 기댈 곳을 마련해 주고, 그늘을 드리워 주고, 시원하게 마실 것을 제공해 준 사람이 서진하였다. 그의 말이라면 수완이 하늘처럼 믿고 따르는 이유였다.

"요즘 취업이 대입만큼 어려운 거 알고 있지? 연애든 유흥이든 쓸데없는 데 한눈팔지 말고 학점 관리나 열심히 해. 시간 남으면 필독 리스트 보내 줄 테니까 틈틈이 독서나 해 두든가."

딴짓 말고 공부만 하라는 까칠한 당부에 그 흔한 소개팅 한 번 하지 않았다. 대학생이 된 수완에게 취미 생활이란 공부, 그림 그리기, 서진하로 굳어졌다.

그를 향한 부푼 마음을, 끓어오르는 감정을 제어할 길이 없을 땐 스케치 연필 하나 쥐고 마음이 가는 대로 손목을 움직였다. 새하얀 스케치북 위로 그의 얼굴이, 도서관에서 나란히 공부하던 그와 자신의 뒷모습이, 시간이 지나도 잊히지 않는 운동화 한 켤레가 차례차례 완성되었다. 그림이 완성되면 시간 가는 줄 모르고 한참 동안 그것만 들여다보았다. 그리고 바랐다.

남자 친구를 사귀게 된다면 서진하이길.

그 또한 나와 같은 마음이길.

대중의 마음을 저격한 서유하의 화보만 봐도 가슴이 뛰었다. 그의 누나라는 이유만으로 스크린 위에 그녀의 광고만 나오면 저도 모르게 진지해져 바른 자세로 시청했다. 미국에서 새 포트폴리오를 준비 중인 태은에게도 좋아하는 선배가 생겼다고, 자세한 건 네가 한국에 들어오면 말해 주겠다고 털어놓았다.

휴가를 나온 그가 연락을 해 오면 뛸 듯이 기뻤다. 같이 밥을 먹는 동안 심장이 간질거려 공중에 붕 떠 있는 기분이었다가 헤어질 시간이 다가오면 혹시 그가 고백해 오지 않을까 기대감에 부풀었다. 시간은 가는데 그가 꿈쩍도 안 하면 입이 바짝바짝 타들었다. 왜 고백하지 않을까, 왜 제대할 때까지 기다려 달라고 말하지 않을까, 혼자서 발을 동동 굴렀다.

왜 사귀자고 안 해요?

은근슬쩍 잡는 손, 기습적인 입맞춤, 우리 이제 그런 거 할 때 됐어요.

용기 좀 내 볼래요? 내가 먼저 고백하기 전에.

그러나 애가 타는 것은 오직 수완이었을 뿐. 진하는 끝끝내 선을 넘지 않았고, 수완은 매번 허탈한 얼굴로 멀어지는 그의 뒷모습을 지켜봐야 했다.

1학년을 무사히 마치고 또 다른 새학기를 앞둔 요즘, 수완은 며칠째 똑같은 하루를 반복했다. 새벽같이 일어나 화장과 옷차림에 공을 들이고 학교 도서관으로 출근하기.

공부하기에 다소 불편한 복장을 기꺼이 감수하고 도서관에 앉아 한자와 씨름했다. 집중하는 시간은 정확히 오전 11시까지. 점심때가 가까워질수록 시선은 휴대폰에 고정되었다. 한 번씩 진동음이 울리면 가슴은 저 밑바닥까지 떨어졌다가 발신자를 확인하곤 이내 실망의 빛을 드리웠다.

오늘로 진하가 제대한 지 열흘째. 군인이었을 땐 예고도 없이 나타나 가슴을 쓸어내리게 하더니 제대를 하고는 감감무소식이었다. 휴가 나올 때마다 그가 사용했던 휴대폰으로 먼저 전화를 해 봐도 전원은 꺼져 있었다. 혹시 제대 날짜를 잘못 알았나 싶어 수완은 요즘 학교에서 아예 대기 모드에 돌입했다. 연락이 오면 곧바로 만나 내가 먼저 고백해야지, 단단히 별렀다.

밥을 먹고 조용한 카페로 이동해 커피 한 잔 마시며 솔직한 마음을 털어놓을 작정이었다. 고백하는 동안 귓불이 타올라 붉어질 것이고, 어쩌면 말을 더듬을 수도 있을 테지만 그를 얻는 과정이라면 흔쾌히 감당할 자신이 있었다.

혹여 거절당하지 않을까, 그런 걱정은 해 보지도 않았다.

나를 좋아하지 않았다면 여태까지 그렇게 했을 리 없어. 그도 나와 같은 마음인 거야. 다만 먼저 다가오기엔 군인이란 신분이 부담스러웠겠지. 그에게 줄 제대 선물은 내가 먼저 마음을 고백하는 것. 하루빨리 애매한 관계가 정리되어 서로에게 우선권을 요구할 수 있는 당당한 사이가 되었으면…….

이미 오래전부터 수완은 확신에 차 있었다. 문제는 아무리 기다려도 그에게서 소식 한 통 없다는 것이었다. 어디에 말도 못 하고 혼자서 줄곧 속을 끓이다 스스로도 놀랄 만큼 적극적인 방법을 모색했다. 기다리기만 할 게 아니라 집으로 직접 찾아가 보는 건 어떨까 하는.

서진하라는 남자 때문에 존재조차 몰랐던 또 다른 영혼 하나가 깨어나 제멋대로 돌진하는 느낌이었다. 무턱대고 남자 집엘 찾아가 근처 어딘가에 숨어 그가 나올 때까지 몇 시간씩 기다리는 꼴이라니. 놀라운 건 그런 상상을 하면서도 해 볼 만하다는 생각이 든다는 것이었다.

사람이 도는 건 정말 순식간이구나.

어이가 없어 웃음이 비어져 나오면서도 그를 만날 수 있다면 수완은 무슨 짓이든 할 수 있을 것 같았다.

오늘도 소기의 성과는 없었다.

수완은 오후 내내 휴대폰만 들여다보다가 다른 날보다 몇 시간 일찍 도서관을 나섰다. 기다리는 건 이것으로 끝. 내일부턴 할 수 있는 모든 것을 하겠다며 오기로 똘똘 뭉친 눈빛을 빛냈다. 화가 난 걸음으로 마을버스에 올라 비어 있는 자리에 털썩 앉았다.

마음 같아선 지금 이대로 그의 집까지 쫓아가고 싶었다. 그러나 오늘은 서진하 못지않게 중요한 사람과의 선약이 잡혀 있어 참고 참았다. 끓어오르는 감정을 몇 번의 심호흡으로 간신히 달래고 시간을 확인했다.

수완이 향하고 있는 곳은 가로수길. 역전에서 내려 지하철로 갈아타 목적지에 도착했다. 예전의 기억을 더듬어 약속 장소에 들어서니 그리웠던 목소리가 반갑게 들려왔다.

"수완아!"

반년 가까이 말도 없이 종적을 감춰 수완을 애타게 했던 또 다른 반쪽, 태은이었다. 어느 날 갑자기 사라져 그렇게 속을 썩이더니 팔을 벌리고 달려오는 양이 무척이나 자연스러웠다. 수완은 한편으로 안도하며 오랜만에 태은을 얼싸안고 보고 싶었던 친구의 온기를 마음껏 들이켰다.

"어떻게 된 거야. 9월엔 온다더니 소식도 없고. 어머니께 전화해서 여쭤 봐도 잘 지낸다고만 하시고. 내가 얼마나 걱정했는지 알아?"

"그렇게 됐어. 막상 가니까 이것저것 할 게 굉장히 많더라고."

작년 초, 뉴욕으로 향했던 태은은 입학 허가서를 받는 데 실패하고 그곳에서 처음부터 다시 포트폴리오를 준비했다.

목표하는 대학의 교수와 성공적으로 컨택했다는 전화가 걸려온 건 여름이 끝나 갈 무렵. 봄 학기 입학을 앞두고 일단 귀국해 신나게 놀겠다고 큰소리를 뻥뻥 치더니 그날의 통화를 끝으로 잠수에 들어갔다. 태은의 어머니께 전화해 자세한 소식을 물어도 곧 귀국할 거라는 불분명한 대답만 들을 수 있었다. 뉴욕에서도 툭하면 전화해 한 시간 이상 통화하던 친구였기에 수완의 걱정은 이만저만이 아니었다.

그러고 보니 분위기도 많이 달라져 있었다. 서로 얼싸안았을 땐 기쁨에 겨워 미처 깨닫지 못했는데, 자리를 잡고 본격적으로 마주 보니 확연히 눈에 드러났다. 앳되고 귀엽던 얼굴은 짙은 화장에 가려져 어딘지 낯설었고, 애교가 가득했던 두 눈은 웃음기가 가셔 정적인 인상만 감돌았다.

"음식은 내가 미리 시켰어. 우리 예전에 즐겨 먹던 거로. 괜찮지?"

"배고팠는데 잘됐다."

"이번에 알았는데 여기 셰프 바뀌면서 더 맛있어졌다더라고."

두 사람이 예전에 즐겨 먹던 메뉴는 사실 한두 가지가 아니었다. 아무려면 어떠냐 싶어 무조건 호응을 보냈는데 막상 연달아 나오는 음식을 보니 전부 수완이 좋아했던 것들이었다. 너에 관해서라면 내가 모르는 건 아무것도 없어. 늘 자신 있게 외쳤던 태은의 그 말이 새삼 가슴에 와닿았다. 그동안 쌓여 있던 서운한 감정이 봄눈처럼 녹아 사라질 만큼.

식사를 시작하며 많은 대화를 나눴다. 학교 얘기, 각자 부모님의 안부, 미국에서의 생활. 대화는 끊이지 않았고 간간이 큰소리로 웃기도 했는데, 기분 탓이었을까. 수완은 태은과의 대화가 어딘지 겉돌고 있다는 인상을 받았다. 하고 싶은 얘기는 따로 있는데 태은답지 않게 직접 말하지 못하고 애꿎은 소리만 이어 가고 있는 느낌이었다.

태은은 예전처럼 깔깔거리며 웃지 않았다. 웃음이 터져도 짧게 소리를 냈다가 금세 잦아들었다. 한 톤 낮아진 목소리, 어딘지 초조해 보이는 눈빛, 즐거운 얘기를 하면서도 무의식중에 흘리는 한숨. 밝고 태평했던 평소의 모습은 완전히 사라지고 없었다.

식사가 끝나고 따로 주문한 커피가 나왔다.

"커피는 다른 데 가서 마시자니까."

"여기도 커피 신선해. 시간이 애매해서 손님도 별로 없고 자리도 구석지고. 조용하게 대화하기엔 가장 적당할 거야."

맛 좋은 커피를 사 주고 싶었다고 아쉬워하던 태은은 수완의 대답에 시선을 내리고 희미한 미소를 지었다. 두 사람 다, 암묵적으로 알고 있었다. 태은은 중요하게 할 말이 있고, 수완은 그런 사실을 눈치채고 있다는 것을.

태은이 마른침을 삼켰다. 커피를 한 모금 홀짝인 수완은 친구의 그런 모습을 놓치지 않고 넌지시 이유를 물었다.

"혹시 무슨 일 있어?"

"일이야 많지."

일은 무슨, 그냥 피곤해서 그러는 거지. 은근히 그런 말을 기대했던 수완은 태은의 덤덤한 대답에 긴장이 되었다. 설마 하면서도 걱정으로 가슴에 선뜩한 바람이 스쳤다.

"너 아픈 건 아니지?"

"무슨 생각을 하는 거야. 당연히 아니지. 그냥…… 일이 있었고, 너한테 할 얘기도 많은데 어디서부터 시작해야 할지 정리가 안 된다는 소리였어."

"새삼스럽게 정리는. 아무거나 떠오르는 대로 하면 되지."

워낙 두서없이 조잘조잘 잘도 떠드는 아이였다. 친구의 건강에 이상이 없다는 데 안도하면서도 수완은 지레짐작한 게 민망해 괜한 통박을 주었다.

배시시 웃던 태은은 적당히 따뜻한 머그잔을 두 손에 가만히 감싸 쥐었다.

"너 좋아하는 사람 생겼다는 거……."

"아아, 그것부터 털어놔 봐라?"

태은이 말꼬리를 흐리자 수완은 장난스럽게 답하고 어깨를 으쓱했다.

"아직 이렇다 할 진전은 없어."

"……."

"그게 사실은…… 내가 먼저 고백해야 할까 봐. 그 사람이 날 좋아하는 줄 알았는데 한 자리에 멈춰 서서 더는 다가올 생각을 안 하네."

"수완아."

"아니야. 그게 아니라, 나를 좋아해. 나도 그 사람을 좋아해. 그런데 왜 사귀자고 안 할까?"

침착하게 운을 뗐던 수완은 채 몇 마디 끝맺지 못하고 여유를 잃었다. 간략하게 얘기하고 넘어가고 싶었는데 막상 입을 열자 열흘이 넘도록 혼자서 마음을 졸인 것이 한꺼번에 역류해 횡설수설 쏟아졌다.

"내가 너무 새침하게 굴었나? 너무 티를 안 냈나? 왜 그런 말 있잖아. 호감이 깊어도 상대가 반응이 없으면 다가오다가도 멈춰 서는 게 보통이라고. 난 그 사람이 부담스러워할까 봐 조심했던 건데 뭔가 잘못되고 있는 것 같아."

좋아하는 상대가 누구이고 어떻게 시작된 감정인지, 나중에 차근차근 밝히려던 계획은 와르르 무너졌다. 그를 향한 마음을 이렇게까지 키워 오며 한 번도 언급 안 했다는 사실에 태은이 섭섭해할 걸 알면서도 통제가 안 됐다. 그래서 제대로 살피지 못했다. 급변하는 태은의 표정을. 싸늘하게 식어 가는 기색을. 주저함이 사라지는 눈가를.

"제대한 게 분명한데 연락이 없어. 너무 소식이 없으니까 내가 날짜를 잘못 알았나 싶기도 하고. 아니면 제대일이 늦춰진 걸까? 하루만 더 기다려 보고 그래도 연락이 없으면 직접 찾아가 보려고. 항상 그 사람이 먼저 나를 찾아와 줬거든. 그러니까 이번에는 내가 용기를 내는 게 맞는 것 같아. 초인종은 안 누를 거야. 밖에서 기다리기만 할 거야. 그 정도는 괜찮겠지?"

"아니. 안 그러는 게 좋겠어."

"……어?"

대답을 듣기 위해 했던 말이 아니었다. 답답한 마음을 하소연하고자 떠오르는 대로 쏟아 낸 말이었다. 그런데 태은이 칼같이 대답했다. 예기치 못한 상황에 수완은 흐름을 읽지 못하고 멍한 표정을 지었다.

"진하 오빠네, 찾아가지 말라고."

그러자 태은은 목소리에 힘을 주고 또박또박 강조했다. 냉담하고, 날카롭고, 신경질적인 감정이 전해졌다.

된서리를 맞은 듯 수완은 멍해졌다. 아주 잠깐 시간이 멈춘 듯 사방이 고요해졌다가 이내 목덜미의 솜털이 바스스 서는 것을 느꼈다. '진하 오빠네'라는 태은의 말이 메아리처럼 귓가에 몇 번이고 울렸다.

그 사람이 서진하라는 걸 내가 밝힌 적이 있던가.

실체를 알 수 없는 불길한 예감에 시야가 흐릿하게 멀어졌다. 수완이 갈피를 못 잡고 입술만 달싹대자 순식간에 돌변한 태은은 무표정을 일관하며 건조하게 통보했다.

"나 며칠 뒤에 다시 미국 가."

"……."

"진하 오빠랑."

일시에 주변의 모든 것이 사라지더니 쨍하고 고막을 찢는 이명이 들려왔다. 동시에 손가락 마디마디마다 얼음장 같은 바람이 깃들었다. 한겨울 추위에 발가벗고 서 있는 듯 수완은 입술을 떨었다. 지금 듣고 있는 저 말이 무슨 뜻인지 도무지 이해할 수 없었다.

"사실대로 말할게. 그동안 네가 말했던 '그 사람'이라는 지칭어, 진하 오빠라는 거 나 알고 있었어."

"너 지금 무슨 말을……."

"진하 오빠가 왜 갑자기 너한테 과외를 제안했다고 생각해? 어느 날 길에서 우연히 마주쳐 돌발적으로 그런 제안을 했던 게 너는 조금도 이상하지 않았니?"

아니. 그런 생각은 들지 않았다. 물론 처음엔 그랬던 것도 같은데 지금은 그런 것 따위 까맣게 잊은 지 오래였다. 이제는 태은이 그런 것까지 알고 있었다는 게 외려 더 이상했다.

"그래, 길에서 마주친 건 우연이었겠지. 하지만 그 사람이 뜬금없이 그런 제안을 했던 건 이전에 내가 너를 부탁했기 때문이었어. 너희 집에서의 네 처지, 네 심정, 오빠한테 사실대로 밝히고 너 좀 도와 달라고 말했어. 하루도 편할 날 없는 내 친구, 그렇게 힘들어하면서 죽어도 과외는 안 한다고 하니까 오빠가 재주껏 구슬려 공부 좀 가르쳐 달라고. 여러 가지로 힘들고 딱한 그 아이, 잘 좀 부탁한다고!"

숨도 쉬지 않고 몰아치는 태은은 다른 사람 같았다. 수완은 그런 태은의 말을 멍하니 듣고 있으면서도 아무것도 수긍할 수 없었다. 우리의 과외는 4년 전 겨울, 마지막 한파가 기승을 부리던 날 길에서 우연히 만나 충동적으로 시작된 것이어야 되는데. 그래야만 하는데…….

문득 서진하에게 과외를 받았다는 것을 태은에게 처음으로 털어놓던 날이 떠올랐다. 왠지 부끄럽고 가슴이 뛰어 과외가 완전히 끝나고 나서야 지나는 말처럼 털어놓았다. 실은 그가 입대하기 전까지 공부를 봐준 적이 있었다는 정도로만. 그때 태은이 뭐라고 했더라?

'그래, 잘했어. 전에도 말했잖아. 서진하가 뭐 해 준다고 하면 그냥 받으라고.'

별로 놀랍지도 않다는 듯 여상하게 답하던 태은의 목소리가 바로 어제의 일처럼 선명했다.

그걸 왜 이제야 말해 주는 거냐고 뾰로통하게 나올 줄 알았는데 의외로 별일 아닌 양 산뜻하게 넘어가 주었다. 딴에는 다행이라고 안도하였건만 그게 실은 이미 알고 있었기 때문에 그럴 수 있었단 말인가.

두 눈과 코끝에 알싸한 통증이 급습해 목구멍 사이로 매운 기운이 퍼졌다. 혼란이 격랑처럼 일었고, 무방비한 머릿속이 하얗게 뒤집혔다.

"진하 오빠 책임감 강한 사람이야. 내가 한 부탁 거절 못 했고, 너 성적 오르는 거 보면서 나름대로 보람차 했었어. 그래서 내가 또 부탁했어. 네가 오빠를 믿고 따르니까 대학에 합격해 적응하는 것까지 신경 써서 도와 달라고."

"만약…… 만약 그게 사실이라면, 너는 나한테 처음부터 사실대로 말해 줬어야 했어."

울면 안 되는데, 영화에서 보면 사람들은 이럴 때 냉철하게 말도 잘하던데. 청천벽력 같은 소리에 수완은 본의 아니게 흘러나오는 눈물을 제어하지 못했다.

"너는, 너는 그 사람을 잘 모른다고…… 두 사람이 그렇게 가까운 사이였다는 거…….."

"그러는 넌? 진하 오빠한테 과외받았다는 거, 진하 오빠를 좋아한다는 거 왜 처음부터 나한테 얘기하지 않았던 건데?"

"일부러 숨겼던 게 아니야. 나는 그저…… 그 사람에 관해선 뭐든지 조심스러웠어."

감당하기 힘들 만큼 떨렸고, 조금이라도 틀어질까 무서웠고, 의미 없는 시선조차 놓치고 싶지 않았다. 감정에 억눌려 띄듬띄듬 읊조리던 수완은 사진이 찍히듯 포착된 태은의 표정에 마지막까지 잡고 있던 무언가가 탁 끊어지는 것을 느꼈다.

나도야. 나도 그랬어.

태은은 그렇게 외치고 있었다. 어느새 붉어진 두 눈을 하고서, 네가 안쓰럽다는 듯, 자신도 억울하다는 듯 이를 악물고 말했다.

"너한테 무슨 말이든 할 수 있었지만 단 하나 진하 오빠에 관해서 만큼은 아니었어. 완치 판정을 받은 뒤 어른들끼리 결정하신 일, 나는 부끄러웠지만 그러면서도 너무 좋았기에 어떻게 말을 꺼내야 할지 몰라 망설였어. 그러다 우연히 과외 얘기가 나왔던 거야. 과외를 시작하면 네가 먼저 나한테 그 사실을 말해 줄 줄 알았어. 그럼 나도 용기 내서 내 사정, 내 마음 너한테 다 털어놓을 작정이었어."

"……."

"그런데 네가 못 하게 했잖아. 똑 부러지던 이수완이 과외받고 있다는 건 말도 안 하고 서진하한테 깊이 빠져 헤어나질 못했잖아! 나랑 오빠 사이, 네가 수능 앞두고 알게 되면 충격이라도 받을까 봐, 그래서 시험도 망치고 모든 게 엉망이 될까 봐 내가 얼마나 조마조마했는데. 당장에 말해 버릴까, 사실대로 모든 것을 밝혀 버릴까, 하루에도 몇 번씩 고민하다 물러섰어. 수능 끝날 때까지만, 합격자 발표할 때까지만, 그를 향한 네 마음이 조금이라도 작아질 때까지만! 배려하고 참다 보니 기회를 놓쳤고 이 지경까지 오게 된 거야."

"나는……."

"마지막으로 통화했을 때 더는 물러설 곳이 없다는 것을 알

앉어. 네가 찾아가 오빠한테 고백이라도 하는 날엔 너와 오빠 둘 다, 아니, 우리 셋 다 정말 황당해지겠구나! 결심이 선 뒤에도 실행에 옮기는 게 힘들어서 이제껏 연락도 못 하고 혼자 고민했었어."

수완은 자신이 양쪽 어금니로 입 안의 속살을 꽈악 깨물고 있다는 것조차 인지하지 못했다. 차라리 정신이라도 놓아 버리면 좋으련만. 모르고 있던 뒷얘기를 들으면 들을수록 가슴이 무너져 수족이 떨리고 오한이 들었다.

내가 지금까지 절친한 친구의 약혼자한테 목을 매고 있었다니. 내가, 내가 그랬던 거라니. 농담이라고 말해 줘. 내 진심이, 내 마음이, 내가 가장 사랑하는 친구를, 내 마음속 단 하나의 존재였던 남자를 고통스럽게 찌르던 흉기였다고 말하지 말아 줘. 태은을 붙잡고 애원이라도 하고 싶은데 소리 없는 오열이 목소리를 열어 주지 않았다.

감정이 격해진 태은은 주르륵 흐르는 눈물을 거칠게 훔치고 이제껏 수완이 잘못 알고 있던 사실을 정정해 주었다.

"진하 오빠, 제날짜에 제대해서 친구들 만나고, 우리 집에 인사 오고, 운동도 다니고 있어. 그런데 왜 너한텐 연락하지 않았을까? 오빠는 자기 할 일을 다 했다고 생각해. 네가 그토록 원했던 좋은 대학에 입학했고, 적응하는 것까지 도와줬으니 앞으로는 천천히 시간 날 때 만나 보면 되는 거라고."

"……."

"서진하에게 이수완은 착하고 똑똑한 주치의의 딸, 한태은의 친구, 처음이자 마지막이었던 제자 딱 그 정도까지만이야. 너랑 과외 끝나고 돌아갈 때마다 전화로 나한테 보고했어. 네 친구, 공부 잘하고 있다고, 그러니 아무 걱정 말고 너는 네 할 일이나 하라고. 너한테 온갖 정성 쏟으면서도 오빠는 고생이라고 생각 안 했어. 가족이 될 내가 부탁했던 거니까. 알겠니? 오빠가 보고 있던 사람은 네가 아니야. 그 모든 친절, 웃음, 노력은 다 나를 위해서였어!"

무슨 정신으로 뛰쳐나왔는지 모르겠다. 귀에 와닿는 모든 단어가 고통이라 아프다고 몸부림을 치다 보니 조명으로 번쩍이는 거리 한복판을 걷고 있었다. 쏟아지는 시선에, 저 여자 좀 보라며 저마다 속닥이는 소리에 수완은 엉망이 된 얼굴을 가리려 어둠을 찾아 파고들었다. 좁고 깊숙하고 어두운 곳. 세상과 동떨어져 나를 내려놓을 수 있는 곳.

오래된 콘크리트 벽에 등을 기대고 스르륵 미끄러져 내렸다. 그에게 잘 보이고 싶어 걸쳤던 불편한 코트와 조그마한 가방, 새끼발가락에 피멍을 들게 하는 구두가 아무렇게나 구겨졌다. 부어오른 두 눈에선 폭포수 같은 눈물이, 난도질당한 가슴에선 붉은 핏줄기가 선연하게 흘렀다.

믿기지 않았다. 모든 게 그저 착각에 지나지 않았다니. 태은의 부탁을 거절 못 해 불쌍한 아이를 도왔던 것인데 그것도 모르고 혼자서 감정을 키워 온 거라니. 하루 이틀도 아니고, 무려 4년씩이나!

목구멍이 불에 덴 듯 화끈거렸다. 알고 보니 서진하에게 특별한 사람이 아니어서, 오랫동안 '우리'로 묶여 있던 한태은을 잃게 돼서, 홍역처럼 앓았던 첫사랑이 처참하게 부서져서. 이 중 어느 게 가장 아프고 가슴을 찢는지 구분할 수 없었다. 다만 하나, 수완이 확실히 알겠는 건 이 마음을 아끼지 않고 내준 두 사람을 한꺼번에 잃게 되었다는 것. 다시없을 저들의 존재가 그리워, 헝클어진 관계와 추억을 도저히 감당할 수 없어 수완은 목메어 울었다.

서진하와 한태은, 두 사람의 결혼과 유학 소식은 다른 경로를 통해서도 수완의 귀에 들려왔다.

곧 태은이한테 전화가 올 거야. 발랄하게 깔깔거리며 말하겠지. 바보야, 장난이었어! 그래, 태은이가 짓궂은 장난을 치고 있는 게 분명해. 그와 내가, 우리가 함께했던 시간이 그렇게 아무것도 아니었을 리 없어.

멀쩡한 얼굴로 독하게 버티던 수완도 할머니와 아버지가 소소히 나누는 대화에 망연자실 무너져 내렸다. 잠을 자다가도 덫에 걸린 짐승처럼 신음하며 끙끙 앓았다. 단전에서부터 치솟는 배신감이 칼날처럼 일어나 심장을 찌르는데 책임을 따져 물을 상대가 없어 더욱더 헤어나질 못했다.

'진하 오빠는 네 마음 몰라. 너만 정리하고 마음 비우면 우리 모두 편안해질 거야.'

태은이 했던 말이 떠오르면 수완은 아무 옷이나 걸쳐 입고 미친 듯이 대문을 뛰쳐나갔다. 위치 정도만 알고 있는 그의 집을 향해 옆도 뒤도 돌아보지 않고 무조건 내달렸다. 초봄의 억센 바람을 맞으면서도 온몸이 펄펄 끓을 만큼 신열이 올랐다.

아무것도 모른다는 건 말이 되지 않았다. 모르는 척할 순 있어도 그를 향한 이 마음을 모를 수는 없었다. 초인종을 누르고 철제문을 두드려 서진하를 불러내고 싶었다. 당신이 어떻게 나한테 이럴 수 있냐고, 여태껏 나를 농락했던 거냐고 따져 묻고 싶었다.

수십 번이 넘도록 그렇게 뛰어 봤지만, 끝까지 완주한 적은 한 차례도 없었다. 당장에라도 불러내 악을 쓸 것처럼 굴다가도 황당해하는 그를 상상하면 정수리가 뜨끈뜨끈 타올라 도중에 주저앉고 말았다.

뭐가 문젠데?

그가 영문을 모르겠다는 듯 되묻는다면 이쪽에서도 할 말이 없었다. 엄밀히 따져 보니 지난 4년 그가 수완에게 한 거라곤 공부를 가르쳐 주고, 밥을 사 주고, 친절하게 웃어 준 게 전부였다. 단 한 번도 그는 선을 넘지 않았다. 너무나 깍듯해서, 고백받지 못해서, 사귀자는 말 한마디 듣지 못해서 가슴 졸이며 안달을 냈던 건 그녀였다.

그러므로 서진하는 한태은도 이수완도 어느 쪽도 배신한 게 아니었다. 그저 약혼자인 한태은의 친구에게 최선을 다해 친절을 베풀었던 것일 뿐. 하여 배신한 사람은 아무도 없는데 배신당해 남몰래 아파하는 사람만이 존재했다.

나를 좋아하지 않는 남자, 내가 아닌 내 친구를 바라보는 남자, 끝끝내 연락 한 번 해 오지 않는 남자. 이제 보니 서진하는 연애할 때 기필코 피해야 할 조건을 두루 갖춘 남자였다.

그렇다면 나도 미련 없이 당신을 잊어 주겠어.

수완은 의연해지겠다고 다짐하면서도 순간순간 무너지는 마음을 주체하지 못했다. 자려고 누웠다가, 콩나물을 사러 마트에 가다가, 개수대에 쌓여 있는 그릇들을 설거지하다가, 한 번씩 걷잡을 수 없는 감정에 휩싸여 오열을 토했다.

어떻게 이게 배신이 아니야?

그렇게 다정했으면서.

오로지 자기만 바라보게 했으면서.

착각하게 한 당신이 나빠.

왜 헷갈리게 해, 왜!

그냥 살게 내버려 두지. 건드리지 말았어야지.

추워 보이건 말건 놔 달라고 했을 때, 내 손을 놔줬어야지!

태은아…….

가장 사랑했던 친구의 결혼도 축복해 줄 수 없는 처지가 너무도 비참했다.

차라리 당신을 만나지 않았더라면…….

수완이 할 수 있는 최대의 원망이었다.

얼마 뒤 서진하가 태은과 출국했다는 소식이 전해졌다. 수완에게는 끝끝내 전화 한 통 오지 않았다. 태은의 말처럼 너하고는 볼일이 끝났다는 무언의 표현인 것 같아 수완은 버림받은 반려견이 된 것 같았다. 억지로 떠맡겨진 처지인지도 모르고 마음을 다해 주인만 바라보다 하루아침에 길거리에 내버려진. 그럼에도 저를 버린 주인을 잊지 못해 함께했던 나날을 그리워하는.

하와이에서 가족들만 모여 조촐하게 치렀다는 그들의 예식은 약 한 달 뒤 국내 언론에도 짤막하게 소개되었다. 어릴 때부터 남매처럼 지냈던 두 사람이 오래전부터 서로를 아끼다 다소 이른 나이에 부부의 연을 맺게 되었다고.

수완은 조용히 기사를 읽다가 촉촉하게 젖어 드는 두 눈을 지그시 감았다. 사진 한 장 공개된 바 없지만 아름다웠을 그날의 광경이 마치 눈앞에서 보고 있는 듯 생생히 그려졌다.

쾌적한 날씨, 시원한 바람, 에메랄드빛 바다, 화이트 플라워, 무릎까지 내려오는 웨딩드레스. 예쁘고 사랑스러웠을 친구와 슈트가 근사하게 어울렸을 그 사람. 원래대로라면 수완이 받아야 했을 신부의 부케.

태은아, 우리가……

서진하 씨, 당신이……

물이 끓어 넘치듯 마르지 않고 흐르는 눈물을 그때만큼은 닦아 내지 못했다. 축하도 원망도 할 수 없으니 솟구치는 눈물이라도 수완은 마음껏 쏟아 내고 싶었다.

"수완아, 너 정말 괜찮겠어?"

"걱정하지 말고 다녀오세요."

밥솥의 취사 버튼을 누른 수완이 엄마를 돌아보며 싱긋 웃었다. 걱정 반 설렘 반, 엄마는 최근 유난히 골골대는 큰딸을 염려하면서도 수학여행을 앞둔 여고생처럼 들떠 있었다.

"엄마 가지 말까?"

"밥 차리는 게 뭐 어려운 일이라고. 집 걱정 말고 재미있게 놀다 오세요."

엄마의 생신을 맞아 아버지는 두 가지 의미 있는 선물을 준비했다. 첫 번째는 공개할 수 없는 비밀, 두 번째는 두 분만의 여행이었다.

혼자서 깊은 내상을 견디던 수완은 차라리 잘된 일이라 여기며 아버지의 계획에 적극 동참했다. 모든 살림을 기꺼이 도맡아 처리할 테니 이런저런 생각 말고 마음 편히 어디든 출발하시라 엄마를 부추겼다. 오랜만에 부모님께 효도하는 동시에 단단히 응어리진 심적 고통을 이런 식의 노동을 통해 잠깐이나마 잊고 싶었다.

"근데 통영이 뭐야. 아빠랑 두 분이서 처음 가는 여행인데 푸껫 정도는 가 줘야지."

"동백이 한창 탐스럽게 피었다더라. 멀리서 보면 이파리 사이로 붉은 등이 둥둥 떠 있는 것 같다나? 엄마는 푸껫보다 통영에서 동백 보는 게 더 근사한 것 같아. 가다가 예쁜 데 있으면 중간에 내려서 구경도 하고 맛있는 것도 사 먹고."

"날짜에 맞춰 오려고 하지 말고 여유 되면 아빠랑 상의해서 며칠 더 쉬다 오세요."

"그럴까?"

엄마는 사춘기 소녀처럼 깔깔거리며 웃었다. 그런 엄마와 옆에서 흐뭇하게 지켜보는 아버지를 한눈에 바라보니 수완은 새삼 가슴이 뭉클하여 코끝이 시큰거렸다.

그래, 아빠는 엄마가 쾌활하게 웃는 모습을 보고 한눈에 반했다고 하셨지. 바다에서 철썩이는, 파도와 같이 밝고 시원한 사람이었다고. 그렇게 활발하고 유쾌했던 분이 스스로 선택한 사랑에 책임을 지느라 몇 년째 이 부엌을 벗어나지 못하고 있었으니.

은빛으로 반짝이는 백사장과 유난히 맑고 파랗다는 남해를 돌아보며 엄마가 조금이라도 옛 모습을 되찾을 수 있기를. 부모님을 바라보는 수완의 눈가에 진한 애틋함이 번졌다.

"얼른 출발하세요. 한참 가셔야 하는데 늦어지시겠어요."

수완은 과장된 목소리로 여전히 미안해하시는 부모님을 부엌에서 몰아냈다. 졸지에 쫓겨나는 것처럼 되어 버린 엄마는 호호 웃으시면서도 거실로 나와서는 목소리를 낮추고 어깨를 긴장시켰다.

할머니는 잔뜩 골을 부리는 중이셨다. '어머니, 저희 다녀오겠습니다.' 아버지가 큰 소리로 인사를 건네도 방문을 걸어 잠근 채 내다보지도 않으셨다. 엄마는 눈가가 살짝 흐려졌지만, 아버지는 뒤도 돌아보지 않으셨다. 엄마의 손을 잡고 거침없이 밖으로 이끌었다.

학교에 간 수민과 연애질에 바쁜 이동재를 대신해 수완이 대문 밖까지 두 분을 배웅했다. 아버지가 운전대를 잡으시고 엄마가 보조석에 앉으셨다.

"우리 큰딸, 수고해."

창을 내려 활짝 웃으시는 모습이 볕이 좋은 어느 봄날의 정오처럼 화사했다. 두 분이 즐거워하시는 모습을 보니 수완도 덩달아 기분이 좋아졌다. 부모님을 따라 손을 흔들며 오랜만에 편안히 웃어 보일 수 있었다. 차가 출발하고도 이상하게 발이 떨어지지 않아 작은 점이 되도록 멀어지는 뒷모습을 수완은 오래도록 지켜보았다.

풋풋했던 대학생 시절, 첫사랑으로 만나 우여곡절 끝에 부부의 연을 맺은 부모님. 할머니의 심술 탓에 미뤄 두었던 신혼여행도 가지 못하고 20여 년 만에 처음으로 단둘이서 떠나는 여행이었다. 설렘 가득, 바다 내음을 한 아름 품고 돌아오겠다고 약속도 하셨다. 그러나 불행이란 원래 연달아 찾아온다 하였던가. 웃으면서 출발한 이 여행을 끝으로 부모님은 영영 집으로 돌아오지 못하셨다.

참담한 전화가 걸려 온 건 그로부터 며칠 뒤, 저녁을 치르느라 부산했던 어느 오후였을 것이다. 경찰은 화물차 운전자의 과실로 서울을 약 50km 앞둔 고속도로 상행선에서 부모님이 타고 계신 승용차가 전복되었음을 알려 주었다. 그대로 혼절하신 할머니와 울음을 그치지 못하는 수민을 놔두고 수완은 이동재와 당숙 어른을 따라 황급히 병원으로 달려갔다.

바로 직전까지도 살아 계셨던 듯 두 분은 잠든 것처럼 편안히 눈을 감고 계셨다. 이동재가 아이처럼 울음을 터트렸고 수완은 아버지의 손을, 마지막으로 엄마의 뺨을 조심스레 어루만졌다. 영원히 곁에 계셔 주실 것 같았던 부모님이 이렇게 한순간에 떠나실 거라곤 생각지 못했다. 세상 어느 곳을 떠돌더라도 최종적으로 돌아가야 할 자리가 부모님이 계시는 바로 그곳이라고 여기며 살아왔는데…….

짧게라도 휴가를 즐기고 가셨으니 그나마 다행이라고 해야할까.

처음이자 마지막이었던 짧은 여행 동안 수완은 두 분이 행복하셨기를 바랐다. 그리고 다음 생이 있다면 그때는 엄마가할머니의 아들로 태어난 아빠를 사랑하지 않으시기를. 같은 여자로서 엄마의 인생이 너무도 불쌍해 장지에서 돌아오는 길, 수완은 목 놓아 울었다.

어느덧 봄기운이 완연했다. 마지막 꽃샘추위를 밀어내고 봄볕과 꽃 내음을 싣고서 포근한 바람이 불어오는 계절이다. 부모님의 장례를 치르고, 어린 수민을 달래고, 엄마를 저주하는할머니의 패악을 견디다 정신을 차려 보니 시간은 벌써 이만큼이나 흘러 있었다.

학교에 가지 않는 주말, 수완은 편안한 추리닝에 햇빛을 가리기 위한 모자와 새로 꺼낸 목장갑을 챙겨 밖으로 나갔다. 정원 테이블엔 도우미 아주머니가 내다 준 시원한 음료를 하나씩 앞에 두고 할머니와 이동재가 앉아 있었다.

엄마를 바라보던 싸늘한 눈빛으로 할머니는 이제 수완을 보고 있다. 장례식장에서도, 장지에서도, 자리보전을 하고서도 내 아들을 잡아먹은 년이라고 엄마한테 온갖 욕설을 퍼부었던 할머니. 한 달 만에 정신을 차리고 일어나 도우미 아주머니를 고용하시더니 수완에게도 딱 그만큼의 일거리를 안겨 주셨다. 원망할 상대가 사라진 지금, 며느리를 대신할 분풀이 상대로 엄마를 유독 싸고돌던 큰손녀를 선택하신 것이다.

"부르셨어요?"

형식상 묻고는 있으나 할머니가 불러낸 이유를 수완은 이미 알고 있었다.

"날씨가 더워지니 잡초가 극성이구나."

할머니는 까슬까슬한 심기를 숨기지 않으며 깔끔히 정리된 잔디를 훑었다.

"사람이 와서 잔디를 깎는다고 깎아 놓았다만 그 안에 섞여 있는 잡초는 뿌리째 뽑아야 하는 게 맞는 거다. 잡초 조금 뽑자고 사람을 고용하기도 그렇고, 이런 거는 가족들이 알아서 해야 하는 건데…… 너도 알다시피 나는 허리가 좋지 않고 네 오빠는 요즘 손목이 좋지 않다는구나."

이동재는 그럴싸한 손목 밴드 하나를 차고 오늘 아침까지 멀쩡했던 손목을 보란 듯이 빙빙 돌렸다. 뻐근하다는 듯 눈썹을 찌푸리는 모양새가 퍽이나 같잖았다.

저 꼴을 뭐 하러 보고 있나 싶어 수완은 그대로 몸을 틀었다. 동시에 할머니가 '하.' 하며 기가 막히다는 듯 욱하는 감정을 내보였다. 할머니의 심술이 더욱 심해지겠지만, 어차피 돌이킬 수 없는 사이였다. 수완도 할머니도 서로를 용서할 수 없었다.

그리운 아버지와 불쌍한 우리 엄마.

아까운 내 아들과 머리채를 잡아도 시원찮을 그년.

그들이 살아서 돌아오기 전까지는.

숨이 거칠어진 할머니를 보란 듯이 무시하고 수완은 잔디를 밟았다. 적당한 곳에 멈춰 서서 모자를 쓰고 목장갑을 끼고 허리를 굽혀 잡초를 뽑기 시작했다. 어떠한 과제가 주어져도 수완은 뻣뻣하게 반응하며 죽을힘을 다해 할 일을 완수했다. 할머니가 떠안기는 일이 점점 과하고 정도를 벗어나도 절대로 고개를 숙이는 법이 없었다.

"그냥 무시해, 할머니. 제 잘난 맛에 사는 앤데 원하는 대로 땡볕에서 노동이나 하라 그래."

"나 원 참, 어디서 저런 것이 태어났는지. 닮으라는 제 애비는 안 닮고, 하필이면 그 화상을 닮아서……."

"무시하라니까. 다른 얘기 하자. 맞다, 진하 속도위반이었다며? 사실이야?"

잡초를 뜯던 손이 멈칫 경련을 일으켰다. 두 사람의 대화를 듣고 싶지 않아 자리를 옮길까 했던 수완은 이미 들어 버린 소식에 뺨을 한 대 얻어맞은 느낌이었다.

"전 여사 입에서 나온 말이니 사실이겠지."

"어쩐지. 나이도 어린데 왜 그렇게 서두르나 했어."

"격이 맞는 집안끼리 그리되었으니 양가 어른들은 외려 쌍수 들고 환영하나 보더라."

"제대하기 전에 휴가 엄청 나오더니 그때 사고 친 건가? 안 그래도 걔 결혼한다는 얘기 나왔을 때……."

수완은 자리에서 일어나 서둘러 두 발을 움직였다. 최대한 빠르게 직진하다 아무 소리도 들려오지 않는 곳에서 힘없이 무릎을 구부렸다. 그러곤 잠시의 틈도 없이 잔디 사이사이, 잡초를 찾아 바쁘게 손을 움직였다. 뜯고 뽑다가 뿌리까지 제대로 처리되지 않으면 긁어내듯 손가락으로 흙 속을 깊이 후벼 팠다.

땀이 후드득 떨어졌다. 아니, 눈물이었나.

설움이 넘쳐 이대로 이 집을 나가고 싶지만 무조건 참아 냈다.

수민이 대학에 입학할 때까지만…….

이 집에서 견뎌야 할 유일한 이유를 끝까지 상기했다. 팔꿈치를 들어 빗줄기처럼 시야를 적시는 눈물을 훔쳤다. 엄마가 텃밭에서 눈물을 쏟으며 아픔을 묻었던 것처럼 수완도 흙을 만지며 설움에 겨운 눈물을, 누군가를 향한 마음을 차곡차곡 묻어 버리고 싶었다.

지난 한 달, 매일 밤 신께 기도했다. 이것이 내가 눈을 감는 마지막 순간이기를. 어둠이 지나고 태양이 솟아도 다시는 빛

속에서 깨어나는 일이 없기를. 그러나 시간이 흐르면 어김없이 잠에서 깨어났고, 아침이 밝아 왔고, 봄이 돌아왔다.

할 수 없이 바지런히 몸을 움직이니 아주머니를 고용하기 전까지 홀로 떠맡다시피 한 살림도 손에 익었다. 부모님을 대신해 수민을 걱정했고, 독립 후의 삶을 상상하며 자연스레 내일을 떠올렸다. 어쩔 수 없이 살다 보니 또 그럭저럭 살아지더라는 누군가의 말처럼 수완도 그렇게 하루하루를 이어 갔다.

그래서 함부로 주저앉지 못했다. 잠깐의 아픔과 부조리를 견디면 그다음엔 조금 더 나은 미래가 기다리고 있지 않을까. 절망의 끝에서도 인간이라면 누구나 품게 되는 내일을 향한 기대감을 저버릴 수 없어서.

삶이 계속되는 한 결코 외면할 수 없는 내일이라는 막연한 환상. 부모님을 가슴에 묻고, 좋아했던 사람이 하나뿐인 친구와 결혼하고, 혈육이란 자들에게 공평치 못한 대우를 받아도 수완이 오늘이란 시간을 살아가는 이유였다.

4. 전환점

전문가의 손길이 느껴지는 여자의 손톱은 화려하다기보다 정결했다. 본인이 살아온 이력과 살아갈 미래를 단적으로 보여 주는 예가 아닐까, 정 대표는 씁쓸히 생각했다.

눈앞의 여자는 이름만 대면 알 만한 기업의 사주 딸이자 장차 대통령이 될지도 모르는 유력한 정치가의 며느리였다. 본인은 조부께서 창립한 종합식품회사의 임원이었고, 남편은 창업 이래 계속 승승장구 중인 법무법인 '가람'의 대표였다. 한마디로, 평일 대낮 이렇게 외진 곳의 카페에서 소규모 전자신문 업체의 대표나 만나고 있을 사람이 아니었다.

"전화 받고 많이 놀랐습니다. 대형 언론사들도 만나기 힘들다는 신 전무님께서 저희 같은 소규모 언론사를 찾아 주시다니요. 혹시 저희도 모르게 심기를 불편하게 해 드린 게 있었나, 식겁했었습니다. 포털에 올렸던 지난 기사들을 일일이 점검했을 정도로 말입니다."

"내숭이 심하시네."

참하고 단아한 외관과 달리 입술을 삐뚜름히 비트는 여자는 냉소적이었다.

"이쪽에서 연락을 받자마자 뒷조사 시작하신 거 보고받고 있었어요. 예상대로 꽤 집요하셨다고요."

"죄송합니다. 호기심을 누르지 못하고 그만."

"말씀하신 대로 전화 한 통이면 달려올 언론사는 널리고 널렸습니다. 그런데도 내가 이렇게 정 대표님을 찾아온 건 이유가 뻔하지 않겠어요?"

정 대표를 응시하는 여자의 시선이 곱지 않았다. 여기서 이러고 있는 이유를 서로가 빤히 알고 있는데 왜 피곤하게 말을 돌리느냐, 노골적인 질책을 드러냈다.

정 대표는 특정한 반응 대신 허허 멋쩍은 웃음을 지었다. 지금이야 변두리에서 이러고 있지만, 부정을 저지른 게 발각 나쫓겨나기 전까지 그 또한 한때 이름을 날리던 시절이 있었다. 경쟁이 치열했던 대형 언론사에서 철마다 특종을 터트렸을 만큼 '감' 하나는 타고났다 표현해도 과언이 아니었다.

얼마 전 무심코 받았던 휴대폰 너머로 신혜원의 목소리가 흘러나왔을 때 정 대표는 그것이 인생에 주어진 두 번째 기회임을 직감했다. 저 정도 되는 사람이 일부러 소규모의 언론사를 찾아왔을 땐 대립하는 상대가 그녀보다 훨씬 막강한 권력의 소유자였을 터. 윗선의 영향력이 미치지 않는, 누구도 생각지 못했던 곳에서 반란을 꾀하겠다는 의도가 다분히 읽혔다.

특종의 냄새가 물씬 풍겼다. 그리고 그 냄새의 근원은 어쩐지 여자의 시댁인 한 의원 일가와 관련이 있을 것 같았다. 해서 정 대표는 제일 먼저 신혜원과 그녀의 남편, 한태영에 관해 탈탈 털었다.

대외적으로 금실 좋은 부부로 알려진 그들은 겉으로 보기에 완벽한 한 쌍이었다. 하지만 그 집에 고용된 도우미 아주머니의 남편까지 동원해 파고드니…… 역시나. 부부관계는 거의 파탄 단계에 이르러 있었다. 신혜원이 유산을 거듭한 뒤 다시 아이를 갖지 못하며 오래전부터 갈등이 증폭된 듯하였다.

"어느 정도 자신하세요?"

여자의 목소리는 차가웠다.

"제가 드리는 소스, 끝까지 내보낼 자신이 있는지 묻는 겁니다."

"저희 같은 매체야 가진 건 패기 하나뿐이죠. 어떤 압력에도 굴복하지 않을 자신 있습니다."

"그러셔야 할 겁니다. 수많은 언론사를 놔두고 정 대표님께 연락드린 이유가 바로 그거 하나였으니까."

"물론 확인할 시간은 주셔야 합니다. 건네받은 소스를 토대로 잠복 취재에 들어간 뒤 사실이 확인되는 즉시 우리 회사 사이트를 통해 터트리겠습니다."

어차피 모 아니면 도인 인생, 지금부터 듣게 될 제보가 사실이 아니라 해도 그가 손해 볼 게 무엇이겠는가. 기껏해야 철부지 공주한테 놀아나 얼마간 몸고생했다 치면 그만이었다. 만약 절반의 확률로 그것이 사실임이 입증되면 그는 그야말로 제2의 전성기를 맞게 될 것이다.

파급력을 고려했을 때 이번 일이 대권 주자로 주목받는 한 의원과 깊은 연관이 있기를 바라며 정 대표는 조심스럽게 운을 떼었다.

"궁금하군요. 전무님께서 직접 걸음 하신 걸 보면 웬만한 일은 아닐 것 같은데 말입니다. 혹시 한 의원님께서 연관된 일입니까?"

여자는 대답 대신 야릇한 미소를 띠었다. 명백한 긍정의 표현이었다.

정 대표는 흥분으로 발끝이 찌릿찌릿하였다. 넘칠 만큼 쏟아질 세간의 주목과 광고를 생각하니 벌써부터 한쪽 가슴이 뻐근했다.

"오래전부터 대권을 노려 오신 분이 무슨 실수를 하셨을까요. 거금과 이권이 오간 비리, 탈루, 갑질, 도박, 혼외자, 자녀의 부정 입학. 대략 그런 것 중 하나입니까?"

"눈치는 빠르신데 생각의 깊이가 전혀 없으시네."

불쑥 쏟아진 여자의 독설에 정 대표는 기가 차서 헛웃음이 나오는 걸 간신히 참았다. 겉으로 보기에 여자는 참하고 우아한 상류층 며느리의 표본 같은 모습을 하고 있었다. 그런 여자가 조곤조곤 독니를 드러내니 정 대표는 그 이중성에 혀를 내두르다가도 구미가 당겼다.

"창의력이 떨어져서 죄송합니다. 그럼 또 뭐가 있으려나?"

"생각을 천박하게 해 보세요."

"예?"

"원래 이 바닥이 더 더러운 거 몰라요?"

"……."

"위로 올라갈수록 위기가 닥치면 상스러움은 배가되는 법이니까."

"전무님, 조금이라도 힌트를 주신다면……."

"이 바닥은 말이죠, 멀쩡한 처녀 총각도 하루아침에 유부녀 유부남으로 둔갑시킬 수 있는 곳이에요. 어디 그뿐인가요? 말도 섞어 본 적 없는 가짜 아내와 사별하고 남의 자식을 호적에 올려 아버지 노릇도 하게 할 수 있는 곳이죠. 윤리경영 기업? 청렴한 대권 주자? 미친……."

시간이 흐를수록 옅은 화장을 뚫고 여자의 독기가 점점 퍼런빛을 발했다. 그럴수록 정 대표는 척추를 타고 전신으로 뻗어 가는 전율을 느꼈다. 제대로 작정하고 나왔구나, 육감이 그에게 청신호를 보냈다. 행여 이런 순간을 놓칠세라, 여자 몰래 켜 두었던 펜 녹음기를 자연스러움을 가장해 쓸어 보았다.

"가진 것을 지키기 위해 그들은 어디까지 비정해질 수 있나. 조금 오래되긴 했지만, 여전히 계속되고 있는 그들만의 황당한 스토리, 한번 들이 보시겠어요?"

서서히 번지는 여자의 비소에 정 대표는 저도 모르게 꼴깍 마른침을 넘겼다.

기록적인 찜통더위가 갈수록 맹위를 떨쳤다. 대한민국 전체가 거대한 오븐 안에서 구워지고 있는 듯 환절기를 앞둔 늦여름의 더위는 무겁고 지독했다.

S대 멀티미디어 강의동 204호.

채용 설명회를 끝낸 J그룹 직원들은 학생들이 썰물처럼 빠져나간 뒤에도 숨 돌릴 틈 없이 분주했다. 몇몇은 후배들의 개인적인 질문에 친절히 응대하느라, 다른 몇몇은 오늘의 성공적인 행사를 마무리 짓느라. 설명회에 호출된 직원은 소속이 제각각이었는데 공통점이 있다면 전부 S대 출신의 졸업생이라는 사실이었다.

혼잡한 분위기 속에서 인사과 소속의 수완은 조용히 제 할 일을 챙겼다. 벌써 여러 차례 채용 설명회의 진행을 맡았던 만큼 마무리까지도 빠르고 노련했다. 사용했던 자료를 챙기고, 관계자와 대화를 나누고, 학생들에게 제공했던 기념품과 간식의 재고를 확인했다. 마지막으로 후배가 처리한 일들을 점검해 보고 있는데 부장님이 손부채질을 하며 슬그머니 옆으로 다가왔다.

"가을이 코앞인데 왜 이렇게 더운 거야."

"아직 생수 차갑던데, 한 잔 드릴까요?"

"벌써 마셨습니다. 얼추 정리됐지?"

"네. 부장님 먼저 움직이시면 마저 정리하고 따라 들어가겠습니다."

수완의 대답에 부장은 어수선한 직원들을 눈으로 대충 훑더니 목소리를 낮추어 소곤거렸다.

"뒷정리는 내가 알아서 할 테니까 이 대리는 여기서 조용히 사라져."

"네?"

"얼른. 병원 원무과 6시까지 아니야? 무인 수납기도 7시까지만 이용할 수 있다며. 가서 입원비 중간 정산이나 하라고."

"아직 여유 있어서 괜찮습니다."

"시간이 남으면 오랜만에 동생이랑 수다나 떨든가. 이 대리 동생도 온종일 병실에 누워서 심심할 거 아니야."

"부장님……."

생각지도 못한 순간 직장 상사가 베푸는 뜻밖의 친절에 수완은 눈물이 찔끔 솟았다. 부하 직원의 일도 아니고, 그 동생의 입원비를 정산하는 날이었다. 사소하고 상관없는 남의 일을 기억하는 게 얼마나 어려운 것인지 잘 아는 직장인으로선 큰 감동이 아닐 수 없었다.

그렇지 않아도 오늘은 수완이 직접 입원비를 수납해야 하는 상황이었다. 수민이 중환자실에 있을 때 벌써 여러 번 편의를 봐주셨는데 어떻게 또 말을 꺼내야 하나, 내내 가슴이 무거워 점심도 제대로 먹지 못했다. 그런데 이렇게 먼저 말을 꺼내 주시니 감사함 반 죄송함 반, 수완은 쉽사리 움직이지 못하고 입술만 잘근잘근 깨물었다.

"어허, 거 말 되게 안 듣네. 내가 말했지. 나도 까마득한 병아리 시절, 우리 어머니가 아프셔서 보호자 심정이 어떻다는 거 잘 안다고. 이럴 때는 주춤거리는 게 더 눈치 없는 짓이야. 윗사람이 알아서 빼 주면 동료들 눈에 안 띄게 재깍재깍 움직이는 게 예쁨 받는 길이라고."

"감사합니다, 부장님. 오늘 빠진 건 다음에 꼭 보충하겠습니다."

"시답잖은 소리 그만하고 얼른 가."

부장님의 배려에 수완은 더 이상 주저하지 않았다. 정해진 시간 내에 중간 정산을 끝내야 하는 건 미룰 수 없는 현실. 진심으로 감사의 인사를 건네고 가방을 챙겨 동료들 몰래 설명회가 열렸던 건물을 빠져나갔다.

수민이 대학에 입학하던 날 수완은 가장 먼저 할머니의 집을 벗어났다. 과외로 악착같이 모아 놨던 돈을 털어 학교 근처에 원룸 하나를 얻고 독립을 선언했다. 그때가 졸업을 1년 앞두고 있었던 시점. 고시 같은 건 꿈도 꿀 수 없었기에 선택할 수 있는 미래는 한정적이었다.

그래서 세운 목표가 연봉 높은 대기업에 취업하는 것이었다. 수완은 대성그룹을 제외한 국내 대기업 중 연봉 순위가 높은 기업과 각 계열사 스무 곳 정도를 추려 입사 지원서를 작성했다. 잠을 줄이고 끼니를 거르며 죽기 살기로 입사 시험 준비에 매달렸다. 그중 제일 처음 합격 통보를 받은 곳이 바로 J그룹. 다른 길로 한눈팔 형편이 안 됐던 수완은 입사와 동시에 인사과로 발령받아 5년째 근속해 오고 있었다.

"이수완!"

뙤약볕을 피해 버스 정류장으로 총총거리며 걷던 수완은 익숙한 목소리에 걸음을 멈췄다. 흘끔 돌아보니 매끈하게 빠진 세단 한 대가 스르르 다가왔다. 운전대를 잡고 싱긋 웃고 있는 사람은 현우. 수완의 얼굴에 저절로 미소가 그려졌다. 어디를 가느냐, 타라, 고맙다, 그런 말은 자연스레 생략되었다. 수완은 당연하다는 듯 보조석으로 달려갔고, 현우는 알아서 모실 준비를 마쳤다.

차에 올라타 문을 닫자 천국에 온 기분이었다. 땀으로 끈적끈적해진 피부를 감싸고 더위를 식혀 주는 에어컨 바람이 시원했다. 수완은 저절로 탄성을 터트렸다. 제 차처럼 시트에 몸을 기대고 기화열에 의한 냉각의 원리를 만끽했다.

뿌듯한 표정의 현우가 액셀러레이터를 밟으며 우쭐거렸다.

"그러게 친구 좀 구제해서 같이 나가지, 비겁하게 혼자만 사라지냐."

"맞다! 너 뭐야? 사원 주제에 어떻게 빠져나왔어?"

더위와 피로에 흐물흐물 정신을 놓아 가던 수완이 순간 두 눈을 번쩍 뜨고 다그쳤다. 현우는 빨리도 묻는다고 투덜대면서도 착실히 대답했다.

"내일 워크숍 가야 하는 사람은 지금 빠지라고 하더라고. 최부장 센스 있어."

"부장님이라고 부르자. 우리 부서 대장님이시다."

"그놈의 의리는 나한테 빼고 다 지키지."

현우의 핀잔에 수완은 작게 웃었다.

어느 겨울, 서진하를 치한 취급하며 나타나 풋풋한 존재감을 드러냈던 박현우. 그는 이후 S대학 디자인학부에 입학해 수완의 인생에 본격적으로 자리를 잡았다. 소중한 이들을 한꺼번에 잃고 방황했던 수완에게 찔끔찔끔 다가와 빈자리를 채워 주고, 오빠처럼 친구처럼 곁을 지켜 주었다. 그리고 재작년 가을, 군대를 다녀와 뒤늦게 졸업한 그가 유학 대신 J그룹 디자인연구소의 입사를 택하며 끈끈한 연을 이어 왔다.

현우는 순수미술 외에 부담 없이 그림을 즐기며 소질을 펼칠 수 있는 또 다른 영역이 있음을 알려 준 이였다. 당시 그를 통해 새로 접하게 된 세계가 일러스트. 수완은 부담스러운 순수미술 대신 그리고 싶은 그림을 그리며 '내가 진정으로 하고 싶은 일은 무엇인가' 진지하게 고찰할 기회를 가지기도 하였다. 회사에 취직해 생활이 안정되었을 때쯤 야간 대학원에 진학해 다시 미술을 시작했을 만큼 열성적이었다.

"저 앞에서 세워 줘."

"회사 안 들어가?"

"오늘 수민이 정산하는 날이야. 그래서 부장님이 사정 봐주신 거고."

현우는 순식간에 장난기를 지웠고 고개를 끄덕이면서도 브레이크를 밟지 않았다.

"안 세워?"

"그냥 가."

"그럼 네가 너무 늦어."

"누가 병원까지 데려다준대? 나야 그러고 싶어도 회사에 매여 있는 몸이니까. 지하철 한 번에 타고 갈 수 있는 곳에서 내려 줄게. 여기서 내리면 갈아타야 하잖아."

"그래, 그럼. 고마워."

몸을 일으켰던 수완이 다시 지친 몸을 시트 위로 늘어트렸다.

그늘진 눈 밑과 부르튼 입술, 뼈가 도드라질 정도로 앙상하게 마른 손등. 곁눈질로 수완을 살피던 현우가 갑갑한 표정을 드리웠다. 수시로 야근해야 하는 직장 업무 외에도 주말과 저녁 시간을 이용해 수완이 틈틈이 일러스트 외주 일을 하느라 쉴 틈이 없다는 걸 알고 있다. 외삼촌이 경영하는 출판사에서 동화책 외주 일을 받아다 건네준 사람이 바로 그였다.

월급 외에 돈이 더 필요하다는 말에 급하게 연결해 준 일이었으나 하루가 다르게 말라 가는 수완을 볼 때마다 가슴이 묵직했다. 차라리 돈을 빌려 주겠다고 할걸. 번번이 후회가 되지만 그렇다고 순순히 빌려 갈 수완도 아니기에 현우는 그저 혼자서 애를 태웠다.

"삼촌이 제안한 작업은 하고 있어?"

"우선 세 컷 정도 그려 가기로 했는데, 마음이 불편해."

"왜?"

"그렇잖아. 친구 팔아먹은 기분도 들고."

"너는 진짜……."

현우는 두 눈에 불끈 힘을 주었다.

몇 번을 말해야 네가 실력으로 정정당당하게 얻은 것이라는 걸 믿어 줄까.

그가 한 일이라곤 컬러링북을 제작하고 싶어 하던 삼촌에게 수완이 끄적거린 스케치를 몰래 가져다 보여 준 게 전부였다. 19세기 영국풍의 의상을 입고 있는 두 소녀와 인테리어 소품, 아기자기한 티파티, 앤티크한 테이블웨어. 섬세하고 여성스러운 곡선과 여심을 자극하는 스케치가 당신께서 생각하던 방향과 맞는다며 삼촌이 외려 적극적인 반응을 보이셨다.

"우리 삼촌 비즈니스맨이야. 딱 봐서 안 팔릴 것 같으면 내가 아니라 우리 할아버지가 가서 부탁해도 모르는 척할 분이라고. 그러니까 쓸데없는 생각 말고 자신감 가져. 슬쩍 떠보니까 출판사 내에서도 네가 낸 기획안을 굉장히 흡족해하는 눈치였어."

잘생긴 미간 위로 있는 힘껏 주름을 잡으며 항변하는 현우가 수완은 고마웠다. 혹시나 하여 불편했던 마음이 조금이나마 덜어졌다. 간간이 작업하며 고민했던 부분을 이참에 그에게 물어볼까. 할 일은 많은데 눈꺼풀이 미치도록 무거웠다.

수민이 아프기 시작하며 하루도 편안히 쉬는 날이 없었다. 현우는 그러다 너까지 쓰러지겠다고 걱정이지만 수완은 이미 경험을 통해 인간이 생각보다 강한 존재라는 걸 알고 있었다. 언젠가 맥없이 쓰러지는 날이 온다면 아마도 그건 수민이가 신장이식 수술을 받아 건강을 되찾은 후일 것이다.

현우가 에어컨을 조절했는지 피부에 와 닿는 바람이 조금 전보다 부드러웠다. 깜빡 잠들기에 최적의 조건이었다. 그날이 오기까지 쓰러지지 않을 자신은 있으나 나른한 오후, 시원하게 조성된 환경 속에서 졸음을 이길 자신은 없었다. 수마가 보내는 강력에 유혹에 수완은 서서히 굴복했다.

지하도를 벗어나 병원으로 향했다. 세상은 숨이 턱턱 막힐 정도로 무더웠다. 그럼에도 사람이 견딜 수 있는 건 아주 가끔 다습한 대기를 가르며 한 줄기 시원한 바람이 불어오기 때문이다. 더디긴 했으나 가을이 오고 있다는 신호인 것 같아 수완은 능장을 부리며 천천히 걸었다.

한 시간 전까지만 해도 물먹은 솜처럼 몸이 무거웠는데 차에서 잠깐 눈을 붙였더니 한결 나아졌다. 숨을 깊게 들이켜자 대기 중에서 희미한 물비린내가 맡아졌다.

비가 오려나?

슬쩍 위를 올려다봤더니 해가 쨍쨍, 맑디맑은 하늘이 푸르렀다. 수완은 그대로 시선을 내려 무심히 오가는 행인을 바라봤다. 오후도 저녁도 아닌 시각, 느긋하게 걷고 있는 모습이 여유로워 보였다.

이리도 애매한 시간에 거리를 걸어 본 게 언제였던가.

과외를 끝내고 나오던 어느 오후, 뉴스에서 흘러나온 태은의 부고를 접했을 때가 마지막이었을 것이다. 발을 딛고 서 있는 공간이 나락으로 무너지는 것처럼 수완은 그날 크나큰 충격에 비틀거렸다. 몇 번이나 걸려 왔던 태은의 전화를 시간이 필요하다는 핑계로 거부한 전력이 있었기에 통증은 더욱더 극심했다.

나를 생각해 준 그 마음도 모르고 네가 좋아하는 사람을 탐내서 미안해.

이 지경이 되도록 방관만 하다가 갑자기 나타나 나 때문에 힘들었다고? 나를 농락한 건 너나 서진하나 마찬가지야!

가해자인지 피해자인지, 종잡을 수 없는 상황에 함부로 비난도 자책도 할 수 없었다. 휴대폰을 바꾸고 집으로 걸려 오는 전화도 받지 않았다. 시간이 흐르고 마음이 정리되면 그때 가서 연락을 시도해 보려고 했는데.

당시 수완은 넋이 나간 사람처럼 떨어지는 눈물을 훔치며 정처 없이 거리를 헤매고 다녔다. 버스를 타지도 못하고 울리는 휴대폰도 받지 못했다. 떨리는 걸음걸이, 내키는 대로 발을 떼다 집에 도착하니 어느덧 새벽 1시. 다음 날 수완은 앓아눕고 말았다.

마음이 아픈 건지 몸이 아픈 건지, 머리를 들 수도 없을 만큼 혹독하게 아팠다. 지루하게 신경전을 이어 가던 할머니가 한동안 수완을 건드리지 않았을 정도로 심각했다.

툭, 투둑, 투두둑.

쏴아아아아.

우연히 떠오른 그날의 기억에 수완은 습관처럼 울컥하는데 얼굴 위로 굵은 빗방울이 떨어졌다. 쨍하고 마른하늘에서 미지근한 여우비가 후드득 기세 좋게 쏟아졌다.

병원까지 남은 거리는 약 300m. 수완은 가방을 끌어안고 제
각각 달려가는 사람들의 대열에 합류했다.

병원에 들어서서 곧장 화장실로 직행했다. 가방에서 손수건
과 화장지를 꺼내 물기를 제거하고 옷매무시를 가다듬었다. 대
충 수습을 끝내고 원무과 근처에 일렬로 세워진 진료비 수납기
로 걸어갔다. 수완은 미리 받아 놓은 수민의 진료카드를 꺼내
기계에 투입했다.

어?

진행되고 있는 진료비 청구서가 없다는 문구가 화면에 떠올
랐다. 그럴 리가 없기에 수완은 재차 시도했다. 결과는 마찬가
지. 기계가 고장 났나 싶어 자리를 옮겼다. 이번에도 정석대로
카드를 투입해 봤지만, 상황은 조금 전과 다를 바가 없었다. 초
반에는 매주 기백만 원씩, 최근에는 적어도 일주일에 수십만
원씩 청구되었던 진료비가 없다고 나오다니.

기계상 오류를 확신하며 수완은 원무과 창구로 다가갔다.
현재 시각 오후 5시 45분. 마침 마감이 시작된 시간이라 주변
이 한가해 번호표를 뽑자마자 호명되었다. 수완은 친절히 응대
하는 여직원에게 진료카드를 내밀었다.

"입원비 계산하려고요."

"네."

리더기에 카드를 갖다 댔던 여자가 수완을 흘긋 보았다. 눈

이 마주치자 잠시만 기다리시라며 어디론가 사라졌다. 뭐가 잘 못되었나? 수완은 괜한 상상에 긴장하는데 여직원이 상사로 보이는 중년의 여자를 대동하고 돌아왔다.

"이수민 씨 보호자 분, 혹시 이수완 씨 되십니까?"

"그런데요."

"그럼, 오늘 병원에서 전화 한 통 못 받으셨나요?"

"무슨 전화요? 뭐가 잘못된 건가요?"

수완이 경직되자 여자는 안심하라는 듯 푸근한 미소를 띠었다.

"환자분께 일이 생긴 건 아닙니다. 일단 이번 주 입원비는 정산이 끝난 상태고……."

"정산이 끝났다고요?"

큰 액수는 아니지만 80만 원 가까이 되는 금액이었다. 그걸 누가 계산했단 말인가.

처음으로 떠오르는 사람은 할머니였다. 하지만 할머니는 수민이가 중환자실에 입원했을 당시 두어 번 도와준 게 전부였다. 이동재가 사업을 벌여 빠듯해진 탓도 있지만, 손녀의 병원비를 내 주며 거듭 기싸움을 벌이려 해 수완이 손을 벌리지 않았다.

그다음으로 떠오른 사람은 외할머니와 외삼촌이었다. 하지만 수완은 곧바로 고개를 가로저었다. 이제는 살 만큼 산다고 들었어도 언제나 입으로만 걱정해 주시는 분들이었다. 그렇다면 누가 갑자기 병원비를 계산해 주었을까? 그 이상 떠오르는 사람도 없었다.

"혹시 누가 계산했는지 알 수 있을까요?"

"잠시만 저 앞에 앉아서 기다려 주세요. 지금 내려오신다니까 직접 말씀해 보시는 게 좋을 것 같습니다."

"지금 내려오고 있다면 병원 관계자란 말씀이신가요?"

"자세한 건 저희도 모르겠습니다. 5분 정도만 앉아서 기다려 주세요."

방긋방긋 웃으며 곤란해하는 모습이 여자도 정확히 아는 게 없어 보였다.

"……네. 알겠습니다."

수완은 수민의 진료카드를 돌려받고 원무과 앞에 마련된 대기 의자에 앉았다.

어떤 이유에서건 대성그룹과 관련된 곳이라면 되도록 피하고 싶었다. 그러나 수민이 아팠을 때 당연하게 달려온 곳이 아버지가 근무했던 이곳 대성병원이었다. 혹시 아버지와 친했던 지인 교수님 중 한 분이 수민을 알아보고 계산해 주셨나, 수완은 조심히 추측했다.

전 재산을 털어 수완이 얻었던 첫 번째 집은 손바닥만 한 부엌에 방 하나와 화장실 하나가 딸린 오래된 연립이었다. 이사 직후 수민이 찾아왔을 때 경악으로 물들던 그 눈빛을 수완은 지금도 생생히 기억한다. 두 번 다시 안 올 것처럼 그곳을 떠났던 수민은 시간이 갈수록 방문 빈도가 잦아지더니 어느 순간 한남동의 집을 나와 함께 살기 시작했다.

"몰라. 어쨌든 여기가 마음은 편하다. 잠도 잘 오고, 밥도 맛있고."

아예 짐을 싸서 수완의 자취집으로 들어오던 날, 수민은 방 한복판에 대大자로 누워 시조를 읊듯 중얼거렸다. 언니가 해낸 건 자신도 할 수 있다며 과외를 비롯해 온갖 아르바이트를 통해 스스로 학비도 조달했다.

당시 J그룹 신입 사원이었던 수완이 월세와 생활비를 책임졌고 수민의 모자란 학비와 용돈도 충당해 주었다. 그때마다 수완은 다달이 월급 받는 직장인이라는 사실에 얼마나 감사하고 안도하였는지. 가진 것은 낡은 연립의 방 한 칸이 전부였지만 두 자매는 서로를 의지하며 진짜 어른이 되어 갔다.

시간이 흐르며 생활도 차차 나아졌다. 허름한 연립의 단칸 월세방은 그런대로 살 만한 빌라의 방 두 개짜리 전셋집으로 바뀌었다. 졸업을 앞둔 수민에겐 수완이 먼저 임용고시에 도전해 보라고 제안도 하였다. 수민은 언니한테 미안해 한 번에 붙겠다며 전의를 불태웠다.

그 어린 동생이 어느 날 감기에 걸린 것 같다며 며칠을 혼자서 콜록거렸다. 하필 출장을 앞두고 있던 차였는데, 수민은 병원에 들러 약을 받아 왔으니 괜찮을 거라고 방긋 웃었다.

걱정이 되어 죽을 끓여 놓고 떠났던 3박 4일의 출장길. 전화 받는 목소리가 불안해 서둘러 돌아왔을 때 수민은 의식을 잃고 널브러져 있었다. 발등은 고봉처럼 부어올라 색깔이 변해 있었고, 들숨과 날숨이 끊어질 듯 이상한 소리를 내며 이어졌다.

병명은 TTP. 혈전성 혈소판 감소성 자반이라는, 발병 원인이 정확하게 규명되지 않은 희귀한 혈액질환이었다. 수백만 개로 쪼개진 마이크로 크기의 바이러스가 적혈구를 파괴하고 신체의 장기를 공격하기도 하는 자가면역질환. 혈장교환술을 통해 TTP를 잡기는 하였으나, 수민은 합병증으로 신부전이 왔고 폐에 물이 차는 증상을 보이고 있었다.

하나뿐인 동생을 떠올리니 수완은 따끔따끔 마음이 아팠다. 코끝이 시큰거려 시선을 떨구는데 문득 휴대폰에 파란색 불빛이 깜박이는 게 보였다. 회사에서 연락이 왔나, 수완은 문자를 확인하다 그대로 흡 숨을 들이켰다.

이게 대체…….

문자는 약 30분 전 도착한 것으로 누군가 수완의 통장에 돈을 입금했음을 알리는 내용이었다. 그것도 수완이 회사에서 받는 연봉을 거뜬히 초과할 만큼의 목돈이었다. 신종 보이스피싱인가 싶어 다시 문자를 확인해 보는데 낯선 목소리가 들렸다.

"이수완 씨?"

수완이 고개를 들어 보니 부장님 연배 정도 되어 보이는, 말끔한 정장 차림의 남자가 그녀를 내려다보고 있었다.

나이 지긋한 노신사가 나타날 줄 알았는데…….

예상이 빗나가자 조금은 혼란스러워 수완은 엉거주춤 자리에서 일어났다.

"이번에 제 동생 입원비 정산해 주신 분인가요?"

"정확히는 제가 아니라 대성재단 전희옥 이사장님의 지시

사항이었습니다."

수완의 입이 놀라움에 위아래로 살짝 벌어졌다. 뜻밖의 이름이 튀어나와 어리둥절하는데 남자는 그보다 더 놀라운 소식을 전달했다.

"계속 기다리고 있었습니다. 이사장님께서 이수완 씨를 보고 싶어 하십니다."

남자를 따라 걷다 보니 어느새 직원들만 오가는 조용한 복도에 들어섰다. 소낙비가 지난 오후의 햇살이 창을 통해 보드랍게 쏟아지는 곳이었다. 햇살이 떨어진 자리를 듬성듬성 밟으며 수완은 옅게 심호흡하였다. 궁금한 마음에 잠자코 따라나서긴 했으나 이사장이 있다는 곳과 가까워질수록 머릿속이 복잡했다.

서진하의 조모이자 대성재단의 이사장인 전희옥 여사는 2년 전 돌아가신 서 회장을 대신해 대성그룹을 배후에서 쥐락펴락하는 인물이었다. 수완도 어릴 때부터 할머니를 통해 '전 여사'란 호칭을 귀가 닳도록 들으며 자라 왔다.

하지만 아버지가 그 집의 주치의였다는 사실 외에 수완과는 어떠한 인연도 닿아 있지 않았다. 부모님의 장례식장에서도 먼발치에서 뒷모습만 뵌 것이 전부였기에 그분이 자신과 수민의 존재를 알고 있을 거라곤 생각도 못 했다. 그래서 궁금했다.

아버지가 돌아가신 지 어언 8년이 되어 가는 지금, 왜 이제와 갑자기 만나자고 하신 것인지. 반 시간 전 입금된 거액이 그분의 지시였다는데 무슨 생각으로 그런 황당한 일을 벌이신 것인지.

이런저런 생각을 하는 사이 수완은 남자를 따라 어느 아담한 공간에 도착했다. 문을 통과하자 맞은편으로 어두운 빛깔의 육중한 나무문이 하나 더 자리한 곳이었다. 남자는 그곳을 똑똑 두드리더니 수완에게 문을 열어 주었다.

"이쪽으로."

그의 신호에 수완은 고개를 까딱해 보이고 안으로 들어섰다.

당연히 집무실일 거라 짐작하며 들어왔는데 뜻밖에도 고급스럽고 세련된 분위기의 접견실이 펼쳐졌다. 문 하나를 사이에 두고 삭막한 병원에서 다른 세상으로 건너온 듯한 착각마저 일으키는 방이었다. 옅은 오렌지색으로 물들기 시작한 저녁 빛이 조명과 뒤섞여 따뜻한 호박색을 발하고 있어 이질감은 더욱 짙었다. 저절로 입이 마르고 맥이 뛰어오르는데, 다감하게 들려온 낯선 목소리가 긴장을 한층 고조시켰다.

"어서 오너라."

소리가 난 쪽을 바라보니 접견실의 분위기와 완벽하게 어울리는 노부인이 은은하게 미소 짓고 있었다.

베이지색 정장 바지에 아이보리색 블라우스, 짧고 풍성하게 웨이브 진 헤어 커트의, 근사한 잿빛 머리. 한창 멋을 내는 젊은 여성들도 흘끔거릴 만큼 지적이고 세련된 스타일을 갖춘 모습이었다.

"처음 뵙겠습니다. 이수완입니다."

"차 한 잔 마실래? 이리 와 앉아라."

마치 오래전부터 보아 온 사이인 듯 전 여사는 스스럼없이 수완을 대했다. 그런 태도가 진정 효과를 일으켰는지 팔딱거리던 심장이 제 속도를 찾았다. 수완은 작게 심호흡을 한 뒤 권하는 자리로 얌전히 다가가 앉았다.

전 여사는 즉석에서 우려낸 차를 따라 수완에게 내밀었다.

"뜨겁지 않아서 마실 만할 게다. 네가 차를 좋아하는지는 모르겠다만."

"즐겨 마시는 편입니다."

안 그래도 목이 탔던 수완은 빠르게 입부터 축였다. 언론을 통해서만 접했던 전 여사를 이렇게 가까이서 마주하고 있는 게 실감 나지 않았다. 전 여사는 수완이 차를 마시고, 찻잔을 내려놓고, 입술을 잘근 깨무는 것까지 놓치지 않고 지켜보았다.

은근한 부담에 시선을 슬쩍 들어 보니 전 여사의 눈빛이 어딘지 애틋했다. 그럴 이유가 없어 착각인가 싶은데, 들려오는 목소리도 어쩐지 애잔했다.

"드디어…… 너를 보게 되는구나. 혹시 기분 나빴다면 사과하마."

"……?"

"처음 보는 사이인데 내가 너무 편하게 대했나 싶어서 말이다."

"괜찮습니다. 편하게 말씀해 주세요."

"그래, 네가 이해해 다오. 이 원장한테서도 그렇고, 우리……."

차분하게 대화를 끌어 가던 전 여사가 갑자기 말을 끊고 흐지부지 뒷말을 삼켰다. 무슨 일인가 하여 수완이 힐긋 바라보자 한 박자 멈추었다 나머지 말을 이어 갔다.

"여기저기서 너에 관한 얘기를 하도 많이 들었더니 내 손녀딸 같아서 말이다."

그리고는 말을 끝맺기가 무섭게 찻잔을 입으로 가져갔다. 무슨 이유 때문인지 시간이 필요한 듯 보여 수완은 말없이 기다렸다. 전 여사는 몇 모금 찬찬히 목을 축이더니 준비가 되었는지 다시금 대화를 시작했다.

"너를 한번 보고 싶었다. 전화해서 만날까 했는데 네가 부담스러워할까 봐 일부러 정산하는 날을 기다렸지. 그런데 생각해 보니 이러거나 저러거나 부담스러운 건 매한가지인 것 같더구나. 많이 놀란 거니?"

"솔직히 그렇습니다."

"저 사람이 갑자기 왜 이러나, 당혹스러웠겠지."

"이유가 궁금했습니다. 동생의 병원비가 정산되고, 제 통장으로 용도를 알 수 없는 거금이 입금되고. 이런 일이 벌어지는 이유가 무엇인지 알고 싶었습니다."

"수민이의 일은 유감이다. 벌써 1년 넘게 우리 병원에 입원해 있었는데 이제야 알게 되었다니. 중환자실에 몇 개월씩이나 입원해 있었다는 말에 먼저 간 이 원장한테 내가 어찌나 미안하던지……."

그냥 하는 소리가 아닌 듯 전 여사의 얼굴 위로 안쓰러운 기색이 짙게 드러났다.

"돌려 말하지 않으마. 수민이의 치료를 나한테 전적으로 맡기는 게 어떻겠니? TTP로 동반된 다른 합병증은 물론이요 신장이식 수술과 재활치료 등 수민이가 완치되는 그날까지 내가 모든 것을 책임지고 싶구나. 오늘 통장에 입금된 돈은 이제껏 네가 우리 병원에 쏟아부었던 치료비 전액이었다."

잠시 놀랐던 수완이 이내 평정을 되찾고 아무런 반응도 내보이지 않았다. 듣기만 해도 감사한 말이지만 기쁨보다는 당혹감이, 그보다는 석연치 않은 의문점이 머릿속을 온통 헤집었다.

전 여사는 그런 수완을 가만히 지켜보다 아무 답이라도 해 줄 것을 우회적으로 요청했다.

"네가 좋아해 줄 줄 알았는데?"

"왜 그렇게까지 해 주시려는 건지 이유를 여쭙고 싶습니다."

"이 원장은 오랫동안 우리 가족의 건강을 책임진 사람이었다. 하나밖에 없는 내 아들의 머리를 세 번이나 열었지. 그런 사람의 딸아이가 아프다는데 내가 나서서 그 정도는 해 줄 수도 있는 게지."

대답은 그럴듯했으나 두 사람 모두 그것이 전부가 아님을 알고 있었다. 전 여사 스스로도 너무 뻔뻔하다 싶었던지 한 템포 쉬었다가 그러한 사실을 인정했다.

"물론 이게 씨알도 안 먹히는 소리이기는 하겠다만."

짧은 침묵이 흘렀다.

전 여사는 돌아올 반응을 기다렸고, 수완은 생각을 정리한 뒤 입을 열었다.

"혹시 따로 원하는 게 있으십니까?"

"불쾌하니?"

"아니요. 그 정도의 제안을 받을 만큼 제가 가진 것이 무엇일까, 아무리 생각해도 모르겠습니다."

"나는 네가……."

답을 하는 전 여사의 목소리에 불현듯 긴장감이 어렸다. 그러고 보니 잔잔하게 발하던 그녀 특유의 여유로움도 수완의 질문을 기점으로 감쪽같이 사라졌다. 대신에 망설임을 동반한 미세한 떨림, 근원을 알 수 없는 해묵은 죄책감, 그럼에도 뜻한 바를 접지 않겠다는 간절한 오기 같은 게 느껴졌다. 아니, 그냥 혼자만의 망상이었을까. 언뜻 감정을 내비쳤던 전 여사가 언제 그랬냐는 듯 일시에 철갑을 휘둘렀다.

"그러니까 나는 네가, 수민이한테 쏟을 시간을 다른 쪽으로 할애해 주길 제안하고 있는 거다."

"다른 쪽이요?"

"너도 알고 있겠지만 나한테는 좀 모자란 손자 놈이 하나 있거든."

"……!"

"아주 많이…… 좋아했던 사람을 잃고 몇 년째 힘들어하고 있는 아이란다. 이제 그놈이 제 삶을 찾아야 할 때가 온 것 같아서 말이다."

속에서 무언가가 쩍 하고 갈라졌다. 낡은 필름처럼 눈앞의 세상이 깜박깜박 빛과 어둠 속에 번갈아 던져졌다. 순간 멍해졌던 수완은 격하게 밀려드는 오래된 통증에 심장이 욱신 아파왔다. 무엇이 문제인지 모르겠다. 왜 그 사람과 연관된 일이라면 아직도 이렇게 편하게 듣고 넘기질 못하는지. 어쩌면 너무 오랜만에 그의 소식을 듣게 되어 이러는 것일 수도 있다.

"아내를 잃고 힘들어하는 손자분을 위해 제가 무엇을 할 수 있을지 모르겠습니다."

"그래. 그게 그렇게 들릴 수도 있는 게지."

"무슨 말씀이신지……."

"중요한 건 이제부터일 테니까."

알 수 없는 소리에 수완의 미간이 좁아졌다. 설명을 들어야 이해할 것 같은데 전 여사는 그럴 생각이 없는지 빠르게 본론으로 넘어갔다.

"어떠니?"

"……."

"지금부터 나하고 협상 한번 해 보지 않으련? 내가 제시하는 일을 반드시 성공해야 한다는 조건은 내걸지 않으마. 네가 테이블 위에 올라 도전을 시작하는 순간, 나는 무슨 짓을 해서라도 수민이를 건강하게 고쳐 놓을 테니까."

살면서 한 번씩 인생이 새로운 길로 들어서고 있음을 느낄 때가 있다. 수완은 오늘이 바로 그러한 날임을 직감했다. 굴곡 많은 인생이 또다시 방향을 틀고 새로운 궤도를 향해 꿈틀꿈틀 나아가려 하고 있다. 그로 인해 미래가 어떻게 급변할지, 어떠한 역경과 부딪힐지 알 길 없지만 사실상 물러설 자리도 없었다.

그렇다면 이 중대한 기로 앞에 서서 어떠한 선택을 해야 할까. 급작스레 닥친 일이라 깊이 생각할 겨를은 없었다. 하지만 적어도 그녀 인생의 변화를 타인의 손에 맡기지는 않을 생각이었다.

"정확히 원하시는 바와 제가 받을 대가에 대해 조금 더 자세하게 듣고 싶습니다."

수완은 전 여사를 똑바로 응시하며 영악한 반응을 내놓았다.

수민의 미래와 건강이 걸린 일이었다. 내가 조금만 더 신경을 썼다면 수민이가 저렇게까지 아프지는 않았을 텐데. 평소 혼자서만 끌어안고 있던 쓰디쓴 죄책감이 삽시에 곤두서 그녀를 독려했다. 무슨 짓을 해서라도 수민이를 고쳐 주겠다는데, 건강하게 돌려놓겠다는데, 기필코 성공해야 할 조건도 아니라는데 무엇을 망설이는 거냐고.

어디에도 물러설 곳이 없다면 앞으로 나아가는 것만이 정답일 것이다. 서진하와 관련한 일뿐 아니라 설령 그보다 더한 일이라 해도 지금과 같은 상황이라면 수완은 못 할 것이 없었다.

5. 아무것도 아닐 바에야

브란덴부르크 토어Brandenburg Tor가 한눈에 내려다보이는 호텔 아들론 켐핀스키 베를린.

스위트룸이 자리한 복도에 대성그룹 소속인 건장한 체격의 두 남자가 버티고 있다. 한 명은 법무팀의 일원으로 서진하 상무와 초등학교부터 대학까지 함께 다녔다는 김시형 상무보. 다른 한 명은 서 상무가 해외 출장을 다닐 때마다 곁에서 보필하는 현 과장이었다.

"현 과장, 전화 한 번만 더 해 보세요."

"몇 번을 해도 안 받으십니다. 부득이한 경우를 제외하고 제 전화를 안 받으신 적은 없었습니다. 상황이 여의치 않으면 이후에라도 연락을 주시는데 지금은 고의로 안 받고 계신 것 같습니다."

"아, 나 미치겠네."

김시형 상무보는 초조한 걸음으로 방 앞을 서성이며 연거푸 한숨을 내쉬었다. 현 과장은 그런 김 변호사를 잠잠히 지켜보며 한쪽에 비켜서서 무게중심을 잡고 있다.

현 과장이 서진하 상무 밑에서 일한 지 올해로 3년. 일에 미쳐 살았던 그가 오늘과 같은 기이한 행보를 보인 건 처음이었다. 미국에서 대학을 다니며 대성그룹 뉴욕 지사에 평사원으로 입사했다던 서 상무. 그는 고故 서 회장이 인정한 유일한 후계자라는 후광에 자신의 능력을 더해 오늘의 자리에 올랐다. 만약 총수의 손자로 태어나지 않았더라도 지금과 같이 일을 했다면 틀림없이 임원 자리 하나는 꿰찼을 것이다.

미국 생활을 청산하고 서울 본사에 발령받은 뒤에도 서 상무는 한국에 머무는 날이 거의 없었다. 미국에서 유럽으로, 남미와 아시아 곳곳을 돌아다니며 일중독에 가까울 만큼 몸을 혹사했다. 출장을 가서도 좀처럼 쉬는 모습을 보지 못했다. 업무 집중력 또한 굉장히 높아서 한번 서류를 들여다보기 시작하면 아무리 옆에서 잔소리를 해 대도 끼니를 거를 때가 많았다.

그런데 몇 시간 전 믿을 수 없는 사건이 벌어졌다. 프랑크푸르트에서 날아온 지사 직원들과 회의를 하던 중 서진하 상무가 갑자기 자리를 이탈했다. 솔직히 말하자면 처음부터 낯빛이 파리하게 질려 보고에 집중하지 못하는 듯싶었다.

왜 저러시나, 이상한 생각에 현 과장이 그를 주시하고 있는데 회의 중간, 서 상무가 자리에서 일어나 성큼성큼 컨퍼런스 룸을 빠져나갔다. 현 과장이 곧바로 따라붙었지만 서 상무는 묵고 있는 스위트룸으로 직행해 벌써 몇 시간째 침묵을 고수했다.

"몇 시간 남았죠?"

"두 시간 남았습니다."

김 변호사가 헐레벌떡 달려온 건 그로부터 30분 뒤. 회의에 동석했다 서 상무가 기행을 벌이자 태연히 웃으며 상황을 수습하고는 나중에 쫓아와 저렇게 안절부절못했다.

현 과장은 회의 직전 서 상무가 전화 한 통을 받고서 안색이 심각하게 일변한 걸 알고 있었다. 그 전화가 걸려 오기 전까지 서 상무의 눈치를 살피며 전전긍긍하였던 김 변호사의 수상쩍은 행적까지도. 추측하건대 한국에서 서 상무를 흔들 만한 무슨 일이 벌어졌고 김 변호사는 그 일과 긴밀한 관련이 있는 듯 보였다. 대충 감을 잡은 현 과장은 아무것도 모르는 척 상황이 얼마나 심각한지 김 변호사에게 간접적으로 알려 주었다.

"참, 상무님께서 마드리드로 넘어가시기 전 잠깐이라도 한국에 다녀올 수 있는지 스케줄을 조정해 보라고 하셨습니다."

"네? 언제요?"

"회의에 들어가시기 직전이었습니다. 대성재단에서 걸려 온 전화를 받으시고……."

안 그래도 심란해하던 시형이 현 과장의 말에 죽을상을 하며 곧장 문으로 달려들었다. 반복해서 벨을 누르고 주먹 쥔 손으로 체리목 문을 요란하게 두드렸다. 그래도 반응이 없자 이번에는 목청을 높였다.

"상무님, 저 들어갑니다. ……나 들어간다고!"

결국, 갖고 있던 비상키를 빼 들어 무작정 밀고 들어갔다. 룸 안은 사람의 온기가 사라진 빈방 특유의 적적한 기운이 흘렀다. 서 상무가 단정하게 매고 있던 넥타이 하나만이 쓰레기처럼 바닥을 뒹굴고 있었다.

현 과장은 당황했고, 시형은 확인차 재빨리 룸을 훑었다. 응접실과 침실, 집무실, 다이닝룸, 화장실까지 샅샅이 뒤지다 다급히 휴대폰을 꺼내는데 현 과장이 상사의 행방을 알아냈다.

"저쪽에 계십니다."

시형이 부리나케 달려가 보았더니 현 과장이 가리키고 있는 곳은 창문 저 너머, 호텔 맞은편으로 보이는 파리저 플라츠 Pariser Platz의 한 귀퉁이였다.

열대야가 이어지는 한국과 달리 베를린에는 벌써 을씨년스러운 바람이 불었다. 특히 오늘은 오전까지 계속되었던 보슬비와 쌀쌀해진 날씨 탓에 관광지마다 부쩍 한산해진 모습이었다.

사시사철 관광객으로 붐빈다는 브란덴부르크 토어와 파리저 플라츠 역시 마찬가지였다. 퍼포먼스를 하는 사람도, 다양하게 열리는 퍼레이드나 기념행사도 오늘따라 보이지 않았다. 아시아에서 온 관광객 두 팀 정도가 회색 하늘 아래서 방문 흔적을 남기기 위한 기념 촬영을 하고 있었다.

어쩐지 쓸쓸하면서도 고풍스러운 분위기가 흐르는 그곳 귀퉁이, 진하는 낡은 벤치에 정물처럼 앉아 있다. 탁 트인 공간이 필요해 무작정 호텔을 빠져나왔다 벌써 한 시간이 넘도록 그곳에서 꼼짝도 안 했다. 주름 하나 없는 슈트 위로 거칠게 넥타이를 끌렀던 듯 단추가 두어 개 풀어져 흐트러진 셔츠가 위태로운 눈빛과 절묘하게 어울렸다.

어느덧 8년.

포기할 수밖에 없었던 시간과 잊을 수 없는 사람, 뒤틀린 인생. 또다시 용솟음치지만 터트리지 못해 심장을 들쑤시는 분노가 머릿속을 까맣게 태웠다. 진하는 이를 사리물고 손가락 관절이 하얗게 도드라질 정도로 주먹을 그러쥐었다. 누군가 툭하고 건드리면 흔적 없이 연소할 것 같은데 시형이 슬그머니 다가와 옆자리를 차지했다.

"언제 나왔냐?"

"……."

"여기 있는 줄도 모르고 호텔방 앞에서 벌서고 있었네."

능청스럽게 말을 건네면서도 시형은 가슴이 조마조마하여 어떻게 풀어야 할지 암담했다. 전 여사가 벌인 일에 친구 몰래 한쪽 발을 담갔다가 이역만리 낯선 땅에서 홀로 폭탄을 떠안은 기분이었다.

"베를린 많이 좋아졌지. 기억나? 우리 고등학교 1학년 땐가, 여름방학 하고 여기 왔을 때 통일되고 시간이 그렇게 흘렀는데 도시 전체가 온통 공사판이었잖아. 가는 곳마다 공사 안 하는 데가 없어 길은 혼잡하고 먼지는 폴폴 날리고……. 근데 그것도 많이 줄어든 거라고 해서 찬혁이랑 셋이 얼마나 놀랐냐? 포츠다머 플라츠Potsdamer Platz가 허허벌판이었다니까 할 말 다

한 거지 뭐. 그놈의 공사 절대 안 끝날 것 같더니, 이렇게 정리된 거 보니까 멋지고 새롭다. 그지?"

"중학교 3학년 때였지. 너희 고모님, 훔볼트에서 공부하실 때."

"아, 그게 중학교 때였구나. 까마득하네."

이쪽은 쳐다보지도 않기에 대꾸도 안 해 줄 줄 알았는데. 어쨌든 진하가 절반이라도 반응을 해 오니 시형은 안도감에 목소리가 한 톤 높아졌다. 뒤이어 들려온 사늘한 음성에 착각이 지나쳤음을 곧바로 깨닫고 말았지만.

"세상도 사람도 그렇게 변하기 마련인데, 너는 왜 유독 그때나 지금이나 변한 게 없을까?"

"……."

"넉살 좋게 허허 웃는 얼굴로 아무렇지 않게 사람 뒤통수를 후려치지."

뼈가 깃든 시린 말에 시형은 올 것이 왔구나, 긴장하면서도 천연덕스러움을 발휘했다.

"난 한결같은 사람이야. 사람은 원래 쉽게 변하는 게 아니라고 그랬어."

"헉 소리 나도록 사람을 놀라게 해 놓고, 알고 보면 그게 또 상대를 위하는 마음에서 시작된 행동이라 화도 못 내게 만들어. ……어이없게."

옆에서 살살 웃어도 한 번 돌아보지 않던 진하가 싸늘하게 식은 눈으로 시형을 보았다.

어릴 때부터 시형은 말버릇처럼 진하에게 그런 말을 했었다. 난 우리 아버지처럼 너희 집에 충성하며 살지 않을 거라고. 대성그룹과 엮이게 된다면 잘나가는 로펌에 입사한 자신이 비싼 수임료를 받고 고객과 소송대리인이라는 평등한 위치에서만 함께하게 될 거라고.

그런 시형이 마음을 바꾸고 스스로 대성에 들어온 건 진하의 조부와 한 의원 사이에 작성된 한 부의 계약서 때문이었다. 진하의 인생을 뒤바꾼 부당한 계약서를 당시 대성의 법무팀을 이끌던 자신의 부친이 작성했다는 사실을 알게 된 이후에.

그러니까 이번에도 시형은 친구를 위한다는 마음에 멋대로 일을 벌였을 것이다. 그게 얼마나 속을 뒤집는 일인 줄도 모르고.

"수완이 동생 아픈 거 왜 나한테 말 안 했어?"

"말했으면 너는 뒤에서 조용히 돈으로 해결하고 말았겠지."

"할머니가 무슨 생각 하고 계신지 알고 있었지?"

"기대를 저버리지 않으시더라."

나오는 대로 일단 대꾸하긴 했는데 진하가 내뿜는 냉랭한 기운에 시형은 오스스 소름이 돋았다. 너무 느긋했나, 뒤늦게 후회해 보지만 심상치 않은 진하의 눈빛에 압사될 것 같았다. 태연한 척 버티고는 있으나 숨 막히는 긴장감에 입가가 경직되어 제멋대로 실룩거렸다. 눙치는 태도를 계속 유지하는 게 어려웠다. 차라리 한마디 더 하고 깨끗하게 얻어맞고 싶었.

"뭐 어때! 네가 진짜 처자식이 있었던 것도 아닌데."

그래서 냅다 지른 말이 천문학적 위약금이 걸려 있는, 서약서에 명시된 발설 금지 조항의 핵심 내용이었다. 위기를 극복해 보겠다며 대차게 내지른 말이 하필…….

진하의 얼굴이 생전 처음 보는 표정으로 험악하게 변해 갔다. 시형 자신도 제가 한 말을 믿을 수 없어 입을 뻐끔거렸다.

"지, 진하야."

"김시형, 너……."

감당할 수 없는 살벌함에 시형은 머리가 지끈지끈거렸다. 이상하게 꼬여 가는 대화가 갑갑해 결국은 자리를 박차고 일어났다.

"이런 게 싫었으면 이제 그만 정신을 차리든가!"

"사고를 쳐 놓고 할 말이 그것밖에 없지?"

"너 미련한 거야, 그거."

진짜 하고 싶은 말은 이게 아닌데 시형도 속상한 마음에 자꾸 딴소리가 나왔다.

"평생 혼자 살래? 죽어라 일만 하면서? 과거에 매여 지지리 궁상이나 떨면서? 그래서 이수완 데려다주겠다고. 제대로 궁상 한번 떨어 보라고! 네 옆에 데려다는 주겠는데…… 나는 모르겠다. 시간이 그렇게나 흘렀는데 왜 놓지를 못하고 움켜쥐고 있는 건지."

그냥 못 이기는 척 따라오지, 잊지도 다가가지도 못하면서 혹여 그 애에게 피해라도 갈까 봐 본능적으로 방어막부터 두르는 친구가 답답했다. 이런 질책이나 하려고 그런 짓을 꾸민 게 아니었는데.

욱하는 심정에 헛소리를 지껄였던 시형이 힐끗 친구를 살폈다. 마땅히 으르렁거려야 할 진하가 이번에는 아예 고개를 반대쪽으로 돌렸다. 저를 밀어내는 듯한 행동에 시형은 가슴이 덜컥 떨어졌다. 자신을 향한 분노조차 꺼져 버린 저 눈빛이, 어딘지도 모를 곳을 응시하는 저 시선이 시형은 겁이 났다.

"진하야."

그래서 용서를 구하듯 친구의 이름을 불렀다.

"모르는 게 당연하지."

친구는 또다시 잃어버린 과거 어딘가를 떠도는 듯 초점 없는 두 눈에 공허한 빛을 띠고 말했다.

"너는 내가 아니잖아."

몸이 수면 아래로 가라앉아 사위가 형체 없이 사라지고 적막에 휩싸였다. 배경도 소리도 사라진 그곳에서 오롯이 빛을 발하며 움직이고 있는 건 교복을 입은 한 여학생이었다. 말 한 번 걸기도 쉽지 않던 새초롬한 그 아이가 자신의 끈 풀린 운동화를 꼼꼼하게 묶어 주고 있는, 제 눈으로 보고도 믿을 수 없었던 어느 날의 풍경.

시간과 장소에 상관없이 불시에 그날의 기억이 떠오를 때면 진하는 살갗 위로 깃털 하나가 내려앉은 듯 발등이 간지러웠다. 간지러움은 곧 가슴으로 올라와 통증이 되었고, 새침한 얼굴은 더욱더 선명한 빛을 띠며 심장에, 뇌리에, 온몸에 각인되었다.

누군가의 이해를 바란 적이 없었다.

누군가 이 마음을 알아줄 거라고 기대하지도 않았다.

나는 알고, 그들은 모르는 게 정상이었다.

노염에 불타던 그해 여름, 내가 어떤 마음으로 그 집에 들락거렸는지. 서늘하다가도 때때로 역동적으로 빛나는 두 눈과 마주치고 싶어 얼마나 바보 같은 짓을 서슴지 않았는지. 밤마다 어떤 상상에 얼굴을 붉히고 몇 번의 몸살을 앓아야 했는지.

대학 입시를 끝내고 길에서 우연히 그 아이와 마주쳤던 겨울. 속을 까맣게 태우며 기다리다 간신히 과외를 받겠다는 동의의 전화를 받았던 오후. 경쟁자가 득실거리는 세상에 그 아이를 홀로 두고 군에 입대해야 했던 새벽. 시형이의 헛소리에 휘둘려 함부로 고백하지 못하고 돌아서야 했던 늦봄. 제대 후 집으로 끌려가 누나에게 닥친 위기와 그로 인해 비틀린 황당한 인생을 통보받아야 했던 그날. 마지막으로 그 애를 찾아갔다 아는 체도 못 하고 돌아서야 했던 한낮. 이 원장 부부의 사고 소식에 공항까지 달려갔다 끝내 서울행 티켓을 끊지 못하고 그곳에 앉아 밤을 새워야 했던 그때. 하루하루 그 아이에게서 멀어지고 있음을 실감했던 순간.

내가 느낀 설렘을, 행복을, 아픔을, 절망을, 형용할 수 없는 격통을…… 직접 겪어 보지 않은 타인이라면 누구라도 이 마음을 모르는 게 당연했다.

애초에 이동재란 존재에는 관심이 없었다.

서진하에게 이동재란 주치의의 아들. 얼굴은 알지만, 따로 친분은 없는 사이. 친해지고 싶지도, 굳이 거리를 둬야 할 이유도 없는 같은 학교에 다니는 수많은 동급생 중 하나에 불과했다. 그런데도 당시 그 집 초대에 응했던 건 이 교수님에 대한 예우와 할머니의 부탁을 거절할 수 없었던 효도 차원이었다.

간단히 밥만 먹고 일어서면 되겠지. 되도록 빨리 빠져나오고 싶은 마음에 친구들까지 끌고 갔던 그 집에서 진하는 우연히 목격한 그림 같은 광경에 숨이 멎었다.

뜨겁고 강렬한 햇볕 아래 찰방찰방 물 떨어지는 소리가 시원해 저도 모르게 걸음한 곳. 그곳 수돗가에는 머리를 하나로 질끈 묶고서 온몸에 촉촉한 물기를 머금은 여자아이가 있었다. 구슬 같은 땀을 연신 흘리며 상추 씻기에 여념이 없던 그 아이. 얇고 하얀 블라우스에 물이 튀어 언뜻언뜻 속살이 비치는데도 그 애는 무아지경, 마치 수학 문제를 풀듯 상추를 세심히 다루었다.

볕을 받아 금실처럼 반짝이던 정수리와 총기 가득한 두 눈, 고집스럽게 다문 입술, 야무진 손끝, 보석 같은 물방울이 주르륵 흘러내리던 새하얀 종아리. 머리부터 발끝까지 망막에 새겨진 여름날의 광경에 진하는 두 발이 땅바닥에 박힌 듯 꼼짝할 수 없었다.

그리고 눈이 마주친 순간 그를 바라보는 차가운 눈길에 곧바로 직감했다. 저 아이는 그가 누구인지 알고 있으며 오늘의 방문을 달가워하지 않는다는 사실을.

왜?

곱지 않은 시선에 진하는 사뭇 섭섭했다. 그러면서도 일면으론 뜬금없는 서운함에 당혹감을 느꼈다.

그러든 말든.

우리가 언제 봤다고.

그 애가 이동재의 동생임을 확인하면서도 괜한 심술에 불퉁하게 돌아섰다. 하지만 얼마 못 가 그 아이가 보내온 서늘한 눈빛의 이유를 충분히 공감했다.

손자의 동급생을 초대하면서 잔칫집을 능가할 정도로 차려낸 음식, 종종거리며 뛰어다니던 모녀, 끊임없이 일거리를 제공하는 할머니. 그 와중에도 거의 프로 주부급 솜씨를 뽐내며 주어진 일을 척척 해치우던 그 아이. 온갖 잡일을 도맡아 하면서도 한결같이 새침하고 도도한 분위기가 인상적이었다.

'수완아.'

이.수.완.

누군가 그 애의 이름을 부를 때마다 다트판에 화살이 날아와 박히듯 세 개의 글자가 가슴 위로 단단하게 꽂혀 들었다. 알고 있던 약간의 정보와 눈에 보이는 정황으로 그 집의 분위기도 대략 파악했다. 하여 기특한 마음에 자꾸 눈길이 갔고, 그 아이의 정성이 들어간 채소가 아까워 하나도 남김없이 먹어 치웠다.

스치듯 지나는 몇 번의 눈맞춤.

새침하게 돌리는 고개.

바람을 타고 전해지는 달콤한 향기.

며칠이 지나도 잊히지 않는, 생전 처음 느끼는 감정이 낯설고 막연해 진하는 스스로 이동재를 불러내 다시 그 집을 찾아갔다. 동시에 그 아이가 힘들어질까 봐 갖은 꼼수를 동원해 이동재와 할머니를 철저히 방어했다. 음식값을 걸고 땡볕 아래서 농구를 하고, 내기에 진 시형이 용돈이 떨어졌다고 칭얼대면 남몰래 돈을 쥐여 주고, 평소 즐기지 않던 배달 요리에 각종 패스트푸드를 영혼 없이 섭취했다.

내가 뭐 때문에 이렇게까지 하고 있을까?

추상적으로 맴돌던 호감의 감정은 어느 날 그 애가 그의 운동화 끈을 정성스레 매고 있는 모습을 목격하며 구체적인 형상을 떠어 갔다.

눈이 마주치면 가슴이 떨렸고, 향기를 맡으면 어지러웠다. 열병을 앓는 소년처럼 온몸이 달아올라 그 아이가 보고 싶었다. 잠을 잘 때도, 밥을 먹을 때도, 운동화를 신을 때도, 심지어 이동재를 볼 때마저도.

참아야지 하다가도 새치름히 하얀 얼굴이 떠오르는 밤이면 얼굴이 붉어질 정도로 낯뜨거운 상상에 잠을 설쳤다. 그러면 다음 날 아침 어김없이 찾아드는 죄책감, 미안함, 범죄자가 된 것 같은 참담함. 섬광처럼 들이친 첫사랑에 진하는 심한 몸살을 앓았다.

하루하루 쑥쑥 자라는 감정이 무서워 진하가 일시적으로 택한 건 한 걸음 물러나 이성을 되찾는 것이었다. 주말까지 기다릴 수 없어 수완이 다니는 학교 주변을, 집 근처를 배회하다 허탕 치고 근처 공원에 앉아 오랜 고민 끝에 내린 결론이었다.

말 한마디 건네 본 적 없는 아이에게 정신없이 빠져들었다는 게 어쩐지 무서웠다. 이것이 남자라면 한 번쯤 겪는다는 이성을 향한 단순한 호기심일 뿐인지, 아니면 진짜 특별한 뭔가가 있는지 시간을 두고 명확히 구분 지을 필요가 있었다. 게다가 그는 한창 입시를 준비 중인 수험생이었다.

그래서 마지막으로 그 댁 할머니와 이동재가 없는 때를 골라 이수완을 찾아갔다. 몇 시간의 기다림 끝에 드디어 눈앞에 나타난 그 아이. 여전히 영특한 기운을 퍼트리며 실금만 한 빈틈도 내보이지 않았다. 말 한마디 붙이기도 어렵게.

'오빠는 오늘 늦을 거예요. ……오래 기다려야 한다고요.'

'상관없어. 지나다가 얼굴이나 보려고 들른 거니까.'

'네?'

'앞으로 못 올 거 같아서 얼굴이나 보러 왔다고.'

너 말이야, 너. 이수완, 너.

네가 보고 싶어 온 거였다고.

오늘만이 아니라 사실은 매번, 나는 너를 보러 왔던 거라고.

말간 눈으로 그를 바라보는 그 애 앞에서 진하는 입 안에 맴돌던 진심을 삼키고 돌아섰다. 함부로 감정을 내보일 수는 없었다.

우리가 친했나요?

날 얼마나 안다고?

이수완이 쌀쌀맞은 눈초리로 반감을 드러낼까 걱정되었다. 도도한 얼굴을 하고서도 엄마를 위해 집안일을 마다하지 않는 모습에 시선을 빼앗겼는데, 막상 다가가고 싶을 땐 그 서늘함이 걸려 애를 먹었다. 더구나 그 아이는 조부모님의 건강을 책임지는 이주영 교수의 장녀였다. 이수완을 향한 말 한마디, 행동 하나에도 진하는 극히 조심스러울 수밖에 없었다.

그날 이후 진하는 조금씩 제자리로 돌아왔다. 눈을 감으면 떠오르는 얼굴과 가슴 근육 한 타래가 바르르 떨리는 건 여전했지만 적어도 겉으로는 이수완이라는 존재를 알기 전과 같이 행동했다. 집중력이 흐트러질 때면 그 애 앞에 재수생이 되어 초라하게 서 있는 상상으로 상념을 떨쳤다. 참고 참다가 견디기 어려울 때 한 번씩만, 학교 근처를 찾아가 멀리서 그녀를 훔쳐보고 돌아섰다.

뜻밖의 복병을 만나 전쟁처럼 치러 낸 입시와 합격의 영광. 진이 빠진 진하는 한동안 집에 처박혀 게으름을 피웠다. 하루에 한 번 동네를 두 시간씩 산책하는 것 외에 아무것도 하지 않았다. 이수완이란 이름에 생소한 화학적 반응을 일으키는 건 여전했지만 여전히 그 실체가 무엇인지 알 수 없었다.

혼자서 고민하느니 차라리 저돌적으로 다가가 그 애 옆에서 알아볼까.

당장에 그 집으로 달려가고 싶어도 발길을 끊은 지 오래였다. 게다가 이동재가 입시에 실패해 무턱대고 그를 불러내기도 모호했다.

찾아갈 수도, 그렇다고 가만있을 수도 없어 시름에 젖어 있던 겨울의 끝 무렵. 언제나처럼 오후의 산책을 즐기던 진하는 무심코 시선을 옮기다 눈이 번쩍 뜨였다.

아!

심장을 관통하는 깊은 떨림에 걸음을 멈췄다.

추운 바람에 본능적으로 몸을 움츠리면서도 이수완은 꿈을 꾸는 듯 가까이 다가오고 있었다. 마치 그 애가 직접 찾아와 주고 있는 것 같은 착각에 진하는 얼어붙은 두 뺨에 옅은 홍조를 띠었다. 그리고 마침내 눈이 마주쳤을 때, 작년 여름 수돗가에서 이수완을 처음 봤을 때처럼 전신을 압도하는 찌릿한 울림에 숨이 멎었다.

진하는 그제야 이 추운 겨울, 하루에 한 번씩 기어이 산책에 나섰던 까닭을 알 것 같았다. 고집스럽게 이어 온 산책에서 대부분의 시간을 할애한 곳은 이수완의 집 근처, 이수완이 다니는 골목, 이수완이 이용하는 정류장.

나는 그저, 네가 보고 싶었나 보다.

이런 식으로라도 나는, 너와 만나기를 고대하고 있었나 보다.

천 번의 노력 끝에 달성한 한 번의 우연, 그 우연의 끝에서 인연이 시작되는 기적을 바라며.

이런 감정이 무엇일까, 실체를 고민하는 건 처음부터 무의미한 짓이었다. 유월의 햇살 아래 그 애를 처음 봤을 때 꼼짝도 못하고 시선을 빼앗겼던 이유, 시간이 흘러도 뇌리에 단단히 박혀 지워지지 않았던 이유, 무슨 짓을 해서라도 이렇게 마주하고 싶었던 이유. 그것은 결국 하나밖에 없는 것이었으니.

진하는 성큼성큼 다가가 못 본 척 내빼는 수완을 과감히 붙잡았다. 어떠한 고민과 망설임도 더는 필요치 않았다. 그에게 남은 건 거시적인 계획과 과감한 실천, 출구 없는 조련으로 그녀의 마음을 사로잡는 것일 뿐. 그들 사이에 젖비린내 나는 풋내기가 끼어들긴 했지만 손쉽게 제압하고 추위에 떠는 수완을 따뜻한 곳으로 데려갔다.

밥을 먹이고, 가소롭게 끼어들었던 피라미의 정체를 확인하고, 시험지를 꼼꼼히 훑어 성적을 점검한 뒤 순식간에 계획을 완료했다.

후배로 만들어 내 곁에 붙여 놓자.

다행히 성적이 괜찮아 남은 2년 최선을 다해 죽어라 공부시키면 가능할 것 같았다. 그 기간 동안 과외를 핑계로 당당히 불러낼 수 있다는 것 또한 일석이조의 효과였다. 규칙적으로 만나 얼굴도 보고 그녀의 주변에 날파리가 붙는 것도 차단하고. 내년에 입대해야 하니 1년간 바짝 가르쳐 틀을 잡고 환심을 사야지.

이수완과 이동재 사이의 미묘한 경쟁 심리를 눈치챘던 진하는 비밀리에 과외를 하자며 수완을 설득했다. 과외를 시작하고부터는 먹을 것을 챙기고, 보유하고 있던 입시 정보와 시험 족보, 공부 노하우까지 하나도 빠짐없이 공개했다.

다만 주고 싶었다.

그것이 무엇이든, 그가 줄 수 있는 것이라면.

그리고 자신이 줄 수 있는 모든 것을 내주었을 때 진하는 더 줄 수 있는 게 없다는 사실이 서글펐다. 그래서 하루빨리 능력 있는 성인이 되고 싶었다.

함께 공부하면서 진하는 저도 모르게 자신이 이성적으로 다가갈까, 속으로 우선순위를 꼽으며 조심하고 또 조심했다. 이수완은 먼저 그의 후배가 되어야 했다. 그리고 성년이 되어야 했으며, 또 마음으로부터 그를 받아들일 수 있을 만큼 그를 좋아해야만 했다. 그런데 본격적으로 다가가기도 전에 그녀가 겁을 먹고 도망이라도 친다면…… 생각만 해도 아찔해 진하는 적당한 거리를 사수하며 꾹꾹 참았다.

대학만 들어가 봐라.

군대 문제가 해결만 돼 봐라.

네가 성년이 되면 그땐 정말…….

그렇게 마음속으로 벼르고 별렀다.

진하의 조바심이 최고조에 달한 건 나라의 부름을 받고 군에 입대했을 때. 부대 내에서의 생활은 감금 상태와 다름없으니 자세한 바깥 상황을 알 수 없어 애가 달았다.

공부는 잘하고 있을까. 이동재와 꼬장꼬장한 할머니가 몽니를 부려 성적이 떨어지지는 않았을까. 내가 없는 틈을 타 혹 다른 놈이 수완에게 얼쩡거리고 있는 것은 아닐까.

너는 왜 아직 고등학생인지.

나는 왜 이리 할아버지 말을 잘 들어 군대에 일찍 왔는지.

차라리 몇 년 내리 붙어 있다 너를 내 여자로 만든 뒤 입대해야 했던 게 아니었는지.

더디 가는 시간, 통제되지 않는 초조함을 견딜 수 없어 당시 진하는 처음으로 담배라는 것을 배웠다.

"상무님."

정처 없이 과거를 부유하던 무의식이 수면 위로 불쑥 떠올랐다. 가까이서 들려온 굵직한 목소리에 적요했던 세상이 소리를 되찾고 하나둘 제 모습을 찾아 갔다. 불시에 소환된 진하가 피곤한 듯 눈자위를 누르자 곁에 있던 시형이 대신 대답했다.

"네, 현 과장."

"모시러 왔습니다. 더 지체되면 안 될 것 같아서요."

시간의 촉박함을 간단히 설명한 현 과장은 이어서 조금 전까지 알아본 상황을 진하에게 보고했다.

"지시하신 대로 스케줄을 최대한 조정해 보려 했으나 중간에 잠시 시간을 내는 건 힘드실 것 같습니다. 혹시라도 대신 처리할 수 있는 부분을 알려 주시면……."

"현 과장."

"네, 상무님."

"어떤 남녀가 있었습니다."

"예?"

지시 사항을 제대로 처리하지 못했다는 부담감에 살짝 얼어 있던 현 과장이 어리둥절한 표정을 지었다. 시형 역시 뜨악해하는데 진하는 꼿꼿이 현 과장을 응시하며 얘기를 이어 갔다.

"남자가 여자를 미치도록 좋아해 온갖 티를 내다가 어느 날 홀연히 사라졌다고 합니다. 여자는 아마 다른 경로를 통해 남자가 딴 여자랑 결혼하고, 아이까지 낳았다는 소식을 들었을 겁니다. 그런데 그놈이 갑자기 홀아비가 돼서 다시 그 여자랑 잘해 보겠다고 눈앞에 나타나면, 여자는 그놈을 어떻게 생각할 것 같습니까?"

"야, 그거랑 그거는 다른 거지!"

시형이 펄쩍 뛰며 끼어들었으나 진하의 시선은 FM의 표본과도 같은 현 과장에게로 향해 있었다.

"상무님 혹시 드라마 보셨습니까?"

현 과장이 살짝 눈치를 살피며 물었다.

"실제로 그런 일이 벌어지려 한다면 말입니다."

얼떨떨해 있던 현 과장은 '실제로'라는 말에 일단 수북한 눈썹부터 찌푸렸다.

"우리가 몰라서 그렇지 잘 살펴보면 주위에 그런 썩을 놈의 새끼들이 널려 있는 게 현실입니다. 혹여 지인 중의 한 분이 그랬던 거라면 이 기회에 그 호래자식과 연을 끊으시고 상종도 하지 마십시오."

"들었지?"

진하는 대답이 끝나기가 무섭게 자리에서 일어났다. 시형을 직시하며 초등학교 학생을 가르치듯 요점만 추려 정확하게 전달했다.

"상종도 못 할 호래자식이라네."

"야!"

답답해하는 시형을 뒤로하고 진하는 호텔을 향해 걸음을 떼었다.

우스운 일이다.

할머니의 어이없는 발상과 그에 동조한 시형에게 미칠 듯 화가 나면서도 손끝이 떨렸다. 분노로 인한 부들거림이 아닌 기대감으로 인한 벅찬 떨림. 하나의 심장에서 동시에 솟아나는 감정이라 믿을 수 없을 만큼 모순은 교활했다. 그 애를 보는 게 겁이 나면서도 한편으론 이렇게 가슴이 뛰다니. 지금쯤 어떻게 변했을까? 나를 보면 어떻게 반응할까? 초조하고 궁금해 눈앞이 어지러웠다.

화를 내면 빌어야지. 하지만 무슨 일이 있었냐는 듯 덤덤히 바라보면 화가 날 것 같았다. 그렇다고 진짜 화낼 수 있는 처지는 아니었다. 아무렇지 않아 하는 그 애에게 무작정 비는 것도 이상한 일일 테니. 정리되지 않는 혼란. 그 카오스 속에서 진하는 새삼 궁금했다.

오래전 그때, 나는 네게 무엇이었을까? 너를 향한 이 마음을 눈치채고 있었을까? 만약 그랬다면, 너는 나를 어떤 사람으로 기억할까?

바람이 있다면, 나는 네게, 과거의 일부가 아닌 철저히 미움받는 존재이길.

무심보다 증오, 냉담보다 분노, 무정보다 설움.

절대로 극복할 수 없는 고통 같은 존재이길.

이수완.

아무것도 아닐 바에야 나는 네게, 차라리 아주 나쁜 개자식
이었으면 한다.

6. 담배를 끊다

낮과 밤의 일교차가 크게 벌어졌다. 작열하던 태양은 숨을 죽였고 열기로 익어 가던 세상은 다시금 제대로 숨을 쉬기 시작했다. 바람이 불어오는 방향과 온도도 이전과는 판이했다. 자연은 어느덧 여름의 흔적을 지우고 가을을 덧입고 있었다.

월요일 오후, 아침부터 내리기 시작한 거센 빗물이 정오를 넘어가며 자욱한 안개비로 바뀌었다. 조용하게 내리는 빗속에서 수완은 우산을 받쳐 들고 터벅터벅 걷고 있다. 표정은 맑았으나 눈가에는 습기가 가득했고 때로 옅은 한숨을 내쉬었다.

'전희옥 이사장이 서 상무의 재혼을 추진한다는 소문이 돌고 있어. 그 상대가 너야?'

'아니.'

'그럼 그 집에서 나와.'

놀란 듯도 화가 난 듯도 한 현우의 반응이 머릿속을 맴돌았다. 굳이 숨길 필요가 없어 사실대로 말한 건데 외부에 그런 소문이 돌고 있을 거라곤 생각지 못했다.

여름 내내 행사와 회사 내부의 일이 겹쳐 이제 겨우 휴가를 쓰기 시작한 첫날. 얼마 뒤 하반기 공채 일정이 잡혀 있어 부장은 지금이 아니면 쉬지도 못할 거라며 시기를 놓친 수완에게 강제로 휴가를 쓰게 했다.

덕분에 오전부터 수민에게 들렀던 수완은 점심에 회사 근처로 가 현우와 점심을 함께했다. 출판사에서 컬러링북 계약금을 받아 감사의 뜻을 표하고 싶었다. 화기애애한 분위기 속에서 식사가 막 시작되었을 무렵 현우가 마포에 가야 할 일이 있다며 집까지 태워다 주겠다고 말했다. 수완은 한남동으로 간다고 답했고, 현우는 할머니가 또 너한테 뭘 시키신 거냐고 물었다.

'할머니 집에 가는 거 아니야. 나 요즘 전희옥 이사장님 댁에서 지내고 있어.'

그래서 수완은 있는 그대로의 사실을 알려 주었다. 현우는 대번에 웃음기를 지웠고, 곧바로 증권가에 돌고 있는 소문부터 확인했다. 아니라고 대답해도 그게 정말이냐, 여러 번 되물었다.

재혼 상대라니.

'재혼'이라는 단어에 서진하와 태은이 한꺼번에 떠올라 안 그래도 축축한 눈가에 열이 확 치올랐다. 쓰라린 과거의 아픔 때문인지, 너무 일찍 세상을 버린 친구가 생각났기 때문인지 정확한 이유는 알 수 없다. 뿌연 안개처럼 내리는 비가 감성을 건드려서일 수도, 생활에 치여 이제껏 남자 친구 한 번 사귀어 보지 못했는데 재혼이란 말에 자신이 거론되었다는 모욕감 때문일 수도 있었다.

우울해지는 병이 도진 건가.

수완은 훌쩍이던 눈물을 식히기 위해 두 눈을 빠르게 깜박였다. 자연스럽게 시선을 옮기는데 돌연 놀란 눈을 하고 정면을 응시했다. 저 앞, 며칠 새 눈에 익은 한 아이의 뒷모습이 시야에 들어왔다. 앙증맞은 사립 초등학교 교복과 가방, 길고 가느다란 팔다리, 단정하게 빗어 정리한 머리. 뒷모습이지만 암만 봐도 저 아이는 전 여사의 증손자, 서담이었다.

수완은 있을 수 없는 상황에 고개를 갸웃했다. 아직은 아이가 학교에 있어야 할 시간이었다. 사정이 있어 일찍 끝났다 해도 전용차를 타고 이동하는 아이가 비가 이렇게 오는 날 작은 우산 하나 쓰고 혼자서 길을 걷고 있는 게 믿어지지 않았다. 다행히 집이 근처라 수완은 적당한 거리를 두고 따라갔다. 잠시 뒤, 정체를 알 수 없는 낯선 남자가 아이에게 접근하기 전까지만 해도 그러했다.

어디선가 기척 없이 튀어나온 남자는 정확하게 아이에게로 다가갔다. 적어도 수완의 눈에는 그렇게 보였다. 남자는 감상하듯 아이를 바라보다 주변을 살폈다. 그러다 수완과 눈이 마주치자 우연히 그렇게 된 것인 양 자연스레 다른 곳을 쳐다봤다. 일호도 움찔하는 기색 없이 아이를 지나쳤고, 조금 뒤엔 수완마저 무관심하게 지나갔다.

느낌이 좋지 않았는데. 너무 예민했던 거였나?

수완은 의심을 걷어 내지 못하고 조금 전 상황을 곰곰이 점검했다.

그때, 앞에서 걷고 있던 아이가 뒤를 돌아보았다. 아이 특유의 깨끗하고 새까만 눈동자가 피로에 젖은 수완의 시선을 옭아맸다.

서담.

집에서 수시로 얼굴을 마주하나 수완과는 서로 소 닭 보듯하는 사이.

예기치 않게 눈이 마주치자 동시에 흠칫했던 두 사람은 각자의 사정대로 표정이 상이하게 나뉘었다. 담이는 냉랭하게, 수완은 무심하게. 몇 초 후에 수완은 다시 의아하게.

경계, 원망, 아픔.

분명 서로에게 관심 두지 않는 사이였는데 웬일인지 오늘 담이는 수완에게 뚜렷한 적대감을 드러냈다. 외나무다리에서 철천지원수라도 만난 것처럼 무수한 감정을 담아 수완을 쏘아봤다.

수완은 아이에게 다가가 두 걸음 정도 거리를 두고 멈춰 섰다. 평소처럼 그냥 모르는 척 지나갈까 하였는데 뚫어지게 이쪽을 정시하는 모습이 무슨 말이든 걸어 주길 바라고 있는 눈치였다. 그 이유가 싸우고 싶기 때문이든, 아니면 일방적으로 무슨 말인가 쏴붙이고 싶기 때문이든.

"서담?"

"내 이름을 확인하고 싶은 거예요?"

질문이 마음에 들지 않았는지 아이의 목소리는 생각보다 냉담했다. 진짜 물으려던 말은 이다음이었는데.

"기사님이랑 길이 엇갈린 거니? 학교에 있을 시간인 줄 알았는데."

"학교에서 문제가 좀 있었어요."

"문제?"

"애들이 놀렸어요. 새엄마가 들어와 이제 구박받을 거라고."

담이는 기다렸다는 듯 잠깐의 틈도 두지 않고 재깍재깍 대답했다.

이럴 땐 어른으로서 어떤 반응을 내보여야 하는 건지 해답을 알 수 없어 수완은 물끄러미 아이를 바라보았다. 그 상태로 영원 같은 몇 초가 흘렀다. 그쯤 되면 무시하고 돌아서서 가 버릴 법도 하건만 아이는 끈질기게 수완을 응시했다.

슬쩍 가 버릴까?

난감했던 수완은 그런 생각까지 했다.

집이 코앞이니 초인종을 눌러 담이가 여기 있다고 알리면 큰 문제는 없을 것 같았다. 얘기를 듣자마자 보모가 달려나와 아이를 신줏단지 모시듯 집으로 데리고 들어갈 것이다.

그러면 불편한 대치도 정리가 되겠지. 아이가 저리도 적의를 불태우고 있는데 이 상태로 서서 위에서 계속 내려다보는 것도 예의는 아니야.

수완은 결정을 내리고 확신에 찬 걸음을 떼었다.

"아줌마는요?"

그런데 막 한 걸음 내딛으려는 찰나 담이가 뜻밖의 질문을 해 왔다. 관찰하듯 수완의 두 눈을 빤히 살펴보면서.

"아줌마는 왜 울었어요?"

"……친구가 화냈어."

수완은 아이를 가만히 내려다보다가 답했다.

"왜요?"

"애 딸린 홀아비한테 시집갈 거냐고."

"아…….."

아이의 입에서 가느다란 호응의 소리가 흘러나왔다. 동질감에서 오는 연민, 그 마음을 내가 잘 알고 있다는 듯한 공감. 뜻하지 않은 묘한 유대감이 아이의 조막만 한 얼굴 위로 잔잔하게 퍼져 갔다.

얼결에 사실대로 말하기는 하였으나 이런 식의 대답이 과연 아이에게 적절했는지 뒤늦은 회의가 밀려왔다. 수완이 멋쩍은 마음에 침묵하고 있는데 여전히 뚫어져라 쳐다보고 있던 아이가 갑자기 움찔 떨었다. 뭔가가 퍼뜩 떠오른 듯 작은 어깨를 들썩이고 수완과 다시 눈을 마주쳤다.

"아줌마 제일 좋아하는 음식이 뭐예요?"

"남이 해 준 음식……?"

"아줌마 요리 못해요?"

"한 솜씨 하지."

짧은 대답을 끝으로 아이는 더 이상 어떠한 질문도 잇지 않았다. 그저 처음 만난 사람처럼 수완을 새삼스러운 눈길로 들여다보았다. 원망도 동질감도 아닌 어쩐지 놀라움을 숨긴 듯한 표정에 수완은 고개를 살짝 기울였다.

"왜?"

"샌드위치 먹을래요?"

"샌드위치?"

"가요."

담이는 동문서답식 화법을 유려하게 뽐낸 뒤 지금까지 걸어왔던 길을 향해 다시 총총거리며 걸음을 돌렸다. 집을 저기 코앞에 놔두고, 직전까지도 수완을 원망스럽게 쳐다봤으면서.

수완은 당혹감이 어렸다. 어찌해야 하나, 갈피가 안 잡혀 보고만 있는데 바삐 걷던 아이가 또다시 홱 돌아보며 외쳤다.

"걱정 마요, 내가 사 줄 테니까. 나 돈 많아요!"

담이가 앞장서 수완을 이끈 곳은 원하는 대로 재료를 넣어 즉석에서 만들어 준다는 샌드위치 전문점이었다. 중간에 학교를 이탈해 혼자 마을버스를 타고 집까지 온 것도 말문이 막히는데 이런 곳은 또 어떻게 알고 있었을까. 오픈한 지 얼마 안 된, 그것도 골목에 있는 작은 가게를 담이가 빠삭하게 꿰고 있는 게 수완은 놀라웠다.

"차 타고 지나다가 봐 둔 곳이에요."

"차는 큰길로 다니는 줄 알았는데?"

"지난번에 공사해서 그쪽이 막혔었거든요."

수완의 표정이 심각했는지 아이가 먼저 변명하듯 말했다.

차를 타고 오가며 마을버스 번호를 외웠다더니 이런 곳까지 세세히 기억해 놓은 거였나. 눈썰미가 좋은 건 찬사받아 마땅한 일이지만 일탈에 가까운 돌발 행동은 굉장히 위험했다. 수완은 심란한 눈길로 아이를 내려다보았다.

정작 아이는 어깨를 으쓱이며 아무렇지 않게 안으로 들어갔다. 허세 가득, 이런 말도 덧붙였다.

"아무거나 먹고 싶은 거 골라 보세요. 계산은 내가 할게요."

태은을 연상케 하는 말투였다. 자세히 보니 외모는 영락없는 친가의 느낌이다. 원래 장남은 외탁을 한다고 들었는데. 수완은 그런 담이가 귀엽다가도 짠한 안쓰러움, 정의할 수 없는 씁쓸함에 작은 한숨을 쉬었다.

안으로 들어간 아이는 갓 구워져 나온 빵을 구경하다가 메뉴판 앞으로 쪼르르 달려갔다. 수완을 돌아보며 빨리 오라고 손짓도 하였다.

빵 굽는 냄새가 제법 고소했다. 거처 문제로 분위기가 어색해져 현우와의 점심은 제대로 시작도 못 하고 중단된 차였다. 기왕 이렇게 된 거 여기서 허기라도 채워야지. 수완은 모든 걱정을 뒤로하고 유리문을 밀어 안으로 들어섰다.

또각또각 걸어가 아이 옆에 멈춰 서서 메뉴부터 훑었다. 적당한 것을 고르고 아이도 골랐을까 하여 보았더니 담이는 얼굴이 빨갛게 달아올라 쭈뼛거리고 있었다.

알고 보니 아이의 전 재산은 만 원. 음료와 쿠키가 포함된 샌드위치 두 세트를 사기에 턱없이 부족한 액수였다. 당당했던 아이는 살포시 고개를 떨어트렸고, 자리에 가 앉아 있으라는 수완의 주문에 고분고분 '네.' 하고 대답했다.

두 사람이 각각 고른 것은 터키베이컨아보카도와 치킨데리야끼. 수완은 값을 계산하고 집에 전화해 상황을 설명했다. 그런 다음 트레이를 들고 아이가 앉아 있는 창가 쪽 테이블로 다가갔다. 자리에 앉아 따끈따끈한 샌드위치를 내밀자 담이는 두 손으로 받아 쥐며 머쓱하게 말했다.

"돈은 갚을게요."

"괜찮아. 같이 먹는 거니까."

"그래도 내가 산다고 했으니까 돈은 갚을 거예요."

"그래, 그럼. 나중에."

물정 몰랐던 아이가 자존심이 상한 것 같아 수완은 부러 어정쩡하게 답했다. 아이는 그만하면 만족스러운지 입맛을 다시며 샌드위치를 크게 한입 베어 물었다.

"집에는 내가 전화했어. 기사님이 헛걸음하실 것 같아서."

신나게 음료를 들이켜던 아이가 눈을 휘둥그렇게 떴다가 태연한 척 시선을 내렸다. 눈동자가 이리저리 흔들리고 스트로를 질겅질겅 씹는 품이 지은 죄를 아는 모양이었다.

성난 마음에 방과 후 수업이고 뭐고 선생님 몰래 학교를 벗어나 어찌어찌 집까지 오기는 하였는데 혼자서 들어가기엔 겁이 났을 것이다. 때마침 아는 사람도 만났겠다, 최대한 시간을 끌기 위해 여기까지 오자고 말했을 게 뻔한 전말이었다.

아무리 똑똑한 척해도 아직은 수가 다 읽히는 여덟 살의 어린아이. 집과 학교에서 난리가 났었다는 말은 하지 않았다. 위험할 수도 있었던 행동에 따끔하게 주의를 주는 게 맞을 것이나 그건 수완의 역할이 아니었다.

바깥에는 빗줄기가 다시 굵어지고 있었다. 쏟아지는 빗소리를 들으며 두 사람은 묵묵히 각자의 몫을 비워 갔다. 담이는 작은 입을 오물거리며 열심히 샌드위치를 흡입했고, 수완은 음료 대신 받아 온 커피를 홀짝였다. 이것으로 소소하게 일었던 오늘의 해프닝이 평화롭게 일단락되는 듯하였다.

"어?"

흘긋 창밖을 내다본 담이가 놀라서 그런 말을 중얼거리기 전까지는.

"……아빠다."

식도를 타고 내려가던 커피가 그대로 얼어 버린 듯했다. 귓가의 솜털이 마지막 한 올까지 부스스 일어서고 세상의 소리가 뚝 하고 끊겼다가 다시금 들려왔다. 전원 꺼진 로봇처럼 그 상태 그대로 몇 초간 꼼짝 못하던 수완은 입 안의 커피를 꿀꺽 삼켰다. 들고 있던 테이크아웃 종이컵도 천천히 내려놨다.

전 여사의 요구대로 한남동 집에 들어오며 처음부터 각오했던 일이었다. 하지만 서진하의 출장이 길어지며 무의식중에 그의 부재를 당연하게 생각하고 있었던 듯하다. 앞으로도 며칠이고 그가 눈앞에 나타나는 일은 없을 것으로 여기며.

수완은 고개를 돌려 통창 너머 빗물로 뿌옇게 흐려진 거리를 내다보았다. 연약한 시선 끝에 익숙한 듯 낯선 시선 하나가 강인하게 밀고 들어왔다.

아내를 잃고 독신을 고집하고 있다는 남자. 잔인한 반전을 선사하고 유유히 떠나갔던 남자. 한때, 수완을 앓게 하였던 남자.

8년 만이다.

"아빠!"

서진하가 안으로 들어서자 아이는 기쁨을 감추지 못하고 달려갔다. 빗물이 바람을 타고 내리치는 와중에도 그는 흠잡을데 없는 차림새와 단정한 헤어를 유지하고 있었다. 그런 점에서조차 두 부자는 신기할 정도로 분위기가 비슷했다.

그가 작고 동그란 머리 위에 손을 얹자 아이는 온순한 강아지가 되어 우상처럼 아버지를 올려다보았다. 머리에 얹었던 커다란 손이 아래로 내려갔다. 서진하는 아이의 뺨을 다정히 쓸고는 허리를 굽혀 무슨 말인가 속삭였다. 그러자 아이는 수완을 한 번 돌아본 뒤 비서로 보이는 남자의 손을 잡고 그대로 샌드위치집을 나섰다.

수완은 가슴이 더럭 조여 왔다.

아이를 내보낸 그가 이제 이쪽을 주시했다. 방향을 틀어 수완이 앉아 있는 자리를 향해 가까이 오고 있다. 무릎 위로 가지런히 놓인 열 개의 손가락에 미세한 경련이 일었다.

수완이 기억하는 그는 항상 어른의 모습이었다. 수완이 묘목이라면 그는 수려하게 뻗은 거목과 같았고, 수완이 새콤달콤한 아오리 사과라면 그는 빨갛게 영글어 과육에서 꿀이 뚝뚝 떨어지는 부사와 같았다. 시간이 흐르고 30대에 접어든 그는 20대 때의 그보다 한층 짙고 성숙한 운치를 자랑했다. 오랜 시간 공들여 숙성시킨 레드 와인이 때가 되어 기막힌 풍미를 발하는 것처럼.

"오랜만이다."

"네, 그러네요."

기다란 다리로 순식간에 다가온 그가 맞은편 담이의 자리에 앉으며 뒤늦은 인사를 건넸다.

너무도 자연스러운 그 인사에, 그 태도에 수완은 손끝에서 일었던 작은 떨림이 삽시에 착 식는 것을 느꼈다. 저토록 건조하고 아무렇지 않은 인사라니. 반가움도 조심스러움도 느껴지지 않는 메마른 인사에 그에게 있어 자신이 얼마나 하잘것없는 존재인지 새삼 깨달았다. 불행 중 다행인 건 그나마 받아친 대답이 충분히 심상했다는 점이었다.

"잘 지내셨어요?"

"그럭저럭. 수민이 얘긴 들었어. 네가 고생이 많았다고."

"저도 이사장님께 대충 들었어요. 많이 바쁘다면서요?"

"응."

짧은 대답. 두 번의 느릿한 끄덕거림. 간결한 움직임의 끝에서 그의 눈동자가 빗소리 요란한 창밖으로 돌아갔다. 이것으로 형식적인 안부 인사는 그만 끝내고 싶다는 무언의 표현인 것 같아 수완도 입을 다물었다.

빗물을 바라보는 그에게서 쓸쓸한 기운이 전해졌다. 쓰라린 낭패감에 담배 한 대가 절실히 필요해 보이는 모습이었다.

수완은 오래전, 군대에서 휴가를 나온 그가 오랜만에 공부를 봐주던 때가 떠올랐다. 음료를 뽑아 오겠다는 사람이 동전을 가져가지 않아 다급히 쫓아 나갔던 그때, 모범생인 줄로만 알았던 그는 자판기 앞에서 곤란해하는 대신 건물 밖 구석에서 모락모락 뿌연 연기를 피우고 있었다.

군대에서 안 좋은 걸 배워 왔구나. 끊으라고 말하고 싶었지만 그러지 못했다. 싸움닭이 되어 세상 사람 전부와도 싸울 기세로 굴던 이수완도 서진하란 남자 앞에선 겁쟁이가 되었다. 버릇없다고 싫어하지 않을까, 드세다고 질색하지 않을까. 백해무익이다 따끔하게 말하고 싶어도 그에게 무조건 잘 보이고 싶은 마음에 끝끝내 입도 벙긋하지 못했다.

그러나 지금은 상황이 달라졌다. 하고 싶은 말이 있다면 참아야 할 이유는 어디에도 없었다.

"차라리 어디 가서 한 대 피우고 오지 그러세요."

거의 생각과 동시에 내뱉은 말이었다. 뭐 때문에 속이 뒤틀렸는지 수완 자신도 정확히는 모르겠다. 저 사람이 저러는 게 나와 전 여사와의 일로 화가 나서 그러는가, 모호한 추측에 속에서 뾰족한 심통이 치민 듯싶었다.

잠시 창밖으로 고개를 돌렸던 그가 갑자기 들려온 냉담한 목소리에 수완을 보았다. 무슨 소리냐는 듯 눈가에 의아함을 띠었다.

"담배가 필요한 얼굴을 하고 있잖아요."

"……끊었어."

아주 잠깐, 이상할 정도로 수완을 빤히 바라보던 그가 간략하게 답했다.

아, 태은이가 투병 생활을 했겠구나.

수완이 그럴 수밖에 없었을 이유를 대강 짐작하는데 그가 다른 대답을 해 왔다.

"자꾸 생각나는 사람이 있어서."

심장이 찌릿, 벌에 쏘인 듯 따끔했다. 그러한 통증에 당황한 건 다른 누구도 아닌 수완 자신. 조금 전 느꼈던 뜬금없는 아픔을 인정할 수 없어 '그렇군요.' 하고 건성으로 받아치고 서둘러 본론에 들어갔다.

"저한테 따로 하고 싶은 말이 있는 것 같은데……."

"시형이라고 기억해?"

수완의 의도에 진하는 순순히 호응했다. 언제 그랬냐는 듯 조금 전 스산하게 퍼지던 마른 낙엽 같은 분위기를 걷어 낸 뒤였다.

"우리 집에 같이 왔던 두 친구 중 안경 꼈던 분."

"내일 그 시형이가 전화할 거야."

"왜요?"

"수민이가 완치될 때까지의 비용 일체는 할머니가 아닌 내가 책임져. 이 교수님은 우리 아버지의 목숨을 세 번이나 연장해 주신 분이었으니 너랑 수민이, 그 정도의 보답은 충분히 받을 자격이 있다고 생각해. 내일 시형이가 그 부분에 관한 공증 서류와 네 거처에 관해서…….”

“그럼 저는요?”

무슨 말을 하려나 잠잠히 듣고 있던 수완이 도저히 모르겠다는 뉘앙스로 진하의 뒷말을 잘랐다.

“저는 어떤 대가를 지불해야 하는 거죠?”

“대가라니?”

“공짜로 과외받았잖아요. 내가 서진하 씨한테.”

대화를 사업의 연장처럼 사무적인 어조로 일관하던 진하가 딱딱해진 입매를 일자로 다물었다. 마치 모욕이라도 받은 듯 두 어깨가 단단하게 굳어졌다.

수완은 그러한 변화를 모르는 척 똑같은 어조와 태도를 유지했다.

“돌아가신 아버지가 옛날 옛적에 하셨던 일로 저희가 보답받아야 한다면 그보다 훨씬 최근의 일도 정산하는 게 맞는 것 같아서요. 계산이란 정확해야 하잖아요. 덕분에 좋은 대학에 입학해 취직할 때도 많이 유리했어요.”

“너한테 대가를 받고자 했던 게 아니야.”

“우리 아버지도 그러셨을 거예요. 사람 목숨을 살리는 건 의사의 본분이었으니까.”

“그래서 싫다고?”

"네."

"우리 할머니는 되고 나는 안 된단 말이지?"

"서진하 씨한텐 내가 지불할 수 있는 게 없으니까요."

모순을 지적하는 진하의 발언에 수완은 빠른 대답을 내놓았다. 무슨 뜻이냐는 듯 그가 한쪽 눈썹을 살짝 추켜세웠다.

"다 가졌잖아요. 내가 가지지 못한 것까지."

"못지않게 많은 것을 소유하신 우리 할머니는?"

"이사장님께서는 제가 지불해야 할 대가를 분명하게 요구해 주셨어요. 수용 가능한 수준으로요."

부드러우면서도 조목조목, 수완의 대답엔 한 치의 밀림이 없었다.

할 말을 잃었는지 진하는 반박을 멈추고 수완을 응시했다. 수완 역시 피하지 않고 차분하게 그의 시선을 받아 냈다.

청량하게 울리는 빗소리. 잔잔하게 들려오는 실내 음악. 피하지 않고 상대를 바라보는 서로의 눈길. 둘 사이에 침묵이 흘렀다. 그리고 그 침묵을 먼저 깨 버린 건 이번에도 수완이었다.

"따로 좋아하는 사람이 있나요?"

"……?"

"당장 결혼할 생각은 있고요?"

"이수완."

의도를 알 수 없는 위험한 질문에 진하는 엄격한 목소리로 제재했다.

"둘 다 아니라면 그냥 이대로 내버려 두세요."

"내버려 두면?"

"각자가 원하는 걸 얻게 되겠죠. 거짓말은 안 했어요. 노력하기로 했고, 실패해도 상관없다고 말씀해 주신 건 이사장님이셨어요."

"나한테 노력해 보겠다는 그 말은 진심이고?"

"내가 진심으로 노력하면 서진하 씨가 흔들릴까요?"

두 사람의 시선이 조금 전과는 다른 강도로 팽팽하게 뒤얽혔다.

시선을 먼저 피한 쪽은 진하였다. 꽉 막힌 상황이 답답한지 창밖 저 너머 먼 곳을 내다본 뒤 다시 수완을 바라보았다.

"내가 어떻게 해 줬으면 좋겠어?"

"지금 그대로, 아내분을 사랑하세요."

망설임 없이 흘러나온 답변에 진하의 안색이 해쓱하게 일변했다. 아내라는 말이 그에게 미치는 파장을 목격한 수완은 또다시 욱신, 가슴이 내지르는 통증을 느꼈다.

말도 안 되는 일이었다. 그렇게나 시간이 흘렀는데 얼마나 대단한 사랑을 했다고 태은을 향한 그의 반응에 내가 상처를 받을까, 이토록 입 안이 쓰디쓸까.

장담하건대, 이것은 심장이 일으키는 현재의 반응이 아니었다. 머릿속의 뇌가 과거의 고통을 기억하고 관성처럼 보내온 거짓된 신호일 뿐.

수완은 태평하고 여유로운 겉모습을 꿋꿋이 유지했다. 그들의 결혼으로 자신이 치렀던 지독한 홍역을 그가 모르기를 바랐다. 크나큰 착각 탓에 오랫동안 고통 속에 지내왔으니 그 정도의 자존심은 지키고 싶었다.

"가장 좋은 건 흔히 말하듯 아픔을 극복하고 새로운 삶을 사는 거겠죠. 하지만 그건 당사자의 인생이니 제삼자가 끼어들 자격이 없다는 거 잘 알아요. 그래서 건드리지 않을 거예요. 서진하 씨는 본인이 원하는 삶을 사세요. 나는 이사장님과 약속한 부분을 최대한 이행하다 충분히 노력했다고 여겨질 때쯤 조용히 집을 나갈 거예요."

"……."

"앞으로도 변하는 건 없을 거라고요. 신경 쓰는 일 만들지 않을 테니까 조금만 참아 주세요."

수완의 말을 끝으로 두 사람은 조용히 침묵했다. 아무런 반응도 보이지 않는 그에게서 정적인 고적함이 묻어났다. 물안개가 피어난 고요한 새벽의 호수를 마주하고 있는 느낌이었다.

가끔 그런 의문이 들었다. 전 여사의 제안을 받아들인 이유가 정말 수민이를 살리기 위한 절박함이었던가.

기대감이 있었던 건 사실이었다. 전 여사라면, 그분의 재력과 능력이라면 그 계통의 권위자에게 수민이의 치료를 의뢰할 수 있지 않을까 기대했었다. 하지만 그것만이 전부라고 단정 짓긴 어려웠다.

그럼 무엇을 바라고 그런 황당한 제안을 받아들였나. 해답을 찾지 못해 눈 속에 티가 들어간 듯 답답했는데 이렇게 그와 마주 앉아 있으니 홀연히 그런 생각이 솟았다. 혹시 내가, 저 사람과 깨끗이 정리하지 못했던 게 아니었을까. 급작스러운 이별에 채 비우지 못했던 그를 향한 마음을 이 기회에 훌훌 털어내고 싶었던 게 아니었을까.

제대로 된 절차 없이 헤어졌기에 두뇌 또한 과거와 현재를 구분하지 못하고 비상식적인 반응을 보내왔던 것인지도 모르겠다. 그래, 정답은 그것이었다.

과거로부터의 해방.

이 기회에 나는 서진하란 존재에게 천천히, 그리고 완전한 작별을 고하고 싶다.

혼자서 배신당해 아파했듯 이번에도 나 홀로 못다 한 이별을 마치고, 하루하루 그에게서 멀어지다, 완벽한 타인으로…… 돌아서고 싶다.

불현듯 깨달은 사실에 수완은 진하의 손, 넥타이, 입술, 콧등 등으로 떠돌던 시선을 정확히 그의 두 눈에 고정했다. 깊고 짙은 눈동자와 마주쳤지만 대화하며 내내 그러했듯 긴장하거나 흔들리지 않았다. 지금 이 순간부터, 편하게 마주 보는 연습이라도 하려는 듯이.

❧

비서실에서 가져온 서류를 열심히 들여다보고 있으나 자음과 모음이 하얀 종이 위에서 제각각 춤을 췄다. 그럼에도 끝까지 서류에 두 눈을 고정하고 있는 전 여사. 어떻게든 집중하려

안간힘을 쓰지만, 손자가 발하는 살벌한 기운에 신경이 자꾸 그쪽으로 기울었다.

출장을 다녀와도 진하는 항상 회사에 들렀다 밤늦게야 집으로 돌아왔다. 오늘도 당연히 그러려니, 그저 담이의 무모한 행동을 혼내 줄 생각에 골몰해 있는데 예상을 깨고 손자가 무시무시한 얼굴로 눈앞에 나타났다. 그것도 수완과 담이를 나란히 앞세우고서.

인천에서 서울로 진입하며 보모에게 전화해 담이의 스케줄을 물었다더니 곧장 집으로 오려고 그랬던 거였나. 전 여사는 가슴이 철렁 내려앉아 말문이 막혔다. 당장에라도 공격이 들어올 것 같아 긴장하였는데 손자는 건성으로 인사를 하고는 곧바로 서재에 처박혔다.

알아서 화를 삭일 것이니 건드리지 말라는 신호인 것 같아 얼마나 가슴을 쓸어내렸는지. 저녁도 건너뛰고 내일쯤 나타나 잔소리를 해 대겠지, 슬그머니 안도하고 있었는데 예상은 보기 좋게 빗나갔다.

저녁 먹을 때가 가까워질 무렵 손자는 난데없이 나타나 전 여사의 코앞에 위협적으로 버티고 앉았다. 그렇다면 차라리 화라도 빨리 내든가. 저렇게 말없이 쏘아보고만 있으니 제 발 저린 도둑인 양 몸도 마음도 불편했다.

근엄한 척 서류에 코를 박고 있지만, 사실은 저놈이 뭐 하고 있을까 전 여사는 무척 궁금했다. 그리하여 참고 참다 딱 한 번 흘끔 보았는데 손자와 두 눈이 정확하게 마주쳤다.

"실망입니다."

기다렸다는 듯 진하가 쓴소리를 해 왔다. 속이 뜨끔하긴 했지만 전 여사도 호락호락 넘어가지 않았다. 시선을 다시 서류 쪽으로 내리고 똑같이 냉랭하게 받아쳐 주었다.

"그리 겁을 준다고 내가 물러날 성싶으냐."

"계획적이고 기습적이셨습니다."

"작정하고 일을 벌였는데 그 정도는 당연하지."

"돌아가신 이 원장님, 아버지 투병 생활 내내, 그리고 할머니와 할아버지가 편찮으실 때에도 밤낮없이 뛰어오신 분입니다. 우리 집안을 위해 헌신하신 분이세요. 수민이 치료, 조건 없이 도와주실 수도 있었습니다. 사람 건강 문제를 볼모로 뭐 하시는 겁니까."

"그렇기 때문에 조건을 노력해 보는 정도로만 타협을 봤던 거다."

"할머니!"

웬만한 일에는 언성을 높이지 않는 녀석이 심각한 표정으로 목소리에 힘을 주었다. 가뜩이나 심란했던 전 여사는 가슴에 돌덩어리 하나가 추가된 것 같았다. 그래도 물러설 생각은 없었다. 이런 거 저런 거 다 따져 가며 순순히 물러날 거였으면 애초에 시작도 하지 않았을 터였다.

전 여사는 돋보기를 벗고 엄격한 얼굴로 손자를 마주했다.

"수완이가 들어와 있는 게 싫으면 네가 나가도록 하려무나. 나는 수완이랑 합의를 봤고 노력해 본다고도 하였으니 그 애가 두 손 들고 나갈 때까지 조용히 지켜봐 줄 생각이다."

"할머니 손자, 애 딸린 홀아비입니다."

중요한 사실을 상기시키듯 진하는 '홀아비'란 단어를 특히 강조했다. 여유를 부리던 전 여사의 눈가에 일순 죄책감이 어렸다.

"그 지경이 되도록 나는 아무것도 못 했지."

"할머니를 원망하는 게 아닙니다. 어차피 제가 짊어졌어야 할 일이었어요. 하지만 할머니의 죄책감을 덜고자 그 아이를 이용하시는 거라면 지금이라도 바로잡아야 한다고 말씀드리는 겁니다."

찾아보면 이 바닥에 드문드문 일어나는 일이었다. 아들이 손자가 되고, 손녀가 늦둥이 막내딸로 바뀌는가 하면, 조카가 자식이 되는 경우도 있었다. 사고 친 상대가 누구냐에 따라 절차는 간단해지기도, 보다 복잡해지기도 하였다.

진하의 가족 같은 경우 최악의 상대를 만나 정리하기까지 상당한 진통을 겪어야 했다. 흠집을 덮기 위해 그보다 더한 비윤리적인 행위까지 동원해야 했으니.

조부께서는 손녀의 핏줄을 외면하지 못하셨다. 정치인 집안의 물주가 되는 것도, 집안과 기업이 낯뜨거운 불륜 스캔들에 휘말리는 것도 원치 않으셨다. 그분이 원했던 건 단 하나, 당시 긴박하게 뒤를 쫓던 기자들을 따돌리고 담이에 관한 진실을 영원토록 비밀로 묻는 것이었다.

그것은 한 의원 쪽도 마찬가지였다. 조부와 한 의원, 두 사람은 서로를 믿지 못해 가장 신뢰하는 변호사를 내세웠다. 천문학적 액수를 위약금으로 책정한 비밀유지서약서에 양측이 서명하도록 추진했다.

굳이 그것 때문만이 아니더라도 진하는 이 일을 죽을 때까지 가져가야 할 자신의 책무 중 하나로 받아들이고 있다. 하지만 그것은 누구도 알 수 없는, 어디까지나 개인적인 사정에 지나지 않았다.

"사연이 얼마나 구구절절하든 남들 눈에 저는 애 딸린 홀아비, 그 이상도 이하도 아닙니다."

"진하야."

"남의 집 귀한 딸, 함부로 흠집 내지 마시라는 겁니다. 수완이 예쁘고 똑똑한 아이예요. 저랑 엮여 험한 소리 듣게 하지 마시고 할머니가 제자리로 돌려보내 주세요."

"못 하겠다면?"

"제가 대신해야죠. 이틀 기다리겠습니다. 48시간이 지나도 일이 해결되지 않으면 나머진 제가 알아서 처리하겠습니다."

진하는 대답도 듣지 않고 자리에서 일어났다. 계속 있다간 할머니께 버릇없는 말을 해 버릴 것 같았다. 생각보다 크게 부딪히지도 않았는데 왜 이렇게 견딜 수 없는 건지 모르겠다.

방을 나선 진하는 몇 걸음을 내딛다 복도를 완전히 빠져나오지 못하고 한 자리에 멈춰 섰다. 누군가 2층에서 조용조용 계단을 내려오고 있었다. 소리에도 얼굴이 있어 기척만으로 상대가 구분되기 마련인데, 이 조심스럽고 가벼운 걸음걸이는 시간이 흘러도 잊을 수 없는 수완의 것이었다. 하루가 멀다 하고 열병을 앓았던 시절, 저 익숙한 소리가 들려올 때면 진하는 신경이 온통 그쪽으로 모아져 시야가 희뿌옇게 흐려지곤 했었다.

얼굴 한 번 보는 것도, 말 한 번 붙이기도 어려웠던 이수완. 그런 그녀와 다른 곳도 아닌 내가 나고 자란 곳에서 함께하게 될 줄이야.

기쁨보다 쓰라린 아픔이 명치를 옥죄었다. 그리고 깨달았다. 자꾸 신열이 오르고 가슴이 따끔거리는 건 할머니와의 대화 탓이 아닌 몇 시간 전 자신을 향한 수완의 덤덤함을 확인했기 때문이었음을.

잊힌 존재가 되기보다 차라리 나쁜 놈으로라도 기억되는 존재가 되기를 바랐는데. 나로 인해 격분하고 흔들리는 너를 보고 싶었는데. 분노와 비난보다 평정과 침묵이 더 큰 상처가 될 수 있다는 걸 진하는 오늘에야 진정으로 경험하고 있었다.

지금 그대로 당신의 아내를 사랑하라니.

재회의 순간과 그 자리에서 나누게 될 말들을 수없이 상상해 봤지만 그런 식의 대화가 전개될 거라곤 생각지 못했다. 또 다른 희생자였던, 만난 적도 없는 서류 속 존재에게 내 인생이, 내 감정이 철저히 구속당한 기분. 참담함이 뇌리를 휩쓸어 그 이상의 대화를 이끌지 못하고 진하는 중간에서 입을 다물어야 했다.

계단을 내려온 수완이 곧장 부엌으로 직행했다. 진하는 제

자리에 서서 무수히 보고 또 보아도 질리지 않는 수완의 뒷모습을 응시했다.

8년 전 엉망이 된 몰골로 저 아이를 보러 간 적이 있었다. 붉게 실핏줄이 터진 눈과 초췌해진 얼굴, 핏물이 고인 손등을 하고 학교 도서관 앞을 서성거렸다. 마지막 인사 같은 거창한 계획이 있었던 건 아니었다. 다만, 보고 싶었다.

거의 반 갑 정도의 담배를 태웠을 때 하얗게 흩어지는 연기 너머로 수완이 보였다. 쏟아지는 햇살 아래 봄눈처럼 풋풋한 남학생과 활짝 웃는 얼굴이 너무나 싱그러워 눈이 시렸다.

결혼, 유부남, 속도위반.

그가 뒤집어써야 할 세속적인 허울과 어울리는 않는, 티 없이 맑고 순수한 모습이었다.

수완과 웃고 있는 녀석이 어느 겨울, 자신을 치한 취급했던 그 어린놈이라는 사실을 인지했을 땐 시샘과 질투로 담배를 쥐고 있던 손이 병자처럼 떨렸다. 당장에 수완을 부르고 싶었다. 손을 잡고 아무도 없는 곳으로 끌고 가 오직 자신만을 보게 하며 말하고 싶었다.

좋아해. 너를 좋아해.

군대에서 셀 수 없이 연습했던 사랑 고백을, 진하는 그렇게 상상 속에서만 그리다 돌아섰다. 질투에 눈이 멀어 수완을 그 녀석에게서 떼어 놓는다 해도 그런 다음 마주 서서 할 말이 없었다. 인사를 하고 안부를 묻고 또 무슨 말을 할 수 있었을까.

지금의 그라면 무슨 수를 써서든 다른 길을 모색했을 테지만 그때는 어렸고, 힘이 없었고, 어머니 대신 곁을 지켜 줬던 누나가 또다시 돌이킬 수 없는 선택을 할까 봐 무서웠다.

변명처럼 들릴 수도 있겠으나 그가 할 수 있는 건 정말이지 아무것도 없었다. 눈앞에 뽀얀 연기가 피어오르는 순간이면, 마지막으로 환히 웃던 저 아이의 샛맑은 얼굴이 떠올라 하루에도 몇 대씩 피워 대던 담배를 끊는 것 외에는.

✦

부엌이 분주하게 돌아갔다. 보글보글 국 끓는 소리와 치릿치릿 압력솥의 신호추가 흔들리는 소리, 채소를 채 썰며 도마가 경쾌하게 울리는 소리. 오케스트라를 방불케 하는 현란한 소리를 들으며 수완은 찬그릇에 반찬을 담았다. 이러지 마시라고 수완을 만류했던 안성댁과 도우미 아주머니들도 저녁때가 가까워지자 저마다 맡은 일에 열중하느라 정신이 없었다.

밖에서는 왁자지껄 웃음소리가 들렸다. 서 회장의 조카며느리와 그 딸들이 오랜만에 전 여사를 찾아와 산속 암자처럼 조용했던 집 안이 시끌시끌해졌다. 진하의 잦은 출장으로 저택이라 칭할 만한 이곳엔 평소 전 여사와 담이, 그리고 고용인 몇몇이 한적하게 생활했다.

수완 역시 수민의 입원으로 1년 넘게 혼자서 지내 왔던 터라 정적인 고적함이 어색하진 않았다. 그래도 오랜만에 저런 식의 쾌활한 웃음소리를 들으니 두 귀가 즐거웠다. 물론 저들의 방문이 순수한 의도는 아니었다. 항간에 떠도는 진하에 관한 소문과 수완의 존재를 염탐하기 위한 것이라는 게 유감이었다.

안성댁이 상차림을 시작했다. 정갈한 세팅이 끝나 갈 때쯤 수완은 알아서 다음 단계를 위해 움직였다. 아주머니 한 분이 담이와 손님들에게 식사가 준비되었음을 알리는 사이, 수완은 그 반대편으로 걸어가 전 여사의 방으로 이동했다.

"잠깐 들어와 앉아라."

문을 두드리고 식사가 준비되었다고 말씀드리자 홀로 앉아 생각에 잠겨 있던 전 여사가 자리를 권했다. 집 안에 흐르는 또 다른 분위기를 수완도 짐작하고 있었다. 손님이 거실에서 떠들썩하게 대화 중인 가운데 이 집의 두 주축이 각자의 방에만 틀어박혀 있으니 모르려야 모를 수가 없었다.

"또 부엌엘 들어갔구나."

내어 준 방석에 앉자마자 전 여사가 못마땅한 부분부터 지적했다. 혹여 아주머니들에게 불똥이 튈까 봐 수완은 적극적으로 해명했다.

"필요한 게 있어서 갔다가 반찬 담는 것만 잠깐 거들었습니다. 제가 하고 싶어서 했던 겁니다."

"네가 우리 집에 손님으로 와 있다는 사실을 잊지 말았으면 한다."

"네."

"진하한테 잔소리 엄청 들었다. 남의 집 귀한 딸 흠집 내지 말고 모레까지 너를 제자리로 돌려보내라고 하더구나."

"제가 다시 얘기해 보겠습니다."

"사실은 말이다……."

전 여사는 한숨처럼 긴 호흡을 토했다.

"……나야말로 네가 제안을 거절할 줄 알았다. 태연한 척하고는 있었지만 네가 그 억지스러운 말을 받아들였을 땐 꽤 놀라기까지 하였지."

"서진하 씨의 마음을 돌릴 자신이 없다고 분명히 말씀드렸고, 이사장님께서는 노력하는 것만으로도 괜찮다고 답해 주셨습니다. 그렇게 유리한 제안을 거절할 이유가 없었습니다."

"하필이면 왜 너를 찾아갔는지 그 배경 같은 건 궁금해하지도 않더구나."

"알아듣게 미리 말씀해 주셔서 따로 여쭐 필요가 없었습니다."

"그건 초반에 내가 주절주절 떠들어 댄 말이었고. 네가 정식으로 물었다면 대답이 조금은 달라졌을지도 모를 일이었다."

수완은 의문의 빛을 띠었다. 지금 알고 있는 것 외에 또 다른 이유가 존재한다는 걸 이해할 수 없었다. 이쪽에서 묻기도 전에 전 여사께서는 충분히, 그러니까 수완이 이성적으로 수긍할 수 있을 만큼 모든 것을 솔직하게 말씀해 주셨다.

어리석은 손자 놈이 오랜 시간 한 사람을 잊지 못해 미련하게 살고 있다고. 앞으로 새 삶도 찾고 평범하게 살았으면 좋겠는데 그런 형편없는 놈을 위해 어떤 부모가 딸을 희생시키겠냐고. 돌아가신 네 부모님껜 너무도 죄송스러운 말이지만 이주영 교수의 장녀라는 적당한 배경, 생판 모르는 남이 아닌 친구 동생이라는 특수한 관계, 손자의 상황을 감내하고 끈기 있게 시도할 수밖에 없는 절박한 상황. 솔직히 말해 협상에 필요한 조건을 너처럼 두루두루 갖추고 있는 사람도 없을 것 같다고. 반드시 손자의 마음을 열어야 한다고 강요하지 않을 테니 생각이 있다면 노력만이라도 해 봐 달라고.

다소 직설적이긴 했으나 어떤 말보다 현실적이고 납득할 만한 이유였다. 그 이상의 다른 이유는 상상도 할 수 없을 만큼.

"처음 해 주신 대답이 과하지도 부족하지도 않았습니다. 저는 약속한 만큼의 노력을 기울일 것이고, 한계에 부딪혔을 때 이사장님께 주저 없이 말씀드릴 생각입니다."

"너는 그 아이의 마음이 달라질 거라곤 아예 생각하지 않고 있구나."

차분한 목소리로 핵심을 찌르는 전 여사의 발언에 수완은 무춤했다. 솔직해질 수도, 그렇다고 거짓말을 할 수도 없어 3초 정도 침묵을 지키다 마무리하는 쪽으로 대화를 정리했다.

"지금 말씀드릴 수 있는 건 최선을 다해 이사장님과의 약속을 지키겠다는 것뿐입니다. ……밖에서 모두가 기다리고 있을 겁니다."

"그래. 그건 예의가 아니지."

수완을 너무 구석으로 몰아붙였다고 느꼈는지 전 여사는 빙긋 웃으며 자리에서 일어났다. 곧바로 나갈 것처럼 걸음을 떼는가 싶더니 이내 주춤거리며 수완을 돌아봤다.

"그래도 말이다, 혹시라도 나중에 다른 이유가 듣고 싶거든 다시 한번 묻는 것도 나쁘지는 않을 게다."

"말씀해 주신 것 외에 제가 꼭 알아야 할 다른 이유라도 있는 건가요? 그렇다면 듣겠습니다."

"아니, 아니. 너무 빨리, 그렇게 떠밀리듯 묻지는 말고. 오늘 내가 한 말을 잊고 지내다 어느 날 문득 다른 이유가 궁금해지거든 그때 다시 물으라는 뜻이었다."

전 여사는 다정하게 팔을 토닥여 주고는 그대로 먼저 방문을 나섰다.

그쯤 되니 이상하다고 생각하면서도 수완은 토를 달지 않았다. 뭔가 다른 사연이 있어 보이기는 했지만 별로 궁금하지도, 여기서 더 깊이 얽히고 싶지도 않았다. 어떤 식의 뒷얘기가 남아 있든, 지금 이 정도의 선이 수완에게는 가장 적당했다.

식사는 따로 하면 좋으련만.

뒤늦게 전 여사의 방을 나서며 수완은 불편한 마음을 다스렸다. 이대로 이 집 식구들 사이에 끼어 식사할 생각을 하니 벌써부터 속이 더부룩해지는 느낌이다.

뻔뻔한 척 굴어도 수완은 여전히 이 집에 들어온 게 낯설고 민망했다. 어색함은 조금도 가시지를 않았는데 8년 만에 만난 진하와 면식도 없는 그의 친척까지 한자리에 앉아 상대해야 한다니. 적당한 핑계로 빠져 있고 싶지만 그러기엔 식솔에게 남긴 전 여사의 소개가 지나치게 거창했다.

'수완이가 이 교수 딸이라는 건 너희도 들어 알고 있을 게다. 이 교수 부부가 갑작스레 세상을 뜨고 마음이 쓰여 한 번씩 만났던 게 오늘까지 이어졌다. 부친의 외모를 닮아서 그런가, 때가 되면 한 번씩 그 아이가 궁금해지더구나. 한동안 못 보다 얼마 전에 만났더니 동생 일로 신경이 쓰였는지 애가 말도 못 하게 야위었어. 식사라도 챙겨야겠다는 생각에 일단 우격다짐으로 데려왔다. 저 아이가 몸과 마음을 추스를 때까지 당분간은 내가 데리고 있을 생각이다.'

손님이 오셨다는 소리에 인사차 내려오던 수완은 전 여사의 매끄러운 설명에 하릴없이 위에서 시간을 끌다 내려와야 했다.

전 여사의 설명엔 거짓말을 소화하기 위해 고민한 흔적이 역력했다. 홀로 스토리를 지어내고 고심해서 다듬으셨을 것을 생각하니 어이가 없어 작은 웃음이 새어 나왔다. 또 다른 의미로 전 여사가 저리 성의껏 임하시니 나이 어린 수완이 까탈을 부리기가 어려웠다. 식사는 따로 하고 싶다고 솔직한 심정을 내비칠 생각도 못 하고 수완은 다이닝 룸으로 걸어갔다.

2층에서 내려오던 진하와 마주친 건 막 계단 쪽에 다다랐을 때쯤. 건조한 시선이 스치듯 서로에게 머무르다 그가 먼저 고개를 돌리고 지나쳤다. 당황하여 주춤할 뻔했지만, 수완 역시 별거 아닌 듯 그 뒤를 이어 사람들 틈에 합류했다.

그와의 진짜 이별이 순조롭게 시작되고 있었다.

7. 고백의 이유

수완은 뜨거운 불 앞에 서서 일률적으로 나무 주걱을 휘젓고 있다. 냄비에 감자즙과 찹쌀가루를 물에 섞어 휘휘 저으며 풀을 쑤는 중이었다. 긍정적으로 생각하면 머릿속을 비우고 마음을 안정시킬 수 있는 단순한 동작이었다. 하지만 오늘은 인덕션 위에서 뭉근히 끓고 있는 우윳빛 풀처럼 부글거리는 속내가 가라앉지 않았다.

— 나다. 내일 집에 들러라.

어젯밤, 책상에 앉아 드로잉에 몰두하고 있을 때 휴대폰이 울렸다. 발신자를 확인하고 머뭇거리다 받았더니 할머니는 성의 없이 내뱉고는 인사도 없이 전화를 끊었다. 기분이 상해 그냥 무시할까 하다가 돌아가신 아버지가 생각나 꾹꾹 참았다.

기껏해야 김치 담그기나 소소한 요리를 주문하시겠지.

살아생전 그렇게 구박을 하시더니 할머니는 엄마의 음식에 중독되어 그 맛을 잊지 못하셨다. 신기한 건 어릴 때부터 부엌을 들락거린 성과였는지 수완의 음식 솜씨가 엄마의 손맛을 그대로 닮았다는 점이었다.

수완이 독립한 후 명절이나 부모님 제사 때만 음식을 해 달라고 요구했던 할머니는 수민의 병원비를 두어 번 대 주고부터는 무슨 권리라도 되찾은 양 태도를 바꾸었다. 주말이나 공휴일이면 시시때때로 전화를 걸어 와 김치를 담가라, 도미찜이 먹고 싶다, 당연한 듯 주문했다.

그까짓 돈, 은행에서 대출받아 돌려드리고 할머니의 요구를 무시할 수도 있었다. 그러나 친손녀라는 마지막 경계를 넘지 못해 수완은 반은 거절하고 반은 받아들이며 오늘까지 불편한 관계를 이어 왔다.

'갈수록 엉큼해지는 건 제 어미를 닮았지.'

수완의 그런 내적 갈등과 상관없이 할머니는 언제나 한결같았다. 오늘도 본가에 들어서자마자 인사 대신 들려온 첫마디는 괴팍하기 그지없는 타박이었다.

'그동안 전 여사를 만나고 다니면서 집에 와선 일언반구 없이 아무 일도 없었던 척. 동재랑 수민이가 알면 전 여사에게 관심이라도 빼앗길까 그러하였던 게지. 쯧쯧, 하여간 저 못돼 먹은 심보하고는……'

'저 그냥 갈까요?'

'부엌에 가 보면 열무김치 담글 재료가 있을 거다.'

그동안의 학습 효과로 할머니는 수완을 향한 직접적인 비난보다 우회적으로 벌주는 방법을 선택했다. 수완이 대들기 시작하면 혈압이 오르는 건 다른 누구도 아닌 본인임을 잘 알고 있었다.

'귀찮다고 설렁설렁 김치로 다 담그지 말고 두 통 정도는 물김치로 담그도록 해라. 참, 네 새언니는 친정어머니 생신이시라기에 그리로 보냈다. 아주머니는 오늘 쉬는 날이고, 나 역시 민 변호사랑 약속이 잡혀 있어 지금 나가 봐야 하니 그리 알아라.'

나갈 채비를 마치고 있던 할머니는 본인이 하고 싶은 말만 다다다 쏟아 놓고 쌩하니 외출했다. 불시에 혼자 남은 수완은 잠시 뒤 부엌에 들어왔다 산처럼 쌓인 열무를 보고 실소를 흘렸다. 어느 정도 각오는 하고 있었어도 이 정도일 줄은 몰랐다. 뭐 하러 여기에 왔을까, 언제까지 이렇게 할머니께 휘둘려야 하나, 회의감이 들었다.

예전에는 엄마를 위해 참고 참았다면 이제는 돌아가신 아버지가 자꾸 수완을 이곳으로 이끌었다. 이 인내심이 언제까지 지속될지 알 수 없지만, 수완은 일단 손에 익은 대로 열무를 다듬고 깨끗이 씻어 냈다. 양이 워낙 많아 그러는 데만도 몇 시간이 훌쩍 흘렀다.

손가락이 아리고 등과 허리가 뻐근했다. 중간중간 화기가 치미는데 가만 생각해 보니 수민이도 열무물김치를 좋아했다. 오늘의 노동은 할머니와 이동재가 아닌 수민을 위한 것으로 생각하며 수완은 쉬지 않고 움직였다.

"나 물 좀 다오."

쥐 죽은 듯 조용했던 집에 다시 기척이 들리고 할머니의 목소리가 들려온 건 풀을 쒀 둔 수완이 양념 재료를 준비하고 있을 때였다. 부엌은 손이 열 개라도 모자란 상황이었으나 원체 남을 부리기만 하며 살아오신 분. 수완은 그러려니 하며 시원한 물을 쟁반에 받쳐 거실로 가져갔다.

"거기 잠깐 앉아 봐라."

물을 건네고 곧바로 돌아서자 할머니가 수완을 불러 세웠다. 할 말이 있다는 말씀에 두르고 있던 앞치마에 젖은 손을 닦으며 소파에 앉았다. 그러자 할머니가 옆으로 따로 챙겨 놓은, 서류 봉투라 칭하기엔 지나치게 화사하고 고급스러운 오렌지색 봉투가 눈에 띄었다.

저건…….

문득 까맣게 잊고 있던 흐릿한 기억 하나가 뇌리를 관통했다.

어느 초봄. 부모님이 마지막 여행을 떠나시기 전날. 저런 봉투를 가슴에 껴안고 활짝 웃고 계시던 엄마. 그 앞에서 뿌듯하게 미소 짓고 계시던 아버지.

당시 지옥 속을 헤맸던 수완은 가슴이 답답해 찬물을 마시러 내려왔다가 두 분의 다정한 시간을 방해하기 싫어 다시 방으로 올라갔다.

설마…….

아니겠지, 하면서도 흔치 않은 색깔, 디자인, 겉으로 묻어나는 세월감이 자꾸만 그때의 그 봉투를 떠올리게 하였다.

수완의 시선이 오렌지색 봉투에서 떨어지질 않자 할머니는 컵을 내려놓고 그것을 포함한 봉투 몇 개를 감추듯 등 뒤로 밀어 넣었다. 대신에 다른 봉투에서 서류와 패드 타입의 조그마한 인주를 꺼내 수완에게 내밀었다.

"여기에 지장 찍어라."

"이게 뭔데요?"

변호사를 만나고 왔다는 게 아무래도 이 서류 때문인 듯싶었다. 수완은 어리둥절해서 서류를 살피다 표정이 급속도로 경직되었다. 할머니가 내민 것은 서울 강서에 있는 4층짜리 상가 건물 권리에 관한 위임장이었다. 위임을 받을 자는 할머니 본인, 위임자의 성명엔 수완과 수민의 이름이 나란히 프린트되어 있었다.

무의미한 점과 점이 이어지며 하나의 형태를 갖춰 가듯 위임장 하나를 시작으로 부분부분 의미 없이 떠돌던 과거의 조각이 완벽한 그림으로 거듭났다. 엄마의 생일을 맞아 아버지가 준비했다는 두 가지 '의미 있는' 선물. 하나는 여행이었고 또 다른 하나는 공개할 수 없는 비밀이라고 했었다. 엄마가 서류 봉투를 가슴에 소중히 껴안고 있던 그날, 부엌에서 부모님이 나누셨던 대화도 똑똑히 떠올랐다.

'당신 거 사 준다니까.'

'애들 게 내 거죠. 고마워요. 그래도 보람이 있네. 이런 선물을 다 받아 보고.'

'또 열심히 벌어서 다음에는 진짜 당신 거 해 줘야겠다.'

'어느 세월에! 이거 하느라 당신도 이제 빈털터리 됐을 텐데.'

엄마의 타박에 허허거리던 아버지의 웃음소리가 아련하게 귓가를 간질였다.

그게…… 이거였던가.

수완의 눈가가 붉게 물들자 지켜보던 할머니는 다짜고짜 으름장부터 놓았다.

"오해하지 마라. 편의상 서류에 너희 이름만 올려놓은 것이지 처음부터 내 것이었으니까. 내 것 내가 돌려받는 것이니 욕심부릴 생각하지 말고."

"오해인지 아닌지, 확인해 보면 알게 되겠죠."

톡 쏘듯 대답한 수완은 기습적으로 일어나 할머니 쪽으로 달려들었다. 손녀의 거친 행동에 할머니는 움찔 놀랐고, 수완은 등 뒤로 감춰져 있던 오렌지색 봉투를 재빨리 낚아챘다. 뒤늦게 의도를 파악한 할머니가 손을 뻗어 왔으나 봉투는 이미 빼앗긴 뒤였다.

"이게 무슨 짓이냐. 그거 이리 안 가져와!"

수완은 할머니에게서 멀찍이 떨어져 봉투 속 서류를 꺼내 보았다. 수완과 수민의 이름으로 아버지가 엄마한테 선물했을 건물 매매 계약서와 등기권리증이 눈앞에 펼쳐졌다. 눈물이 왈칵 치솟아 두 눈과 코끝에 찡한 기운이 퍼져 갔다.

엄마가 20년 넘게 뼈 빠지게 일해서 얻은 대가가 고작 이거라고 생각하니 너무나 허무했다. 그마저도 본인이 아닌 자식들 앞으로 돌려 놓고 엄마는 뭐가 좋아 그날 그렇게 웃으셨나, 화가 나고 속상했다. 동시에 등 뒤로 시커먼 그림자가 다가왔다. 수완은 빠르게 몸을 피했고 할머니는 그대로 고꾸라질 뻔하다가 간신히 소파에 기대어 섰다.

"버르장머리 없는 것 같으니라고. 그거 이리 안 내놔!"

"우리한테 왜 이거 숨기셨어요?"

"그건 동재 거다. 편의상 너희 이름을 올려놨던 것뿐인데 어디서 그걸 넘보려고 들어!"

"거짓말하지 마세요. 이건 엄마 거예요. 아버지가 엄마한테 선물했던 거잖아요!"

수완이 선물의 존재를 아예 몰랐을 거라고 여겼는지 할머니가 흠칫했다. 하지만 그것도 잠시, 다시 등등한 기세로 돌아가 고압적으로 받아쳤다.

"그러니까 이제 장남이 물려받는 게 맞는 거다. 네 오빠 사업이 잘돼야 우리 집이 평안한 걸 왜 생각지 못해."

코웃음이 절로 흘러나왔다.

"너 그게 무슨 태도냐!"

"20년 넘게 키워 준 엄마한테 '어머니' 소리 한 번 안 해 놓고 이제 와서 이동재가 장남이라고요?"

이동재도 할머니도, 엄마한테 평생 남보다 못되게 굴어 놓고 사망 보험금 받을 때만, 챙겨야 할 재산이 있을 때만 장남 운운하는 게 혐오스럽다.

이것만 있었으면, 진즉에 알았다면, 손자를 생각하듯 손녀를 배려해 부모님의 이름으로 나온 보험금을 대학 등록금 정도

만이라도 나눠 주셨더라면, 그랬다면 수민이가 그렇게 고생할 필요도 없었을 텐데. 힘들게 아르바이트하고, 점심도 대충 때우고, 몸이 힘들어 면역력이 약해지는 일도 없었을 텐데. 진즉에 종합검진도 받고 남들처럼 건강하게 지내다 지금쯤 어엿한 선생님이 되었을 텐데.

아니야. 내가 조금만 더 돈을 아끼고 수민이를 돌봤더라면…….

후회와 분노로 두 뺨이 터질 듯 열이 올랐다. 눈앞이 이지러져 보일 정도로 화기가 폭발해 눈물이 솟았다. 어찌 보면 차라리 잘된 일이었다. 혈육이라는 일말의 의무감을 털어 내고 친할머니란 얄궂은 이름을 가진 사람에게서 영원히 자유로워질 수 있게 되었으니.

"할머니 후회하실 거예요."

"뭐야!"

"가지고 있는 거 야금야금 팔아서 뒷바라지한다 한들 오빠가 할머니한테 얼마나 고마워할까요? 새언니가 할머니를 얼마나 위해 줄까요? 세상 그 누가 엄마처럼 할머니를 떠받들겠냐고요! 머지않아 뼈저리게 느끼실 거예요. 우리 엄마가 얼마나 고맙고 소중한 존재였는지."

"저, 저 못된 것 같으니라고……."

부들거리는 할머니 앞에서 수완은 걸치고 있던 앞치마를 거칠게 풀어 바닥에 팽개쳤다. 가방과 겉옷을 챙기고 오렌지색 봉투를 8년 전 엄마가 그러했듯 가슴에 꼭 품어 안았다.

"우리 몫은 가져갑니다. 이건 저하고 수민이 거예요. 억울하시면 소송 거세요. 그리고 험한 꼴 보고 싶지 않으시면 지난 몇 년 우리 몫으로 들어와야 했던 임대료와 보증금, 그 이자까지 전부 반환하셔야 할 겁니다. 변호사 선임하는 대로 연락드리겠습니다."

"변호사? 네가 아주 우리 집을 말아먹으려고 작정했구나. 오냐, 그러자면 내가 못 할 것 같으냐? 손녀라는 게 변호사 운운하며 친할미를 협박하다니, 세상 사람들이 이 얘기를 들으면 뭐라고 손가락질할지 내가 다 궁금하구나!"

"능력 없는 손자 사업 자금 대 주려고 아픈 손녀 재산까지 빼앗은 비정한 할머니라고 비난하겠죠."

"뭐, 뭐야? 빼앗아? 능력이 없어? 넌 뭐가 그렇게 잘났더냐. 뭐가 그리 잘나서 가진 것도 없이 허구한 날 뻣뻣하게 구는 게야!"

"아무것도 없으면서 뻣뻣한 게 누굴 닮았겠어요?"

수완은 할머니를 뚫어지게 응시하며 '아무것도 없으면서'에 강세를 주었다. 그 의미심장한 뜻을 알아챈 할머니의 얼굴이 삽시에 붉게 타올랐다. 그리고 할머니의 불쾌감이 최고조에 달했을 때 수완이 짧게 말했다.

"할머니를 닮았나 보죠."

수완은 당연하다는 듯 내뱉고 차갑게 돌아섰다. 운동화를 대충 구겨 신고 탈출하듯 현관을 빠져나갔다. 태어나고 자란, 온갖 추억과 악몽이 공존했던 이 집과도 영원한 작별이었다.

해가 기울며 선선한 바람이 불어왔다. 습도가 낮아 기후는 쾌적했고 노을이 지며 붉은 그러데이션이 연출된 하늘은 절경을 이루었다. 춥지도 덥지도 않은 날씨, 수완은 사람들로 넘쳐나는 거리를 걷고 있다. 집을 나와 근처 근린공원에서 한참을 앉아 있다 전 여사 댁으로 천천히 걸어갔다.

돌이켜 보면 수완과 수민은 친가에서도 외가에서도 환영받는 존재가 아니었다. 수민이 열 살쯤 되었을 때 천진한 얼굴로 물어 왔던 질문을 수완은 아직도 기억한다.

'언니, 씨알머리가 뭐야?'

'뭐?'

'씨.알.머.리.'

'그런 말을 어디에서 들었어?'

한 번도 들어 본 적 없는 단어였지만 어감상 대충 짐작이 되어 수완은 눈을 동그랗게 뜨고 되물었다.

'엄마랑 마트 갔다가 잠깐 외할머니 만났거든. 떡을 주셨는데 손에 기름이 묻어서 내가 물티슈로 닦으면서 먹었더니 혀를 쯧쯧 차면서 그러셨어. 씨알머리 닮아서 유난이라고. 뭐가 그렇게 잘나고 고고해서 떡 하나 먹는 데도 그 야단이냐고. 엄마가 외할머니한테 막 짜증 내고 분위기 되게 험악했어. 언니, 외할머니가 나 욕한 거야?'

바람을 피운 며느리는 한 번씩 좋은 점을 칭찬해도 아들이 정말로 사랑했던 며느리는 끝까지 미워했던 친할머니. 없는 살림에 약대까지 졸업시켰더니 흠 있는 놈이 감히 내 딸을 채 갔다며 아버지를 경멸했던 외할머니. 수완과 수민은 친할머니에 겐 며느리의 핏줄이요, 외할머니에겐 보기도 싫은 사위 놈의 핏줄이었다.

두 분 할머니는 본인들 신세만 불쌍히 여기며 권위를 남용하였을 뿐 그 사이에서 상처받는 손녀들은 전혀 배려해 주지 않으셨다. 그리하여 수완은 오늘의 소동을 기점으로 모든 것을 내려놓기로 결심했다. 이 정도로 질질 끌려다녔으면 엄마한테도 아버지한테도 의리는 지킬 만큼 충분히 지켰다는 생각이었다.

앞으로는 친가도 외가도 돌아보지 말아야지.

핏줄이란 굴레에 얽혀 감정도 인생도 낭비할 필요가 없었다. 부모님이 남겨 주신 넉넉한 유산으로 수민이랑 둘이서만 잘 먹고 잘살면 그만이었다.

수완은 문서가 들어 있는 가방의 끈을 어깨 위로 더 바짝 끌어당겼다.

'지금 몇 시더라?'

문득 수민이 보고 싶었다. 그동안 먹고사는 데 바빠 미처 느끼지 못했던 외로움이 오늘따라 수완을 잠식해 단단했던 가슴마저 무르게 하였다. 이대로 하염없이 걷고 싶다는 생각을 하는데 빠앙, 가까이서 클랙슨이 울렸다. 이어서 검은색 세단이 멈춰 섰고, 문이 열리며 딱 떨어지는 슈트 차림의 남자가 당당히 모습을 드러냈다.

아직도 실감 나지 않았다. 이렇게 불쑥불쑥 그가 눈앞에 나타나는 날이 오게 될 거라곤. 묻고 싶은 것이 많았던 그때는,

가슴을 끓이며 기다렸던 그때는 머리카락 한 올조차 보여 주지 않았으면서.

"어디 가서 얘기 좀 했으면 하는데."

과거와의 깊은 괴리감에 수완은 좀처럼 입을 떼지 못했다. 물끄러미 그를 보고만 있는데 노골적인 시선에도 진하는 민망해하거나 어색해하지 않았다. 진중하게 수완의 대답을 기다리다 한 번 더 의견을 내비쳤을 따름이다.

"할 말이 있어."

"나중에요."

"너한테 할 말이 있어서 일찍 온 거야. 이렇게 만났으니 어디 가서 얘기 좀 하자."

"지금은 안 돼요."

"잠깐이면 돼."

"내가!"

진하의 집요한 요청에 수완의 목소리에 저절로 힘이 들어갔다. 그러다가 다시 톤을 조절해 양해를 구했다.

"누구와도 말을 섞을 기분이 아니에요."

살피듯 바라보는 시선이 싫어 수완은 쌀쌀맞게 돌아섰다. 곧바로 걸음을 떼려 하자 손목 위로 단단한 손이 겹쳐지더니 몸이 원래의 상태대로 홱 틀어졌다.

"너 왜 이래? 무슨 일 있어?"

그와 마주 보는 거리가 꽤 가까웠다. 하지만 그것보다 당혹스러운 건 저 걱정하는 듯한 얼굴. 누굴 또 착각하게 하려고 저런 표정을 짓고 있나, 수완은 이상하게 속이 부글거려 쏘아붙이듯 말했다.

"혼자 있고 싶어요."

"……."

"계속 걷고 싶고요."

"……."

"그러니까 얘기든 논쟁이든 나머지는 나중에 하자고요."

수완은 잡혀 있던 손목을 짜증스럽게 떼어 내고 빠르게 돌아섰다. 이것이 죄 없는 사람한테 화풀이를 하는 건지, 문득 옛날 일이 떠올라 원망을 하는 건지 수완도 헷갈렸다. 저 사람도 그냥, '뭐 저런 게 다 있어!' 하며 가 버렸으면 좋겠는데 그는 항상 기대를 저버렸다.

차를 먼저 보내고 그가 천천히 뒤를 따라 걸어왔다. 가까이 다가오지도, 말을 걸지도 않았다. 벌어진 간격을 일정하게 유지하며 해가 떨어져 어둑해진 저녁 길을 타인인 듯 보호자인 듯 조용히 따르기만 하고 있다. 말은 하지 않았으나 수완이 예민하게 구는 것도 무슨 일이 있겠거니, 이해하는 눈치였다.

쓸데없이 다정한 사람.

서진하는 그래서 정말로 나쁜 놈이었다.

〈그는 당신에게 반하지 않았다〉.

수완은 그 영화를 개봉하고 몇 년이 지나서 TV를 통해 우연히 보게 됐다. 수민은 재미있다며 옆에서 조잘대는데 수완은 시작부터 얼굴이 화끈거려 참담한 기분이었다.

　남자에게 연락이 없으면 그가 당신에게 반하지 않았기 때문이라는 명쾌한 해답. 남자의 사소한 행동을 나노 단위로 분석하고 확대해석하여 전전긍긍하는 여자들의 심리. 과거 자신의 행적이 영화 속 대사와 정확하게 오버랩되어 서글픈 생각마저 들었다. 수완 역시 스크린 속 여자들처럼 철석같이 믿고 있었다. 그가 군인이라서, 내가 주치의의 딸이라서, 혹은 아직 어리기 때문에 나를 좋아하면서도 고백하지 못 하는 거라고.

　알고 보니 그는 내가 아닌 태은이를 마음에 두고 있었지. 어쩌면 어리석었던 내 짝사랑을 그가 알고 있을지도 몰라. 그러면 최악인데. 처량 맞게 걷고 있는 내 뒷모습을 바라보며 그는 무슨 생각을 하고 있을까.

　되돌아보면 과거에도 그는 수완이 구질구질한 상황에 처해 있을 때 느닷없이 눈앞에 나타나거나, 처음부터 곁에서 지켜보고 있었다. 마음 같아선 당당하고 우아한 모습만 보이고 싶은데, 왜 저 남자는 항상 가장 초라해진 순간에 함께하게 되는지. 이런저런 생각에 소리 없이 한숨을 내쉬다 수완은 움찔 놀라 걸음을 멈췄다. 어느 순간부터 집안 갈등과 동생 생각, 외로웠던 감정까지 싹 다 잊고 서진하만 의식하고 있었다.

　황급히 정신을 차리고 주변을 둘러보니 어느덧 전 여사의 집 앞이었다. 고개를 도리도리 저으며 걸음을 옮기는데 진하가 옆을 스윽 지나쳐 수완의 앞을 가로막았다. 잔잔한 머스크 향이 초가을의 저녁 공기와 어우러져 그윽한 향취를 퍼트렸다.

"할 말이 뭔데요?"

수완은 반쯤 포기한 목소리로 힘없이 물었다.

"좀 나아진 거야?"

"하고 싶은 말 있으면 그냥 하세요. 그래서 가로막은 거잖아요."

"그런 게 아니라면?"

수완이 입을 닫자 그가 찬찬히 들여다보았다.

"너 오늘……."

"날 내쫓을 건가요?"

그가 자꾸 기분을 살피고 걱정스럽게 바라보는 것이 싫었다. 뭐 때문에 속이 상했는지 그 이유까지 알려 하는 것도 마음에 들지 않았다. 해서 수완은 진하가 애초에 원했던 대화의 주제를 먼저 끄집어내었다. 다른 것 말고 용건이나 간단히 말해보라는 듯이.

두 사람은 침묵한 채 한동안 서로를 응시했다. 수완은 완고한 시선을 보냈고 진하는 그런 눈빛을 바라보다 어쩔 수 없다는 듯 작게 숨을 내쉬었다.

"좋아. 말이 나왔으니 물어나 보자. 할머니 제안, 왜 받아들인 거야?"

"조건이 유리했어요. 알고 있잖아요."

"조건만 보고 달려들었으면 할미니가 돌려준 병원비로 은행 대출금부터 갚았어야지. 그거 수민이 병원비 내려고 받았던 거잖아."

"내 뒷조사를 한 거예요?"

모욕감에 열기가 확 얼굴을 뒤덮었다.

"너도 이미 들었잖아. 내가 내일까지만 기다릴 거라고. 할머니는 버티실 거고 너도 한 고집하니까 나도 가지고 있는 게 있어야 사태를 정리하지."

"그거 불법이에요."

"신고해. 벌은 달게 받을게."

그의 뻔뻔함이 놀라웠다. 어제 재회했을 때 수완은 그가 많이 변했다고 생각했다. 전체적으로 분위기가 다운되어 예전처럼 원하는 걸 끝까지 쟁취하기보다 한 발짝 물러나 보다 신중한 태도를 취하는 듯하였다. 그런데 오늘 보니 바라는 게 있을 때 멋대로 구는 건 예나 지금이나 조금도 달라진 게 없었다. 이제는 막강한 힘까지 겸비해 오히려 거칠 것이 없어 보였다.

"벌을 받을 때 받더라도 대답은 들어야겠어. 통장에 돈 쌓아두고 대출금 이자는 왜 내고 있는 건데?"

"이렇게 될까 봐요."

"알아듣게 얘기해."

"노력도 못 해 보고 쫓겨나면 그 돈 다시 돌려드리려고요. 나도 염치라는 게 있으니까."

"처음부터 받을 마음이 없었던 건 아니고? 그 돈 통장에 쌓아 놨다 고스란히 돌려줄 작정이었잖아. 대체 무슨 생각으로 할머니 제안을 받아들였던 거야?"

"추측하지 말아요. 그럴 마음이 있는지 없는지 서진하 씨가

198

어떻게 알아. 내가 내일부터 미친 듯이 노력하면 어떡하려고?"

미쳤어. 이놈의 입.

수완은 태연한 척하면서도 실언했다는 생각에 입술 안쪽을 꽉 깨물었다. 그가 어떤 반응을 보일까 걱정스러운데 가로등 아래 언뜻 드러난 표정이 꼭 철부지 여학생을 바라보는 엄한 선생님 같았다.

"미친 듯이 노력을 해? 어떤 식의 노력을 기울일 건데?"

"그건 내가 알아서 해요."

"감당할 자신 있어?"

"말했잖아요. 꼭 성공해야 하는 조건이 아니었다고."

"너 말고 나. 날 감당할 자신이 있겠느냐고."

"……."

"내가 만약 네 노력을 받아들이겠다면, 나도 네가 좋다고 덤벼든다면 너랑 나, 어떻게 되는 거냐고."

괜한 부아가 치밀어 오기를 부리던 수완은 붕어처럼 입을 뻐끔거리다 그대로 다물었다. 더운 김이 목덜미를 순식간에 타고 오르는 느낌이었다. 가로등을 등지고 서 있는 그가 감내할 수 없는 산처럼 거대해 보였다.

수완이 숨도 쉬지 못하고 그의 말과 의도를 추측해 보는데 등 뒤로 밝은 빛이 쏟아졌다. 차 한 대가 눈부시게 환한 헤드라이트를 비추며 두 사람을 지나쳤다. 그 몇 초의 순간 수완은 똑똑히 목격했다. 놀랍도록 무감하고 표정 없는 서진하를.

〈그는 당신에게 반하지 않았다〉.

머리 위로 된서리가 내리쳤다. 그토록 혼이 나고 후회했으면서 또다시 멋대로 분석하고 판단하려 했다니. 그는 그저 겁을 주고 있는 것뿐이었는데. 나란 존재가 귀찮아 집에서 쫓아내고 싶었던 것이었는데. 화려한 헛발질에 수완은 픽 바람이 새는 헛웃음을 지었다.

그 웃음을 오해한 진하가 도전적으로 말했다.

"내가 무조건 너를 거부할 거라고 생각하면 오산이야."

"그땐 정말 도망이라도 가야겠네요."

"그럴래?"

실소를 지우지 못하고 우스갯소리처럼 받아치던 수완의 얼굴에서 삽시에 웃음기가 싹 가셨다. 눈 깜짝할 새 그가 코앞으로 다가왔던 것이다. 그의 체취와 숨결이 날것 그대로의 상태로 수완에게 전해졌다.

"나는 너한테 빠져들고."

"……."

"너는 내게서 도망가고."

"……."

"좋은 생각이네. 차라리 그러자, 우리."

그가 방금 무슨 말을 했는지 하나도 이해할 수 없었다. 그에게서 배어나는 짙은 설움과 슬픔도 착각인가 싶었다. 수완이 또렷하게 알아들은 말은 하나…… 우리.

아무리 붙잡으려 애를 써도 이성과 생각이 바람 속 모래처럼 덧없이 흩어졌다. 풀벌레 우는 소리만이 어디선가 아득하게 들려왔다. 그것은 이내 경고음으로 바뀌었고 수완은 위험으로부터 자기 자신을 방어하듯 매몰차게 돌아섰다.

"이만 들어가요."

일방적으로 대화의 종결을 선언하고 초인종을 눌러 대문 안으로 들어섰다. 뒤에서는 아무런 기척도 들려오지 않았다.

안성댁이 싸 준 음식을 들고 오전부터 수민을 방문했다. 이 사장과 진하가 새벽같이 출근하고 담이가 보모랑 학교에 나서는 것까지 지켜본 후였다. 병원의 특성상 이른 시각에 아침을 먹었을 수민에게 간식을 챙겨 주고 할머니와 있었던 일을 상세히 설명했다. 앞으로는 친가와 외가에 철저히 거리를 두겠다는 어제의 결심도 털어놨다.

수민은 분노하지도, 수완을 설득하려 하지도 않았다. 한동안 입을 벌리고 멍하니 있다가 얼마 전부터 다시 보기 시작한 임용고시 수험서를 펼쳐 들었다. 일반적인 상식을 벗어나니 황당해서 화도 안 난다고 힘없이 중얼거린 게 다였다. 수완도 그 옆에서 태블릿을 켜고 밀린 작업을 위해 드로잉을 시작했다. 눈앞이 포말처럼 하얗게 부서지며 할머니에 대한 분노마저 잊게 했던 어제저녁의 잔상이 자꾸 혼을 빼 가기는 했지만.

오후에는 알음알음 소개받은 법무사를 찾아갔다. 할머니의 행위는 명백한 횡령이었으나 재산 범죄의 경우 친족상도례의

적용으로 법적인 제재를 가하는 게 쉽지 않았다.

그렇다고 설렁설렁 넘어갈 생각은 없었다. 민사소송을 시작하면 문제는 더욱 복잡하고 번거로워지겠지만 수완은 기꺼이 건드릴 생각이었다. 이쪽에서 조처를 취하기 시작하면 세간의 평판을 중히 여기는 할머니께서 가만히 계실 리 없었다. 외부로 알려지기 전 민 변호사를 보내 어떻게든 합의를 보려고 하실 것이다. 진흙탕 싸움도 불사하겠다는 의지를 보이기 위해 수완은 내용증명부터 보내기로 결정했다.

서류가 작성되는 동안 법무사는 절차와 관련해 여러 가지 이야기를 해 주었다. 수완은 전혀 집중하지 못했다. 대부분 알고 있는 내용이기도 했지만, 귓가에 자꾸 풀벌레 우는 소리가 울려 정신이 산만해진 탓도 있었다.

온종일 멍했다. 수민이와 병원에 있을 때, 법무사와 대화할 때, 버스에서 내려 한남동 자택으로 걸어갈 때. 아무것도 생각하지 않으려 기를 썼으나 진하가 했던 말들이, 헤드라이트에 비친 그의 표정이 섬광처럼 번쩍번쩍 머릿속을 지배했다.

오늘은 그가 경고했던 48시간이 지나는 날이었다. 고집스럽게 굴기는 했으나 이제는 수완도 확신이 없었다. 이것이 과연 옳은 선택이었는지, 그와 한집에서 계속 마주하는 게 무슨 의미가 있을지.

병원에서 느지막이 움직였더니 해는 벌써 저물고 있었다. 어쩌면 일을 마무리 짓기 위해 그가 일찍부터 퇴근해서 기다리고 있을지도 모를 일이었다. 버티느냐 후퇴하느냐, 미리 선택을 해 놔야 대응을 할 텐데…… 모르겠다. 정말로.

"이수완!"

상념의 강을 떠돌던 수완은 익숙한 목소리에 고개를 들었다. 집 앞에서 이쪽을 바라보며 손 인사를 건네는 사람은 뜻밖에도 현우. 수완은 반가움과 놀라움을 동시에 드러내며 단걸음에 그에게로 달려갔다.

"여긴 어떻게 알고 왔어?"

"어떻게 알긴. 이 집 신문에 난 게 몇 번인데. 저 아래 편의점에서 물으니까 다 알려 주더라."

"퇴근하고 오는 길이야?"

"너 때문에 눈치 보며 칼퇴근했다. 전화 한 번 안 하고, 받지도 않고."

"전화했었어?"

수완은 금시초문이라 가방에 넣어 놓고 들여다보지 않았던 휴대폰을 주섬주섬 꺼내 보았다.

"오늘 아침까진 버티고 있었지. 네가 먼저 연락을 줄 거라 믿어 의심치 않았는데 너 진짜 전화 안 해 주더라. 별수 있냐? 아까 낮부터 전화했더니 받지도 않고……. 화 많이 났어?"

"아니. 뭘 그런 거 갖고 화를 내."

수완은 부재중 통화 목록을 확인하며 싱긋 웃었다. 근심과 불안의 연속이었는데 이런 곳에서 친구를 보니 조금은 긴장이 풀어지고 위안이 되었다.

"너한테 전화해야지 했는데 자잘하게 신경 쓸 일들이 많았어."

"어디 갔다 오는 거야?"

"수민이한테. 다른 볼일도 있었고."

"겨우 며칠 쉬는데 어디 가서 바람이라도 쐬고 오지."

지금으로선 상상도 할 수 없는 일이라 수완은 말없이 웃기만 하였다. 사정을 뻔히 알고 있는 현우도 은근슬쩍 다른 말로 넘어갔다.

"화해 기념으로 밥 사 줄게. 저녁 먹고 들어가."

"아, 그건……."

수완이 선뜻 대답하지 못하자 현우에게서 일순 웃음기가 사라졌다.

"왜? 들어가 봐야 돼?"

"오늘은 그래야 할 것 같아."

여기까지 찾아온 현우에게 미안했지만 어쩔 수 없었다. 오늘은 무슨 일이든 벌어질 예정이었다. 어떤 식의 결론에 도달하든 일단은 속히 들어가 봐야 할 필요가 있었다.

"수완아."

"어."

사람을 불러 놓고 현우는 말없이 보기만 하였다. 수완은 친구의 침묵이 부담스러웠다. 그와 시선이 마주치자 두 뺨이 화끈거렸다. 어떤 말이 나오려나, 괜히 긴장되고 입 안이 말랐다.

"……들어가 봐. 다음에 보자."

잠시 뒤 현우가 옅은 미소를 지으며 깔끔히 물러섰다. 원했던 반응이긴 했어도 수완은 그 잠깐의 묵언과 시선에서 이루 말할 수 없는 부끄러움을 느꼈다.

"그래. 다음에 봐."

경직된 목소리로 짤막하게 답하고 도망치듯 서둘러 멀어졌다. 사실은 몇 초간의 짧은 순간 겁을 먹고 있었다. 현우가 혹시라도 '서진하 씨 한태은 남편이야. 너 따라서 미술 학원까지 다녔던 네 절친한 친구, 한태은.' 하고 경각심을 일깨워 줄까 봐.

전 여사의 제안을 받아들이며 손끝의 가시처럼 박혀 있던 죄책감의 실체. 그것이 엉뚱한 순간 예기치 않게 수면 위로 떠오르자 수완은 수치심에 심장이 파열될 것 같았다.

처음부터 외면할 생각은 없었다. 제안을 받았던 첫날, 태은과의 사이를 밝히려 하자 전 여사는 고교 동창인 걸 알고 있다며 대수롭지 않게 넘어갔다. 그것이 시작이었다. 단순히 같은 학교에 다녔던 동창이 아니라 하나뿐인, 가장 절친한 친구였다고 말해야 했는데 이상하게 입이 떨어지지 않았다. 진하와 재회했을 때도, 어제저녁 마주 봤을 때도 그의 입에서 태은의 이름이 나올까, 가슴이 조마조마했었다.

아무리 다른 뜻이 없었다 해도 사별한 친구의 남편과 이상하게 얽혀 있다는 죄악감, 창피함, 민망함. 수완은 떳떳지 못한 자신이 괴로워 고개를 숙였다. 버티느냐 후퇴하느냐, 답은 이미 정해져 있었다. 이렇게 부끄러운 일이라면 지금이라도 당장 바로잡는 게 옳은 일일 것이다.

눈이 뻑뻑하고 맥박이 아우성을 쳐 대듯 빠르게 뛰었다. 심장이 차게 식은 것도 같았고 지나치게 가열돼 당장에라도 퍽퍽하게 익어 버릴 것도 같았다.

이런 거였나? 이런 게 보기 싫어 한국에 돌아와서도 선뜻 너를 찾아가지 못했던 것인가? 참지 못하고 네게로 달려갔을 때 이런 광경을 목격하게 될까 봐?

대문 안으로 사라지는 수완과 그 뒷모습을 끝까지 지켜보고 있는 남자. 두 사람을 발견하고 멀찍이 차를 세우게 했던 진하가 파리하게 굳은 얼굴로 홀로 남은 남자를 바라보았다. 익숙하고도 잊을 수 없는 얼굴. 수완이 아직도 저 녀석과 만나고 있을 거라곤 생각지 못했다. 누가 봐도 친구가 아닌 남자로서 여자를 바라보는 눈빛이었다.

차라리 생판 모르는 남자가 오늘 저 자리에 있었다면 기분이 조금은 나았을까. 진하는 머릿속에 뇌수 대신 펄펄 끓는 물이 가득 찬 느낌이었다. 미리 경고한 일을 처리하기 위해 수완이 들어올 시간에 맞춰 오기는 왔는데 두통이 머리를 죄어 오고 고열이 결심을 흔들었다.

한참을 서 있던 남자가 차에 올라 시동을 걸었다. 환한 불빛을 토해 내며 점차 가까워지다 진하가 타고 있는 차를 스르르 지나쳤다. 그 잠깐의 찰나 진하는 빠르게 지나친 남자의 얼굴을 자세히 주시했다.

중산층 이상의 가정, 화목한 부모님 아래서 티 없이 자랐을 과거가 상상된다. 건강한 육체와 건전한 정신, 성실한 성격, 세련된 감각. 수완이 그에게 간다면 두 사람은 서로를 존중하며 성공적인 결혼 생활을 꾸려 나갈 것이다.

부러웠다.

결혼한 전력도, 호적에 올라 있는 아이도 없어 마음을 고백하고 거절당하는 데 한 치의 거리낌이 없을 그의 당당함이.

비참한 심정에 답답해진 진하는 목을 죄고 있는 넥타이의 매듭을 느슨하게 풀어헤쳤다. 망연한 눈길로 차창 너머 허공 어딘가를 응시하다가 돌연 서늘한 빛을 띠고 미간에 짙은 주름을 그었다. 턱 근육을 경직시킨 채 몇 초간 생각에 잠겨 있더니 작정한 듯 기사에게 말했다.

"출발하세요."

"이수완 지금 어디 있습니까?"

커다란 보폭으로 정원을 가로지른 진하가 마중을 나온 안성댁에게 수완의 행방부터 물었다. 전해지는 분위기가 어쩐지 긴박해 안성댁은 놀란 빛을 하면서도 차분하게 답했다.

"이사장님 방에 계십니다."

진하는 재빨리 조모의 방으로 걸어갔다. 성의 없는 노크 후 다짜고짜 문을 여니 앉아서 대화를 나누던 전 여사와 수완이 동시에 그를 돌아봤다. 진하는 인사도 없이 방으로 들어가 수완의 팔을 잡아 단번에 일으켰다.

"잠깐 데려가겠습니다."

"진하야!"

이미 경고를 한 데다 그 기세가 마치 수완을 집에서 끌어내려는 듯 보여 전 여사가 기겁해서 외쳤다. 수완 역시 그의 손길을 강하게 거부하는데, 그럴수록 진하는 가느다란 손목을 단단히 붙잡았다.

"48시간 지났습니다. 나머지는 제가 알아서 합니다."

"나도 분명히 경고했다. 수완이는 나와 약속했으니 못마땅하다면 네가 나가야 한다고!"

"누가 못마땅하다고 했습니까."

놀라서 엄격하게 소리치던 전 여사가 진하의 태평한 대답에 벙한 눈을 하고 손자를 보았다.

"지금 무슨 말을 하고 있는 게냐?"

"수완이하고 만나 볼 생각입니다. 할머니가 원하시는 게 그거 아니었습니까? 나머지는 다녀와서 말씀드리겠습니다."

전 여사는 말을 잇지 못했고 수완은 두 눈이 휘둥그렇게 되었다. 진하는 그런 두 사람의 반응을 무시하고 수완을 강하게 이끌었다.

무작정 차에 태워 수완을 데려온 곳은 이태원에 있는 '부엌'이라는 상호의 자그마한 레스토랑. 오래전 겨울, 추위에 떨고 있던 수완을 데려와 수프를 먹이고 과외라는 기막힌 아이디어를 떠올린 곳이었다.

딱히 이곳에 와야겠다는 생각은 없었다. 수완의 손을 잡고 정원을 나오던 중 문득 떠오른 곳이 여기였다. 아직도 영업 중

일까, 반신반의하며 근 10여 년 만에 와 본 것이었는데 '부엌'은
여전히 자리를 지키며 예전 그대로의 모습을 간직하고 있었다.

"저녁 먹어야지. 맛있는 거 골라 봐."

"지금 뭐 하는 거예요?"

그렇게나 시간이 흘렀는데 10여 년 전 그때와 똑같은 대화
가 진행되었다. 어쩐지 싱그럽던 그때의 시간으로 돌아간 듯하
여 기분이 새로웠다. 진하는 남들 눈에 착각인가 싶을 정도로
옅은 미소를 띠었다 빠르게 지워 냈다.

그러곤 주문을 시작했다. 어차피 물어봤자 이거저거 먹을게
요, 수완이 고분고분 대답할 리 없었다. 시간을 아끼기 위해 반
복해서 묻는 것을 생략하고 예전처럼 알아서 골고루 주문했다.
이번에도 그때와 똑같이 클램차우더, 스테이크덮밥, 가지파스
타 정도로만.

"뭐 하는 거냐고 물었어요."

"다가가는 거잖아."

주문을 받은 직원이 상냥한 미소를 남기고 자리를 떠나자
수완이 단박에 따지고 들었다. 진하가 태연히 대답을 해 주자
듣고도 믿을 수 없다는 표정이었다.

"지금 농담하는 건가요?"

"어제 이러기로 합의 본 거 아니었어? 나는 너한테 빠져들
고, 너는 내게서 도망가고."

"그건 그냥 하는 소리였잖아요."

"만나 봐, 우리."

"왜 이래요?"

"석 달."

수완은 황당함을 금치 못하는데 진하는 흔들림이 없었다. 정면으로 두 눈을 직시하며 뻔뻔하게 제 할 말을 다 했다.

"석 달 동안 만나 보고 맞지 않으면 정리하는 것으로. 할머니께도 그렇게 말씀드리자. 노력이니 뭐니, 기한 없이 우리 집에 매여 있는 것보다 이러는 게 너한테도 훨씬 나을 거야."

수완이 눈가를 찌푸렸다. 얼마나 어처구니가 없을지 상상이 되고도 남았다. 사람이 이상해졌다고, 상종 못 할 쓰레기가 된 것 같다고 치를 떨까 봐 사실은 걱정되었다. 안 보고 살았던 시간은 8년이 넘어가는데 이수완이라는 존재는 그에게 티끌만큼의 영향력도 잃지 않았다.

반면 수완은 그를 보고도 시종일관 담담했다. 그래서 미칠 것 같았다. 왜 화를 내지 않는 거냐고, 혹시 나를 원망하진 않았느냐고 묻고 싶지만, 또 그렇게 물을 만한 사이가 아니라는 게 참담했다.

나는 분명 너를 배신했는데. 네 주위를 빙빙 돌다 허점을 파고들어 접근에 성공하고 보란 듯이 뒤통수를 친 거나 다름없는데. 너와 내가, 우리가 함께했던 시간이 아무것도 아니었을 리 없는데. 너는 왜 따지지를 못하고 나는 왜 잘못했다 사과하지 못하는 것일까.

이유를 몰라 도돌이표처럼 머물던 의문은 조금 전 수완과 같이 있던 녀석을 부러워하며 불현듯 깨달았다.

고백.

그래, 나는 너에게 고백을 못 했다.

고백이란 자격이 주어지는 것이다. 상대를 원망할 자격, 사과를 요구할 자격, 잘못했다 미안하다 빌 수 있는 자격, 차 버리고 차일 수 있는 자격. 나는, 아니, 우리는 그러한 자격을 얻지 못해 이도 저도 아닌 어정쩡한 사이가 되어 버린 것이다.

그리하여 진하는 오늘부터 뻔뻔해지기로 결심했다. 수완이 무슨 소리를 하든 흔들리지 않는 의연함으로 뜻한 바를 끝까지 몰아붙일 작정이었다.

"적극적으로 나서야 할 사람은 나예요. 왜 내 역할을 서진하 씨가 대신하고 있는 거죠?"

"그 역할, 앞으로 내가 하려고."

기가 찼는지 수완에게서 헛웃음 같은 한숨이 새어 나왔다.

"한숨 쉴 것 없어. 이제부터 시작이니까. 갖은 정성 다 들일 거고, 옆도 뒤도 돌아보지 않고 다가갈 거야."

"왜요? 갑자기 왜 이러는 거냐고요, 나한테!"

"고백하려고."

"……네?"

"내가 좋다고 덤벼들면 그땐 정말로 도망가겠다며. 그렇게 하자고."

"……"

"앞으로는 헷갈리지 마. 다가가는 사람, 노력하는 사람, 고백하는 사람도 나야. 너는 구경이나 하다가 석 달 뒤에 도망을 가든 거절을 하든, 원하는 대로 하도록 해."

처음부터 이것은 할머니와 시형이의 합작품이 아닌 하늘이 주신 절호의 기회였는지도 모른다. 마지막으로 네게 고백할 수 있는 기회. 네가 나를 차 버릴 수 있는 기회.

유치하다 조소해도 할 수 없다. 나는 이럴 자격도 없어 너를 잊지 못하였으니까.

"석 달이야. 할머니하고의 약속, 철저히 이행하고 싶다면 이 조건 수용해. 미친 듯이 노력하겠다던 네 말에 일말의 성의를 보이라고."

그러니까 이수완, 내가 절절히 고백하면, 그땐 네가 나 좀 매몰차게 차 주라. 다시는 헛된 꿈 품지 않게. 다시는 미련이 남아 너를 넘보지 못하게. 제대로 된 사과 한마디, 꼭 할 수 있게. 차갑게 비웃으며 돌아서 줘.

❧

이번에도 결국 그가 시켜 준 수프를 먹고 말았다. 진하의 한마디 한마디에 놀라고 경악스러워 심히 짜증 난 상태였는데 폭탄을 터트린 장본인은 음식이 나오자 아무렇지 않게 식사를 시작했다.

어쩜 저럴 수 있을까 어이가 없어 눈에 힘을 주고 노려봤더니 배가 고파 왔다. 그리고 어느 순간 정신을 차렸을 때 수완은 쫄깃한 조갯살을 씹고 있었다. 먹으면서도 끝까지 버티지 못한 게 자존심 상했는데 음식 맛은 예전과 변함없이 훌륭했다.

전투를 치르듯 식사를 마치고 나란히 한남동 자택으로 돌아왔다.

'집에 데려다줄게. 정식으로 만나 보기로 했으니 더는 이 집에 있을 필요 없잖아. 올라가서 짐부터 싸.'

그는 일방적으로 말한 뒤 전 여사 방으로 직행했고 수완은 방으로 올라와 책상 앞에 덩그러니 앉았다. 갑작스러운 변수에 계획이 흐트러져 어디서부터 어떻게 정리해야 할지 혼란스러웠다.

퇴근 후 전 여사와 대화하던 중이었다. 소소한 문답을 이어 가다 자연스레 사죄의 말씀을 올리려 했었다. 태은과의 관계를 자세히 설명하고 수민의 병원비를 돌려드린 뒤 내일 오전에 짐을 꾸려 나갈 생각이었다. 어제까지만 해도 진하 역시 같은 생각이었다. 한데 갑자기 무슨 일이 벌어진 것인가. 하루아침에 그가 마음을 바꾸며 모든 것이 엉망진창이 돼 버렸다.

어떡해야 하나.

수완은 예상치 못한 혼란에 가슴이 답답해지는데 옆머리에서 알싸한 기운이 감지되었다. 마치 누군가 이쪽을 강렬하게 쏘아보고 있는 느낌. 본능대로 고개를 돌리던 수완은 흠칫하여 그대로 얼었다.

빼꼼히 열린 문을 통해 따가운 눈총을 보내고 있는 사람은 다름 아닌 담이였다. 아이는 눈이 마주치자 아예 방으로 척척 들어와 침대 위에 걸터앉았다. 그러고는 다른 일로 온 사람처럼 매트리스 아래로 늘어진 다리를 살짝살짝 흔들며 여기저기 엉뚱한 곳을 쳐다보았다. 할 말이 있으니 말 좀 붙여 달라는 순진한 몸짓에 수완의 입가에 옅은 미소가 번졌다.

"무슨 일 있니?"

"아니요."

대답이 어찌나 새침한지 절로 웃음 짓게 된다.

"그럼 앉아 있다 가."

"책 좀 봤어요."

수완이 관심을 끊으려 하자 아이에게서 총알같이 빠른 대답이 튀어나왔다.

"무슨 책?"

"어린이 백과사전, 세계 지리요."

요즘 애들은 예전과 비교도 안 되게 빠르다더니. 수완은 아이가 똑똑하다고 여기면서도 '아, 그래?' 정도로 덤덤하게 반응했다. 그러자 아이는 한쪽 눈썹을 치켜세우며 거만하게 말했다.

"알트—바이버—조머Altweibersommer."

"……?"

"그게 뭔지 알아요?"

"노부인의 여름. 초가을, 유럽에서 나타난다는 기후 현상을 말하는 거지."

"제법이시네요."

"나도 어린이 백과사전 읽었거든."

"그럼 왜 그런 이름이 붙었는지도 아시겠네요?"

떠보듯 말하는 뉘앙스 위로 호기심 어린 눈빛이 강하게 드러났다. 저게 궁금해서 물으러 왔구나. 수완은 아이의 의도를 짐작하며 어디선가 읽은 적이 있던 내용을 떠올려 보았다. 그나마 알고 있는 걸 물어봐 줘서 다행이라 여기며.

"여러 가지 설이 있다고 들었어. 그중 가장 그럴싸한 게……."

수완은 끝말을 길게 끌면서 설명할 내용을 머릿속으로 미리 정리했다. 진하의 행동력으로 봤을 때, 태은의 아들과는 이대로 영영 작별일지 모르니 최대한 성의껏 대답해 주고 싶었다.

"……가을 초입에 반짝 더위가 찾아오면 일교차가, 그러니까 낮과 밤의 기온 차가 크게 벌어지게 되거든. 그렇게 되면 거미가 낮에 짜 놓은 거미줄이 해가 떨어지면서 얼어 버릴 때가 있대. 그 상태에서 새벽녘 안개나 이슬을 맞으면 일부가 끊어져 공기 속을 떠다니게 되는 거지. 그것들이 한낮에 햇빛을 받아 일제히 반짝이면 할머니들의 곱게 빗은 은빛 머리를 연상케 한다고 그렇게 부른다나 봐."

"낭만적이네요."

툭 던지듯 대답한 아이의 어조와 표정이 굉장히 시니컬하였다. 그 모양이 하도 우스워 수완은 저도 모르게 웃음소리를 내었다. 그러자 새치름해 있던 아이가 눈을 세모꼴로 치켜뜨며 정색을 해 왔다.

"지금 나 비웃은 거예요?"

"아니."

"난 '낭만'이라는 단어의 의미를 정확하게 알고 있어요."

"비웃은 거 아니야. 넌 이렇게 영특한데 난 네 나이 때 뭐 했나, 그런 생각이 들어서. 난 초등학교 1학년 때 그런 거 몰랐었거든. 궁금하지도 않았고."

대답에 설득력이 있었는지 아이는 뾰족이 추켜세운 눈썹을 누그러트리고 다시 도도한 자세로 돌아갔다.

"레겐스부르크Regensburg라고 알아요?"

"독일에 있는 그 오래된 도시?"

"거기에도 노부인의 여름이 찾아온대요. 요즘이 그렇다나 봐요."

아이의 관심사가 상당히 독특했다. 하고 많은 도시 중 하필 어른들에게조차 생소할 수 있는 레겐스부르크라니. 도시가 궁금해 날씨 얘기를 꺼냈던 거였나. 아이의 관심사가 정확히 어디로 향해 있는 건지 헷갈렸다.

"독일어로 레겐Regen이 '비'라는 뜻이래요. 레겐스부르크는 '비의 도시'라고도 불린댔어요. 거기에 진짜 비가 많이 오나요?"

"글쎄. 그거까진 나도 모르겠다. 그 도시가 궁금했던 거구나?"

"아빠가 출장을 자주 가시니까요."

"레겐스부르크에?"

"아니요. 독일에요."

수완이 고개를 갸우뚱거리자 담이는 머쓱해하며 대답을 정정했다. 그러고는 작은 목소리로 의외의 말을 덧붙였다.

"……하지만 거기엔 고모랑 할머니가 사세요."

아, 그런 거였구나. 그래서 레겐스부르크에 관해 이것저것 알아봤던 거구나. 뜻하지 않게 알게 된 서유하의 행방에 수완은 무슨 말을 해야 할지 몰라 눈만 깜박였다.

어느 날 혜성같이 나타나 젊은이들의 우상으로 군림했던 서유하. 만인의 연인으로 영원히 아름답게 빛날 것 같던 그녀는 8년 전 하루아침에 모습을 감추고 은둔 생활에 들어갔다. 대중의 관심이 부담스럽다는 이유였는데, 이미지가 충분히 소비되지 못한 채 사라졌기 때문인지 서유하를 향한 대중의 갈망은 오히려 심해졌다.

사라진 지 수년이 지난 지금까지도 대중은 그녀의 근황을 궁금해했다. 때때로 소셜 네트워크를 통해 뉴욕 어딘가에서 그녀를 목격했다는 제보가 올라오기도 했었다. 모친께서 뉴욕에 근거지를 두고 활동하기에 수완 역시 서유하가 그곳에 있을 거라고 짐작했다. 그런데 뉴욕이 아닌 독일의 레겐스부르크였다니. 왜 하필 거기였을까, 조금 생뚱맞다는 생각이 들었다.

"고모랑 할머니는 베른에 살다가 그쪽으로 가셨대요. 다시 베른으로 가신다는데 그게 언제인지는 모르겠어요."

"베른? 스위스 베른?"

"네."

"할머니랑 고모한테 관심이 많구나. 두 분이 보고 싶은 거니?"

수완의 질문에 두 눈을 또랑또랑 빛내던 담이가 슬쩍 시선을 내리떴다. 왠지 수줍어하는 듯한 느낌에 수완의 두 눈이 동그래지자 담이는 언제 그랬냐는 듯 다시 새침한 분위기를 내뿜었다.

"베른에 관해 아는 거 있어요?"

"아니. 예쁜 곳이라고만 들었어. 넌 어디에 가 보고 싶은 건데? 레겐스부르크, 아니면 베른?"

"난 어디가 가고 싶은 게 아니에요."

무심코 던진 질문에 아이는 또다시 정색했고, 수완은 그 순간 정확히 알아챘다. 이 아이는 그저 고모랑 할머니가 사는 곳에 가고 싶은가 보다고.

증조할머니가 아무리 잘해 주셔도 엄마의 빈자리를 채우기는 어렵겠지. 그래서 할머니랑 고모를 보고 싶어 하는 건가? 태은이네 어머니는 뭐 하시고? 태라 언니는?

이상한 생각이 슬며시 고개를 쳐들었다. 수완이 아이에게 외가에 관해 슬쩍 물어보려 하는데 때맞춰 다른 목소리가 끼어들었다.

"담아."

"아빠!"

언제 왔는지 진하가 방문 앞에 버티고 있었다. 까칠했던 담이는 또다시 사랑스러운 푸들처럼 돌변해 그에게로 달려갔다. 좋아 죽겠다는 얼굴로 긴 다리에 찰싹 달라붙어 두 뺨을 비벼 댔다. 진하는 그런 아이를 대견하게 바라보다 머리를 쓱쓱 쓰다듬어 주었다.

뒤이어 보모가 들어왔다. 목욕 준비가 끝났다고 알리자 담이는 착한 아이가 되어 알아서 보모의 손을 잡았다. 나가기 전 수완을 흘끗 돌아보는 것 또한 잊지 않았다.

담이가 보모와 문을 나서자 방 안에 정적이 찾아왔다. 진하는 수완을 보았고, 수완은 책상 의자에 꼿꼿이 앉아 꼼짝도 안 했다. 어떻게 하려나, 지켜보고 싶은 마음도 있었는데 그가 주위를 휙 둘러보았다. 어디에도 짐을 싸고 있던 흔적이 보이지 않자 어깨를 한 번 으쓱하더니 스스로 움직였다. 당연하게 장롱 문을 열고 수완이 가져왔던 트렁크를 한눈에 찾아냈다.

하여간.

수완은 계속 버티지 못하고 자리에서 일어났다.

가방은 순식간에 꾸려졌다. 사실 짐이랄 것도 없었다. 숄더백 하나와 중형 캐리어 하나가 전부였다. 전 여사와의 인사도 간단하게 끝냈다. 중요하게 드릴 말씀이 있지만 심각하고 세세한 얘기는 밖에서 따로 만나 조용히 매듭짓는 게 나을 것 같았다.

집으로 돌아가는 길, 그도 수완도 말이 없었다. 진하는 주소를 묻지 않았고, 수완도 그가 모를 거라고 생각하지 않았다. 어둠을 타고 흐르는 침묵 속에서 차는 가야 할 방향을 향해 정확히 내달리고 있었다.

좁은 도로에 수시로 차와 행인이 지나는 번잡한 동네에 도착했다. 진하는 수완의 전셋집에 차를 주차하고 캐리어를 내렸다. 이쪽에서 뭐라 말하기도 전에 알아서 짐을 들고 엘리베이터 없는 빌라의 계단을 올랐다. 수완이 사는 곳은 2층이라 불리지만 정확히는 2.5층 정도 되는 곳이었다. 운동을 열심히 했는지 무거운 짐을 나르고도 그는 숨 한번 흐트러트리지 않았다.

"고마워요."

문 앞에 도착해 수완은 단조롭고 무뚝뚝하게 감사를 표했다.

"전화할게."

"우리는 안 맞는 것 같아요."

들어가는 걸 지켜보기 위해 뒤로 한발 물러섰던 진하가 무슨 소리냐는 듯 수완을 보았다.

"안 그래도 내일쯤 한남동에서 나오려고 했어요. 서진하 씨도 그걸 원한다고 생각했고요. 그런데 하루아침에 생각을 바꾸셨으니…… 이렇게 안 맞기도 힘들겠어요."

적당히 무겁고 적당히 점잖게. 수완은 배배 꼬여 있는 상황을 이런 식으로라도 얼렁뚱땅 털어 내고 싶었다. 문제는 그러한 바람에 상대가 눈도 깜짝하지 않는다는 것. 진하는 민망해하거나 한 점 흔들리는 기색도 보이지 않았다.

"앞으로는 맞추도록 노력할게."

몇 시간 전 담백한 얼굴로 낯뜨거운 말들을 무감하게 내뱉었듯 이번에도 비굴하게 들릴 수 있는 발언을 놀라울 만큼 당당하게 말했다.

"그런 뜻이 아니잖아요. 아까 그쪽에서 한 말, 나는 동의하지 않는다고요. 고백이니 도망이니 그런 이상하고 복잡한 거 하기 싫다는 소리였어요."

"말이 너무 어려웠구나. 그럼 간단하게 정리하자. 할머니의 제안을 너와 내가 받아들여 석 달간 만나 보는 것으로."

"내 말 못 알아들었어요?"

"알아. 내가 정성을 들여야 한다는 거."

말하는 의도를 명확하게 알아듣고도 그는 일방통행식 대화를 고수했다. 이런 식이면 무슨 말을 해도 입씨름만 길어질 뿐이지 어떠한 결론도 낼 수 없을 것이다. 수완은 가슴이 꽉 막히는 느낌인데 그는 뻔뻔하다 싶을 정도로 끝까지 일관성 있는 태도를 유지했다.

"넌 가만히 있기만 하면 돼. 석 달 동안 분주히 움직여야 할 사람은 나야. 중간에 잠깐 동조를 해 주든, 끝까지 버티다 석 달 뒤에 완전히 돌아서든 너는 선택만 하면 되는 거라고."

어쩌다가 이렇게까지 틀어졌나. 수완은 뭔가에 홀린 것 같았다. 그와 재회한 지 사흘 만에 결심이 흔들리고, 입장이 뒤바뀌고, 혼돈에 휩싸였다. 무엇보다 수완을 심란하게 하는 건 종잡을 수 없는 그의 속내. 분명 다른 뜻이 있는 것 같은데 그것이 무엇인지 알 길 없어 은근히 사람을 불안하게 하였다. 수완은 섣불리 어떠한 말도 꺼내지 못하고 입을 다물었다.

진하가 터벅터벅 계단을 내려왔다. 밤공기는 시원했고 머릿속은 복잡했다. 차 앞에 서서 2층, 수완의 집 창가를 올려다보니 굳게 닫힌 커튼이 집주인을 닮아 쌀쌀맞은 모습이다.

지금쯤 수완은 끝 간 데 없이 화가 나 짐도 풀지 못하고 소파 한가운데 꼿꼿하게 앉아 있을 것이다. 팔짱을 끼고 입술을 잘근잘근 씹고 있겠지. 저 인간이 왜 저러나. 이유를 생각하느라 그 인간이 갔는지 안 갔는지 창밖을 내다볼 생각 같은 건 하지도 못하고 있을 것이다.

창가를 바라보던 진하의 얼굴에 옅은 미소가 어렸다. 오늘 저녁에만 열 번도 넘게 거절을 당했다. 그녀의 거절은 치명적일 줄 알았는데 꼭 그렇지만도 않았다. 수완이 화를 낼 때면, 찬바람을 일으키며 거부 의사를 보일 때면, 서운한 마음이 드는 한편 그런 모습을 볼 기회를 얻었다는 데 즐겁고 감사했다.

진하는 휴대폰을 꺼내 현 과장에게 전화를 걸었다. 짧은 신호음 뒤 상대방의 목소리가 들려오자 거두절미하고 물었다.

"내가 마지막으로 휴가를 썼던 게 언제입니까?"

— 아직 한 번도 없었습니다.

"그렇군요. 그럼 못 갔던 휴가를 이번에 써야겠습니다."

— ······상무님, 무슨 일이 있으십니까?

차분히 대응하던 현 과장의 목소리에 불안감이 깃들었다. 숨소리가 커지고 마른침 넘기는 소리가 선명하게 울리는 게 진행하는 일에 차질이라도 생길까 봐 염려스러운 모양이었다.

"휴가를 쓰더라도 업무는 계속 보게 될 겁니다."

— 아, 그러십니까.

사무적인 톤을 유지하려 애쓰면서도 현 과장은 반색하여 답했다. 그제야 한결 마음이 놓이는지 진하의 안부까지 챙기는 여유를 부렸다.

— 혹시 과로하신 거 아닙니까?

"아닙니다. 개인적으로 정성을 들여야 할 일이 생겨서요."

그러시냐고 맞장구를 쳤으나 뚱딴지같은 소리에 현 과장의 목소리가 또다시 흔들리는 게 느껴졌다. 진하는 별다른 설명 없이 통화를 끝냈고 다시 2층 창가를 바라보았다. 여전히 굳게 닫힌 커튼이 현재 수완의 마음을 대변해 주는 듯 보였다.

알고 있다. 수완의 옆에는 그의 자리가 없다는 것을. 수완이 저렇게 제자리로 돌아간 이상 몇 시간 전 집 앞에서 보았던 그 녀석이 수컷 냄새를 풍기며 본격적으로 다가가게 될 거라는 사실을.

꼭 그 자식이 아니더라도 능력 있고 흠결 없는 멋진 남자가 언제든 네 앞에 나타나게 되겠지. 그중 하나와 연이 닿아 결혼하고, 아이를 낳고, 나란 존재는 네 인생에서 영원히 지워지게 될 거야. 내가 바랐던 미래와 정반대로 흘러가는 삶. 각오는 하고 있다. 이상이란 그저 바라는 것이지 실현되는 게 아니라고들 하니까.

하지만 우리가 그렇게밖에 될 수 없다면…….

진하는 말아 쥔 주먹에 힘을 꽉 주었다. 손등 위로 푸른색 정맥이 도드라져 보였다.

……나는 잠깐이라도 너와 같이 있어야겠어.

그것이, 기나긴 인생에서의 단 석 달 만이라 해도.

8. 흔들리다

휴가에서 돌아와 한 주를 정신없이 흘려보냈다. 올가을 하반기 공채를 앞두고 J그룹 서류 전형은 이미 마무리된 상태였다. 수완은 자리를 비운 동안 진행되었던 일들을 체크하고 J그룹 산하 경제 연구소에서 주관하는 직무 적성검사와 인사부 인력이 투입되는 면접 전형 일정 등을 확인했다.

야근은 다반사요 정시에 퇴근해도 집에 돌아가 쉬지 못했다. 간단한 샤워 후 어김없이 책상에 앉아 태블릿을 켜고 드로잉 작업에 몰두했다. 수민과 통화하며 필요하다는 것을 메모해 놓고 수다를 떠는 일도 빠트리지 않았다.

꽉 채워진 하루를 보내고 잠자리에 들기 전, 수완은 습관처럼 휴대폰의 통화 목록을 들여다보았다. 흔하디흔한 부재중 통화 같은 건 발견되지 않았다. 통화한 사람 중 주목해야 할 사람도 눈에 띄지 않았다. 그렇다고 딱히 연락을 기다리는 사람이 있는 것도 아닌데, 수완은 원인을 알 수 없는 괜한 조바심에 마음이 쓰였다.

서진하와 연락이 끊긴 지 열흘이 지났다.

당장에라도 무슨 일을 벌일 듯 심각하게 굴더니 맨 처음 집에 데려다주고는 보란 듯이 소식을 끊어 버렸다. 다행이라 여기면서도 이상하게 속이 부글부글 끓었다. 상반된 마음이 속에서 부딪쳐 끊임없이 대립했다.

그에게 전화해 불같이 화를 내고 싶었다. 사람을 들쑤셔 심란하게 흔든 뒤 조용히 잠수 타는 게 당신의 취미였냐고, 예나 지금이나 사람 속 뒤집는 데 일가견이 있다고, 당신만의 고약한 악취미는 제발 혼자서만 즐겨 달라고 쏘아붙이고 싶었다.

차라리 잘된 일인 듯도 하였다. 어차피 전 여사를 찾아가 모든 것을 없던 일로 하자고 되돌릴 작정이었다. 이왕 이렇게 된 거 그의 소극적인 행동을 핑계로 댄다면 전 여사의 만류를 뿌리치는 게 훨씬 수월할 것 같았다.

밤마다 극약 처방도 내렸다. 서진하는 한태은의 남편이라고. 위대한 사랑도 한순간에 식게 한다는 '친구의 남편'임을 상기했다. 그러면 수완은 오만 정이 떨어져 내일은 꼭 전 여사에게 전화해 서씨 일가와 관계를 끊겠다고 다짐했다.

그러나 날이 밝아 전 여사와 통화만 하려 하면 마지막 순간 손가락이 굳어져 꼼짝할 수 없었다. 결과적으로 그가 아닌, 자신의 솔직한 마음을 알지 못해 수완은 번민했다.

그의 소식은 며칠 뒤 엉뚱한 곳에서 들려왔다.

이날 수완은 사내식당에서 간단히 점심을 먹고서 부서 동료들과 우르르 회사 내에 있는 카페로 몰려갔다. 과장님께서 하사하신 커피를 나눠 받고 자리에 앉아 동료와 후배가 종알대는 수다에 귀를 기울였다. 옆 테이블에서 익숙한 이름이 들려온 건 시끄럽게 오가던 대화가 우연히 끊겨졌을 때였다.

"참, 대성그룹 서진하 상무 있잖아요."

동료들은 말이 언제 끊겼냐는 듯 다시 온갖 주제를 가지고 수다를 떠는데 수완의 신경은 대번에 그쪽으로 넘어갔다. 여사원 여럿이 앉아 있는 자리에 젊은 경영인이 거론되자 그쪽 테이블 역시 저마다 눈을 초롱초롱 빛내며 관심을 드러냈다.

"왜? 재혼한대?"

"아니, 그게 아니라…… 저 그 사람 본 거 같아요."

"어디서? 그쪽 계열 백화점이나 호텔 같은 데 갔었어?"

"실물도 그렇게 잘생겼디? 포털에 뜨는 사진 보면 어마무시하던데."

질문은 바로바로 튀어나왔지만 서진하를 거론한 장본인은 고개를 자꾸 갸웃갸웃, 대답하는 데 뜸을 들였다.

"그게 실은…… 요 앞 모퉁이에 있는 카페 있잖아요."

"어."

"사흘 전에 그 사람을 거기서 봤거든요."

"진짜?"

동료들이 격한 반응을 쏟아 내자 여자는 부담스러운지 어깨를 살짝 움츠렸다.

"창가 바 테이블에 앉아서 태블릿을 보고 있더라고요. 약간 일하는 느낌?"

그러면서도 제가 본 것을 열심히 설명하는데 서진하가 J그룹 근처 카페에 앉아 일하고 있었다는 발언을 끝으로 주변의 분위기가 썰렁하게 급변했다.

"처음엔 긴가민가했는데 그제도 보이고…… 아, 어제는 그 옆 편의점에서 그 사람이 뭔가를 사고 있더라고요."

"……."

열렬히 관심을 보이던 동료들은 어느새 시큰둥해하며 최소한의 반응조차 나타내지 않았다. 점차 자신감이 떨어진 여자는 선배와 동료의 표정을 살피다 거의 떠밀리듯 기어드는 목소리로 이런 말을 덧붙였다.

"……잘못 봤겠죠?"

"그러엄. 잘못 본 거지."

상사로 보이는 여자가 재깍 반응했다.

"며칠 전에도 기사 나왔더라. 그 사람이 1년에 비행하는 거리가 상상을 초월한다고."

"저도 그 기사 봤어요. 국내에 있는 날이 거의 없는 것 같더라고요."

"그렇게 바쁜 사람이 대성그룹도 아니고 하필이면 우리 회사 앞에서 며칠을 죽치고 있었겠어? 자기가 엉뚱한 사람하고 헷갈린 거야."

내내 아리송해하던 여자는 상사와 동료의 말을 차례로 듣더니 고민을 털어 내고 편안하게 웃었다. 분위기에 편승하기로 마음먹은 듯했다.

"……그렇겠죠?"

"그렇다니까. 잘못 본 거야."

상사가 결론을 내리자 같이 앉아 있던 사원들은 일제히 고개를 끄덕이며 빠르게 다음 주제로 넘어갔다.

연애, 육아, 시댁, 승진, 쇼핑, 교육 등 이쪽과 저쪽 테이블에서 여러 대화가 오가는데 수완의 귀에는 어느 것 하나도 들려오지 않았다. 머릿속에는 느닷없이 이루어졌던 담이와의 그저께 통화가 홀연히 재생되고 있었다.

— 나예요, 서담.

노곤함이 밀려오던 그제 오후 근무 시간. 잠잠하던 휴대폰 화면에 예고 없이 전 여사 자택 번호가 떠올랐다. 수완은 정신이 번쩍 들어 조용히 탕비실로 들어가 전화를 받았다. 이사장님이 출근을 안 하셨나 싶어 조심히 '여보세요.' 했는데 휴대폰 저편에서 들려온 목소리는 깐깐하기 그지없는 서담이었다. 수완은 예상 밖 사태에 무슨 말을 해야 할지 몰라 허둥거렸다.

— 여보세요! 이수완 아줌마 휴대폰 아닌가요?

'어.'

담이에게 전화가 왔다는 사실에 한 번, 아줌마란 호칭에 또 한 번. 수완은 연타로 충격을 받았다. 이미 여러 번 들었던 호칭

같은데 이상하게 그날따라 아줌마란 소리가 신경에 거슬렸다.

'담이구나. 네가 웬일이니?'

— 혹시 요즘 우리 아빠랑 만나시나요?

'아니. 그런 적 없는데.'

수완은 소스라치게 놀라면서도 안 그런 척 평정을 유지했다. 그러나 아이는 미심쩍은 목소리로 또박또박 되물었다.

— 정말이에요?

'정말이야. 따로 본 적 없어. 혹시 누구한테 그런 소릴 들었던 거니?'

— 아니요.

그럴 리가 있겠냐는 듯 뻔뻔하게 튀어나온 아이의 대답에 한껏 심각해졌던 수완은 살짝 현기증이 일었다.

'아니라고?'

— 네. 아빠가 며칠간 회사에서 늦게까지 일하시더니 주말에 나랑 놀아 주고 사라졌어요. 혹시 아줌마네 놀러 갔나 해서요.

'어디 출장 가셨나 보지.'

황당함이 정도를 벗어나니 화도 나지 않았다. 수완은 어이없어하면서도 짐작 가는 상황을 곧이곧대로 대답해 주었다. 그때 수화기 너머에서 '담아' 하고 부르는 보모의 목소리가 들렸다.

'이모님이 너……'

— 어, 끊어요!

이모님이 너 찾으시나 보다. 어서 가 봐. 수완이 어른스럽게 타이르려 했으나 담이는 몰래 나쁜 짓을 하다가 들킨 사람처럼 허겁지겁 통화를 끝냈다.

아이가 혼자서 전화했던 거구나. 이 아이는 내 번호를 어떻게 알았을까. 그 사람은 또 미친 듯이 일만 하고 있겠지. 당시에는 그 정도 선까지만 생각하고 넘어갔었다. 한데 우연히 듣게 된 그의 목격담에 설마 하는 의혹이 슬그머니 피어올랐다. 말도 안 된다고 고개를 저어 봐도 떠오르는 말들.

'알아. 내가 정성을 들여야 한다는 거.'

'넌 가만히 있기만 하면 돼. 석 달 동안 분주히 움직여야 할 사람은 나야.'

그가 했던 말들이 카메라 플래시가 터지듯 머릿속에서 펑펑 요란하게 번쩍였다.

"대리님, 왜 그러세요?"

옆자리의 후배가 걱정스러운 어조로 상념을 깨트렸을 때 수완은 저도 모르게 이런 말을 둘러댔다.

"은행에 볼일이 있었는데 깜박하고 있었어. 늦어지기 전에 빨리 다녀와야겠다. 앉아들 있다 가."

자연스럽게 시간을 확인하며 지갑과 휴대폰을 챙겨 자리에서 일어났다. 머릿속으로는 그럴 리 없다고 부정하지만, 특유의 육감이라는 것이 어서 가서 확인해 보라고 수완을 재촉했다.

점심시간이 끝나 가고 있는 시각, 수완은 부지런히 걸었다. 잔인하게 뜨거웠던 여름을 견디고 보상처럼 누리는 가을의 공기는 보송하고 산뜻했다. 짧아서 더 아름다운 계절, 점심시간을 맞아 사람들로 붐볐을 모퉁이의 카페는 삼삼오오 무리를 지은 직장인이 한 팀씩 우르르 빠져나오고 있었다.

풍성해진 바람결도, 온화해진 가을볕도 수완은 충분히 느낄 새가 없었다. 음료를 하나씩 손에 들고 느긋하게 일터로 돌아가는 여타 직장인들과 달리 쏜살같이 카페 안으로 뛰어들었다. 1층의 좌석을 재빨리 훑고 2층으로 올라갔다. 중요한 현장이라도 급습하는 것처럼 가슴이 콩닥콩닥 뛰었다.

2층에 도착해 거칠어진 호흡을 정리하며 천천히 널찍한 공간을 둘러보았다. 눈동자를 이리저리 움직이다 어느 순간 수완은 하늘에서 물벼락이라도 맞은 듯 꼼짝도 못했다. 가까운 곳에서 먼 곳으로 점차 시선을 넓히며 테이블을 살피다 저 끄트머리, 창가 바 테이블 앞에서 낯익은 뒷모습을 발견했다.

무릎이 후들거리면서도 설마 하며 끝까지 버티던 수완은 시선을 느낀 상대가 뒤를 돌아보자 사색이 되었다. 저렇게 생긴 사람이 하늘 아래 두 명일 리 없었다. 저 놀라는 표정, 언제 놀랐냐는 듯 이어서 입술 끝이 싱긋 올라가는 시원한 미소. 수완은 그에게서 눈을 떼지 못하면서도 눈가가 조금씩 젖어 들었다. 새하얀 조약돌처럼 매끄럽던 흰자위 위로 가는 핏발이 올라섰다.

이상한 일이다.

서진하는 과거의 일부에 지나지 않는다고, 이제는 아무렇지 않게 마주할 수 있다고 굳게 믿어 왔건만 단순한 미소 한 번에 속에서 무언가 바스스 부서지는 느낌이었다. 아주 오래전 그의 미소를 보며 품었던 당시의 설렘과 기분까지 생생히 떠올랐다.

자존심이 상했다. 기를 쓰고 여기까지 달려왔다는 것 또한 이제 와 새삼 굴욕적으로 느껴졌다. 진위도 확인되지 않은 한 마디에 정신 나간 여자처럼 부랴부랴 쫓아왔다는 게 믿고 싶지 않을 만큼 수치스러웠다. 질척질척. 구제 불능. 미련퉁이. 수완은 자책했다.

낌새가 이상한지 진하가 자리에서 일어났다. 편안한 티셔츠 위로 아무렇게나 걸치고 있는 밝은 톤의 그레이색 트렌치코트가 가을의 오후 빛과 은은하게 맞물렸다.

그가 이쪽을 주시하며 한 걸음 앞으로 다가오자 수완은 동시에 한 걸음 뒤로 물러났다. 파리하게 굳어진 진하가 걸음을 멈추면 처연한 그 눈빛에 상처를 받는 건 되레 수완이었다.

한 걸음, 또 한 걸음.

수완은 조금씩 뒤로 물러나다 맵차게 몸을 틀어 도망치듯 계단을 뛰어내렸다. 점점 더 의지를 거스르게 하는 그가, 수완은 무서웠다.

◆

가을을 재촉하는 비가 내렸다.

부서 간 실무자 회의를 다녀오던 수완은 중간에 걸음을 멈추고 통유리 너머 부옇게 젖어 있는 도시를 바라보았다. 바람에 떠밀린 빗방울이 투명한 유리에 부딪혀 주룩주룩 물줄기가 되어 흐르고 있었다.

창밖을 내다보던 수완의 두 눈은 금세 초점이 엇나갔다. 시선은 도시의 마천루로 향해 있는데 착시처럼 눈앞에 펼쳐지는 광경은 모퉁이에 자리한 카페의 널찍한 2층 공간. 창가 바 테이블에 앉아 태블릿을 보고 있는 한 남자의 뒷모습이었다.

지난 목요일, 무언가에 홀린 듯 거기까지 쫓아갔다 눈앞에서 볼썽사납게 도망친 이후 주말이 지나고 월요일을 보냈다. 담이와 여자의 말을 종합해 봤을 때 그는 지난주 내내 그곳에 있었던 것으로 추측된다. 만약 그가 휴가를 썼던 거라면 월요일인 오늘부턴 근무를 재개했을 가능성이 높았다. 그러므로 오늘도 그 사람이 거기에 있을 것 같은 이 느낌은 지나친 착각임이 분명하다.

'만나 봐, 우리.'

8년 전 그 말을 들었더라면 세상을 다 가진 듯 기뻐했을 것이다. 밀당이니 기싸움이니 모든 것을 제쳐 놓고 그 자리에서 그러자며 고개를 끄덕였을 것이다. 하나 현재의 그 말은 수완을 고뇌하게 하였다.

진하의 갑작스러운 태세 전환을 이해할 수 없었고, 그를 찾아가지 말라던 태은의 마지막 경고도 자꾸만 머릿속에 아른거렸다. 그의 재혼 상대라는 추측성 보도의 주인공이 되고 싶지도, 태은의 남편과 엮인다는 죄책감에 시달리고 싶지도, 이 일과 관련해 수민에게 더는 거짓말하고 싶지도 않았다. 그와 연관된 모든 것들이 수완은 불편했다.

하지만…….

설렘은 어떠한 불편도 이기는 법이다. 인정하고 싶지 않지만 수완은 여전히 그가 궁금했다. 보름 전 호언했던 것처럼 오늘도 그가 자신을 얻기 위해 노력하고 있는지 간절하게 알고 싶었다.

빗발이 강해지며 수완의 팔뚝 위로 으스스 소름이 돋았다. 쿵쾅쿵쾅 가슴이 뛰는 소리도 명확하게 들렸다.

서둘러 시간을 확인했다. 5시 30분. 오늘도 야근이 예약되어 있었다. 사내식당까지 갈 것 없이 샌드위치로 간단히 저녁을 때우며 최대한 일찍 퇴근하자고 팀원 전체가 대동단결했었다.

수완은 급하게 걸음을 떼었다. 거의 뛰듯이 걸어가 모두가 좋아하지만 배달이 안 되는 프라우엔 샌드위치를 사 오겠다고 자청했다. 날씨도 궂고 나가기 귀찮아 눈치만 살피던 막내들이 일제히 만세를 불렀다.

우산에서 떨어진 빗물이 발등 위로 떨어져 구두를 적셨다. 수완은 사방에서 튀는 물방울을 맞으며 정신없이 걷고 있다. 프라우엔에 전화를 넣었더니 주문량이 많아 시간이 걸릴 것 같다는 예상된 답변이 돌아왔다. 수완은 알았다고 답한 뒤 잠시의 틈을 이용해 모퉁이의 카페로 직행했다.

뛰어들다시피 카페로 들어서 1층을 재빨리 훑고는 곧장 2층으로 올라갔다. 심장이 고장 난 듯 거칠게 요동쳤다. 조심조심 계단을 끝까지 올라 반대편으로 서서히 고개를 틀었다. 지나치게 긴장한 나머지 몸이 으슬으슬 떨렸다. 흐리게 멀어졌던 시야가 제 상태로 돌아오자 지난주 목요일, 그가 앉아 있던 창가의 바 테이블이 선명하게 눈에 들어왔다. 직장인으로 보이는 한 정장 차림의 남자가 그곳에 앉아 열심히 노트북을 들여다보고 있었다.

수완은 시선을 다른 곳으로 옮겼다. 테이블마다 앉아 있는 사람들을 일일이 확인하고 쉴 틈 없이 계단을 내려갔다. 우산을 펴고 카페를 벗어나 근처 편의점을 몇 군데나 순회했다. 어디에도 그의 흔적은 보이지 않았다.

얼이 빠진 채 잠시 우산을 받치고 빗속에 서 있었다. 그 상태로 터덜터덜 힘없이 걸어갔다. 모퉁이의 카페를 지나 샌드위치 전문점 쪽으로 걸어가는데 쏟아지는 환한 불빛에 눈이 시렸다. 저 앞쪽, 길 건너, 저 멀리. 수완의 눈에 보이는 건 죄다 편의점 간판뿐이었다.

허탈한 기분이 들면서도 한편으론 우스웠다. 이쯤 되니 누가 누구에게 정성을 들이고 있는 건지 혼동되었다. 분주히 움직이겠다고 장담한 사람은 따로 있는데 정작 애가 타서 빗속을 헤매고 있는 건 나 자신이라니. 쓰게 웃어 버린 수완은 절레절레 고개를 저으며 프라우엔으로 향했다.

미리 주문한 샌드위치와 샐러드를 건네받자 양이 많아 제법 묵직했다. 영수증과 냅킨을 챙기고 빗물이 들어가지 않도록 비닐 쇼핑백을 단단하게 동여맸다.

딸랑.

출입문 종소리를 들으며 유리문을 나와 차양 아래에 섰다. 우산을 펴야 할 상황인데 양손에 뭔가 잔뜩 들고 있자니 쉽지 않았다. 할 수 없이 쇼핑백을 손목에 걸고 다시 시도할 때였다.

"어!"

뒤에서 누군가 쇼핑백 하나를 휙 낚아챘다. 펄쩍 놀라는 사이 다른 손에 들려있는 것마저 순식간에 빼앗겼다. 수완은 황급히 돌아봤고 시야에 들어온 낯익은 얼굴에 흠칫 떨었다.

"오늘도 야근이야?"

쇼핑백 두 개를 한 손으로 가볍게 든 진하가 일상적인 어조로 말을 건넸다. 언젠가 그러했듯, 그제도 보았고 어제도 만났던 것처럼.

그 때문인지 몰라도 수완 역시 빠르게 평정을 되찾았다. 튕겨 나갈 듯 팡팡거리던 심장이 고요하게 가라앉아 스스로도 놀랄 만큼 침착하게 그를 마주 보았다.

"담이한테 전화 왔었어요. 아빠가 없어졌다고. 어디에서 지내요?"

"저기."

그가 눈으로 가리키는 곳을 따라가 보니 J그룹 코앞에 자리한 도심의 한 특급 호텔이었다. 대성그룹 산하의 호텔을 놔두고 저런 곳에서 지내고 있다는 건 나한테 정성을 들이기 위함인가. 수완은 문득 궁금했다.

"오늘도 그 카페에 있었나요?"

"어."

"안 보이던데?"

"호텔에 잠깐 볼일이 있어서. 나 보러 온 거였어?"

"이 집 샌드위치 맛있어요. 저녁 먹으러 온 거면⋯⋯."

수완은 진하를 빤히 응시하면서도 태연하게 요점을 빗나갔다.
진하는 호응하지 않았다.

"알잖아. 너 따라온 거야."

"⋯⋯."

"카페로 다시 돌아가다가 편의점에서 나오는 너를 봤고 다
른 생각 할 틈 없이 쫓아왔어."

샌드위치가 식기 전에 돌아가야 하는데.

수완은 그런 생각을 하면서도 진하의 단도직입적인 발언에
즉각적인 반응을 내보였다. 담담한 척 쓰고 있던 가면을 던지
고 감정을 담아 따지듯이 캐물었다.

"왜요? 바쁘다는 사람이 몇 날 며칠 카페에 앉아서 뭐 하는
건데요?"

"말했잖아. 정성을 들이겠다고."

"이렇게 몰래요?"

"결국 네가 찾아와 줬으니까."

툭. 투두둑. 촤악.

건물 위 어딘가에 고여 있던 빗물이 불어나는 양을 견디지
못하고 한꺼번에 쏟아졌다. 보도로 떨어진 물이 도처로 튀며
수완의 스타킹과 진하의 바지를 적셨다. 그런데도 두 사람은
꼼짝 않고 서로만을 바라봤다.

"나한테 나가라고 했잖아요."

"그때는 그게 최선이라고 생각했어."

"지금은요? 이런다고 뭐가 달라지는데요? 본인의 생각이 바뀌었다고 이렇게 마음대로 굴어도 되는 거예요?"

"목표가 생겼거든."

어떤 목표가요? 수완이 물을 차례였다. 자신의 차례라는 것을 잘 알고 있는데 쉽사리 입을 열지 못했다. 그의 눈빛이, 그에게서 전해지는 분위기가 너무나 의미심장해 혹여 그에게서 들으면 안 될 것 같은 대답이 나올까 봐 묻기가 겁이 났다. 그래서 수완은 그에게 질문하는 대신 고개를 돌려 잔뜩 흐린 회색빛 하늘을 올려다보았다. 비를 흩뿌리며 불어오는 바람이 열기로 붉어진 두 뺨을 차분히 식혀 주었다.

"만나 봐, 우리."

이제 놀랍지도 않은 말. 굳이 돌아볼 필요는 없었다.

"귀찮게 안 해. 현재 사귀는 사람이 있는 것도 아니고 하루 24시간 일하는 거 아니잖아. 주말에 만나서 밥 먹고, 주중에 시간 되면 얼굴 보고. 그러다 보면 석 달은 금방이야."

오래전 하고 싶었던 연애를 이제야 하자는 남자. 그것도 좋아해서 만나자는 게 아닌 도망가게 해 주겠다며 만나자 한다. 남자의 말에는 억지가 있다. 굳이 그런 식으로 쫓아내지 않아도 수완은 이미 알아서 물러나겠다 선언한 바 있었다.

그는 나와 정확히 무엇을 하고 싶은 것인가.

의문이 일기는 했으나 이 시점에서 중요한 건 그것이 아니었다. 이 집요하고 반복적인 실랑이의 핵심은 수완이 그의 모순적인 말들을 단호히 끊어 내지 못하고 있다는 점이었다. 그토록 엮이는 게 싫었다면 철저히 무시해야 맞는 걸 텐데 지금도 먼 하늘을 올려다보고 있을 뿐 차마 돌아설 생각은 못 하고 있지 않은가. 따지고 보면 그를 찾아 빗속을 헤맸을 때부터 결론은 이미 나 있던 것이나 마찬가지였다.

삶이란, 감정이란 꼭 상식적인 게 아니다. 오늘은 비가 쏟아지는 날이고 이런 날은 특히 사람의 기분이 감정적으로 변하기 십상이다. 이성으로 해결되지 않는 실타래라면 한 번 정도 감정에 따라 풀어 보는 것 또한 괜찮지 않을까.

하늘을 올려다보던 수완은 충동적으로 시선을 내려 진하를 직시했다. 그리고 말했다.

"좋아요."

시종일관 뻔뻔하게 굴던 그가 놀라서 눈썹을 꿈틀했다. 수완은 설핏 미소를 지었다.

단칼에 쳐 내는 게 망설여진다면 남자의 돌발적인 행동에 동참해 주고 싶었다. 자신의 주저함에 시간을 주고 싶었다. 당신의 정성이 어디까지 닿을 수 있는지, 나의 주저함이 어디쯤에서 멈추게 되는지, 모든 것이 또렷하게 드러나고 사라지는 순간을 가까이서 똑똑히 지켜보는 것 또한 나쁘지 않을 것이다. 통제되지 않는 이 일탈이라는 것이, 기나긴 인생에서 단 석 달뿐이라면.

"대신 석 달이라고 한정 짓는 것은 싫어요. 기본 석 달로 하되 중간에 내가 그만하고 싶다고 하면 언제든 그만두는 것으로 해요. 최소한의 기간은 지킬 테니까."

"진심이야?"

"원하던 거 아니었나요?"

"갑자기 왜? 한참 더 설득해야 한다고 생각했는데."

동의를 받고도 심각한 진하의 물음에 수완은 아예 거리 쪽으로 몸을 틀어 거세고 끈질기게 이어지는 빗줄기를 바라보았다. 고민이 사라지고 홀가분한 표정이었다.

"비 오잖아요."

"……."

"한 번쯤은 감정에 휘둘려도 되지 않을까 해서요."

"그게 전부야?"

"서진하 씨, 오늘 날 잘 잡은 줄 아세요."

보고 있진 않지만 가볍게 덧붙인 그 말에 진하가 불안을 지우고 옅은 미소를 짓는 게 느껴졌다.

그가 수완과 어깨를 나란히 하더니 물기 가득한 세상을 감상하듯 바라보았다. 점점 요란해지는 빗소리를 들으며 아련하게 이런 말을 중얼거렸다.

"……날씨 좋다."

꽝. 콰쾅!

먹구름이 잔뜩 낀 하늘에서 고막이 찢길 듯 무시무시한 굉음이 울리고 있었다.

가을장마가 지나간 하늘은 티 없이 맑고 청명했다. 피부를 스치는 공기는 신선했고 거리의 가로수는 하나둘 가을의 정취를 물씬 발하고 있다.

외출하기 좋은 날, 수완은 주말 아침 이른 시각부터 잠에서 깨어나 곧장 장롱으로 걸어갔다. 옷장 문을 죄다 열고 잠이 덜 깬 눈으로 한참을 멍하니 서 있었다. 그러고 있기를 몇 분. 아무리 들여다보아도 입을 만한 옷 한 벌이 눈에 띄지 않았다. 무언가 빽빽이 걸려는 있는데 하나같이 칙칙한 게 여태 저런 옷을 어떻게 입고 다녔을까 심히 의아스럽다.

옷을 고르는 데 실패한 수완은 낭패감을 안고 화장대로 가 풀썩 앉았다. 그 상태로 망연히 있자니 거울에 비친 몰골이 아주 볼 만하였다. 얼굴은 푸석푸석, 눈 밑 그늘은 제대로 시꺼멨고, 미용실엔 언제 다녀왔는지 기억마저 아득했다. 눈에 보이는 화장품도 전부 오래된 것들. 그러고 보니 산뜻하게 들 만한 가방 하나 없었다. 신발도, 액세서리도, 하다못해 향수까지도 제대로 된 건 찾아볼 수 없었다.

그야말로 총체적 난국.

수완은 오랜만에 쇼핑의 필요성을 느꼈다.

단순하고 소박했던 그녀의 삶이 서진하란 남자 때문에 온통 흔들리고 있었다.

그와의 만남은 조용하면서도 한결같았다.

주중엔 수요일쯤, 주말엔 토요일 오후 내내, 일요일에도 시간이 맞으면 점심이나 저녁 중 한 끼를 같이 했다. 따로 합의를 본 것도 아닌데 상호 간에 정해진 규칙처럼 진하는 칼같이 연락을 해 왔고, 수완은 당연하게 기다렸다.

만나서 얼굴을 마주해도 특별한 건 없었다. 수요일과 일요일엔 진하가 안내하는 맛집에 가 밥을 먹었고, 토요일엔 영화를 보거나 산책하는 게 추가되었다. 흥미진진한 대화가 오가거나 딱히 재미있는 일이 있는 것도 아닌데 같이 있으면 시간은 쏜살같이 흘렀다. 일말의 지루함도 느낄 새가 없었다.

그에 따른 부작용도 만만치가 않았다. 처음 한두 번을 제외하고 진하는 늘 핏발이 선 눈으로 달려나왔다. 한눈에 보기에도 피곤한 게 역력한데 아무렇지 않은 척 언제나 시간을 꽉꽉 채워 수완과 함께했다.

내색은 안 해도 카페에서 몇 날 며칠 버티고 있었던 게 타격이 컸던 모양이었다. 수완이 두 번째로 카페에 찾아갔을 때 그가 있었던 자리에 앉아 노트북을 들여다보던 정장 차림의 남자는 다름 아닌 그의 비서. 당시에도 일을 놓지 못하고 있었다는 소리였다. 그러나 밤낮없이 일하던 사람이 일주일 넘게 자리를 비우고 주기적으로 수완을 만나러 나오니 그 정도로는 평소의 업무량이 커버될 수 없었다.

힘든 것은 수완 역시 다르지 않았다. 이전까지는 주말이나 야근이 없는 주중 저녁, 쉴 틈 없이 컬러링북 작업에 열중했었다. 시간은 촉박해도 나름대로 잘 짜인 틀 안에서 무리 없이 작업을 진행해 왔는데 이제는 수완도 마감에 쫓기는 신세가 되었다. 급한 마음에 수면 시간을 절반 이상 줄여 봤지만, 오히려 능률만 떨어지고 계획해 놓은 분량은 채우지 못했다.

상황은 점점 악화되고 있는데 두 사람 중 어느 쪽도 다음에 보자고 약속을 미루지 않았다. 정해진 날짜에 만나지 못하면 큰일이라도 날 것처럼 넘쳐나는 일에 정신이 없다가도 시간이 되면 허겁지겁 약속 장소로 달려갔다.

계속해서 이러다간 일에 큰 차질이 생길 것은 불 보듯 뻔한 일. 먼저 정신을 차리고 사태를 진정시킨 건 수완이었다.

수요일 저녁, 진하가 선택하고 수완이 동의한 메뉴는 복국이었다. 무, 미나리, 콩나물 등을 넣고 맑게 끓인 국물이 시원했다. 곁들여 나온 복튀김은 바삭하면서도 속살이 촉촉했다. 알차게 구성된 반찬 또한 맛과 모양이 정갈했다.

한마디 말없이, 그렇지만 익숙하고 자연스럽게 두 사람은 식사에 집중했다. 수완은 개운한 국물을 연속해서 떠먹다 슬그머니 맞은편을 살펴보았다. 진하는 여느 때와 다름없이 머리카락 한 올조차 흐트러지지 않은 모습이었다. 언뜻 봤을 땐 완벽 그 자체였으나 전보다 야윈 얼굴과 눈 밑에 드리워진 옅은 그늘을 숨길 수는 없었다.

"요즘은 왜 출장 안 가요?"

수완은 가까이에 놓인 계란찜을 떠먹으며 여상하게 물었다.

"벌써 어디든 다녀왔어야 하는 거 아닌가요?"

"당장 내가 나서야 할 일은 없어."

"미루고 있는 건 아니고요?"

덤덤하게 대답하던 그가 수저질을 멈추고 수완을 보았다.

"네가 걱정할 일이 아니야."

"주말엔 못 만날 거 같아요."

수완의 확고한 어조에 진하는 무슨 재앙이라도 맞닥트린 것처럼 낯빛이 흐려졌다.

새로 생겼다는 목표가 무엇이기에 만남 자체에 저리도 예민한 반응을 보일까. 수완은 스치듯 그런 의문이 들었으나 곧 별일 아니라는 듯 감정의 고조 없이 말을 이었다.

"주말에 잠 좀 자고 밀린 일도 보충하라는 뜻이었어요."

"내가 회사 업무 하나 제대로 처리하지 못하는 놈처럼 보여? 그렇게 어리숙했으면 지금 이 자리에 앉아 있지도 못했어."

"서진하 씨는 그럴지 몰라도 나는 아니에요."

수저까지 내려놓고 한껏 심각해졌던 진하는 무슨 뜻이냐는 듯 수완을 응시했다.

"내 일이 많이 밀려 있어요."

"일?"

"회사 업무 말고 내 사이드 잡이요. 삽화 일 하는 거 알고 있을 거 아니에요. 내 채무 사항까지 상세히 알고 있었으면서."

그가 자신의 뒷조사를 했다는 점이 되새길수록 화가 나 수완은 말끝에 투덜거림을 섞었다.

잔뜩 인상을 쓰고 있던 진하가 그 부분에 관해선 부인할 수 없었는지 눈에 힘을 풀고 머쓱해하였다.

"일전에 태블릿에 뭔가 그리고 있더니, 일하고 있었던 거야?"

"네."

"뭘 그리는 중인데?"

"19세기 영국의 문학작품을 테마로 한 컬러링북을 내기로 했어요. 자료 수집 하는 데만도 시간이 꽤 걸렸는데, 공을 들인 만큼 결과물도 만족스럽게 뽑아내고 싶어요."

지레짐작하고 사늘하게 굳어졌던 진하가 어느새 이성을 되찾고 수긍하는 기색을 보였다. 잠시 생각에 잠겨 있더니 다시 숟가락을 들어 국물을 뜨면서 흥정을 벌였다.

"그럼 집 비밀번호 알려 줘."

그것도 수완의 눈이 순식간에 커질 만한 것을 요구하며.

"비밀번호요?"

"그게 그렇게 놀랄 일이야?"

"뭐 하려고요?"

"먹을 거나 챙겨 주려고."

놀란 수완과 달리 진하는 평소대로 돌아가 대수롭지 않게 말했다.

"일하려면 속이 든든해야 하지 않겠어? 결정은 네가 해. 지금처럼 때에 맞춰 나랑 만나 밥을 먹든, 집에서 작업하며 편안히 음식을 배달받든."

목소리는 심상한데 눈빛은 한없이 고집스러웠다. 결정권을 주는 척하고 있지만 누가 봐도 대답은 정해진 것이었다.

주저했던 수완이 다음 날 현관 비밀번호를 알려 주자 진하는 곧바로 짐을 꾸려 출장을 떠났다. 수완도 최선을 다해 삽화 일에 매진했다. 목표는 그가 출장에서 돌아오기 전까지 밀려 있는 부분을 해소하는 것. 시간적 여유만 주어지면 그 정도 분량은 얼마든지 감당할 수 있을 거라 여겼는데…… 막상 일을 쌓아 놓고 작업에 돌입하자 때마다 고비가 닥쳤다.

초안으로 잡아 둔 구도가 실제 스케치에 들어가니 조화롭지 못한 경우, 미리 결정해 둔 소품과 배경이 컬러링북 특성과 조금씩 어긋나는 경우, 디자인이나 윤곽선이 원하는 만큼 표현되지 않는 경우. 어느 정도 예상은 하고 있었지만 갖가지 돌발 상황을 일일이 조정하며 진도를 빼려니 쉽지가 않았다. 더구나 밀린 분량 외에 그날그날 마쳐야 할 과제까지 더해지자 눈코 뜰 새 없었다.

그럴수록 수완은 시간을 더욱 빠듯하게 쪼개 일에 매달렸다. 회사에서 쉬는 시간 없이 업무에 열중해 최대한 야근을 피하고 회식이나 개인적인 약속도 핑계를 대거나 뒤로 미루었다.

지친 저녁, 수완은 집으로 돌아와 샤워를 하고 졸린 눈으로 냉장고 앞에 섰다. 지난 며칠 계속 그래 왔듯 먹을 만한 거 아무거나 꺼내 대충 허기만 채우고 책상으로 가 앉을 요량이었다.

마트에 갔던 게 언제였는지.

빵과 치즈가 조금 남아 있던 것을 기억하며 냉장고 문을 연

순간 수완은 외마디소리를 지르며 그대로 굳어졌다. 너무나 급작스러워 냉장고 문을 연 채 몇 초간 움직이질 못했다.

보고도 믿을 수가 없었다. 이렇게 많은 양의 음식을 질서 정연하게 갖추고 살았던 건 엄마가 살아 계실 때가 마지막이었다. 한 칸을 가득 메운 기본 반찬을 시작으로, 데워서 먹기만 하면 되는 갈비찜, 김치찜, 1인분씩 세 번 먹을 수 있게 각각 포장된 순두부찌개와 된장찌개, 편의점 진열대를 연상케 하는 각종 음료, 유제품, 제철 과일, 김치, 그리고 냉동실에는 소분된 잡곡밥과 양념된 불고기, 견과류, 먹음직스러운 손만두까지 그득히 채워져 있었다.

그것만이 아니었다. 이상한 기분에 냉장고에서 시선을 떼어 고개를 돌리자 가스레인지 위에는 처음 보는 뚝배기가 얌전히 수완의 손길을 기다리고 있었다. 성큼 다가가 뚜껑을 열어 보니 전복을 올린 삼계탕이 늠름한 자태를 드러냈다. 조리대 위에는 향긋한 유기농 차도 종류별로 구비되어 있었다.

멍하니 그것들을 바라보던 수완은 갑작스러운 진동음에 휴대폰을 보았다. 화면 위로 '서진하'란 세 글자가 눈에 들어오자 까마득히 잊고 있던 어느 날의 대화가 떠올랐다. 머뭇거리다 비밀번호를 가르쳐 주긴 했지만, 이후로 아예 잊고 지냈던 그 말.

'먹을 거나 챙겨 주려고.'

그와의 연애는 이런 거였나.

아니, 아니다. 그는 원래 이런 거에 후한 사람이었다. 혹시 나를 좋아하는 게 아닐까, 상대가 감쪽같이 속아 넘어갈 만큼 이런 면에선 과하게 배려심이 넘쳤다. 돌아가신 서 회장께서 사회 공헌 활동에 이바지한 바가 크다 하지 않았던가. 진하 역시 그 피를 이어받아 타인에게 베푸는 데 굉장히 너그러웠다.

그것을 몰랐던 오래전, 뼈아팠던 실수가 떠올라 수완은 기분이 오묘했다. 무언가 중요한 것을 잃어버린 듯 속이 헛헛해 재차 울리는 휴대폰도 받지 못하고 한동안 화면 위로 뜨는 이름을 가만히 들여다보고 있었다.

◥

진하는 손가락의 힘을 조절해 눈언저리를 문질렀다. 밀렸던 일을 해결하고 계획했던 프로젝트가 끝난 지 사흘. 오랜만에 여유를 되찾아 오늘도 6시가 되자마자 현 과장과 비서실 직원을 퇴근시켰다. 홀로 자리를 지키고 앉아 뒤적이는 자료도 보통 출퇴근 시간에 차 안에서 훑곤 했던 가벼운 것들. 아무런 부담도 피로도 없어야 하는데 진하는 평소보다 긴장해 있었다.

일을 마치고 출장에서 돌아와 보니 수완은 유령처럼 창백해진 얼굴로 마감에 쫓기는 신세였다. 식사는커녕 퇴근길에 만나 차 한 잔 마시는 것도 버거운 눈치였다. 수완은 미안해하면서도 연달아 약속을 취소했고, 그때마다 진하는 별다른 이의 없이 온순하게 따랐다. 일에 허덕이는 수완이 안쓰럽기도 했지만 진하 자신도 이 기회를 빌려 개인적인 바람을 충족하고 싶었다. 수완이 극도로 미안해하는 지금이 일을 벌이기엔 최적의 시기라는 판단에서였다.

적기를 살피고 살피다 드디어 오늘 일을 저질렀다. 현관 비밀번호를 알아 놓은 건 정말이지 신의 한 수였다. 수완이 퇴근하여 그것을 발견하면 한 차례 말씨름을 벌여야 할 판이나 그쯤은 이제 말 돌리기, 말귀 어두운 척 딴소리하기, 얼굴에 철판 깔고 같은 말 몇 번이고 반복하기 등으로 극복할 수 있었다. 그럴 수 있으리라 믿었다. 약 네 시간 전, 수완의 집에 물건을 배달했다는 보고를 받기 전까지만 해도.

알았다고 담담히 전화를 끊은 것까진 좋았는데 이상하게 이후로 신경이 분산되었다. 눈동자는 자꾸 시계로 향했고 6시가 넘어가자 집중력은 급격히 저하되었다.

현재 시각 7시 20분.

진하가 초조하게 주먹을 쥐었다 펴는 찰나 책상 위에 놓아 둔 휴대폰이 드르륵 진동음을 내었다. 동시에 맥박도 빠르게 팔딱였다. 휴대폰을 확인하니 발신인은 수완. 올 것이 왔다는 생각에 진하는 깊게 심호흡부터 하였다. 들이쉬고, 내쉬고. 그런 다음 얼굴에서 표정을 지우고 최대한 건조한 어조로 전화를 받았다.

"어. 퇴근했어?"

— 저게 뭐예요?

수완의 목소리가 생각보다 심각했다. 안 그럴 수가 있겠는가. W사의 신티크만 해도 아담한 중고차 가격인데 거기에 최신형 맥북까지 추가해 놓았다. 진하는 살며시 기가 죽었지만 일단은 바쁘고 못 알아들은 척 무심하게 되물었다.

"뭐가?"

— 저 신티크 태블릿. 그리고 그 옆에 있는 맥북 말이에요.

"아, 그거. 너 쓰라고. 그림 그릴 때 필요할 것 같아서. 네가 쓰고 있는 건 사양이 많이 떨어지는 거잖아."

— 지금 나한테 저걸 선물한 거예요? 서진하 씨, 뭔가 착각하고 있는 모양인데……

"괜히 날 세우지 마."

일이 커질 것 같은 예감에 진하는 상황을 조기에 수습했다.

"돈지랄할 거였으면 품목을 다른 것으로 택했을 거야. 맥북만 해도 1000만 원짜릴 골랐겠지. 나야 더 좋은 걸 사 주고 싶지만 네 돈에 맞추느라 그 정도 선에서 준비한 거야."

— 내 돈이라니요?

"네 돈으로 산 거야, 그거."

때를 틈타 하고 싶었던 말도 은근슬쩍 끼워 넣었다. 전후 사정이 생략되어 개연성이라곤 눈곱만큼도 없지만 이럴 때가 아니면 할 수도 없는 말. 진하는 왜 네 돈 쓴 걸 네가 모르냐는 듯 도리어 뻔뻔하게 굴었다. 물론 상대는 황당할 수밖에 없었다.

— 지금 무슨 소릴 하는 거예요?

"아무 말 말고 써."

깐깐한 수완이 돈의 출처에 관해 꼬치꼬치 캐물어도 진하는 딴소리로 일관했다. 당장은 어떠한 대답도 해 줄 수 없어 따가운 추궁을 이리저리 피하다 교묘히 말 돌리기에 성공했다.

"정 꺼림칙하면 우리가 만나는 동안 나한테 대여하는 거라고 생각해. 나중에 반납하면 되는 거잖아."

웃기는 소리.

줬으면 끝인 거였다.

"그것도 싫으면 마감이고 뭐고 잠깐씩이라도 얼굴을 보여 주든가. 나는 다가가고, 노력하고, 정성도 들여야 하는데 네가 바쁘다고 만나 주질 않으니 이런 거라도 해 보고 싶은 거 아니겠어?"

초등학생 수준의 억지에 수화기 너머에서 수완이 한숨을 내쉬었다.

안다. 네가 얼마나 어이가 없을지.

하나 너한테만 쓸 수 있는 돈이 나에게 1650만 원이나 있다는 말을 어떻게 할 수 있단 말인가. 그건 말 그대로 너에게만 쓸 수 있는, 차마 그 사연조차 설명할 수 없는 돈인데.

반강제로 내몰렸던 미국에서 진하는 도피처가 필요했다. 이수완을, 자신의 처지를, 이 세상을 잊을 만한 무언가를 무조건 해야 했다. 정신없이 학업에 몰두했고, 대성그룹 지사에서 잡무를 맡았으며, 그래도 부족해 공휴일과 심야에 각종 아르바이트를 섭렵했다. 패스트푸드점에서 시급 8달러 50센트를 받는 점원으로, 공사판 노동자로, 청소 용역 업체 일꾼으로. 집에 돌아가면 기절하듯 쓰러져 잠들었을 만큼 몸을 혹사해 수완을 떠올리는 잠깐의 상념도 용납지 않았다.

그러다 보니 계좌에 찔끔찔끔 노동의 대가가 쌓여갔고 시간이 흘러 대학을 졸업했을 땐 꽤 두둑한 목돈이 되어 있었다. 감히 그 돈을 쓸 생각은 하지도 못했다. 목돈의 존재를 기억할 때마다 반짝이며 떠오르는 얼굴이 그리워 계좌에 묶어 놓고 쳐다볼 엄두가 나지 않았다. 수완을 향한 진하의 처음 사랑은 그토록 깊고 맹목적이었다.

너에게가 아니면 차마 쓸 수 없는 돈.

그렇기에 그것은 네 것이다.

함께하고 싶었던 나의 20대를 이렇게나마 너에게 전부 바치고 싶다.

"애한테 무슨 경호원을 저렇게……. 아우, 짜증 나."

망원동의 어느 주택가. 30대 중반의 젊은 남성 하나가 운전대를 잡고 신경질적으로 웅얼거렸다. 그가 지켜보고 있는 아이는 대성재단 전희옥 이사장의 증손자 서담. 어린아이 하나를 경호원 둘과 기사가 둘러싸고 최근 서진하가 만나고 있는 여성의 집으로 들어가고 있었다.

"차라리 서 상무 재혼 기사나 터트릴 것이지. 여름부터 이게 뭐 하는 짓이냐고, 사람 열 받게 정말."

지나친 과로로 날카로워진 남자는 얼굴을 잔뜩 찌푸리고 꿀꺽꿀꺽 냉수를 들이켰다.

정 대표에게 처음 이 일을 일임받았을 때 코웃음을 쳤다.

힘없는 어린애. 머리카락 조금 뽑아 가는 게 뭐가 그리 어려운 일이라고. 원한다면 칫솔도 훔쳐다 드리고, 피도 약간 뽑아다 줄 수 있다고 호언장담했었다.

부풀었던 자신감이 짜증으로 변한 건 일명 '뻗치기'에 돌입하고 약 한 달쯤 지났을 때. 어디서 테러 위협을 받는 것도 아닐 텐데 아이의 곁에는 항상 경호원과 보모, 혹은 기사가 무리 지어 붙어 있었다. 얼마나 철저하게 아이를 지키는지 바늘 하나 비집고 들어갈 틈이 없었다.

남자는 나날이 지쳐 갔고, 그럼에도 눈에 불을 켜고 뻗치기를 이어 가던 어느 날 한 번의 오판으로 기적같이 찾아왔던 절호의 기회를 놓쳤다. 이쯤이야 괜찮겠지 싶은 마음에 아주 잠깐 자리를 비웠을 때 일이 벌어졌다.

아이는 아침 일찍 학교에 들어가 하교할 때까지 나오지 않았다. 학교는 특별할 때가 아니면 부모의 출입까지 철두철미하게 제한하는 명문 사립. 하교할 때에도 교문 앞에 서 회장 댁 사람들이 대기하고 있어 섣불리 접근할 수 없었다.

그날도 평소와 다르지 않을 거라고 확신했다. 하교 시간이 긴 했지만, 의무적으로 참여해야 하는 방과 후 수업이 있는 날이라 그게 끝날 때까지 코빼기도 보이지 않을 거라고. 남자는 담배와 간식을 사기 위해 근처 편의점에 들렀고 곧장 차로 돌아왔다. 그가 자리를 비웠던 시간은 정확히 8분. 그사이 변수가 벌어지고 있을 줄은 꿈에도 몰랐다.

아무것도 모르고 있다가 한 시간 뒤 전화를 받고 얼마나 욕을 먹었는지. 정 대표가 서 회장 댁 고용인을 매수하기 위해 한남동 자택을 서성이다 아이를 목격했단 소리에 어안이 벙벙했다. 놀라서 쫓아갔던 정 대표는 뒤따라오던 여자로 인해 접근에 실패했고 이후 남자는 그에 대한 화풀이를 혼자서 감당해야했다.

"어떻게 돌아가는 집구석인지……."

서 회장의 가계도를 들여다보며 남자는 냉조했다. 그도 이제 담이라는 아이의 숨겨진 스토리가 궁금해서 미칠 지경이었다. 월급쟁이 직분상 무조건 지켜보고는 있으나 이유도 모르고 이 짓을 하는 건 처음이었다.

이러한 경우 남편 쪽에서 자식의 핏줄을 의심해 처가와 아내를 한 방에 날리기 위해 의뢰해 오기 마련이었다. 한데 이번에는 특이하게도 아이의 친가가 아닌 외가 쪽에서 정 대표에게 연락을 해 왔다. 누군지는 정확히 모르겠으나 한 의원 쪽 사람이라는 건 확실했다.

무슨 일일까?

죽은 딸이 바람을 피워 엉뚱한 놈의 아이를 서 회장 댁에서 기르게 했다면 문제가 커질 것이다. 혹시 한 의원 댁 사람이 정적 쪽에 매수되어 치부를 터트리려 하는 것인가. 틈날 때마다 갖가지 추측을 해 봐도 남자는 번번이 고개를 가로저었다. 언뜻 보아도 서담의 외모는 서 회장 댁 핏줄임이 확실했다. 게다가 저런 집은 자손이 태어나면 유전자 검사부터 해 본다고 들었다.

"그럼 뭘까……."

직업이 기자인지 흥신소 직원인지, 어느새 정체성마저 잃어 버린 남자가 삐딱한 시선으로 2층 창가를 올려다보았다.

최근 들어 한 번도 사라진 적 없는 다크서클, 대충 말아 올린 머리, 갈라진 입술, 퀭한 두 눈. 마감의 압박에 시달리던 수완은 오랜만에 만나는 작고 똘똘한 존재에 살짝 얼어 있었다. 교무실에 갈 때마다 이유 없이 심장이 뛰었던 고등학생 시절로 돌아간 기분. 과장을 살짝 섞는다면 세상에서 가장 어려운 손님을 맞는 심정이 이러할 것이다.

— 나예요, 서담.

주말을 맞아 막판 스퍼트를 내고 있던 오늘 오전, 물을 마시다 생각 없이 전화를 받았던 수완은 또다시 들려온 담이의 목소리에 사레가 들릴 뻔하였다.

— 아줌마네 집 보러 가도 돼요?

'우리 집?'

— 어떻게 생겼나 궁금해서요. 잠깐이면 돼요.

얼결에 '어, 어.' 하다가 전화를 끊긴 했지만, 이렇게 곧바로 달려올 거라곤 생각지 못했다.

"아빠는 일본으로 출장 갔고 할머니는 오늘 아침 일찍 제주 도에 가셨어요."

"……어."

"물론 알고 계시겠지만요."

담이는 의미심장한 눈초리로 수완을 빤히 쳐다보았다. '아줌마가 우리 아빠랑 그렇고 그런 사이라는 거 다 알고 있어요.' 라고 말하는 듯이. 수완이 대꾸하지 못하고 멀거니 있는데 담이가 '집 구경 좀 해도 돼요?' 하며 집 안 구석구석을 훑어보았다.

아빠가 이 집에 들락거리는 게 아닐까, 매의 눈으로 감시하는 듯한 기분은 혼자만의 착각이길 바란다. 그렇게까지 진전된 사이는 아니어도 쿡쿡 쑤시는 양심에 수완은 제자리에 서서 꼼짝도 못했다. 이러지도 저러지도 못하고 자그마한 거실 중앙에 가구처럼 어색하게 서 있기만 하였다.

괜히 가해자가 된 것 같은 불편함, 서글픔, 미안함. 태은의 아이와 이런 식으로 어색하게 얽힐 거라고 그 누가 알았을까.

나는 저 아이의 탄생을 기뻐하고, 배냇저고리와 내복을 챙겨 주고, 돌 반지를 마련하고, 기꺼이 물주 노릇을 해 주는 친절한 이모여야 하는데.

담아, 아줌마가 아니고 이모야. 앞으로는 이모라고 불러.

당당히 호칭을 정정할 수 없는 처지가 현재 상황에 회의를 갖게 했다.

"아줌마!"

그새 방까지 둘러본 담이가 수완을 불렀다. 암흑의 바닥까지 침전되었던 수완이 반짝 정신을 차렸다.

"나 배고파요."

그러고 보니 어느덧 정오가 넘은 시각. 새벽같이 일어나 마감에 쫓겼더니 시간의 흐름도 모르고 있었다.

"어, 잠깐만."

"됐어요."

먹을 만한 게 뭐가 있나, 냉장고로 발을 떼던 수완을 담이가 딱 잘라 제지했다. 왜 그러냐고 물을 틈도 없이 잰걸음으로 다가와 수완의 손에다 무언가를 꼭 쥐여 주었다.

"간단하게 시켜 먹어요. 난 짜장면이요."

손을 펴 보니 아이가 건네준 건 꼬깃꼬깃한 만 원짜리 한 장. 접힌 모양새가 샌드위치를 먹으러 갔을 때 가격을 확인한 뒤 계산에 보태라며 소심하게 내밀었던 그것과 동일했다. 할 말을 잃은 수완이 아래를 내려다보자 담이는 자신만만한 표정을 짓고 있다.

"뭐 해요. 안 시켜요?"

"……."

"오늘은 내가 사 줄게요. 저번에 샌드위치 사 주셨잖아요. 돈으로 갚는 거보다 이게 나을 것 같아서요."

수완을 바라보는 아이의 눈동자가 유난히 까맣고 깨끗했다.

할 수 없이 중국집에 전화해 아이 앞에 대령한 음식은 짜장면 하나와 과일탕수육 작은 거 하나. 두 사람은 식탁에 마주 앉아 식사를 시작했다. 담이는 그릇에 얼굴을 박고 짜장면을 흡입했고, 수완은 그런 아이에게서 눈을 떼지 못한 채 탕수육 한 조각을 한참 동안 씹고 있다.

입 주변에 춘장을 묻혀 가며 면발을 쉴 새 없이 빨아들이던 담이가 흘깃 수완을 보았다. 눈이 마주치자 제정신이 들었는지 중간에 면발을 끊고 물을 마셨다. 그런 다음 제법 분위기를 잡으며 퉁명스럽게 말했다.

"우리 아빠랑 만나신다면서요? 왜 아빠만 만나요? 나랑도 만나며 우리가 맞는 사이인지 알아봐야죠."

"……."

"일주일에 한 번씩 만나기로 해요. 일단 난 다음 주에 괜찮아요."

수완이 아무런 말 없이 보고만 있자 아이는 슬며시 눈길을 피하며 새치름한 목소리를 내었다.

"내가 다시 찾아오기 힘드니까 주말에 체육관으로 데리러 오세요. 점심은 간단히 같이 먹어요."

"그때는 뭐 먹고 싶은데?"

"피자요."

근엄한 어조로 재빨리 답했던 담이가 이내 파들짝 놀라 동작을 멈췄다. 눈도 깜박 못 하고 얼어 있는 게 여덟 살 인생 최대의 위기를 맞은 것 같았다.

중국집에 왜 빨리 전화 안 하냐고 채근할 때부터 수완은 어렴풋이 눈치채고 있었다. 태연을 가장한 긴장, 원하는 걸 성취할 수 있을지도 모른다는 기대감, 혹시라도 청을 안 들어줄까 봐 불안하게 흔들리는 눈빛. 아, 담이의 방문 목적은 생각보다 단순한 것이었구나. 수완은 아이의 깜찍함에 긴장이 풀어졌다.

그도 그럴 것이 전 여사는 건강 관리에 철저했다. 내로라하는 대부분의 집이 그러하듯 식탁에 올라오는 것들은 신선한 재료를 이용한 담백한 음식이었다. 아이들의 미각을 미치게 하는, 이른바 단짠으로 이어지는 음식은 거의 먹지 않았다.

"내가 뭐…… 뭐, 이런 거 먹고 싶어서 아줌마랑 만나겠다는 건 줄 아세요!"

걸렸구나. 질겁했던 담이가 버럭 짜증을 내었다. 왜 아니겠는가. 본래 이럴 때일수록 먼저 화내는 사람이 이기는 거였다. 춘장을 잔뜩 묻힌 입가와 벌게진 얼굴, 겁먹은 두 눈, 놀라서 씩씩거리는 숨소리. 애처롭다고 해야 할지, 가관이라고 해야 할지.

수완은 담이를 지그시 바라보다 어깨를 으쓱하고 탕수육으로 젓가락을 가져갔다.

"일주일에 한 번은 안 될 것 같아. 보름에 한 번 정도 보러 갈게. 나도 가끔 이런 음식이 당길 때가 있으니까."

성이 난 듯 올라 있던 아이의 작은 어깨가 아래로 축 늘어졌다. 안도감, 부끄러움, 그러면서도 숨길 수 없는 희망의 빛이 움칠거렸다. 담이가 조심스럽게 물었다.

"다음 주에 나 데리러 올 거예요?"

"아빠한테 얘기할게."

대답이 마음에 들었는지 힘없이 떨어졌던 작은 어깨가 다시 제자리를 찾아 봉긋 올라섰다.

"그러세요, 그럼."

말투는 끝까지 거만했지만, 아이의 눈가와 입가엔 좋아 죽겠다는 티가 물결을 이뤘다. 슬쩍 담이를 바라보는 수완의 입가에도 보일 듯 말 듯 작은 미소가 스쳤다.

컬러링북 작업이 끝나면 하고 싶은 게 무궁무진하였다. 시간제한 없이 잠을 푹 자고 싶었고, 아무것도 안 하고 멍하니 소파에 들러붙고 싶었다. 병원에 가서 수민이랑 수다 떨며 주말 내내 같이 있고 싶기도 하였다.

오늘 새벽, 수완은 마감 일정에 맞춰 차질 없이 작업을 마쳤다. 회사에서의 업무도 정신력 하나로 굳건히 해치웠다. 며칠간 무리한 데다 어제는 밤을 꼴딱 지새운 탓에 중간중간 두통이 몰아쳤지만, 카페인의 힘으로 이겨 내었다. 퇴근 후 포근한 이불에 몸을 파묻는 행복한 상상의 나래를 펼쳤다.

그러나 인생에서의 변수는 늘 결정적 순간에 찾아오는 법. 고대하던 퇴근 후 수완은 푹신한 침대에 쓰러지는 대신 어느 카페의 딱딱한 의자에 앉아 보고 싶지 않은 얼굴과 마주해야 했다.

"뭐 그리 대단한 일을 하신다고 바쁘니, 못 만나니 말이 많아 많긴!"

예나 지금이나 능력은 떨어지고 노력도 안 하는데 욕심만 많은 이동재. 민 변호사의 부탁에 마지막이란 생각으로 나왔던 수완은 자리에 앉자마자 후회가 되었다. 내가 언제부터 관대한 사람이었다고 소중한 시간을 이렇게 까먹고 있나. 퇴근 시간이 임박해 전화를 해 왔던 민 변호사가 이동재를 제지하지 않았더라면 즉시 자리를 박차고 나갔을 것이다.

"그거 따지고 싶어서 만나자고 했던 거야? 내가 빨리빨리 안 만나 준 게 화가 나서?"

"지금 말장난해? 알량한 건물 가져가는 대신 밀린 월세니 이자니 헛소리는 집어치우라고."

작정하고 나왔는지 눈을 부라리는 모양새가 퍽 사나웠다. 남들이 보면 놀랄 수도 있겠으나 이동재의 게으름과 소심함을 알고 있는 수완에겐 어림없는 일이었다.

"10원 한 장 포기할 수 없어. 계산을 정확하게 해 주든지, 우리 집안 가족사 만천하에 공개하고 법정에서 진흙탕 싸움을 벌이든지. 나야, 잃을 체면도 인맥도 없으니까."

"야, 이수완!"

험악한 얼굴로 이동재가 으르렁거리자 카페 안 손님들이 저마다 이쪽을 흘끔거렸다. 물론 수완은 눈도 깜짝 안 했다.

할머니 뒤에 숨어 조르기만 하던 이동재가 직접 나와 애쓰는 걸 보면 급하긴 급한 모양이었다. 그 이름도 거창한 신재생 에너지 사업을 벌여 허공으로 날린 액수가 기가 막힐 정도였다. 얕은 지식으로 그런 사업을 하려니 망하는 건 당연했다.

이후로도 갖가지 요식업 사업을 벌여 망하기를 여러 번. 모르면 공부를 하든가, 사업에 소질이 없다는 걸 알았으면 남의 밑에 들어가 착실하게 일을 배우든가. 이도 저도 않고 무턱대고 일만 치는 이동재는 수완으로선 도저히 이해할 수 없는 인간이었다.

본가의 상황은 안 봐도 뻔했다. 할머니가 아무리 이동재를 편애해도 자손을 위해 모든 것을 희생하는 분은 아니었다. 지금까지 많은 것을 주시기는 하였으나 아버지에게라면 모를까, 손자에게 최후의 보루인 집까지 양보하진 않으실 것이다. 그러니 위임장이란 편법을 쓰려 했겠지.

그런 이유로 수완은 할머니의 재산이 대폭 쪼그라들었건 말건 그 돈을 포기할 마음이 없었다. 어차피 이동재가 가져가 흥청망청 써 버릴 돈, 마지막 한 푼까지 받아 내 수민이랑 돈 걱정 없이 살아 볼 작정이었다.

"어릴 때부터 제 생각만 하더니 커서도 이기적인 건 여전하네. 대기업씩이나 다닌다면서 말이야, 손녀라는 게 할머니께 용돈을 드리지는 못할망정 어디서 돈 못 버는 노인네한테 한 몫 뜯어낼 궁리만 하고 있냐! 양심과 싸가지를 좀 챙겨 봐."

"나야말로 궁금해서 묻는 건데, 왜 자꾸 할머니한테만 손을 벌리는 거야?"

위협하듯 목소리에 힘을 주는 이동재와 달리 수완은 조곤조곤한 어조를 유지했다.

"외가가 잘산다고 하지 않았어? 외할아버지께서 직원이 몇 백이나 되는 회사 회장님이시라며. 그럼 어머니도 돈 좀 있으시겠네. 돈 못 버는 노인네 그만 괴롭히고 이제부턴 외갓집에 손 벌려 보는 건 어때?"

"이게 진짜!"

"동재야!"

일순 얼굴이 시뻘게진 동재가 자리에서 일어나 손을 올렸다. 옆에 있던 민 변호사가 재빨리 만류하지 않았더라면 수완이 진짜 한 대 맞았을 상황이었다. 할머니한테 돈을 받아 갔던 것도, 외가와 연락이 끊긴 지 오래됐지만 늘 외할아버지의 재력을 자랑했던 것도 사실이면서.

이동재는 끝까지 숨기려 했으나 수완은 알고 있었다. 그의 친모가 세 번째 이혼 후 프랑스 남자와 재혼해 유럽 어딘가에서 살고 있다는 것을. 그로 인해 그는 어머니뿐 아니라 외가와도 연락이 끊긴 지 10년이 훌쩍 넘어가고 있다는 것을.

이동재는 어쩔 수 없이 손을 내리면서도 죽일 듯 수완을 노려보았다. 그의 행동이 자못 드셌음에도 수완은 어깨 한번 들썩이지 않았다. 이번에야말로 놀라서 그대로 얼어 버린 것이었지만 이왕 이렇게 된 거 태연함을 가장해 충고의 말을 건넸다.

"민 변호사님께 감사해야 할 거야."

"너 진짜 죽고 싶지?"

"신세 꼬지 마."

"뭐?"

"원수 같은 천륜 때문에 얻어맞고도 침묵할 정도로 우리가 그렇게 친한 사이는 아니잖아? 내가 왜 민 변호사님 배석하에 카페에서 보자고 했는데. 그 손으로 내리치는 순간 나는 목격자랑 CCTV부터 확보할 거야. 물론 합의는 없어."

동재가 가소롭다는 듯 코웃음을 치더니 곧 인상을 찌푸리며 낮게 힐난했다.

"네가 그러니까 미움을 받는 거야."

"더 할 말 없으면 나 일어나고."

"내가 할머니한테 돈을 받든 외가에다 손을 벌리든 네가 뭐라고 상관인데. 재수 없게 남의 일에 간섭하지 말고 너나 행동 똑바로 하고 다녀!"

"내가 하고 싶은 말이야. 제발 남의 일에 간섭 좀 하지 마. 내가 당연히 받아야 했던 내 돈, 이제라도 챙겨 가겠다는데 왜 자꾸 전화하고 쫓아오고 이 난리야. 아직도 실감이 안 나는 모양인데 그 건물, 나랑 수민이 거야. 주인 허락 없이 돈을 빼 갔으면 그대로 가져다 놓든 개망신을 당하든 양식 있는 사람이면 책임을 질 줄 알아야지."

대신 싸워 주는 할머니가 옆에 안 계시니 한마디도 지지 않고 답하는 수완을 동재는 이길 재간이 없었다. 있는 대로 기합만 주다가 모욕감에 입술만 바들바들 떨었다.

이동재와 볼 일이 없어진 수완은 이제 시선을 민 변호사에게 돌렸다.

"말씀드린 대로 입금 기한은 오늘까지입니다. 자정을 넘기면 내일부터 저는 소송을 시작할 거예요."

"그러면 너만 힘들어진다."

내내 침묵을 고수하던 민 변호사가 골치 아픈 표정으로 입을 열었다.

"법이 그래. 직계혈족하고 얽힌 재산 문제는 일반적인 상식이 적용되는 게 아니다."

"그래도 가만히 있는 것보다 낫겠죠. 할머니께 물어보세요. 실리와 명예, 어느 쪽을 선택하실 거냐고요. 그 동네에 사시는 이상 무조건 실리만을 택하실 순 없을 거예요. 만약 명예를 버리시겠다면 저도 얻는 것은 있네요. 저와 수민이의 억울한 사정을 그 동네에서 한 번씩은 집집마다 떠들어 댈 테니까요."

마지막까지 애를 썼던 민 변호사는 수완의 단호함에 더는 말을 잇지 않았다.

세간의 입에 오르내리는 걸 할머니가 결코 달가워하실 리 없었다. 약속 장소로 나오기 전 민 변호사는 수완과 통화하며 금액을 조정해 달라는 식의 발언까지 슬쩍 흘렸다. 할머니는 아마 수완이 요구하는 액수를 대폭 낮추고 그것으로 머리 아픈 문제를 마무리 짓고 싶으신 듯하였다. 그런데 시도도 하기 전 분위기 파악을 못 한 동재가 불량기를 쉼 없이 발휘했고, 수완이 완강히 대응하자 민 변호사도 곤란한 눈치였다.

무엇을 얻고 무엇을 버릴 것인가.

수완은 또다시 할머니께 질문을 던져 놓고 카페를 나섰다. 어디 편의점에라도 가서 차가운 생수를 벌컥벌컥 들이켜고 싶었다.

지친 몸을 이끌고 집으로 향했다. 수완은 버스에서 내려 골목을 걷다가 할머니께 걸려 온 전화를 받았다. 휴대폰을 귀에 갖다 대는 순간 일방적인 꾸지람이 쏟아지는 통화였다.

— 내가 이래서 너한테 계속 싫은 소리를 하게 되는 거다. 어린것이 돈을 굴릴 줄 알아, 건물을 관리할 줄 알아? 가만있으면 어련히 알아서 돌려줄까, 꼭 욕심만 부리다 가족 간에 의를 끊어 놓지. 긴말하고 싶지 않다. 내가 줄 수 있는 만큼 탈탈 털어 입금했으니 그 이상은 바라지도 마라. 이 정도 선에서 끝내지 않겠다면 나도 기어이 소송을 준비하는 수밖에!

할머니는 수완이 답할 틈도 주지 않고 전화를 끊었다. 뒤이어 확인을 해 보니 입금액이 찍힌 은행 문자가 도착해 있었다. 애초 요구했던 것의 반의반도 미치지 않는 금액이었으나 수완은 실망하지 않았다. 전부 돌려받겠다고 으름장을 놓으면서도 처음부터 진짜 그럴 수 있을 거라 기대하지 않았다. 무모한 소송으로 돈 잃고, 상처받고, 얻는 것도 없을 바에야 얼마라도 받아 내기 위해 애쓴 보람이 있었다.

앞으로 다달이 들어올 임대료, 적지 않은 월급, 거기에 개인적인 기준에서 꽤 두둑한 목돈까지……. 이제 돈 때문에 고생하는 일은 없겠네.

마음이 한결 놓이면서도 한편으론 허탈했다. 손자를 위해 많은 돈을 쓰신 분이 부당하게 취한 손녀들의 돈은 손자에게 준 것에 비해 거의 푼돈 수준으로 돌려주셨으니. 할아버지의 유산으로 아버지가 마련한 것이니 건물은 당연히 동재의 것이라며 마지막까지 당당했던 할머니가 떠올라 뒷맛이 씁쓸했다.

상념에 잠겨 걷다 보니 어느새 집 앞이었다.

이번에 생긴 목돈을 보태 전셋집을 옮겨 볼까. 보다 쾌적한

266

곳으로 이사 갈 생각을 해 보며 수완은 무심코 위를 올려다보았다. 곧바로 '어?' 하고 놀란 표정을 지었다. 깜깜해야 할 2층 전셋집에 불이 환히 들어와 있었다. 수민의 입원 후 한 번도 없었던 일이라 몇 초간 멍해 있는데 불현듯 아침에 있었던 그 사람과의 통화가 생각났다.

고가의 선물로 입씨름을 벌이고 한동안 잠잠했던 그는 마감이 끝난 오늘 아침 정확하게 전화를 걸어 왔다. 이미 여러 번 약속을 미루었던 터라 만나자는 말을 할 줄 알았더니 통화의 목적은 다른 것이었다.

― 마감 끝났지? 피곤할 테니까 밖에서 먹는 건 무리일 테고, 먹을 것 좀 챙겨 줄게.

뭐라 반박할 새도 없이 그는 통화를 끝냈고 마감으로 지친 수완은 대응하지 못했다.

아마도 냉장고를 채우고 있겠지. 음식을 해서 나르는 사람은 안성댁일 테고. 겸사겸사 인사도 드리고 저번 것에 대한 감사도 표해야지.

수완은 걸음을 빨리했다. 건물 안에는 입구에서부터 된장찌개 끓는 냄새가 진동했다. 그것은 수완의 후각을 자극했고 점심을 못 먹어 텅 비어 있던 위를 요동치게 하였다.

된장찌개 먹고 싶다.

바지락이 들어간 깔끔한 된장찌개에 갓 지은 따뜻한 밥이 저절로 머릿속에 상상되었다. 본능에 따라 입 안에 침이 고이는데 냄새는 계단을 오를수록 짙어졌다. 어느 집에서 찌개를 이렇게 맛있게 끓이나. 뛰듯이 계단을 오르던 수완은 현관 앞에 다다라 고개를 기울였다.

후각이 잘못된 게 아니라면 입맛을 다시게 하는 이 구수한 냄새는 다른 곳이 아닌 수완의 집에서 퍼져 나오고 있었다. 안에서는 접시를 달그락거리는 소리도 들려왔다.

직접 뭔가를 만들어 주시나?

비밀번호를 누르고 안으로 들어간 수완은 눈앞에 펼쳐진 광경에 말문이 막혔다.

"왔어?"

식탁에 막 찌개를 올려놓고 있던 진하가 수완을 돌아보며 스스럼없이 맞아 주었다. 팔뚝 위로 둘둘 말아 올린 옷소매, 물에 젖은 두 손, 사용한 흔적이 역력한 부엌, 식탁 위로 푸짐하게 차려진 한 상. 혹시나 하여 빠르게 훑어보았지만 안성댁은 찾을 수 없었다. 누가 봐도 현재 상황은 그가 저녁상을 차렸다고밖에 생각할 수 없었다.

"조금 늦는다고 해서 실례를 무릅쓰고 들어와 있었어. 허락 없이 부엌도 썼고."

"지금 뭐 하는 거예요?"

"일하느라 제대로 못 챙겨 먹었을 거 같아서. 네가 좋아하는 거 해 주고 싶었어."

"내가 뭘 좋아하는데요?"

"남이 해 준 음식."

한 치의 의심 없이 흘러나온 대답에 수완은 가슴이 쿵 주저앉았다.

그걸 어떻게…….

속에서 무언가 울컥 솟아나는데 퍼뜩 떠오르는 생각 하나.

'아줌마 제일 좋아하는 음식이 뭐예요?'

'남이 해 준 음식……?'

언젠가 나눴던 담이와의 대화가 기억나 가까스로 감정을 진정시켰다.

담이한테 들었겠지. 저 사람이 그걸 어떻게 안다고.

민망한 착각에 창피함이 무뚝뚝함으로 표출되었다.

"앞으로 이런 거 하지 마세요."

"맛이 없을 것 같아서? 평균 이상일 거야. 와서 먹어 봐."

수완의 상태를 모르는 진하가 노릇노릇 부쳐 놨던 두부를 나르며 재촉했다. 여기가 제집이라도 되는 듯 자연스럽고 편안해 보인다. 이렇게, 경계가 무너져선 안 되는데.

이성적으론 다시는 저런 행동을 못 하게 잘라야 한다고 생각하면서도 잔뜩 쪼그라든 위의 절규에, 냄새의 유혹에, 정확히 설명할 수 없는 어떤 주저함에 끝내 입을 열지 못했다. 결국 굶주림과 감성에 굴복한 수완은 손을 씻고 식탁으로 가 앉았다.

진하가 뚝배기의 뚜껑을 열자 파와 두부, 무, 바지락이 아낌없이 들어간 된장찌개가 시각을 압도했다. 맛을 보니 담백하면서도 시원한 게 입맛에 꼭 맞았다. 식탁에 차려진 반찬도 하나같이 수완이 좋아하는 것들. 오래전 과외를 받으며 함께 밥을 먹으러 다니던 시절이 저절로 떠올랐다.

어느 순간 진하는 수완이 잘 먹는 반찬을 끌어다 가까이에 놓아 주곤 했었다. 별걸 다 기억한다고 쭈뼛대면서도 그 사소한 행동에 가슴이 두근거렸다. 설마 그걸 기억하고 있는 것은 아닐 테고. 식성에 맞게 차려진 한 상이 우연의 일치라고 여기면서도 괜스레 코끝이 시큰했다.

"어디서 이런 걸 배웠어요?"

"혼자 밥해 먹은 게 몇 년인데. 미국에서 공부하면서 종종 해 먹곤 했어."

진하는 반찬을 수완 쪽으로 밀어주었다.

담담하게 듣고는 있으나 수완은 갑자기 속이 불편했다. 학생 부부, 아내 태은을 위해 요리하는 남편 진하, 두 사람의 다정한 저녁 식사. 단 한 번도 상상해 보지 않았던 그들의 일상이 시야에 환영처럼 아른대 수완의 가슴을 쪼아 댔다. 이유 없이 목이 메어 온다. 수완은 물로 입술을 축였다.

"뭐 하러 이 고생을 했어요. 그냥 시켜 먹으면 되는 것을. 가끔 배달 음식도 괜찮잖아요. 서진하 씨 그런 거 좋아하니까."

"나 안 좋아해, 그런 거."

그의 대답이 단호했다. 빤히 응시하는 시선이 뜨거웠다. 그것은 마치 다른 말을 하는 듯한 착각을 일으켰다.

옛날엔 억지로 먹은 거야. 너 때문에. 너를 위해서.

수완은 심장의 미세한 떨림을 느꼈다.

바보 같은 착각. 믿고 싶은 환상.

듣고 싶은 대로 듣고, 믿고 싶은 대로 믿고 싶지만, 현실은 냉정했다. 그는 분명 그런 음식을 즐겨 먹었다.

아니요. 배달 음식 좋아했어요. 우리 집에 와서 매일 시켜 먹었잖아요. 입맛이 변한 건 태은이 때문이겠죠. 아내가 아프니 주로 건강식으로 먹었을 테고, 그러다 보니 그런 것들이 싫어진 거예요.

똑똑히 짚어 주고 싶으나 쓸데없는 짓이었다. 수완은 눈을 내리뜨고 수저를 들었다.

"난 그런 거 좋아해요. 그러니 이렇게까지 할 거 없어요."

"내가 하고 싶어서 하는 거야."

"혹시 이게 정성을 다한다는 그건가요?"

"마음에 안 들어?"

"네."

찌개를 떠먹던 수완이 혹시나 하고 던진 진하의 물음에 정색하며 답했다.

균열이 일어나고 있음을 눈치채지 못하고 있던 진하가 우뚝 젓가락질을 멈췄다. 급속도로 경직된 분위기 속에서 두 사람은 서로를 마주 보았다.

"그럼 어떻게 해 줄까?"

"다르게 해요."

그에게서 차분하면서도 쓰라린 기운이 전해졌다. 수완은 그것이 아프면서도 끝까지 외면했다. 이런 것보다 차라리 돈지랄이 나을 것 같았다.

저 사람이 이러면 내가……

차마 뒷말을 떠올릴 수 없어 수완은 시선을 내리고 차갑게 말했다.

"나한테 그런 거 일일이 묻지 마세요. 다른 방법을 모르겠다면 아예 하지 마시든가요."

예민하고 변덕스러운 사춘기 소녀로 돌아간 기분이었다. 평정심은 어디로 갔는지, 화가 나고 짜증이 일었다. 할머니가 원망스럽고 이동재가 불쾌했다. 그들한테 가서 당장에라도 비난을 퍼붓고 싶었다. 가족이면서, 친할머니라면서 왜 마지막까지 사람을 지치게 해 엉뚱한 곳에서 위로받게 하냐고. 왜 봐서는 안 되는 사람을 자꾸 다시 보게 하냐고. 왜 이토록 나를…… 또 흔들리게 하냐고.

9. 괴롭고 행복한

[오늘은 김치찌개 할까 하는데.]

오후 4시, 진동음이 울리며 진하의 문자가 도착했다. 한창 업무 중이었던 수완은 내용을 보고도 무시한 채 보고서 작성에 집중했다. 자판 두드리는 소리가 한동안 이어졌다. 휴대폰 쪽으론 시선도 주지 않고 있는데 시간이 갈수록 화면을 응시하는 건조한 눈빛에 균열이 일었다. 동시에 집중력은 산산이 부서지고 수완은 동료들 모르게 한숨을 삼켰다.

무시하고 싶지만, 도저히 그게 안 되는 사람.

수완은 고개를 내저으며 휴대폰을 집어 답신을 보냈다.

[오늘 야근해야 해요.]

[찌개만 끓여 놓고 갈게. 나 내일 출장 가. 당분간 못 볼 거야.]

[안 해도 돼요. 잘 다녀오세요.]

수완의 완강한 거절에 둘 사이에 오가던 문자가 잠깐 중단되었다. 한동안 기다리고 있던 수완이 휴대폰을 도로 내려놓으려 하자 지잉, 다시 진동음이 울렸다.

[입맛 없어도 아침으로 꼭 데워 먹고 가. 너무 늦게까지 일하지 말고.]

기어이 찌개를 끓여 놓겠다는 말이었다. 언제나 느끼는 거지만 진하의 고집은 만만치 않았다.

처음으로 된장찌개를 끓여 줬던 날 수완은 싸늘한 반응을 보였다. 그런데도 그는 사흘 만에 장을 봐 와 수완의 부엌을 장악했다. 일전에 아무 일도 없었던 듯 황당해하는 수완 앞에 굴밥과 생선구이를 차려 냈다. 얼마든지 받아 줄 테니 퍼붓고 싶으면 마음껏 퍼부으라는 얼굴을 하고서.

안 그래도 짜증을 냈던 게 마음에 걸렸던 수완은 곤란해하면서도 약간의 죄책감에 수저를 들었다. 그날 이후 진하는 수완의 부엌을 편안하게 사용하기 시작했다.

음식 솜씨는 놀라울 만큼 수준급이었다. 웬만한 한식은 물론이고 면 요리와 디저트까지 어려움 없이 척척 만들었다. 일반적으로 수완의 솜씨를 아는 사람이라면 음식 한번 해 달라고 조르기 마련인데 진하는 그런 것이 없었다. 못 먹여서 안달이라도 난 것처럼, 수완의 손에 물 한 방울 묻는 날엔 큰일이라도

274

날 것처럼 뭐든지 스스로 도맡았다. 출장을 갈 때는 날짜와 밥 먹는 횟수를 정확히 계산해 음식과 간단한 주전부리를 완벽히 갖춰 놓기까지 하였다.

차마 거절하지 못하고 한동안 호의를 받기는 했으나 더는 위험했다. 특히 이런 문자를 받을 때면 그가 부엌에서 여유롭게 움직이는 모습이 눈앞에 영상처럼 그려졌다. 정장 재킷을 벗고, 넥타이를 풀고, 셔츠 소매를 걷어붙이는 그가. 긴 손가락으로 쌀을 씻고, 고기를 자르고, 김치를 볶다가 찌개를 끓이는 그가.

오직 그녀만을 위해 그러고 있을 진하가 떠오르자 수완은 심장이 망가질 것처럼 쿵쿵쿵 뛰어 댔다.

흔들리고, 흔들리고, ……흔들렸다.

그리고 화가 났다. 참을 수 없을 만큼 분노가 치밀어 신경질적으로 손가락을 움직였다.

[됐다고 했잖아요. 내 말이 말 같지 않은 거예요? 집주인이 싫다는데 왜 자꾸 와서 쓸데없는 짓을 하는데요. 당신 아내한테 해 주던 거, 나한테 하지 말란 말이에요!]

생각나는 대로 써 버린 문자. 수완은 완성된 텍스트를 보내지 못하고 혼자서 몸을 들썩였다. 저도 모르게 '끙.' 하고 가느다란 신음을 터트리다 놀라서 주위를 둘러봤다. 동료들은 각자가 맡은 업무에 열중하느라 아무런 소리도 못 들은 눈치였다.

'휴.' 안도하긴 했으나 얼굴이 달아오르고 가슴이 조여드는 것까진 막지 못했다. 이러다간 주위에서 누군가 이상한 낌새를 눈치챌 것 같았다. 도저히 앉아 있을 수 없어 수완은 자리에서 일어나 화장실로 향했다.

지잉.

부서를 벗어나 복도를 걷는데 문자가 들어왔다. 보나 마나 그가 고집을 부리는 문자일 것이다.

그렇게 박대를 당하면서도 어쩜 그리 당당할 수 있는지. 왜 항상 안달 내는 쪽은 나여야 하는지. 당신은 왜 그렇게 태연하고 아무렇지 않은지. 장담한 대로 온갖 정성을 들이면서, 왜 털 끝 하나 건드리려 하지 않는지.

바보같이 나는 그때와 똑같은 실수를 반복한다. 저번에는 모르고 그랬다면 이번에는 알고도 달려드는 불나방처럼. 흔들리고 흔들린다. 새로 생겼다던 그의 목표도 궁금하지 않았다. 보고 느끼는 게 더 중요했다. 진심으로 좋아하는 게 아니라면 이렇게까지 정성을 들일 리 없어. 그런 눈빛으로 나를 바라볼 리 없어. 그는 어떠한 표현도 하지 않는데 그때와 똑같은 착각을 하고 있다.

그를 탓하고, 그를 원망하고, 그를 비난하지만, 수완이 정말로 묻고 싶은 것은 사실 단 하나.

……나 어때요?

그렇게 혼나고도 결국은 또 당신을 보게 되는 나…… 나 어떠냐고요.

외면하고 싶었던 진심을 어쩔 수 없이 마주하며 수완은 복도 한가운데서 걸음을 멈췄다. 붉게 변해 가는 눈가와 떨리는 입술. 금방이라도 울어 버릴 것 같은 얼굴. 그대로 주저앉지 않은 게 다행이었다.

─ 친구랑 약속이 있어요.

"친구?"

몇 번의 시도 끝에 간신히 연결된 통화에서 수완은 오늘도 거절의 의사부터 밝혔다.

─ 밥 한번 먹기로 했는데 계속 못 먹었거든요.

거짓말임을 알고 있다. 아니면 일부러 약속을 만들었거나.

최근 수완이 불안했다. 더불어 진하도 신경이 말라 갔다. 약속을 잡거나 식사를 챙겨 주려 하면 야근이란 카드를 빼 들었다. 출판사와의 새로운 작업에 바쁘다고 둘러댔고, 동생한테가 봐야 해서 만날 수가 없다고 거절했다. 벌써 2주째 수완은 그를 밀어냈다. 전화를 걸어도 한 번에 받는 법이 없었다. 문자를 보내면 10분이나 20분 뒤에 답신을 주었다.

"전골 먹고 싶다고 했잖아. 그거 하려고 하는데."

─ 회사에서도 보는 친구라 너는 미루기 힘들어요. 미안해요, 회의가 있어서 지금 가 봐야 해요. 끊을게요.

수완은 진하의 대답도 듣지 않고 통화를 종료했다.

같은 회사에 다니는 친한 친구.

휴대폰을 쥐고 있는 진하의 손에 힘이 가해졌다. 수완의 주변인이라면 줄줄 꿰고 있는 진하였다. 그 친구가 박현우일 거란 사실은 너무도 명백했다. 4년 내내 수완의 주변을 맴돌다 같은 직장에 취직해 외삼촌의 출판사에서 외주까지 얻어다 주었다던 바로 그 박현우. 피가 역류해 머리와 얼굴로 쏠리는 느낌이다.

모든 게 순조로웠다. 처음으로 저녁을 차렸을 때 수완이 화를 내긴 했지만, 이후로 못 이기는 척 받아 주었다. 밥 한 그릇씩 싹싹 비워 낼 때마다 이다음엔 또 뭘 해 줘야 잘 먹을까, 행복한 고민에 빠졌다. 잠을 줄이고 출장을 다녀오는 틈틈이 수완에게 달려갔다.

지친 몸을 이끌고 집에 돌아가 반찬 한두 가지로 저녁을 대충 때우는 수완을 생각하면 참을 수가 없었다. 학창 시절 지긋지긋할 정도로 시달린 가사 노동도 안 하게 해 주고 싶었다. 잃어버린 시간을 되돌릴 순 없어도 해 주고 싶었던 모든 것을 이제라도 조금씩 해 주고 싶었다.

그래서 욕심을 내 봤다. 조심조심 다가갔어야 했는데, 조금만 더, 조금만 더, 욕심을 내다가 진짜로 해 주고 싶은 건 시작도 못 하고 거부감을 일으켰다. 진하는 너무 성급했다고 실수를 인정하면서도 울컥하는 마음이 일었다.

내가 너한테 그 정도도 못 해 줘?

네가 부엌에 있는 게 보기 싫어 그 여름날, 땡볕에서 이동재랑 농구를 얼마나 많이 했는데. 김시형한테 용돈을 얼마나 많이 뜯겼는데.

오기인지 질투인지, 그 어떤 이름으로 불려도 상관없다.

나는 오늘, 너를 꼭 봐야겠다.

"마셔, 마셔. 쭈우욱. 쭉 마셔, 쭈욱!"

한 주 동안 짊어졌던 긴장감을 마음 편히 내려놓을 수 있는 금요일 저녁, 강남의 한 술집에서 뜻하지 않게 동문회가 열렸다.

"너희 오늘 집에 갈 생각하지 마라. 우리의 목표는 내일 아침 해장술까지 먹고 가는 거다. 에이 씨, 서러운 인생. 야근 없는 불금이 얼마 만인지 모르겠다."

뜻밖에 반가운 이들을 만난 건 현우와 저녁을 먹으러 갔던 일식집에서. 수완이 먼저 안으로 발을 들여놓는 순간 대학 때 술고래로 유명했던 현우의 친구들이 두 손을 번쩍 들고 환영했다.

그들하고 같은 과는 아니었지만 현우 덕에 꽤 가까이 지냈던 친구들이라 수완은 반갑게 아는 척을 하였다. 세상이 정말 좁긴 좁다며 신기해했는데 사실은 그런 게 아니란다. 오늘 통화를 하다가 현우가 수완과 회사 근처 일식집에서 저녁을 먹기로 했다기에 말도 없이 무작정 따라와 본 것이라고.

현우는 노골적으로 떨떠름해하였고, 그들은 무시했다. 청주를 곁들여 초밥과 회를 우걱우걱 먹어 치운 다음 느끼한 안주를 찾아 생맥줏집으로 두 사람을 이끌었다. 수완을 데리고 슬쩍 빠지려는 현우에겐 이 무슨 주도酒道에 어긋나는 개인행동이냐, 핀잔을 퍼부었다.

술자리의 대화는 소개팅을 시켜 달라는 칭얼거림에서 성공적인 재테크와 인생 역전, 직장인의 애환으로 차례차례 넘어갔다. 주변 테이블은 비슷한 처지의 직장인들로 떠들썩하였고, 알코올을 섭취한 친구들의 목소리는 갈수록 커져 갔다.

늘어 가는 술병과 술기운에 조금씩 붉어지는 얼굴. 절정을 향해 치닫는 금요일 밤의 분위기. 그 왁자지껄한 술자리 속에서 집중하지 못하고 겉도는 사람은 수완 혼자뿐이었다. 얘기를 들어 주고 영혼 없이 웃고 있지만, 신경의 촉수는 온통 손에 들고 있는 휴대폰으로 뻗어 있다.

흔들리는 마음을 감당할 수 없어 진하와의 만남을 2주 가까이 피했다. 온갖 이유를 갖다 붙이다 핑곗거리가 떨어지자 현우에게 전화해 지난번에 못 먹은 저녁을 이번에 먹자며 일부러 약속을 만들었다. 그래 놓고 손에서 휴대폰을 놓지 못했다. 이건 바보 같은 짓이라고 자책하면서도 진하와 관련한 일이라면 눈이 멀고 귀가 먹었다. 내가 실수하고 있는 게 아닐까 으스스 떨릴 정도로 긴장되었다.

[늦게라도 와. 기다릴게.]

마지막으로 문자를 받은 건 막 퇴근했을 무렵. 지금은 시곗바늘이 10시를 한참이나 넘긴 시각이었다. 그 문자 이후 어떠한 소식도 없으니 진하가 여전히 기다리고 있는지 일찌감치 포기하고 돌아갔는지 알 길이 없다. 신경 쓰지 말자며 맥주까지 더 주문하였는데, 웃어도 웃는 게 아니고 이야기를 들어도 무슨 말을 듣고 있는 건지 모르겠다.

나는 친구의 남편과 마음을 나누고 싶지 않은데. 태은이를 그리워하는 그를 보며 마음고생 같은 거 하고 싶지 않은데. 예쁜 담이와 어색한 사이가 되고 싶지도, 엄마처럼 살고 싶지도 않은데. 그러기엔 내가…… 너무 열심히 살아왔는데.

그가 안 되는 이유를 하나하나 꼽으면서도 끝까지 휴대폰을 쥐고 있는 두 손이 처량했다. 참다못한 수완은 화장실에 갈 것처럼 가방을 들고 실내를 벗어났다.

눈에서 멀어지면 길을 잃은 심장도 원래대로 돌아갈 수 있을 거라 여겼다. 너무 자주 봐서, 너무 가까이에 있어서 혼란이 일어났던 것일 뿐 내가 또 어리석은 실수를 반복할 리 없다고. 하지만 심장은 시각이 아닌 보이지 않는 인력引力을 타고 수완을 그에게로 인도했다. 이것은 의지의 문제가 아닌 거역할 수 없는 운명의 뜻과도 같은 것이라는 듯.

유리문을 열고 건물을 나서자 가을의 밤바람이 차갑게 불어왔다. 수완은 바람 속에 펄펄 끓는 몸을 맡기고 구석으로 걸어갔다. 화단 귀퉁이, 아담하게 마련된 그네형 벤치에 무너지듯 주저앉았다. 수민의 건강을 되찾아 주고 진히와 깨끗이 정리하기 위해 선택한 길이었는데 하루가 다르게 깊어지는 마음이 고민스럽다.

지잉.

문자가 들어온 건 바로 그때. 고압선에 감전이라도 된 듯 화들짝 놀란 수완이 허겁지겁 문자를 확인했다.

[북엇국 끓여 놨어. 너무 많이 마시지 말고.]

수완의 새까만 눈망울에 촉촉한 습기가 어렸다. 겨자를 한꺼번에 삼킨 듯 목구멍과 코끝으로 알싸한 기운이 퍼졌다.

손도 대지 않은 전골을 앞에 두고 몇 시간 동안 앉아 있었을 그가 떠올랐다. 하염없이 앉아서 기다리다 굳은 얼굴로 북엇국을 끓였을 그가. 집에 돌아가 쉬지도 못하고 다시 노트북을 켜서 잃어버린 시간만큼 일을 하는 그가. 수완은 심장이 베이는 것 같았다. 그가 이런 대접을 받는다는 게, 그를 이렇게 대하는 사람이 자기 자신이라는 게 아프고 아팠다.

그 사람이 뭘 그렇게 잘못했다고!

팽팽히 양립하던 마음 중 진하를 편들던 쪽에서 일제히 들고일어났다.

그가 나를 좋아하지 않았을 수 있다. 그가 내 친구를 좋아했을 수도 있다. 그의 자유고, 그의 마음이다. 그는 단지 불쌍한 친구를 도와 달라는 사랑하는 여자의 부탁을 들어주었던 것일 뿐. 착각한 내가 어리석었다. 하지만 이제 태은은 떠났고 그는 혼자다.

혼자가 된 그를 좋아하는 게 뭐가 어때서?

석 달이라는데. 단 석 달만이라는데!

수완은 숨이 가빴다. 폭발하는 감정을 견디지 못해 자리에서 일어나 주변을 서성거렸다. 이대로 진하와 작별한다 생각하니 애가 달아 몸이 녹아 버릴 것 같다. 눈물이 흐르고 신음이 터졌다.

이런데…… 내 마음이 이러한데 어떻게 놓을 수 있단 말인가.

머릿속에서 이성이 사라진 건 그야말로 순식간이었다. 수완은 번민을 거두고 거의 뛰듯이 앞으로 나아갔다. 그를 잡고 싶다면, 나중에 후회할 일을 만들지 않으려면 지금 이 순간 제일 먼저 해야 할 건 자존심을 버리는 것이었다.

"수완아!"

어디선가 자신을 부르는 소리가 메아리처럼 들려왔다. 수완은 돌아보지 않았다.

세상이 아무리 말린다 해도, 분명히 후회할 거라고 쓴소리를 해 대도 귀 기울이지 않을 것이다. 사랑이란 원래 미쳐야 할 수 있는 것. 어린 시절, 혹독한 열병을 앓게 했던 아픈 첫사랑을, 잊을 수 없는 나의 우상을 이렇게라도 한 번은 잡아 보고 싶다.

제일 처음 보이는 택시를 잡아탔다.

"빨리요, 기사님. 빨리요!"

애원과 같은 주문에 나이 지긋한 기사님은 노련하게 액셀러레이터를 밟았다. 아마도 사람 목숨과 관련해 큰일이 났다고 짐작하신 듯했다. 그 덕에 택시는 강남에서 마포까지 최단 시간을 기록하며 도착했다.

수완은 기사님께 웃돈을 얹어 주고 사력을 다해 빌라 건물 안으로 뛰어들었다. 빛이 새어 나오던 2층 창가가 일순 암흑에 잠기는 걸 목격하여 제정신이 아니었다. 숨을 헐떡이며 두 계단씩 뛰어올라 현관 앞까지 다다르자 안쪽에서 문 여는 소리가 들렸다. 수완은 그대로 손을 뻗었고, 문이 검지의 반 마디 정도 열리고 있을 때 밖에서 손잡이를 잡아 벌컥 열어젖혔다.

부엌에서 음식을 만들었음에도 완벽하게 단정함을 유지하고 있는 진하가 시야에 가득 채워졌다.

"너……."

"늦었어요."

진하의 놀란 기색에 수완은 거친 숨을 몰아쉬며 말했다. 한눈에 보기에도 다급히 뛰어온 게 역력할 것이다. 무모한 고집을 부리며 집을 나갔다 스스로 꼬리를 내리고 돌아온 초등학생이 된 것 같았다. 수완은 그의 시선을 피해 안으로 들어갔다.

깜깜해진 집 안에 불을 켜고 소파 위에 가방을 내려놓았다. 걸치고 있던 재킷도 벗어서 구석에 가지런히 놓아두었다. 뒤따라 들어온 진하가 찬물을 컵에 따라 가져다주었다. 술을 얼마나 마셨을까, 그가 뚫어지게 응시하며 자신의 상태를 가늠하는 게 느껴졌다. 가슴이 저릿저릿 수줍게 떨려 왔다.

수완은 생수를 들이켠 뒤 거실과 하나로 연결된 부엌을 빠르게 훑었다. 전골과 북엇국이 담겨 있을 것으로 추측되는 냄비 두 개가 가스레인지 위에 나란히 놓여 있다.

"저녁 먹었어요?"

"더 늦을 줄 알았는데."

"그렇게 됐어요. 저녁은요?"

"생각 없어."

수완은 그럴 줄 알았다는 듯 빈 컵을 개수대로 가져갔다. 왠지 똑바로 마주 볼 수 없어 시선을 내리깔고 후다닥 그의 곁을 지나쳤다. 간신히 눈길은 피했지만 익숙한 그의 향이 심장을 콕콕 찔러 댔다.

"잠깐 있어요. 전골 금방 데울게요."

"내일 올게."

"밥 안 먹었다면서요."

"벌써 11시야."

소매를 걷어붙이던 수완이 그대로 손동작을 멈췄다. 얼굴 위로 아련하게 맺혀 있던 설렘도 삽시에 서리처럼 하얗게 얼어 갔다.

또, 또 저런다.

사람 헷갈리게 마음을 온통 휘저어 놓고 가차 없이 저렇게 또 거리를 둔다. 자기가 동화 속 신데렐라도 아니면서 함께 있을 땐 곧 죽어도 12시를 넘기지 않으려 한다. 12시는커녕 최근에는 10시가 되면 로봇처럼 돌아서서 사람을 애타게 하고, 고민하게 하고, 끝내는 이렇게 매달리게 만든다.

뭐, 왜? 이번에도 좋아하는 다른 사람이 있는 건가? 이번에도 나 혼자 착각하고 있는 건가? 아니잖아. 이번에는 아니잖아요!

수완은 오래된 울분까지 한꺼번에 치솟아 진하를 돌아봤다.

"먹고 가요."

"얼른 씻고 쉬어."

두드러지게 차가워진 요구에도 그는 꿈쩍하지 않았다. 수완의 변화를 눈앞에서 빤히 보고 있으면서도 매몰차게 돌아섰다. 오래전 어느 겨울 수완을 설레게 했던 넓은 등이 오늘따라 사무치게 서운했다. 그의 깍듯함이, 그의 단호함이 심장을 쥐어짰다. 수완은 폭발했다.

"그게 무슨 태도예요?"

현관으로 걸어가던 그가 조용히 멈춰 섰다. 돌아보는 시선이 냉정했다. 이 심각한 와중에도, 수완이 감정을 쏟아 내는 와중에도 그는 철가면을 두른 듯 감정을 안 보였다. 그것이 수완을 더욱 자극했다.

"늦었어. 내일 얘기해."

"왜 열심히 안 하냐고요."

"최선을 다하는 중이야. 지금도 노력하는 중이고."

"옆도 뒤도 돌아보지 않고 다가올 거라면서요!"

"……."

"왜 항상 결정적 순간에 발을 빼는 거예요? 나 기다렸잖아요. 친구랑 있다고 했는데도 기다리겠다고……. 그거 오라는 거였잖아요."

수완은 눈물이 핑 돌았다. 애간장을 태우며 쫓아왔는데 찬물을 뿌리는 시린 정중함이 아프고 섭섭했다.

"그래서 얼마나 열심히 달려왔는데."

"그만해. 한마디만 더 하면 후회하게 될 거야."

그가 위태로워 보였다. 목소리에서도 묘한 흔들림이 감지되었다. 그래도 수완은 상관하지 않았다. 이제는 정말 아무것도 상관없었다.

"무슨 후회! 나는 뭐 쉬웠는 줄 알아요? 머리 아프게 고민하다 달려왔더니 얼른 씻고 자라는 말이나 하고. 내가 샤워하고 자려고 그렇게 기를 쓰고 달려왔는지 알아요? 꼭 모든 것을 말로 해야……."

그의 얼굴이 가까이 다가오고, 입술이 포개지고, 입김이 뒤얽힌 건 눈 깜짝할 새였다.

마구잡이로 감정을 폭발시키는데 이상하게 그의 얼굴이 또렷하게 보였다. 수완이 입을 열수록 그가 가면처럼 쓰고 있던 표정도 무너지고 있는 듯한 느낌이었다. 그런데도 멈출 수가 없어 화를 토해 내는데 그가 순식간에 코앞까지 다가왔다. 서슴없이 고개를 숙이더니 숨을 삼켰다. 입술을 가르고 깊이 들어와 혼을 빼 갈 듯 정신없이 몰아쳤다.

일순 흠칫했던 수완은 피부로 전해지는 그의 열기에, 온몸에서 느껴지는 미세한 떨림에 뒤틀렸던 심사가 서서히 풀어졌다. 저절로 알 것 같았다. 그가 선을 그었던 게 아니라 이번에야말로 정말 참고 있었던 것임을. 그러자 머릿속 생각이 하얀 거품처럼 보글보글 일어나 깨끗이 사라졌다.

마음이 끓어오른 수완도 어느새 손을 더듬더듬 움직였다. 부드럽게 그의 어깨를 어루만지다 쓰다듬듯 조심스레 등을 타고 내려와 단단한 허리를 꼭 끌어안았다. 수완이 손바닥으로 그의 몸을 더듬거릴 때마다 진하는 감전이라도 된 듯 몸을 떨었다. 팔에 힘이 가해졌고 입 안에서 느껴지는 움직임도 한층 거세졌다.

급속도로 상승한 온도와 터질 듯 점점 농밀해지는 입맞춤. 힘에 밀리고 밀려 어딘지도 모를 벽까지 내몰린 두 사람. 수완은 정신이 혼미해지는데 그가 입술을 떼고 고개를 들었다. 서로의 코끝이 닿을락 말락, 그가 가까이 보였다. 냉철했던 모습은 어디론가 사라지고 열아홉 여고생의 가슴을 뛰게 했던, 그때 그 시절 앳된 대학생의 얼굴을 하고 있다. 설렘과 떨림이 가득했다.

그렇게 얼마나 시선을 마주하고 있었을까. 코앞에서 느껴지는 거칠고 뜨거운 서로의 숨결에 두 사람의 얼굴이 발갛게 익어 갔다. 그리고 다음 순간, 누가 먼저라고 할 것 없이 동시에 몸을 움직였다. 진하는 다시 고개를 숙였고, 수완은 그의 숨결을 받으며 발꿈치를 들어 풍성한 그의 머리카락 안으로 손가락을 깊이 찔러 넣었다. 머리를 어루만지고 그의 목에 팔을 감았다. 몸이 번쩍 들리고 있었다.

사랑이 그대를 부르거든 말없이 따르라.
비록 그 길이 힘들고 가파를지라도.

사랑의 날개가 그대를 감싸 안거든 말없이 온몸을 맡기라.

비록 그 날개 안의 숨은 칼이 그대에게 상처 입힐지라도.

사랑이 그대에게 속삭일 때 그 말을 믿어라.

겨울바람이 정원을 폐허로 만들듯 사랑의 목소리가 그대의 꿈을 부숴 버릴지라도.

머리로 읽었던 오래된 문자를 가슴으로 이해하기 시작하면 그 의미가 폭발적 힘을 발하며 다가온다. 아무리 읽어도 공감할 수 없었던, 엄마가 좋아했던 책 속의 글귀가 지금 이 순간 떠오른 건 그래서였을 것이다. 할머니가 심하게 까탈을 부리거나 이동재가 속을 썩일 때마다 혼자서 속앓이를 하며 읽곤 하셨던 칼릴 지브란.《예언자》중에서 사랑에 관한 그 부분.

어린 시절, 엄마를 보며 느낀 건 두 가지였다.

슬픔과 분노.

그래서 다짐했다. 나는 절대로 엄마처럼 살지 말아야지. 오직 내 자식과 나만의 행복을 위해 살아야지. 참지도, 혼자서 아파하지도, 희생하지도 말아야지.

여전히, 지금도, 엄마의 삶이 미련했다고 생각한다. 다만 직접 느끼고 겪었더니 엄마가 아빠를 선택할 수밖에 없었던 그 마음은 알 것 같다.

가시밭길이 될 것을 알면서도 지금 주어진 행복이 꿈처럼 달콤해 나 또한 엄마와 같은 선택을 이어 간다. 안 된다는 것을 알면서도 눈앞의 이 사람이 이루 말할 수 없을 정도로 간절해

홀린 듯 따라간다. 고통이란 그리하여 반복되는 것일까? 안 된다는 것을 알면서도 당면한 유혹을 참아 낼 수 없어 혹시나 하는 마음에 같은 길을 선택하기 때문에?

첫 번째 키스 후 당연히 뒤따라야 할 달콤한 데이트, 근사한 와인 한 잔, 감동적인 사랑 고백 같은 건 생략되었다. 바로 지금, 다른 때가 아닌 바로 지금 그가 필요했다. 또다시…… 무슨 일이 벌어지기 전에.

닿을 수 없어 아팠던 이 사람과 벌써 몇 번의 입맞춤을 나누고 있는지. 아기처럼 번쩍 들려 방으로 들어오는 사이 서로의 입술을 깨물고 쉴 새 없이 혀를 얽었다. 옷가지는 툭툭 떨어져 사방으로 던져졌고 그와 몸이 하나로 겹쳐지며 침대로 쓰러졌다.

맨살과 맨살이 실금만 한 틈 없이 맞닿은 이 느낌. 수완은 그것이 낯설면서도 아찔했다. 부끄러움과 기대감이 동시에 솟구쳐 몸을 떨었다. 그가 어둠 속에서 고개를 들어 수완을 내려다보았다. 정확히 어떤 표정을 짓고 있는지 보이지 않지만 전해지는 시선이 무척이나 뜨거웠다. 뺨을 어루만지는 커다란 손에서 정성이 느껴졌다.

그의 숨결이 목덜미 위로 내려앉았다. 봉긋한 가슴과 납작한 아랫배, 몸을 들썩이게 할 만큼 저 아래 은밀한 곳에까지 그의 입김과 손길이 집요하게 뻗치고 있다. 몸속 깊이 새겨지는 서로의 존재감. 마음. 수완은 머릿속이 흐릿하게 멀어지는 것을 느끼며 그의 손길에 모든 것을 내맡겼다. 무조건 따라가고 싶었다. 그곳이 어디든, 이 사람이 있는 곳이라면.

보드랍고 따뜻한 수완에게서 향긋한 살 내음이 맡아졌다. 수완의 등 뒤로 한 치의 틈 없이 달라붙어 있던 진하는 그 향기에 취할 것 같았다.

도저히 참을 수 없어 어둠 속에서 하얗게 드러난 어깨에 입술을 가져다 대었다. 따뜻한 피부 위로 혀를 굴리다 과일을 베어 먹듯 이를 세워 살짝 깨물었다. 과즙이 터지는 달고 탐스러운 복숭아를 한입 베어 물었을 때, 그때 느꼈던 향과 달큼함이 고대로 살아났다.

참지 못해 한 번 더. 이번에는 목덜미에 코를 박고 깊게 향을 들이마시다 여린 피부를 살짝 빨아들였다. 한 번쯤은 몸을 뒤척일 만도 하건만, 수완은 진하가 무슨 짓을 하든 세상모르고 잠들어 있다. 쌔근쌔근 숨 쉬는 소리마저 사랑스러웠다.

깜박 잠이 들었다 소스라치게 놀라 깨어났다. 수완과 나누었던 사랑이 꿈인가 하여 팔뚝 위로 소름이 돋았다. 어둠에 잠긴 방, 품 안에서 느껴지는 따뜻한 존재에 진하는 안도했다. 수완을 바짝 끌어안고 긴 다리로 매끈한 다리를 하나로 옭아매듯 휘감았다. 더는 잠도 오지 않았다.

몇 시간의 기다림 끝에 국을 끓이고, 문자를 보내고, 그러고도 선뜻 일어나지 못했다. 언젠가 카페에 출근하며 근거 없이 무작정 들었던 기분. 왠지 수완이 달려와 줄 것 같은 예감에 버티고 버텼다. 결국 그런 일은 일어나지 않았고 그도 현실을 냉정하게 받아들이며 집을 나서려던 차, 기적 같은 일이 벌어졌다.

누가 봐도 허겁지겁 달려온 모습이었다.

이수완이, 다른 누구도 아닌 오직 서진하를 보기 위해.

감동이 밀려와 그 자리에서 당장 수완을 끌어안을 뻔했다. 격렬하게 입을 맞추고 이제 끝은 없다고, 내가 너를 어떻게 보내냐고 매달리고 싶었다. 까딱하다간 그보다 더한 짓도 해 버릴 것 같아 최대한 빨리 도망치려 했는데…….

너 실수한 거야, 이수완.

안 그래도 석 달이 되는 날 또 무슨 핑계로 널 잡아야 할까, 한창 고민 중이었다. 그다음에도, 그다음에도 너를 잡기 위한 핑계를 대기 위해 나는 소설이라도 한 권 쓸 판이었다.

그리고 보면 너와 완전히 끝났다고 절망했던 미국에서도 나는 무의식중에 훗날의 재회를 꿈꾸며 미래를 준비했다. 남이 해 준 음식이 제일 좋다던 네 말을 잊을 수 없어 너를 보지 못하는 대신 처음으로 요리라는 것을 배우기 시작했으니까. 너에게 평생 내가 해 준 음식만 먹여 주고 싶다던, 아주 오래전 그날의 바람을 기억하며.

그러니까 이수완, 아침에 슬그머니 사라지려는 시도 같은 건 아예 꿈도 꾸지 마시길. 호시탐탐 너와 가까워질 기회만을 노려 왔던 내가 오늘과 같은 기회를 놓칠 리 없다.

수완의 등 뒤에 꼭 붙어 있던 진하가 소리 없이 몸을 일으켜 최대한 조심히 반대편으로 자리를 옮겼다. 수완과 눈높이를 맞춰 함께 베개를 베고 얼굴을 마주 보았다. 이마를 맞대고 코끝을 비비며 약하게 불어오는 따뜻한 숨결을 느꼈다.

가슴이 뛰어 어차피 잠도 오지 않는 새벽.

진하는 이대로 지키고 있다 몇 시간 뒤 수완이 눈을 뜨면 제일 먼저 눈을 마주칠 생각이었다. 그럴 리야 없겠지만, 혹시라도 모를 수완의 발뺌을 처음부터 완벽히 차단하기 위해서.

시간이 지나도 그때의 기억은 선명하다.

12년 전 여름, 수완을 처음 만나 그 아이에 관해 조금씩 알아 가던 시간. 열심히 그 집을 들락거리던 진하는 우연히 수완에 관한 새로운 사실을 접할 때마다 봄바람을 맞는 듯 기분이 좋아졌다. 가슴께가 간질거렸고 더 많은 것을 알고 싶어 조바심을 냈었다.

그러나 언제나 기뻤다고만은 할 수 없었다. 이따금 수완에 관한 중요한 정보를 알아내고도 마냥 웃을 수 없었던 때가 분명 있었다. 안쓰러움이 저 깊은 곳에서부터 휘돌아 마음이 무거워지곤 했던 순간들.

아마도 그때가 그러한 순간 중 하나였을 것이다. 전국을 뒤덮은 폭염 속에서 한바탕 농구를 끝내고 친구들과 수완네로 몰려가 치킨을 주문해 먹었던 그날, 그때.

'또?'

시형과 찬혁이 치킨을 뜯다가 경악스러운 빛을 띠고 진하를 노려보았다. 녹초가 되어 쓰러져 있다 이제 겨우 정신을 차리고 살기 위해 먹는 중이었는데.

곧바로 반발한 건 시형이었다. 들고 있던 닭 다리를 냅다 던지고 무조건 짜증부터 부렸다. 그놈에 우정이 무엇인지 화장실에 간 이동재가 듣기라도 할까 봐 목소리는 한껏 낮춘 채였다.

'적당히 해라, 새끼야. 이러다 우리 다 죽어!'

'엄살은.'

'엄살이라니. 너 뉴스도 안 보냐? 땡볕에서 일하다 죽어 나간 사람이 몇 명인데!'

시형은 얼굴이 시뻘겋게 달아올라 씩씩거렸다. 자신들은 이렇게 심각한데 눈 하나 깜짝 않는 진하 때문에 더 약이 올랐다. 밴드 활동 한답시고 저 자식 팔아서 부모님께 거금만 받아 내지 않았어도. 약점 잡힌 게 있어 무시도 못 하고 딱 죽고 싶은 심정이었다.

그러든 말든 탁월한 행동력의 소유자답게 진하는 초지일관 같은 자세를 고수했다.

'일주일에 농구 두 번 하면서 무슨 불만이 그렇게 많아. 누가 들으면 우리가 국가대표처럼 뛰는 줄 알겠다.'

'비자발적 운동은 벌이고 노동이야.'

'그래, 진하야. 우리 하루만 쉬자.'

시형이 입을 열 때마다 격하게 동조하며 고개를 끄덕이던 찬혁마저 회유에 나섰다.

'내가 아까 살짝 봤는데 농구 끝나고 이동재 토하는 거 같았어. 그러다 쟤 쓰러지면 우리 여기 오지도 못해. 문병 오면 된다는 소린 하지도 마라. 나도 아까 농구 경기 중간에 눈앞이 핑

도는 게 어지러웠으니까.'

'그리고 나, 이 집 음식도 먹고 싶어. 어머니 음식 솜씨 완전 환상이던데. 이제껏 계속 시켜 먹었으니까 내일 하루만, 딱 하루만 이 집 밥 얻어먹자.'

찬혁이 거들자 시형이 작전을 바꿔 징징거렸다.

진하도 사람이라 친구들의 연합 공세에 마음이 조금씩 흔들렸다. 겉으로 내색하지 않아서 그렇지 진하 역시 힘든 것은 그들과 같았다. 배달 음식은 처음부터 입에 맞지 않았고 몸이 무거워 운동을 건너뛰고 싶은 날도 여러 번이었다. 가장 견딜 수 없는 건 찜통 같은 무더위. 일부러 아침부터 만나 농구를 하는데도 숨이 턱턱 막히는 건 대낮과 별다른 차이가 없었다.

친구들 몰래 내일 날씨를 확인했을 때 일기예보에 뜨는 기온은 낮 최고 34도. 생각만 해도 몸서리가 쳐지는 더위였다. 그렇다고 '내기'라는 핑계 없이 배달 요리를 그냥 시켜 먹기엔 이미 여러 번 써먹어 동재네 할머니께 더는 통하지 않을 듯싶었다. 하필 이런 때 본가에 행사가 있어 안성댁 아주머니께 음식을 싸 달라고 하기에도 죄송했다.

한 번 정도는 괜찮을까?

슬그머니 마음이 기울면서도 수완의 얼굴이 아른거렸다. 말한번 섞어 본 적 없는 주제에 어떤 식으로든 허락을 받아야 마음이 편할 것 같았다. 진하는 고민하는 척 고개를 돌리며 계단 쪽을 살폈다.

아직 치킨 먹고 있으려나?

욕실에서 물 내리는 소리가 울렸다. 곧 이동재가 나올 것이고 시형과 찬혁은 분위기를 몰아 자신을 압박할 것이다. 지금 같아선 얼마 못 가 친구들의 주장에 넘어갈 게 뻔했다.

손 씻는 소리가 들리더니 잠시 뒤 욕실 문이 열렸다. 동시에 진하는 얼음을 가져오겠다며 신속하게 자리에서 일어났다.

'얼음 여기도 있는데.'

눈치 없는 이동재의 말은 무조건 못 들은 척, 그대로 직진해 계단을 조금 내려가자 도란도란 말소리가 들렸다. 조용하게 내려와 목을 빼고 전방을 살펴보니 어른들은 어디로 가셨는지 자매가 식탁에 마주 앉아 치킨을 먹고 있었다.

혹여 동생 방에 들어가 있지 않을까, 은근히 긴장했던 진하는 싱긋 미소를 흘렸다. 그러고는 다시 곤란한 표정으로 관자놀이를 긁적였다. 수완을 보니 반갑기는 했으나 어머니가 안 계셔서 어디다 대고 넌지시 의향을 물으며 저 아이의 반응을 살펴야 할지 모르겠다. 진하는 일단 그대로 서서 사태를 관망하는데 자매의 대화가 귀로 쏙쏙 흘러들었다.

'돌아오는 제사 때는 나도 많이 도와줄게.'

'너는 그냥 공부나 해. 나이도 어린 게 일은 무슨.'

'내가 너무 의리 없는 것 같잖아. 엄마랑 언니는 온종일 부엌에서 끙끙거리는데.'

어린 줄만 알았던 수민의 발언이 의외였다. 진하는 제법이라며 기특해하는데 이어서 들려온 수완의 대답에 한쪽 가슴이 날카로운 무언가에 긁히는 것 같았다.

'세 모녀가 전부 부엌에 처박혀 일하는 건 보기 좋고? 난 그게 더 끔찍해. 넌 빠져.'

닭 날개를 물고 있던 수민이 언니의 말에 시무룩하게 고개를 숙였다. 진하도 속수무책 번져 드는 안쓰러움에 명치끝이 따끔거렸다. 몇 초 뒤 어린 수민이 목소리를 밝게 바꾸며 분위기 전환을 시도했다.

'오빠 친구들 오면 바깥 음식 먹는 재미가 쏠쏠해. 그지?'

'응.'

'그래도 난 집밥이 제일 맛있더라. 특히 따끈따끈한 전에다가 열무물김치 떠먹는 거. 언니는?'

'난 이거.'

수완은 닭가슴살을 발라 입에 넣으며 망설임 없이 답했다. 수민이 '이거?' 하며 쥐고 있던 치킨을 들어 올렸고 덩달아 진하도 귀를 쫑긋 세웠다.

치킨을 좋아하나?

수완이 원한다면 앞으로 이 집에 와 종일토록 치킨만 뜯다가 돌아갈 생각이었다. 진하는 수완이 정말 치킨을 좋아하는 게 맞는지 확답이 듣고 싶은데 다행히 수민이 대신 질문했다.

'언니가 치킨을 좋아했나? 웬만해선 누구나 치킨을 좋아하긴 하지. 하지만 제일 좋아할 정도였어?'

'치킨이 제일 좋다는 게 아니야.'

'그럼?'

'남이 해 준 음식. 난 남이 해 준 음식이 제일 좋더라.'

수완의 대답에 어린 수민이 언니를 애처롭게 바라보았다. 그들의 대화를 엿듣고 있던 진하도 삽시에 안면이 굳어져 시선을 떨구었다. 이루 표현할 수 없는 묵직한 먹먹함이 밀려들었다. 진하는 한동안 그 자리에서 꼼짝을 못하다 소리 없이 발길을 돌려 다시 2층으로 올라갔다.

'얼음은?'

이동재가 물었다. 마음을 정했냐는 듯 두 친구도 눈을 초롱초롱 뜨고 그를 보았다. 진하는 그런 세 사람을 건성으로 바라보다 거두절미하고 말했다.

'농구 싫으면 족구로 바꿔.'

'……'

'학생이 공부만 하냐. 운동도 해야지.'

'……야!'

시형은 끝내 폭발했고, 찬혁은 쓰러지듯 소파에 등을 기댔다. 전후 사정을 모르는 동재도 새로 등장한 구기 종목에 사색이 된 얼굴로 냉수를 벌컥벌컥 들이켰다.

진하는 꿈쩍하지 않았다. 앞으로는 뙤약볕 아래서 일사병으로 장렬하게 쓰러지는 한이 있어도 절대, 절대 흔들리지 않을 생각이었다.

미안하다, 이수완. 내가 잠깐 정신이 나갔었나 봐.

어떻게 너한테 밥 얻어먹을 생각을 할 수 있었을까. 맹세하건대, 앞으로도 나는 너희 집에서 물이랑 과일 외엔 그 어떤 음식도 입에 대지 않을 거야. 좋아하는 음식이 남이 해 준 음식이

라니. 이 망할 놈의……. 차마 욕은 못 하겠다. 그래도 이것만
은 확실히 말할 수 있어.

앞으로 나는 너한테 내가 해 준 음식만 먹여 줄 것이다.

할 수 있다면 평생.

나른한 아침, 오랜만에 잠을 푹 자고 일어났다. 몸은 노곤했
지만, 수면의 질이 좋았는지 몇 주간 시달렸던 두통이 깔끔히
사라졌다.

수완은 천천히 눈을 떴다. 쏟아지는 새하얀 햇살 속에 검은
인영 하나가 어슴푸레 나부꼈다. 눈을 깜박여 초점을 맞추고
다시 보니 인영의 실체는 서진하. 편안하게 흐트러진 모습으로
이쪽의 움직임을 지켜보고 있다.

그제야 어제 있었던 일들이 생생히 되살아나 차례차례 머릿
속을 스치고 지났다. 잠이 확 달아난 수완은 소스라치게 놀라
이불을 머리끝까지 뒤집어썼다.

결단코 어제의 일을 후회하기 때문이 아니었다. 그것보다
한층 섬세하고 목숨을 걸 만큼 중요한 것들 때문이었다. 이를
테면 눈곱이 꼈으면 어떡하나. 저 사람보다 먼저 일어나 간단
한 샤워 후 기초화장이라도 하고서 얼굴을 맞대야 했는데. 지
금이라도 이불을 빠져나가 씻고 나올까. 설마 바닥을 뒹굴고
있을 내 속옷을 그가 본 것은 아니겠지.

"이수완."

뒤죽박죽, 생각이 정리되지 않은 상태에서 그가 이름을 불러 대니 미칠 것 같았다. 관능적이고 여유로운 모습을 보이고 싶지만 쉬운 일이 아니었다. 알몸으로 당당히 이불 밖을 나서려니 너무 야한 것 같고, 아무것도 안 하고 이대로 시간을 끌자니 촌스러운 것 같고.

"수완아."

이름을 부르는 낮은 목소리가 너무나 다정하다. 압박감이 느껴진다.

수완은 대답을 미루고 꿈틀꿈틀 그에게서 멀어지려 하는데 이불이 확 젖혀졌다. 속옷도 걸치지 않은 맨가슴이 만천하에 드러났다. 수완은 비명을 지르며 두 팔을 교차해 얼른 가슴을 가렸다. 진하는 하하 웃으며 그대로 수완을 올라탔다. 이불을 침대 밑으로 밀어내고 수완과 한 몸이 되어 시트 위를 뒹굴었다.

……창피한 줄도 모르고.

부끄럽고, 민망하고, 간지럽고, 그러면서도 따뜻했다.

그는 수완이 내외할 틈을 주지 않았다.

첫 밤 이후 잠에서 깨자마자 환한 햇살 아래서 전날 밤의 일을 복습시키더니, 어디를 가든 잡은 손을 놓지 않았다. 산책을 하다가 구석진 곳에서 수완의 입술을 물었고, 수시로 전화해 스케줄을 교환했다. 그러다가 밤이 깊어지면 퇴폐미를 발산하며 수완을 꽃잎처럼 붉게 물들였다.

수완은 수줍어하면서도 적극적으로 그를 따라갔다. 그의 입술이 다가오면 눈을 감았고, 야근이 결정된 날에는 가장 먼저 그를 떠올렸다. 그가 출장에서 돌아온 밤이면 늦도록 기다렸다 현관까지 달려나가 품에 안겼다.

누가 더 적극적이라는 표현은 맞지 않았다. 두 사람은 양쪽에서 똑같은 세기로 부딪쳐 불꽃이 튀었고, 동시에 화력을 키워 모닥불처럼 활활 타올랐다. 그리고 정신없이 모든 것을 불태운 다음이면 수완은 가끔 한밤중에 깨어나 깊게 잠들지 못하는 날들이 한 번씩 생겨나고 있었다.

오전 3시, 밤도 새벽도 아닌 시각.

수완은 벌써 20분이 넘도록 소파에 기대앉아 오늘따라 유난히 크게 들리는 바람 소리에 귀를 기울였다. 우웅, 하며 울리는 바람 소리는 송아지가 우는 소리 같기도 하였고, 깊은 산에서부터 울려 퍼지는 부엉새의 울음소리 같기도 하였다.

동유럽으로 출장을 다녀온 진하와 초저녁부터 눈을 맞추다 화염에 휩싸였다. 기진하여 잠들었던 수완이 문득 눈을 뜬 건 약 30분 전. 다시 자려고 10분 정도 몸을 뒤치락거리다 그의 숙면에 방해가 될까 봐 조용히 거실로 나온 참이다.

불도 켜지 않아 어둠이 내려앉은 적막한 거실. 넋을 놓고 앉아 바람 소리를 듣고 있지만 가마득한 머릿속에 아른거리는 건 티 없이 밝게 웃던, 생각만으로도 가슴을 아리게 하는 친구의 풋풋한 얼굴이었다.

이왕 시작한 거 아무것도 돌아보지 말자.

한 번씩 야멸차게 털어 내면서도 최근 들어 불쑥불쑥 태은과의 마지막 대화가 떠올라 가슴이 요동쳤다.

'아니. 안 그러는 게 좋겠어.'

'진하 오빠네, 찾아가지 말라고.'

그에게 연락하지 말아 달라던 강력한 요구.

그저 과거일 뿐이라고 생각했던 그때의 일들이 그와 함께할수록 선명하게 기억나 수완의 명치를 죄어 왔다. 그리고 궁금했다.

서진하, 당신의 마음은 어떠한지. 당신의 마음속에, 그러니까 태은과 비교하였을 때 내가 얼마만큼의 지분을 차지하고 있는지. 사별한 아내의 친구와 이러는 게 당신도 괴로운지. 혹시 나처럼 내가 안 보는 곳에서 혼자 미안해하고 아파하는 것은 아닌지.

한 번쯤은 태은에 관해 그와 허심탄회하게 대화해야 한다고 생각하면서도 차마 입이 떨어지지 않았다. 그가 침묵하는 것처럼 수완도 그 부분에 관해 고집스럽게 입을 다물었다. 때때로 아직은 때가 아니라는 것에 대해 깊이 안도했다. 그가 준비가 안 된 이상 나 또한 기다려야 한다고 비겁한 변명을 내세웠다.

마지막이 어떠했든 한때 '나는 너, 너는 나'임을 강조하며 서로에게 위안이 되었던 어린 시절의 친구가 떠오르자 어찌할 틈도 없이 눈물이 흘렀다. 수완은 격해진 감정이 당황스러워 자리를 털고 일어났다. 이건 죄책감이 아니라 밤도 새벽도 아닌 어중간한 시간이 특유의 감성을 일깨웠기 때문이라고 애써 핑계를 대었다.

　방으로 들어가 걸치고 있던 숄을 벗자 가벼운 나이트 드레스가 드러났다. 수완은 숄을 한쪽으로 던져 놓고 깊게 잠든 진하의 옆을 파고들어 허리에 팔을 둘렀다. 거실에 있는 동안 식어 버린 몸이 서늘했는지 그가 꿈틀하더니 잠결에 수완을 꽉 끌어안았다. 맨살이 닿는 느낌이 좋아 수완도 더 바짝 그에게 달라붙었다. 잃어버렸던 온기가 조금씩 되살아나는 듯했다.

　오늘은 토스트구나.

　수완은 졸음이 채 가시지 않은 눈을 깜박이며 아침 메뉴를 추측했다.

　새벽에 깨어나 한참 만에 다시 잠들었다 조금 전 눈을 뜨니 옆자리는 이미 비어 있었다. 어디로 갔나 궁금해할 틈도 없이 부엌에서 기척이 들려왔다. 식욕을 자극하는 음식 냄새가 후각을 매혹했다. 지난번에는 된장국 끓이는 냄새가 구수하더니 이번에는 은은하게 퍼지는 커피 향과 빵 굽는 버터 냄새가 일품이었다.

　수완은 그 상태로 몇 분간 멍하니 누워 있다 침대를 벗어났다. 카디건을 걸치고 머리를 하나로 대충 묶어 거울로 확인한 뒤 문을 열었다. 무방비한 수완과 달리 진하는 머리부터 발끝까지 말끔한 모습이었다. 저 상태에서 넥타이를 매고 상의를 걸친다면 곧바로 출근이 가능한 수준이었다.

소시지를 구워 접시에 담고 있던 그가 수완을 돌아보았다.

"왜 나왔어. 가져다주려고 했는데."

"그냥 식탁에서 먹어요."

수완은 진하에게 다가가 뒤에서 허리에 팔을 감고 한 번 꽉 안아 주고는 과하게 차려진 아침상을 살펴보았다. 스크램블드 에그와 토스트, 소시지, 샐러드, 그밖에 적당히 녹은 버터와 잼, 꿀 등이 화려하게 준비되어 있었다. 어제 뭔가 잔뜩 들고 오더니 아침거리였던 모양이다.

"거의 다 됐어. 커피 줄까?"

"내가 할게요."

원두와 생수가 이미 채워져 있어 버튼을 눌러 곧바로 커피 를 내렸다. 갓 내린 커피는 향이 진하고 신선했다. 수완은 커피 잔을 들고 식탁으로 가 앉았다. 느긋하게 커피를 마시며 분주 하게 움직이는 그를 지켜보았다.

오늘도 서진하는 이수완을 먹이기 위해 정성을 다했다. 싫 은 기색 한 번 내보이지 않았다. 이런 것쯤은 평생도 해 줄 수 있다는 듯 어떠한 번거로움도 마다하지 않는다.

그가 보여 주는 애정엔 한 치의 거짓이 없었다.

눈빛, 행동, 심지어 가벼운 입맞춤 한 번에도 사랑과 정성이 가득했다. 과거의 어느 때처럼 나 혼자 착각하는 게 아닐까, 불 안한 마음이 일지도 않았다. 나를 향한 그의 애정은 순도 100% 의 진심. 어쩌면 그의 마음에 내 지분이 더 커지고 있는 것인지 도 모르겠다.

사랑이 식어 가는 것보다 초라한 게 또 어디 있을까.

그러나 사랑은 이기적이다. 지고지순한 사랑이 볼품없이 식어 가는 모습도 그 원인이 나 때문이라면 조금도 추해 보이지 않는다. 떨림이고, 축복이고, 기대가 되어 가슴을 뒤흔든다. 한쪽의 사랑이 식어 갈수록 이쪽의 사랑은 그만큼 더 커져 갈 테니까.

……나쁜 년.

태은아, 나중에 너를 어떻게 봐야 할까.

괴롭고 행복하다.

10. 마음이 울컥

언제부터인가 수완이 달라졌다. 오랜만에 친구들과 맥주를 마시다 중간에 허둥지둥 어딘가로 달려갔던 그날 이후부터였을 것이다.

가장 눈에 띄는 차이는 웃음이었다. 4월의 봄볕처럼 잔잔하게 미소 짓던 그 애가 7월의 햇살처럼 환하게 소리 내어 웃기 시작했다. 휴대폰을 잠시도 손에서 놓지 못했고, 누군가와 통화하면서는 세상에서 가장 행복한 표정을 짓곤 했다. 통화가 끝났을 땐 꿈을 꾸듯 먼 곳을 응시하며 여운을 즐겼다.

동료들은 농담 반 진담 반, 이 대리가 최근 눈에 띄게 예뻐졌다고 한마디씩 거들었다. 그때마다 현우는 건성건성 고개를 끄덕이다 화제를 돌렸다. 그런 말을 건넨 다음이면 사람들은 어김없이 사족을 덧붙였기 때문이다.

'수완 씨 요즘 연애하나 봐.'

306

한두 번이야 농담으로 듣고 넘겼다지만 횟수가 반복되자 현우는 그런 말이 듣기 싫었다. 동료들과 어울리는 잡담 시간을 줄였고, 밥을 먹은 다음이면 커피를 마시러 무리 지어 몰려가는 것을 삼갔다. 며칠만 버티면 그런 얘기도 쑥 들어갈 거라고 여겼다.

그러나 사내식당에 앉아 점심을 먹을 때마다 인사를 건네며 한자리에 몰려드는 선후배까지 피하지는 못했다. 대신에 누군가 말을 걸지 않는 이상 대화에 끼지 않는 길을 선택했다. 그런 경우 현우는 최대한 빨리 식사를 마치고 바쁜 일이 있는 척 서둘러 자리를 떠나갔다.

오늘도 그랬다. 신도시 분양과 주식 동향, 사업 아이템 등 오가는 대화 속에 또다시 엉뚱한 얘기가 튀어나올까 트레이에 고개를 처박고 먹는 일에만 집중했다.

"참, 그 얘기 들었어요?"

그럼에도 내키지 않는 얘기가 불시에 들려오는 건 어쩔 수 없었다.

"대성재단 전희옥 이사장이 서진하 재혼 추진하고 있다는 거 말이에요."

"그거 모르는 사람이 어디 있어. 증권가에 한창 떠돌았잖아. 그런데도 조용한 거 보면 헛소문 아니야?"

"그냥 떠도는 소문은 아닌 거 같아요. 내용이 구체적인 데다 사람들이 요즘 재혼 상대가 누군지 알아보느라 난리도 아니래요. 얘기를 들어 보면 이사장이 찍은 여자가 집안도 적당

고백의 이유　307

하고 외모도 볼 만하고 두루두루 괜찮은가 봐요. 당연히 초혼이고요."

벤처기업 주식에 관해 얘기하다가 왜 그쪽으로 얘기가 튀었는지 모르겠지만 모두가 흥미롭게 두 눈을 반짝였다.

"하긴, 요즘은 애 딸린 돌싱도 능력만 있으면 괜찮은 싱글하고 잘만 재혼하더라. 하물며 대성의 서진하? 상대 쪽에서 물불 안 가리고 달려들 만하지. 근데 사람들은 왜 그 난리래?"

"그쪽 기준에서 봤을 때 여자 집안이 경제적으로 기운다는 말이 있어요. 중견 기업 중 꽤 탄탄한 회사의 딸이라는 소문도 있고요. 어느 쪽이 사실이든 결혼만 성사되면 대성 측에서 뒤를 봐줄 거라고 확신하는 거죠. 매출은 오르고 주가는 뛸 테니 세간에 알려지기 전에 미리 알아내 그쪽 주식이라도 사 두자, 그런 상황이래요."

테이블에 앉은 동료들은 '아아.' 하며 일제히 고개를 끄덕였다. 그러고는 저마다 입가에 흐릿한 비소를 걸쳤다. 한 선배는 확인되지 않은 소문으로 얼굴도 모르는 여자를 비꼬았다.

"결혼하겠다는 여자는 대체 무슨 생각인 거지? 사람이 좋은 거야, 재력이 좋은 거야? 열애설 한번 안 터진 거 보면 말 그대로 낙점돼서 고분고분 따르는 거 같은데, 그러다가 서 상무 쪽에서 싫증 내고……."

가까이서 의자가 밀리며 바닥을 긁는 소음이 들려온 건 그때였다. 한창 열을 올리던 선배가 말을 멈추고 요란한 소리가 난 곳을 쳐다봤다. 얘기를 듣고 있던 다른 동료들 역시 한꺼번에 고개가 그쪽으로 돌아갔다.

"……왜? 무슨 일 있어?"

잠깐의 침묵 후 다른 선배가 현우를 바라보며 물었다. 조금 전 자리에서 거칠게 일어났던 현우는 가만히 제자리에 서 있다 대답했다.

"이메일 보낼 곳이 있었는데 그걸 깜박한 게 생각나서요."

"점심시간 끝나고 보내면 되지. 그쪽도 점심 먹고 있을 거 아니야."

"과장님이 잊지 말고 챙기라고 하셨거든요. 밥도 대충 먹었고, 저 먼저 가 보겠습니다."

생각해 준답시고 또 다른 말이 나올까 봐 현우는 재빨리 인사한 뒤 트레이를 들고 그곳에서 멀어졌다. 서둘러 사내식당을 나와 엘리베이터에 올라탔다.

서진하란 이름만 들어도 가슴이 덜컥했다. 집안, 외모, 학벌, 모난 데 없이 갖췄으나 아버지가 돌아가시며 상황이 어려워진 수완은 동료가 말했던, 전 이사장이 낙점했다는 서진하의 재혼 상대와 조건이 얼추 비슷했다. 실제로 수완은 잠깐이었지만 그의 자택에 들어가 살기까지 했었다.

그럴 리가 없다고, 수완이 아니라고 했으니 믿어야 한다고 생각하면서도 현우는 불안했다. 부쩍 밝아진 얼굴과 행복한 웃음이 마음에 걸려 입술이 바싹 타들었다. 자신이 아닌 다른 누군가에 의해 그렇게 변해 가는 수완을 보는 건 생각보다 더욱 힘든 일이었다.

잠시도 쉬지 않고 업무 처리에 매달렸다. 천성적으로 일이 밀리는 걸 못 참는 까닭도 있으나 수완과의 약속이 이르게 잡혀 마음이 급했다. 진하는 커피 마시는 시간도 아끼며 고군분투하였고 퇴근 시간을 정확히 10분 앞두고 모든 일을 완벽히 끝마쳤다.

6시가 되자마자 서둘러 회사를 나섰다. 퇴근 시간을 맞아 꽉 막힌 차도를 차들이 엉금엉금 기어 다녔다. 글자가 눈에 들어오지 않아 잠시 쉬고 있던 진하는 근래 들어 종종 그러했듯 티파니의 블루 박스를 꺼내 보았다. 케이스를 오픈하면 벌써 몇 주째 그가 습관처럼 들여다보고 있는 반지가 기품 있는 자태를 드러냈다.

결점 하나 없이 완벽한 상태라는 다이아몬드는 투명함과 청초함이 꼭 물방울과 닮았다. 톡 터질 것 같아 함부로 손댈 수 없는 아슬아슬함. 빛을 받아 무지갯빛을 발할 때면 그 가치를 인정할 수밖에 없는 고결함.

수완과 함께 지내기 시작하며 처음으로 떠났던 뉴욕 출장. 평소 감흥 없이 지나던 티파니 매장이 그날따라 진하에게 예외적으로 다가왔다. 수완의 왼손 약지에 특별한 반지를 끼워 주고 싶다는 열망에서였다. 진하는 당연한 수순인 듯 매장으로 들어갔다.

특별함에 힘을 주어 유색 다이아몬드 반지를 줄줄이 들여다보길 30분. 마음에 차는 것이 없어 그냥 나오려 하자 어느새 사라졌던 지배인이 또 다른 케이스를 가지고 나타났다.

진하가 식은 눈으로 돌아보자 지배인은 빙긋 웃으며 조명 아래서 케이스를 오픈했다. 성의 없이 곁눈질하던 진하는 그때야말로 반지에서 눈을 떼지 못했다. 정교하게 연마된 다이아몬드가 오래전 여름, 텃밭 근처 수돗가에서 수완의 하얀 피부를 타고 흐르던 물방울을 연상케 하였다.

그 자리에서 구매를 결정하고 들뜬 마음으로 가져왔다. 도착 후 수완과 함께 주말을 보내며 자연스럽게 손가락에 반지를 끼워 줄 생각이었다. 하지만 또다시 목격한 수완의 복잡한 눈빛에 진하는 많은 의미가 함축된 반지의 전달을 다음으로 미루었다.

수완은 한 번씩 무의식중에 심란한 눈빛을 할 때가 있었다. 진하는 모르는 척 담담히 넘기곤 했으나 수완의 심경은 충분히 이해했다. 담이가 마음에 걸릴 것이고 평범치 않은 자신의 처지가 부담스러울 것이다.

그때마다 속이 뒤숭숭해지는 것은 어쩔 수 없지만, 자의든 타의든 과거에 짊어진 삶의 무게를 무책임하게 던져 버릴 생각도 없었다. 제아무리 그로 인해 자신의 인생마저 정상적인 궤도를 벗어났다고 해도.

반지를 바라보는 진하의 눈가에 끝 모를 서글픔이 안개처럼 희미하게 덧대어졌다.

누나는 눈먼 사랑을 했다고 말했다.

한태영이 별거 중이라는 한마디에 마음이 흔들렸고, 혼전계약서를 바탕으로 변호사끼리 이혼 절차에 들어갔다는 말에 전적으로 그를 믿기로 하였다고. 미국에서 내내 붙어 다니며 어리석게도 행복한 미래를 꿈꾸었다고.

예기치 않은 임신으로 혼란에 빠지기도 했지만, 누나는 빠르게 평정을 되찾았다. 한태영이 이혼하면 1년 정도 기다렸다가 결혼할 생각이었으나 이미 생겨 버린 아이를 그런 이유로 지울 수는 없었다. 심란해하는 한태영을 달래며 누나는 시간이 흘러 개월 수가 차기를 기다렸다.

그와의 결혼을 반대할 할아버지를 설득하기 위해선 어차피 극단적인 방법이 필요했다. 한태영이 몇 번이고 결혼 의사를 확인해도 아무런 의심 없이 그의 손을 잡아 주었다.

파국은 한꺼번에, 예고 없이 들이쳤다.

배 속의 아이가 계획한 만큼 자라 마침내 할아버지께 폭탄선언을 하기 며칠 전, 한태영의 처가 임신했다는 소식을 듣게 되었다. 한국에 있는 친구와 통화하며 수다를 떨다가 일상처럼 가슴이 무너지는 말들을 전해 들었다. 누나는 전화를 끊자마자 실신했고, 짧았던 행복은 참혹한 후유증을 남기며 완전히 끝이 났다.

누나는 패닉에 빠졌다.

현실을 인정하지 못하고 인맥을 활용해 수십 통의 확인 전화를 돌리고 돌리다 결국은 오열했다. 선하고 아름다운 얼굴로 자신을 교만한 한태영을 경멸했다.

그는 비겁하게 변명했다. 처음 마주한 순간부터 마음을 빼앗겼고 진실로 사랑하는 사람은 너 하나뿐이라며 매달렸다. 그럴수록 누나는 더욱더 한태영을 불신했다. 그는 숱한 남자들처럼 화보 속 이미지와 화려한 외모에 반해 일시적으로 혹하였거나, 대성이라는 배경을 보고 자신에게 접근했다고 비관했다.

실제로 그는 누나와 아내 사이를 저울질하며 어느 쪽도 놓지 않고 교묘한 줄타기를 하고 있었다. 누나를 얻는다면 금상첨화겠지만 혹시나 그러지 못하게 된다면 당시 처가에서 받고 있던 부친의 정치적 후원금이나마 지키고자 하였다.

누나는 한태영에게 결별을 선언했다. 다시는 당신이란 사람의 얼굴조차 마주하기 싫다고 치를 떨었다. 그러나 둘 사이는 이미 돌이킬 수 없을 만큼 멀리 와 버려 한마디의 말로 간단히 끝낼 수 있는 상황이 아니었다.

피폐해진 누나는 수시로 발작을 일으킬 정도로 깊은 상처를 받았다. 아이를 지울 수 있는 시기는 자발적으로 넘긴 지 오래였다. 무엇보다, 언제부터였는지 두 사람은 언론의 표적이 되어 있었다.

관계가 파탄 나기 훨씬 전부터 기자들은 두 사람의 뒤를 쫓았다.

제보자는 한태영의 부친을 경계하던 제2야당. 그들은 조직적으로 한 의원과 그 가족의 뒤를 캐기 위해 날을 세우고 있다가 유부남인 한태영의 열애 사실을 눈치채고 언론사를 들쑤셨다.

우스운 건 스캔들이 터지기 직전 조부께 그 사실을 밝힌 곳도 애초에 언론사를 부추긴 바로 그 세력이라는 점이었다. 한태영이 잘나가는 모델과 불륜에 빠졌다고 단순하게 생각했던 그들은 상대가 서 회장의 친손녀임을 알고 매우 당황했다. 불륜이 사실인지 아닌지 자신감도 떨어져 일단 기자들을 후퇴시키고자 했으나 쉽지 않았다. 거대 언론은 수월히 통제가 됐지만 잃을 것이 없는 몇몇 소규모 전자신문 업체는 물불 안 가리고 달려들었다.

소식을 전해 들은 조부께서 불같이 화를 내신 것은 당연했다. 대성의 총수로 십수만 직원에게까지 엄격한 도덕적 잣대를 들이대며 평생을 자긍심 하나로 살아오신 분이었다. 그런 분에게 손녀의 실수는 뼈아픈 오점이자 결코 이해할 수 없는 만행이었다. 달콤한 말에 속아 짝이 있는 남자와 놀아난 것도, 자신을 꺾기 위해 아이를 갖고도 배가 불러 올 때까지 그것을 숨겨 온 사실도.

조부께서 불같이 화를 내며 집안을 발칵 뒤집는 사이, 어떻게 알았는지 스캔들과 관련해 한 의원 쪽에서 먼저 연락을 취해 왔다.

첫째, 오래전부터 사돈댁에서 받아 온 후원금을 서유하 측에서 대신 반환해 줄 것.

둘째, 한 의원이 최종 목표에 도달하는 그날까지 전방위로 필요한 모든 재원을 대성그룹 측에서 전적으로 책임져 줄 것.

약속 장소에 나가 자리에 앉자마자 한 의원이 조부께 건넨 말이었다. 두 가지 조건을 충족시켜 준다면 임신한 며느리와 아들을 이혼시키고 누나를 며느리로 받아들이겠다며.

안 그래도 손녀딸이 유부남과 바람피웠다는 사실에 충격받았던 조부께서는 한 의원의 요구에 격노하셨다. 당신의 목숨보다 명예와 회사를 더 중히 여기는 분께 그의 발언은 불난 집에 기름을 끼얹은 격이나 다름없었다. 설령 대통령이 와도 코웃음을 칠 판에 대통령이 꿈인 정치인 따위가 어디서 감히 대성을 넘보는 거냐며 조부께서는 별실이 떠나가라 호통을 치셨다.

한 의원은 그럴 줄 알았다는 듯 여유롭게 미소를 지었다. 그 작태에 조부는 냉정한 분노를 드리웠다.

'한 의원, 정치질 그만하고 싶소?'

'기분이 상하셨다면 용서하십시오. 저는 그저 회장님의 의중을 확인하고 싶었을 뿐입니다.'

한 의원은 자연스럽게 핑계를 대었으나 그의 능구렁이 같은 속을 조부께서는 훤히 꿰뚫고 계셨다.

'정치하는 몇몇 것들은 이래서 문제야. 슬쩍 떠보고 넘어올 것 같으면 잡을 생각이었다가, 이쪽에서 펄펄 뛰니 그놈의 입으로 궁색한 변명만 뻔뻔히 늘어놓지.'

'믿지 않으시겠지만 지금 받는 사돈댁의 후원만으로도 저는 만족스럽습니다. 다만 서 회장님께서 유하 양을 책임지라고 하신다면 제가 무슨 힘이 있어 거절하겠습니까. 괜한 노파심에 현

실을 알려 드리고자 무례를 범한 점, 사과드리겠습니다.'

'얘기를 들어 보니 한태영이라는 놈이 거짓을 일삼는 사기꾼 수준이던데, 그놈이 왜 그렇게 생겨 먹었는지 알 것 같군. 나 같으면 그런 아들놈을 두고 하늘이 부끄러워 고개도 들지 못할 것 같은데 말이오.'

조부의 싸늘한 비난에 한 의원은 애써 불쾌감을 참으며 오해가 있었던 듯하다며 아들을 두둔했다. 그러면서도 누나를 걱정하는 척 홀몸이 아닌 상태를 지적했다. 조부께서는 느긋이 웃으며 대답했다.

내 핏줄이 남의 가정 깨는 것을 지켜보고, 평생 일궈 온 대성그룹을 한낱 정치인의 물주로 전락시키느니 차라리 손녀딸을 미혼모로 만들겠다고.

며느리가 아이를 가진 이상 한씨 집안에서는 누나의 아이를 받아들일 수 없다고 잘라 말하자 별걱정을 다 한다고 맞받아치셨다. 시답잖은 소리 그만하고 스캔들이나 해결해 보자며.

서유하의 고급스러운 이미지를 직·간접적으로 이용해 대성그룹이 얻은 이익은 대외적으로 알려진 것 그 이상이었다. 만약 불륜녀로 낙인찍혀 세상의 손가락질을 받게 된다면, 그릇된 행실을 질타하며 온라인상에서 불매운동이라도 벌어진다면 엄청난 타격을 입는 상황이었다. 아니, 그런 것을 차치하고서라도 도덕적 문제와 관련해 사내에까지 무관용 원칙을 수십 년 고집해 온 조부께서 그러한 불명예를 용납하실 리 없었다.

한 의원 또한 마찬가지였다. 당내에서의 입지를 공고히 하려면 얼마 남지 않은 선거에서 완벽한 승리를 거둬야 했다. 과거에도 물주였고 앞으로도 계속 물주가 되어 주겠다는 사돈댁에게도 며느리의 동의하에 아들의 실수를 감춰야 했다. 결정적으로 미래의 대권 도전을 위해 흠결 없는 이미지를 계속해서 이어 나갈 필요가 있었다.

이날, 두 분은 서로를 적대시하는 와중에도 스캔들을 봉합해야 한다는 데 의견을 일치하고 돌아섰다. 그리고 며칠 뒤 한 의원은 조부께 직접 전화를 걸어와 비통한 음성으로 두 가지 사실을 알려 주었다.

그 집의 늦둥이 막내가 살 날이 얼마 남지 않았으며, 마침 뉴욕에서 체류 중이었다고.

끌려왔다는 표현이 맞을 것이다.

전역을 명 받고 부대를 나서자마자 진하는 집으로 끌려오다시피 하였다. 비서실장이 직접 움직여 '무슨 일이 터졌구나.' 대충 예감은 하고 있었다. 그래도…… 그런 식의 이야기를 예상한 건 아니었다.

조부의 말씀을 들을수록 오한이 일었다. 누나의 소식에 억장이 무너졌고, 할아버지의 결정에 수완의 도도한 표정이 눈앞을 스쳤다. 말도 안 된다고 생각했다. 머릿속이 하얗게 바래지면서도 진하는 냉정하게 말했다.

'어떻게 그런 생각이 가능합니까. 그게 말이 된다고 생각하세요?'

'말이 되고 안 되고는 상관없다. 이번 일을 조용히 덮을 수만 있다면 너와 내가 못 할 일은 없어야 한다.'

제보를 받은 기자들은 누나의 뉴욕 아파트 앞에 잠복해 한태영이 들락거린 날짜와 머물렀던 시간을 정확하게 체크했다. 그런 다음 증거가 이렇게 확실하니 곧 포털에 기사를 내보내겠다고 몇몇 업체가 통보를 해 왔다.

그에 대해 조부와 한 의원은 언론사에 보낼 반박문을 준비 중이었다. 한태영이 누나의 아파트에 들락거린 이유를 한태은 때문이었다고 새롭게 포장하여.

서진하와 '매우 가까운 사이'인 한태은이 독감과 과로로 쓰러졌고, 이를 알게 된 서유하가 아파트로 데려가 돌봐 주는 중이었다고. 오빠로서 아픈 동생이 걱정되어 자주 들여다보았던 건 당연한 일. 동생들의 열애를 애꿎은 서유하와 한태영의 불륜으로 잘못 보도한다면 법적 책임을 감수해야 할 것이라고 힘을 주었다. 더불어 서진하와 한태은은 조만간 특별한 소식을 전할 수도 있으니 사생활 보호 차원에서 그 전까진 그들에 관해서도 함구해야 할 것이라고.

몸이 떨리면서도 현실 같지 않았다.

한태영, 한태은, 한 의원, 한태영의 아내 신혜원.

누가 누구인지 이름조차 헷갈리는 이들이 우르르 그의 인생에 난입한 느낌. 속이 메슥거렸다. 자꾸 혼미해지는 정신을 안간힘을 다해 잡으며 진하는 최대한 또렷이 반박했다.

'그렇게 극단적인 방법을 쓸 필요가 뭐 있습니까. 차라리 한

의원님 막내하고 누나가 친했다고 하는 쪽이…….'

'태어날 아기는 어떡할 셈이냐.'

며칠 전까지 불같이 격분하셨던 조부께서는 일 처리를 시작하며 냉철해지셨다. 어리고 서툴렀던 진하가 당장에 닥친 일을 피해 갈 생각만 하고 있었다면, 노련한 조부께서는 손녀가 해산한 후의 문제까지 미리 계산하고 계셨다.

'스캔들을 봉합하고 아이를 네 호적에 잡음 없이 올리기엔 그보다 적합한 방법이 없다. 죽어 가는 한 의원의 딸을 이용하는 게 다소 걸리기는 하지만, 제 부모가 그리하겠다는데 굳이 토를 달 게 무엇이냐. 비밀이란 아는 사람이 많을수록 지켜지기 어려운 법이다. 호적 문제 처리하자고 애먼 여자 끌어들여 사람 수만 늘리느니 그 집하고 해결 보는 것이 맞는 거다.'

조부께서 그렇게 철저하게 앞일을 계획하셨던 그날은 사실 진하에게 둘도 없이 중요한 날이었다. 아침에 일어나 가장 행복한 날이 될 거라 믿어 의심치 않았다. 4년의 기다림. 벼르고 별렀던 고백. 무력하게 앉아만 있을 때가 아니라고 생각했다. 무슨 일이 있어도 오늘은 꼭 고백해야 한다고. 이러다가 때를 놓치면 수완을 영원히 놓치게 될 것 같다고. 진하는 오직 하나만을 생각하며 선언하듯 말했다.

'저는 못 합니다.'

단호한 어조와 표정으로 조부의 명령에 불복했다.

'무슨 말씀을 하셔도 저는 못 해요, 할아버지.'

당장에라도 그곳을 뛰쳐나가고자 자리에서 벌떡 일어났다.

'그럼!'

하지만 조부의 호통과도 같은 물음에 그 이상 움직일 수 없었다.

'언론에 네 누이의 상태를 공개하랴?'

'……!'

'태어날 아이를 보육원에라도 내다 버리랴!'

조부의 그 말이 서러웠다. 차마 외면할 수도, 그렇다고 받아들일 수도 없는 결정을 왜 하필 오늘, 갓 제대한 손자에게 통보하셔야 했는지.

언제인지도 모르게 떨기 시작한 주먹을 부르쥐고 진하는 조부를 바라보았다. 목에 쇳가루라도 뿌려진 듯 꽉 잠겨 나오지 않는 목소리를 억지로 뽑아내어 한꺼번에 터트렸다.

'그럼 저는요? 제 인생은요! 저는 추문에 휩싸여도 괜찮다는 겁니까? 졸지에 유부남에 애 아빠가 되라니요. 죽어 가는 사람을 이용하시겠다니요!'

'남자랑 여자가 어떻게 같아! 처녀와 유부남의 더러운 추문이 풋풋한 젊은이들 간의 연애와 어떻게 같냐는 말이다! 기업 후계자에게 아들 하나 있어도 얼마든지 좋은 여자 안사람으로 골라 앉힐 수 있다.'

'할아버지!'

'두고 봐라. 한 의원의 딸이 사망했다는 소식이 전해지면 너한테 혼담이 벌 떼같이 몰려들 테니. 나 죽고 없어지면 이 집안은 네가 지켜야 한다. 네 누나랑 조카도 네가 지켜야 하는 거다.'

320

첨단의 시대를 살면서, 그런 제품을 제조해 최고의 실적도 올리고 계시면서, 조부께서는 옛날 옛적 소년기에 형성된 사고방식을 그대로 유지하고 계셨다. 세상은 이렇게나 변했는데. 수완이 그런 것을 받아들여 줄 리 없는데.

무릎을 꿇고 빌었다.

'저도 좋아하는 사람이 있어요. 오랫동안 좋아했고 오늘 고백할 생각이었습니다. 군 복무 시절 고백해서 연애하는 커플은 오래가지 못한다는 속설 때문에 오늘까지 참고 기다렸어요. 유치하다고 생각하실 수도 있지만, 저한테는 그 정도의 모험도 걸고 싶지 않았을 만큼 소중한 사람입니다. 할아버지 못하시는 거 없으시잖아요. 앞으로 시키시는 건 뭐든 할 테니 한 번만. 제발 한 번만 다른 방법을 생각해 주세요.'

······귓등으로도 듣지 않으셨다.

손자의 마음을 어린것들의 철없는 연애 감성쯤으로 치부하셨다.

원래대로라면 그날은, 진하가 손꼽아 기다려 온 가장 행복한 날이어야 했는데.

집안은 쑥대밭이 되었다.

조부께서는 뜻을 굽히지 않으셨다. 진하도 만만치 않았다. 휴대폰을 빼앗기고 방 안에 감금되어서도 고집을 버리지 않았다. 누나는 할아버지가 보낸 사람들에 의해 뉴욕에서 소리 소문 없이 사라졌다. 시형의 부친이 가져다준, 한태은의 프로필이 정리된 파일 같은 게 눈에 들어올 리 없었다.

시간이 갈수록 시계의 초침 소리가 우레처럼 들려왔다. 참다못한 진하는 벽에 걸린 시계를 아예 떼어 버렸다. 밥을 먹지 못했다. 물도 넘어가지 않았다. 초조한 마음에 부르튼 입술을 자근자근 씹어 대던 어느 저녁, 밖에서 잠긴 문이 열리고 조부께서 모습을 드러냈다.

'계획대로 네 누이의 일을 매듭지었다. 너를 내세워 완강하게 대응했더니 기자들도 금방 꼬리를 내리더구나. 간발의 차로 스캔들을 묻긴 했다만, 이대로라면 가까운 시일 내에 네 결혼 기사 또한 내보내야 할 테지.'

결국.

진하는 표정 잃은 얼굴로 조부를 보았다.

조부께서는 진하를 짧게 마주 보시더니 손에 들고 있던 무언가를 콘솔 위에 올려놓으셨다. 빼앗겼던 휴대폰과 언론사의 로고가 인쇄된 명함 한 장이었다.

'하나 너에게도 기회라는 것을 주마. K일보 최 국장의 명함이다. 내 결정을 받아들일 수 없다면 네가 직접 전화해 모든 것을 사실대로 밝히도록 하려무나. 대성 측에서 해명한 내용은 전부 거짓이라고. 진실은 내 누나인 서유하가 유부남인 한태영과 놀아나 아이를 가졌고, 이제 한 가정을 파탄 내려 한다는 것이라고. 나는 한 의원의 막내딸과 일면식도 없는 사이라고.'

'…….'

'간단한 일이다. 원하는 대로 하거라.'

조부께서는 미련 없이 방을 나가셨고 진하는 홀로 남겨졌다. 유부남, 아이, 가정 파탄. 조금 전 들었던 자극적인 단어가 귓가에서 생생히 재생될 때마다 몸이 간헐적으로 떨렸다.

바보가 아닌 이상 이것이 기회가 아니라는 것은 너무도 극명했다. 할아버지께선 손자가 스스로 이 길을 선택하도록 압박하는 것이었다. 모든 것을 체념하고 현재의 상황을 완벽하게 받아들이도록 하기 위해서.

진하는 분개했다. 가슴이 터질 것처럼 화가 나 휴대폰과 명함을 거칠게 낚아챘다.

하라면 못 할까 봐.

얼마든지 할 수 있다.

수완의 하얀 얼굴이 머릿속에서 아른거렸다. 기세 좋게 휴대폰의 패턴을 풀었다. 하지만 그 이상 손을 움직일 수 없었다.

중학생이 된 누나의 앳된 얼굴이 떠올랐다. 비가 부슬부슬 내리던 날. 장지에서. 아버지의 관 위로 흙이 덮이는 걸 지켜보고 있었을 때. 말없이 어린 동생의 손을 잡아 주던 누나의 따뜻했던 그 손이 떠올랐다.

사람들로 붐비는 혼잡한 공항. 뒤도 돌아보지 않고 떠나는 어머니의 뒷모습을 바라보고 있었을 때. 남몰래 떨고 있는 그의 손을 가만히 잡아 주는 다정했던 손 하나. 혼자가 아니었음을 느끼게 해 줬던 누나의 그 손이 그 순간 떠올라 버렸다.

손에 쥐고 있던 휴대폰이 둔탁한 비명을 지르며 바닥으로 떨어졌다. 빳빳한 명함도 힘없이 저 아래 어딘가로 추락했다.

식은땀이 후드득 떨어졌다.

전화를 할 수 있을 리 없었다.

절대로. 절대로.

다음 날 밤을 꼬박 지새운 진하가 무거운 몸을 이끌고 조부께로 내려갔다. 대화는 간결했다.

'제가 어떡하면 되는 겁니까?'

'사흘 뒤에 떠나거라. 수속은 얼추 끝냈으니 가서 조용히 공부만 하면 되는 거다. 일이 정리될 때까지 학교에서든 길거리에서든 한국말이 들리는 곳에는 얼씬도 하지 말고. 나머지는 내가 다 알아서 처리할 것이니 네가 신경 쓸 일은 없을 거다.'

흔들리지 않는 고목처럼 감정을 드러내지 않던 할아버지께서는 그날에서야 비로소 착잡한 속내를 드러내셨다. 며칠 새 눈에 띄게 시들어 버린 손자를 바라보고 있자니 만감이 교차하신 듯했다.

'멀쩡한 손자 녀석, 하루아침에 흠 있는 놈으로 만드는 건 나 또한 편치 않다. 그래도 어쩌겠느냐. 나에게 자식이라곤 죽은 네 아비 하나요, 네 누이를 제하면 남은 자손은 너 하나뿐인 것을. 과정이 어떠했든 태어날 아이도 우리 집안 핏줄이니 세상에 나와서 살길은 마련해 주어야지.'

동의를 구하는 듯한 할아버지의 말씀에 진하는 어떠한 대답도 하지 않았다. 침묵을 지키다 준비를 하겠다며 자리에서 일어나 방을 나왔다.

그로부터 사흘 뒤, 기사가 나가기 훨씬 이전 진하는 조부께서 붙여 주신 비서실장과 동행하여 비밀리에 출국했다. 그리고 JFK공항을 거쳐 보스턴으로 향하는 과정에서 강 실장을 따돌리고 조용히 사라졌다.

그때까지 방에 갇혀 소극적으로 기다려 왔던 건 윤리적으로 엄격했던 할아버지를 믿었기 때문이다. 평생을 소신대로 살아오신 조부께서 어리석은 선택을 하실 리 없다고, 반드시 다른 방안을 마련해 주실 거라고 믿어 의심치 않았기 때문에.

하지만 신념이 변질되어 무의미한 껍데기만 잡고 있는 것이라면 진하도 더는 기다릴 이유가 없었다. 누나와 수완, 양쪽 모두 포기하지 않을 방법을 찾기 위해 스스로 행동에 나섰다.

모든 것을 체념한 척 할아버지께 항복을 선언한 뒤 경계가 느슨해진 틈을 타 시형과 작당했다. 시형은 부친의 서재를 뒤져 누나의 거주지로 추정되는 곳을 알아내고 친구를 위해 비행기를 예약했다.

목적지는 베른.

진하는 미리 마련한 현금을 들고 암스테르담을 경유해 시형이 건네준 주소지로 무작정 찾아갔다. 일단은 누나와 만나서 대화를 해 봐야 누구도 다치지 않을, 최선의 방안을 마련할 수 있을 것 같았다.

택시를 타고 베른 시내를 빠져나와 한참을 달려 도착한 곳은 어느 고풍스러운 저택. 거대한 호수와 자연에 둘러싸인 매우 한적한 곳이었다. 잠기지 않은 까만색 철문을 열고 진하는 천천히 안으로 들어갔다.

누나는 감금된 게 아니었나?

당혹스러울 만큼 경계가 느슨해 잘못 왔나 싶었지만 왠지 이곳에 누나가 있을 것 같았다. 차가운 날씨에 오후 안개가 옅게 끼어 스산한 분위기가 물씬 풍기는 날이었다. 진하는 안으로 들지 않고 건물을 한 바퀴 빙 돌아 후원으로 가 보았다. 그리고 그곳에서 마른 가지처럼 생기를 잃고 정원 벤치에 앉아 있는 누나를 발견했다.

앙상한 옆모습, 완전히 빛을 잃은 창백한 안색, 눈에 띄게 배가 부풀어 한눈에 보기에도 달라진 체형. 누나의 낯선 모습에 진하는 가슴이 찢기는 것 같았다. 마음이 급해져 성급히 다가가다 마른 낙엽을 밟아 바스락 소리를 내었다.

초점 없는 눈으로 망연히 앉아 있던 누나가 갑작스러운 소음에 고개를 들었다. 눈이 마주치자 귀신이라도 본 듯 질겁했다. 두툼한 겉옷으로 성급히 배를 가리는데 얼굴 위로 수치심, 부끄러움, 자기혐오가 가득했다. 까슬까슬한 입술이 울먹임으로 흔들렸다. 눈가가 새빨개져 자리에서 일어나 도망치듯 허겁지겁 걸음을 옮겼다.

'누나!'

다급히 부르자 누나는 속도를 높여 거의 뛰다시피 하였다. 무거운 몸이 불안하고 위태롭게 비틀대 진하는 한달음에 달려가 뒤에서 누나를 와락 껴안았다. 거짓말 같은 현실을 눈으로 직접 목격하니 말로 전해 들었을 때보다 체감되는 고통은 상상을 초월했다. 품 안에서 흐느끼는 누나의 절망에 진하도 눈가가 붉게 흐려졌다.

눈물을 쏟던 누나가 발작을 일으켰다. 거주 중이던 간호사가 달려와 능숙하게 대처해 줬지만 요란한 소동은 누나가 기절한 후에야 끝이 났다. 힘이 빠져 널브러진 누나를 침대에 뉘이고 그 곁을 지키는데 수액을 놔 준 간호사가 걱정스럽게 말했다. 배가 불러올수록 발작 주기가 짧아지고 있다고. 진하는 착잡한 눈길로 누나를 바라보았다.

누나는 감금이 아닌 자발적인 칩거 상태였다. 할아버지가 무슨 생각을 하는지도 모르고 세상에 이미 자기 일이 알려졌다고 체념한 채 괴로워하고 있었다. TV와 노트북은 아예 눈에 띄지 않는 곳으로 치워 버렸다. 휴대폰도 소지하지 않았다. 손녀를 강제로 가둬 놓기보다 세상과 자의로 멀어지게 한 조부의 전략은 제대로 효과를 발휘했다.

누나는 그곳을 벗어나려 애쓰기는커녕 배신의 상처와 윤리적 책임감을 홀로 껴안고 내면에서부터 차근차근 무너지고 있었다.

'내가 불륜녀가 될 줄은 몰랐어.'

발작을 일으키기 전 누나는 고개도 들지 못하고 아파했다. 눈물이 쉴 새 없이 뺨을 타고 흘러내렸다.

'너를 보는 게 부끄러워.'

'말했잖아. 아직 알려진 건 아무것도 없다고.'

'그게 무슨 상관이야!'

고아했던 모습이라곤 온데간데없이 사라진 누나는 신경질적으로 목소리를 높이며 진하의 팔을 거칠게 뿌리쳤다. 물기 하나 없이 바싹 말라 있던 하얀 입술이 좌악 갈라져 새빨간 핏물이 배어 나왔다. 진하를 똑바로 쳐다보는 누나의 두 눈엔 사랑했던 이를 향한 분노와 경멸만 가득했다.

'기자들이 오래전부터 따라다녔대. 아이를 낳으면 소문은 금방 퍼질 거야. 세상 구석구석 우리나라 사람 없는 곳이 없어. 포털에 글을 올리면 퍼지는 건 순식간이야. 한태영이 일부러 그랬을까? 그 나쁜 놈이 나를 농락하려고…… 아니, 할아버지 재력이 탐나서 어떻게든 나를 얽으려고 기자들을……. 아, 진하야, 내가 너무 어리석었어.'

두 손에 얼굴을 묻고 흐느끼던 누나는 어떠한 말도 들으려 하지 않았다. 히스테리컬하게 눈물짓다 횡설수설할 뿐이었다.

'나 아이 못 버려. 내가 키워야 하는데 한편으론 미울까 봐 걱정도 돼. 이 아이를 볼 때마다 한태영이 떠오르면 정말 끔찍할 거야.'

'누나…….'

'진하야, 이다음에 아기가 커서 나 원망하면 어떡하지? 이 아이 태어나면 사람들이 뒤에서 손가락질할 텐데, 그게 얼마나 상처가 될까? 숨어 산다 해도 난 알아. 아빠 없는 삶이 얼마나 텅 비고 서글픈 것인지. 하물며 사생아라는 꼬리표까지 달았으니 이 아이는 살면서 매일매일 고통스러울 거야. 잘못한 것도 없는데 부모 잘못 만나 그런 수모를 겪어야 하다니. 왜 자길 낳았느냐고 나를 원망한다면 나는 할 말이 없어. 아기를 낳아서 어떻게 키워야 할지 나도 정말 모르겠어.'

누나를 만나면 등신같이 꼴이 그게 뭐냐고 화내려 했었다. 한태영 그 새끼 가만두지 않겠다고 길길이 날뛸 생각이었다. 하지만 극명하게 드러나는 누나의 심적 불안감 앞에서 그런 것들은 전부 부질없는 짓이었다. 돌파구를 찾아 이곳까지 날아왔건만 동아줄처럼 쥐고 있던 유일한 실마리마저 허무하게 끊겨버린 듯했다.

다음 날 새벽, 진하는 몸서리를 치며 잠에서 깨어났다. 몹시도 사나운 악몽에 눈을 번쩍 떴다가 이상한 기분에 몸을 일으켰다. 정확히 설명할 순 없지만 외면할 수 없는 불길함이 그를 좀먹었다.

단지 노파심일 뿐이라고, 전날 밤 정신이 든 누나가 멍한 얼굴로 눈물만 뚝뚝 흘렸던 게 가슴에 박혀 이리도 심란한 거라고, 진하는 불현듯 스며든 조바심을 별일 아닌 듯 치부하면서도 방을 나섰다. 누나가 잘 자는 모습을 두 눈으로 확인해야 안심할 수 있을 것 같았다.

어둠에 익숙해진 눈으로 복도를 걷는데 어디선가 쿵, 묵직한 물건이 바닥에 떨어지는 소리가 울렸다. 흠칫하여 걸음을 멈췄지만 다음 순간 생각할 겨를 없이 몸이 먼저 치고 나갔다.

본능대로 움직여 누나의 침실을 활짝 열었다.

그다음부터는 잘 기억나지 않는다. 미친 듯이 달려가 허공에서 흔들거리는 물체를 기를 쓰고 받쳤다는 것 외에는. 살려 달라며 악을 쓰다가 뜨거운 눈물을 흘렸다는 것 외에는. 아버지를 떠나보내고 한 번도 토해 낸 적 없었던 굵은 눈물방울을 그 순간 호우가 내리치듯 거세게 쏟아 내고 말았다는 것 외에는.

열이 올랐다. 누나가 깨어났다는 소식에 얼굴을 보러 갔다가 스스로 입을 닫은 모습에 충격을 받고 집으로 돌아온 뒤였다.

아마도 물러서야 할 때임을 직감하였는지 속에서 무언가 툭 부러지는 듯한 느낌을 받았다. 간신히 집에 도착해 방으로 올라와 침대에 쓰러졌다. 옷도 벗지 못하고 그대로 잠이 들어 어느 순간부터 고열에 시달렸다. 40도에 육박하는 고열이었다.

작열하는 태양 아래, 심하게 가물어 쩍쩍 갈라진 대지 위를 흐느적흐느적 걷고 있는 꿈을 꾸었다. 싱그럽던 초여름의 어느 오후, 수돗가에 앉아 상추를 씻고 있던 여자아이가 희미하게 바래서 사라지는 꿈을 꾸었다. '진하야.' 부르며 손을 잡아 주던 누나가 슬픈 눈을 하고 울고 있는 꿈을 꾸었다.

천륜과 사랑.

감히 잴 수 없는 두 개의 비등비등한 무게에 짓눌려 진하는 질식할 것 같았다.

시달리고 시달리다 차라리 바랐다.

죽을 만큼 아프고 아파 내 안의 모든 감정이 펄펄 끓는 고열에 전부 말라 버리길. 다시는 피어나지 못하게, 아예 싹조차 틔우지 않도록, 한 방울도 남김없이 증발하여 버리길. 극심한 통증에 닳고 닳아 너를 향한 이 마음을, 세상을 향한 이 원망을 전부 무디게 만들어 버리길. 그리하여 끝내는, 이 아픔이 지나고 다시 눈을 떴을 때 너에 대한 기억이 단 한 조각도 남아 있지 않기를.

　몸과 마음이 상할 대로 상한 진하는 이틀 뒤 중환자실을 나와 일반실로 옮긴 누나를 면회 갔다. 온기도 표정도 잃어버린 누나는 그의 방문에도 아무런 반응을 나타내지 않았다. 의사는 정신적으로 안정될 때까지 시간이 필요할 거라고 조언했다.

　'어머니께 전화했어.'

　한동안 누나를 지켜보던 진하가 평소와 다름없는 어조로 말을 건넸다.

　'내가 다 말씀드렸어. 많이 놀라셨지만 누나 많이 보고 싶어 하셔. 두 시간쯤 뒤면 병원에 도착하실 거야.'

　'……'

　'나는 오늘 돌아가. 잠깐 한국에 들렀다 보스턴으로 가게 될 거야. 누나……'

　친근한 부름에도 누나는 눈동자 한번 움직이지 않았다. 그런 누나에게 진하는 담담하면서도 확신을 담아 말했다.

　'걱정하지 마.'

　'……'

'누나가 생각하는 그런 일, 절대 일어나지 않아. 건강만 되찾으면 다시 예전처럼 웃으며 살 수 있을 거야.'

정도를 걸었다면 누구보다 찬란하게 빛났을 인생. 아까운 젊음을, 눈부신 아름다움을, 불꽃 같은 열정을 그리 허망하게 꺾어 버린 누나가 안타까웠다.

아무리 끌렸어도 왜 그런 사람을 사랑하였느냐고 따지고 싶었다. 이혼 수속 중이라며 상대가 달콤한 말을 지껄였어도 아내가 있는 사람을 바라봐선 안 되는 거였다고. 진하는 누나가 원망스러웠지만 사랑이 그리 합리적이지 못하다는 것을 잘 알기에 차마 등을 돌릴 수가 없었다.

진하는 병원을 나와 한국으로 향했다. 그의 행방을 조부께서 이미 알고 계시기에 행동하는 데 주저함이 없었다.

한국에 도착하자마자 제일 먼저 찾아간 곳은 한 의원의 본가. 일시 귀국한 한태영이 부친의 보호 아래 비겁하게 숨어 있는 곳이기도 하였다. 대문이 열리고 안으로 들어간 진하는 마침 정원에 나와 있던 한태영을 그대로 덮쳤다. 빠른 속도로 돌진해 주먹을 꽉 말아 쥐고 최대치의 힘을 실어 펀치를 날렸다.

무방비한 상태에서 공격받은 한태영은 힘없이 훅 나가떨어졌다. 진하는 득달같이 따라가 맨주먹을 휘둘렀다. 한태영의 입과 코에서 시뻘건 피가 뿜어져 나와도 주먹질을 멈추지 않았다.

너 따위가!

너 따위 쓰레기 같은 놈 때문에!

왜 우리 누나가 죄인이 되어야 하냐고.

왜 내가 이수완을 포기해야 하냐고.

한태영의 모친이 달려와 비명을 질렀고, 어디선가 장정 둘이 쫓아와 악에 받친 진하를 간신히 떼어 냈다. 진하는 그들과 몸싸움을 벌이다 문득 한 의원과 눈이 마주쳤다.

한 의원은 싸늘한 눈빛으로 뒤에서 모든 상황을 지켜보고 있었다. 진하는 인사나 사과는커녕 고개를 빳빳이 들고 서늘한 눈으로 자신을 바라보는 한 의원을 쏘아봤다. 입신을 위해 딸아이의 죽음을 약간의 슬픈 척으로 유감없이 이용하는 자에게 예의 따윈 필요치 않았다.

진하는 한 의원을 치열하게 직시하다 언젠가 저 빌어먹을 부자父子에게 받은 것을 고대로 되돌려 주겠다고 다짐하며 돌아섰다.

한태영을 두들겨 패 주느라 빨갛게 까진 살갗을 수습할 생각도 못 했다. 진하는 그 상태로 곧장 수완에게 갔다가 말도 붙이지 못하고 돌아섰다. 내가 정말 너를 포기한 것인지, 과연 그럴 수나 있을지 혼란스러운 와중에 택시를 잡아타고 공항으로 향했다.

그곳에서 진하는 강 실장과 재회하며 며칠 새 급변한 모습을 드러냈다. 자유롭고 거침없이 사고하면서도 천성처럼 배어 있던 온기 하나가 꺼져 버린 듯한, 최후의 순간 자신보다 타인을 먼저 배려하며 한발 물러섰던 자제심을 맥없이 놓아 버린 듯한, 그런 모습이었다.

'회장님과 통화하고 싶습니다.'

'한태영 때문에 그러는 거라면 염려할 것 없다. 아침 일은 회장님께서도 알고 계셔. 저쪽에서 감히 문제 삼지 못할 거다.'

얼굴을 보자마자 다짜고짜 건넨 진하의 요구에 강 실장이 대답했다. 진하는 냉소했다.

'제가 왜 그런 놈 때문에 전전긍긍하겠습니까. 그건 알아서들 하시고, 볼일은 따로 있으니 전화나 걸어 주십시오.'

이날 진하가 스캔들과 아이를 떠맡는 대가로 서 회장께 요구한 건 뜻밖에도 계약서에 관한 것이었다.

할아버지와 한 의원이 거액의 위약금을 책정한 비밀유지서약서를 작성 중인 것으로 알고 있다고. 계약 위반에 관한 책임을 개인이 아닌 공동으로 묶어 달라고.

조부께서는 진하의 요구를 수용해 주셨다. 계약에 위배되는 상황이 벌어졌을 시 위반한 당사자는 물론 그 가족의 대표자에게까지 책임을 묻도록 내용을 수정했다. 대표자는 각각 조부와 한 의원. 그들이 사망했을 시에는 진하 자신과 한태영이 그 책임을 대신하기로 이름을 올렸다.

왜 그렇게까지 하고 싶었는지 구체적인 계획은 없었다. 다만 한 의원 부자가 사람을 질리게 하는 데 일가견이 있고, 그것은 어떠한 형태로든 사달을 일으키게 될 거라고 막연히 확신했기 때문이다.

진하는 별다른 소동 없이 보스턴에 도착했다. 미리 마련된 보스턴 근교의 하우스는 사유지에 자리해 사생활 보호에 최상의 조건을 갖추고 있었다.

강 실장이 그곳에 머문 기간은 나흘. 체류하는 동안 남아 있던 서류 문제를 깨끗이 처리하고 영어를 못 하는 히스패닉계 노부부를 가정부와 정원사로 고용했다. 될 수 있는 한 노출을 삼가고 아는 얼굴을 만들지 말라는 조부의 지시에 따른 것이었다.

그곳은 한태은의 사망 소식이 전해질 때까지 진하가 숨어 지내야 할 유배지나 다름없었다. 외출 시에는 반드시 모자를 착용했고, 학교나 거리에서 한 번씩 한국말이 들려왔을 땐 눈길도 주지 않고 멀찍이 떨어져 피해 다녔다. 당시 진하가 그곳에서 한 것이라곤 고3 입시 때보다 더 열심히 공부하기, 대성그룹 미주 지사에서 메일로 보내오는 서류를 분석하고 주어진 잔무 처리하기, 조부와 조모의 만류에도 각종 파트타임을 전전하며 몸을 혹사하기였다.

그사이 한국에서는 이미 계획된 시나리오대로 기사가 하나씩 노출되었다. 기사의 내용이 정확히 어떤 것이었는지 진하는 관심 두지 않았다. 비밀유지서약서를 제하고 이 일과 관련해 진하가 직접적인 보고를 받았던 건 단 두 번. 담이가 태어났을 때, 그리고 호적에 처妻로 올라 있는 한태은이 사망했을 때였다.

누군가의 출생과 사망. 자신의 인생을 뒤바꾼 두 가지 큰 사건이었지만 두 번 모두 야간 근무 중 짧게 통화를 끝냈을 만큼

진하에게 있어선 현실감이 극히 떨어지는 일이었다.

⟡

어느덧 차가 약속 장소에 가까워지고 있었다. 반지를 들여다보며 한참이나 생각에 잠겨 있던 진하는 케이스를 닫고 창밖으로 고개를 돌렸다. 답답한 도로가 보기 싫어 어둑하지만 탁트인 하늘을 바라보았다. 한 폭의 명화처럼 아름답게 타올랐을 낙조가 마지막 단계에 다다르고 있었다.

때때로 자문한다. 내가 어떡해야 네 마음의 짐을 덜어 줄 수 있을지.

그러면 헛웃음이 나왔다. 그런 방법이 있기는 하겠느냐 씁쓰름하게 자조했다. 이런 일로 수완을 힘들게 하고 싶지 않았다면 애당초 8년 전 누나를 돌아보지 않고 끝까지 버텼어야 했다. 하지만 그랬다면, 누나랑 담이를 모르는 척 나만의 인생을 살았다면…… 나는 지금 후회 없이 너와 행복했을까.

진하는 거기서 생각을 멈추고 시트에 머리를 기댔다. 이미 벌어진 일, 만약을 가정해 해답을 찾는다 한들 그것이 무슨 의미가 있나 싶었다. 진하는 반지 케이스를 다시 제자리에 잘 챙겨 넣었다. 얼마간 지켜보다 분위기 좋은 곳을 찾아 저녁을 먹고 부담스럽지 않게 반지를 전달하자, 상황을 애써 정리했다.

저 앞으로 수완과 만나기로 한 백화점이 모습을 드러냈다.

이 시간에 백화점에 들른 것은 오랜만의 일이었다. 차에서 내려 정문을 통과한 진하는 사람들로 북적이는 실내를 훑으며 감회가 새로웠다. 여기를 쫓아오고 싶어 온종일 얼마나 땀나게 일해야 했는지.

수완이 수민의 생일 선물을 사야 한다며 약속을 다른 날로 미루자고 했을 때 진하는 저도 모르게 같이 가자고 말했다. 바쁘지 않냐는 반문엔 마침 시간이 남는다는 얼토당토않은 거짓말을 둘러댔다.

— 남자들은 여자 친구랑 쇼핑하는 거 별로 안 좋아한다던데.

별일이라고 의아해하는 수완의 반응에 진하는 조용히 웃었다. 여자 친구라는 말이 듣기에 좋기도 했지만, 그저 해 보고 싶었다. 그녀와 손을 잡고 여기저기 들쑤시고 다니며 물건을 고르고 또 구매하는 행위를.

이쯤 어디라고 했는데.

약속 장소 근처일 것으로 추정되는 곳에서 진하가 바쁘게 시선을 움직였다. 사람이 너무 많아 수완이 말한 곳이 정확히 어디인지 감이 잡히지 않았다. 눈동자를 옮기며 주위를 휘둘러보는데 뒤에서 누군가 그의 팔을 덥석 잡았다.

엉겁결에 뒤를 돌아본 진하는 한눈에 들어온 수완의 얼굴에 반갑게 웃었다. 아직도 믿기지 않는다. 너와 내가, 다른 평범한 연인처럼 이렇게 약속을 잡고 자연스럽게 만나고 있다는 사실이.

"어디를 그렇게 두리번거려요. 사람 코앞에 놔두고."

"못 보고 지나쳤나 봐."

"앞만 보고 다니니까 그렇죠. 옆으로 고개도 좀 돌리고 그래야지, 누가 와서 부딪치면 피하지도 못하겠네."

걱정 섞인 수완의 핀잔이 감미로운 선율처럼 듣기 좋았다. 진하가 말없이 웃기만 하자 수완은 어리바리한 아들을 둔 엄마의 표정을 하고서 고개를 저었다.

"여기는 복잡하니까 일단 건너가요. 거기는 덜할 거예요."

진하는 그러자며 고개를 끄덕였다. 당연하게 손부터 잡으려 하는데 간발의 차로 수완이 먼저 빼 버렸다. 진하의 손이 공중에서 갈 길을 잃고 무안하게 떨어졌다. 공기가 어색하게 얼어붙고 시선이 마주쳤다.

먼저 분위기를 풀고 유하게 다가선 건 진하였다. 입가에 잔잔히 미소를 그리며 농담처럼 물었다.

"왜? 나 창피해?"

"아니에요, 그런 거."

"그럼?"

"보는 눈이 많잖아요. 대성그룹 서진하 상무 알아보는 사람들 은근 많아요. 나중에 곤란해질까 봐요. 나 말고 상무님이."

"난 괜찮아."

곧바로 흘러나온 대답이 조급했다. 미소가 사라진 자리에는 진지함만 가득하다. 이유를 알 수 없는 긴장감이 침묵 속에 떠돌았다.

수완은 그런 진하를 몇 초간 바라보다 말했다.

"그럼."

싱긋 웃으며 아래로 떨어진 진하의 손을 스스럼없이 맞잡았다. 한적한 공원이나 거리가 아닌, 도심 한가운데, 사람들로 밀집된 공간에서 두 사람이 손을 잡은 건 처음이었다.

작은 손이 부드럽게 감겨 오는 순간 가슴골에 맺혀 있던 서늘한 냉기가 훈훈한 온기가 되어 흩어졌다. 진하는 그제야 자신이 필요 이상으로 신경을 곤두세우고 있었음을 인지했다.

어떠한 굴레를 쓰고 있든 살면서 누군가의 시선을 신경 쓰거나 그들의 생각을 궁금해한 적이 없었다. 하지만 수완의 옆자리에 섰을 땐 모든 게 달라졌다. 세상은 수완을 중심으로 돌아갔고 그녀의 사소한 몸짓이나 조그마한 표정 변화에도 진하는 가슴이 덜컹댔다.

"저쪽이에요."

진하가 물끄러미 보고만 있자 수완은 그러고 있을 때가 아니라는 듯 가야 할 방향을 가리켰다. 자신을 아이 취급하는 것이 우스우면서도 진하는 알았다고 고개를 끄덕이며 수완을 이끌었다.

두 사람은 빠르지도 느리지도 않게 걸음을 옮겼다. 인파를 헤치고 나아가면서도 꽉 잡은 서로의 손을 놓지 않았다. 확고히 잡아 주는, 작지만 세상에서 가장 강력한 손이 있어 진하는 든든했다.

"집은 잘 봤어?"

복잡한 곳을 빠져나와 한적한 곳에 이르자 진하가 만나지 못했던 지난 이틀간의 시간을 궁금해했다.

"보긴 봤는데 잘 모르겠어요."

"별로였어? 같이 보러 가자니까."

"전셋값이 그새 훌쩍 올랐더라고요. 마음에 드는 건 생각보다 비싸네요. 쓸데없이 눈만 높아져서 큰일이에요."

수완의 한숨에 진하가 작게 웃었다. 가격도 가격이지만 성격이 꼼꼼해 무엇을 보아도 쉽게 성에 차지 않았을 것이다. 집을 보러 다니며 얼마나 까다롭게 이것저것 살폈을지 보지 않아도 알 것 같았다.

"참, 그리고 중요하게 할 말이 있어요."

집 문제로 시무룩해 있던 수완은 뭔가 떠오르는 것이 있는지 갑자기 걸음을 멈췄다. 몸을 틀어 아예 진하를 똑바로 응시했다.

진하 역시 걸음을 멈추고 수완을 바라보는데 정작 두 사람의 주목을 잡아끈 건 낯선 목소리였다.

"안녕하세요, 상무님."

수완과 진하의 고개가 동시에 돌아갔다. 머리부터 발끝까지, 어디를 보아도 우아하고 예쁘장한 여자가 두 사람 앞에서 다소곳이 미소 짓고 있었다.

진하의 두 눈에 의문의 빛이 떠오르는 찰나 손에서 스르르 따뜻한 온기가 빠져나가는 게 느껴졌다. 수완이 손을 빼내고 있었다. 진하는 본능적으로 수완의 손을 꽉 잡았고, 눈앞의 여자에게 단도직입적으로 물었다.

"실례지만 누구신지. 처음 뵙는 것 같습니다."

"그런가요? 우리가 처음 보는 사이는 아니어야 할 텐데요."

기껏 사람을 불러 놓고 한다는 소리가 장난 같았다. 진하의 눈가에 불쾌감이 스치자 여자는 상냥하게 웃으며 자신을 소개했다.

"제 소개가 늦었네요. 저 신혜원이에요. DS 신혜원."

겉으로 드러나 있던 진하의 모든 감정이 일시에 사라졌다. 순간 잘못 들었나 싶기도 하였다. 살면서 단 한 번도 한태영의 아내가 자신을 알아보고 말을 걸어올 거라곤 생각지 못했다.

설사 얼굴을 알아봤다고 해도 밖에서 우연히 만났다면 여자는 자신을 모르는 척 지나쳐야만 했다. 한데 곁눈질을 하는 것도 아니요, 노골적으로 말을 붙였다는 게 말이 되지 않았다. 만남에 관해 계약서에 명시하진 않았지만, 암묵적으로 유지해 왔던 합의된 규정이 깨지고 있는 듯한 거북함이 들었다.

진하는 무표정을 고수하고 시선을 돌려 수완부터 살폈다. 다행히 수완은 여자가 누구인지 모르는 눈치였다. 진하는 눈길을 바로 하고 요점부터 물었다.

"그렇습니까. 저한테는 무슨 볼일이신지."

"데이트 중이신데 방해했나 보네요."

여자는 방긋거리며 말했다.

"저는 그냥 서유하 씨가 어떻게 지내시나 궁금해서 아는 척을 했던 것뿐이었는데."

"잘 지내고 있습니다."

"잘 지내고 있다…… 이 말인가요?"

미소를 잃지 않은 여자의 눈가에 얼핏 경멸이 스쳤다. 진하는 여자의 그런 감정을 똑똑히 목격했다.

"그러지 말아야 할 이유가 있습니까?"

"아니요. 서유하 씨가 몸이 안 좋다는 말을 들은 것 같아서요. 오늘 이렇게 상무님을 뵈니 괜한 걱정을 한 것 같네요."

"잘못 전해진 소식입니다. 누나는 잘 지내고 있습니다."

"그렇군요. 건강하게 아주 잘, 지내고 있었군요."

친절한 가면을 쓰고 있으나 '잘'이란 단어에 강세를 준 여자의 대답은 분명 빈정거림이었다.

진하는 오물을 뒤집어쓴 기분이었다. 이쯤에서 그만 여자와의 대화를 끝내고 싶었다.

"더 궁금하신 게 있습니까?"

"제가 너무 길게 붙잡고 있었군요. 죄송합니다."

"그럼."

진하는 정중한 인사 후 여자에게서 돌아섰다. 수완의 손을 꼭 잡은 채였다.

한태영의 아내에게 나쁜 감정이 있는 것은 아니었다. 신혜원 저 여자도 숨겨진 내막의 최대 피해자 중 하나였으니까. 진하가 화가 난 건 책임과 관련한 문제였다.

8년 전 담이의 존재를 한씨 집안에서 받아들이지 않는 대신 침묵을 택한 건 신혜원 본인의 뜻이었다. 직접 나서서 기자들에게 스캔들이 사실이 아님을 해명해 주고, 친정 부모님께도 그 일을 비밀로 해 두었다고 들었다.

여자는 변호사의 입회하에 비밀유지서약서를 꼼꼼하게 읽었고 서명까지 마쳤다. 그녀의 뜻대로, 담이는 한씨가 아닌 서씨 집안의 호적에 올라 자신의 아들로 살고 있다. 약 3년 전부터 한태라 측에서 담이를 보고 싶다는 연락을 해 오기는 했으나 이제껏 단 한 번도 한 의원 쪽과는 교류조차 하지 않았다. 그러므로 오늘 신혜원이 자신을 발견했을 때 모르는 척 지나쳐 주는 것이 예의였다.

그런데 왜 뜬금없이 나타나 사람을 떠보는 것일까.

괜한 심술에 충동적으로 건드려 본 것이라면 한 번 정도는 참고 넘어가 줄 수 있다. 하지만 단지 그것만이 아니라면…….

수완이 걱정스럽게 바라보고 있는 줄도 모르고 진하는 생각에 잠겼다. 이상하게 느낌이 좋지 않았다.

서진하가 멀어지자 여자는 예의상 짓고 있던 미소마저 거두었다. 놀란 것이 분명한데 침착하게 여자 친구까지 챙기는 모습이 제법이었다. 혜원은 천천히 반대편으로 몸을 틀어 걸음을 옮겼다.

말을 걸었던 건 충동적이었다. 자신은 이렇게 지옥 속에서 살고 있는데 설렘 담은 눈으로 여자 친구를 바라보는 서진하를 목격하자 배알이 꼴렸다. 곤란해하는 게 보고 싶어 서유하를 들먹였는데 생각보다 침착해서 곧 흥미를 잃고 말았지만.

안다. 그에게는 죄가 없다. 하나 어쩌겠는가. 화풀이의 대상이 꼭꼭 숨어 8년이 지나도록 머리카락 한 올 보이지 않으니 미치지 않으려면 우연히 마주친 그 동생한테라도 시비를 걸어 보는 수밖에.

저쪽에선 남편을 사기꾼 취급하고 있지만, 자신이 보기에 서유하도 별반 다르지 않았다. 부부간에 약간의 불화를 겪고 있었다 해도 이혼이 확정되지 않은 유부남과의 열애는 엄연한 불륜이었다.

합의하에 별거 중이었어도 이혼할 마음은 추호도 없었다. 남편한테도 그 점은 확실히 해 두었다. 때문에 갑자기 알게 된 남편의 배신은 충격이었다. 그래도 이혼할 수 없었다. 잠깐의 별거 중 우연히 잠자리를 가졌고 고대하던 임신에 성공한 차였다. 차라리 그때 정리했다면 고통은 컸어도 짧게 시달리다 끝낼 수 있었을 텐데.

남편과 서유하의 일을 수습하자마자 아기를 잃었다. 이후로 두 번의 유산을 더 겪었다. 그 모든 게 첫 번째 임신 때 자신을 힘들게 했던 남편과 서유하의 탓인 것 같아 원망이 커졌다.

회사에서, 모임에서, 친구들과의 사적인 자리에서 서유하를 향한 칭송이 쏟아질 때마다 소화제를 몇 알씩 삼켜야 했다. 화가 나서 집에 돌아가 남편한테 닥치는 대로 비난도 퍼부었다.

불륜녀 주제에.

몇 사람의 인생을 한꺼번에 시궁창에 처박은 주제에.

너희는 역겨운 쓰레기라고.

무슨 말을 해도 반응하지 않는 남편을 붙잡고 8년이 넘도록 신경전을 펼쳤다. 그래서 떠나려 했었다. 어차피 자식도 없겠다, 미련 없이 남편을 떠나 새 출발이라는 것을 하려고 했었다. 시아버지께서, 적어도 의리는 지켜 주었다 믿고 있던 한 의원께서 실은 과거에 자신을 쓸모없는 물건처럼 버리려 했다는 사실을 알기 전까지만 해도 말이다.

'이런 말씀 드리면 어떨지 모르겠지만…… 청주 아주머니한테 사모님 곧 이혼하신다는 얘기 들었습니다. 그래서 드리는 말씀인데요, 변호사님이 다른 여자 때문에 사모님 속 썩이셨을 때 한 의원님이 그 댁에 찾아간 적이 있으셨어요.'

'그게 무슨 소리예요?'

지인의 병문안을 갔다가 작년까지 시댁에서 살림을 맡았던 안 씨를 만난 건 우연이었다. 평소 가깝게 지내지는 않았어도 아들이 아프다는 말에 신경이 쓰여 제법 두둑한 액수를 손에 쥐여 주었다. 별것도 아닌 그 일에 안 씨는 감격해하더니 자신이 묻지도, 전혀 생각해 본 적도 없었던 말들을 술술 풀어 놓았다.

'의원님께서 큰사모님하고 하시는 말씀을 들었거든요. 분명히 그렇게 말씀하셨습니다. 사모님하고 자꾸 삐걱댄다면 저쪽도 아이를 가졌으니 차라리 그쪽과 손잡아야 하는 거 아니냐고요. 그쪽을 얻는다면 사모님 친정쯤이야 비할 바가 아니라고요. 사모님 댁보다 더 대단한 집안이 어디인지 저는 짐작도 되지 않지만, 혹시라도 이혼하시면 도움이 될까 하고 말씀드리는

겁니다. 사모님, 이 돈 감사히 잘 쓰겠습니다.'

얼마나 엄청난 말을 뱉었는지 짐작도 못 하고 안 씨는 순진한 얼굴로 고개를 숙였다.

피가 거꾸로 솟는다는 말의 의미를 혜원은 그날 제대로 경험했다. 서유하한테 군침을 흘려 놓고 일언지하에 거절당하자 곧바로 자신을 위로한답시고 찾아왔던 한 의원을 용서할 수 없었다. 감히. 가증스럽게도. 며느리를 안쓰러워하는 자상한 시아버지의 얼굴을 뒤집어쓰고 사람을 기만했다니.

비밀유지서약서고 뭐고, 모든 게 터져 버렸으면 좋겠다.

한 의원도, 한태영도, 서유하도. 그들 모두가 한꺼번에 사람들의 손가락질을 받으며 개똥밭을 더럽게 굴렀으면 좋겠다.

시댁에서 호구 취급당했던 것을 떠올리니 어느새 두 뺨에 불그스레 열이 올랐다. 혜원은 찬찬히 심호흡하였다. 이런 식으로 혼자서 감정을 낭비할 일이 아니었다.

악랄하기로 소문난 정 대표에게 미끼를 던져 줬으니 철옹성 같은 대성그룹도 언젠가 빈틈을 보이게 될 것이다. 그 과정에서 애꿎은 희생자가 나오기도 하겠지만 그런 것까지 신경 쓸 계제가 아니었다. 도의를 먼저 저버린 건 저들이었으니까.

앞으로 한 2년 정도 LA 지사로 나가 바다 건너에서 이쪽 상황을 구경할 계획이었다. 저들이 톡톡히 망신을 당하든, 발바닥에 땀띠 나게 뛰어다니며 막아 내든 지켜보는 재미는 있을 것 같았다.

수완은 말없이 걷다가 슬며시 진하를 살폈다. 잡고 있는 손은 여전히 다정한데 머릿속은 다른 곳을 헤매고 있는 듯 보였다.

조금 전 만났던 상대가 반가운 사람이 아니었던 게 확실했다. 그래도 그렇지, 대체 누구이기에 저렇게 사람을 흔들어 놓았는지. 그를 알아보고 누나의 안부까지 물어 온 걸 보면 서유하를 잘 아는 사람이었다. 그러나 분위기와 뉘앙스로 봤을 때 호의적이거나 가까운 사람은 아닌 듯하였다.

수완은 알아서 말을 삼가면서도 담이에 관한 말을 해야 할지 말아야 할지 또다시 고민에 빠졌다. 그때 여자가 끼어들지만 않았어도 이미 시원하게 말했을 것이다. 담이를 만날 때 두 번 연속 눈에 들어온 사람이 있는데 그것이 우연인지 아니면 목적이 있는 사람인지 조금 헷갈린다고. 내가 예민해서 그러는 것일 수도 있지만 꺼림칙한 마음이 드는 것도 사실이라고.

고민에 빠져 있던 수완은 슬그머니 진하 쪽으로 고개를 돌렸다.

"있잖아요……."

"저기……."

그런데 그 역시 할 말이 있는 모양이었다. 동시에 입을 뗀 두 사람은 걸음을 멈추고 서로를 보았다.

"말해 봐. 뭔데? ……맞다. 아까 중요하게 할 말이 있다고 했었지."

진하가 먼저 수완을 배려했다. 수완은 금방이라도 말을 할 듯 입술을 떼었다가 이내 다물었다. 성급했던 기운이 사라지고 얼굴 위로 신중한 빛이 감돌았다.

"급한 거 아니에요. 먼저 말해 봐요. 뭐 할 말 있어요?"

"시형이한테 전화 좀 해야 할 것 같아서. 깜박 잊은 게 있어."

"전화하고 와요. 나는⋯⋯."

마침 명품관에 진입했던 차라 수완은 고개를 두리번거리다 일전에 봐 두었던 브랜드 매장을 가리켰다.

"저기 들어가 있을게요."

"가방으로 하려고?"

"일단 보기만 하려고요. 목돈도 생겼겠다, 되도록 많이 보고 그중에서 좋은 걸로 골라 주고 싶어요."

"그래. 보고 있어. 갔다 올게."

진하는 줄곧 잡고 있던 손을 놓아주고 수완에게서 돌아섰다.

중요한 걸 깜박했던 것일까. 어쩐지 다급해 보이는 모습이 걱정스러워 수완은 곧바로 돌아서지 못하고 그를 지켜보았다.

쇼핑은 생각보다 싱겁게 끝났다. 수완이 고심의 빛을 발하며 본격적으로 쇼핑 모드에 돌입하려는 찰나 수민에게서 전화가 걸려 왔다.

— 언니, 나 원하는 거 발견했어.

수민은 원하는 브랜드와 상품명을 정확하게 읊어 주었고, 수완은 깐깐하게 고를 것도 없이 시키는 대로 매장으로 가 돈을 지불하고 물건을 받아 왔다.

다시 본관으로 돌아간 두 사람은 일식집에서 우동으로 간단히 저녁을 때우고 윈도쇼핑을 즐겼다. 새로 출시된 겨울용 이불을 만져 보고, 앤티크 가구를 둘러보고, 유럽에서 수입된 테이블 웨어를 구경했다. 신혼살림을 장만 중이냐는 백화점 직원의 물음에는 말없이 웃으며 동시에 귓불을 붉혔다.

집중력이 떨어진 건 그때부터. 휘황찬란한 제품을 눈앞에 두고도 두 사람은 서로를 신경 쓰느라 모든 것을 설렁설렁 지나쳤다. 하나로 겹쳐진 손바닥만 뜨끈뜨끈, 두 개의 심장이 손으로 옮겨 가 한 덩어리로 붙어 버린 듯했다.

"특별히 더 볼 거 있어?"

"아니요."

"이만 갈까?"

초조함과 은근함을 내뿜는 그의 물음에 수완은 기다렸다는 듯 고개를 끄덕였다.

기사님이 그를 위해 차를 주차해 놓고 간 곳은 1층 프라임 전용 주차장. 빼곡히 들어찬 지하 주차장에 비해 한산해 보일 정도로 공간이 여유롭고 인적이 드문 장소였다.

진하는 말없이 그곳을 가로질렀다. 겉으로는 태연해 보이나 걸음걸이는 중요한 회의에 늦은 사람처럼 서두르고 있었다. 수완 역시 얌전히, 그러나 최대한 진하의 속도에 맞춰 열심히 움직였다.

드디어 목적지에 도착한 두 사람. 뒷좌석에 쇼핑한 것들을 실어 놓고 자연스럽게 차에 올랐다. 뒤이어 문이 닫히는 순간 분위기는 급변했다. 탁, 소리를 기점으로 두 사람은 자석이 달라붙듯 서로를 향해 팔을 뻗었다.

진하가 두 팔로 수완을 끌어안고 가볍게 입술을 머금었다. 그러다 수완이 '하.' 하고 숨을 토해 내자 그대로 입술을 가르며 깊이 들어왔다. 부드럽게 시작된 입맞춤은 갈수록 붉게 물들었다. 맞닿은 입술뿐 아니라 차 안의 온도도 급격히 상승했다. 몽롱한 정신 저 너머에서 야릇한 소리가 들려왔다.

최대한 힘을 주고 있는데도 수완의 상체가 뒤로 밀릴 정도로 그는 자제심을 잃었다. 거칠어진 그의 호흡을 받아 내느라 수완은 숨이 가쁘면서도 강한 자극에 몸이 저릿저릿, 구름 위를 걷고 있는 기분이었다. 입 속에서 유영하는 그의 움직임만으로 눈앞에서 불꽃이 화려하게 터지는데, 장소를 의식한 진하가 힘겹게 입술을 떼었다.

두 사람은 무너지듯 서로에게 몸을 기대고 숨을 골랐다. 그의 손이 수완의 등과 허리를 정처 없이 배회했다.

"가까운 데로 갈까?"

한껏 낮아진 목소리가 근사했다.

수완은 거세진 호흡이 좀처럼 정리되지 않아 짧게 끊어 대답했다.

"아니요. 집으로."

"호텔은 어색해?"

"된장찌개 때문에……."

말하는 도중 목덜미에 그의 입김이 느껴졌다. 아찔해진 수완은 미처 대답을 끝맺지 못하고 숨을 옅게 들이켰다.

"배고파?"

"내일…… 아침이요."

"된장찌개 먹고 싶어? 아침에 사 줄게."

"그게 아니라……."

목덜미에 머물렀던 더운 바람이 이번에는 귓가로 불어왔다. 수완은 또다시 말이 막혔다. 이대로는 안 되겠다 싶어 진하의 가슴에 손을 얹고 단숨에 밀어냈다. 열에 들떠 있던 그의 눈가에 일순 황당함이 겹쳤다.

수완은 진하가 반항할 틈도 없이 두 손으로 그의 뺨을 단단히 감싸 쥐고 자신을 보게 했다. 가까이서 시선을 맞추고 수줍음을 담아 똑똑히 얘기했다.

"해 주고 싶어서요."

"어?"

그가 조금은 멍해졌다.

"나 된장찌개 잘 끓여요."

"알아, 너 음식 잘하는 거. 그래도 나한텐 안 해 줘도 돼."

"기다렸어요."

"……."

"또 인제 같이 아침 먹을지 몰라 재료를 미리 사다 놨거든요. 그러니까 내 말은……."

이런 말을 하려니 새삼 쑥스러웠다. 수완은 얼굴이 화끈거리면서도 그를 똑바로 바라보았다.

"내가 끓여 주고 싶다고요. 다른 사람 말고 당신한테만."

손바닥 아래서 느껴지는 그의 두 뺨에 갑자기 화르르 불이 붙은 듯했다. 순간적으로 이 사람이 열이 나나 싶었을 정도였다. 걱정이 되어 살금살금 진하의 뺨과 그 주변을 어루만지던 수완은 곧 그가 자신과 똑같이 부끄러워하고 있음을 깨달았다. 그것이 신기하면서도 한편으론 이상한 자신감을 부추겼다. 수완은 그와 눈을 정면으로 맞추고 한층 대범하게 말했다.

"집에 가서 자고 가요. 내일 아침에 내가 된장찌개 맛있게 끓여서……."

남아 있던 뒷말은 그대로 삼켜졌다. 말이 전부 끝나기도 전에 그가 수완의 겨드랑이 사이로 팔을 넣어 힘껏 끌어당겼다.

그의 뺨을 잡고 있던 두 손이 공중 위로 붕 떴다. 진하는 수완의 목덜미에 얼굴을 푹 파묻었다. 뺨과 맞닿아 있는 그의 귓불이 타오를 듯 뜨거웠다. 그에게서 벅찬 감정이 느껴졌다. 수완은 허공에 떠 있던 팔을 엇갈려 그의 목을 꽉 끌어안았다.

차라리 이대로 당신과 하나가 되었으면…….

그에게서 전해지는 아찔한 열기에 수완은 몸살이 날 것 같았다.

11. 심장을 꼬집히다

뚫어지게 모니터를 바라보고 있으나 무엇을 읽고 있는지 모르겠다. 아침에 출근해 커피를 마시고, 업무용 이메일을 체크하고, 심지어 동료들과 식사하면서도 도무지 집중할 수 없었다. 어제 받은 충격이 지나치게 강력해 현우는 아직도 어수선한 속을 가라앉히지 못했다.

어젯밤, 친구들과 술을 마시고 수완을 찾아간 건 안심하기 위해서였다. 불이 켜진 2층 창가를 올려다보며 다른 거 할 틈없이 삽화 일에 전념하고 있는 수완을 확인하고 싶었다. 그런 식으로라도 서진하와 관련해 자꾸만 들려오는 소문을 부정하고 싶었다.

택시를 타고 망원동 주택가에 도착해 불 꺼진 창가를 처음 보았을 때 불안감이 엄습했다. 한참을 기다렸다 수완이 누군가의 차에서 내렸을 땐 반사적으로 몸을 숨겼다. 수완은 차에서 내린 웬 낯선 남자와 스스럼없이 손을 잡고 있었다. 현우는 숨을 멈췄고, 센서등 아래서 수완의 입술에 가볍게 입을 맞춘 남자가 서진하임을 알아보았을 땐 눈앞이 아득했다. 아무래도 대성재단 이사장이 점찍었다는 상대가 수완이 맞는 것 같았다.

모니터에서 시선을 뗀 현우가 손바닥으로 얼굴을 문질렀다. 이 사실이 알려지면 회사에서 사람들이 수완을 어떻게 바라볼지 걱정되었다. 골똘히 생각에 잠기다 도저히 안 되겠단 생각에 휴대폰을 들고 자리를 벗어났다. 건물 내 인적이 드문 어느 구석진 창가에 멈춰서 연락처를 뒤져 통화를 눌렀다.

— 어, 박현우. 오랜만이다.

몇 번의 신호음이 지나고 친구의 목소리가 들렸다. 현우는 설명을 생략하고 용건만 간단히 말했다.

"시간이 없어서 그러는데 나 부탁 하나만 하자."

— 부탁? 뭐?

"나 너희 상무 좀 만나게 해 줘."

— 뭐?

"나 너희 회사 상무 좀 만나게 해 달라고."

휴대폰 너머에서 웃음소리가 들려왔다. '이거 미친놈이네.' 하는 욕설이 섞여 있었다.

— 다짜고짜 어떤 상무. 우리 회사에 상무가 한두 명이냐?

"대표적인 인물 하나 있잖아."

— 누구? ……서 상무? 너 설마 서진하 말하는 거야?

"어, 그 새끼. 나 그 새끼 좀 만나게 해 줘."

불현듯 침묵이 흐르던 저쪽에서 박장대소가 터졌다. 친구는 한참을 낄낄대고 웃더니 진지하게 목소리를 가다듬고 엄살을 피웠다.

— 야, 나도 만나게 해 줘라. 나도 꼭 한 번 만나 보고 싶다. 부서가 다르니까 얼굴 보고 얘기할 기회가 있어야지.

"나 농담하는 거 아니야."

— 나는 농담하는 거 같냐? 자식아, 서 상무 개인적으로 만나 돈독하게 친분 맺는 게 우리 회사 전 직원의 한결같은 바람이야. 나도 말 한번 못 섞어 봤는데 내가 뭐라고 너를 만나게 해 줘.

"너 아는 사람 많잖아. 동문회에서 이것저것 맡은 일도 많고."

— 걔는 한국에서 두 학기밖에 안 다녔어. 군대 제대하고 곧바로 미국 갔잖아.

답답한 마음에 억지를 부렸으나 자신이 생각해도 이건 어이없는 발상이었다.

차라리 한남동 자택으로 쫓아가는 게 나으려나?

현우가 머리를 긁적이며 통화를 끝내려는데 친구가 '현우야.' 하고 그를 불렀다. 무뚝뚝하게 '왜.' 하고 답하니 '어이구, 자식아.' 하며 뜻밖의 정보를 알려 주었다.

— 최 선배한테 전화해 봐.

"최 선배?"

— 김시형이라고 우리 회사 법무팀 상무보가 있는데 서 상무 절친이야. 그 사람 아버지도 돌아가신 왕 회장님 오른팔이

었고. 최 선배가 아마 그 사람하고 친분이 좀 있을 거야. 무슨 일인지 모르겠지만 잘되면 나중에 술 한 잔 사라. 만남의 이유와 과정, 그 결과까지 완벽히 보고하도록 하고.

친구는 호기심과 장난기를 담아 있는 대로 생색을 낸 뒤 통화를 끝냈다.

현우는 곧바로 선배에게 전화해 봤지만 받지 않았다. 이왕 시작한 거 끝장을 보고 싶어 초조하게 기다렸다. 시간이 걸려도 지금 이 자리에서 서진하와 만나는 일을 매듭짓고 싶었다.

딱 한 번, 괴로움을 못 이긴 수완이 술에 취해 흐트러졌던 그때를 현우는 잊을 수가 없었다. 대학 시절, 괜찮은 과외 자리가 생겨 밤늦은 시각에 전화를 걸었던 그때. 주변이 시끄러워 도대체 어디냐고 물었더니 동네 어귀 어느 이자카야에서 혼자 한잔하는 중이라고 했었다. 혀 꼬부라진 소리가 심상치 않아 택시를 타고 쫓아가 봤더니 수완은 완전히 취해 있었다.

그날이 친구의 첫 번째 기일인데 묘지가 미국에 있다고. 한 번은 가 봐야 하는데 주머니가 가벼워 엄두도 안 나고 속상해서 술 한 잔 마셨다고. 수완은 풀어진 눈으로 헤헤 웃다가 눈물을 떨궜다. 쓰다고 인상을 찌푸리면서도 잘 마시지도 못하는 소주를 홀짝홀짝 계속해서 마셨다.

현우는 그날 만취한 수완에게 한태은이 되었다가, 서진하가 되었다가, 또다시 한태은이 되었다. 군에 입대하기 전 수완에게 고백할까 고민 중이었던 그에게는 참으로 쓰디쓴 날이었다. 수완의 마음속에 누가 자리하고 있는지, 친구의 죽음과 첫사랑의 실패로 어떠한 상처를 안고 사는지 처음으로 알게 된 날이었다.

그리고 며칠 뒤 수완은 창백한 얼굴로 그의 앞에 나타났다. 그가 대신 지불했던 술값을 내밀며 혹시 실수한 건 없었냐고 민망해하였다. 아무것도 기억하지 못하는 수완에게 현우는 특별한 일 없었다고 고개를 저었다.

그렇게 수년을 모르는 척 마음속 감정도 숨기고 친구로 지내 왔다. 앞으로도 계속 이 상태를 유지해야 한다는 걸 잘 알지만 서진하, 그 자식에게만은 아니었다.

현우는 크게 심호흡하였다. 휴대폰의 잠금을 풀고 재차 통화를 시도했다. 몇 번의 신호음 끝에 연결이 됐다.

— 어, 현우야.

이번에는 반가워하는 선배의 목소리가 명확하게 들려왔다.

주인을 닮아 티끌만큼의 흐트러짐도 찾아볼 수 없는 집무실. 평소 여유 만만한 성격의 시형이 보일 듯 말 듯 긴장감을 드러냈다.

미주 본사 신사옥 이전 문제를 놓고 오랫동안 공을 들였던 환경영향평가 보고서가 마무리되었다. 초안 작성 때부터 보고서를 직접 챙겼던 진하는 마지막까지 꼼꼼히 살피며 날을 세웠다. 이미 여러 번 보고받고 내용을 충분히 숙지하고 있음에도 주요 부분을 허투루 넘기지 않았다. 빠지거나 부족한 항목이 없나 거듭 점검하는데 아무리 친구라지만 이럴 때 보면 영락없는 직장 상사였다.

"그 정도면 승인 날 거야."

"자신 있어? 혹시라도 재심의 결정 나서 일정 틀어지면 곤란해. 해리스사는 물론 이거 주도한 너한테도 책임 물을 거야."

"각오하고 있다."

진하는 그제야 파일을 덮고 또 다른 사안을 확인했다.

"아르셴 쪽 실사 보고서는 왜 이렇게 늦어?"

"투자 규모가 워낙 크다 보니 그쪽도 부담이 만만치 않은가 봐. 로펌 인력 죄다 끌어모아 붙어 있다니까 내주 초까지는 보고서가 올라올 거야."

"신혜원은?"

"변호사 선임했더라. 진짜 이혼하려나 봐."

"그렇단 말이지……."

업무를 보며 시종일관 무표정을 유지했던 진하가 설핏 심각함을 내비쳤다. 의자 등받이에 몸을 기대고 복잡한 심경을 긴 날숨으로 대신했다.

"친정하고 시댁에서 말리고 있긴 한데 본인의 뜻이 완강한 것 같아. 한태영은 돈 버는 재미에 상황 파악 제대로 못 하는 중이고. 이 바닥에 두 사람 이혼 소식 퍼지는 건 시간문제겠어."

"다른 거는? 뭐 특이한 점 없었어?"

진하의 물음에 시형이 아리송한 표정을 드리웠다.

"이해할 수 없는 게, 신 전무가 지금 지사로 나갈 타이밍이 아니거든. 그런데 조만간 LA 지사에 나가 있기로 했다는 거야. 이혼하고 신변 정리 겸 2년 정도 나가는 거라고는 하는데…… 왠지 일 치고 내빼는 분위기? 네 말대로 뭔가 찜찜하단 말이지."

"……"

"그러다가 또 한편으론 그게 말이 되나 싶기도 해. 이 바닥 생리를 모르는 사람도 아니고, 서명 하나가 얼마나 큰 후폭풍을 몰고 올지 잘 알 텐데 섣불리 일을 칠까 싶은 거지."

"못 할 것도 없지."

가만히 듣고 있던 진하가 목소리에 확신을 담아 말했다.

"사람이 극으로 치닫게 되면 못 할 일이 어디 있다고. 한태영하고 한 의원, 사람 열 받게 하는 데 재주 있잖아. 돈독 오른 남편에다 며느리 돈줄 취급하는 시아버지. 폭발할 때도 됐어, 이제."

"그럼 어떡할까? 한 의원 쪽에 연락해?"

"아니지."

진하의 완강한 대답에 시형이 의아함을 띠었다. 골똘히 생각에 잠겨 있는 게 전혀 다른 생각을 하는 듯 보였다.

"그럼?"

"신 전무 주변에 사람 붙여 놨지?"

"어. 일단 어떻게 될지 몰라서 잘 살피라고 했어."

"한시도 눈 떼지 말고, 혹시 모르니까 언론사들 샅샅이 뒤져 봐. 메이저 말고 한 의원 입김 안 통하는 소규모 전자신문 업체 같은 곳으로. 찌라시 쪽도 철저하게 단속하고."

"어쩌려고?"

"할머니께도 지원 요청할 테니까 각 매체 대표 이력, 가능한 한 빨리 뽑아서 가져다주고. 만약 진짜 다른 꿍꿍이가 진행되고 있다면 신 전무가 계약에 반하는 행동을 도모했다는 증거, 난 그게 필요해. ……한 의원 모르게."

분명 다른 뜻이 있는 듯한데 진하는 말을 아끼고 있었다. 무슨 일이 있어도 담이 일은 터지지 않게 해 달라는 당부의 말을 끝으로 신혜원과 업무에 관한 대화를 마무리 지었다.

시형은 별수 없이 그만 나가 보려 하는데 돌연 깜박 잊고 있던 다른 용무가 떠올랐다. 다시 몸을 바로 하자 진하는 이미 새로 올라온 기획안에 정신을 쏟고 있었다. 시형은 그런 친구를 몇 초간 바라보다 불쑥 이름을 불렀다.

"진하야."

"왜?"

"사람들이 나한테 그렇게 연락을 한다."

엉뚱한 소리에 진하가 시형을 흘긋 보았다.

"너 좀 만나게 해 달라고. 물론 나는 매번 커트를 하지. 그럼 꼭 돌아가신 왕 회장님을 팔아요. 그분하고 친분이 깊다고. 너를 꼭 만나야 한다고."

"무슨 말이 하고 싶은 거야?"

"정치인이나 연로하신 학자들은 그렇다고 쳐. 하다못해 이젠 학교 후배라는 놈이 건너건너 나한테 연락을 해 왔어요. 너 좀 만나게 해 달라고."

점점 모를 소리에 진하는 아예 관심을 끊었다. 친구의 무시에도 시형은 꿋꿋했다.

"당연히 이번에도 단칼에 잘랐지. 그랬더니 그 녀석이 아주 신선한 사람을 들먹이는 거 있지."

"뭐, 걔 할머니가 우리 할머니 여고 동창이래?"

"아니. 이수완."

기획안을 뒤적이며 지나는 말처럼 대답하던 진하가 일시에 동작을 멈췄다. 고개를 들고 시선을 정확히 시형에게로 고정했다.

"너 박현우라고 알아?"

진하에게서 경계와 불쾌감이 반짝 드러났다 사라졌다. 대충 보기에도 거슬리는 쪽으로 잘 알고 있는 사람임이 틀림없다. 어떻게 처리할까 고민했는데 일단 말이라도 꺼내기를 잘했구나, 확신이 들었다.

"걔가 수완 씨 일로 너 좀 보고 싶다는데, 어떡할래?"

"……오라고 해."

스치듯 날카로움을 드러냈던 진하가 시선을 다시 기획안으로 옮기며 대답했다.

"언제, 어디로?"

"지금, 여기로."

"지금?"

말도 안 되는 소리에 시형의 목소리가 저절로 커졌다.

그에 대한 진하의 대답은 단호했다.

"어. 날 만나고 싶다면 당장 오라고 해. 지금, 여기로."

한번 가늠해 보고 싶었다. 이수완을 향한 박현우의 조급증이 어디까지 달해 있는지. 평범한 직장인이라면 한창 일터에 매여 있을 시각. 전화를 걸어와 짜증이라도 부리면 속을 살짝 뒤집다 너그러이 약속 시각을 미뤄 줄 생각이었다. 요약을 하자면, 안달을 내거나 화내는 강도가 보고 싶어 그런 말을 던졌던 것인데 이럴 거라곤 생각지 못했다. 이렇게 득달같이, 전화 한 번에 달려올 거라곤.

"꽤 놀라신 표정입니다."

집무실 한가운데, 현우는 장승처럼 버티고 서서 노려보듯 진하를 주시했다. 이 시간에 오라면 못 올 줄 알았느냐 비아냥거리는 뉘앙스였다.

"혹시 우리 회사 직원도 중간에 가끔 뛰쳐나가나 해서."

"잠깐 바람 쐬고 들어오면 능률은 더 높아질 겁니다."

"그런가? 앉아."

"괜찮습니다."

자리에서 일어나 소파로 가려던 진하는 걸음을 멈추고 현우를 보았다. 작정한 사람처럼 표정을 굳히고 있는 게 온몸으로 자신을 책망하는 분위기였다. 패기 가득한 태도에 피식 웃음이 새었다.

"그럼 차도 필요 없을 테고. 할 얘기도 길지 않다는 뜻인가?"

"저를 잘 알고 계신 듯하니 소개는 생략하겠습니다."

"그래서, 용건은?"

진하는 곧장 본론으로 들어갔다. 현우가 두 눈을 사납게 빛내며 입술을 살짝 비틀었다. 생각보다 더 험한 소리가 나올지도 모르겠다고 진하는 순간 생각했다.

"수완이 곁에 본인이 있을 자격이 있다고 생각하십니까?"

"너는 나한테 이렇게 따질 자격이 있고?"

"저는 수완이 친구 자격으로 온 겁니다."

"나는 수완이와 연애하는 사람으로서 너한테 묻고 있는 거야."

'연애'라는 단어에 현우의 눈에서 불꽃이 튀었다. 증오를 드러내는 저 눈빛은 언뜻 보기에도 그가 무슨 말을 하고 싶어 하는지 알 것 같았다.

애 딸린 홀아비 주제에.

어디서 감히 뭐 하나 빠지지 않는 이수완을.

진하 역시 동감하는 바였다. 그렇지만 굳이 그런 타박을 그에게서 들어야 할 이유가 있을까. 일단은 선수를 쳐 본다.

"나도 그래."

밑도 끝도 없이 흘러나온 대답이었다. 숨을 거칠게 내쉬던 현우가 그 뜻을 알아채지 못하고 미간에 주름을 잡았다.

"네 생각에 동의한다고. 내 처지 충분히 알고 있고, 수완이가 얼마나 아까운 사람인지도 잘 알고 있다고."

"그렇게 잘 알면서 어떻게……."

"그럼에도 나는 이번에야말로 끝까지 가 볼 생각이니까, 주제도 모르고 친구임을 내세워 찾아오는 행동은 삼가야 한다고."

"……!"

"참고로 너는 친구 하나 잘 둔 덕에 여기까지 올 수 있었으니, 수완이한테 감사해야 할 거야. 수완이 봐서 한 번은 참고 넘어가지만 두 번 다시 이런 행동, 참아 주지 않을 거다."

진하는 책상에 준비된 파일을 집었다. 예정된 회의에 참석하고자 방을 가로질러 현우를 지나치는데 그에게서 큭큭 비위에 거슬리는 웃음소리가 새어 나왔다. 진하는 무시했다.

"와…… 원래 돈 많은 인간은 저렇게 뻔뻔하고 이기적인가? 결혼한 전적에, 애 딸린 홀아비에, 친구 남편이라는 타이틀까지 쳐 달고 신기할 정도로 당당하네. 하긴, 그걸 알았다면 끝까지 간다는 말도 하지 않았겠지."

무슨 말을 들어도 동요하지 않겠다고 다짐했다. 박현우가 어떤 반응을 보이든 얘기를 끝냈으니 회의실로 가 버리면 그만이라고. 결혼한 전적, 애 딸린 홀아비. 이미 수없이 들어 온 말이라 신경에 거슬리지도 않았다.

한데 왜, 목덜미에 소름이 돋았을까.

사지가 마비를 일으킨 것처럼 손가락 하나 까딱할 수 없었다. 언제인지도 모르게 두 다리가 우뚝 멈춰 섰다. 무릎은 제 것 같지 않게 후들후들 떨렸다. 이상한 소리를, 말도 안 되는 소리를 하나 더 들은 것 같았다.

필시 잘못 들은 거라고, 하늘이 그렇게까지 나에게 박할 리 없다고 스스로를 진정시키며 진하는 천천히 현우를 돌아보았다. 녹슨 기계처럼 몸이 움직여지질 않아 삐걱삐걱 한참 동안 고개를 돌린 느낌이었다.

현우의 비난은 계속되고 있었다. 귀에서 생소한 이명 같은 게 일어 독설에 가까운 그 말들은 중간중간 늘어진 테이프처럼 어눌하게 들려왔다. 진하는 혐오를 담은 현우의 눈빛과 힐난을 내뱉는 입 모양, 격해진 목소리에 최대한 집중했다.

"……결국 당신만 행복하면 수완이가 어떤 뒷말을 듣게 되든 상관없다는 거잖아. 재취에, 계모에, 절친했던 친구 남편과 결혼한 여자! 수완이한테 꼭 그런 소리를 듣게 해야겠어? 당신은 괜찮을지 몰라도 나는 안 괜찮아. 내가 수완이 두들겨 패서라도 정신 차리게 할 테니까 어디 한번 끝까지 해 보자고!"

힘차게 팔딱거리던 심장마저 고요히 숨을 죽였다. 더는 어떠한 소리도 들려오지 않았다. 물어봐야 할 것도, 들어야 할 얘기도 많은데 현우가 있는 대로 쏟아붓고 몸을 돌릴 때까지 진하는 입술조차 움칠할 수 없었다. 심장이 죄어 왔다. 누군가가 아프게 비틀고 있는 것 같았다.

다리를 움직이기 위해 몸에 힘을 주었다. 충격으로 온몸에 둘렸던, 보이지 않는 장막을 깨트리기 위해 젖 먹던 힘을 다해 용을 썼다. 다음 순간 그것이 와장창 부서져 내리며 현우를 향해 돌진했다. 손에 쥐고 있던 파일이 어딘가로 날아갔다. 소란한 기척에 현우가 뒤를 돌아본 찰나 진하는 그의 멱살을 거칠게 낚아챘다. 가속도가 붙은 힘에 밀려 두 사람은 쾅, 동시에 문으로 가 부딪혔다.

파랗게 질린 얼굴과 무시무시한 기운. 진하의 심상치 않은 반응에 현우가 당황했다.

"다시 한 번 말해 봐."

"진하야!"

밖에서 대기하다 요란한 소리에 문을 열어 본 시형이 기겁해서 달려왔다. 붙잡힌 현우의 옷깃을 풀어 주려 팔을 잡는데 이성이 날아간 진하는 손에 더욱 힘을 주었다.

"방금 뭐라 그랬냐고!"

"무슨 소리야!"

얼굴이 벌게진 현우가 꽉 잡힌 옷깃을 빼기 위해 안간힘을 쓰며 외쳤다.

"절친했던 친구의 남편? 누가 누구 친구라는 거야!"

"왜 모르는 척이야! 수완이 과외도 한태은이 부탁해서 해 줬던 거라며! 결혼하니까 당신한테 접근하지 말라고 한태은이 그랬다던데. 이수완, 그 병신 같은 계집애가 그 꼴을 당하고도 또 당신을 선택했으니 친구로서 말리는 게 당연하지 않겠어!"

"너⋯⋯."

한 움큼 옷깃을 틀어쥔 두 손이 눈에 띄게 떨렸다. 짙게 충혈된 두 눈이 독약이라도 삼키고 피를 흘리는 사람 같았다. 꽉 다문 입에서 쥐어짜듯 경고의 말이 흘러나왔다.

"⋯⋯지금 헛소리 지껄이는 거면 실수하는 거야."

"과거의 일이라고 모르는 척하면 양심의 가책을 덜 받나? 수완이가 가슴 아파할 땐 모르는 척하더니, 아내 보내고 이제 와서 그 애와 연애를 하겠다고? 끝까지 가겠다고? 이수완 요즘도 한태은 때문에 아파해. 너 때문에 소식 끊긴 친구, 마지막도 못 봤다고 아파한단 말이야, 이 개새끼야!"

현우는 반쯤 정신이 나가 힘이 빠진 진하를 거칠게 뿌리쳤다. 진하의 몸이 휘청 흔들렸다. 신랄한 욕설을 뱉으며 현우가 그대로 그곳을 빠져나갔다. 나가는 길에 대성그룹 상무실의 문을 기세 좋게 꽝 발로 세차게 걷어찼다.

한차례 폭풍이 지나간 방 안에 침묵이 흘렀다. 진하는 망연자실하였고, 시형은 한태은이 이수완의 친구였다는 말을 듣자마자 얼이 빠졌다. 안절부절못하던 현 과장이 조용히 그곳을 나갈 때까지 둘 중 누구도 입을 열지 못했다. 숨 막히는 침묵의 압박에 공기의 흐름마저 둔화된 듯하였다.

수완과 재회한 뒤 단 한 번도 한태은에 관해 말해야 된다고 생각한 적 없었다. 그 사람에 대해 아는 것이 없었고, 할 얘기도 없었다. 때때로 수완이 심란한 표정을 하고 있을 때면 진하는 당연히 세간에 알려진 자신의 과거 때문일 거라고만 짐작했다.

그런데 한태은이 이수완의 친구였다니.

내가 여태껏, 수완에게 절친했던 친구의 남편이었다니!

극심한 현기증이 일었다. 눈을 감자 현우가 내뱉었던 말들이 하나씩 떠올라 심장을 찍었다.

'수완이 과외도 한태은이 부탁해서 해 줬던 거라며!'

'결혼하니까 당신한테 접근하지 말라고 한태은이 그랬다던데.'

'너 때문에 소식 끊긴 친구, 마지막도 못 봤다고 아파한단 말이야, 이 개새끼야!'

자신도 모르는 또 다른 일이 벌어졌던 것 같은데 그게 무슨 소리인지 정리가 되지 않았다. 진하는 눈을 뜨고 고개를 돌려 정신을 차리지 못하고 있는 시형을 보았다.

"한태은이 수완이 친구였어?"

울어야 할 사람은 그인데 오히려 시형이 울 것 같은 얼굴을 하고 있었다.

"가져와."

지칠 대로 지친 목소리였다.

"진하야."

"한태은에 관한 자료 다 가져오라고!"

결국, 절규에 가까운 외침이 방 안의 묵직한 공기를 갈랐다.

한태은이 이수완의 친구였다고?

가장 가까운?

그 말이 진실일 리 없었다. 하늘이 나에게 그렇게까지 할 리 없었다.

뚝배기 안에서 보글보글 끓어오르던 갈치조림이 조금의 온기 없이 식은 건 벌써 몇 시간 전의 일이다. 김이 오르던 통통한 계란말이도, 갓 볶아 윤기가 흐르던 어묵볶음도 싸늘히 식은 지 오래였다.

밥 한술 뜨지 못하고 진하를 기다리던 수완이 시계를 보았다. 집에서 같이 저녁 먹자고 확실히 말해 둘 걸 그랬나, 뒤늦게 후회가 되었다.

구체적인 약속을 잡은 건 아니지만 오늘은 그와 함께 저녁을 보내는 날이었다. 어젯밤, 간단히 통화하며 특별한 언급이 없기에 당연히 평소와 같을 것으로 예상했다. 온종일 소식이 없어도 그러려니, 별생각이 없었는데 퇴근길에 전화를 해 봐도 그의 휴대폰은 꺼져 있었다. 뭔가 께름칙하긴 했지만 대수롭지 않게 넘어갔다. 몰래 저녁상을 차려 놀라게 할 마음에 다른 것을 깊이 생각해 볼 겨를이 없었다.

10분 정도 책장을 뒤적이며 미련을 버리지 못했다. 그러나 지금쯤이면 이미 저녁을 먹고도 남았을 시각. 수완은 기다리는 것을 포기하고 책을 덮었다.

조금은 기분이 상했다. 개수대로 걸어가 밥그릇과 주걱을 신경질적으로 드는데 딩동, 초인종이 울렸다. 심장이 개구리처럼 팔딱 튀어 올랐다. 손에 들고 있던 것을 내려놓고 급한 마음에 허둥지둥 상대가 누구인지 확인도 안 하고 문을 열었다.

"안녕하세요."

당연히 그일 거라 생각하며 문을 열었는데 시야에 들어온 건 진하가 아닌 그의 차를 운전해 주시는 기사님. 예의 바른 인사 뒤 어색하게 미소를 띠는 게 상당히 곤란해하는 표정이었다.

"아…… 안녕하세요."

"늦은 시간에 죄송합니다."

"괜찮습니다. 그런데 어쩐 일로……."

"바쁘지 않으시면 잠깐 내려가 상무님께 얼굴 좀 보여 주십사, 실례를 무릅쓰고 초인종을 눌렀습니다."

"네?"

영문을 몰라 저절로 흘러나온 반응에 30대 후반쯤 되어 보이는 기사가 멋쩍게 웃었다.

"이런 적은 처음이라 저도 굉장히 당황스러운데 상무님께서 많이 취하셨습니다. 귀가하시던 중 자꾸 찾으셔서……."

더는 들을 필요도 없었다. 수완은 알겠다고 답한 뒤 일단 방으로 달려가 두툼한 카디건을 꺼내 입었다. 안 그래도 연락이 없어 마음 한구석이 찜찜했는데 술에 취해 있다니. 언제나 술을 적당히 마시는 사람이기에 수완은 불안했다.

부랴부랴 계단을 내려가 빌라의 빡빡한 유리문을 밀고 밖으로 나갔다. 싸늘한 밤기운이 니트의 작은 구멍 사이로 숭숭 파고들었다. 추위로 솜털이 바짝 선 팔뚝을 쓱쓱 문지르며 수완은 세단이 주차된 길가로 뛰어갔다.

근처에 서 있던 기사가 빠르게 다가와 뒷좌석의 문을 열어 주었다. 수완은 감사의 뜻을 표하고 차에 올랐는데 자리에 앉자마자 화들짝 놀랐다. 지독한 술 냄새가 후각을 잡아채는 가운데 시트에 앉는 순간 그의 머리가 수완의 무릎 위로 힘없이 툭 떨어졌다.

너무 놀라 숨 쉬는 것조차 잊은 수완이 다급히 손을 움직여 그의 얼굴을 더듬었다. 뺨에는 따뜻한 온기가 돌았고 규칙적으

370

로 내쉬는 숨결도 편안했다. 다행이다. 수완은 한시름 놓으며 가슴을 쓸었다.

찬찬히 그를 내려다보았다. 어둑한 차 안은 창문 밖 가로등 불빛이 새어 들어 답답할 정도는 아니었다. 자세히는 아니어도 제 무릎을 베고 있는 그의 옆모습이 정확히 보일 정도는 되었다.

그에게서 퍼지는 지독한 술 냄새가 낯설었다. 힘든 일이 있었나? 수완은 안쓰러운 마음에 헝클어진 그의 머리칼을 살살 쓸어 주었다. 온기를 확인했음에도 왠지 시려 보이는 그의 뺨을 부드럽게 어루만졌다.

그러기를 수 분, 불편하게 재울 바에야 이쯤에서 그만 보내는 게 나을 듯싶었다. 수완이 조심히 손을 떼는데 얼마 떨어지지도 못하고 빠르게 손목이 잡혔다.

"어!"

놀란 수완은 숨을 죽이고 그에게서 나올 다음 반응을 기다렸다. 하지만 아무리 기다려도 그는 손을 뒤로해 수완의 손목을 잡기만 했을 뿐 꿈쩍도 안 했다.

"……깼어요?"

기다리다 지친 수완이 말을 붙여도 묵묵부답이었다. 이상한 기분에 몸을 앞으로 기울여 그를 살폈다. 잠깐 잠이 들었다 깼는지 진하는 어렴풋이 눈을 뜨고 있었다. 그런데 어쩐지 이상했다.

수완은 선뜻 입을 열지 못하고 잠시간 그를 지켜보았다. 이런 걸 뭐라고 설명해야 할까. 눈을 뜨고 어둠 어딘가를 응시하고 있으나 초점이 묘하게 엇나가고 있는 듯한, 여기가 어디인지, 자신이 어떤 상태에 있는지 자각하지 못하고 영혼만 외따로 다른 어딘가를 떠돌고 있는 듯한 느낌. 수완은 불안감이 밀려와 그를 살짝 흔들었다.

"괜찮아요?"

"보고 싶었어."

불쑥 돌아온 반응에 수완은 안도했다. 낮고 늘어진 목소리가 비몽사몽 잠꼬대를 하는 듯한 어조였지만 그래도 영 이상한 반응은 아니었다.

"무슨 술을 이렇게 많이 마셨어요?"

"옛날 일이…… 떠올라서."

"네?"

"옛날에 내가 너…… 처음 좋아했을 때."

심장이 쿵 저 밑으로 볼품없이 떨어졌다. 명치가 꽉 막혀 와 가슴팍에 파박, 정전기 같은 게 일었다. '옛날'이라는 단어가 몹시도 거슬렸다.

옛날이라니, 누굴 말하고 있는 거예요.

옛날에, 그 옛날에 당신이 좋아했던 사람이 누구인데요.

기억하는지조차 몰랐던, 8년 전 어느 날의 기사가 귀신같이 되살아나 뇌리를 스쳤다. 서진하와 한태은, 어릴 때부터 남매처럼 지냈던 두 사람이 오래전부터 서로를 아끼다 다소 이른 나이에 부부의 연을 맺게 되었다는.

그게 뭐 중요하냐고, 이 사람은 취한 것뿐이니 알아서 조심하자고 생각하면서도 수완은 멈추지 못했다. 파도에 떠밀려 몸이 앞으로 밀리듯 쓰디쓴 독이 될 거라는 것을 알면서도 확인하고 싶은 마음을 거부할 수 없었다.

"어떤, 옛날이요?"

"옛날…… 옛날, 우리 어렸을 때."

몸에서 힘이 빠져나갔다. 굵은 눈물방울이 두 뺨을 흥건히 적시며 흘러내렸다.

"내가 너를 어떻게 잊어."

"그건 내가 아니에요."

"너를 어떻게 포기해."

"말하지 말라구요."

"너밖에 없었어. 그때도, 지금도……."

"……."

"좋아해."

"……."

"너를."

"……."

"너만……."

손목을 죄고 있던 그의 손이 힘없이 떨어져 나갔다. 동시에 썰렁한 찬기가 밀려와 손목에 횡한 기운이 돌았다. 뜨거운 눈물이 쉴 새 없이 떨어져 목을 타고 흘렀다.

진하의 손을 잡은 건 생애 처음으로 한 일탈이었다. 도의적으로, 관습적으로 자신의 허용 범위를 넘어섰다는 것을 알면서도 상대가 이 사람이었기에 가 보고 싶었다. 친구의 연인인 걸 모르고 시작한 마음이었으니까. 불순한 의도는 전혀 없었으니까. 구차한 변명을 늘어놓으며 선택을 합리화하였다.

그런데 그가…… 그의 아내를 그리워하고 있다.

내 앞에서 그 애가 그리워 눈물짓고, 나를 그 애로 착각하고, 절대로 잊을 수 없다고 말을 한다. 그때도, 지금도……. 자신의 마음속엔 그 애밖에 없다며.

그럼 나는?

극복할 수 있다고 믿었는데, 얼마든지 견딜 수 있을 거라 생각했는데. 친구를 향한 그의 사랑이 초라하게 식어 간다고 좋아했던 어느 아침의 교만이, 결국 이런 식으로 돌아와 나를 찌른다. 자업자득. 아픔을 자초했다.

수완은 심장이 꼬집히는 것 같았다.

아프게, 아프게.

누군가에게 체벌을 받는 듯 비틀리고 비틀렸다.

밖에 계신 기사님이 혹시 듣기라도 할까 봐 수완은 숨죽여 울었다. 그러게 왜 안 하던 짓을 해 그 꼴을 당하느냐고, 저 하늘의 초승달이 끌끌 혀를 차는 것 같았다.

❧

헉 소리를 내며 잠에서 깨었다.

이불도 덮지 못하고 소파에서 잠이 들었던 수완은 상황을 파악하지 못하고 주변을 두리번거렸다. 불이 환하게 켜져 있는 거실과 막막한 어둠이 드리워진 창밖. 잠들기 전 마지막으로 시각을 확인했을 때가 오전 2시였는데, 눈을 비비고 현재 시각을 확인하니 시곗바늘은 4시를 가리키고 있었다.

어디까지가 꿈이고 어디서부터가 현실인지 분간되지 않았다. 잠시 멍한 상태로 소파에 앉아 있다 욕실로 향했다. 불을 켜고 거울 앞에 서자 퉁퉁 부어 벌겋게 충혈된 두 눈이 보였다. 내리치는 어지럼증에 수완은 눈을 감았다.

지난밤, 눈물을 대충 수습하고 거의 도망치듯 차에서 뛰어내렸다. 뒤에서 기사님이 부르는데도 한 번 돌아보지 않고 집으로 올라왔다. 충격과 참담함에 마음을 진정시키지 못하고 무너지듯 거실 소파에 주저앉았다.

깜박 잠이 들었다 조금 전 깨었을 때 혹시 꿈을 꾼 것 아닐까 생각도 했었다. 하나 어리석었던 기대는 흉하게 부어오른 눈두덩을 보자 허무하게 무너져 내렸다.

또다시 뿌연 습기가 눈썹 사이사이를 송골송골 채우며 맺혀올랐다. 그래도 이번엔 울지 않았다. 물기가 눈물이 되어 흐르기 전에 수완은 눈을 번쩍 뜨고 욕실을 나갔다.

손수건을 찾아 얼음을 넣고 식탁 앞에 앉아 부어오른 두 눈을 번갈아 찜질했다. 그리고 최면을 걸었다. 이 지경이 될 때까지 실컷 울었으니 그것으로 된 거라고. 불과 몇 달 전 삶으로 돌아가는 것일 뿐 천지가 개벽한 건 아니니 혼자서 궁상떨 것 없다고. 정리는 빠르면 빠를수록 좋은 거라고.

온 세상이 가을로 물들어 그윽한 풍치를 자랑했다. 담갈색과 샛노란 계열의 물결 속에 곱고 새빨간 단풍이 홍일점처럼 번져 있어 장관을 이뤘다. 가지가 휘도록 잘 익은 홍시는 높고 새파란 하늘을 배경으로 붉은 등이 둥둥 떠 있는 듯하였다.

미세먼지가 사라진 서늘한 공기, 소슬한 바람에 흔들리는 무궁화, 추풍에 휘불려 한 잎 두 잎 이파리를 떨어내는 오동나무, 우수수 떨어져 비단길을 만들어 낸 은행잎. 수완은 절정에 다다른 가을 속을 걸어 한남동 자택에 도착했다. 경비실의 창을 두드리자 얼굴을 알고 있던 경비 아저씨가 친근한 미소를 보내왔다.

아침 일찍 출근해 급한 일을 처리하고 반차를 사용했다. 최근 전 여사가 자택에서 일을 본다는 사실을 알고 있어 출근길에 약속을 잡고 난 후였다.

안내를 받아 실내에 들어서니 익숙한 얼굴들이 아는 체를 해 왔다. 수완은 그들과 간단히 인사를 나누고 안성댁을 따라 전 여사에게 향했다.

"어서 오너라."

녹차를 우리고 있던 전 여사가 얼굴 가득 호의를 띠고 수완을 반겼다. 색색이 정갈하게 차려진 두 개의 다담상이 눈길을 끌었다. 수완은 그중 안성댁이 안내하는 대로 전 여사의 맞은편에 조용히 앉았다.

"갑자기 전화를 드렸는데 시간을 내주셔서 감사합니다."

"그렇지 않아도 네가 궁금하던 차였다. 진하 그놈이 무슨 말이라도 해 줘야지. 잠시 있거라."

나이에 비해 놀라울 정도로 모던한 스타일을 즐기는 전 여사가 오늘은 일상복과 같은 소박한 개량 한복을 입고 있었다. 차를 우리는 정숙한 손놀림과 무척이나 어울렸다.

몇 번의 과정 끝에 안성댁이 수완의 다담상 위로 녹차를 가져다주었다. 명전을 우린 연녹색의 차는 그 은은한 내음만으로도 진정 효과를 불러왔다. 수완은 찻잔을 입으로 가져가 천천히 차를 음미했다. 그사이 할 일을 마친 안성댁은 눈치껏 자리를 비켜 주었다.

"일단 용건부터 들어 보자꾸나."

두 번 연속 차를 마신 전 여사가 세 번째 잔을 따라 놓고 드디어 입을 열었다.

"휴가까지 쓰고 달려온 걸 보면 급한 일인 모양이지? 설마 또 병원비를 돌려주겠다고 온 것은 아닐 거라 믿는다."

농담처럼 던진 전 여사의 말에 수완은 가방에서 하얀 봉투를 꺼내 상 위에 올려놓았다.

"수완아."

"죄송합니다."

설득을 하고자 입을 떼려던 전 여사는 되돌아온 단호한 대답에 주춤하였다. 이상하다는 생각이 들었는지 살피듯 수완을 주시했다.

"너희 혹시⋯⋯."

"일전에 그런 말씀을 올렸습니다. 최선을 다해 노력을 기울이겠지만 한계에 부딪히게 되면 주저 없이 이사장님께 말씀드리겠다고."

전 여사의 눈가에 안타까움이 스쳤다.

수완은 공손하되 최대한 감정 없이 솔직한 의사를 전달했다.

"열심히 노력했고, 그럼에도 불구하고 실패했습니다. 저는 더 이상 서진하 씨와 함께하지 않을 생각입니다."

"진하와도 얘기가 끝난 거니? 어제 걔가 술을 많이 마셨던데, 혹 그것 때문인 게냐?"

"아니요. 그건 저 때문이 아닙니다."

담담히 대답을 하면서도 어제 일이 떠올라 속에서 설움이 치미는 건 어쩔 수 없었다. 혹여 목이라도 메어 올까 시간을 끌기 위해 찻잔을 들었다. 차를 한 모금 마시며 울렁이는 속내를 가라앉혔다.

"이사장님을 먼저 뵙고 다음으로 그 사람을 찾아갈 생각이었습니다. 그리고 서진하 씨와 상관없이 돈 문제는 이전부터 해결하고 싶었습니다. 부탁입니다, 이사장님. 깔끔하게 매듭짓고 돌아설 수 있도록 도와주세요."

수완은 고집스럽게 말하고 고개를 숙였다.

이 집과 연관된 모든 것을 끊어 내고 싶다는 수완의 강력한 바람에 전 여사는 쉽사리 입을 떼지 못했다. 명전차로 입을 축이고 미약한 질문이나마 던져 볼 따름이었다.

"혹여 나한테 궁금한 건 없는 게냐?"

"없습니다."

딱 부러진 수완의 대답에 전 여사가 흐릿한 고민의 빛을 띠었다. 당장에라도 무슨 말인가 하려는 듯 입술을 떼었다 곧 한숨으로 대신했다. 힘없이 고개를 돌려 통창 너머 잘 정리된 정원을 내다보았다. 가을빛으로 물든 정원수에서 나뭇잎 하나가 우아하게 떨어져 내리고 있었다.

그야말로 '질주'란 표현이 적절했다. 진하는 직접 운전대를 잡고 곡예라도 하듯 차를 몰아 한남동 주택가에 들어섰다. 길을 걷는 행인을 거의 볼 수 없는 곳. 깨끗하고 널찍한 도로를 무자비하게 달려 성같이 견고한 자택에 도착해 차를 세웠다.

운전석에서 급하게 내린 진하는 얼굴이 파리하게 질려 있었다. 이마에는 식은땀이 맺히고 입술은 까슬까슬, 심적 혼란과 어제의 과음으로 하룻밤 새 몰라보게 수척해진 모습이었다.

"수완이 안에 있습니까?"

"아직 안 나오셨습니다."

경비에게 차를 맡긴 진하가 정원으로 연결된 돌계단을 두 개씩 뛰어올랐다. 바싹 마른 낙엽이 구둣발에 밟히며 바사삭 부서지는 소리를 내었다. 계단 끝에 이르자 황금빛 잔디가 고상한 자태를 드러냈다. 신하는 거기서 더욱 속력을 내려다 정면을 보고는 그대로 멈췄다.

저 앞에 수완이 있었다. 아침에도 찾아가고 수십 번 전화해도 연락이 닿지 않았던 수완이 눈에 띄게 건조해진 눈길로 이쪽을 바라보고 있었다. 진하는 가까이 다가가 수완 앞에 마주 섰다.

"아침 일찍 집에 갔었어."

"이르게 출근했어요."

"전화도 여러 번 했었고."

"안 받은 거예요."

지나치게 담백한 대답에 진하는 잠시 침묵했다. 수완은 입을 다물고 할 말 있으면 더 해 보라는 듯 가만히 보고 있다.

"내가 어제 너를 찾아갔었다는 얘기 들었어."

"기억 못 할 줄 알았어요."

"혹시 내가 너한테 실수했다면……."

"맞아요. 나한테 실수했어요."

"…….'

"하지만 오늘 내가 당신과 끝내려는 이유는 그것 때문만이 아니에요."

진하는 놀라지 않았다. 어느 정도 예감하고 있었다. 아무리 해도 전화를 받지 않던 수완이 할머니와 약속을 잡았다는 소식을 접했을 때 그런 마음을 먹었겠구나, 짐작하고 있었다.

"그럼?"

진하는 조용히 물었다.

"헤어질 때가 된 것뿐이에요."

"우리가 더 좋아지고 있는 줄 알았는데?"

"끝까지 가지도 않을 거, 이쯤에서 끝내려고요."

"끝까지 가면?"

"내가 왜요?"

수완이 정색했다.

"끝까지가 무슨 뜻인지 몰라요? 설마 나랑 결혼이라도 하겠다는 건가요? 그렇다면 잘못 생각했어요. 내가 왜 후처 소리를 들으며 남의 자식을 키워야 하는데요? 내가 왜 우리 엄마처럼 살아야 하는데요? 그런 것까지 전부 감수하게 할 만큼 당신은 나한테 큰 사람이 아니에요."

끝까지 평정을 지키지 못한 수완이 감정을 이기지 못하고 고개를 거칠게 옆으로 틀었다. 두 뺨과 눈가가 불그스름 옅게 달아올라 있었다.

진하를 속상하게 하는 건 수완이 작정하고 내뱉은 모진 말이 아니라 저렇게 티도 내지 못하고 혼자서 앓는 모습이었다. 그래서 미안하고, 그런데도 여전히 기쁨을 가라앉힐 수 없었다. 오래전 네 마음도 나와 같았다는 걸 이제는 알게 되었으니까. 지금 쏟아 낸 말들은 일말의 진심도 섞이지 않은 거짓일 테니까.

그리하여 지금, 이별을 고하는 수완에게 진하가 할 수 있는 말은 하나밖에 없었다.

"다시 생각해."

"……."

"우린 못 헤어져."

확고한 그 대답에 수완은 분노의 목소리를 높였다.

"당신이 그렇게 말하면 내가 그런 거냐고 맞장구라도 쳐야 하나요? 질척거리지 말아요. 당신의 대답이나 동의가 필요한 일이 아니에요. 나는 통보하고 당신은 그냥 수긍하기만 하면 되는 거예요. 내가 중간에 그만하고 싶으면 언제든지 그러기로 한 거, 다시 한번 잘 생각해 보시고요."

수완은 쌀쌀맞게 시선을 돌리고 걸음을 떼었다. 다시는 그를 보지 않겠다고 작정한 사람처럼 정면만 바라보며 걸음을 빨리했다.

옷깃을 스치며 수완이 지나쳤다. 또다시 이대로 엇갈리는 것 같은 느낌이 무서워 진하는 뒤에서 수완을 와락 껴안았다. 수완은 거세게 그를 밀쳐냈다. 진하는 꿈쩍도 안 했고 오히려 팔을 더 바짝 조여 수완의 등에 한 치의 빈틈없이 가슴을 붙였다.

"왜 이래요!"

"나는 늘 너를 아프게 했어. 나 때문에 네가 어떤 일을 겪었는지 여태껏 아무것도 모르고 있었어. 이번에도 내가 너한테 크게 잘못한 게 있었을 거야. 나는 너를 좋아하기만 했지 제대로 살펴볼 생각은 하지 못했어. 미안해. 반성하고 있어."

"무슨 말을 하는 거예요. 이거 놓으라고요!"

"알아. 네 마음, 네 고민. 네가 어떤 마음으로 나를 선택해 줬는지. 어떻게 더 꼬여 버리고 말았는지."

"더는 할 얘기가 없다고요. 난!"

바르작거리던 수완이 있는 힘을 다해 그를 뿌리칠 때였다.

"사랑해."

진하가 다급히, 마음을 다해 고백했다.

바둥거리던 수완은 한순간 몸이 얼어 저항을 멈췄다.

"네가 무엇을 어떻게 알고 있든, 그건 사실이 아니야. 나한 텐 이수완, 너밖에 없었어."

"……."

"사랑해."

"……."

"이수완, 너를."

"……."

"너만."

새빨간 단풍이 바스스 바람에 흔들리듯 수완이 몸을 떨었다. 진하는 그런 수완을 더 바싹 품 안에 끌어안았다. 한 타래 마른바람이 불어와 두 사람의 머리 위를 고요히 훑고 지났다.

12. 미안해요

　토요일 새벽, 심란함에 밤을 꼬박 지새우다시피 한 수완이 침대에서 일어났다. 해가 뜨지 않아 밖은 어둑했으나 세안을 마치고 부엌으로 가 소매를 걷어붙였다. 더 이상 잠이 올 것 같지 않아 수민에게 가져갈 음식이나 만들 생각이었다.

　어제 오후, 갑작스러운 그의 고백에 목이 탁 메었다. 그렇게 화가 났었건만 사랑한단 한마디에 바보같이 울컥하여 눈물이 찔끔 솟아났다. 황급히 눈물을 닦는데 몸이 휙 돌아갔다. 두 손을 감싼 진하의 큰 손이 속절없이 따뜻했다. 천천히 시선을 마주하니 착각인 듯 아닌 듯 그의 두 눈에 옅은 물기가 서린 것이 보였다. 아무런 말도 할 수가 없었다.

　휴대폰의 성마른 진동음이 울린 건 그 순간이었다. 동시에 담이의 보모와 전 여사의 개인 비서가 겉옷도 제대로 갖춰 입지 못하고 허겁지겁 달려나왔다. 그리고 전해진 담이의 사고 소식은 절정에 치달았던 두 사람의 분위기를 삽시에 바꾸었다.

아이들을 태우고 선학을 다녀오던 학교 차량이 접촉사고를 일으켰다고 하였다. 진하가 서둘러 병원으로 떠났고 대성재단 비서실장의 부축을 받으며 전 여사가 뒤따랐다. 팔꿈치에 금이 가 깁스 중이라는 담이는 며칠간 병원에 입원해 각종 검사를 받게 될 예정이었다. 하지만 그것이 어젯밤 수완을 잠 못 들게 한 이유는 아니었다.

'중요하게 할 말이 있어.'

경황없이 병원으로 떠나는 와중에도 그는 수완을 붙잡고 또렷이 말했다.

'상황 봐서 전화할게. 꼭 받아 줘.'

보모와 비서가 곁에 있어 자세히 말하진 못했으나 언뜻 비장하게 들리기까지 하였다.

그것이 마음에 걸리면서도 어젯밤 그한테 다시 전화가 왔을 때 수완은 받지 않았다. 담이가 중상을 입은 건 아니라는 것을 보모에게 확인한 뒤 일찌감치 불을 끄고 침대에 누워 있을 때였다. 몇 번의 진동음 끝에 그에게서 메시지가 도착했다. 내일 오후 집에 들르겠다는 내용이었다.

메시지를 읽고 답답한 마음에 몸을 일으켰다. 찬바람을 쐬기 위해 창가로 갔는데 가로등 아래에 그가 있었다. 한참 후 진하가 떠나는 것까지 지켜보면서도 수완은 끝내 기척을 내시 않았다. 그의 말을 듣고 흔들릴까 꺼려졌는지, 아니면 이대로 정말 모든 것이 끝날까 봐 무서웠는지 정확히는 알 수 없다. 완전

한 끝을 내기 전 단 몇 시간만이라도 홀로 유예의 시간을 갖고 싶었던 것일 수도 있다.

이별을 선언하긴 했으나 아직 헤어지지 못한 애매한 사이. 모든 것이 확정되기 전까지 짧게 주어진 시간이 뒤숭숭해 잠을 이루지 못했다. 그래서 수완은 수민의 생일을 앞두고 이른 시각 부엌으로 나와 요리를 시작했다.

손이 빠른 덕에 음식은 금방 찬합을 채웠다. 해산물을 좋아하는 수민을 위해 전복을 양념해 굽고, 굴전을 부치고, 낙지를 볶았다. 오래 두고 먹을 수 있는 마른반찬 몇 가지, 그다음으로 활새우를 튀기려 하는데 휴대폰이 울렸다.

번호를 확인하던 수완은 한쪽 눈썹을 삐죽 세우며 휴대폰 화면을 자세히 들여다보았다. 수민의 병실 번호는 아니었지만, 앞자리 숫자로 봤을 때 대성병원 어딘가에서 걸려오는 전화였다. 혹시 검사실인가 하여 수완은 젖은 손을 닦고 급하게 전화를 받았다.

"여보세요."

— 아줌마!

놀랍게도 휴대폰 너머에서 들려온 목소리는 담이. 안 그래도 아이가 궁금했던 수완은 저절로 목소리가 커졌다.

"담아! 너 괜찮니? 팔은 어때? 다른 데는?"

— 어제는 팔이 너무 아팠어요. 지금은 괜찮아요. 깁스하니까 아픈 게 사라졌어요.

"안전벨트를 왜 풀었던 거야. 차가 움직일 땐 절대로 벨트를 풀어선 안 돼."

─ 떨어트린 책 줍느라 잠깐 풀있는데 그때 부딪힌 기예요. 안 그래도 어제 그 얘기 엄청 많이 들었어요.

잔소리를 많이 들었는지 담이답지 않게 풀이 살짝 죽은 목소리가 안쓰러웠다.

"어른들이 너 걱정돼서 그러신 거야."

─ 알아요. 그런데요, 아줌마. 아줌마가 나 문병 오면 안 돼요?

"……문병?"

뜻밖의 요청에 수완은 선뜻 대답하지 못했다. 어차피 수민에게 가는 길이었고 아이가 걱정스럽기도 했지만, 행여 다른 사람과 마주칠까 망설임이 앞섰다. 이쪽의 침묵이 길어지자 담이가 사심을 드러내며 애를 태웠다.

─ 나 소시지 들어간 빵 먹고 싶어요. 밍밍한 거 말고요. 왕할머니는 어제 계속 같이 계셔서 오늘은 늦게 오신다고 했어요. 아빠는 오늘도 회사 가서 이따가 온다고 했고요. ……아줌마, 듣고 있어요?

"어. ……그래, 알았어."

담이의 말대로라면 병실엔 보모와 경호원만 있을 가능성이 높았다. 빨리 가서 얼굴만 보고 오면 이상할 거 없겠지. 수완은 소시지를 강조하는 담이를 안심시키고 통화를 끝냈다.

하던 일을 멈추고 시간을 확인했다. 재료를 사다가 직접 만들 시간은 충분했다. 얼른 방으로 건너가 겉옷을 꺼내 입고 지갑을 챙겼다.

바게트에 신선한 채소를 곁들인 소시지빵은 금방 완성되었다. 그사이 미역국을 끓이고 마지막으로 활새우를 튀긴 뒤 엉망이 된 부엌을 정리하니 어느덧 정오가 되었다. 수완은 서둘러 채비를 마치고 집을 나섰다. 양손에 먹을 것과 수민에게 가져다줄 짐이 한가득이었다.

택시를 부를 걸 그랬나. 뒤늦게 후회하며 중고차라도 한 대 사야겠다고 마음먹었다. 눈에 익은 차가 부릉 달려와 코앞에서 멈춰 선 건 그 순간. 수완은 의아함을 띠고 운전석을 보았다.

"병원 가?"

벨트를 끄르고 운전석에서 내린 현우가 태연히 물었다. 어리둥절해하는 수완에게 넉살 좋게 웃으며 무거운 짐도 냉큼 넘겨받았다.

"연락도 없이 어쩐 일이야?"

"근처 지나다가 혹시나 해서. 집 앞에 가서 전화하려고 했는데 마침 네가 보인 거고. ……타. 데려다줄게."

현우는 수완이 뭐라 답하기도 전에 짐을 차에 실었다. 거절할 이유가 없어 수완도 순순히 차에 올랐다. 두 사람은 병원으로 출발했다.

몇 분을 말없이 가다가 운전대를 잡은 현우가 곁눈질로 수완을 살폈다. 한동안 괜찮더니 또다시 드리워진 눈가의 그늘과 피로해 보이는 낯빛이 마음에 걸렸다.

사고는 쳤는데 어느 쪽에서도 소식이 없어 이틀 동안 혼자서 얼마나 가슴을 졸여야 했는지. 참고 참다 근처로 달려와 차를 주차하고 고뇌에 빠진 게 약 한 시간 전의 일이었다. 다행히 이렇게 마주치긴 했으나 이다음은 어떻게 해야 할지 매우 난감했다.

수완이 그 자식과 가까워졌다는 사실에 잠시 이성을 잃었다. 제아무리 대성그룹의 서진하라 할지라도 수완을 그런 식으로 넘봐선 안 된다고 생각했다. 왜 하필 그런 놈이 수완의 첫사랑이었는지, 질투가 났던 게 사실이었다.

무작정 달려가 한바탕 퍼부어 주긴 했는데 점차 실수했다는 생각이 들었다. 냉정을 되찾고 가만 생각해 보니 수완은 그에게 버림받았다고 한 적이 없었다. 많이 좋아했는데, 그 사람도 자신을 좋아하는 줄 알았는데 실제로는 친구와 열애 중이었다고. 수완은 그저 실패로 돌아간 첫사랑을 가슴 아파했었다.

몇 번을 생각해도 오버한 느낌을 지우지 못해 현우는 자백해야 한다는 결론에 도달했다. 사고를 쳤으니 수습을 해야 하는 건 당연한 일이었다.

"옛날에, 우리 대학 때 말이야."

그래서 한참을 머뭇대다 어렵게 말문을 열었다.

"너 혼자 소주 두 병 마시고 쓰러진 적 있었잖아."

"갑자기 옛날 일은……."

기억하고 싶지 않은 과거가 소환되자 수완은 머쓱해하였다.

"사실 너 그때 술주정 엄청 많이 했거든."

"내가? 어떤……?"

처음 듣는 사실에 수완이 깜짝 놀라 현우를 바라보았다.

현우는 마른침을 삼키고 최대한 간략히 그때의 일을 털어놓았다.

"나를 다른 사람으로 착각했었어. ……서진하랑 한태은. 번갈아 가면서."

기가 막히는지 수완이 뜨악한 표정을 지었다.

"모르는 척해서 미안해."

"그럼 끝까지 모르는 척해 주지 그랬어."

돌아오는 대답에 약간의 냉기가 서렸다. 새삼스레 왜 불쑥 그런 얘기를 꺼내느냐는, 불편해하는 어감이었다. 진짜 해야 할 말은 이제부터가 시작이건만.

"내가 사고 쳤거든."

"……?"

"그제 서진하 찾아가서 한판 벌였어. 당신이 무슨 자격으로 네 옆에 있는 거냐고."

"뭐?"

어이없는 그 말에 수완은 대번에 경악했다. 경솔했던 행동이 부끄러워 현우는 귓불이 화끈거렸다.

"너는 무슨 자격으로 그 사람을 찾아갔었던 건데? 도대체 왜?"

"네가 그 사람이랑 손잡고 다니는 거 봤어. 네가 아깝다고 생각했고 나도 모르게 화가 나서 그만……. 미안하다."

격앙된 어조로 쏘아붙이던 수완이 이번에는 아예 고개를 돌렸다. 아무 말도 하고 싶지 않다는 무언의 의사가 확연히 반영된 몸짓이었다.

죄스러운 마음에 '수완아.' 하고 불러도 묵묵부답이었다. 저런 식의 무반응은 수완이 미리끝까지 화가 났다는 신호였다. 경험상 이럴 땐 입을 다무는 게 상책이지만 해야 할 말이 남아 있어 현우는 어쩔 수 없이 입을 열었다.

"근데 서진하 그 사람, 한태은이 네 친구라는 걸 모르는 거 같았어. 나는 당연히 알고 있을 거라 생각해서 따졌던 건데……."

"조용히 가고 싶어."

딱 자르는 수완의 목소리에 감정이 없었다. 그를 돌아보지도 않았다.

이런 상황에서 대화를 강행하는 건 관계를 악화시킬 뿐이었다. 일단 죄를 실토했으니 수완도 생각할 시간이 필요할 거란 판단에 현우는 입을 다물었다.

차 안에 어색한 침묵이 흘렀다. 현우는 수완의 눈치를 살피다 차의 속력을 높였다.

눈이 시리도록 파란 하늘은 저 아래 내려다보이는 도심을 감싸고 한강과 맞닿아 있었다. 스카이블루와 코발트블루의 경계, 그 지점을 따라 흐르는 한강의 잔잔한 물결을 진하는 조용히 주시했다.

머릿속이 평안해지는 풍경이었다. 마음 같아선 단 5분이라도 이렇게 멈춰 있고 싶지만 자칫하다간 무례하단 인상을 줄 수 있어 금방 시선을 떼었다. 진하의 두 눈은 사담을 길게 이어 가고 있는 백발의 어느 경제 원로에게 돌아갔다.

주말에 열리는 오찬은 달갑지 않았다. 그래도 원로들이 주도하는 이런 성격의 모임을 소홀히 할 순 없었다. 못해도 분기에 한 번, 진하는 시간을 할애해 모임에 참석했다. 인맥을 공고히 다지고, 업계의 동향을 파악하고, 세간에 발표되지 않은 소식을 가장 먼저 접할 수 있는 곳이 바로 이 오찬 모임이었기 때문이다.

물론 요즘같이 바쁜 시기엔 이런 모임조차도 부담스러웠다. 공손한 태도로 어른들의 말씀을 경청하고 있지만 할 일이 많은 진하는 마음이 불편했다.

병원에 있는 담이가 걱정스러워 가만히 앉아 있는 게 편치 않았고, 수완을 생각하면 가슴 한쪽 근육이 사납게 뒤틀렸다. 절친했다는 친구의 희생과 죽음을, 두 집안의 복잡하고 추악한 과거를 어떤 식으로 설명해야 할지 막막했다. 수완이 그것을 어떻게 받아들일지 걱정도 되었다. 무엇보다, 일단은 얼굴이라도 마주하고 싶었다. 대화를 끝맺지 못하고 헤어진 후 제대로 연락이 닿지 않아 미칠 것 같았다.

진하는 시각을 확인했다. 식사 중 들어야 할 말은 거의 다 들었고, 이후 차를 마시며 사담도 충분히 들어 드린 뒤였다. 그만 일어나도 될 것 같은 생각에 정중히 말씀드리려 하는데 간발의 차이로 순서를 빼앗겼다.

"참, 당신들 정 기자라고 알지?"

한동네 주민이기도 한 어느 유통업계 명예 회장님께서 먼저 끼어드셨다.

"정 기자?"

"왜 그놈 있잖아. 이름이 정광우였나, 도우미 아주머니 하나 매수해서 박 회장 개망신시켰던 그놈."

타이밍을 놓친 진하가 타는 마음에 물을 마시려다가 우뚝 손을 멈췄다.

정광우.

아는 이름이었다. 지난 사흘, 소규모 전자신문 업체 대표의 이력을 하나하나 살피다 유력 후보 중 하나로 분류해 놓았던 인물. 진하는 천천히 물을 마시며 어른들의 대화에 귀를 기울였다.

"아아, 뇌물 받다가 박 회장 신문사에서 쫓겨났던! 그거 지 잘랐다고 복수한 거야. 원래 야비한 놈이잖아, 그놈이. 오죽했으면 우리가 그놈 얼굴을 다 알고 있을까. 능력도 필요 없어. 그렇게 지저분한 놈은 품에 안는 거 아니야."

한 원로가 학을 떼며 눈살을 찌푸리자 다른 분 또한 미간을 찡그리며 분노를 토했다.

"야비하기만 한 게 아니라 사기꾼이라니까. 신문사에서 쫓겨나고 조그만 전자신문 업체 하나 차렸다더니 여기저기 남의 사생활 막 들쑤시고 다니잖아. 이번에 퇴임한 강 장관, 아들놈이 카지노 들락거리는 거 그놈한테 걸려서 작년에 돈 엄청 뜯겼어. 근데 당신은 왜? 그놈한테 뭐 약점 잡힌 거 있어?"

"몇 달 전부터 자꾸 우리 동네에 얼굴을 내보이더라고."

말없이 듣고 있던 진하가 눈썹을 꿈틀 움직였다.

"두어 달 전인가, 길에서 마주쳤는데 내가 모자를 썼더니 못 알아보는 거야. 잘됐다 싶어서 그냥 지나쳤지. 아, 근데 그놈이 잊을 만하면 한 번씩 동네에 나타나네. 이번에 본 게 벌써 세 번째라니까."

"또 누굴 쫓아다니고 있는 거야."

여기저기서 성토가 쏟아져 나왔다. 아무도 진하의 안색이 파리하게 굳어 가는 것을 눈치채지 못했다.

현역에서 은퇴한 유 회장은 요즘 허름한 모자를 눌러쓰고 운동 삼아 근처 공원이나 동네 약수터를 슬슬 걸어 다니고 있었다. 날이 선선해지면서 비가 올 때를 제외하곤 하루도 빠짐없이 산책에 나선다고 들었다.

더 듣고 있을 필요도 없었다. 주머니에서 휴대폰이 진동하는 것을 느끼며 진하는 자리에서 벌떡 일어났다. 웅성거리던 소리가 끊기고 별실에 앉아 있던 열댓 명의 인사가 전부 진하를 주목했다.

"전화 왔구먼. 가서 받아 보게."

옆에 계시던 어른께서 진동음을 먼저 알아채고 배려해 주셨다. 그러자 모두가 고개를 끄덕이곤 하던 얘기를 이어 갔다. 주말에 상관없이 바쁜 시절을 겪어 왔기에 이곳에 있는 모두에겐 익숙한 일이었다.

진하는 짧게 묵례를 하고 별실을 나섰다. 휴대폰의 발신자는 시형, 빠르게 통화를 터치했다.

"나야."

— 아직도 호텔이야? 아르센 쪽 실사보고서 메일로 들어와 있던데, 혹시 확인했어?

"정광우라고 기억해?"

— 어?

기다리던 소식에 반응은 안 하고 엉뚱한 이름을 들이밀자 시형은 곧바로 대답하지 못했다. 약간은 황당해하면서도 혹시나 하는 어조로 되물었다.

— ……설마 신 전무가 진짜로 그 작자랑 연관된 건 아니겠지?

"거기 직원 수가 몇 명이야?"

— 뭐야, 정말이야?

"빨리 대답해."

— 대표랑 사진기자 하나. 왜, 뭐 찾아낸 거 있어?

"그 사람들 지금 담이 입원한 병원에 있을 거야."

— 뭐?

"나 지금 곧장 담이한테 갈 테니까 너는 거기 대표랑 직원, 얼굴 사진 크게 뽑아서 병원으로 보내 줘."

진하는 해야 할 일을 머릿속으로 차례차례 나열하며 지시했다. 눈치 빠른 시형은 다른 질문 없이 무조건 알겠다며 통화를 끝냈다. 다음으로 진하는 연락처에서 보모의 이름을 찾아 통화를 터치했다. 모든 동작이 차분하고 정확해 보이지만 일자로

곧게 뻗은 어깨가 미세하게 흔들리고 있었다.

◆

수완은 수민에게 들러 짐을 내려놓고 담이에게 향했다. 본관에서 따로 분리된 특별 병동은 지하 통로로 연결되어 있어 찾아가기에 나쁘지 않았다. 간혹 헤매는 사람도 있다고 들었는데 어릴 때부터 여러 가지 이유로 대성병원을 드나들었던 수완에게는 낯설지 않았다. 능숙하게 위치를 파악해 엘리베이터에 오르고 6층을 눌렀다.

열두 명의 아이 중 담이를 포함해 병원으로 실려 온 아이는 셋. 담이의 말로는 전 여사는 담이뿐 아니라 두 명의 친구도 이곳으로 데려와 함께 입원시켰다고 했다.

— 친구들은 5층에 있는데 난 병실이 6층에 있어요. 5층에 내려가 있을 수도 있으니까 나 없으면 불러 달라고 하세요.

담이는 수완이 알겠다고 몇 번이나 확답을 준 후에야 전화를 끊었다.

10분 정도 앉아 있다 나오면 되겠지.

되도록 빨리 빠져나오자고 생각하면서도 한숨이 나왔다.

현우의 말을 전해 들은 이후 어쩔 수 없이 마음이 무거웠다. 이틀 전 그 사람이 취했던 게 혹시 현우 때문이 아니었을까, 마음이 쓰여 그의 얼굴이 눈앞에 아른거렸다.

생각하지 말아야지, 의식적으로 노력하면서도 이렇게 혼자가 된 순간이면 피할 길이 없다. 수완이 머릿속을 비우듯 고개를 휘휘 가로젓는데 다행스럽게도 띵, 하는 소리와 함께 6층에 도착했다. 재빨리 엘리베이터에서 내려 병동 스테이션을 지나쳤다.

무리 없이 병실을 찾아가던 수완이 일순 걸음을 멈추고 주춤한 건 작은 휴식 공간에 다다랐을 무렵. 얼굴 가득 당황한 빛을 띠고 근처 모퉁이로 몸을 숨겼다. 큰 죄라도 지은 사람처럼 가슴이 콩콩 울리고 손바닥에서 온기가 사라졌다. 수완은 상체를 살짝 틀어 사람을 잘못 본 게 아닌지 재차 확인했다.

불행인지 다행인지 잘못 본 게 아니었다. 세월이 흘러도 잊을 수 없는, 태은과 놀랍도록 똑 닮은 외모의 태라가 가까워지고 있었다. 초등학교 3~4학년 정도 되어 보이는 귀여운 용모의 아들을 동반한 채였다.

반가우면서도 착잡함이 겹쳐 이상하게 눈물이 핑 돌았다. 그들이 근처를 지나칠 땐 차마 아는 체를 못 하고 고개를 돌렸다. 그러면서도 신경은 자꾸만 그쪽으로 기울었다.

"쟤 누구냐니까!"

아이는 태라에게 누군가에 관해 묻고 있었다. 저들이 걸어온 방향으로 보아 아마도 담이를 보고 나오는 길인 듯한데……. 아이의 말을 들을수록 수완의 눈가에 의아함이 어렸다.

아이는 이종사촌인 담이를 아예 모르는 것 같았다. 게다가 태라는 아들에게 어떠한 대답도 해 주지 않았다. 그 기이한 풍경에 수완은 자신이 몸을 숨겼다는 사실도 잊고 노골적으로 그들을 바라보았다.

"엄마, 나 욕실에서 양치질시키고 쟤랑 무슨 얘기 했어? 서담? 이름은 예쁘네. 사내 녀석이 여자애처럼 생겨 가지고."

"다친 데 어떠냐고 물어본 거야."

"거짓말. 갑자기 나한테 이 닦으라고 화냈잖아. 그거 비밀얘기 하려고 그랬던 거지? 무슨 얘기 한 건데!"

"아무 얘기 안 했어. 너 단거 먹고 이 안 닦았잖아. 이 닦는게 그렇게 귀찮으면 앞으로 아이스크림은 입에 대지도 말든가."

대답을 피하기 위한 엄마의 엉뚱한 꾸짖음에 아이는 '피.' 하며 입을 삐죽거렸다. 그러자 태라는 걸음을 멈추고 아이와 눈을 맞추며 신신당부했다.

"그리고 이따 외할머니 만나면 오늘 여기 온 거 절대 말하면 안 돼."

"왜?"

안 그래도 궁금한 게 많았던 아이는 엄마가 입을 열면 열수록 혼란스러운 눈치였다.

그건 수완 역시 마찬가지였다. 어느새 울컥했던 감정도 흐려지고 상체를 앞으로 빼내 그들의 대화를 대놓고 엿들었다. 그런데 그때, 태라가 느닷없이 허리를 펴더니 주변을 살피듯두리번거렸다. 수완은 소스라치게 놀라 몸을 돌리고 그대로 걸음을 떼었다.

"일단 모르는 척해 줘. 자세한 건 엄마가 집에 가서 설명해 줄게."

등 뒤로 조곤조곤한 태라의 목소리가 점점 작아지며 들려왔다.

그들을 돌아보지 못하고 걸음을 옮기면서도 수완은 뭔가 개운치 않았다. 이종사촌끼리 한 번도 만난 적이 없다는 것도 그렇고, 이모가 다친 조카를 보러 오면서 그것을 굳이 가족끼리 숨겨야 하는 것도 그렇고. 태라의 행동이 예사롭지 않다고 생각하는데 씩씩하고 익숙한 목소리가 들려왔다.

"아줌마!"

그대로 정면을 응시하자 왼팔을 깁스한 담이가 깡충깡충 뛰어오고 있었다. 환아복을 입고 있어서인지 오늘따라 몸집이 왜소해 보였다.

"그거 소시지빵이에요? 나 이거 갖다 주고 올 테니까 잠깐만 기다리세요."

쪼르르 앞까지 달려온 담이는 쇼핑백에 먼저 관심을 보이더니 어린이용 칫솔과 치약이 든 케이스를 높이 치켜들었다. 조금 전 뜬금없이 왜 양치를 시켰냐고 태라에게 캐묻던 그 아이의 것인 듯하였다.

"이모님이랑 경호 아저씨는 어디 가시고 네가 나왔어?"

"왕할머니 전화 받고 어딘가로 가셨어요. 아마 이 형아하고 아줌마가 와서 그랬나 봐요."

담이는 케이스를 흔들며 순진하게 답했다. 태라가 누구인지 전혀 모르는 얼굴이었다.

"담아, 너 그 이모 누군지 몰라?"

"이모 아니에요. 오늘 처음 보는 아줌만데…….'

"그 아줌마가 와서 뭐라고 했는데?"

"그냥 다친 데 어떠냐고 물었어요. 아, 형한테 이 닭으라고 강제로 욕실에 몰아넣은 다음 갑자기 나를 꽉 끌어안았어요. 살짝 울려고도 하셨고요. ……슬픈 일이 있었나 봐요. 아줌마, 그 형 이거 놓고 갔는데 금방 갖다 주고 오면 안 될까요?"

수완은 말문이 막혔다. 의문과 동시에 노여움도 일었다. 이게 다 어떻게 된 상황인지 태라에게 직접 캐묻고 싶었다. 수완은 간식이 든 쇼핑백을 담이 손에 쥐여 주고 케이스를 채듯이 가져왔다.

"가서 간식 먹고 있어. 아줌마가 금방 돌려주고 올게."

"같이 가요!"

"병실에 돌아가 있어."

뒤에서 들리는 담이의 외침을 무시하고 수완은 엘리베이터 쪽으로 힘껏 달렸다. 양심의 가책이고 뭐고, 명확히 따져 묻고 싶었다. 왜 태은이 남기고 간 하나뿐인 아들을 그 집에서는 이렇게까지 모르는 척하는 거냐고. 언니랑 어머니가 태은이한테 어떻게 이럴 수 있냐고.

모퉁이를 돌자 엘리베이터가 막 닫히고 있었다. 그 안에선 여전히 궁금한 게 많은 남자아이의 목소리가 들려왔다. 수완은 최선을 다해 달렸으나 엘리베이터를 잡기엔 거리가 멀었다. 즉시 방향을 틀어 계단 쪽으로 내달려 갔더니 누군가 막아섰다.

"난간을 손보는 중입니다. 엘리베이터를 이용하시거나 반대편 계단을 이용해 주세요."

수완이 달려오는 것을 목격한 보안팀 직원이 앞을 가로마으며 친절히 설명했다.

수완의 머리가 바쁘게 돌아갔다. 반대편까지 가기엔 시간이 너무나 촉박했다. 수완은 곧 아버지를 따라 드나들었던 스태프용 계단을 떠올렸다. 그곳에선 가까우나 주말이면 썰렁할 정도로 이용자가 없는 곳이었다.

운동화를 신은 발로 가볍게 뛰어 기억 속의 계단을 찾아냈다. '청소 중입니다'라는 이 병원에서 처음 보는 푯말이 붙어 있긴 했으나 죄송하다는 사과 후 지나치면 될 일이었다.

마침 문도 꽉 닫혀 있지 않아 손잡이를 당기는데 계단 쪽에서 한 남자의 짜증 섞인 목소리가 흘러나왔다.

"도대체 서담이 누구 아이입니까?"

막 문을 열던 수완은 더는 움직이지 못하고 손과 발이 경직되었다.

"목소리 안 낮춰!"

창이 북향으로 나 있어 어둑어둑한 비상계단에 정 대표의 스산하고 낮은 호통이 희미한 울림을 끝으로 잦아들었다.

의사 가운을 입고 있는 정 대표와 오더리orderly 복장을 갖춰 입은 기자는 누가 봐도 영락없는 병원 직원이었다. 특별 병동이라는 특성상 복장에서부터 머리와 신발까지 깔끔한 외관도 갖추고 있었다. 그러나 자세히 살피면 겉으로 드러나는 만성적

피로감은 어쩔 수 없었다. 특히 어제오늘, 눈코 뜰 새 없이 바빴던 기자는 가슴을 쾅쾅 치며 답답함을 호소했다.

"지금 가 봤자 소용없다고요. 이수완 그 여자가 방금 그쪽으로 갔단 말입니다. 나도 알고 좀 일을 합시다. 도대체 몇 달째 이러고 있는 겁니까!"

"왜 이래, 아마추어같이. 특종 하나 터트리려면 반년 이상 쫓아다니는 게 부지기수야. 뻗치기를 얼마나 했다고 벌써부터 엄살이야, 엄살이."

"그러니까 알고 좀 하자고요. 뭘 알아야 의욕도 불타오를 거 아닙니까!"

불만에 가득 찼던 기자는 이제 거의 사정조로 얘기했다. 차라리 최종 목표를 정확히 알고 있다면, 그리하여 고생할 가치가 충분하다고 판단된다면 되레 적극적으로 매달릴 수 있을 것 같았다.

"후우⋯⋯."

인내심이 한계에 다다른 직원의 반항에 정 대표가 허공을 올려다보며 고민 깊은 날숨을 내쉬었다. 그가 보기에도 직원의 하소연이 틀린 말은 아니었다. 자세한 사정을 알려 주지 않고 장기간 매달리게 하기엔 처음부터 무리가 있었다. 특히 이번 작업은 직원과의 협업이 절대적으로 필요한 일이었다. 정 대표는 분열을 잠재우기 위해 내적 갈등을 지우고 기자를 보았다.

"예전에 한태영과 서유하의 불륜 스캔들을 좇은 적이 있었어. 제보를 받고 눈에 불을 켜고 달려갔는데 알고 보니 열애의 당사자는 그 동생들이었지."

"이 바닥에 그거 모르는 사람이 어디 있습니까. 한 의원 아들이 서유하고 바람났다고 취재 경쟁 벌이다 전부 골로 갈 뻔했었다면서요."

"그랬는데…… 오래전 그 스캔들이 사실이었다는 제보가 들어왔어."

정 대표의 대답에 기자는 코웃음을 흘리며 말을 잇지 못했다. 하도 어이없어 웃음인지 신음인지 모를 소리를 내다가 오만상을 찌푸리며 멱살잡이라도 할 듯 따지고 들었다.

"지금, 하…… 그러니까 지금 그 헛소리 때문에 몇 개월째 나를 물 먹인 겁니까?"

"제보자는 DS의 신혜원이고."

"DS? ……한태영 와이프요?"

벌컥 성을 냈던 기자는 그제야 눈을 회동그랗게 뜨고 목소리를 낮췄다. 제보자부터가 심상치 않았다. 기자는 신빙성이 꽤 높다고 느끼면서도 끝까지 경계를 늦추지 않았다.

"혹시 이혼하려고 루머 퍼트리는 거 아닙니까? 거기 지금 소송 준비하잖아요."

"그럴 수도 있지. 하지만 만에 하나 그 말이 사실이라면? ……우리로선 모험을 걸 만한 스토리야."

"어쨌든 그건 추측이고요. 사실을 따지자면 그 동생들이 결혼한 것보다 더 정확한 건 없을 겁니다."

"그들의 결혼이 진짜였을까? 알아보니 가까운 친척 중 누구도 그들 결혼식에 참석한 사람이 없었어. 심지어 결혼 후 양가 친인척 어른들께 인사를 드린 적도 없었다는 거야. 그들이 사는 세계에서 그게 가능하다고 생각해? 스캔들을 덮고자 그들을 서류로 묶어 놓고 가짜 발표를 한 건 아니었을까? 신혜원은 서담이 서유하와 한태영의 친자라고 주장하고 있어."

그럴 리 없다고 의심하던 기자는 경악하여 입이 위아래로 쩍 벌어졌다. 지난 몇 달, 혼자서 별별 상상을 다 해 봤지만, 스토리가 그런 식으로 흐를 거라곤 생각도 못 했다. 어떻게 그런 일이 벌어질 수 있는지 이해가 되지도 않았다. 기자는 놀란 가슴을 누르며 더듬더듬 반박을 해 봤다.

"하, 하지만 그 둘을 지키겠다고 애먼 동생들을 희생시켰다고요?"

"그 둘을 위해서가 아닌 집안과 개인적 영달을 위해 그런 짓을 벌였겠지. 서 회장은 실익보다 체면과 명예에 목숨 거는 사람이고, 한 의원은 야망이 남달랐으니까. 이 스캔들에서 제일 잔인한 게 뭔 줄 알아? 신 전무의 제보에 의하면 한태은은 그때 이미 불치 판정을 받았다는 거야."

"와……."

정신이 멍해 있던 기자는 그제야 사태의 심각성을 실감했다. 바로 직전까지 발끈했던 것도 잊고 오랜만에 기자 특유의 추리력을 발휘했다. 제3의 시각으로 앞뒤 정황을 훑어보니 흐름이 대충 맞아떨어졌다. 그는 날카로운 눈빛을 빛내며 정 대표에게 장단을 맞췄다.

"그러고 보면 죽은 서 회장이 서유하한테 주식 한 주 남기지 않았어요."

"주식이 뭐야, 10원 한 푼 남기지 않았어. 서유하가 보유한 재산은 모델 일을 하며 스스로 벌어들인 수익금이 전부였지. 예전부터 유통 쪽은 서유하한테 갈 거라는 소문이 자자했었는데 말이야. 그뿐인 줄 알아? 원래 그 집 장손, 태어나면서 일정한 재산을 증여받게 되어 있어. 서 회장은 물론이요, 요절한 서 상무의 아버지, 그리고 서 상무 역시 출생과 동시에 상당한 재산을 증여받았지. 그런데 서담, 그 아이는 땡전 한 푼 받은 게 없어. 서 회장이 보유했던 모든 재산은 오직 서 상무에게만 상속되었더라고. 증여 작업을 시작한 전 이사장의 재산 또한 마찬가지라는 소문이야."

"이거 가능성 있는데요. 만약 사실이라면 한바탕 시끄러워지겠어요. 대권 주자인 한 의원은 바닥까지 추락할 거고, 윤리경영을 내세운 대성그룹도 신뢰를 잃고 만신창이가 될 거라고요."

"그 모든 게 사실이 아니었다면 신혜원이 의부증이었던 거고. ……어때, 사정을 들으니 동기가 샘솟나?"

그새 피로를 싹 잊은 기자는 잔뜩 들뜬 얼굴이었다. 열의가 눈자위를 가득 메우고 한 건 터트리고 싶은 욕망을 숨김없이 드러냈다.

"유전자 검사 한 방이면 끝난다는 거죠?"

"한태영의 손톱과 머리카락은 신혜원에게 이미 받아 놓은 상태야."

"아이 것만 있으면 되겠네요. 이번 일이 잘되면 인센티브 주셔야 합니다."

"인센티브가 문제야? 대박 나서 광고 붙으면 퍼센트로 떼어 줄게."

이런 짜릿함은 실로 오랜만에 느껴보는 것이었다. 기자는 이제 그 어떠한 짓도 서슴없이 할 수 있을 것 같았다.

손잡이를 꽉 쥐어 관절이 하얗게 드러난 손이 바들바들 떨렸다. 다리에 힘이 빠지고 혈관을 도는 피가 급류해 열기가 시야를 덮었다. 가짜 결혼, 불치 판정, 서유하, 한태영, 그리고…….

'저 신혜원이에요. DS 신혜원.'

은근한 독기를 품었던 여자와 단번에 흔들렸던 서진하.

온갖 단어와 기억이 머리와 가슴을 공격해 멀미가 나올 것 같았다. 머릿속이 엉망진창으로 들쑤셔져 어떠한 이성적 판단도 불가했다. 창백한 뺨을 타고 묵직한 눈물방울이 투툭 떨어져 흘렀다.

수완은 이를 사리물고 눈물을 닦았다. 우선은 이곳을 벗어나 안전하고 외진 곳으로 도망치고 싶었다. 최대한 신경을 기울여 잡고 있던 손잡이를 천천히 놓았다. 처음 상태 그대로, 문은 소리 없이 헐겁게 닫혔다. 발뒤꿈치를 들고 몸을 틀었다.

하지만 다음 순간, 소스라치게 놀라 하마터면 소리를 낼 뻔하였다. 수완은 가슴을 움켜쥐었다. 놀람은 곧 아픔이 되었고, 아픔은 눈물이 되어 흘러내렸다. 불과 몇 걸음 떨어진 곳에서 아이가…… 담이가 두려움에 몸을 떨며 구슬 같은 눈물을 흘리고 있었다. 아이의 눈물이 한 방울씩 떨어져 내릴 때마다 시뻘건 인두가 살점을 지지듯 가슴이 에였다.

아니야.

네가 들은 건 사실이 아니야.

소리 낼 수 없는 수완이 손을 뻗었다. 가까이 다가가려 발을 떼는데 동시에 아이가 입술을 열었다. 아무런 소리도 내지 못하고 그저 입술만 벙긋거렸다.

미-안-해-요.

"……!"

입 모양을 정확히 읽어 낸 수완은 목덜미의 솜털이 올올이 곤두섰다. 모든 것을 처음부터 다 알고 있었던 듯한 저 표정. 예상치 못한 또 다른 반응에 충격이 해일처럼 밀려와 전신을 가격했다. 더는 다가가지 못하고 넋이 나간 얼굴로 담이를 바라보았다. 어느 날의 대화가 홀연히 머리를 스치고 지났다.

'……하지만 거기엔 고모랑 할머니가 사세요.'

'난 어디가 가고 싶은 게 아니에요.'

손끝과 발끝에 서리가 맺혔다. 저들의 대화가 사실일지도 모른다는 생각에 이대로 주저앉고 싶은데 계단 쪽에서 발걸음 소리가 울렸다. 점점 더 가까이.

"경호원하고 보모가 나와 있는 건 맞아?"

"확실해요. 그들보다 그 여자 혼자 있는 게 우리가 처리하긴 편할 거예요."

담이의 두 눈에 공포감이 어렸다. 핼쑥하게 얼어붙어 몸만 바들거리는 아이는 보기 애처로울 정도로 어깨를 움츠렸다.

담이를 보호하기 위해선 뭐라도 해야 했다. 수완은 이가 딱딱 부딪힐 정도로 몸을 떨면서도 무작정 계단 쪽으로 발의 방향을 바꿨다. 그런데 그 순간 아이의 두 눈에 안도의 빛이 반짝 떠올랐다. 시선은 수완의 어깨너머를 향해 있었다.

담이를 따라 고개를 돌리던 수완은 빠르게 다가온 크고 검은 그림자에 화들짝 놀랐다. 손에 힘이 빠져 들고 있던 케이스를 떨어트렸다. 헉 소리가 나오기 직전 커다란 손이 중간에서 그것을 정확히 받아 냈다. 수완은 진하의 얼굴을 확인하고 눈물이 울컥 차올랐다. 다행이다 싶기도 하였고, 고개를 돌리고 싶기도 하였다. 그가 낯설게 느껴졌다. 어떤 얼굴을 하고 그를 마주 봐야 할지 도통 모르겠다.

곧장 몸을 일으키던 진하가 무언가 발견하고 움칠하였다. 시선은 케이스 위에 붙어 있던 네임 스티커에 고정되어 있었다. 무슨 생각을 하는지 찰나 멍해졌던 그가 곧바로 이름표를 뜯어냈다. 스티커를 떼어 내는 그의 손에서 미세한 떨림이 감지되었다.

저들의 기척이 점점 크게 들려왔다. 극도의 긴장감에 수완은 숨도 쉬지 못하고 굳어 있는데 때마침 진하가 스티커를 깔끔히 처리했다. 쓰레기를 주머니에 쑤셔 넣고 문 앞으로 다가갔다. 손잡이를 잡기 전 수완과 담이를 돌아보는 두 눈에 걱정스러움과 미안한 감정이 복잡하게 얽혀 있다. 그러나 곧바로 고개를 돌렸고 요란한 소리를 내며 비상계단의 문을 열었다.

쾅 소리와 함께 철문이 닫혔다. 진하의 뒷모습이 시야에서 사라지자 수완은 머릿속이 실타래처럼 하얗게 번져 갔다. 담이는 여전히 제자리에서 꼼짝도 못했다. 수완이 달려가 안아 주자 아이는 달달 떨며 용서를 구했다.

"속여서 미안해요. 일부러 그런 건 아니에요."

"괜찮아. 괜찮아. 네가 사과할 일이 아니야."

수완은 아이의 등을, 머리를, 뺨을 쓸어 주었다. 눈물을 닦아 주고 발 빠르게 아이를 병실 쪽으로 이끌었다. 긴 복도를 정신없이 지나쳐 모퉁이를 돌았다. 듬성듬성 보이는 사람들 사이로 경호원과 보모가 파랗게 질린 얼굴로 헐레벌떡 달려왔다. 그들 외에도 여러 명의 경호원이 병원을 헤집고 있었다.

병원은 오찬이 열렸던 호텔에서 20분 정도의 거리에 떨어져 있었다. 진하는 조금 전 그 거리를 약 10분 만에 주파해 병원에 도착했다. 보모와의 통화에서 할머니의 지시로 경호원과 함께 병실을 비웠다는 대답을 듣고 난 후였다.

끝내 한태라에게 담이를 보여 주셨구나.

대충 내막을 알고 있어 한달음에 달려와 봤더니 담이가 없어졌다고 보모가 훌쩍거리고 있었다. 경호팀을 동원하고 직접 병원을 뛰어다녔다. 혹시나 하여 주말이면 인적이 뜸한 곳을 찾아 샅샅이 뒤졌다.

그리고 들려온 목소리에 진하는 좌절했다. 가장 가까운 곳에서 수완이 그들의 대화를 듣고 있었다. 자신의 과거가 그런 식으로 까발려졌다는 데에 노여워할 틈도 없이 연이어 담이가 목격됐다. 뒤이어 아이가 사과까지 하는 모습에 진하는 저들에게 가슴을 난도질당하는 것 같았다. 담이의 눈물과 수완의 절망이 그의 명치를 쪼아 댔다.

하지만 망연자실 서 있는 것조차도 그에게는 사치였다. 진하는 혼란을 진정시킬 새도 없이 연극에 나섰다. 우선은 저들로부터 담이를 보호해야 한다는 생각에 기척을 내고 문을 열었다.

뾰족한 수가 있는 것은 아니었다. 진하가 믿을 수 있는 건 저들이 자신을 알고 있을 거라는 가정과 누가 봐도 아이의 것으로 짐작되는 칫솔 케이스를 손에 들고 있는 것. 결정적으로 한태라가 오늘 병원에 왔었고, 모임에서 종종 마주친 한태라의 남편, 그가 자주 입에 올렸던 막내아들의 이름이 네임 스티커의 그것과 일치한다는 것이었다.

진하는 최대한 자연스럽게 비상계단 안으로 발을 들여놓았다. 6층에서 아래로 이어지는 계단의 중간쯤 남자 둘이 있었다. 문이 열리자 말을 멈춘 그들은 갑작스러운 진하의 등장에 긴장한 듯 보였다.

의사와 간호보조원.

그럴싸하게 갖춰 입은 모양새가 황당할 정도로 감쪽같았다. 언제부터 저런 식으로 담이의 주변을 맴돌고 있었던 것일까. 마음 같아선 이대로 몸을 날려 저들의 목을 졸라 버리고 싶지만 진하는 극한의 인내력을 발휘했다.

저들의 시선이 은근하게 자신에게 달라붙는 것을 모르는 척 칫솔 케이스를 만지작거리며 계단을 내려갔다. 손바닥에 식은 땀이 솟아났다. 혹시라도 저들이 이대로 지나칠까 신경이 곤두섰다.

"저기⋯⋯."

다행히 두 계단 정도를 앞두고 중년의 남자가 불쑥 앞을 가로막았다. 최고조에 이르렀던 긴장감이 정점을 찍고 스르르 내려섰다. 진하는 무슨 용무냐는 듯 남자를 보았다.

"안녕하십니까, 서 상무님. 정형외과 교수, 신일우라고 합니다."

"⋯⋯."

"담당은 아니지만, 소아정형외과를 전문으로 하고 있어 아드님뿐 아니라 이번에 같이 입원한 아이들을 함께 돌보고 있습니다."

"아, 그러시군요."

진하는 살짝 고개를 숙이며 남자에게 호응했다. 비록 최 원장은 진하의 동의 없이 누구에게도 서 회장 일가의 건강을 맡기지 못하게 되어 있지만 그런 것이 문제 될 리 없었다. 설사 남자가 자신을 대통령의 주치의로 소개한다 해도 진하는 기꺼이 속아 줄 용의가 있었다.

"6011호에 가려던 참이었습니다. 그런데 상무님께서 그런 걸 들고 내려오시니 아이가 혹시 5층에 갔나 하여⋯⋯."

남자는 진하가 손에 든 칫솔 케이스를 정확히 가리키며 얼버무렸다.

"방금 내려갔습니다."

"양치하기 싫어서 도망갔나 보군요."

지나던 사람이 본다면 진짜 이 병원 교수라고 착각할 만큼 남자는 친근하게 굴었다.

"시트를 교환하는 중입니다. 그사이 잠깐 다녀오겠다고 해서 엘리베이터에 태웠는데 양치시키는 것을 깜박했다고 하네요. 전해 주러 가던 길이었습니다."

"아…… 그런 거라면 이리 주십시오. 마침 거기 아이들도 봐야 하니 가는 길에 제가 전달하겠습니다."

남자의 연기는 수준급이었다. 진하가 주저하는 척하자 넉살 좋게 웃으며 청산유수로 부담되는 부분을 덜어 주었다.

"퇴근 전에 깁스 상태를 점검하러 왔던 것뿐입니다. 회진이 아니니 부담스러워 마십시오."

"……그러신 거라면."

적당히 머뭇거린 진하가 적당히 미안한 티를 내며 케이스를 내밀었다. 한태라의 아들이자, 한태영에게 조카가 되는 아이의 것을.

"부탁드리겠습니다."

"천만의 말씀입니다."

칫솔 케이스를 넘겨받는 순간 남자는 엄격히 표정을 관리하면서도 두 눈엔 승리감이 그득했다. 진하가 생각을 바꾸기라도 할까 봐 짧고 깍듯하게 인사를 건네고 직원과 함께 서둘러 계단을 내려갔다.

진하도 즉시 방향을 바꿔 끝까지 침착하게 계단을 올랐다. 이밖에도 해결해야 할 일이 산더미처럼 남아 있었다.

보모와 경호원들은 극성맞은 파파라치가 병원까지 잠입한 것으로 알고 있었다. 사람들의 뒤늦은 호들갑 속에서 담이는 그저 입을 닫고 침묵했다. 이런 상황 속에선 그것이 최선임을 이미 알고 있는 듯했다.

수완은 담이가 안쓰러우면서도 참을 수가 없었다. 아이가 무사히 병실로 들어가는 것을 확인하고 재빨리 그곳을 벗어났다. 진하 역시 담이의 반응에 충격을 받은 듯 보였다. 그가 돌아와 담이를 달래고 언제 어떻게 무엇을 알게 되었는지 대화를 나눌 때까지 기다릴 여유가 없었다. 수완은 지금 당장 확인이 필요했다.

수민에게 돌아가 가방을 챙겨 급하게 택시를 잡아탔다. 목적지를 밝히고 진이 빠진 몸을 시트에 기댔다. 라디오에선 진행자들이 재치 있는 입담을 빛냈지만 예민해진 수완에겐 아무것도 들려오지 않았다.

'……한태은은 그때 이미 불치 판정을 받았다는 거야.'

잊을 수 없는 한마디가 속을 어수선하게 휘저었다. 수완은 진저리를 치며 거칠게 도리질을 하였다. 그런 일은 있을 수가 없다고 강하게 부정하며 억지로 생각을 떨쳐 냈다. 그러자 이번에는 병원으로 오는 차 안에서 현우가 했던 말이 번뜩 떠올랐다.

'서진하 그 사람, 한태은이 네 친구라는 걸 모르는 거 같아.'

목구멍이 알알해져 빠듯하게 조여드는 느낌이었다. 오늘, 보란 듯이 현우의 그 말을 무시했다. 자신과 태은의 관계를 그 사람이 모른다는 게 말도 안 된다고 생각했다.

그에게 과외를 받았던 시절, 수완은 언제나 살얼음판 위를 걷듯 모든 것이 조심스러웠다. 부모님께조차 그에게 과외받고 있다는 사실을 밝히지 않았듯, 그 앞에서도 사소한 잡담은 일절 삼갔다. 혹시라도 말실수하여 중간에 과외를 못 하게 될까 봐 입 한 번 떼는 데 수십 번의 고민을 해야 했다.

그나마 편안히 대화를 나누기 시작한 건 수완이 대학에 입학하면서부터. 그가 휴가를 나오면 제법 많은 얘기를 나누곤 했지만 당시 태은은 유학 중이었기에 특별히 언급할 내용이 없었다. 제일 친한 친구가 미국에 있다고 밝혔던 것 외에는.

그래도 당연히 아는 줄 알았다. 애초에 과외는 태은의 부탁으로 시작된 것이라 하지 않았던가. 태은은 분명히 그렇게 말했다.

가슴이 죄어들었다. 너무나 혼란스러운데, 남자들의 대화와 담이의 반응이 믿기지 않는데, 그 와중에 부분적으로 아귀가 딱딱 맞아떨어져 무섭기까지 하였다.

어제 그 사람이 중요하게 할 말이 있었다는 게 이와 관련한 일이었을까?

수완은 떨리는 두 손을 맞잡고 창밖을 내다보았다. 택시는 토요일 오후, 뻥 뚫린 도심의 차도를 쾌속으로 내달리고 있었다.

◆

전 여사는 담이에게 가 보기 위해 부리나케 채비를 마치고 신발을 신었다. 늙어서 굼떠진 줄 알았던 심장이 두근두근 방망이질을 해 댔다.

한태라가 담이를 한 번만 보여 달라고 사정을 해 온 게 벌써 3년이 넘었다. 아비라는 놈도 단 한 번 전화를 해 오지 않는데 지치지 않고 조카를 기억해 주는 것이 딴에는 고마웠다. 버티고 버티다 인정에 흔들린 건 딱 한 번. 때맞춰 이런 사달이 벌어질 거라곤 짐작도 못 했다. 나쁜 것들이 어슬렁거리는 줄도 모르고 한태라에게 몰래 보여 준다며 담이에게서 경호원과 보모를 떨어트려 놨으니.

늙으면 얼른 죽어야 한다는 그 말이 하나 틀린 것 없다고 자조하며 전 여사는 급하게 걸음을 떼었다. 현관문이 열리기 시작하자 메마른 바람이 서늘하게 불어와 웨이브진 은발을 살랑살랑 흔들었다. 그리고 문이 활짝 열렸을 때 전 여사는 현관을 나서지 못하고 놀란 눈으로 정면을 응시했다.

시푸른 하늘을 배경으로 잠자리가 한가로이 날아다니는 정원 한가운데, 수완이 있었다. 급하게 달려오다 멈췄는지 호흡이 거칠고 어깨 아래서 물결치는 머리카락은 바람에 헝클어진 상태였다. 눈물 자국이 남아 있는 눈가, 핏기 없는 안색.

"어느 날 문득 다른 이유가 궁금해지거든 언제든 물어보라고 하셨습니다. 그래서 여쭙습니다. 왜 갑자기 제 앞에 나타나 그런 제안을 하셨던 겁니까?"

가까이 다가와 던지는 결정적 물음.

아, 이 아이가 알아 버렸구나. 전 여사는 지금의 상황을 안타까워해야 할지, 차라리 다행이다 안도해야 할지 갈피를 잡지 못했다. 과거 소극적이었던 자신이 원망스러울 뿐이었다.

"들어오너라."

전 여사는 회한의 빛을 띠며 다시 안으로 들었다. 수완을 데리고 향한 곳은 전 여사 자신만을 위해 조그맣게 꾸며 놓은 서재였다. 평소 얘기를 나누는 곳이 아니라 왜 이리로 온 건지 궁금해할 만도 하건만 수완은 입을 닫고 잠자코 지켜보고만 있었다.

전 여사는 문갑 깊이 넣어 놨던, 비단에 싸여 있는 물건을 꺼내 와 수완에게 앉기를 권했다. 수완이 마주 앉자 겉싸개를 풀어 그 안에 있던 물건을 조심히 내주었다. 풍성한 수국과 초록의 잎사귀가 싱싱한, 여름을 떠올리게 하는 표지의 일기장이었다.

감정 없이 그것을 바라보던 수완이 묵언을 깨고 짧게 숨 들이쉬는 소리를 내었다. 그것이 누구의 것인지 정확히 알고 있는 반응이었다.

"……이것을 내가 보관하게 된 건 우연한 일이었다."

사용감과 세월의 흔적을 고스란히 품고 있는 일기장. 그것을 한 번 내려다본 전 여사는 최대한 있었던 사실만 전달하려 애썼다. 기억하는 것조차 버겁고 힘겨운 지난 8년간의 세월을.

"나는…… 우리 회장님의 의견에 찬성하진 않았지만, 그 양반의 뜻을 꺾을 힘도 없었지. 어여뻤던 손녀가 미혼모가 되고, 듬직했던 손주가 속수무책 제 인생을 빼앗기는 걸 무책임하게 지켜보기만 하였다."

수완의 얼굴에 절망이 흘렀다. 내가 알고 있는 그것이 정말 사실이었냐고 되묻는 듯하였다.

"내가 할 수 있는 건 회장님 곁을 떠나 베른으로 쫓겨난 유하에게로, 반강제적으로 쫓겨난 진하에게로 번갈아 따라다니는 것이 전부였다. 1년이란 시간이 우습도록 빠르게 흐르더구나. 그러다가 어느 날, 태은이란 아이가 떠오른 거야. 그래도 우리 집이랑 엮여 있는 아이인데, 많이 아프다 들었는데, 인두겁을 썼으면 한 번쯤은 들여다보는 것이 도리라고 생각했다. 진하에게 들렀다 다시 베른으로 가기 전 샌프란시스코에 있다는 요양원을 찾아갔지. 그곳에서 그 아이가…… 홀로 죽어 가고 있더구나."

주름진 눈가에 누구를 위한 것인지 모를 눈물이 맺혔다. 모든 것이 안타까웠지만 짧은 생이 스러지는 것만큼 전 여사에게 아픈 것은 없었다. 젊고 건강했던 아들을 허무하게 보내야 했기에 더 그런 것일 수도 있었다.

그 아이에게 무슨 말을 건네야 할까. 요양원으로 가는 내내 고민이 많았다. 그것이 얼마나 쓸데없는 걱정이었는지는 요양원에 도착해서야 알게 되었다. 아이는 이미 한 달 전 혼수상태에 빠져 인공호흡기만으로 생명을 연장하고 있었다. 내내 곁을 지키던 환자의 언니가 약 2주 전, 아이들 때문에 본국으로 돌아가고 이후로는 누구도 찾아오지 않았다고 그곳의 간호사가 귀띔해 주었다.

가슴이 미어져 자신도 모르게 그 아이의 손을 잡았다. 작고 예쁘장한 아이였다. 뼈마디가 튀어나올 정도로 마른 손이 대번에 전 여사를 눈물짓게 하였을 만큼. 그대로 놔둘 수 없어 근처 호텔에 숙소를 잡았다. 생각해 보니 한국은 보궐선거가 한창이었다. 아이의 모친은 그 선거가 끝나야만 올 수 있을 것 같았다.

전 여사는 며칠만이라도 그곳에 머물고 싶었다. 어른들의 이기심에 그리 쓸쓸하게 있는 아이의 곁을 잠시나마 지켜 주고 싶었다. 아이의 옆에서 책을 읽고, 물수건으로 손과 발을 닦아 주고, 날씨가 좋다며 말을 걸었다. 그리고 사흘째 되는 날 아침, 아이는 전 여사의 손을 잡고 짧았던 생을 조용히 마쳤다. 갓 20대 초반. 반짝하고 사라진 짧은 인생이 아까워 한참을 울었다. 먼저 가 버린 아들이 떠올라 더더욱 힘들었다.

"그곳을 떠나기 전, 마지막으로 그 아이가 지냈던 병실에 들렀다 침대 옆에 떨어져 있던 그것을 발견했다. 간호사가 물건을 정리하다 빠트렸는지 빈방에 그거 하나만 남아 있더구나."

전 여사는 하염없이 눈앞을 가리는 눈물을 훔쳤다.

수완은 얼이 빠진 얼굴로 뚫어지게 태은이 남긴 유품을 바라보고 있었다.

"일기를 네게 전달하는 문제는 나에게 크나큰 고민이었다. 수백 번 들여다보아도 이것은 너에게 전달되어야 할 유품인데 그것이 과연 너를 위한 일일까. 아물고 있는 상처를 들쑤셔 오히려 덧나게 하는 것은 아닐까. 차라리 아무것도 모르는 게 낫지 않을까. 아무리 생각해도 가늠되지 않았다. 그 안에 너무 많은 내용이 들어 있는 것 역시 나한테는 부담이었지. 그렇게 망설이다 보니 시간은 흘렀고, 그런데도 진하는 너를 잊지 못하고……."

전 여사는 눈물이 앞을 가려 말을 잇지 못했다. 손수건으로 눈물을 닦아 내고 호흡을 가다듬었다.

"미안하구나. 몇 번을 사죄해도 부족할 테지만 수민이의 병을 악의적으로 이용할 생각은 없었다. 다만 모든 것이 엇갈린 상태에서 너희한테만이라도 기회라는 것을 만들어 주고 싶었어. 정말로 인연이 아닌 거라면 내가 무슨 짓을 해도 너희는 끝내 갈라설 거라고 생각했다. ……더는 말하지 않으마. 편안히 있다가 나오려무나."

전 여사는 아무런 말도 하지 못하는 수완을 놔두고 조용히 방을 나가 문을 닫았다.

홀로 남은 방 안, 수완은 주체할 수 없이 덜덜 떨리는 손을 일기장으로 가져갔다.

'어느 날 갑자기 일기가 쓰고 싶다. 그럼 저 예쁜 걸 펼쳐서 무조건 쓰는 거지.'

고구마말랭이를 씹으며 허세 가득 종알대던 목소리가 어제의 일인 듯 선연히 되살아나 귓가를 울렸다.

'인생 뭐 별거 있냐. 그냥 내킬 때 하고 싶은 거 하면서 살면 되는 거야. 일기 쓰는 게 어려운 것도 아니고.'

보느냐 마느냐의 문제가 아니었다.

우리가 어디서부터 어떻게 엇나가기 시작한 것인지.

태은이 너에게.

서진하 그 사람에게.

내가 모르는 무슨 일이 있었던 것인지, 수완은 알고 싶었다.

13. 나에게 넌

20XX년 3월 26일

나 서운해.

오늘 너희 집에 전화했었어. 어머니가 너 도서관에 공부하러 갔다고 하시더라.

주말인데 공부를?

너답다고 생각하며 쫓아갔었어. 가서 서프라이즈 하려고 했는데.

도대체 그 남자 누구야?

요새 나랑 안 놀아 준 게 그놈 때문이었어?

너 걔랑 사귀어? 어느 학교, 몇 학년, 몇 반, 이름이 뭔데? 어디서 어떻게 만났는데!

……다 됐고.

네가 언제쯤 나한테 사실대로 말하나 지켜보겠어.

그런데 걔, 이상하게 낯이 익다.

20XX년 4월 3일

그러니까 걔가 서진하였단 말이지?

네가 이동재랑 대판 싸운 날 밥 사 주면서 과외를 제안했던 거고.

별것도 아니구만, 왜 나한테 그런 말을 안 해 주는 건데? 너한테 일어난 일들을, 내가 왜 스토커처럼 몰래 숨어서 엿들어야 하냐고!

난 너한테 비밀이 없단 말이야.

20XX년 5월 10일

아, 낯선 놈에게 딸을 빼앗긴 홀어머니의 마음이 이러할까?

엄마 친구 중에 아저씨랑 사별하고 딸 하나를 남편처럼 의지하며 사신 이모가 계시거든. 딸이랑 여행가고, 같이 영화 보고, 함께 쇼핑하는 낙으로 사시는 분인데, 어느 날 그 집 언니가 결혼한다고 했을 때 그렇게 싫어하시더라고.

하도 기가 막혀 엄마한테 내가 그 이모 욕을 좀 했지. 왜 저렇게 쿨하지 못하냐고. 저러다 딸 인생 망칠 것 같다고.

이모, 아무것도 모르고 막말해서 미안해요.

그 심경, 이제 나도 알 것 같아요.

하나밖에 없는 친구가 남학생한테 정신이 팔려 미친 듯이 공부만 하네요.

난 서운하고,

그놈이 그렇게 싫고,

또…… 이상하게 외로워요.

20XX년 6월 20일

네가 공부를 열심히 하는 게 싫은 건 아니야.

나는 그냥 네가 나보다 걔한테 더 신경 쓰는 거 같아서 서운했어. 그래도 허튼짓 안 하고 공부만 하니까 나도 수능 끝날 때까진 참아 보려고.

사실 저번에, 도서관에서 너 감시하다가 서진하랑 눈 마주쳤었다. 팍 짜증이 나서 걔를 노려보고 있었는데 하필 그때 눈이 딱 마주친 거야. 들켰구나 싶어서 얼마나 놀랐는데.

웃긴 건 걔가 나를 못 알아보더라고.

그냥 도서관을 오가는 수많은 학생 중 하나로 생각하는 거 같았어.

이봐요, 나 여섯 살 때 댁이랑 만난 적 있거든요?

당시 고만고만한 꼬맹이가 너덧은 있었고, 나도 저번에 너를 못 알아봤지만 어쩜 사람을 그렇게 사물 보듯 쳐다보고 넘기실 수 있나요? 내가 그쪽 째려보고 있었던 거 정말 못 느낀 거예요?

참고로,

내가 이쯤에서 물러서기로 한 건 몰래 쫓아다니다가 들킬 뻔해서가 아니야. 아주 많이 서운하지만, 그냥 모르는 척 참기로 한 진짜 이유는……,

이수완, 너 걔 좋아하지?

부끄러워서 나한테 말도 못 하고 혼자서 끙끙거리는 거지?

네가 그런 표정을 지을 수 있다는 데 충격받았어.

우리 수완이, 대학 가면 나보다 먼저 남자 친구 사귀겠구나.

20XX년 1월 12일

내가 입학 허가서 못 받은 건 당연한 거 아니야?

아빠는 왜 그런 거로 나한테 화내시는지 모르겠어.

난 미술에 소질도 없고, 학위를 꼭 받아야 하는 건지도 모르겠고, 미국엔 가고 싶지도 않아.

내가 정말 하고 싶은 건 바리스타 자격증 하나 따서 동네에 작은 카페를 차리는 거야. 내 특제 샌드위치와 쿠키도 만들어 팔고, 단골이랑 수다도 떨고, 파스타를 잘하는 남자랑 연애도 하고. 너 대학 졸업할 때까지 내가 먼저 돈 벌어서 맛있는 것도 많이 사 주고.

왜 우리 아빤 이런 나를 이해하지 못하시는 걸까?

용기 내서 한번 말해 보라고?

우리 집 계속 분위기 살벌해. 오빠랑 새언니 별거 문제로 엄마랑 아빠가 아직도 골머리를 앓는 중. 우리 오빠 공부 빼고 잘하는 게 없는 것 같아.

믿을 수가 없다.

내가 이렇게 성실히 일기를 쓰다니.

너 때문에 서운해서 쓰기 시작했던 게 요즘은 스트레스 해소용으로 잘 쓰고 있어. 조금 전까지만 해도 별생각이 없었는데 일기장도 캐리어에 넣어야겠다.

거듭 말하지만 나 정말 미국 가기 싫어.

20XX년 5월 19일

뭐? 좋아하는 선배가 생겼다고?

웃기고 있네.

걔가 누군지 내가 모를 것 같아?

기다려. 내가 입학 허가서만 받으면 당장에 쫓아가 진상의 정수를 보여 주겠어.

20XX년 8월 27일

드.디.어.

내가 피똥 싸며 입학 허가서를 받은 이유는 단 하나뿐이야.

나 다음 주에 한국 간다!

20XX년 9월 6일

공항에서 쓰러졌음.

온갖 검사 다 받았는데 병원 옮기고 처음부터 다시 시작.

느낌이 좋지 않음.

20XX년 11월 14일

이번이 다섯 번째 병원.

엄마는 아무 말도 안 해 주고 나도 지쳐 감.

이제 너한테도 솔직하게 털어놔야 할까?

괜찮다는 진단받으면 하려고 했는데, 생각해 보니 세 번째부터 슬슬 포기하고 있었어.

별로 걱정은 안 돼.

이미 투병을 해 봐서 그런지 또 하라면 할 수도 있을 것 같아. 무엇보다 그렇게 되면 한국에 계속 있을 수 있겠다 싶어 한편으론 위로도 돼. 이 기회에 아빠가 나에 대한 욕심을 접으셨으면 좋겠어.

참, 우리 집에 뭔 일 생긴 것 같아.

우리 아빠, 뇌물 받다가 들키신 건 아니겠지? 혹시 우리 아빠 뉴스 같은 데 나오시지 않든?

왜 나한텐 아무도 말을 안 해 주는 건데!

20XX년 12월 4일

핸드폰을 빼앗긴 지 20일째.

집에 전화가 사라진 걸 발견한 지 20일째.

갑자기 퇴원해 간호사를 집으로 부르기 시작한 지 20일째.

우리 가족이 한날한시, 내 앞에 한꺼번에 나타난 건 얼마 만인지 추정 불가.

엄마한테 물었어.

"나 죽어?"

농담으로 물었는데 엄마가 눈물만 글썽이시는 거야. 그래서 또 물었지.

"나 죽냐고!"

화가 나서 내지른 그 말에 엄마도, 아빠도, 심지어 언니와 오빠까지도 아무 말을 안 해.

수완아, 이번엔 내가 정말 죽을지도 모르겠다.

20XX년 12월 15일

아, 수완아.

내가 정말로 죽는 거라면 차라리 지금 이 순간, 바로 이 자리에서 눈을 감았으면 좋겠어. 나는 왜 하필 이런 시기에 아파 그런 말도 안 되는 일에 동원되어야 하는 것일까.

오빠가 사고를 쳤어. 그것도 서진하네 누나랑.

아니, 그런 게 아니야.

그 언니한테 곧 이혼한다고 말해서 결혼을 전제로 사귀다가 아기까지 생겼대. 그런데 새언니도 임신 중이었거든.

한태영 미친 것 같아.

설마 아빠가 진짜 그런 말도 안 되는 일을 벌이시진 않겠지?

……더는 쓸 기운도 없다.

참, 나는 지금 한국이야.

20XX년 12월 21일

믿을 수가 없어서 언니한테 물었어.

"서진하가 정말 그렇게 하겠대?"

"싫어도 어쩌겠어. 회사 주식 떨어지면 누가 손해 보는 건데. 어차피 지가 다 물려받을 거."

"이상하다. 싫다고 해야 하는데……."

"곧 제대라며. 그제 휴가 나왔다고 해서 슬쩍 가 봤더니 멀쩡한 얼굴로 잘만 돌아다니더라. 걱정하지 마. 내가 어떻게든 막아 볼게."

언니는 최대한 나를 안심시키려 했지만 내 눈을 속일 순 없어. 아빠한테 반항하다 맞았는지 뺨이 심하게 부어 있더라고. 시집간 딸한테 손찌검을 하시다니.

난 화가 났어. 대책 없는 아빠랑 오빠한테도, 아무것도 하지 않는 서진하한테도. 나야 어차피 죽을 목숨, 불쌍한 아기를 위해서라면 무엇이든 할 수 있지만, 상대는 이수완의 서진하였으니까.

싫다고 하지.

어른들이 이상한 생각 못 하시게 너를 좋아한다고 밝히고 멀리 멀리 도망가 버리지. 서진하는 어떻게 그리 쉽게 너를 포기할 수 있을까. 그의 마음이 너처럼 깊지 않다는 게 나는 너무너무 화가 나.

20XX년 1월 9일

어떻게 하면 네 마음에서도 서진하를 지울 수 있을까?

난 막을 힘이 없어. 네게 이 모든 걸 솔직히 고백할 용기도 없어. 몸에서 비정상적인 백혈구가 마구잡이로 증식해 내 면역력을 떨어 트리더니 자신감도 같이 잡아먹히고 말았나 봐.

웃기지? 나도 용기 내지 못하면서 자꾸 서진하를 원망하게 돼.

그 사람은 정말 너를 포기하려는 걸까?

차라리 네가 서진하를 꼴도 보기 싫을 만큼 경멸하게 되었으면 좋겠어. 까다롭지만 한 번 마음을 주면 미련하게 끝도 없이 퍼 주는 너의 그 마음이 얼마나 오래 갈지…….

나는 상상도 하고 싶지 않다.

20XX년 1월 23일

끔찍해.

오빠가 저지른 일로 아무 상관없는 네가 날벼락을 맞아야 한다니.

아무리 생각해도 방법은 하나밖에 없어.

원래 첫사랑은 이루어지지 않는다고들 하잖아. 이런 일이 없었다 해도 서진하는 앞으로 네가 사귀게 될 몇몇 남자 친구 중의 하나였을 거야. 그러니까 수완아,

잊어.

아파도 흘려보내.

연이 아니었다고 생각해.

이대로라면 서진하는 평생 전처 아이 딸린 사별남 꼬리표를 달고 살아야 해. 첫사랑이 이루어진다 해도 그건 아니지. 너 그런 거 제일 싫어하잖아.

차라리 혹독하게 아프고 빨리 벗어나.

20XX년 2월 2일

죽는 게 뭔지 모르겠어.

어릴 때부터 종종 마지막 순간을 상상해 보곤 했는데, 막상 때가 왔다고 생각하니까 실감도 안 나고, 조금은 억울하기도 하고. 모든 게 혼란스러워.

하루가 다르게 변해 가는 안색을 가려 보기 위해 질게 화장을 해 봤어. 그랬더니 인상이 달라지는 거야. 나는 다른 사람이 된 것 같았어. 그러니까 너한테 그리 심한 말을 마구 퍼부을 수 있었겠지.

솔직히 말하자면 나는 무슨 말을 했는지 기억도 안 나.

그리고 이번에도 느꼈지만, 역시 너는 헛똑똑이야. 내 어설픈 거짓말을 어떻게 의심 한번 안 하고 받아들일 수 있어?

……아니다.

미안, 생각이 짧았네.

말하는 사람이 나였으니까.

그래서 넌 그 급조한 얘기도 의심 없이 믿었을 텐데.

나, 잘한 걸까?

저지를 땐 이게 최선이라고 생각했는데 돌아서는 순간부터 자꾸 의구심이 들어.

오늘이 마지막 외출이었어.

몰래 나갔다 왔더니 아빠가 얼마나 화를 내시던지. 방문 밖에서 문을 잠그고 경호원을 고용하셨어. 답답하긴 하지만 사나흘 얌전히 있으면 집 안은 돌아다닐 수 있게 해 주실 거야.

남들이 보면 내가 사고 친 줄 알겠다. 사고를 친 건 오빠고, 일을 만들고 있는 건 아빠면서.

그나마 네 얼굴이라도 보고 왔으니 다행이라고 생각해야 할까.

내가 또 너를 볼 수 있을까?

나는 요즘, 고등학생 때로 돌아가고 싶어.

20XX년 2월 8일

내가 너한테 무슨 짓을 한 걸까?

오늘 서진하가 찾아와서 오빠를 피범벅이 되도록 두들겨 팼어. 너를 포기하고 있는 줄 알았더니 이 일을 해결해 보려고 몰래 도망쳐 누나한테까지 갔었다나 봐.

나중에 들어 보니까 서유하는 오빠의 배신에 힘들어하다가……. 서진하가 누나를 병원으로 옮겨서 간신히 살린 것 같아.

수완아,
나에게 네가 세상의 전부였던 것처럼
어쩌면…… 서진하 그 사람한테도 네가 세상의 전부였는지도 모르겠다.

20XX년 2월 26일
공항으로 가고 있어.
제발 전화 좀 받아 줄래?
혹시 내 번호 차단한 거야?

20XX년 1월 19일
가까이에서 파도 소리가 들려.
여기는 샌프란시코에 있는 요양원이야. 바람이 많이 불어서 그런지 파도 소리가 유난히 크게 들려오는 곳이지.
누군가 그랬어. 여름은 젊음의 계절이라고. 그래서 나는 여름을 떠올리게 하는 이 일기장이 유독 마음에 들었었나 봐. 내가 무사히 성인이 될 수 있을까, 어렸을 때부터 항상 궁금했거든.

이 일기장의 표지처럼 나는 지금 여름을 살고 있어. 인간의 삶 중에 가장 화려하고, 싱그럽고, 건강한 시절. 고등학교에 입학하면서 나는 무사히 봄을 지나 인생의 여름에 진입했다고 기뻐했어. 아름다운 여름을 무사히 살아 내고 중년의 가을과 노년의 느긋한 겨울을 맞이하고 싶었어.

그런데 수완아.

나는 여름을 제대로 느끼지도, 즐기지도 못하게 될 것 같아. 병이 한순간에 재발했고, 나름대로 살려 보려 노력했던 부모님은 이제 내 죽을 자리마저 정해 주셨어. 그래도 호적상으로나마 누군가의 짝이 되었으니 다행이라고 생각하는 눈치셔.

왜 내 생각은 묻지도 않으시고 내가 그나마 덜 불쌍한 거라고 마음대로 결정해 버리시는 걸까. 가장 가까운 사람이 가장 큰 상처를 준다는 그 말이 너무 정확해서 무서워. 나 또한…… 너한테 가장 큰 상처를 주었을 테니까.

바보같이 나는, 우리 부모님처럼 혼자만의 생각으로 오판하고 엄청난 짓을 저질렀어. 네게 씻을 수 없는 상처를 주었고 서진하를 천하의 몹쓸 놈으로 만들었어. 그렇게 하면 네가 덜 힘들 거라고 믿었는데 도리어 평생 지울 수 없는 상처를 입혔다는 걸 이제는 알 것 같아.

내가 겨우 스물한 살이라는 게 분해. 만약 서른한 살이었다면 조금 더 현명한 생각을 할 수 있지 않았을까.

서진하는 너를 좋아하고, 나도 너를 좋아하는데 우리가 연적이라니.

우리가 어떻게 연적이 될 수 있어?

나는 너를 만나고 학교에 다니고 싶어졌어. 내가 결혼할 수 있을지 줄곧 회의적이었지만 네가 결혼하는 모습은 보고 싶었어. 네가 남편과 싸우면 같이 욕해 주고, 옆에서 이혼하라고 부추기고, 눈치 봐서 화해하라고 다독이고.

누군가의 진정한 친구가 된다는 건 멋진 일이었어. 가족보다 더 가족 같았던 나의 친구. 그런 친구에게 나는 어떻게 용서를 빌 수 있을까.

내가 한 번만 더 일어나 너를 찾아갈 수 있다면.

네가 한 번만 더 나를 기적적으로 찾아와 준다면.

제발, 전화만이라도 받아 준다면.

네가 겪고 있는 그 아픔이 부디 여름철 한순간에 지나는 폭풍이었다 여겨 준다면.

수완아…….

나는 더 이상 펜을 들 수 없을 것 같아.

어느새 어둠이 내려앉은 창밖.

마지막 장을 넘긴 수완은 그대로 덮지 못하고 가슴에 일기장을 꼭 끌어안았다. 쉴 새 없이 눈물이 흘렀다. 기력이 없었는지 마지막 장의 흔들린 글씨체가 무자비하게 가슴을 할퀴고 상처를 내었다.

괜찮다고 말해 주고 싶은데, 다 털고 다시 함께 웃고 싶은데 그럴 수 없는 현실이 잔인하고 무서워 속이 녹아내렸다.

혼자서 그런 일을 겪은 것도 모르고 때때로 너를 질투까지 하였으니.

그렇게 쓸쓸히 혼자 가도록 내버려 두었으니.

미안해. 미안해…….

최후의 순간까지 편하지 못했을 그 마음이 느껴져 온몸이 아팠다.

깔깔거리던 태은의 상쾌한 웃음소리가 귓전을 메워 수완을 하염없이 울게 하였다.

서재의 문이 열리고 뒤이어 얌전히 닫히는 소리가 거대한 저택의 적막을 갈랐다. 눈자위가 짓무르고 코끝에 붉은 기가 도는 수완이 조용조용 복도를 걸었다. 인기척을 들었는지 안성댁이 걱정스러운 얼굴로 쫓아왔다.

"괜찮으세요? 이사장님께서……."

"이사장님께는…… 다음에 찾아뵙겠다고 말씀 전해 주세요. 부탁드립니다."

수완은 안성댁에게 인사를 건네고 현관을 나섰다.

가슴이 답답했다. 기진맥진하여 지친 몸이 흐느적거렸다. 밖으로 나오자 차가운 공기가 일시에 들러붙어 모골을 서늘하게 하였다. 날숨을 내쉴 때마다 하얀 입김이 옅은 서리가 흩뿌려지듯 밤공기 속으로 퍼져 나갔다.

만신창이가 되어 버린 하루의 끝자락, 온갖 감정이 두서없이 들끓어 어디다 대고 이 원망을 터트려야 할지 모르겠다. 수완이 힘없이 정원을 걷는데 시야에 누군가의 다리가 들어왔다. 질 좋은 가죽 구두와 잘 재단된 슈트가 눈에 익었다. 그대로 시선을 쭉 훑어 올라가자 언제 왔는지 말없이 서서 이쪽을 지켜보고 있는 진하가 있었다.

밤은 아니지만 해가 떨어져 이미 어두워진 사위. 어둠을 밝히는 정원등 불빛 속의 그는 야위고 까칠해 많이 지친 모습이었다. 수완은 그래서 더 격분했다. 자글거리던 부아가 저 아래서 훅 끓어올라 일시에 거대한 폭발을 일으켰다.

둘 중 하나는 나한테 진실을 말해 줬어야지. 이제 와 그런 게 아니라고 말하면 나는 뭐가 되는 거냐고. 아무것도 모르고 8년이나 끌어 왔던 내 가슴앓이는? 당신한테 퍼부었던 그 모진 말들은? 죽어 가는 친구의 전화를 끝내 거부했다는 이 죄책감은? 왜 너희만 알고 나는 몰라야 했는데!

수완은 휘몰아치는 분노에 무작정 가슴을 내맡겼다. 지금 느끼는 이 쓰라린 고통을 잠시 지나는 여름철 폭풍처럼 여기라는 태은의 말대로. 남아 있는 아픔을, 쓰린 상처를, 시린 원망을 예측할 수 없으나 수명이 짧다는 악천후 속으로 전부 날려 버리고 싶었다.

"나 좋아했어요?"

수완이 물었다. 평범한 질문이 아닌 거의 싸움을 거는 듯한 말투였다. '어.' 라고 답하는 순간 비난의 화살을 무차별적으로 쏘아 낼 태세였다.

"옛날에, 우리 과외 했을 때 나 좋아했던 거냐고요?"

"……그 전부터."

수완의 격앙된 어조에 진하는 솔직함 외의 대응할 무기가 없었다. 이렇게까지 터져 버린 마당에 무엇을 걱정하고 무엇을 주저할까. 오후에 만나서 차분히 설명하고 싶었던 얘기가 이런 식으로 밝혀져 유감이긴 했으나 그렇다고 누구를 원망할 마음은 없었다. 지금은 수완이 묻는 대로 솔직히 답하는 것만이 순리고 진리였다.

"처음부터 이동재한테 관심 없었어. 너 보러 갔었던 거야, 너희 집에. 나는 이수완이 보고 싶었고, 이동재가 아닌 이수완의 집에 놀러 간 거였고, 이수완을 위해 꾸역꾸역 배달 음식 시켜 먹은 거였어. 너 후배 만들어 곁에 묶어 두려고 과외 제안했었고, 나 군대 갔을 때 다른 놈 만날까 봐 수시로 전화해 감시했던 거였어."

"그런데 왜 고백 안 했어요?"

수완은 곧바로 따지고 들었다. 음성이 어찌나 신랄한지 어둠에 둘러싸인 정원을 차갑게 얼려 버릴 기세였다.

"내가 티 많이 냈잖아요. 나도 당신 좋아했어요. 내가 좋아했다는 거 설마 몰랐다고 할 건가요? 당신이 하도 철벽을 치기에 내가 먼저 고백하려고 했었다고요. 한 번만 만나 줬으면, 제대하고 나를 한 번만 만나 줬으면!"

수완의 목소리가 갈수록 커지다 끝내 버럭 소리를 질렀다.

"그때 왜 전화 안 받은 거예요? 왜 말도 없이 그렇게 떠났던

436

건데요!"

하지만 그 정도로는 성에 차지 않아 젖 먹던 힘을 다해 기칠
게 그를 밀쳐 냈다. 그가 꿈쩍도 안 하자 화르르 분개해 급한
대로 주먹을 쥐고 그의 가슴을 퍽퍽 내리쳤다.

"당신이 먼저 접근했잖아. 춥고 허하고 아팠던 나를, 감싸 주
고 밥도 사 주고 공부도 가르쳐 줬잖아! ……왜 고백 안 했어?
나는 배신을 당했는데, 왜 원망하지도 따지지도 못하게 했어!"

수완은 숨을 헐떡거리면서도 분을 참지 못했다. 눈물은 주
르륵 흐르고 목은 갈라져 쉿소리를 내었다.

"내가 당신 기다렸다고. 그 추운 날 코트 입고 구두 신고! 당
신한테 잘 보이겠다고 온몸이 꽁꽁 얼어서! 바보같이 당신을
기다렸다고!"

빨갛게 달아오를 정도로 진하를 강하게 내리치던 주먹은 시
간이 갈수록 힘을 잃었다. 봇물이 터지듯 눈물이 흘렀다.

혼자만 아픈 줄 알았다. 떠나간 이들은 행복하고 남겨진 나
만이 아팠던 거라고 믿어 왔다. 그런데 모두가 불행했다고 말
을 한다. 온갖 비난에도 입 한번 벙긋하지 않았던 이 사람은,
그렇게 홀연히 가 버린 태은이는 도대체 어떤 세상에서 얼마나
아파하며 살았던 것일까. 모두가 애잔하고 안타까워 수완은 눈
물을 멈출 수가 없었다.

그런 수완을 진하가 조심히 끌이인았다. 작은 주믹에 무방
비하게 가슴을 내어 주고만 있다가 달래듯 품 안에 소중히 수
완을 감싸 안았다.

어렵다, 어려워…….

떨리는 목소리로 중얼거리며. 우는 아이한테 옛날이야기를 해 주듯. 많이 늦었으나 이제라도 할 수 있어 다행이다 싶은 얘기를 솔직하게 털어놓았다.

"너 대학에 입학하고 내가 처음으로 휴가 나왔을 때…… 그때 고백하고 싶었어. 군대에서 연습도 얼마나 많이 했는데. 근데 시형이 녀석이 그러면 안 된다고 펄쩍 뛰는 거야. 군 복무 중에 연애를 시작하면 중간에 여자 쪽에서 꼭 돌아서 버리게 된다나? 그 말이 왜 그렇게 마음에 걸리던지. 그러면 곤란하겠더라고. 내가 부대에 있는데 네가 도망가 버리면 나는 너를 잡으러 갈 수도 없을 테니까."

생각해 보면 참으로 어리석고 순진한 생각이었다. 그러나 어렸던 진하는 단 1%의 불길한 가능성에도 수완과의 미래를 걸고 싶지 않았다. 그 한 번의 오판이 수완과의 관계를 지독하게 꼬아 버릴 거라곤 생각도 못 하고.

누군가 말했다. 좋아하는 사람이 있다면, 그 사람을 진심으로 사랑한다면, 함께하는 그 순간 마음을 표현하는 데 주저함이 없어야 한다고. 결정적 순간을 놓치게 되면 그다음은 어떠한 세파에 휩쓸려 버릴지, 그로 인해 얼마나 긴 시간을 후회 속에서 보내야 할지 아무도 예측할 수 없는 거라고.

진하는 이미 한 번의 결정적 기회를 놓친 적이 있다. 그리하여 긴 세월, 다른 곳을 헤매다 힘겹게 다시 얻은 두 번째 기회 앞에 섰을 땐 이런 말을 할 수 있다는 것 자체가 감격스러웠다.

"좋아해."

"······."

"너를 좋아해, 이수완."

"······."

"아주 오랫동안 네가 그리웠다."

조금의 의심 없이, 이제야 온전히 받아들일 수 있는 그의 고백에 수완은 더 큰 울음을 터트렸다. 소리를 죽이거나 참으려하지 않았다. 가슴속에 아직도 남아 있는 괴로움이 있다면 장대비처럼 흐르는 이 눈물을 타고 마지막 한 조각까지 전부 쏟아져 나오길 바랐다.

다시는 우리가 아프지 않도록.

다시는 누구도 원망하지 않도록.

고통스러울 수밖에 없는 지금 이 순간을 이렇게나마 무사히견뎌 낼 수 있도록.

수완은 펑펑 울었다.

얼굴이 알려진 사람을 흔히 볼 수 있는 곳 중 하나가 대성병원의 특별 병동이었다. 널리고 널린 게 유명 인사였기에 이곳의 직원들은 웬만큼 알려진 사람을 보아도 흔들림이 없었다. 그랬던 직원들이 오늘따라 티가 날 정도로 긴장하여 각자의 업무를 보고 있다.

이들의 신경을 곤두서게 하는 곳은 금요일에 입원한 6011호의 환아, 정확히는 그 환아의 보호자가 되는 사람이었다.

어제, 6011호를 겨냥해 파파라치가 침입했다. 사실 그것 자체만으로도 충분히 문책당할 일이었는데 그보다 더 큰 문제는 따로 있었다.

그들을 발견한 이들이 병원의 보안팀이 아닌 작고하신 서 회장 일가의 경호팀이라는 것. 보안에 구멍이 생겼음을 언젠가 대성의 상징이 될 서 상무에게 걸렸으니 비상이 걸린 것은 당연했다. 일요일임에도 임원들은 새벽같이 출근해 대책 회의에 돌입했고 병원 전체에 긴장감이 흘렀다.

그 시각, 편안한 옷차림의 진하가 골똘히 생각에 잠겨 있었다. 새벽녘 깨었다가 다시 잠든 담이를 방해하지 않기 위해 따로 분리된 보호자실 소파에 나와 앉은 채였다.

진하의 머릿속을 가득 메운 사람은 다른 누구도 아닌 조부. 돌아가시기 며칠 전 바로 이곳 병실에 누워 한참 동안 자신을 바라보셨을 때였다.

'내가 원망스러울 테지.'

긴 침묵을 깨고 할아버지께서 꺼낸 말씀은 뜻밖이었다. 누나의 일을 그렇게 마무리 지은 이후 집 안팎에 함구령을 내리며 철저히 외면해 오신 분이 할아버지 본인이셨다. 그런 분이 먼저 금기를 어기고 그때의 일을 입에 올리실 거라곤 생각도 못 했다.

'한 의원 그 작자 평탄치 못할 거다. 아들이든 며느리든 둘

중 하나는 사고를 치게 되어 있어. 한 의원이 추락하면 그 아들 놈도 숨을 곳은 없을 게야.'

'뭐 하러 그 사람들 생각을 하고 계십니까.'

'계약 위반에 관한 책임을 개인이 아닌 공동으로 묶어 달라고 했을 때 기특하다고 생각했지.'

당시 진하는 그 일과 관련한 어떠한 얘기도 듣고 싶지 않았다. 말을 돌리려 일부러 무뚝뚝하게 굴어도 조부께서는 그날따라 유난히 진하를 부르며 강조하셨다.

'기회는 올 거다. 조용히 기다렸다 이거다 싶을 때가 오면 반드시 우위를 점해야 한다. 동등하게 조율된 계약서라 할지라도 한쪽에서 뒤집는 건 순식간의 일일 테니.'

'그런 건 제가 알아서 합니다. 할아버지는 아무 생각 마시고 치료에나 전념하세요.'

'그런다고 네가 예전처럼 돌아갈 순 없는 일이겠지. 그래도 절반의 부담 정도는 원하는 때에 원하는 방식으로 덜어 낼 수 있을 거다.'

손자를 그리 만들었다는 죄책감 때문이었을까. 할아버지께서는 끝내 누나의 입국을 허락하지 않으셨던 반면 마지막까지 진하를 곁에 두고 계약서에 관한 이런저런 말씀을 해 주셨다.

오늘따라 새삼 그때의 일이 떠올라 마음 한구석이 무거워지는데 때마침 기다리던 목소리가 상념을 깨웠다.

"야, 서진하!"

"……어. 왔어?"

진하는 퍼뜩 정신을 차렸다.

"무슨 생각을 그렇게 해? 몇 번이나 불렀는데 듣지도 못하고."

"정 대표는?"

시형은 소파 맞은편에 자리를 잡으며 진행 상황을 간략히 요약했다.

"유전자 검사 넘길 때까지 기다렸다가 바로 덮쳤지. 병원 CCTV 화면 들이미니까 '서담이 누구 애냐.' 태도 확 바꿔서 적반하장이더라고. 그래서 나도 세게 나갔어. 그렇게 의심스러우면 당신들이 의뢰한 검사 결과 같이 확인하고 법적 절차 들어가겠다고. 그랬더니 옆에 있던 기자가 사색이 되는 거야. 제보자는 말할 수 없다더니 바로 불어 버리더라. 대화 녹취록이랑 문자 주고받았던 것까지 받아 왔어. 어느 정도 감안은 해 주겠지만 법적 절차는 끝까지 진행할 거라고 확실히 해 뒀고."

"신 전무는?"

"어제 전화했지. 계약서 조항대로 월요일에 압류 들어가겠다고 경고했어. 너랑 만나게 해 달라고 사정하더니 오늘 아침 7시부터 5분에 한 번씩 나한테 전화하는 중이야. 너한텐 악감정이 없었고 한 의원한테 화가 났던 거래. 이제 어떻게 할까?"

8년 전 조부께 계약 위반에 관한 내용을 수정해 달라고 요구한 건 충동적이었다. 과연 그것을 써먹을 수나 있을까, 거의 잊고 지낸 지 오래인데 실제로 이런 날을 맞이하니 감회가 새로웠다.

"진하야, 앞으로 어떡할 거냐고?"

잠시를 기다리지 못하고 시형이 채근했다. 진하는 얼마 전부터 미리 생각해 둔 일들을 하나씩 전달했다.

"신 전무는 네가 만나 봐. 굳이 나까지 만날 필요는 없을 것 같아."

"만나서?"

"한 의원, 은퇴할 때 되지 않았어?"

"무슨 소리야, 요즘 한창 주가 올리면서……."

웬 말도 안 되는 소리냐며 툴툴거리던 시형이 대화의 맥락을 이해하고 말끝을 흐렸다. 두 눈에 호기심을 머금고 진하를 보았다.

"너……."

"고향이 목포라고 그랬나? 지지율 더 오르기 전에 귀향시키고 싶은데. 정치할 인물은 아니잖아, 그 양반이. 할아버지 돌아가시고 공개적으로 대성을 공격하기도 했었고."

"한 의원한테 위약금 대신 물러나라고 하려는 거야?"

턱도 없는 소리였다. 진하는 눈가에 냉기를 띠고 간추려 지시했다.

"그걸 그렇게 써먹을 생각은 없어. 네가 신 전무 만나서 담판 지어. 이대로 재산을 압류당하든가, 알아서 한 의원을 보내 버리든가. 그럼 거부하겠지. DS에서 후원금이 가장 많이 전달되었으니 일이 터지면 친정부터 흔들릴 테니까."

"당연하지."

"그때 네가 조언해 줘. 일 크게 벌이지 말고 한 의원이 땅을 치고 후회할 만큼 수치스러운 불명예로 정치권을 떠나게 하라고. 한 의원이 춘란을 그렇게 좋아한다며. 수천에서 수억짜리 난이 집에 즐비하다더라고. 그것들을 전부 직접 구입하지는 않았을 거야. 누구한테 무엇을 받았는지 신 전무가 잘 알고 있겠지. 사람 하나 내세워 '난테크蘭-Tech' 거론하며 판 키우라고 해. 그쪽으로 시선 쏠리는 사이 친정 후원금 문제는 알아서 처리하라고 하고."

영향력 있는 정치인일수록 사치품과 관련한 스캔들은 치명적이었다. 거액의 후원금 같은 경우, 정치권의 네거티브 공세로 몰아갈 수 있다지만 거기에 억대의 사치품이 끼는 순간 스캔들은 삼류로 전락하게 되어 있다.

지켜보는 사람까지 민망하고 부끄러워지는 정치인의 민낯. 결론이 어떤 식으로 내려지든 이미지 손상은 피할 수 없다. 지지율은 바닥을 칠 것이고 종국엔 정치권에서의 축출로까지 이어질 것이다. 처가의 자금과 부친의 영향력으로 승승장구할 수 있었던 한태영의 로펌도 이 기회에 정리가 될 터였다.

"그러고 나선?"

진하의 계획에 시형은 피식 웃음을 터트리며 물었다.

"계약서 따로 만들어서 신 전무가 서명하게 해. 우리의 거래가 또다시 새 나가면 안 될 테니 이번엔 친정 쪽 회사 지분 걸게 하고."

"그럼 한 의원은 책임을 어떻게 물을 건데?"

시형은 신 전무보다 이쪽이 더 궁금한 듯 보였다.

진하의 대답은 간결했다.

"계약의 주도권을 넘겨받아야지."

신 전무가 일을 터트리기 전, 시형을 보내 증거를 보여 주고 한 의원을 압박할 계획이다. 보나 마나 그는 알거지가 되느니 계약의 주도권을 내어 주는 쪽을 선택할 것이다. 미래가 어떻게 될지 알 수 없지만 원하는 때에 원하는 방식으로 절반의 부담을 덜어 낼 수 있을 거란 할아버지의 그 말씀은 옳다. 앞으로 모든 가능성을 열어 놓고 상황에 따라 계약서의 조항을 유리한 방향으로 조정할 생각이다.

이렇게 또 다른 단락이 마무리되었다. 진하는 보온병에서 커피를 따라 시형에게 내밀고 자신도 한 잔 따라 마셨다. 싸늘한 아침, 원두를 진하게 갈아 내린 신선한 커피가 탁월한 풍미를 자랑했다. 속을 데워 주고 머리를 맑게 했다. 저절로 수완이 떠올랐다.

어젯밤 집에 돌아가 침대에 쓰러지듯 누워서도 수완은 눈물을 멈추지 못했다. 진실을 알아도 아플 수밖에 없는 결말이었다. 진하는 옷도 벗지 못하고 쓰러진 수완을 한참 동안 안고 있었다.

'담이한테 가 보세요.'

그 와중에 담이를 챙기는 수완에게 '잠깐만, 10분만, 조금만 더 있다가.' 똑같은 얘기를 각각의 단어로 바꿔 가며 시간을 끌었다. 수완이 잠들고도 오랫동안, 진하는 그 곁을 떠나지 못했다.

마침내 축축이 젖어 있는 수완의 뺨을 닦아 주고 담이를 재우고 나왔던 병원으로 다시 돌아오던 길, 진하는 차 안에서 울컥 터지는 감정을 다스리지 못했다. 서툴렀던 20대가 안타까웠고, 어린 담이와 무고한 수완의 작은 어깨가 안쓰러웠으며, 그럼에도 우리 모두가 살아 있음에 감사했다.

원망도, 분노도, 사랑도, 화해도, 새로운 미래를 꿈꾸는 것까지도 숨을 쉬고 살아 있어야 할 수 있는 일. 진하는 이제 과거보다 미래를, 후회보다 희망을, 아픔보다 사랑을 죽는 그날까지 먼저 생각하기로 했다.

창가로 고개를 돌리자 탁 트인 시야가 한눈에 들어왔다. 청명한 하늘이 유난히 짙고도 푸르렀다. 또 다른 하루를 시작해야 할 시간. 감상을 마친 진하는 커피잔을 내려놓고 자리에서 일어났다. 앞으로 살아갈 30대는 아프고 미숙했던 20대의 그 시절보다 조금 더 행복하고, 조금 더 현명해지기를 바라며 하루하루 최선을 다할 생각이다.

어디선가 윙윙대는 소리가 끈질기게 울렸다. 집에 벌이 들어왔나 생각하던 수완이 펄쩍 놀라 눈을 떴다. 커튼 사이로 쏟아지는 햇살이 하필이면 얼굴에 닿아 미간을 찌푸렸다. 고개를 들어 주위를 휘휘 살피자 겉옷만 벗은 채 얌전히 이불을 덮고 침대에 홀로 누워 있다. 어젯밤, 언제인지도 모르게 잠이 들었던 모양이다.

침대에서 몸을 일으킨 수완은 가방이 놓여 있는 화장대로 다가갔다. 가방에 막 손을 대는데 알람이 꺼져 그대로 의자에 주저앉았다. 전날 밤, 집에 돌아와 잠들기까지의 기억이 가물가물하였다. 한참을 울고 났더니 물먹은 솜처럼 몸이 늘어져 손가락 하나 움찔할 수 없었다. 침대에 쓰러져 마지막으로 담이에 관해 물었던 기억만 어렴풋이 남아 있다.

'담이는 언제부터 알았을까요?'

'작년에 어머니가 잠깐 다녀가셨거든. 그때 할머니랑 하신 대화를 우연히 들은 적이 있대.'

안쓰러울 만큼 눈물을 뚝뚝 흘리고 있던 아이가 떠올라 수완은 목이 메었다.

'누나가 담이를 키우고 싶어 해. 할아버지가 돌아가시자마자 계속 할머니를 조르던 중이었어. 할머니가 반대하셔서 요즘은 나한테 전화하는 중이고. 아마도 그런 얘기를 들었던 것 같아.'

그 어린아이마저 삶의 무게를 견디고 있다는 사실이 속상해 감정이 격해졌다. 수완은 눈물을 참아 보려 고개를 돌리다 거울 속 자신과 정면으로 마주쳤다. 눈이 붓고 푸석푸석한 얼굴 위로 해맑았던 여고 시절의 태은이 겹쳐졌다. 수완은 와르르 무너졌다.

화장대 위에 얼굴을 묻고 일어나자마자 또다시 눈물을 쏟았다. 탈진할 만큼 울었던 것 같은데, 꿈속에서도 엉엉 울었는데 눈물은 끊임없이 생성되어 수완을 처음부터 울게 했다.

태은아.

너를 또 어떻게 가슴에 묻어야 할까.

이다음, 우리가 언제쯤 만날 수 있을까.

천 번이고 만 번이고 말해 주고 싶다.

나는 괜찮아. 나는 괜찮아.

수완은 꺽꺽 소리가 날 정도로, 시간이 어떻게 흐르는지도 모르고, 가슴이 너무 아파 한참을 울었다. 그렇게 샘솟는 눈물을 멈추지 못하고 있는데 언제부터인가 기계음 소리가 귓가를 찔렀다.

수완은 힘겹게 상체를 일으켰다. 얼굴이 빨갛게 달아오른 가운데 특히 눈자위가 엉망진창이었다. 수완은 흑흑 소리를 내며 가방에서 휴대폰을 꺼냈다. 소리를 끄기 위해 화면을 보았더니 알람이 아닌 전화였다. 그것도 어제 보았던 담이의 그 병실 번호가 찍혀 있었다. 눈이 휘둥그레진 수완은 눈물을 멈추고 재빨리 통화를 터치했다.

"여보세요."

— 나예요, 서담.

"담아!"

수완은 정신이 번쩍 들었다. 괜찮냐고 물어보려다 가만히 다음 말을 기다렸다. 다행히 반응은 즉각 돌아왔다. 평소와 조금도 다를 바 없는 서담 그대로의 목소리로.

— 아줌마, 나 어제 소시지빵 못 먹었어요. 오늘 일어나서 먹으려고 했는데 눅눅해졌어요. 한 번만 더 사다 주시면 안 될

까요?

"어?"

생각지도 못한 말에 잠시 멍했던 수완이 주르륵 흐르는 눈물을 훔치고 서둘러 답했다.

"어, 그거 내가 만든 거야. 다시 만들어 갈게."

— 정말요? 그럼 소시지 좀 많이 넣어 주세요. 계란도요. 계란도 프라이해서 넣어 주세요.

"그래, 그럴게. 조금만 기다려."

대답을 마친 수완이 그대로 통화를 끝내려 할 때였다.

— 아줌마!

아이가 저편에서 다급히 불렀다.

"응?"

잊은 말이 있나 해서 수완이 대답을 기다리고 있는데 담이에게서 나온 말은 늘 그러했듯 예상을 빗나갔다.

— ……울지 마세요.

따뜻한 한마디가 가슴속에 잔잔한 파문을 일으켰다. 위로해 줘야 할 아이에게 도리어 위로를 받고 있다는 창피함도 모르고 수완은 코끝이 찡해졌다. 몇 초간 그대로 침묵을 주고받다 금방 갈 테니 조금만 기다려 달라고 말한 뒤 전화를 끊었다.

거울 속 얼룩진 얼굴을 들여다보며 해야 할 일을 생각했다. 속 재료는 냉장고에 넉넉하게 준비되어 있었다.

빵만 사면 되겠구나.

수완은 베이커리에 가기 위해 얼굴을 쓱쓱 문지르고 자리에서 일어났다.

다시, 살아야 할 시간이다.

14. 건담과 샌드위치

담이가 고모에 관한 새로운 사실을 알게 된 건 작년, 독일에 사는 할머니가 잠깐 귀국하셨을 때였다.

그날따라 빗소리가 요란했다. 하늘에서 대야로 물을 쏟아붓 듯 엄청난 양의 빗줄기가 강하게 내리쳤다. 일찌감치 잠자리에 들었다 천둥소리에 잠이 깬 담이는 이후 다시 잠들지 못했다. 아무리 애를 써도 정신이 점점 맑아져 한참을 뒤척이다 아예 자리를 털고 일어났다. 기왕 잠에서 깨었으니 독일 할머니께 가 보고 싶었다.

시계를 확인하니 밤 11시 30분. 아빠는 출장 중이었고 할머니는 12시가 넘어야만 주무신다고 했었다. 혹시라도 아직 주무시기 전이라면 독일 얘기를 헤 달라고 해야지. 담이는 잠옷 위에 가운까지 걸치고 살금살금 1층으로 내려갔다.

어디로 향하든 일정한 간격을 두고 발밑에 은은한 조명이

켜져 있어 어둡지 않았다. 모두가 잠자리에 들었는지 집 안은 빗소리뿐 기괴함이 감돌 정도로 적막에 잠겨 있었다. 담이가 가장 먼저 향한 곳은 할머니가 한국에 오실 때면 사용하시는 침실. 텅 비어 있는 것을 확인하고 서재로, 부엌으로, 1층을 빙돌다가 마지막으로 증조할머니가 계시는 곳으로 가 보았다.

아니나 다를까, 거실의 5분의 1 정도 되는 아담한 티룸에서 애기 소리가 들려오고 있었다. 담이가 왕할머니의 침실을 지나 티룸으로 방향을 꺾으려 하는데 느닷없이 제 이름이 거론되었다.

"담이는 유하가 키우게 해 주세요."

할머니의 목소리는 매우 진지했다.

"글쎄, 아무 말 말래도."

"담이 유하가 낳았어요. 엄마가 아들을 직접 키우겠다는데 우리가 막을 수는 없는 거예요. 진하도 이제 제 인생 찾아야지요."

담이는 심장 뛰는 소리가 너무 크게 들리는 거 같아 저도 모르게 가슴을 움켜쥐었다. 이해한 부분도 있었고 이해하지 못한 부분도 있었다. 가능하면 누군가에게 부연 설명을 듣고 싶은데 어른들의 대화는 빠르게 휙휙 진행되었다.

"유하 이제 예전 같지 않아요. 몸도 마음도 건강해요, 어머니. 담이 다시 제 품에 안고 진하 부담 절반이라도 덜어 주면 앞으로 약해질 일도 없을 거예요. 유하가 담이 많이 보고 싶어 해요. 내일이라도 당장 기자들 불러 담이 제 자식이라고 세상에 밝히고 싶어 할 정도라고요."

"말이 되는 소리를 해야지. 서약서 작성할 때 누구보다 적극적이었던 게 한 의원이었다."

"담이 아빠가 누구인지 안 밝혀도 되는 거잖아요. 제가 한 의원 만나서 담판을 지을게요."

"시끄럽다. 그런다고 진하의 일이 완벽하게 정리되는 것도 아니고, 뭐 하러 이제 와 일을 키우려고 들어."

본래 증조할머니가 결정한 사안엔 누구도 토를 달지 않는 게 이 집안의 불문율이었다. 한데 할머니는, 놀라울 만큼 젊고 예쁘고 깍쟁이일 것같이 생기신 할머니는 한마디도 지지 않고 꼬박꼬박 토를 달았다.

"네, 압니다. 진하는 이미 좋아했던 사람을 잃었고 남들 눈엔 변함없이 아내와 일찍 사별한 사람일 뿐이겠지요. 그래도 남의 자식이 딸린 것과 그렇지 않은 것은 천지 차이예요. 진하가 누군가를 만나고, 또다시 사랑하고, 결혼까지 할 때엔 크나큰 차이가 있을 거라고요."

"넌 딸아이의 인생이 걱정스럽지도 않은 게냐? 어디 어미라는 사람이 딸아이가 세상에 미혼모임을 밝힌다는데 그리 적극 찬성을 하누."

"어머니, 잘못은 아버님이 하신 겁니다. 처음부터 문제를 그런 식으로 덮어서는 안 되는 거였어요."

두 할머니의 대화는 계속 이어지고 있었지만 담이는 그쯤에서 걸음을 돌려 방으로 돌아갔다. 머릿속에 여러 개의 낱말이 빙빙 맴돌아 정수리가 부글부글 끓고 있는 느낌이었다.

할머니와 증조할머니의 대화를 완벽히 이해하는 데 오랜 시간이 걸렸다. 할머니가 독일로 돌아가시고 며칠에 걸쳐 보모에게 가족 관계와 촌수에 관해 꼬치꼬치 캐물은 다음에야 어렴풋이 문맥의 핵심을 이해했다.

충격은 서서히, 잔물결이 밀려들듯 스며들었다. 담이는 아빠가 갑자기 외삼촌이 되어 버린 상황을 어떻게 받아들여야 할지 몰랐다.

아빠한테 전화해서 물어봐야 하나?

그런 생각이 들다가도 왠지 그러면 안 될 것 같았다. 담이는 평소처럼 생활은 하였으나 때때로 눈물이 불쑥 치솟았고 꿈을 꾸고 있는 것 같기도 하였다. 유치원에서 친구들이 경쟁적으로 아빠 자랑을 할 때엔 거기에 끼지도 못하고 말없이 보고만 있었다.

"이것 봐. 우리 아빠가 출장 갔다가 사 오신 거야. 이거 건담이야, 건담."

평소 자랑이 몸에 밴 아이가 오늘도 장난감 하나를 가져와 친구들의 이목을 끌었다. 지난번엔 닌텐도였고 그 이전엔 매끈한 스포츠카였다. 담이에게도 차고 넘치는 것들이었지만 아빠가 직접 사다 주신 건 무엇이었나, 기억나지 않았다. 대부분은 바라기도 전에 장난감방 어딘가에 놓여 있었다.

"이거 세상에서 100개밖에 없는 거래. 나 1품 따러 국기원 갔을 때 아빠가 바빠서 깜박 잊고 못 오셨거든. 그래서 대신 이거 사다 주신 거야. 우리 아빠 멋지지?"

"어, 이상하다. 장난감 사 주는 아빠보다 직접 보러 와 주는 아빠가 더 멋진 거라고 그랬는데."

"웃기지 마! 원래 아빠들은 그런 거 잘 모르는 거거든!"

한 친구의 반박에 건담을 들고 있던 친구가 귓불이 빨개져서 발끈했다. 친구들 사이에 심각한 말다툼이 이어졌다. 그 아수라장 속에서 담이는 문득 알고 싶었다. 아빠가 자신에게 아빠인지 아니면 외삼촌인지.

체육 선생님에게 가장 좋고 비싼 건담이 무엇인지 물었더니 휴대폰으로 동영상을 보여 주셨다. 제목은 〈세상에서 가장 비싼 건담 한정판 Top 10〉. 그중에서도 황금빛으로 반짝이는 게 총 네 개였는데, 무조건 구하기 힘들어 보이는 외관에 담이는 특히 그것들을 유심히 살폈다. 그리고 마침내 비슷비슷한 네 개 중 순금으로 도금된, 자신이 태어나기도 전 한정판으로 출시되어 희귀하다는 건담을 찍어 모델명을 적어 두었다.

집에 도착하자마자 전화기를 들고 방으로 들어가 문을 잠갔다. 한 시간씩 간격을 두고 세 번의 시도 끝에 아빠의 목소리를 들을 수 있었다.

"아빠."

— 담아!

뜻밖이었는지 아빠는 많이 놀란 듯했다. 가만 생각해 보니 혼자서 아빠한테 전화한 건 이번이 처음이었다.

— 무슨 일 있니?

변함없이 다정한 목소리에 눈물이 왈칵 솟구쳤다. 그래도 꾹 참고 준비한 질문부터 대뜸 던져 보았다.

"이번 주 금요일이 무슨 날인지 알아요?"

— 유치원 운동회 날. 한남동에 있는 유치원 열 군데가 체육관에 모여서 같이 운동회 한다고.

담이의 눈이 휘둥그렇게 커졌다. 이게 원래 이렇게 쉬운 문제였나. 아빠들은 이런 거 잘 모른다고 했었는데. 신기하게도 아빠는 대답하는 데 1초의 주저함도 없었다. 담이는 혼란스럽기도 하였고 기분이 살짝 좋아지는 것도 같았다.

"어떻게 알았어요?"

그러나 담이는 끝까지 감동하지 않은 척 침착함을 유지했다.

— 아들이 뭐 하는지 알고는 있어야지.

"그럼 금요일에 꼭 와 주세요. 그런 거 있을 때마다 아빠는 한 번도 안 왔었잖아요. 매번 다른 나라에 가 있고. 이번엔 꼭 와 줬으면 좋겠어요. 아빠가 정말 담이 아빠라면요."

— 담아…….

"그리고 올 때 선물도 사다 주세요. 건담이요. 금으로 된 거. 지금부터 모델명 불러 줄 테니까 아빠가 받아 적어야 해요."

담이는 수화기 너머에서 들려오는 말을 들으려 하지 않았다. 아빠가 얼마나 바쁜 사람이고 일이 많은지 이번만큼은 개의치 않았다. 내가 귀찮은 게 아니라면 꼭 와 달라고, 기다리겠다고 몇 번이나 말한 뒤 그대로 전화를 끊었다. 방금 말한 장난감이 어느 정도의 희귀 아이템인지 정확히 그 의미를 알지 못하고.

운동회는 이번에도 아빠 없이 마무리되었다. 작년과 똑같이 집사 할아버지가 최선을 다해 게임에 임하며 젊은 아빠들 사이를 날아다녔다. 온갖 경기를 석권했지만 담이는 기쁘지 않았다. 하루아침에 아빠를 잃어버린 기분이었다.

코끝과 눈가가 자꾸만 시려 와 초저녁부터 힘들다는 핑계로 이불을 덮고 누웠다. 보모가 나가고 혼자가 되자 관자놀이를 타고 눈물이 떨어져 내렸다. 담이는 숨죽여 훌쩍거리다 머리가 아파질 때쯤 그대로 잠이 들었다. 한동안 잠을 푹 자지 못한 데다 낮에 무리해서 뛰어다녔더니 상당히 피곤했다. 더구나 어느 순간 옆자리가 기분 좋게 따뜻해져 아침 늦게까지 일어나질 못했다.

담이를 깨운 건 눈꺼풀 위를 거닐던 성가신 아침 햇살이었다. 살며시 눈을 뜨니 누군가의 가슴팍이 제일 먼저 눈에 들어왔다. 새하얀 와이셔츠, 넓은 가슴, 저를 꼭 끌어안고 있는 기다란 팔. 머리를 뒤로 젖혀 얼굴을 확인하자 피로에 얼굴이 거칠어진 아빠가 기절한 듯 잠들어 있었다. 옷도 갈아입지 못하고 침대 가장자리에 간신히 몸을 걸친 불편한 자세였다.

놀라서 몸을 벌떡 일으킨 담이는 저만치, 햇빛을 받아 반짝거리는 박스를 발견하고 또 한 번 두 눈이 크게 팽창되었다. 아빠의 등 너머 협탁에는 검은 글씨로 'club MG'라고 쓰인 골드 박스가 햇살을 받아 현란한 빛을 내뿜고 있었다.

"건담이다."

담이는 저도 모르게 중얼거렸다. 내가 보고 있는 저것은 며칠 전까지 손톱만큼의 관심도 없었으나 아빠한테 기필코 선물로 받아야 했던 그것이 틀림없다고 확신하며.

몸이 공중으로 붕 떴다가 따스한 가슴에 안착한 건 그 순간이었다. 담이는 간지러움을 타며 짧게 웃음소리를 내었다. 고개를 들어 위를 바라보자 아빠가 잠이 덜 깬 눈으로 내려다보고 있었다. 머리와 뺨을 쓸어 주는 손길이 의심 없이 다정했다.

"우리 담이 언제부터 건담 좋아했어? 넌 저런 것보다 자동차 좋아했잖아."

"지금도 자동차가 더 좋아요."

놀랍게도 아빠는 담이의 장난감 취향까지 정확히 꿰뚫고 있었다. 뭔가를 직접 사다 준 적이 없는 걸로 아는데 어떻게 알고 계신 걸까. 현재 있는 장난감이 하나같이 마음에 드는 게 어쩌면 우연의 일치가 아니라는 생각이 들었다.

"그럼 저건?"

"저건 꼭 받아야 했던 거고요."

"그게 무슨 소리야?"

"더는 말하기 곤란해요."

담이가 일부러 새초롬한 표정을 짓자 아빠는 빙긋 웃었다.

"그래? 그럼 더는 필요 없겠네?"

"저거 하나면 됐어요."

"다행이다. 저거 엄청 비싼 건데. 비싸기만 한 줄 알아? 저 모델 희귀 아이템인 거 왜 아빠한테 말 안 했어."

아빠는 담이를 타박하면서도 미소를 머금고 있었다. 담이는 짐짓 어른스럽게 굴었다.

"그랬어요?"

"저거 사겠다고 하던 일도 미루고 전 세계 판매 사이트를 밤새도록 뒤졌어. 경매로 하나 나온 거 엄청 치열하게 붙어서 사온 거야. 경매라는 말 알아? 가장 높은 가격 부르는 사람이 물건 살 수 있는 거. 아빠 저렇게 비싼 장난감 처음 사 봤어. 뉴욕에서 라스베이거스까지 달려가 받아 온 거라고."

"그래서 어제 못 왔던 거예요?"

"응. 용서해 달라고 말하는 거야."

아빠는 담이를 와락 껴안고 연한 목덜미에 수염이 까슬까슬한 부분을 비볐다. 간지럽기도 하고 따갑기도 했다. 그래서 평소 까다로운 담이는 숨이 넘어가도록 웃음을 터트렸다. 동시에 마음 한구석을 짓누르던 부담감도 씻긴 듯 사라졌다.

이것으로 되었다고, 나는 우리 아빠만 있으면 다른 것은 어떻게 되든 다 상관없다고 담이는 결론을 내렸다.

고모는 이야기책에 나오는 아름다운 여신 같았다.

아빠에게 안심하자 담이는 고모가 새롭게 보이기 시작했다. 가끔 예전에 고모가 썼다는 방에 들어가 액자 속 고혹적인 모습을 뚫어지게 바라보곤 하였다. 그때마다 기분이 이상하고 믿기지가 않았다. 아빠는 항상 있었으니까 다른 아빠 같은 건 궁금하지 않았는데 엄마는 달랐다.

하늘나라에 계신 줄 알았던 엄마가 나처럼 숨을 쉬며 살아 있다니. 언젠가 시간이 지나면 나를 찾아와 주시려나. 할머니 말에 의하면 독일이란 나라에서 나를 보고 싶어 한다고 하셨는데…….

고모를 생각하면 할수록 담이는 가슴이 두근거렸다. 고모의 사진을 보다가 거울 속 자신을 들여다보면 어딘가 많이 닮은 듯도 하였다.

그날도 담이는 고모 방에서 몰래 훔쳐 온 앨범을 꼼꼼히 살펴보다 불려 나왔다. 또 비행기를 타고 어딘가를 훌쩍 다녀온 아빠가 주말을 맞아 언젠가 약속한 적이 있었던 간식을 만들어 담이 앞에 내밀었다.

"와!"

감탄사가 나올 만큼 먹음직스러운 키쉬quiche와 구운 바나나가 담이의 두 눈을 사로잡았다. 살짝 맛을 보자 아주머니들이 해 주는 것 못지않게 입맛에 맞았다.

왕할머니는 모임에 나가셨고 아주머니들은 어디에도 보이지 않았다. 아빠가 자신을 위해 부엌에서 직접 만든 것이라 생각하니 기분은 더더욱 좋아졌다.

"아빠는 일도 잘하고 요리도 잘하고. 어떻게 하면 이렇게 맛있게 만들 수 있어요?"

"배운 거야. 아빠도 처음엔 요리 못했어."

아빠는 맞은편에 앉아 같이 간식을 먹으며 말했다.

길고 섬세해 보이는 손가락과 뭘 입어도 태가 나는 맵시, 다른 아빠들보다 젊고 빼어난 외모. 그러고 보니 아빠는 아빠라는

460

호칭보다 삼촌이라는 호칭이 훨씬 어울렸다. 담이는 새삼 아빠가 다른 아빠들과 다르다는 것을 느끼며 꼬치꼬치 캐물었다.

"왜요? 아빠는 왜 요리하는 것까지 배웠어요? 아줌마가 다 만들어 주시는데."

"그냥."

"그냥?"

담이의 계속된 질문에 아빠는 어쩐지 씁쓸한 미소를 지으며 음식을 내려다보았다. 포크로 치즈와 달걀 속 시금치를 콕콕 찌르다 간단하게 답했다.

"누가 그러더라고. 자기는 남이 해 준 음식이 제일 좋다고."

"그 사람은 요리 못해요?"

"굉장히 잘해. 수준급이지."

요리를 그렇게나 잘하는데 남이 해 준 음식이 제일 좋다고?

담이는 그 뜻을 얼른 이해하지 못하고 직접적으로 물었다.

"그 사람이 누군데요?"

"……."

즉시 돌아온 질문에 길게 뜸을 들이던 아빠는 짧게 대답했다.

"예쁜 사람."

한참 만에 겨우 한마디를 하고서 엉망으로 짓이겨진 시금치를 입으로 가져갔다.

담이는 그 이상 질문을 잇지 않았다. 머릿속에는 언젠가 할머니가 하셨던 말씀이 선명하게 떠오르고 있었다.

'네, 압니다. 진하는 이미 좋아했던 사람을 잃었고…….'

아마도 아빠는 좋아했다는 그 사람한테 음식을 직접 만들어 주고 싶으셨나 보다. 담이는 그런 추측을 하며 미안한 마음이 일었다. 혹시 나 때문에 아빠가 좋아했던 사람을 잃은 것이 아니었을까, 그런 생각이 들어서.

정체를 알 수 없는 젊은 아줌마가 한남동 집에 나타난 건 초등학교에 입학하고 2학기가 막 시작되었을 무렵이었다. 처음엔 할머니 손님이신가보다, 관심도 눈길도 주지 않았다. 그러다 한 번씩 눈길을 주기 시작한 건 아빠에 관한 이상한 소문이 본격적으로 들려오면서부터였다.

담이는 아빠를 축하해 줘야 할지 일단은 화를 내야 할지 도무지 갈피를 잡을 수 없었다. 이러지도 저러지도 못하고 있는데 잠자리를 봐주던 보모의 말실수로 아줌마가 집에 들어와 있는 걸 아빠가 모를 수도 있다는 사실을 알게 되었다.

담이는 생전 처음 고자질이라는 것을 해 보기로 하였다. 침대에 누워 잠든 척을 하다가 언젠가 그러했듯 전화기를 몰래 가져와 아빠의 핸드폰 번호를 눌렀다. 시차 같은 건 고려의 대상이 아니었다. 다행히 저편에서 아빠의 목소리가 한 번에 들려왔다.

"아빠!"

— 어, 담아.

아빠는 평소와 달리 음성이 착 가라앉아 있었다. 하지만 마음이 급했던 담이는 그런 것까지 깊이 생각해 볼 겨를이 없었다.

"우리 집에 어떤 아줌마가 들어와 있어요. 왕할머니가 데려왔는데 뭐 하는 사람인지 정확히 모르겠어요. 아침마다 다른 회사로 출근하는 걸 보면 우리 집에서 일하는 사람은 절대 아닌가 봐요. 왕할머니는 아줌마가 손님이라고 그랬어요. 난 그 아줌마가 별로인 것 같아요."

수화기 너머에서 의미를 알 수 없는 침묵이 이어졌다. 언제나 명쾌했던 아빠가 왜 속히 대답을 안 해 주시나. 한시라도 빨리 중요한 사람이 아니라는 대답이 듣고 싶어 담이는 대답을 재촉했다.

"아빠?"

— 어.

"난 그 아줌마가 별로라고요."

— 담아.

한숨이 옅게 배어 있는 아빠의 부름에 담이가 귀를 쫑긋 세웠다.

— 아빠도 소식 들었어. 일정 조금 앞당겨서 내일이면 아빠도 도착할 거야.

"그래요?"

— 응. 그러니까 그 전까지, 아주 잠깐이라도 아줌마랑 잘 지내고 있어. 그 아줌마 이상한 사람 아니야. 예쁜…… 사람이야.

담이는 눈을 깜박거리다 뒤늦게 '네.' 답하고 통화를 끝냈다. 아무래도 아줌마는 왕할머니뿐 아니라 아빠와도 잘 아는 사이 인 듯싶었다.

내일 아침에 마주치면 한마디 하려고 했는데.

담이는 당분간 계속 모르는 척하며 지금과 같은 상태를 유 지해야겠다고 마음먹었다. 아빠에게서 들려온 결정적 단어를 이때는 미처 주의 깊게 생각지 못했다.

'예쁜 사람'이라는 단어가 머릿속을 꽝 울리며 떠오른 건 다 음 날 오후, 헛소리하던 친구와 크게 다투고 혼자서 학교를 이 탈해 집으로 돌아오던 길이었다.

터벅터벅 걷는데 등 뒤로 인기척이 느껴졌다. 본능적으로 돌아보니 며칠 새 익숙해진 얼굴이 한눈에 들어왔다.

원수는 외나무다리에서 만난다더니.

화가 나서 시비를 걸듯 아줌마에게 톡 쏘아붙였다. 잘해 주 라는 아빠의 당부가 생각난 건 바로 그 직후. 노려보던 두 눈 에서 슬그머니 힘을 풀었다. 너무했나 싶어 슬쩍 살펴보았더니 아줌마의 예쁜 두 눈이 촉촉하게 젖어 붉은 기가 돌았다.

내가 여자를 울렸나?

화들짝 놀랐던 담이는 곧 정신을 차렸다. 과거의 경험을 돌 이켜 봤을 때 저 상태는 이미 울 만큼 울고 눈물 자국이 남아 있는 단계였다. 뭐 때문에 울었을까. 마음이 약해진 담이는 묻 지 않을 수 없었다.

"아줌마는요?"

"……."

"아줌마는 왜 울었어요?"

땅에서 갓 발을 떼었던 아줌마가 걸음을 멈췄다. 말없이 고요히 내려다보더니 담백하게 답했다.

"……친구가 화냈어."

"왜요?"

"애 딸린 홀아비한테 시집갈 거냐고."

"아……."

담이는 속상한 그 마음을 충분히 이해했다. 말을 해 보니 별로 그러고 싶은 마음도 없어 보이는데 친구한테 그런 말을 들었으니 억울하고 화도 났겠지. 잘 알지도 못하는 친구가 아빠에 관해 함부로 떠들어 나도 얼마나 화가 났던가.

담이는 우연한 동질감을 느끼며 아줌마를 계속 응시하다가 엉뚱하게도 궁금증이 생겼다. 그래도 우리 아빠는 아줌마를 예쁜 사람이라고 그랬는데, 아줌마는 그 친구라는 사람한테 우리 아빠 편을 조금이라도 들어 줬을까. 아빠는 저 아줌마랑 어떻게 아는 사이일까.

담이는 아줌마를 올려다보며 이런저런 생각을 하다가 돌연 어떤 기억이 떠올라 소스라치게 놀랐다. 어느 주말. 아빠가 키쉬와 바나나를 구워 주셨을 때. 엉망이 된 시금치와 길게 뜸을 들이다 들려온 한마디.

'예쁜 사람.'

작은 어깨를 들썩인 담이는 아줌마의 두 눈을 뚫어지게 바라보다 확인하듯 물었다.

"아줌마 제일 좋아하는 음식이 뭐예요?"

"남이 해 준 음식……?"

이럴 수가. 가슴이 덜컥 내려앉았다. 담이는 거듭 확인했다.

"아줌마 요리 못해요?"

"한 솜씨 하지."

팔뚝에 으슬으슬 소름이 돋았다. 눈물이 핑 돌면서 괜스레 미안한 마음이 들었다. 담이는 입을 반쯤 벌린 채 아줌마를 방금 처음 만난 사람처럼 새삼스럽게 쳐다보았다.

잠자코 마주 봐 주던 아줌마가 이상한 생각이 들었는지 고개를 살짝 기울였다.

"왜?"

"샌드위치 먹을래요?"

충동적으로 나온 말이었다.

"샌드위치?"

"가요."

아줌마가 거절이라도 할까 봐 담이는 기민하게 움직였다. 반드시, 꼭, 같이 샌드위치를 먹고 싶었다. 될 수 있는 한 집에 천천히 들어가고 싶기도 했지만, 그보단 이 아줌마를 길게 보고 싶은 마음이 더 컸다. 얘기도 해 보고 싶었고, 미안한 마음에 맛있는 걸 사 주고 싶기도 하였다.

따라오고 있나. 눈동자만 굴려 뒤쪽의 기척을 살피면 움직임이 들려오지 않았다.

더 가까이서 보고 싶은데.

초조했던 담이는 홱 돌아보며 일방적으로 외쳤다.

"걱정 마요, 내가 사 줄 테니까. 나 돈 많아요!"

아빠를 사랑하는 만큼 아줌마가 좋아졌다.

담이는 똑똑히 기억한다. 출장에서 돌아온 아빠가 샌드위치 가게에서 아줌마랑 둘이서만 대화한 뒤 다 같이 집으로 돌아왔던 그날을. 친척 어른들과 뒤섞여 저녁을 먹으며 아무도 모르게 아줌마를 바라보던 아빠의 눈빛을. 담백하고 냉담했던 아줌마의 표정과 불가항력적인 힘에 이끌려 서로를 바라보던 그 순간을.

담이는 아빠도 아줌마도 행복해지기를 바랐다. 슬프지도, 그로 인해 아프게 울지도 않았으면 좋겠다. 틀림없이 펑펑 울었을 아줌마가 꽉 잠긴 목소리로 소시지빵을 금방 만들어 가져다주겠다고 말했다. 담이가 할 수 있는 건 한마디뿐이었다.

"······울지 마세요."

보다 따뜻하고 위로가 될 수 있는 말을 해 드릴 수 있었으면 좋으련만.

아무래도 아줌마랑 정이 도탑게 들어 버린 모양이었다. 솔직히 아줌마가 마음에 들었다. 애써 잘해 주려 하지도, 그렇다고 쌀쌀맞게 외면하지도 않았던 적당함이 좋았다. 늘 일정한 거리를 두면서도 필요할 때마다 다가와 원하는 만큼만 품어 주던 그 온건함이 담이에게는 더 바랄 것 없는 최상의 온도였다.

전화를 끊은 담이가 침대를 내려와 엄청나게 큰 창문가로 다가갔다. 밖에서는 바람이 불 때마다 갈색으로 타 버린 나뭇잎이 후드득 떨어지고 있었다. 담이는 마음이 싱숭생숭하면서도 어쩐지 속이 시원했다. 어제는 아저씨들이 무서워 울고 말았지만 언젠가 아줌마한테만은 말하고 싶었던 비밀이 이런 식으로라도 알려져 다행이었다.

아줌마가 지금보다 아빠를 훨씬 많이 사랑해 주기를…….

담이가 조용히 기도하는데 등 뒤로 문 열리는 소리가 들렸다.

아빠가 시형 삼촌이랑 얘기를 끝냈나?

얼른 돌아보자 왕할머니가 안으로 들려다 창가에 담이가 서 있는 것을 발견하고 조용히 멈춰 섰다. 눈가에 눈물이 그렁그렁 맺히더니 빙그레 웃으시며 문을 닫았다. 가만가만 다가와 옆자리에 나란히 서서 바람에 흔들리는 나뭇잎을 내다보셨다.

아빠도 아줌마도 어제 그런 말을 했다.

'괜찮아. 네가 사과할 일이 아니야.'

말을 건네시진 않았지만 왕할머니의 미소도 그런 느낌이었다.

"할머니."

"오냐."

담이는 창밖을 내다보며 말했다.

"저는 아빠가 좋아요. 다른 아빠는 필요 없어요. 별로 궁금하지도 않고요."

"그래."

할머니의 목소리가 조금씩 젖어 들었다.

"그런데요……."

그래도 담이는 이 말만은 왕할머니께 꼭 하고 싶었다.

"……고모는 꼭 한 번 보고 싶어요."

그러니까 이다음에 할머니가 와서 또 조르거든, 저 비행기 좀 태워 주세요.

15. 여름 감기

　하루아침에 부모님을 떠나보내고도 멀쩡히 살았듯 태은을 그리 보낸 뒤에도 삶은 이어졌다.

　담이와는 온갖 군것질을, 진하와는 갖가지 보양식을, 현우와도 가끔 별미를 즐기며 계절을 보냈다. 더 나은 조건의 전세를 구해 이사했고, 운전면허를 따서 자가용을 몰고 다녔으며, 봄에는 회사를 그만두고 프리랜서로 전향했다. 티 없이 웃었고, 때때로 눈물짓고, 가끔 과거를 회상하며…… 수완은 현재를 살고 있다.

　아프고 웅크렸던 계절을 무사히 보내고 다시 맞은 여름. 수완은 평일의 늦은 오전, 뻥 뚫린 차도를 달려 대성병원 주차장에 도착했다. 차를 주차하고 운전석에서 내리자 후욱 밀어닥치는 열기가 숨이 막힐 지경이다. 차가 없을 땐 이 더위 속을 어떻게 걸어 다녔는지 도저히 모를 일이다. 뒷좌석에서 짐을 꺼내 서둘러 병원 로비에 들어섰다. 적당히 맞춰진 실내온도가 놀란 피부를 진정시켜 주었다.

수완은 엘리베이터를 기다리며 심호흡을 하였다. 수민의 상태가 악화되었던 건 올봄. 행여 잘못될까 싶어 회사도 그만두고 병원을 쫓아다니며 마음을 졸였다. 나이와 건강 상태를 따져 우선순위가 되고 무사히 이식을 받기까지, 수완은 악몽 같은 시간을 견뎌야 했다.

약 한 달 하고도 보름 전, 수술이 성공적으로 끝났다는 주치의의 말을 듣고 다리에 힘이 풀려 주저앉았다. 이제 정말 웃을 일만 남았구나, 감격스러워 중환자실 앞에서 뜬눈으로 밤을 지새웠다.

상황이 이상하게 빗나간 건 수민이 마취에서 깨어났을 때.

'언니……'

'수민아!'

의식이 돌아왔다는 소식에 눈물을 머금고 달려가 봤더니 수민은 마취가 덜 깨 감기는 두 눈을 억지로 치켜뜨고 있었다. 그 모습이 애처로워 말하지 말라고 아무리 다독여도 수민은 말을 듣지 않았다. 통증에 시달리며 기를 쓰고 말라 부르튼 입술을 움직이더니, 기껏 한다는 소리가 가관이었다.

'너…… 서진하랑…… 사귀니?'

'……'

'이, 개…… 자식……'

갑작스러운 물음에 수완은 당황했다. 제대로 대답을 못 하자 수민은 이를 악물며 욕을 한마디 내뱉곤 다시 정신을 잃었다.

나중에 알고 보니 병원에는 수완과 진하가 연애 중이라는 사실이 암암리에 퍼져 있었다. 그럴 수밖에 없는 게 수민의 병세 악화로 수완이 힘들어했을 때 진하를 비롯해 담이와 전 여사까지 총출동해 거의 가족처럼 곁을 지켜 주었다. 수민은 마침 직전 스태프들의 대화를 들었고 깨어나자마자 사실 여부를 캐물었던 것이다.

이후 수민은 입버릇처럼 헤어지라는 요구를 해 왔다. 수완이 침묵으로 일관하면 벌컥 화를 내기도 하였다. ⋯⋯담이하고는 잘만 놀아 주면서.

오늘도 한마디 하시려나.

엘리베이터에서 내린 수완은 각오를 다지며 복도를 걸었다. 아는 체를 해 오는 스태프들께 인사를 드리며 병실 앞까지 도착은 했는데 곧장 들어가지 못했다. 걸음을 멈추고 표정이 싸하게 굳더니 전체적으로 냉기를 뚝뚝 흘렸다. 문이 활짝 열린 병실 안에서 익숙하지만 반갑지 않은 목소리가 들려오고 있었다.

"진정하세요, 할머니. 내가 정리를 좀 해 볼게요. 그러니까 할머니가 집을 담보로 은행에서 대출을 받아다 줬는데 오빠가 일은 일대로 벌여 놓고, 돈은 엉뚱한 데 투자했다 날렸다는 거 잖아요."

"걔가 누굴 닮아 그렇게 미련한지 모르겠다. 우리 집안에는 그런 사람이 없었는데 하필 제 어미를 똑 **빼닮아서**⋯⋯."

할머니는 신경질적으로 한숨을 내쉬다 수민을 설득했다.

"그래도 어쩌겠니. 미우나 고우나 너희 오빠고 우리 집 장남인 것을. 해결하지 못하면 경제사범으로 체포될 수도 있다고 하는데 그걸 어떻게 내버려 둬? 그냥 해 달라는 게 아니다. 너희가 대출만 받아 주면 내가 책임지고 2년 내에 갚아 주마."

"……."

"그리고 착각할까 봐 내가 똑똑히 말하는데, 이건 동재만을 위한 것이 아니다. 생각을 좀 해 봐라. 너희도 곧 시집가야 할 나이인데 친정 오빠가 감옥에 갔다 온 사람이라고 하면 어느 집에서 달가워하겠니? 오빠가 밉다고 나 몰라라 하면 그게 나중에 흠이 되어 너희에게 돌아오게 되는 거다. 수완이 그것은 저밖에 모르는 것이니 내 말은 들으려 하지도 않을 테지. 이번에는 네가 나서서 언니를 설득하고 동재 일을 좀 해결해 다오."

수완은 화가 머리끝까지 뻗쳐 뒷목이 다 뻣뻣했다. 이식 수술 이후 할머니는 일주일에 한두 번 수완이 없을 때 병실을 찾아온다고 들었다. 수민이 싫은 내색을 하지 않아 수완도 모르는 척 내버려 두었는데 곁에서 저런 식의 말을 속살거리고 있을 줄은 꿈에도 몰랐다. 게다가 뒤이어 들려온 수민의 반응이 수완의 분노에 기름을 부었다.

"음…… 생각해 보니 의외로 간단하게 해결할 수 있을 것 같네요."

"그래?"

반색하는 할머니의 목소리가 날아갈 듯 가벼웠다.

수완이 더 참지 못하고 발을 떼려는 순간이었다.

"집 파세요."

퍼렇게 날이 선 수민의 일침이 걸음을 만류했다. 화가 나서 호흡이 가빠졌던 수완은 일단 그대로 멈춰서 사태를 관망했다.

"넘어가기 전에 한남동 집 파시라고요. 위치 좋고 대지 넓어서 제값보다 더 받을 수 있을 거예요. 그 돈으로 융자 갚고 수도권에 작은 아파트 하나 마련하세요. 얼추 계산을 해 보면 그 정도는 남을 것 같아요. 다달이 연금 충분히 받으시니까 그렇게 하시면 사시는 데 어려움은 없을 거예요."

"뭐, 뭐……? 너 지금 뭐라고 하는 게냐!"

"저한테 화내지 마세요. 그거 말아먹은 거 오빠예요. 동조한 건 할머니고요. 사고는 오빠랑 할머니가 쳐 놓고 왜 저한테 와서 화를 내세요?"

부들부들 떨고 있는 할머니 앞에서 수민은 도통 영문을 모르겠다는 표정이었다.

"네가 태어나고 자란 집이다. 네 아버지가 학창 시절을 보낸 집이야! 그런 집을 팔라는 말이 어떻게 그렇게 쉽게 나와!"

"그렇게 소중한 집이었으면 할머니가 신중하셨어야지요. 무모하게 왜 그런 일을 저지르셨어요?"

할머니가 아무리 흥분해도 수민은 이렇다 할 반응 없이 태연했다.

"솔직히 말씀드리면 저는 그 집에 미련 없어요. 그건 언니도 마찬가지일 거예요. 아직도 기억해요. 저 고등학교 때, 엄마 아빠 돌아가신 다음이요. 주말에 도서관 가서 공부하고 왔더니 언니가 땡볕 아래서 잡초를 뽑고 있었어요. 할머니는 오빠랑 그늘에 앉아서 과일화채를 드시고 계셨고요. 그때 제 기분이 어땠을까요?"

"……."

"저는 그날, 그 집 잔디를 다 불사르고 싶었어요. 아니, 할 수 있다면 집 전체에 불을 질러 까맣게 재가 돼서 타 버리는 것을 보고 싶었다고요!"

조곤조곤 대답을 이어 가던 수민은 마지막에 화를 누르지 못하고 바락 소리쳤다. 수민이 이렇게까지 대항한 건 처음이기에 할머니도 적이 놀라셨다.

두 사람 사이에 긴장감이 흘렀다. 그러기를 한참, 먼저 굽히고 들어간 쪽은 상황이 아쉬웠던 할머니였다.

"너나 수완이나 어쩜 그렇게 이 할미 속을 몰라. 나는 그저 동재가 잘돼야 우리 집이 잘되는 거라고……."

"그런 얘긴 듣고 싶지 않아요."

방법을 바꿔서 달래듯 얘기해 봤으나 수민은 그마저도 냉정히 거부했다.

"언니랑 저 한남동 집 나왔을 때 할머니 그러셨어요. 고개 숙이고 집으로 들어오지 않으면 등록금도 용돈도 다 끊어 버리시겠다고. 실제로도 그렇게 하셨고요. 그때의 그 단호함을 이제 오빠한테도 보여 주세요. 손자가 진상으로 보이기 전에요. 일말의 동정심이라도 있어야 돈 없고 무능한 손자 부부 앞으로도 계속 끼고 사시죠."

"하!"

"마지막으로 조언 하나 드리자면 남은 돈이라도 잘 간수하세요. 언니랑 저한테 기대 같은 거 하지 마시고요."

할머니는 붉으락푸르락, 노기등등한 기세로 수민을 노려보았다. 주먹 쥔 손을 바들바들 떨다가 소리를 지르시려는 찰나, 수완은 '나 왔어.' 하며 태연히 흐름을 끊고 병실로 들어갔다.

짐을 내려놓고 할머니를 바라보았다. 얼굴이 벌겋게 상기된 할머니가 수완을 날카롭게 응시했다. 그렇게 한동안 서로를 마주하다가 수완이 인사를 드리고 덤덤히 물러섰다.

"안녕히 가세요."

헛웃음을 흘린 할머니는 두 손녀를 원망에 찬 눈으로 번갈아 쏘아보더니 거칠게 가방을 낚아채 병실을 나갔다.

긴 정적이 흘렀다. 수민의 숨소리가 거칠게 공중으로 퍼져 나갔다. 그렇게 몇 분이 흐르자 수민이 먼저 떨리는 목소리로 확인하듯 물었다.

"나 잘했어?"

"말 잘하더라."

"더 하려다가 참았어. 뒷목 잡고 쓰러지시면 결국 언니한테 짐으로 돌아갈 것 같아서."

"잘했어."

"그러니까 언니도……."

"참, 전 부쳐 왔어. 너 전 먹고 싶다고 했잖아."

남아 있는 불똥이 자신에게로 튀자 수완은 자연스럽게 말을 끊었다. 들으나 마나 정신 차리고 그 사람이랑 헤어지라는 소리나 하겠지.

"지금은 안 내킬 테니까 냉장고에 넣어 둘게."

수완은 동생의 시선을 피해 냉장고 쪽으로 피신했다. 문을 열고 찬합을 넣어 두려 하는데 수완이 가져온 것 두 배 정도 크기의 찬합과 처음 보는 김치통이 들어 있었다. 수완이 쪼그리고 앉아서 고개를 갸웃하자 수민이 앙칼지게 쏘아붙였다.

"너희 지금 장난하니? 이 더위에 서진하랑 둘이서 오붓하게 전 부쳤나 봐?"

"이거 그 사람이 가져온 거야?"

수완이 놀라서 수민을 돌아보았다.

"왜 이래. 언니가 가르쳐 줬을 거 아니야, 내가 뭐 좋아하는지."

"나 그런 말 한 적 없는데."

"웃기지 마. 잊을 만하면 한 번씩 나타나서 지가 만든 거라며 전이랑 물김치 들이미는데…… 와, 걔 원래 그렇게 뻔뻔하니?"

웬만해선 그 사람의 일로 수민과 싸우고 싶지 않았건만 이 대목에선 수완도 발끈하지 않을 수 없었다.

"걔가 뭐야, 걔가! 나이가 너보다 몇 살이 많은데!"

"지금 편들어?"

"그 사람 전 부치느라 힘들었겠다. 날도 이렇게 더운데."

하지만 빠르게 포기하고 머리를 다시 냉장고 안으로 들이밀었다. 뒤통수가 따갑다 못해 간지러울 지경이다.

몸으로 진하의 찬합을 가리고 뚜껑을 살짝 들어 내용물을 확인했다. 군데군데 전이 비어 있는 게 유혹을 못 참고 집어 먹은 흔적이 고스란히 드러났다. 수완은 조용히 웃음을 삼켰다. 수민에게 말하고 싶었다.

네가 이해해 줘. 나 그 사람 없으면 못 살아.

서진하, 알고 보면 굉장히 착하고 또 멋있는 사람이야.

할머니 때문에 분노했던 사실도 까마득히 멀어졌다. 진하가 부쳤다는 전을 보고 있으니 희한하게 기분이 좋아졌다. 나한테 말도 안 하고 수민을 혼자 공략하고 있었다니.

나를 위해 노력하고 있다는 증거.

음식 하나에 수완은 무한한 행복을 느꼈다.

— 작년 12월, 난테크를 통한 뇌물 혐의를 시작으로 각종 수뢰 의혹이 계속해서 불거지면서 끝내 한인수 의원의 구속으로까지 이어지고 있습니다. 재판부는 오늘 새벽 범죄 혐의가 소명되고 증거 인멸의 가능성이 상당함으로 구속의 필요성이 인정된다며 한 의원에게 영장을 발부했습니다. 유력한 대권 주자 중 한 명으로 일컬어졌던 한 의원은…….

한 의원에 관한 속보가 온종일 뉴스를 장식했다. 화면에는 검찰 출석 때 그가 포토 라인에 섰던 모습이 반복해서 방송되었다. 수백 개의 카메라 플래시가 터지는 가운데 한 의원은 빳빳이 고개를 들고 모든 소란은 천박하고 부도덕한 정치 공세일 뿐 자신은 결백하다며 검찰을 공격했다.

그러나 초반, 어느 쪽이 진실일지 갑론을박을 이어 가던 언론들도 그에게서 등을 돌린 지 오래였다. 아들 한태영이 탈세와 뇌물 혐의가 인정돼 구속되면서 그에 대한 신뢰도는 급격히 하락했다. 요즘은 한 의원의 후안무치를 강조하기 위해 보도국에서 일부러 저런 화면만 편집해 내보내고 있다는 우스갯소리가 돌고 있을 정도였다.

가벼운 기계음과 함께 화면을 가득 메웠던 한 의원이 얼굴이 순식간에 사라졌다. 소음을 차단하듯 TV를 꺼 버린 사람은 진하. 리모컨을 대충 던져 놓고 현재 진행하고 있는 일에 심혈을 기울였다.

아늑하고 깨끗한 집 안에 라면 끓는 냄새가 진동했다. 계란을 넣되 터지지 않게 반숙으로, 파는 송송 썰어 듬뿍, 면발은 꼬들꼬들. 와이셔츠 소매를 걷어붙인 진하가 수완의 취향에 맞춰 라면을 끓이고 있었다. 퇴근하고 이곳으로 오자마자 부엌으로 직행해 라면 끓이는 일 하나에 정성을 다했다.

집주인인 수완은 마감을 맞추느라 정신이 없었다. 작년에 출간한 컬러링북이 좋은 반응을 얻어 의뢰가 줄지어 들어오고 있는 상황. 분야는 점점 넓어져 컬러링북 시리즈에서 스크래치북 시리즈, 기업과의 캐릭터 콜라보 등으로 이어지고 있었다.

"이수완!"

진하는 식탁에 세팅까지 완벽히 마친 후에야 수완을 불렀다.

요즘 피곤해하는 것 같아 맛있는 걸 해 주고 싶었다. 장어를 구워 줄까 했었는데 수완은 라면을 강력히 주장했다. 다른 건 입에 대고 싶지도 않다며. 아침부터 틈틈이 전화해 집요히 설득을 해 봐도 끄떡하지 않았다. 별수 없이 진하는 퇴근길에 마트에 들러 라면을 사 왔다.

"와, 맛있겠다."

후각을 사로잡는 강렬한 냄새에 수완이 비칠거리며 걸어와 식탁에 앉았다. 아삭아삭한 오이김치를 하나 집어 먹고 후후 불면서 면발을 후루룩 들이켰다. 퍼지지도 덜 익히지도 않은 면발이 가히 환상적이었다.

"또 점심 안 먹었지?"

"먹었어요."

"자꾸 그런 식으로 거짓말해라. 당분간 내가 여기서 재택근무 하는 수가 있다."

진하의 질책에 수완은 말없이 오물오물 면발을 씹기만 했다. 수완의 거짓말을 진하는 신기할 정도로 재깍재깍 알아챘다.

"다른 거 가지고 뭐라 한 적 없잖아. 끼니만이라도 잘 챙겨 먹으라고."

"……네."

수완이 시무룩하게 답하자 진하는 그대로 입을 다물었다. 라면이라도 먹여야지 이러다 그만 먹겠다고 할까 봐 더 다그치질 못하겠다.

한동안 두 사람은 김치 하나를 반찬 삼아 라면을 먹는 데 집중했다. 그리고 어느 정도 배를 채웠을 때 수완이 진하를 흘끔거리다 '있잖아요.' 하면서 말을 건넸다.

"내가 생각해 봤는데, 우리는 고백 한번 못하고 헤어져서 더유난이었던 거 같아요. 만약 그때 자연스럽게 사귀고 함께했다면 그다음은 어떻게 됐을까요? 당신이 유학 갔을 때, 혹은 몇년이 흐르고 나서 흐지부지 헤어졌을지도 모를 일이에요."

"무슨 말이 하고 싶은 거야?"

이 더운 날 격무에 시달리다 퇴근하자마자 라면부터 끓여다바쳤는데 저런 소리나 하다니. 진하는 예민한 반응을 보였다. 다른 건 다 참아도 이별, 헤어짐, 결별, 이런 말은 듣기만 해도두드러기가 날 것 같았다.

"당분간은 연애에만 충실하자고요."

"새삼스럽게……."

"사랑해요."

병 주고, 약 주고. 기습적인 고백에 물을 마시던 진하는 귓불과 목덜미가 다홍빛으로 물들었다. 수완은 그런 진하를 가만히 바라보다 주머니를 뒤적거려 식탁 아래서 무언가를 꼼지락거렸다. 뭔가 하고 진하가 눈썹을 꿈틀거리자 수완은 잠시 후왼쪽 손을 쫙 펴더니 당당히 그의 앞에 손등을 내보였다.

"그럼, 지금부터 안심하고 이 반시 *끼고* 다닐게요."

"……너!"

희고 가느다란 손가락 위에 물방울을 연상케 하는 다이아몬드 반지가 영롱한 빛을 발하고 있었다.

진하는 말을 잇지 못했다. 프러포즈하며 끼워 주고 싶었는데 담이 일이 터지고, 수민이 아프고 또 수술까지 받으며 여태껏 건네지 못하고 갖고 있었던 것이다.

"작년부터 당신 주머니 속에서 굴러다니더라고요. 하도 안 주기에 내게 아닌가 했었는데 이젠 내 집에서 막 굴러다니고 있네요. 연애하는 동안 부담 없이 끼고 다닐게요. 우리 열심히 연애해요."

당분간 프러포즈하지 말라는 은근한 압박이 섞인 말이었다. 서운하기도 했지만, 반지가 제자리를 찾으니 아름다움은 배가 되어 시선을 사로잡았다. 수완이 피아노를 치듯 가볍게 손가락을 움직였다.

"어때요?"

"……예쁘다."

진하의 시선은 손가락의 반지가 아닌 반지를 끼고 있는 수완에게로 향해 있다.

소박한 식탁, 환한 웃음, 투명한 반지.

두 사람의 뒤늦은 연애가 수줍고 애틋했다.

방학 시즌을 맞아 공항에는 한국을 빠져나가는 사람들로 인산인해를 이루었다. 시간에 맞춰 공항에 도착한 수완 일행은 곧바로 출국장으로 이동했다. 수완이 담이를 챙기는 사이 진하는 어머니와 두런두런 이야기를 나누었다.

작년 겨울, 진하의 모친과 서유하는 애초의 계획인 베른이 아닌 런던으로 이주했다. 켄싱턴에 사생활이 완벽히 보호되는 저택을 구입하고 교육 환경을 세밀히 점검했다. 그런 다음 진하의 모친이 한국에 들어온 게 약 두 달 전. 지적이고 차가운 이미지와 달리 소탈하고 자유분방한 성격의 어머니는 수완은 물론 수민까지 단번에 사로잡는 마력을 발휘했다.

수완과 담이의 군것질놀이에 동참했고, 수완이 일에 치여 바쁠 때면 자발적으로 옆에 앉아 밑그림을 그려 주시거나 배경 채색을 도와주셨다. 그림 한 점당 적게는 수억에서 많게는 수십억 원의 금액이 책정되는 분께서 기꺼이 어시스트 역할을 자처해 주셨다.

그럴 때마다 수완은 황송하기도 하고, 꿈같기도 하고, 이게 무슨 일인가 싶기도 하였다. 정작 본인은 심각하고 진지한 태도로 보조 역할에 성실히 임해 주시는데.

수완의 잠재력을 칭찬하며 유학을 추천해 주기도 하셨다. 런던에도 좋은 아트 스쿨이 있으니 함께 지내며 학교에 다녀보는 것이 어떻겠느냐, 리스트를 직접 뽑아다 보여 주시기까지 하셨다.

'도대체 언제 가실 겁니까.'

진하가 어머니께 출국을 종용하기 시작한 게 아마도 그즈음부터였을 것이다.

'간다, 가!'

아들의 볼멘소리에 어머니는 출국 날짜를 못 박고 쯧쯧 혀를 차곤 하셨다.

그렇게 해서 결정된 날짜가 바로 오늘. 진하의 모친이 손자인 담이를 데리고 런던으로 떠나는 날이었다.

서유하는 호적을 정리해 아들을 되찾고 싶어 했지만 전 여사는 시기상조라며 의견을 묵살했다. 대신 모든 것을 담이의 결정에 맡기기로 하였다.

출국일은 오늘이지만 입국일은 미정. 담이의 의견에 따라 당장 다음 주에 들어올 수도, 1년 뒤에 들어올 수도, 그도 아니면 방학 때만 한 번씩 들어올 수도 있었다.

수완은 담이를 내려다보았다. 맵시 있는 청바지에 깔끔한 셔츠를 입은 모습이 마치 아동복 화보에서 톡 튀어나온 모델 같았다. 머리부터 발끝까지 어디를 봐도 예쁘기만 한데 담이는 얼굴이 비치는 곳이 보일 때마다 제 모습을 점검했다. 단정한 머리를 한 번 더 쓸어 보고, 옷매무시를 가다듬고, 얼굴을 이리저리 살펴보다 수완에게 몇 번이고 되물었다.

"나 어때요?"

출국장에 도착해서도 마찬가지였다. 미리 와서 수속을 끝낸 어머니의 개인 비서가 인사를 건네는데 간단히 용건만 끝내고 제 모습을 비춰 보기에 여념이 없었다.

"아줌마, 나 정말 괜찮아요?"

아이의 그런 모습에 수완도, 진하도, 진하의 모친도 입가에 애잔한 미소를 지었다.

수완은 상체를 숙여 담이와 눈높이를 맞췄다.

"담아, 아줌마한테 처음으로 말 걸었던 날 기억나?"

"비 오는 날이요?"

"응. 샌드위치 같이 먹었던 날. 고모한테 가서도 그날처럼 도도하게 굴어야 돼. 설마 나한테만 그렇게 까칠했던 거 아니지?"

"나 누구 차별하고 그런 사람 아니에요. 누구든 일단 말해 보고 결정할 거예요. 고모도 마음에 안 들면 바로 아빠한테 돌아올 거고요. ……그래도 되죠?"

담이는 마지막으로 확인하듯 진하를 올려다보았다.

"고모가 영 아니다 싶으면 곧장 아빠한테 전화해. 내일이라도 당장 데리러 갈게."

한 점 의심 없는 그 대답이 아이를 웃게 했다. 담이는 수완이 이제까지 본 것 중 가장 환한 미소를 지으며 할머니의 손을 잡았다. '다녀오겠습니다.' 하고 씩씩한 인사를 건네며.

담이를 보내고 수완은 진하와 함께 돌아섰다. 눈가가 약간 불긋했다.

"담이가 언제 올까요?"

"글쎄."

"기분이 이상해요."

"뭐가?"

"허전하다고 해야 하나?"

진하와 단단히 손을 맞잡고 있음에도 가슴 한구석에 휑한 바람이 불었다. 규칙적으로 담이를 만나 맛있는 걸 먹으러 다녔는데 더는 그럴 수 없다고 생각하니 서운하고 속이 허했다.

"……자."

수완의 대답에 몇 초간 침묵을 지키던 진하가 잡고 있던 손을 놓고 주머니에서 뭔가를 꺼내 앞으로 내밀었다. 수완이 받은 것은 카드 지갑. 진하는 무뚝뚝하게 이런 말을 덧붙였다.

"허전할 땐 돈 쓰는 게 최고라더라."

"이거 카드예요? 한도 무제한?"

수완의 목소리가 삐딱해지려 하자 진하가 얼른 대답했다.

"한도는 650만 원. 그거 체크카드야."

"지금 나한테 현금 주는 거예요? 용돈 하라고?"

"용돈은 아니고. 네 돈이야, 그거."

언젠가 들어 본 적 있는 아주 익숙한 대답이었다. 수완은 수상쩍은 빛을 띠며 진하를 보았다.

"혹시 이것도 사연 있는 돈인가요?"

"비슷해."

"그럼 보관용이네요."

"그 반대. 막 써도 되는 돈이야."

무작정 쓰라는 그 말에 수완은 의문을 지우지 못하고 자세하게 캐물었다.

"도대체 나도 모르는 내 돈이 얼마나 있는 건데요? 태블릿하고 노트북도 가격이 어마어마했잖아요."

"그거 사고 남은 돈이 그만큼인 거야. 일종의 외화벌이해 온 거니까 애국한다 생각하고 펑펑 써. 순수한 노동으로 벌어들인 돈이니 돈지랄 운운하지 말고."

진하의 완벽한 방어에 수완이 기가 막혀 웃음을 터트렸다.

산뜻한 그 웃음소리가 오늘도 진하를 행복하게 해 준다.

"좋아요."

바짝 날을 세웠던 수완이 신경을 누그러트리며 수긍했다. 까짓것 못 받을 것도 없다며 스스럼없이 카드 지갑을 가방 안에 찔러 넣었다.

"이 돈으로 내 친구 만나러 가야겠다."

내친김에 사용처 또한 미리 결정했다. 수민의 건강도 한시름 덜었으니 가을이 시작될 무렵 수완은 샌프란시스코로 여행을 떠날 계획이었다.

작년부터 수완이 늘 그곳의 책자를 들춰 보고 있었기에 진하는 조용히 고개를 끄덕였다.

수완은 진하와 다시 손을 맞잡았다.

게이트를 나서자 한여름의 바람이 온화하고 상냥하게 날아왔다. 따스한 실크에 감싸인 듯 부드러운 감촉이 기분 좋아 수완은 입가에 잔잔한 미소를 드리웠다.

태은이 그토록 바랐으나 누리지 못하고 떠나야 했던 여름.

그 빛나는 여름 속을 수완은 지금 사랑하는 사람의 손을 잡고 열심히 걷고 있다.

비록 누군가의 여름보다 혹독한 폭풍을 만나 몇 번의 좌절을 겪어야 했지만 오래도록 아파하지 않았다. 그저 누구나 걸릴 수 있는 여름 감기를 독하게 앓고 일어났다 여기고 있다. 삶에서 중요한 건 고통스러웠던 과거보다 살아가야 할 행복한 미래이니까.

이제 그들 앞에 남은 것은 누군가에게 간절했던 이 여름을 씩씩하고 온전하게 살아가는 일. 하늘이 허락해 준 이 푸르른 여름날을 수완은 한 점 후회 없이 살아 내어

중년의 가을에도,

노년의 겨울에도,

손을 잡고 있는 이 사람과 울고 웃으며 나란히 걷게 되길 꿈꿔 본다.

비 개인 여름, 오전의 하얀 햇살이 두 사람의 머리 위로 축복처럼 쏟아졌다.

《고백의 이유》 끝

외전 1. La Vie En Rose

　건조해진 두 눈에 다채로운 불빛이 비춰 들었다. 미간에 주름을 긋고 태블릿 속 글자와 씨름하던 진하는 문득 고개를 들어 창 너머 어둠과 함께 찾아온 도심의 화려한 밤 풍경을 내다보았다.

　하루 중 가장 애타게 기다려 온 시간.

　눈가에 설렘이 스친다. 동시에 손놀림이 빨라졌다. 태블릿의 전원을 끄고 흩어져 있던 서류를 한데 모아 순식간에 창가바 테이블의 자리를 정리했다. 서둘러 계단을 내려가 길모퉁이의 카페를 나서 저 앞에 보이는 J그룹을 향해 걸었다.

　'만나 봐, 우리.'

　'넌 가만히 있기만 하면 돼. 석 달 동안 분주히 움직여야 할 사람은 나야.'

수완에게 일방적으로 통보한 뒤 다급히 휴가를 얻어 회사 앞까지 쫓아온 지 수일이 지났다.

첫날엔 정문 쪽에서 배수의 진을 치고 수완이 나오기를 무작정 기다렸다. 그때는 피가 뜨겁게 끓어 무슨 짓이든 할 수 있을 것 같았다. 하지만 야근을 마치고 동료들과 터덜터덜 걸어 나오는, 퀭한 두 눈의 수완을 보자 무모했던 감정은 일시에 곤두박질쳐 제자리로 돌아왔다.

안쓰러움이 그의 열정을 누르고 섣부른 행동을 못 하게 막았다. '이수완의 남자'라고 당당히 밝힐 수 있는 처지가 아니라면 직장 동료들 앞에서 그녀를 곤란하게 하고 싶지 않았다.

"아, 죽겠다……."

깐깐한 인상의 한 여자가 고개를 이리저리 움직이며 신음했다.

"수완 씨도 피곤하지?"

"휴가 끝나자마자 중노동이네요."

"이번 주는 꼼짝없이 야근해야 하나 봐. 다음 주는 월요일하고 금요일 빼고……."

그날 밤, 진하는 목표를 향해 돌진하는 대신 그들의 뒤를 따르며 본의 아니게 수완의 스케줄을 알게 되었다. 중간에 멈추기 싫어 그대로 따라 걷다 보니 어느덧 그녀의 집 앞. 우연히 일어난 한 번의 동행은 휴가를 이어 가던 진하에게 중요한 일과 중 하나가 되었다.

어쩌다 수완의 스케줄이 바뀌어 얼굴조차 보지 못하는 날엔 기운이 빠졌다. 조용히 바래다주며 집 앞에서 '이수완!' 이름을 크게 불러 보려다 녹초가 된 뒷모습이 안쓰러워 차마 붙잡지 못하고 돌아섰을 땐 아쉬움이 남았다. 그러면서도 한편으론 환영이 아닌 실제의 그녀가 제 눈에 담긴다는 것이 현실 같지 않았다.

얼마 전까지만 해도 상상조차 할 수 없었던, 이토록이나 가까운 너와의 물리적 거리.

바람을 타고 전해지는 이수완의 향기가 어느 여름의 시간으로 그를 이끌곤 했다. 설레고, 속상하고, 아무것도 확신할 수 없어 괴로웠던, 다시는 오지 않을 그 시절로…….

세월이 흐른 지금, 그는 여전히 말 한마디 붙이지 못하고 주위를 맴돌고 있지만 불안해하거나 초조해하지 않았다. 가까운 시일 내에 너와 마주하게 될 것 같은, 스스로 생각해도 어이없을 만큼 근거 없는 어떤 예감에 가슴이 떨렸다.

J그룹 앞에 도착해 기다린 지 30분 남짓. 마침내 수완이 동료들과 담소를 나누며 저 앞에 나타났다. 진하는 길 건너편에서 천천히 그녀와 함께 걸었다.

너를 바래다주는 길.

밤바람에 실려 언뜻언뜻 들려오는 네 웃음소리에 기분이 좋아졌다. 과거를 돌이켜보았을 때 이렇게나마 너를 매일 볼 수 있다는 게 나에게는 여전히 꿈만 같다. 지구가 태양을 축으로 공전하듯, 나의 세상은 오늘도 너를 중심으로 돌아간다.

그날은 카페로 향하는 발걸음이 유독 가벼웠다. 하늘에서 내리쬐는 햇살은 나른했고, 매일 지나던 거리의 풍경이 유난히 특별해 보였다. 어쩐지 좋은 일이 일어날 것 같은 막연한 예감에 들떴다.

진하는 호텔에서 도보로 약 5분 정도 떨어진 카페에 도착해 며칠 새 지정석이 되어 버린 2층 창가에 자리했다. 음료와 베이커리류를 주문하고 일에 몰두하며 간간이 고개를 들어 한결 부드럽게 쏟아지는 초가을의 눈부신 빛 내림을 감상했다. 수돗가에 앉아 무방비하게 뜨거운 볕을 맞고 있던, 어린 시절의 수완이 떠올라 가슴이 뭉클했다. 그러다 어느 순간, 누군가의 시선이 느껴져 뒤를 돌아보았다. 심장이 거칠게 들썩이며 수완과 눈이 마주쳤다.

······영화에선 이럴 때 어떻게 하더라?

근사한 남자 주인공 흉내라도 내고 싶지만, 저 사람 앞에선 그런 여유조차 사치였다. 진하는 그저 싱긋 미소를 지었다. 그러자 수완이 감정적으로 급격히 흔들렸다. 예상치 못한 그녀의 동요가 걱정스러워 자리에서 일어섰다. 서둘러 다가가자 수완이 얼른 뒤로 물러났다. 가까이 오지 말라는 무언의 요구에 진하는 가슴이 욱신거려 두 발을 멈추었다.

한 걸음, 또 한 걸음.

수완이 멀어졌다. 벌어진 간격 사이로 '라 비앙 로즈'의 영어 버전 노래가 잔잔하게 흐르고 있다.

날 안아 주세요, 꽉 끌어안아 주세요.

당신은 내게 마법의 주문을 걸었죠.

이것이 장밋빛 인생…….

사랑에 흠뻑 빠진 듯한 느낌의 노래를 거부하듯 수완은 점점 더 멀어지다 몸을 홱 틀어 시야에서 사라졌다. 들썩이는 발과 따라가고 싶은 욕구를 지그시 억눌렀다. 이곳에 처음 온 날, 동료에게 둘러싸인 수완을 보며 다짐했던 목표를 되뇌었다.

정성을 다하되, 네게 부담되지 않도록.

진하는 떨어지지 않는 발을 돌려 자리로 돌아갔다. 무거워진 마음을 어쩌지 못하고 앉아만 있자니 여성 싱어의 감미로운 목소리가 귓가에 감겼다.

당신의 마음과 영혼을 제게 주세요.
그러면 인생은 언제나 장밋빛이겠죠.

착잡한 와중에도 피식, 웃음이 터졌다.

노래의 가사가 자신의 처지와 너무도 상반되었다. 수완의 마음을 단 한 조각만 얻을 수 있어도 행복할 것 같은데 마음과 영혼을 전부 달라니. 진하는 터무니없는 욕심이라고 냉소하면서도 노래가 끝날 때까지 솜사탕 같은 가사에 망연히 귀 기울였다.

가을을 재촉하는 비가 내렸다.

"선물이 정말 마음에 들어?"

호텔에서 볼일을 마치고 카페로 돌아가며 진하는 빗속에서 담이와 통화를 나눴다.

— 네, 진짜 마음에 들어요. 이따 밥 먹고 최 비서 아저씨랑 같이 조립해 보기로 했어요. 완성되면 사진 찍어서 보내 줄게요.

"아빠가 같이해 줘야 하는데 시간 내지 못해서 미안해."

— 괜찮아요. 난 이미 뇌물을 받았으니까.

아이의 당돌한 말이 귀여워 진하는 옅은 웃음을 지었다.

— 그런데 아빠, 무슨 일이 있는 건 아니죠?

"아니야. 그냥 아빠한테 중요한 일이 있어서 그래."

— 어떤 중요한 일이요?

"아빠가 욕심을 조금 부려 보려고."

— 흠……

꼬치꼬치 캐물을 때와 다르게 담이의 반응이 시원치 않았다. 진하는 한쪽 눈썹을 뾰족 세우며 이유를 물었다.

"왜. 아빠가 욕심부린다니까 이상해?"

— 아니요. 그게 아니라, 욕심이라는 말이 조금이랑은 어울리지 않아서요.

"그런가?"

— 네. 원하는 마음이 크기 때문에 욕심이 나는 거랬어요.

빗물이 흥건한 거리 한복판에서 진하는 흠칫하여 굳어졌다. 단순하고도 명쾌한 아이의 말이 새삼 가슴을 훅 치고 들어와 그를 뒤흔들었다.

— 아빠, 내 말 듣고 있어요?

"……응, 듣고 있어."

—그러니까 잘 생각해 보고 정말 욕심이 난다면 조금이 아니라 힘껏 노력하셔야 해요. 그게 아니면 그냥 집으로 오고요.

"우리 담이 똑똑하네."

— 아빠도 일만 하지 말고 책 읽으면 돼요. 내 방에 있는《바른 마음, 지키는 마음》꼭 읽어 보세요.

한 번씩 생각지도 못한 말로 어른들을 깜짝깜짝 놀라게 했던 담이가 오늘도 어김없이 깊은 인상을 남기고 통화를 끝냈다. 실소한 진하는 핸드폰을 재킷 주머니에 넣다가 입매가 급속도로 경직되어 한곳을 보았다.

찻길 건너 한 편의점, 수완이 나오고 있었다. 빗속에 선 그녀는 다음 갈 곳을 모르겠다는 듯 아득한 시선으로 허공을 더듬거렸다. 이내 어깨가 축 처져 터벅터벅 걷는 그녀에게서 깊은 번민이 뚝뚝 묻어 나왔다. 아주 오래전 대학 입시를 끝내고 길에서 우연히 마주쳤을 때, 그날도 수완은 저런 얼굴을 하고 있었다.

툭 건드리면 금방이라도 후드득 굵은 눈물을 떨어뜨릴 것 같은.

당차고 야무졌던 아이가 그날만큼은 한없이 약해져 있었고 진하는 벌어진 그 틈을 놓치지 않았다. 성큼성큼 다가가 손목을 낚아채고 빈자리를 파고들었다. 공부 가르쳐 줄게, 내 후배 만들어 줄게. 달콤한 말로 유혹해 한동안 곁에 붙들어 놓는데 성공할 수 있었다. 그리고 지금이 바로 그때와 유사한 상황임을 직감적으로 알아챘다.

진하는 재빨리 길을 건너 수완이 들어간 샌드위치 매장 앞에 도착했다. 환한 조명 아래, 수심이 가득한 그녀의 얼굴이 적나라하게 두드러져 보였다.

왜? 무슨 일 때문일까?

걱정이 되면서도 부정할 수 없는 기대감에 한쪽 가슴이 뻐근해졌다. 저 심란함의 요인이 나 때문이길, 적어도 내가 네게 그 정도는 되는 사람이길. 되지도 않는 바람을 품고 밖으로 나오는 수완을 응시했다.

안다. 언제나 네 빈틈을 노리는 나는 나쁜 새끼다.

그렇지만 너를 위해 갈고닦은 내 요리 솜씨는? 어쩌지 못하고 통장에서 썩고 있는 저 1,650만 원은? 한 번만. 잠시만. 우리의 인생에서 딱 석 달만. 고개를 돌려 모르는 척 네 비어 있는 옆자리에 내가 설 수 있게 해 줘.

이수완!

이름을 부르지 못하는 대신 긴 팔을 뻗었다. 추웠던 겨울 손목을 낚아챈 그날처럼 그녀의 손에서 비닐 백을 뺏어 들었다. 놀라서 돌아보는, 어엿한 성인이 된 수완의 얼굴에 고등학생 시절의 앳된 그 애가 겹쳐져 가슴이 덜컥 내려앉았다.

"좋아요."

석 달만 만나 보자는 끈질긴 설득에 수완이 기습적으로 동의했다. 간절히 바랐던 일이지만 이토록 빠른 수긍은 예상치 못했기에 멍해진 진하는 묻지 않을 수 없었다.

"갑자기 왜? 한참 더 설득해야 한다고 생각했는데."

"비 오잖아요."

수완의 대답은 간결했다.

"한 번쯤은 감정에 휘둘려도 되지 않을까 해서요."

"그게 전부야?"

"서진하 씨, 오늘 날 잘 잡은 줄 아세요."

산뜻하기까지 한 그녀의 대꾸에 진하는 먹구름이 낀 하늘을 올려다보았다. 천둥과 번개를 동반한 가을비가 거세지고 있었다. 그러나 무슨 상관이란 말인가.

8년 만이었다.

먼 길을 돌아 다시 네 곁에 돌아오기까지…….

조건이 붙긴 했지만 이런 날씨 덕에 마침내 네 옆자리를 허락받았다면 하와이의 화창한 날씨가 부럽지 않았다. 석 달 뒤에도, 여섯 달 뒤에도, 그러니까 삼 개월마다 한 번씩 오늘처럼 비가 내려 주길 바랄 뿐.

진하는 인공 강우 연구에 대한 투자를 진지하게 고민해 보는데 수완이 묵직한 비닐 백에 손을 뻗었다. 도로 빼앗기기 전 손에 힘을 줘 샌드위치와 샐러드를 사수했다.

"왜?"

"우리 팀원 저녁이에요. 난 들어가 볼 테니까 이제 카페는 가지 마세요. 호텔에서 체크아웃도 하고요."

"들어다 줄게. 이거 무거워."

진하는 대답도 듣지 않고 먼저 우산을 펼쳐 빗속으로 나아 갔다. 정색하며 '서진하 씨!' 하고 부를 줄 알았는데 수완은 말 없이 따라와 나란히 걸었다.

도시의 소음은 떨어지는 세찬 빗물 소리에 완전히 뒤덮였 다. 그 속에서 진하는 찰박찰박, 수완이 발을 옮길 때마다 들리 는, 물 튀는 소리에 집중했다. 대화를 나누지 않아도, 마주 보 고 있지 않아도, 옆에서 들리는 반복적이고 단순한 기척만으로 도 가슴이 꽉 차오르는 기분이었다.

이런 너를, 내가 어떻게 놓을 수 있을까.

담이의 말이 맞다. 조금의 욕심이란 존재하지 않는다. 분에 넘치게 무언가를 탐한다는 사전적 정의처럼 그것은 이미 조금 이라는 영역을 훨씬 뛰어넘은 단어였다.

잠시를 허락받은 지 얼마나 되었다고 진하는 벌써 수완과 영원히 함께이기를 바란다. 어깨를 맞대고 걷는 이 길이 끝나 지 않기를, 어렵게 차지한 너의 옆자리가 앞으로도 계속 나만 의 것이길.

"이제 됐어요. 여기서부턴 혼자 갈게요."

"이따 데리러 올게."

갈증이 깊어진 진하는 자제력을 잃고 성급한 욕심을 드러냈다.

"비 오잖아. 차 대기하고 있을 테니까 동료들한텐 약속 있다 고 말하고 이쪽으로 와. 집까지 편하게 데려다줄게."

걸음을 멈춘 두 사람은 빗속에서 서로를 바라보았다. 물끄러미 자신을 응시하는 수완의 표정이 잔잔해 진하는 속이 더욱 타들었다.

"……싫어?"

"아니요."

때문에 뒤이어 흘러나온 대답은 극히 놀라웠다. 거기서 끝이 아니었다.

"몰래 하는 연애…… 뭐, 그런 거 같네요."

연속해서 그를 놀라게 한 수완은.

"끝날 때쯤 문자 할게요."

당연한 듯 주도권을 차지하고 돌아섰다. 잠시 얼이 빠졌던 진하는 차차 미소가 번지는 얼굴로 멀어지는 수완을 지켜보았다.

터질 듯 부풀어 오른 욕심에 네가 방금 불을 질렀다는 걸 알고나 있을까.

이제 단 한 조각의 마음으론 충분치 않았다. 내 마음은 이미 아주 오래전부터 너의 것이니 한 번쯤은 나도 네 마음의 주인이 되고 싶다. 네 마음과 영혼을 내가 전부 가질 수 있다면…… 그 어떤 악천후 속에서도 인생은 언제나 아름다운 장밋빛으로 찬란할 것이다.

쾅, 콰쾅!

계속되는 도심의 폭우 속에서 그녀를 바라보는 진하의 얼굴에만 잔잔한 온풍이 머물고 있었다.

외전 2. Be Kind

아무리 자려고 노력해도 눈이 말똥말똥했다. 이리저리 뒤척이다 결국 잠들지 못하고 좌석을 세운 담은 비행 내내 긴장이 안 풀려 멍해 있었다.

"우리 담이 예쁜 눈 밑에 그늘이 생겼네."

통로 너머 옆자리에서 건너온 할머니가 몸을 낮추고 담의 상태를 확인했다.

"졸린데 잠이 안 와요."

"자리가 불편해서 그런가, 아니면……."

머리를 쓸어 주던 최 여사가 잠깐의 시차를 두고 조심스럽게 물었다.

"담아, 엄……마 만나는 게 걱정돼?"

가슴이 두근, 뛰었다.

이거였구나!

담은 자신도 몰랐던 긴장의 이유를 자각하며 시치미를 떼었다.

"모르겠어요."

거짓말을 하려는 의도는 아니었다. 그저 부끄러웠다.

'엄마'라니…….

친모가 누구인지 담이 알고 있었다는 건 이제 가족 모두가 아는 사실이었다. 하지만 그 누구도 담에게 유하를 엄마라고 칭하지 않았다. 아직은 직접적인 언급을 조심스러워하는 분위기였는데, 한국을 벗어났기 때문이었을까. 늘 대담하고 씩씩한 최민경 여사는 오늘도 남들이 꺼리는 일을 가장 먼저 저지르는 데 망설이지 않았다.

담은 붉어지는 두 뺨을 감추기 위해 일부러 크게 하품했다.

"아이고, 우리 담이 피곤해서 어쩌나. 도착 시간 얼마 안 남았으니까 조금만 참아."

더는 말하기 곤란하다는 신호를 알아챘는지 최 여사는 대화를 길게 이끌지 않았다. 담의 자세를 편하게 교정해 주고 승무원에게 주스 한 잔을 부탁한 다음 자리로 돌아갔다.

멋진 아저씨가 가져다준 신선한 오렌지 주스를 시원하게 들이켰다. 빈 병을 한쪽으로 치운 담은 팔짱을 끼고 심각한 고민에 빠졌다.

고모를 만나면 과연 뭐라고 불러야 하는가.

아빠든 고모든, 어른들은 역할이 바뀌어도 '담아' 하고 부르면 끝이지만 아이는 그게 아니었다. 혈연관계에 따라 어른들을 정확한 호칭으로 구분 지어 불러야 할 의무가 있었다.

그렇다면 나는…….

엄마.

엄마. 엄마. 엄마.

고모를 엄마라고 부르는 상상만으로도 양쪽 입꼬리가 실룩, 위로 솟구쳤다.

그래, 서로가 사정을 뻔히 아는 마당에 고모라고 부를 순 없다. 섭섭해하실 수도 있으니 조심스럽게 엄마라고 먼저 불러 봐야지.

어쩐지 가슴께가 간질간질해 담은 좌석을 도로 눕히고 담요를 머리끝까지 확 뒤집어썼다.

낭패가 아닐 수 없었다. 잠이 덜 깬 담은 할머니의 손에 이끌려 걷다가 창에 비친 제 모습을 발견하고 깜짝깜짝 놀라기를 반복하는 중이었다.

혼자 키득거리며 담요를 뒤집어썼다가 그대로 잠이 들었다. 밥 먹으라고 깨워도 세상모르고 새근거리다 착륙하기 직전 어른들의 손에 간신히 몸만 세워졌다. 비몽사몽 한 채로 좌석이 원위치로 돌려지고 제 몸에 안전벨트가 채워지는 것을 지켜보았다.

예쁜 모양을 유지했던 머리엔 까치집이 생기고 두 눈은 퉁퉁 부었다. 임시방편으로 화장실에 들어가 찬물에 세수하고 젖은 손으로 머리도 만져 봤지만 소용없는 시도였다. 부기는 빠지지 않았고 뻗친 머리도 완벽한 수습이 불가능했다.

이건 내가 아니다. 이런 모습을 첫인상으로 남겨서는 안 된다.

위기의식이 고조된 담은 어른들을 열심히 따라 걷다가 최 여사를 불렀다.

"할머니."

"어, 담아."

"저 찬물 마시고 싶어요."

"차에 준비되어 있을 거야. 당장 목마르면⋯⋯."

최 여사가 동행한 비서를 부르려 하자 담이 얼른 끼어들었다.

"그럼 됐어요. 차에 가서 마실게요."

전 목이 마른 게 아니거든요.

정확한 출처는 모르지만, 예전에 TV에서 어떤 이모가 부기를 뺀다며 냉장고에서 꺼낸 생수병을 얼굴에 갖다 댄 장면을 본 적이 있었다. 담은 그 기억을 되살려 집으로 가는 차 안에서 차가운 생수병으로 눈의 붓기를 해결할 생각이다. 그때 시트에 기대 뻗친 머리카락을 최대한 눌러 준다면 흐트러진 외관이 그럭저럭 정리되겠지.

대책이 마련되자 그제야 마음이 편해져 타국의 낯선 사람들이 눈에 들어왔다. 담이 주위를 구경하느라 여념이 없는 사이 어른들은 알아서 수속을 마쳤다. 밖으로 나오자 현지에서 고용된 두 명의 직원이 기다리고 있었다. 그들에게 짐을 맡긴 일행은 차가 대기 중인 곳으로 바쁘게 향했다.

아이가 해야 할 일은 아무것도 없기에 담은 그저 태평했는데 문제는 꼭 이렇게 방심하고 있을 때 들이닥쳤다.

"아니, 쟤가……. 유하야!"

몸이 수영장 아래로 깊이 가라앉은 듯 세상의 소음이 일시에 제거되었다. 담의 두 눈이 커지고 심장은 급격히 벌렁거렸다.

약 30미터 앞, 차가 줄지어 주차된 그곳에 한 여자가 있었다. 물결처럼 구불구불한 머리카락이 등을 뒤덮고 얼굴을 가리는 모자를 푹 눌러쓴. 온실 속 청초한 꽃 한 송이를 연상케 할 만큼 몸이 가냘픈 그 사람은 최 여사의 부름에 휙 돌아보았다.

눈이 마주쳤다.

담은 입술을 바르르 떨었고 여자는 모자를 벗었다.

아…….

사진으로 본 그 모습보다 몇 배는 아름다웠다. 조금은 긴장한 듯 자신을 향해 수줍게 짓는 미소가 너무도 예뻐 담은 불현듯 슬퍼졌다. 뜨거운 설움이 가슴을 치고 올라 눈물이 터질 뻔한 걸 간신히 참았다.

하지만 욱신욱신, 심장을 관통하는 통증까지는 어쩌지 못했다. 도대체 왜 이러는지 그 이유조차 모르지만, 가슴속에 뜨거움과 차가움이 동시에 생겨난 느낌이었다. 그래서 담은 한 발 앞까지 다가온 유하를 따뜻하지도 차갑지도 않은 표정으로 바라보았다.

유하가 안절부절못하자 최 여사가 담의 가늘고 숱 많은 머리카락을 쓰다듬으며 중재에 나섰다.

"담아, 인사해야지."

기다려 온 순간이었다. 착륙하기 전까지 꿈에서, 상상 속에서 수도 없이 엄마를 부르고 품에 안겼다. 이제 그대로만 하면 되는데, 늘 바라던 순간이 드디어 왔는데, 이상하게 몸이 움직여지지 않았다. 하나도 기쁘지 않았다. 오히려 화가 났다.

엄마가 너무 예뻐 화가 난다니……

담은 자신의 상태에 어리둥절해하면서도 겉으로는 동요하는 모습을 드러내지 않았다. 유하를 향해 건조한 인사만 건넸다.

"안녕하세요, 고모. 서담이라고 해요. 만나서 반갑습니다."

분위기가 한순간에 경직되는 것이 느껴졌으나 개의치 않았다. 뻗친 머리와 붓기가 가시지 않은 얼굴도 더는 상관없었다. 움찔했던 유하가 서둘러 표정을 풀고 미소를 보내왔지만 담은 그저 고요히 바라보기만 했다.

❦

집은 켄싱턴 궁전 인근 조용한 동네에 위치했다. 정원과 건물의 외양은 고풍스러웠지만 인테리어 공사를 대대적으로 마쳤다는 내부는 아늑하고 편안했다.

잘 관리된 정원과 파릇한 잔디가 내려다보이는 방 또한 마음에 들었다. 집에 고용된 사람들도 하나같이 친절했다. 준비를 단단히 했다는 최 여사의 말처럼 어린 눈으로 보기에도 무엇 하나 부족함이 없었다. 다만 하나, 문제가 되는 것이 있다면 담과 유하 사이에 존재하는 어색하고 미묘한 긴장감이었다.

둘은 첫날부터 엇박자를 나눴다. 공항에서 형성된 데면데면

한 분위기가 집에 도착해서도 이어졌다. 서먹함 속에서 대화를 나누고 저녁 식사를 마쳤다.

밤이 내려앉아 따뜻한 물에 목욕을 마친 담은 몸이 노곤해져 저절로 눈이 감겼다. 최 여사에게 잠옷 단추를 맡기고 연신 하품을 해 댔다. 그러는 동안 머리를 말려 준 유하가 드라이어를 치우며 바쁘게 말했다.

"엄마도 피곤하실 텐데 가서 쉬세요. 담이는 제가 재울게요."

"그럴래?"

"아니요, 저는 괜찮아요."

거의 동시에 건넨 담의 대답에 어른들은 일시에 얼어붙었다.

"커튼 닫아 주시고 불만 꺼 주세요. 저 끝에 있는 작은 등 하나만 켜 주시고요."

오자마자 주변 탐색을 끝낸 담은 원하는 취침 등을 정확하게 가리키고 침대로 향했다.

특별한 의미를 둔 행동은 아니었다. 누가 재워 주지 않아도 베개에 머리가 닿자마자 잠들 자신이 있었다. 그 정도로 몸이 나른했다. 그리고 담이 보기에 최 여사뿐 아니라 유하 역시 쉬어야 할 것 같았다.

목욕할 때 옆에서 열심히 거들긴 했는데 버거워 보였다. 오래 아팠다더니 팔뚝도 가늘고, 요령도 없고, 무엇을 어떻게 해야 할지 몰라 쩔쩔매는 모습이 딱할 지경이었다. 자신은 어차피 눕자마자 잠들 테니 옆에서 힘 빼지 말고 각자 쉬는 시간을 갖는 게 가장 좋다고 판단했다.

"안녕히 주무세요."

주눅이 들어 고개를 숙인 유하와 안타까운 눈빛을 보내는 최 여사. 심상치 않은 어른들의 분위기를 알아채지 못한 담은 예의 바르게 인사까지 하고서 잠이 들었다. 자신의 이런 결정이 오해를 불러일으켜 고모와 할머니가 밤잠을 설치리라곤 꿈에도 생각지 못하고.

어제의 행동이 의도와 다르게 전달되었음을 알게 된 건 다음 날이었다. 푹 숙면을 취하고 일어나 보니 잠을 못 자 눈에 핏발이 선 최 여사가 잠옷 차림으로 옆에 와 있었다.

"담이 잘 잤니?"

다정하게 얼굴과 머리를 쓸어 주며 여러 질문을 시작했다. 너한테 허락도 받지 않고 할머니가 고모를 엄마라고 해 기분이 안 좋았는지, 할머니가 없을 때 엄마가 너한테 실수한 게 있는지, 그도 아니면 어제 목욕할 때 불편한 점이 있었는지 등등.

영문도 모르고 '아니요.'를 반복했던 담은 뒤늦게 무심코 한 행동이 오해를 샀다는 걸 어렴풋이 짐작했다. 그러자 정들었던 집과 소중한 가족을 떠나온 현실이 새삼 실감났다.

한남동 집이었다면 겨우 이런 일로 오해하는 사람은 없었을 것이다. 왕할머니와 아주머니들, 하물며 출장이 잦은 아빠까지 담의 말과 행동을 있는 그대로 받아들여 주었다. 하지만 가끔 보았던 할머니와 처음 같이 지내게 된 고모는 자신에 대해 별로 아는 것이 없었다.

담은 제가 있는 이곳이 갑자기 낯설게 느껴졌다. 집에 가고 싶다는 생각도 강하게 들었다. 그러면서도 상황이 악화되기 전 서둘러 해명하려 하는데 문이 열리고 유하가 들어왔다. 최 여사와 마찬가지로 눈에 핏발이 서고 얼굴이 푸석해진 채였다.

그런 고모를 보자니 안쓰러우면서도 어쩐지 입이 떨어지지 않았다. 그리고 보니 자신도 고모에 대해 아는 것이 하나도 없었다. 어떤 음식을 좋아하고, 어떤 색깔을 좋아하는지. 성격은 어떻고 사소한 습관이나 특유의 표정은 무엇인지. 이제 처음 만났으니 당연한 일이지만 그래도 원래대로라면 엄마와 아들인데 남과 다를 바 없다는 게 슬프고 서운한 감정을 일으켰다.

그 일이 있은 후 담은 유하에게 거리를 두었다. 이전까진 본의 아니게 어른들을 긴장시켰다면 이젠 고모가 작은 일로도 눈치를 본다는 걸 알면서도 외면했다.

어느 밤, 한국에서 가져온 책을 읽고 있을 때였다. 똑똑. 밖에서 노크 소리가 나더니 살며시 문이 열리고 유하가 들어왔다. '담아.' 부르며 가까이 온 유하의 손에 동화책 한 권이 들려 있었다. 담이 읽고 있는 책을 흘긋 보더니 침대 가장자리에 앉아 가져온 책을 내밀었다.

"이거 여기 애들이 좋아하는 책이래. 자기 전에 엄마가 읽어 줄까?"

"괜찮아요. 전 지금 읽고 있는 책이 있어요."

"그럼 내일은 어때?"

"이거 오늘 다 못 읽어요. 이거 다 읽으면 또 다른 책 읽어야 하고요."

이 정도면 물러날 줄 알았는데 오늘따라 고모는 주춤주춤하면서도 포기하지 않았다.

"지금 읽고 있는 책은 마저 끝내고, 한국에서 가져온 다른 책은 다음에 읽으면 안 돼? 담이 여기서 친구도 사귀어야 하는데 영어에 미리 익숙해지면 좋잖아."

"전 아직 여기서 살지 말지 결정하지 않았어요. 여기가 별로면 언제든 전화하라고 아빠가 말했고요. 그리고 전, 작년에 《해리 포터》를 영어로 끝까지 읽었어요."

"아……, 그랬구나."

유하는 글밥이 적은 동화책을 슬그머니 도로 가져갔다. 아이의 수준을 제대로 파악하지 못한 게 민망했는지 두 뺨이 붉어져 있었다.

"책 읽는 거 방해해서 미안해."

힘이 빠진 음성으로 사과하더니 발소리도 내지 않고 조용히 방을 나갔다.

담은 끊겼던 부분부터 다시 책을 읽기 시작했다. 그러나 몇 줄 읽지도 못하고 도로 고개를 들었다. 그냥 할 말을 했을 뿐인데 죄라도 지은 듯 마음이 좋지 않았다.

그로부터 며칠 뒤 최 여사가 학교 투어를 제안했다. 집 근처에 있는 프렙 스쿨로 교육청의 감사에서 매년 전 항목 최우수 등급을 받는 곳이라고 했다.

여름 방학이 끝나기 전 한국으로 돌아갈지도 모르는데 벌써 학교 투어라니.

처음엔 거절했으나 사정을 알고 나니 선택의 여지가 없었다. 그곳은 아이가 태어나자마자 부모들이 신청서부터 낼 만큼 입학 경쟁이 치열한 학교였다. 담이 오기 전부터 유하는 그 학교를 고집했고 미술계에서 영향력이 막강한 최 여사를 비롯해 전 여사와 진하까지 나서 인맥을 총동원한 끝에 간신히 한 자리를 확보할 수 있었다.

왕할머니와 아빠의 수고를 무시할 수 없었기에 담은 인터뷰에 최선을 다했다. 최 여사의 그림을 좋아한다는 교장이 직접 나와 인사를 나눌 만큼 분위기는 우호적이었다. 어른들은 아이의 미래를 위해 최선을 다하는 중이라고 생각하겠으나 담이 입장에서는 그들이 벌여 놓은 일을 망치지 않기 위해 세상이 원하는 대답을 내놓고 내키지 않는 미소를 멈추지 않았다.

힘들었지만 오랜만에 유하가 활짝 웃는 모습을 보니 나름 보람차기도 했다. 쌀쌀맞게 굴었던 게 내내 미안했는데 그것이 어느 정도 가신 기분이었다. 하지만 그러한 뿌듯함도 이후 방문한 첼시의 한 레스토랑에서 와르르 무너지고 말았다.

그것은 사고와도 같았다.

식사를 끝낸 담은 화장실에 들러 손을 씻고 나오다가 멈칫하였다. 최 여사와 유하가 우연히 지인 일행을 만나 화기애애하게 대화를 나누고 있었다. 특히 유하는 막 걸음마를 시작한 남자아이에게서 시선을 떼지 못했다. 세상에 존재하는 단 하나의 사랑스러운 존재인 듯 소중하게 품에 안더니 아이의 이마와 뺨에 뽀뽀하고 핸드폰으로 사진도 같이 찍었다.

그런 모습을 보고 있자니 지금껏 한 번도 품지 않았던 의문이 뾰족하게 솟아나 어린 가슴을 콕콕 찔렀다. 저렇게 아이를 예뻐하면서……,

왜 나는 품어 주지 않았을까?

왜 나를 이제야 불러 준 것일까?

저토록 쉽게 찍을 수 있는 사진을 자신과 고모는 한 번도 함께 찍은 적이 없었다.

내가 쌀쌀맞게 군다고 눈치나 보고…….

사랑한단 애정 표현이나 진심이 담긴 사과 한마디 해 주지 않았다.

담은 아이가 부러웠다. 고모가 밉고 쳐다보기도 싫었다. 설움과 심술이 치솟아 순식간에 감정적이 되었다. 아빠한텐 그냥 미안하기만 했는데 고모한텐 서운하고 부글부글 화만 끓었다.

어느새 눈가가 촉촉해졌다. 눈물이 뺨을 타고 흐르자 팔꿈치를 들어 눈가를 쓱 훔쳤다. 여기서 우는 모습을 들키고 싶지 않았다. 능숙하게 감정을 숨긴 담은 곧 아무렇지 않은 척 어른들에게 다가갔다.

레스토랑을 니와 한 패션 브랜드 매장에 들렀다. 모자를 푹 뒤어쓴 채 차에서 내린 유하는 사람이 없는 숍에 들어선 후에야 얼굴을 드러냈다. 어른들이 왕할머니께 보낼 선물을 고르는 동안 담에게는 우유와 쿠키가 제공되었다.

아삭아삭, 쿠키를 씹으며 매장 안을 둘러보다가 예쁜 모자들이 눈에 띄어 손에 묻은 부스러기를 탈탈 털고 그쪽으로 가 보았다. 성인 여자가 공원이나 마트 갈 때 쓰면 딱 좋을 만한 것을 보고 있자니 유하가 쪼르르 다가왔다.

"담이 모자 보는 거야?"

무슨 까닭인지 목소리에 설렘이 가득했다.

"네. 이거 한 번만 써 봐 주실 수 있어요?"

"그래!"

그게 뭐 그리 좋은 일이라고.

유하는 세상을 전부 얻은 듯 얼굴이 환해져 모자를 푹 쓰고 보여 주었다.

"어때?"

"음……, 이거랑 바꿔 볼게요."

담은 신중하고 까다롭게 모자를 골랐고, 그러면 그럴수록 유하는 신이 나서 요구에 응했다. 성의껏 호응해 주는 건 고마웠지만 왜 저렇게 좋아하실까. 하물며 최 여사까지 행복한 미소를 짓고 있었다. 조금은 의아했지만 어쨌든 담은 장고 끝에 하나를 선택했다.

"전 이거요. 이게 제일 마음에 들어요."

"이거?"

흥분한 유하는 담이 가리킨 모자를 다시 머리에 쓰고 확인했다.

"담아, 이게 엄마한테 잘 어울려?"

"아니요. 그건 수완 아줌마한테 선물하고 싶어요. 저 이거 사도 되나요?"

"아……, 이건 수완 씨한테 줄 거였구나."

고조되었던 분위기는 한순간에 식어 가라앉았다. 담이 역시 어떻게 돌아가고 있는지 빠르게 눈치챘다. 지난 며칠 줄곧 그래 왔듯 이번에도 오해가 생겼다는 걸. 아마도 고모는 자신이 쓸 모자를 골라 주었다고 착각하고 있었다는 걸.

유하는 무안해하며 모자를 벗더니 다시 차분해져 말했다.

"그럼, 당연히 선물해도 되지. 엄마도 수완 씨한테 좋은 거 많이 사 주고 싶어."

그렇게 말하면서도 낙심한 기색을 완전히 감추진 못했다.

난처해진 담은 '고모 거는 지금부터 골라 줄게요.'라고 말하려다가 레스토랑에서 보았던, 유하와 남자아이의 다정한 모습이 뇌리를 스쳐 입을 꾹 다물었다. 약해졌던 마음에 가시가 생기고 그때의 불쾌감이 꾸물꾸물 되살아나 가슴속에 존재하는 두 가지 감정 중 또다시 차가움이 힘을 키웠다.

"우리 담이, 수완 아줌마를 많이 따르나 보네."

"네. 전 아줌마가 좋아요."

담은 유하를 뚫어지게 올려다보며 다소 차갑게 답했다.

"어떤 점이? 수완 씨가 좋은 사람이라는 건 엄마도 아는데 담이는 어떤 점이 좋았는지 궁금해서."

"아줌마는 예뻐요. 저한테 소시지 빵도 만들어 줬는데 너무 맛있어서 지금도 먹고 싶어요. 착하고 똑똑하고 회사도 다녀요. 아줌마는 정말 성실한 사람이에요.”

담이는 쏘아붙이듯 수완의 장점을 나열했고, 유하는 들으면 들을수록 안색이 창백해졌다.

“그뿐만이 아니에요. 아줌마는 거짓말도 안 해요. 책임감도 강해서 날 미워해도 되는데 오히려 잘해 줬어요. 나중에 결혼해서 아기가 태어나면 소중히 대해 주겠죠. 그 아이가 부러워요. 전 수완 아줌마 같은 엄마가 있으면 좋겠어요!”

대놓고 비난한 것과 다름없었다. 당신은 무능할 뿐 아니라, 이기적인 행태로 여러 사람을 힘들게 했으며, 자식이나 버리는 불성실하고 무책임한 사람이라고.

후드득 눈물을 쏟은 유하는 담이가 고른 모자를 들고 서둘러 계산을 요청했다. 최 여사의 눈시울도 붉어져 있었다. 그렇다고 담이 속 시원해진 것은 아니었다. 꾸역꾸역 눌러 놓았던 앙금을 터트리긴 했는데 울고 싶은 심정은 어린 마음도 마찬가지였다.

차를 타고 오는 내내 유하가 숨죽여 울었다. 담이는 창밖에 둔 시선을 돌리지 않았다. 아침부터 호들갑스럽게 준비를 마치고 외출에 나섰던 세 사람은 우중충한 먹구름을 끼고 귀가했다.

유하가 도망치듯 후다닥 방으로 사라지고 담은 새로 고용되었다는 영국인 보모 손에 맡겨졌다. 목욕을 마치고 나오자 그새 감정을 정리한 최 여사가 웃는 얼굴로 맞아 주었다. 점심을 늦게 했으니 저녁은 간단하게 먹자는 말로 경색된 분위기를 풀더니 머리카락을 넘겨 주며 말했다.

"담아. 아까 엄마가 운 건······."

"알아요. 저 때문이라는 걸."

"아니야. 너 때문이 아니라, 엄마는 오랫동안 마음이 아팠어. 이제 다 나았는데 아직도 한 번씩 통증이 생기곤 하나 봐. 담이한테 화가 나서 그러는 거 아니니까 오해하면 안 돼. 내일 되면 다시 괜찮아질 거야."

할머니의 말은 위로가 되지 않았다. 모두가 기운이 빠졌고, 유하는 저녁에도 내려오지 않았다. 남은 두 사람 또한 식탁에 마주 앉긴 했으나 입맛이 없어 밥을 먹는 둥 마는 둥 했다.

그날 밤, 담은 잠들지 못하고 책상에 엎드려 있었다. 학교에서 받아 온 팸플릿의 문구에 시선이 닿아 있는 채였다.

항상 친절하라(Be Kind).

오늘 다녀온 프렙 스쿨의 교훈이었다. 세상을 넓게 이해하고, 주위와 소통하며, 다양한 문화적 배경을 존중하라는 문구도 쓰여 있었다.

나열된 글귀 중 어느 것 하나 실천하지 못하고 있음을 자각하며 담은 한숨을 쉬었다. 고보에게 친절하지 못했고 이해하려 노력하지도 않았다. 소통은 꽝에다 각자의 과거도 존중하지 않고 있다. 부끄러워 귓불이 벌게진 상태로 핸드폰을 들었다. 런던에 온 첫날, 왕할머니나 아빠가 보고 싶을 때 언제든 통화하라며 최 여사가 선물해 준 것이었다.

담은 핸드폰에 저장된 번호가 아니라 머릿속에 있는 숫자를 직접 입력하고 신호음을 기다렸다. 잠시 뒤 반대편에서 여보세요, 하는 반가운 목소리가 들렸다.

"아줌마, 저예요."

— 담아!

어느 때보다 반갑게 맞아 주는 목소리가 외로웠던 마음에 다소나마 힘을 주었다. 간단한 인사가 오가고 한국은 토요일 아침이라 수완이 자유롭다는 사실도 확인했다. 그러고 나서야 마침내 원하던 질문이 들려왔다.

— 지내는 건 어때? 별일은 없고?

"어떤 책에서 읽었는데요, 가끔은 아이가 어른보다 더 잔인하대요."

— 고모한테 차갑게 굴었구나?

목소리를 깔고 근엄하게 말을 잇던 담이 정곡을 찔려 화들짝 놀랐다.

— 그러고 났더니 신경 쓰이고?

이제 소름이 돋는다.

어떻게 알았지?

"혹시 우리 고모랑 통화했어요?"

— 아니. 아줌마도 옛날에 우리 엄마한테 그랬거든. 화를 주체 못 해 못되게 말하고, 돌아서서 후회하고.

"내가 한 게 못된 짓이 맞긴 맞네요."

담은 풀이 죽어 반성했다.

— 아니야. 담이 너는 화내도 돼. 대신 고모한테 하나만 똑똑히 알려 줘. 네가 차갑게 구는 건 고모가 미워서가 아니라 화가 나서 그런 거라고. 왜 화가 났는지 그 이유도 정확하게 가르쳐 주고.

"그럼 달라질까요?"

— 당연하지. 화는 문제가 해결되면 풀리지만 사랑하는 사람한테 미움받는다는 건 일방적인 기다림 같은 거잖아. 언제 끝날지 알 수도 없는…….

"슬픈 말이네요."

느낀 그대로를 말하자 핸드폰 너머에서 역시 우리 담이는 똑똑하다는 칭찬이 쏟아졌다.

솔직히 방금 들은 그 말을 완벽하게 이해하진 못했다. 그래도 한 가지, 고모가 자신한테 미움받는다고 오해하게 놔둬서는 안 된다는 점만은 명확히 알 것 같았다.

— 런던은 어때?

"아직 잘 모르겠어요."

— 어디서 살지 이번 여름에 결정하지 않아도 되는 거 알지? 편안하게 생각해.

"네."

고모와 가깝지 않은 사람 중 집안의 복잡한 사정을 잘 아는 누군가와 대화하고 싶었다. 이리저리 따지다 보니 생각나는 사람은 한 명. 언젠가 한 가족이 되리라고 확신하는 수완 아줌마와의 통화는 성공적이었다. 꽉 막혔던 속이 조금은 트이는 느낌, 길을 몰라 헤매다 가야 할 방향을 알려 주는 안내 표지판을 발견한 기분이었다.

담은 도란도란 대화를 나누다 결정이 되면 직접 알려 주겠다는 말을 전하고 통화를 끝냈다. 그 결정이 바로 다음 날에 내려지리라고는 조금도 예견치 못한 처사였다.

이튿날 아침에도 유하는 보이지 않았다. 담은 최 여사와 외출해 미술관을 둘러보고 한식당에 들러 짜장면과 탕수육을 먹었다. 내친김에 박물관까지 갔다가 오후 늦게 귀가했는데 집에 들어서자마자 주방 쪽에서 식기가 부서지는 요란한 소리가 들렸다. 이어지는 비명은 귀에 익은 음성이었다.

유하가 주방에 있음을 알아챈 최 여사와 담은 동시에 달려가 보았다. 그곳에 있는 모두가 멀쩡한 가운데 유독 유하 한 사람만 지쳐 보였다. 여기저기 밀가루를 하얗게 묻히고 하나로 묶은 머리도 깔끔하지 못했다. 특히 유하가 차지한 아일랜드 식탁 주위가 난장판이었다.

혼자서 우왕좌왕하던 유하는 갑작스레 들이닥친 담을 보고는 기절할 듯 놀랐다. 무언가를 숨기려는 듯 허둥지둥 막 오븐에서 나온 트레이를 집다가,

"앗!"

외마디 비명을 지르며 그것을 떨어뜨렸다.

고막을 자극하는 소음과 함께 시커멓게 탄 빵이 사방으로 튕겨 나갔다. 그중 하나가 담이 쪽으로 날아와 발밑에 떨어졌다.

"얘, 너 괜찮니? 손 덴 거 아니야?"

최 여사의 다급한 물음에 담을 흘끗 본 유하는 절망했다. 울음을 터트리며 주방 문을 통해 정원으로 뛰쳐나갔다.

"유하야!"

최 여사가 뒤를 쫓았고 담은 유하가 서 있던 곳으로 가 보았다. 지저분해진 반죽기와 밀가루가 하얗게 날린 아일랜드 식탁 한 귀퉁이에 소시지 빵 레시피를 출력한 A4 용지 한 장이 작게 접혀 있었다.

해가 늦게 지는 여름이라 저녁 시간인데도 날이 환했다. 담은 정원 벤치에 쓸쓸히 앉아 있는 유하에게 향했다. 저 뒤에서 최 여사가 격려 중이긴 했지만, 이것은 부탁이나 강요가 아닌 자발적인 걸음이었다.

아무 말 없이 옆자리에 나란히 앉으니 움찔하며 눈치를 보는 게 느껴졌다. 예전과 다르게 고모가 많이 나약해졌다는 최 여사의 말을 참고해 담은 나긋하게 말을 걸었다.

"손은 괜찮아요?"

"응? ……어."

유하는 약하게 화상 입은 손을 슬그머니 가리며 대답했다.

"혹시 소시지 빵 만드는 중이었나요?"

"흑……."

나름 조심스럽게 접근하는 중이었는데 유하가 돌연 울음을 터트렸다. 당황한 담은 눈동자가 급격히 흔들렸다. '울지 마세요, 그냥 빵 사다가 소시지 끼우면 되잖아요.'라고 말해야 하나 고민하는데 뭘 어떡해야 할지 모르겠다는 듯 유하가 손을 달달 떨면서도 더듬더듬 말했다.

"미안해⋯⋯. 엄마가 너무 바보 같지? 너한테 잘 보이고 싶었는데⋯⋯ 내가 다 망쳐 버렸어."

"아니요, 저는⋯⋯."

서둘러 달래 주려던 담이 흠칫 놀라 말을 잇지 못했다. 눈물을 훔치던 유하가 별안간 자리에서 벌떡 일어선 것이다. 또 어딘가로 뛰어가려는 줄 알고 긴장하여 올려다보니 뜻밖에 담의 앞에서 무릎을 굽히고 시선을 마주했다. 눈물이 범벅된 붉은 눈이 애처로웠다.

"네 말이 다 맞아. 엄마는 비겁하고 불성실하고 무책임했어. 내가 아프다고 어린 너를 전혀 돌보지 않았어. 공항에서 처음 만났을 때 너한테 사과하고 싶었는데 용기가 나지 않았어. 무서워서 숨고만 싶고 자꾸 주눅이 들었어."

유하는 절실해 보였다. 담이 당장에 훌쩍 떠나기라도 할 듯 작은 두 손을 붙잡고 애원했다.

"앞으로는 안 그럴게. 수완 아줌마처럼 착해지고, 똑똑해지고, 회사도 다닐게. 네가 하고 싶은 거 다 할 수 있도록 돈도 벌고, 소시지 빵도 맛있게 만들어 줄게. 다시는 널 혼자 두지 않을게. 그러니까, 담아⋯⋯. 나한테 한 번만 기회를 줘. 나를 미워해도 괜찮아. 네가 나를 보는 게 힘들지만 않다면…… 우리 이렇게 같이 살아 보자."

고모의 눈에서 눈물이 주룩주룩 흘러내렸다. 참으로 슬픈 일이지만 한편으로는 진정한 소통이 시작되고 있음을 느꼈다.

그렇다면 나도 팸플릿의 글귀처럼 Be Kind, 친절해져야 할 때였다. 고모를 이해하려 노력하고, 똑같이 소통하며, 힘들었던 각자의 과거를 존중할 기회이기도 했다.

"미워하는 게 아니에요."

그래서 담은 수완 아줌마가 조언해 준 대로 솔직히 고백했다.

"어제 레스토랑에서 고모가 어떤 아기를 안아 주는 걸 봤어요. 이상하게 심술이 나더라고요. 우린 아직 그런 적이 없었잖아요. 이제 생각해 보니 전 그 아이를 질투하고 있었나 봐요."

"담아……."

"공항에서 처음 고모를 봤을 때 예쁘다고 생각했어요. 그래서 더 화가 났고요. 고모가 나한테 정식으로 사과해 주길 바랐어요. 그래야 같은 실수를 반복하지 않을 테니까요."

"미안해. 엄마가 정말 미안해!"

저렇게 울면 지치지 않을까 싶을 정도로 유하의 눈에선 굵은 물줄기가 쉬지 않고 쏟아졌다. 그것이 안타까워 담은 보호자처럼 두 팔을 벌렸다.

"안아 줄까요? 실컷 우세요. 그런 다음 내일부터 잘해 봐요, 우리."

의젓한 그 말에 유하는 눈물이 범벅되어 미소를 띠더니 담의 작은 몸을 와락 끌어안았다. 향긋한 내음이 포근하게 온몸을 감싸 주는 기분이 들었다. 그 느낌이 좋아 담은 유하의 등에 팔을 두르고 토닥토닥해 주었다.

고모는 씩씩한 왕할머니나 똑 부러지는 할머니, 그리고 차분하고도 어른스러운 수완 아줌마와는 너무나도 다른 성향이었다. 예전에는 밝고 강인했다고 하나 현재는 굉장히 연약해 보였다. 작은 일에도 쉽게 상처받고 동요하고 눈물을 흘렸다. 세상을 어떻게 살아가고 있는지 걱정될 정도다.

신기한 건 그럼에도 포기하지 않고 제자리에 서 있다는 점이었다. 꺼질 듯 말 듯 아슬아슬하게 숨을 죽이다 어느 순간 화르르 불을 붙여 되살아나는 불씨를 닮았다. 담은 고모의 그런 점이 마음에 들었다. 곁에서 조금만 도와주면 그 자리에 토대를 다지고 뼈대를 세워 단란한 가정을 만들 수 있을 것 같았다.

미래가 기대되는 이 약한 고모를 어떻게 혼자 둘 수 있을까.

담은 제법 똑똑하고 든든한 보호자로서 런던에 남기로 결심했다. 때때로 한국에 가고 싶고 어제처럼 갈등이 생길 수도 있지만, 이번 결정을 절대 후회하지 않을 자신이 있다.

최선을 다해 고모를 도와줄 것이다. 씩씩하고 활발했다는 과거의 본모습을 되찾을 수 있도록, 그러다가 이다음에 자신이 세상을 살면서 지치고 힘들어질 때 고모라는……. 아니, 엄마라는 가장 안락하고 튼튼한 울타리 안에서 쉴 날이 오도록.

함께하는 미래를 상상하니 가슴속에 존재하는 두 개의 모순된 감정 중 뜨거움이 힘을 발했다. 크고 강력하게 몸집을 키워 절반의 차가움을 꿀꺽 삼켰다. 상반된 감정은 서로 섞이고 융합돼 뜨거움도 차가움도 아닌, 가슴 전체가 훈훈해지는 온기로 바뀌었다.

가족을 사랑하기에 가장 적절한 온도.

담은 이제야 정말 고모를 엄마라고 부를 수 있을 것 같았다. 더불어 아빠를 삼촌이라고 부르는 연습도 해야겠다고 생각한다. 고모를 엄마라고 부르는데 삼촌을 아빠라고 한다면 굉장히 이상한 가족이 될 테니까. 그리고 이 결정을 가장 먼저 수완 아줌마한테 알려 주기로 했다.

다시 한번 말하지만 정말로 미안했어요.

그리고 고마워요. 덕분에 오래도록 엄마를 안아 줄 수 있었어요.

모든 근심이 씻긴 듯 사라졌다. 텅 비어 버린 그 자리에 저녁의 아름다운 햇살이 반짝반짝 쏟아져 내렸다. 담은 살포시 미소를 지으며 엄마의 어깨에 머리를 기댔다.

외전 3. Photograph

뛰노는 아이들의 웃음소리가 온화한 공기를 타고 청명하게 울렸다. 놀이터 벤치에 나와 있는 수완의 입가에도 덩달아 미소가 지어진다.

벌써 9월.

무더위는 가셨으나 한낮의 열기는 여전했다. 그러다 해가 낮아지고 늦은 오후와 저녁의 그 어디쯤이 되면 기후가 쾌적해져 활동하기 좋은 시간이 찾아온다.

지금이 딱 그 최적의 타이밍.

평범하고도 한적한 동네의 풍경이 자료로 필요해 핸드폰만 달랑 들고 내려왔다. 집 근처를 돌며 여기저기 사진을 찍다 보니 어느새 파란 하늘에 노을이 번지기 시작한 시각. 한들한들 불어오는 바람조차 평화로워 아파트 놀이터의 그늘진 벤치에 앉았다.

몸도 마음도 평안했다.

무사히 퇴원한 수민은 본격적으로 임용고시 준비에 돌입했다. 퇴사 후 그림을 업으로 시작한 수완 자신도 차근차근 경력을 쌓아 가는 중이었다.

처음 일을 시작했을 때 작업은 고됐으나 수중에 들어오는 돈이 없어 퇴사가 옳은 결정이었나, 한동안 방황하기도 했다. 그럼에도 손에서 그림을 놓지 않았고, 각고의 노력 끝에 탄생시킨 그림체와 캐릭터가 대중에게 큰 호응을 얻었다. 노력에 따른 행운은 풍족한 결실로 이어져 새로운 도전도 가능하게 해 주었다. 진하는 그것이 바로 노력하고 도전하는 자에게만 주어지는 특권이라고 했다.

최근에는 게을러지지 않기 위해 관찰에 힘썼다. 수완은 놀이터의 소소한 풍경을 사진에 담다가 살풋이 미소했다. 저기, 놀이터에 막 들어선 한 남자가 있었다.

편안한 이곳의 분위기와는 이질적인 외모와 옷차림.

그래서 더욱 타인의 시각을 자극하는 그는 수완을 찾아 주변을 크게 둘러보았다. 동네를 한 바퀴 돌았던 수완이 집으로 돌아가지 않고 놀이터 벤치에 앉아 있는 또 다른 이유였다.

— 오늘 볼 수 있어? 지금 출발할게.

사진을 찍던 도중 진하에게 걸려 온 전화였다. 약속이 없어도 그는 종종 짐깐이라도 얼굴을 보자며 연락을 하곤 했다. 그런데 오늘은 어쩐지 특별한 용건이 있을 것 같은 예감이 들었다. 구체적이고 합리적인 근거가 있어서라기보다 언제부터인가 그의 목소리만 들어도 저절로 알게 되었다.

과연 이번에도 내 짐작이 맞을까?

눈이 마주치자 두 사람은 누가 먼저랄 것도 없이 싱그럽게 웃었다. 고통과 눈물이 지나간 자리에 설렘과 안정이 자리 잡은 요즘이다. 혼자만 돋보이는 그의 외관이 오늘따라 더욱 근사했다.

"어서 와요."

긴 다리로 성큼성큼 다가온 그에게 수완이 반갑게 인사했다.

"오래 기다렸어?"

"아니요. 나도 방금 왔어요."

옆자리에 앉은 진하에게서 기분 좋은 체향이 훅 불어왔다.

"사진은 많이 찍었고? 봐도 돼?"

그는 자연스럽게 수완의 핸드폰을 가져갔다. 알아서 비밀번호를 풀고 저장된 사진을 하나하나 구경했다. 날이 갈수록 구도와 초점을 잘 잡는다는 칭찬도 아끼지 않았다. 뒤이어 카메라를 켜고 팔을 앞으로 쭉 뻗었다.

"웃어 봐."

두 사람은 익숙하게 머리를 맞대고 찰칵, 함께하는 순간을 한 장의 사진으로 남겼다. 만족스러워하며 사진을 자신의 번호로 전송하는 그에게 수완은 조심히 재촉했다.

"이제 말해 봐요."

"뭘?"

"나한테 할 말 있어서 온 거잖아요."

핸드폰을 내린 그가 수완을 보았다.

"네가 보고 싶어서 왔을 거란 생각은 안 해?"

"오늘은 아니에요."

확신이 담긴 그 말에 진하가 웃었다.

"난 네가 이럴 때마다 좋더라. 나한테 관심이 많다는 증거 잖아."

"그러니까 말해 봐요. 무슨 일이에요?"

진하는 핸드폰을 돌려주며 꽤 놀라운 소식을 전했다.

"누나가 가족 관계를 바로잡고 싶어 해."

"벌써요?"

"눈치 보지 않고 사람들한테 담이를 아들이라고 소개하고 싶대."

생각보다 이른 결정이었다. 시간을 두고 천천히 바로잡을 줄 알았는데…….

지난 7월, 유하에게 날아간 담은 얼마 되지 않아 런던 거주를 결정했다. 진하와 전 이사장이 성급하게 결정하지 않아도 된다며 몇 번이나 되물었지만, 대답은 확고했다. 아이답지 않게 영어 공부에 열을 올린다더니 9월이 되어 무사히 가을 학기를 시작했다는 근황을 전했다.

"담이는요? 담이도 허락한 거예요?"

"서담이라는 이름을 계속 쓸 수 있다면 괜찮다고 그랬대. 한 담은 어감이 이상하다고."

참으로 그 아이다운 발상에 수완은 절로 웃음이 나왔다.

"그럼 이제 어쩔 거예요?"

"아직 생각 중이야. 조만간 자연스럽게 소문이 퍼지도록 하려고."

"괜찮을까요?"

"새로운 이슈는 끊임없이 생성되잖아. 한동안 구설이 따르겠지만 곧 또 다른 이슈에 덮여 잠잠해지겠지. 일 터지기 전에 넌 알고 있으라고."

수완은 천천히 고개를 끄덕였다. 언젠가 겪어야 할 일이지만 이토록 빠르게 진행될 줄은 몰랐기에 마음이 싱숭생숭했다.

기분을 전환할 겸 놀이터를 크게 둘러보는데 근처에서 행사가 있었는지 동네 아주머니 몇몇이 아이가 있는 어른들에게 소분한 쿠키를 나눠 주고 있었다. 그중 한 명이 수완과 진하를 보더니 두 사람 쪽으로 다가왔다. 친근하게 웃으며 에코백에서 쿠키가 든 작은 봉투 두 개를 꺼내 내밀었다.

"이걸로 아이 간식 챙겨 주세요."

"아니요, 저흰……."

"네, 감사합니다."

수완은 공손히 사실을 밝히려고 했으나 옆에 있던 진하가 태연히 대답하며 쿠키를 냉큼 받았다. 예쁘게 미소까지 날리자 아주머니는 얼굴이 한층 밝아졌다. 수완을 깍쟁이 엄마로 오해하곤 진하에게 하소연하듯 자신을 해명했다.

"저희 이상한 사람 아니에요. 여기 어린이집에서 행사했는데 쿠키가 많이 남아 다른 애들한테도 나눠 주려고 나온 거예요."

수완은 두 뺨이 화르르 붉어졌다.

오해하지 않았어요. 저는 그냥 애들한테 갈 쿠키가 부족해질까 봐 사실대로 말하려고 했던 거예요.

변명이라도 하고 싶었으나 아주머니는 진하를 보느라 바빴다.

"딸이에요, 아들이에요?"

"딸입니다."

"아유, 아빠 닮은 딸이면 엄청 예쁘겠다!"

아주머니는 유쾌하게 웃더니 인사를 건네고 돌아섰다. 종종 멀어지며 근처에서 아장아장 걷고 있는 여아들을 집중적으로 살폈다. 진하와 닮은 얼굴의 아이를 궁금해하는 듯한 모습이었다.

수완은 한순간에 타인의 호의를 과하게 경계하는 예민한 엄마가 되었다. 문제의 근원인 진하를 흘겨보자 얄밉게도 그는 다정한 미소를 보냈다.

"딸? 우리한테 딸이 있었어요?"

"저기 오잖아."

질책성 물음인 걸 알면서도 그는 느긋하게 턱으로 어딘가를 가리켰다.

무슨 소리인가 싶어 그쪽을 보니 도서관에 갔던 수민이 집으로 들어가다 우연히 봤는지 거의 뛰듯이 빠른 걸음으로 오고 있었다. 투우장의 흥분한 소처럼 씩씩거리는 게 당장에라도 진하를 들이받을 기세였다.

수민의 반대는 격렬했다.

진하가 아무리 잘하고 최선을 다해도 마음이 약해지기는커녕 나날이 전투력만 상승했다. 둘이 항상 붙어 있다는 걸 알면서도 본인의 눈에 띄기만 하면 그냥 넘어가 주는 법이 없었다. 화내고 짜증 내고 어떻게든 둘을 갈라놓으려 애썼다.

수민의 그런 반대가 당연하다면서도 진하는 절대 기죽지 않았다. 저쪽에서 아무리 쏘아붙여도 여유롭게 들어 주고 웃는 낯으로 대응하니 수민은 약이 올라 되레 파르르 떨곤 했다. 그런 두 사람 사이에서 수완은 어느 쪽의 편도 들지 못했다. 그저 목소리가 커지지 않기만을 바라며 중간에서 난감해할 뿐이었다.

"언니! 왜 또 여기 나와 있어?"

"어서 와."

수완이 대답하기도 전에 진하가 선수를 쳤다.

"공부하느라 힘들었지? 쿠키 먹을래?"

수민은 그를 차갑게 외면했다.

"빨리 들어가. 나 배고프단 말이야."

"오, 나도!"

그리고 갑작스레 끼어든 또 하나의 낯선 목소리.

"잘됐다. 다 같이 저녁 먹을까?"

언제부터인가 수민이 있는 곳에 나타나곤 했던 시형이었다.

아직 한 마디도 입을 떼지 못한 수완은 기가 막혀 벤치에 등을 기댔다. 싱글벙글 웃으며 다가온 시형과 뜨악해서 그를 째려보는 수민, 그런 두 사람을 의심 어린 눈초리로 보고 있는 진하를 번갈아 살폈다. 그 상태로 기억을 곰곰이 되감아 보았다.

수민의 입에서 김시형이란 존재가 언급되기 시작한 게 언제였더라?

그러니까…… 성공적으로 수술을 마치고 병원에서 회복 중일 때였을 것이다. 문자로 요구한 물품을 싸 들고 병원에 갔더니 수민은 그를 들먹이며 투덜거렸다.

'언니, 옛날에 우리 집에 왔던 서진하 친구 중에 안경 꼈던 사람 기억나? 오늘 병원에서 그 사람 만났다. 보자마자 대뜸 이야, 중학생. 너 오랜만이다! 이러는 거 있지? 짜증 나게 웬 중학생…….'

별생각 없이 듣고 넘긴 그날 이후 병실에서, 집 근처에서 한 번씩 그를 보곤 했다. 진하한테 볼일이 있어서, 진하랑 같이 있다가 어쩌다 보니, 전 이사장님의 심부름으로. 이유도 그럴싸해 별다른 의심은 하지 않았다. 그런데 오늘은 새삼 수상해 보인다. 스리슬쩍 끼어드는 작태가 물 흐르듯 자연스러워 도리어 진한 의구심을 갖게 했다.

"왜, 왜 왔어요?"

당황하여 다짜고짜 타박하는 수민의 태도도 심상치 않았다.

"저번에 너희 집에서 먹은 파김치 말이야. 너무 맛있어서 자꾸 생각나더라고."

"우리 집에서 파김치를 드셨다고요?"

수완이 놀라 쳐다보자 수민은 얼굴이 새빨개져 소리쳤다.

"대체 무슨 말을 하는 거예요!"

"와……, 처제."

상황을 예의 주시하던 진하도 가만있지 않았다. 그는 수민이 가장 질색하고 듣기 싫어하는 호칭을 보란 듯이 입에 올렸다. 이따금 수민이 선을 넘을 때 싫은 소리 대신 불만을 표출하기 위해 사용하는 그만의 시위 방식이었다.

수민은 발끈하려다 입술을 깨물었다. 스스로도 찔리는 게 있다는 뜻이었다.

"서운하네. 파김치 담가 준 사람한텐 들어오란 소리 한번 안 하더니."

"뭐야, 파김치 네 솜씨였냐? 너 김치도 담글 줄 알아?"

"누가 담가 달랬어요? 왜 마음대로 가져다 놓고 생색이야."

수민은 당혹스러워하면서도 지지 않고 입을 삐죽였다. 웬만해선 중립을 지키는 수완이지만 오늘따라 동생의 그런 태도가 심히 거슬렸다.

"무슨 말을 그렇게 해. 너 파김치 맛있다고 잘 먹었잖아."

"내가 언제?"

"오늘 아침, 어제저녁, 그제 저녁. 더 말해 줘?"

"에이, 수완 씨. 수민이 민망하게 왜 그러세요. 따지고 보면 언니 생각해서 그러는 건대."

수완의 반격에 시형은 생긋생긋 웃으며 수민을 두둔했다. 그러자 진하 또한 정색하며 수완의 편을 들었다.

"야, 김시형. 네가 왜 남의 집 일에 끼어들어?"

핏줄과 우정이 아닌 이성 관계에 따라 편이 갈린 황당한 상황.

"아, 됐어요!"

미묘하게 형성된 2대 2의 기류가 이상했는지 수민은 신경질적으로 빽 소리를 지르고 의미 없는 말싸움을 종식시켰다.

제일 먼저 그것을 받아들인 사람은 시형이었다. 덤덤히 고개를 끄덕이더니 아무 일도 없었다는 듯 다음 용건으로 넘어갔다.

"파김치 얻어먹긴 글렀고, 근처에서 저녁이나 같이 먹을까?"

"저 앞에 생갈비 잘하는 데 있어."

진하가 약속이라도 한 듯 자리를 털고 일어섰다. 그들이 걷기 시작하자 수완과 수민도 얼떨결에 뒤를 따랐다.

"생갈비 말고 사거리 만둣집 옆에 곱창집 새로 오픈했잖아. 거기 기가 막히게 맛있대."

두 남자의 입에서 수완과 수민도 모르는 동네의 새로운 소식이 막힘없이 흘러나왔다.

"수완 씨, 곱창에 맥주 한잔 어때요? 수민이 너도 괜찮지? 넌 없어서 못 먹잖아."

진하와 시형은 대답도 듣지 않고 사거리 쪽으로 알아서 방향을 잡았다. 동네 주민인 두 자매보다 더 빠삭하게 이 근방을 꿰고 있는 저들을 어떻게 받아들여야 할까. 의심이 깃든 시선을 옆으로 보내지만 수민은 계속 딴청을 부렸다.

그런다고 네가 피해 갈 수 있을까.

아예 몰랐다면 모를까, 수민과 시형이 짙은 의혹을 풍기고 있으니 수완은 시원한 맥주로 목을 축인 뒤 동생의 은밀한 사생활에 관하여 세세하게 알아보기로 했다. 어느덧 노을이 넓게 퍼진 저녁, 음식점마다 맛있는 냄새가 솔솔 풍겨 와 배고픈 이들의 발걸음을 재촉하고 있었다.

＊

소문은 조용하고 빠르게 퍼져 나갔다. 지라시를 통해 온라인 커뮤니티를 달군 소식은 곧 기자들의 문의로 이어졌다. 대성 측에서는 부정도 긍정도 하지 않았고, 이를 사실상 인정으로 받아들인 언론은 서둘러 포털을 통해 추측성 보도를 내보냈다.

은근하게 끓어오른 소문은 서진하의 아들이 현재 런던에서 서유하와 거주 중이며 관계를 바로잡기 위해 어른들이 법적인 절차를 밟고 있음이 확인되자 폭발적인 이목을 끌었다. 대성 측에서는 신원을 밝히지 않은 서유하의 최측근을 내세워 그럴듯한 포장에 나섰다.

— 상대는 평범한 유학생이었어요. 남들처럼 연애하다 이별했는데 뒤늦게 임신 사실을 알게 된 거죠. 유하는 아이를 낳기로 했고 그 때문에 돌아가신 서 회장님과 많은 갈등을 빚었다고 들었어요. 결국 아이를 낳기는 했는데 건강에 이상이 생긴 거예요. 거의 죽을 뻔했어요. 아이를 돌보고 싶어도 그럴 수가 없는 형편이었죠. 일단 살아야 하니까 입원해서 치료를 받았는데, 그사이에 서 회장님이 외손자를 친손자로 만드셨어요. 아무래도 옛날 분이시니까…….

— 유하는 이제 괜찮아요. 다행히 건강을 회복했고 모든 걸 제자리로 돌려놓고 싶어 하죠.

지인이라는 이의 짤막한 인터뷰는 수많은 기사에서 반복적으로 인용되었다. 사람들은 굉장히 놀라는 한편 개인적인 선택이니 존중해야 한다는 의견이 대다수였다.

필연적으로 구설은 막을 수 없었다. 남자가 가난한 유학생이라 대성에서 반대하였다더라, 헤어졌다가 다시 만나기로 했는데 사고로 죽어 서유하가 충격으로 아팠다더라, 등등의 이야기가 근거 없이 떠돌았다.

아찔한 순간도 있었다. 하도 오래돼 기억에서 가물가물한 한태영과 서유하의 불륜설을 거론한 이가 나타난 것이다. 그는 간담이 서늘할 정도로 두 집안의 복잡한 내막을 잘 알고 있었다. 심지어 1인 방송을 통해 그때의 스캔들을 막기 위해 서진하와 한태은이 이용당한 사실까지도 거침없이 발설했다.

놀랍도록 과거를 정확하게 짚어 낸 그 사람은 수완도 잘 아는 이였다. 예전에 담이를 쫓아 병원에까지 몰래 숨어들었던 정 대표. 그는 방송을 켜고 신혜원의 부탁으로 아이를 쫓아다녔던 이야기와 유전자 검사를 의뢰했던 사실까지도 낱낱이 떠벌렸다.

굉장히 충격적인 폭로였으나 다행스럽게도 핫한 이슈는 되지 않았다. 뇌물을 받다가 언론사에서 쫓겨난 이력과 조회 수를 높이기 위해 '아니면 말고'식의 자극적인 스캔들을 터트렸던 본인의 과거가 발목을 잡았다.

개중엔 증거를 요구하는 목소리도 있었지만 담이와 관련한 자료는 이미 오래전 대성 측에 전부 빼앗긴 터였다. 주장을 뒷받침할 증거를 전혀 내놓지 못하자 정 대표는 금세 궁지에 몰렸다. 하물며 그는 법적인 책임을 조금이라도 면하기 위해 친자 확인을 의뢰한 당일, 검사를 취소하고 검체를 폐기해 정확히 알고 있는 사실조차 없었다.

사람들은 망상도 정도껏 하라며 정 대표를 맹비난했다. 여론의 뭇매를 견디다 못한 그는 모든 글과 방송을 내리고 사과문을 작성한 뒤 조용히 잠적했다.

"이게 말이 돼? 담이가 서유하 아들이었다니……. 어쩐지 쪼그만 게 미모가 보통이 아니더라."

한바탕 소문이 몰아쳤을 땐 가만있더니 수민은 최근 들어 한마디씩 이야기를 시작했다. 특히 그제부터 언급량이 집중적으로 많아졌는데 오늘은 저녁을 먹기 전부터 간을 보듯 한 마디씩 툭툭 던지고 있다.

저녁을 차리고 수민과 식탁에 마주 앉은 수완은 찌개를 한 입 떠먹으며 동생의 수고를 덜어 주었다.

"할 말 있으면 그냥 해."

"정확히 언제부터 알았어?"

"담이가 사고로 병원에 입원했을 때."

"근데 어쩜 나한텐 한마디도……!"

순간적으로 불쾌해했던 수민은 곧 감정을 추스르고 이성적인 판단을 내렸다.

"그래. 쉽게 할 수 있는 말은 아니었지. 그런데 그게 다야?"

"뭐가 또 있어야 돼?"

동생이 품고 있는 의심이 무엇인지 진하에게 들어 알고 있었다.

소식이 처음 언론에 보도되었을 때 수민은 하필 시형과 만나는 중이었다. 경악하여 기사의 내용이 진짜인지 몇 번이나 확인하더니 돌연 점쟁이처럼 정확한 추측을 내놓았다고 한다.

'어떻게 이럴 수 있지? 이러다가 서진하도 사실 결혼한 게 아니었다고 하는 거 아냐?'

생각 없이 막 던진 말이라 태연하게 넘겼어야 했는데 시형은 너무 놀라 그러지를 못했다고. 아니라고 부인하긴 했는데 사레까지 들려 콜록거리는 바람에 수민의 의심을 사고 말았다며 진하에게 자신의 실수를 고백했다.

그 결과가 바로 저 눈빛.

수민은 담이의 일에서 한발 더 나아가고 있었다.

"별의별 소문이 다 떠도는 거 알지?"

"소문은 소문일 뿐이야. 요즘 많이 잠잠해지기도 했고."

"서유하는 그렇지. 서진하는 이제 시작이야."

수민은 최근 들어 부상하는 또 다른 루머를 거론했다.

유하에 대해 실컷 떠든 사람들은 뜨거워진 관심을 진하에게 돌렸다. 어린 나이에 감행한 결혼과 태은의 이른 죽음이 갖가지 상상을 불러일으키기에 안성맞춤인 까닭이었다.

특히 일부에서는 부고를 들었을 때 그리 아픈 몸으로 아이를 어떻게 낳았는지 의심스러웠다며 두 사람의 부부 생활이 정상적이지 않았을 가능성을 제기했다. 객관적인 자료를 대입해 봤을 때 태은은 결혼하기 전에 이미 병이 재발했을 터이기에 잠자리는커녕 병간호하느라 바빴을 거라고.

그런데 왜 결혼까지 했는지에 대한 의견은 가지각색이었다. 대부분은 말도 안 되는 억측이라 사람들도 그저 심심풀이 수다로만 받아들였다. 하지만 어떤 말이 새로 언급되든 마지막엔 모두의 의견이 하나로 일치되었다. 아마도 죽어 가는 이에 대한 동정과 의리, 때마침 아들로서 돌봐야 할 조카의 탄생이 서진하로 하여금 무리한 결정을 내리게 한 이유였을 거라고.

어린 나이에 숱한 우여곡절을 겪은 그를 사람들은 연민 어린 시선으로 바라보았다. 자칫 추문으로 얼룩질 수 있었던 이번 일이 적당한 선에서 무난하게 포장되도록 결정적 역할을 한 것이나 다름없었다.

"사람들은 서진하에 대해 굉장히 알고 싶어 해. 이제는 서유하보다 더 궁금해한다니까. 얼마 전까진 괜찮았을지 몰라도 이제 서진하가 우리 동네 놀이터에 나타나면 여기 사람들도 다 알아볼걸?"

"서진하, 서진하. 언제까지 그렇게 부를래? 그 사람이 네 친구니?"

"아니……."

수완의 항의에 수민은 얼마 전과 다르게 눈치를 보았다. 원래는 진하와 관련한 일이라면 물불 안 가리고 싸움닭처럼 굴어야 하는데……. 대신에 밥풀을 깨작이며 생각지도 못한 말을 꺼냈다.

"앞으로는 언니가 관리 좀 해야 할 것 같다고. 이제 진하 오빠는 더 이상 애 딸린 홀아비가 아니잖아."

"뭐?"

"그동안 내가 반대한 건 태은 언니도 그렇고, 담이도 그렇고. 암튼, 친언니가 애 딸린 홀아비랑 연애한다는데 누가 좋아하겠어? 근데 그게 아니라니까……. 자세한 건 모르지만 결혼도 말 못 할 사정이 있었던 것 같고……."

수민은 이쪽을 흘끔 보더니 지난 이틀, 찔끔찔끔 건넸던 말들을 간략히 요약했다.

"그러니까 내 말은 서진하랑 결혼하고 싶으면 하라고. 애 딸린 홀아비가 넘을 수 없는 벽이라서 그랬지, 사실 그 부분만 빼고 보면 사람은 괜찮잖아. 집안, 외모, 학벌, 인성. 뭐 하나 빠지는 것도 없는데 요리까지 잘해요."

"이수민."

"알아. 나 속물이고 계산적인 거. 하지만 이게 내 솔직한 심정이야. 그동안 속 썩인 거 생각하면 백 퍼센트 마음에 차진 않지만 지금 정도의 상태라면, 언니가 그렇게 좋다면, 나도 진하 오빠를 형부로서 받아들일 수 있을 것 같아."

수민은 큰 결심이라도 내린 양 엄중한 눈빛을 발하고 있었다. 긍정적인 변심이자 환영할 만한 소식이 아니냐고 묻는 표정이었다. 수완은 별다른 대꾸 없이 묵묵히 밥을 먹었다.

수민아, 우리가 결혼하지 않은 건 네가 반대했기 때문이 아니었어.

우린 그냥, 못 해 본 연애를 하고 있는 거야.

목 끝까지 올라온 진짜 속마음을 수완은 계란말이와 함께 꿀 꺽 삼켰다. 언니의 인생에 자신이 지대한 영향을 미친다고 과신 하는 동생의 착각을 굳이 지금 바로잡아 줄 필요는 없었다.

진하의 예측은 정확했다. 순식간에 포털을 달궜던 대성 일 가의 구설은 짧고 굵게 입방아에 오르다 연이어 터져 나온 정 치 및 연애 이슈에 묻혀 흐지부지되었다. 대중은 더 이상 대성 가 사람들의 과거에 관심 두지 않았다. 다만, 혼맥이라는 그들 만의 리그에서 진하가 핫한 매물로 떠올랐다는 소식만 간간이 전해질 뿐이었다.

무성했던 그 소문의 실체를 직접 확인한 건 전 여사와 같이 점심을 먹을 때였다. 담이가 유하의 친자임을 공개하며 한동안 뜸했다가 이번에 다시 갖게 된 자리였다. 전 여사는 원래도 바 쁜 분이었으나 이전과는 비교할 수 없을 정도로 사적인 통화가 많아졌다.

일이 바쁜 걸 알기에 일부러 점심시간에 맞춰 전화했다는 지인들은 은근슬쩍 손녀들의 자랑을 늘어놓다가 마지막엔 진 하의 안부를 묻고 통화를 끝냈다. 대화를 나눌 만하면 진동이 울리는 탓에 밥 좀 편히 먹자며 급기야 핸드폰을 비서에게 맡 길 정도였다.

"살다 보니 이런 날이 다 오는구나. 우리 진하가 요즘 인기 가 좋아. 너 긴장해야 한다."

짐짓 너스레를 떨던 전 여사는 수완이 싱긋 웃기만 하자 금세 얼굴을 붉혔다.

"늙은이가 안 하던 소릴 하면 어디 아프냐고 묻기라도 해야지, 뭘 그리 웃고만 있니. 네가 그러면 내가 준비한 헛소리를 끝까지 못 하잖아."

전 여사는 푸념 아닌 푸념을 늘어놓으며 생수를 마셨다.

"어떤 말을 준비하셨는데요? 얘기해 주세요."

"됐다. 아무것도 모르는 걸 보니 진하가 너한텐 입도 벙긋 안 했던 게지. 어쩐지 말할 때마다 한 귀로 듣고 그대로 흘리는 표정이더라니……."

두 손 두 발 다 들었다며 전 여사는 고개를 절레절레 저었다.

사정을 들어 보니 이번 일이 정리되면 결혼하는 게 어떻겠냐고 이전부터 운을 띄웠던 모양이다. 진하는 알겠다며 대답은 잘하는데 그 이후론 뭘 어쩌겠다는 소식을 전해 주지 않았다고 한다.

결혼에 관해선 결정권이 수완에게 있다는 걸 두 사람과 가까운 이들이라면 누구나 아는 사실. 오늘 점심을 함께하기로 했다니 안성댁은 수완에게 위기감을 느끼게 하는 것이 어떻겠냐는 아이디어를 제공했다고 한다.

"이렇게 하면 네가 초조해할 거라나? 그 말을 믿은 내가 미련했다."

"죄송합니다."

"죄송하긴, 뭘……. 나이가 드니 욕심만 많아지는구나. 예전에는 너희가 함께 있는 것만 봐도 원이 없을 듯했는데, 일이 잘 풀리고 나니 요즘엔 결혼해서 애 낳고 사는 모습도 보고 싶어. 담이 봐라. 너랑 진하 사이에서 태어난 아이도 담이 못지않게 예쁠 거다."

당돌한 그 아이가 떠오르자 수완은 저도 모르게 웃음이 나왔다. 마찬가지였는지 전 여사도 그리움을 띠고 같이 미소하더니 이제야 알겠다며 한숨을 쉬었다.

"그래, 우리 담이를 보냈더니 내 적적해서 이러는가 보다. 하루에도 몇 번씩 보고 싶은 게 그 아이의 빈자리가 너무 커. 그러니 너도 내 말에 홀랑 넘어오지 말고 하고 싶은 대로 해라. 잘 만나고 있으면 됐지, 결혼이 뭐 대수라고……. 나도 이제 웬만큼 속은 풀었으니 더는 그 문제로 잔소리하지 않으마."

그 말을 끝으로 이사장은 정말 결혼 이야기를 입 밖에 꺼내지 않았다. 점심을 먹는 내내 두 사람은 소소한 이야기를 주고받았다. 런던의 소식과 수완의 작업 이야기, 수민과 시형의 연애 소식 등이 주제가 되었다.

식사 후 차를 타고 가라는 전 여사의 권유를 정중히 거절했다. 오늘은 진하와 둘만의 시간이 예약된 날이다. 이런 날은 일부러 차를 끌고 나오지 않을뿐더러 따로 계획한 일도 있었다.

근처에 들러야 할 곳이 있다며 전 여사를 먼저 보낸 뒤 천천히 걸었다. 한 시간 남짓, 곳곳을 다니며 그림 자료로 쓸 도시의 풍경을 사진에 담았다. 그런 다음 카페에 들어가 커피를 주문하고 자리를 잡았다.

　따뜻한 액체를 천천히 마시며 수민에게 문자를 보냈다. 작업실에서 밤새 일할 예정이라는 내용이었는데 돌아온 답장은 평범했다.

　[응, 수고해. 내일 봐!]

　이전과는 확연히 달라진 반응이다. 불과 얼마 전까지만 해도 수민은 외박을 용납지 않았다. 작업실까지 쫓아와 수완을 감시했다. 작업을 핑계로 한 번씩 진하와 시간을 보낸다는 것을 알아챈 까닭이었다. 그로 인해 난처할 때가 한두 번이 아니었는데 하루아침에 바뀐 태도가 낯설면서도 신기했다.

　수완은 온라인 서점에서 책을 몇 권 주문하고 느긋하게 저녁으로 먹을 메뉴를 골랐다. 마트에서 사야 할 목록을 작성하다가 어느 순간 잔잔하게 카페를 메운 노랫말에 귀를 기울였다.

　이 사랑을 사진으로 남겨요. 나중에 볼 수 있게 추억을 담아요.
　사진 속에선 영원히 눈을 감지 않을 테고, 상처도 받지 않겠죠.
　시간이 멈춰 있으니까요.

　에드 시런의 '포토그래프'. 노래를 듣다 보니 며칠 전 놀이터에서 그와 찍은 사진이 생각났다. 갤러리를 열어 그 사진을 찾아보았다. 머리를 맞대고 활짝 웃는 그와 저의 얼굴이 편안하고 자연스러웠다. 마치 오랜 시간 그렇게 웃어 온 사람들 같았다.

우리가 언제부터 이렇게 웃을 수 있게 되었을까……

눈물로 얼룩진 과거의 아픔이 까마득히 멀게 느껴진다. 지금의 그는, 그리고 자신은 스스럼없이 웃으며 서로에게서 위안을 찾는다. 끈끈한 애정과 신뢰를 바탕으로 서로의 빈자리를 채워 주고 있었다.

수완은 사진 속에서 영원히 웃고 있을 진하를 오래도록 들여다보았다. 매년 똑같은 포즈로 사진을 찍으면 어떨까. 그의 얼굴에 새겨질 세월의 흔적을 상상하니 어쩐지 슬프고 애틋했다. 현재 주어진 이 시간이 새삼 소중하게 다가왔다.

그날 밤, 수완은 다른 어느 때보다 그를 꼭 끌어안았다. 가슴은 이토록 절절 끓는데 인간에게 주어진 시간은 유한하다는 현실이 막연한 조급증을 일으켰다. 그의 온기를 느끼고, 깊은 숨결을 나누었다. 몸속 깊이 느껴지는 격한 움직임과 생생하게 전해지는 뜨거운 열정을 단 한순간도 놓치지 않았다.

수민이 퇴원한 후 집에 발도 들이지 못하게 된 진하는 수완의 작업실 근처에 양가에서 모르는 은밀한 거처를 마련했다. 그곳에서 두 사람은 눈치 볼 것 없이 마음껏 떠들고, 영화를 시청하고 사랑을 나누었다. 수민의 지나친 경계로 자유롭지 못했을 때도 어떻게든 시간을 쪼개고 나눠 서로의 온기를 보듬었다.

어제는 아주 오랜만에 맞이한 둘만의 여유로운 밤이었다. 늦게까지 서로를 품다가 새벽녘 하나로 뒤엉켜 잠이 들었다.

수완이 눈을 떴을 때 반쯤 열린 커튼 사이로 밝은 빛이 쏟아지는 시각이었다. 옆자리는 이미 비어 있었고 그의 기척은 문밖에서 들려왔다.

잠이 깬 수완은 몸을 일으켜 서둘러 샤워하고 머리를 말렸다. 드라이어를 정리한 뒤 진하에게 가 보려고 드레스룸을 나오는데 언뜻 눈에 들어오는 게 있어 두 발을 멈췄다.

가까이 다가가 보니 놀이터에서 그와 찍었던 사진.

진하도 그 사진이 꽤 마음에 들었던 모양이다. 옆에 자석까지 준비된 것으로 보아 눈에 띄는 곳에 부착하려다 깜박 잊은 듯했다.

인화된 사진을 보고 있자니 어제 카페에서 느꼈던 뭉클한 감정이 아스라이 되살아났다. 아름다운 순간은 한 장의 사진으로 영원 속에 남겼으나 현재의 시간은 잠시도 쉬지 않고 흐르고 있다. 언젠가 우리의 얼굴에도 주름이 지고, 막 가을에 진입해 햇볕이 따뜻했던 놀이터에서의 시간을 흐릿하게 추억할 것이다.

단 1초도 기다려 주지 않는 거대한 시간의 흐름 속에서 나는 무엇을 놓치고 있는 것일까. 수완은 침대에 걸터앉아 상념에 잠기느라 문이 열리고 진하가 들어오는 것도 알지 못했다.

"일어났네. ……수완아!"

"네?"

퍼뜩 정신을 차리고 보니 그가 물끄러미 이쪽을 내려다보고 있었다. 아침 준비가 끝났는지 활짝 열린 문을 통해 고소한 냄새가 솔솔 풍겨 왔다.

"토스트 구웠어요?"

"응. 넌 뭐 하고 있었어?"

그는 숨겨진 고민이 있다면 샅샅이 찾고야 말겠다는 표정으로 수완 앞에 자리했다.

"이거. 사진 보고 있었어요."

"사진 보는 게 그렇게 심각할 일이야? 무슨 생각 했는데?"

"문득 그런 생각이 들어서요. 서진하의 2세는 어떻게 생겼을까."

"뭐?"

깜짝 놀란 진하의 얼굴 위로 약간의 기대와 걱정이 빠르게 교차했다.

"너 혹시……."

"아니에요."

엉뚱한 상상을 못 하도록 재빨리 차단했다. 그는 잠시 머쓱해하더니 이내 알 만하다는 듯 헛웃음을 지었다.

"어제 할머니 만났을 때 이상한 소리 들었구나? 그 문젠 내가 알아서 할 테니까 넌 신경 쓰지 않아도 돼."

"당신은 궁금하지 않아요? 아기가 태어나면 어떻게 생겼을지."

"글쎄……, 담이랑 비슷하려나?"

마침 수완도 그런 생각을 하고 있었기에 고개를 끄덕였다. 담이 정도라면 성별에 상관없이 어디에서든 미모가 빛을 발할 것이다.

"근데 그건 애가 태어나 봐야 아는 거지. 가능성은 반반이잖

546

아. 이수완하고 똑 닮은 아이가 우리 앞에 떨어질 수도 있고."

그러더니 진하는 어이가 없다며 웃었다.

"우리 조금 이상하지 않아? 결혼도 하기 전에 언제 태어날지 알 수도 없는 아기 얼굴부터 궁금해하고. 누가 보면 예비 부모인 줄 알겠다."

"그러네요."

수완은 순순히 동의하곤 진하를 가만히 바라보다 제안했다.

"그럼 일단……, 결혼부터 할까요?"

입가에 걸려 있던 그의 미소가 삽시에 싹 사라졌다.

"왜요? 별로예요?"

"그럴 리가."

재빠른 응답이었다. 하지만 그는 여전히 긴가민가하여 마음을 놓지 못했다.

"그런데 나, 이래 놓고 네가 농담이라고 하면 상처받을 거 같아."

"농담 아니에요. 이제 할 때 됐어요, 우리."

수완은 확신을 담아 대답했다. 쉬지 않고 흐르는 시간이라는 거대한 바닷속에서 다시는 그의 손을 놓치고 싶지 않았다.

수완의 말이 진심임을 확인한 진하는 그제야 눈가가 진한 감격으로 물들고 있다. 아침 해가 스며든 그들만의 보금자리 안에서 두 사람은 서로를 오래도록 두 눈에, 가슴속에 담았다.

그가 좋아하는 모습을 가까이서 지켜보는 것만으로도 수완은 행복했다. 계속 망설였지만, 막상 입 밖에 꺼내 놓고 보니 결혼이란 설레고 좋은 말이었다. 지금껏 왜 미루려고만 했는지 모를 정도로, 마침내 소중한 사람과 정착할 수 있다는 안도감으로 속이 홀가분했다.

두 사람은 해가 바뀌기 전 혼인 신고부터 해 법적인 부부가 되었다. 생활은 각자 그대로 이어 가다가 이듬해 봄, 가족을 비롯해 가까운 친지만 모인 자리에서 조촐한 결혼식을 올렸다.

규모가 작은 대신 모두가 아는 얼굴이라 분위기는 화기애애했다. 그 자리에서 담은 진하를 처음으로 '삼촌'이라고 불렀는데 굉장히 비장하고 부자연스러워 하객들의 웃음을 자아냈다. 얼굴이 새빨개진 아이가 안쓰럽고도 귀여워 진하가 담을 와락 안아 주었다.

그리고 떠나게 된 허니문.

처음 계획할 때 어디로 가야 할지 고민하는 수완에게 진하는 미국을 제안했다. 샌프란시스코를 시작점으로 서부의 주요 도시를 둘러보고 마지막에 하와이에서 푹 쉬었다 돌아오는 게 어떻겠냐고.

수완은 울컥하여 목이 메었다. 작년 가을, 오랫동안 계획했던 여행이 작업 일정으로 취소되었다. 진하는 그것을 잊지 않았고, 먼저 권유해 준 것이었다. 네 소중한 친구가 잠든 그 도시부터 함께 찾아가 보자고.

샌프란시스코의 봄은 금빛 햇살로 가득했다. 하늘과 바다를 채운 푸른 색감과 쾌청한 날씨, 그리고 바람. 태은은 그 다양한 특징을 하나로 품고 있는 언덕에 잠들어 있었다.

벼르고 벼르다, 수십 번의 계절이 지나 드디어 찾아온 길. 세상에 살다 간 흔적이 비석의 이름으로만 남겨져 있어도 바람이 가득한 이 언덕에서 수완은 친구의 목소리를 똑똑히 들을 수 있었다.

이수완, 너 왜 이제 와!

나 심심했단 말이야…….

너무 기뻐 입꼬리를 실룩거리면서도, 내가 안겨 준 꽃을 소중히 품에 안은 채 너는 어리광부터 부렸겠지. 내가 입을 뗄 새도 없이 하고 싶은 말만 재잘거리다 예리하게 내 기분을 알아맞히고 정신없이 질문을 쏟아부었을 것이다. 하나부터 열까지 그동안 있었던 모든 일을 빠짐없이 말해 보라며.

태은아, 나는 아직도 꿈을 꾸는 거 같아.

너의 웃음이, 너의 목소리가 이토록 생생한데 이제 우리가 더 이상 마주 볼 수 없다니…….

매일 후회해.

그때 전화를 받을걸. 한 번 더 찾아가 볼걸. 태라 언니한테 사정이라도 해 볼걸.

그랬다면 우리가 그 긴 세월을 허비하다 이제야 만나는 일은 없지 않았을까. 적어도 마지막 인사 정도는 할 수 있지 않았을까. 혹시 눈에만 안 보일 뿐 지금 나와 마주 서 있다면, 여기서 매일 나를 기다린 거라면, 내가 돌아서기 전에 네가 먼저 이곳을 떠났으면 좋겠어.

앞으로는 내가 너를 기다릴게.

부디 너는, 기다리는 사람이 되지 말고 찾아오는 사람이 되어 줘. 하늘에서 예쁜 사랑 듬뿍듬뿍 받다가 장난치고 싶거나 심심해지면 한 번씩 내 꿈에 나타나 놀라게 하는, 행복을 상징하는 존재가 되어줘.

그리고 만약 다음 생이라는 게 있다면, 그땐 네가 내 동생으로 태어나면 좋겠어.

딸만 셋인 집에서 내가 첫째, 네가 둘째, 우리 수민이가 셋째. 웃고, 떠들고, 싸우고, 화해하는, 그런 평범한 일상을 살아가자.

무슨 일이 있어도 널 지켜 줄게. 언니로서 친구로서 늘 곁에 남아 줄게. 절대 외롭지 않게 할게. 그땐 우리, 같이 늙어 가자. 철마다 꽃구경이며 단풍 구경 다니고, 사이좋게 맛집도 찾아다니자. 시끄럽게 우르르 몰려다니며 네가 미처 살아 내지 못했던 여름과 가을 그리고 겨울까지, 사계절을 원 없이 누리자.

태은아, 내가 너를 기억할게. 많이 그리워할게.

그러니까 너는 전부 잊고 행복하게 지내다 이다음에 때가 되면 내 동생으로 다시 찾아와 줘…….

그것참 좋은 생각이라는 듯 살랑살랑 바람이 불어와 수완의 전신을 감싸 안았다. 주르륵 눈물이 흘러 그대로 눈을 감았다.

잠시 뒤, 차분하게 감정을 가라앉힌 수완은 울음이 짧았던 태은을 기억하며 눈가를 적신 눈물을 걷었다. 태은이 이곳을 떠나기 전 마지막으로 좋은 소식을 전해야 할 때였다.

"눈치챘지? 아까 너한테 헌화한 사람……, 진하 씨잖아."

울음기가 남은 얼굴로 미소를 띤 수완은 왼손을 들어 약지에 낀 반지를 보여 주었다.

"우리 신혼여행 중이야. 내가 결혼하자고 했어. ……잘했지?"

또다시 바람이 불었다. 바람이 가득한 언덕이니 수시로 부는 게 당연했지만, 수완은 그것을 특별한 의미로 받아들이기로 했다. 그리고 작별을 고한다.

잘 가.

작고 쓸쓸한 무덤이 아닌 황금빛 태양이 빛나는, 가깝지만 닿을 수 없는 하늘을 올려다보았다. 친구가 그리울 때면 거리가 멀다고 안타까워하기보다 한 번씩 고개를 들어 하늘을 보면 될 일이었다.

그렇게 생각하자 태은이 가깝게 있는 것처럼 느껴졌다. 수완은 세상 어디에나 펼쳐진 드넓은 하늘을 동행 삼아 천천히 언덕을 내려갔다. 만감이 교차해 코끝이 시큰했다. 작게 심호흡하다가 저 앞, 눈물로 흐려진 시야 속에서 한 사람을 발견했다. 자리를 피해 준다며 차에 먼저 가 있겠다던 진하가 중간쯤에서 기다리고 있었다.

눈이 마주치자 활짝 웃으며 손을 흔들어 준다.

천 마디의 말보다 훨씬 위로가 되는 행동이었다. 먼 이국땅에서 혼자가 아님을, 나에게도 이제는 기댈 수 있는 듬직한 배우자가 있음을 상기시켜 주었다. 슬픔을 달래는 따스한 온기가 가슴속에 퍼지는 걸 느끼며 수완은 그를 향해 달려갔다. 든든하게 열어 준 크고 따뜻한 품속에 기꺼이 뛰어들었다.

"왜 여기 있어요?"

"같이 내려가려고. 혼자는 외롭잖아."

당연하다는 듯 건네는 그 말이 다정해 왈칵 눈물이 터졌다.

내일도 오늘처럼, 언제나 같은 모습으로 오래오래 네 곁에 있겠다는 그의 말은 사실이었다.

《고백의 이유》 외전 끝